時代的眼‧現實之花

《笠》詩刊1～120期景印本（二）

第14～25期

臺灣學生書局印行

14

笠

第十四期

目錄

給趙天儀先生的一封公開信

紀弦

一、引起我寫信的動機

寫詩的朋友們，特別是一般年青的詩人們，往往對我抱有這樣的一種看法：以爲我是提倡「現代詩」的，我是一個「現代主義者」，我是「反傳統」的，我主張一切文學一切藝術的「現代化」；而且，我是帶着大家向前衞的，我是所有那些打着「新銳」與「前衞」的旗號的集團的支持者。因而每當我指出這詩壇的毛病並糾正其偏差時，他們就會感到一陣迷惘，同時發出驚異的聲音，有人在擔心我的「衝勁」已隨年歲之老大而逐漸喪失，甚至於還有人誤以爲我在開倒車，向陳腐的觀念與俗見伸出了妥協之手。這其實是很冤枉的。而我有使大家弄清楚我一貫的立場之必要。

作爲態度嚴肅，風格樸素，以新姿態出現的詩刊「笠」之同人，趙天儀先生在年青的一代中，是我所欽佩和喜愛的詩人之一。今年五月上旬，我收到他向我提出問題的來信之後，就決定給他一個詳細的答覆。但以忙於本身職務，一直沒有時間動筆。而在五月中旬，當二林（林錫嘉與林煥彰）來訪，提起這樁事時，我也曾對他們講過，爲了讓朋友們更多了解我一點，我早晚就要給天儀回信啦。我打算就借這個機會，對全詩壇講一次話。然而一拖就拖到了五月下旬，好容易才抽出一些空閑來讓我了卻這個心願，眞是很抱歉的。

趙天儀先生的來信是這樣的：

上一次先生答應給「笠」支援，「笠」第十三期將進入第三年了，在五月二十日以前集稿，盼能針對現階段的詩壇以及「笠」有所批評或啓示。我覺得您對「新詩」正名的看法，似乎跟以前不同。我們很盼望您能爲「笠」寫一篇詩論，指出新詩應走向怎樣的一個方向才算是正確的途徑。我不會客套，就這樣誠摯地向您邀請了。

以下就是我給他的回信。而我之所以願意把這封信拿來公開發表，是因爲關心此一問題的人，不但圈子裏，就連圈子外，都相當衆多的緣故。

二、給趙天儀先生的信

天儀兄：

久違了。你好嗎？還記得幾年前，福隆海濱，我們再度相逢的情景吧？那時，我還是一隻「旱鴨子」；而今天，在游泳池裏，我游十五公尺蛙式和十公尺潛水，是已經不成問題的了。什麼時候，等天氣更熱一些，如果大家高興的話，我們再到隨便那一個海水浴場去玩他一個痛快好不？只要你們約定了時間和地點，我是一準到的。

關於新詩之正名這一問題，我想你是看了今年四月底「徵信新聞報」所刊載我在該報與「中國文藝協會」聯合舉辦的座談會中發表的一小段談話而注意到的。其實在這以前，我早就把它提出來了。去年五月，我曾在「公論副刊」發表「中國新詩之正名」一文。此文二林都看過了，其他寫詩的朋友們，有誰看過，我不知道。而更早一些，在數年以前，我已表明了此一態度；例如發表在「葡萄園」創刊號的「回到自由詩的安全地帶來吧」以及其後各期所刊載的我的論文，都不妨找出來看一看。現在我想先把我寫詩寫了將近四十年的整個過程向你說明一下，然後再談到我對今天這個詩壇的種種不滿與所抱之期望。

我開始寫詩於民國十八年，那正是一個以徐志摩爲代表的「新月派」格律詩的全盛期，作爲一個十六歲的少年，我當然免不了要受他們一點影響的；你可以從我的詩集「摘星的少年」開頭幾首中發見這痕跡，那便是從十八年到二十二年這最初五年裏所寫了的。但是到了二十三年，我的作風爲之一變。那時，我由投稿而成了大雜誌「現代」的詩作者，並讀了戴望舒的名著「望舒草」，深爲感動；同時，李金髮的作品，也給了我不少的啓示。這使我間接地接受了象徵主義的洗禮。從此，作爲「現代派」詩人群之一，我走進了自由詩的世界。你可以從「摘星的少年」自二十三年至三十一年，以及「飲者詩鈔」自三十二年至三十七年這整整十五年裏我所寫了的三百幾十首中認識我的自由詩的風格：那是從受有戴、李二氏及法國詩人阿保里奈爾等影響到擺脫一切來自他人的影響而獨自發展自然形成了的我所特有的一種詩風，跟誰都不同，也是誰都學不到的。

我於三十七年冬來臺。於是我的大陸時期告終，我的島上時期遂從三十八年春開始了。自三十八年至五十二年這十五年間，我來臺後的作品，原已編成「檳榔樹」與「五十歲的歌手」兩個集子，但以手頭十分拮据，無錢買紙和付印刷費，所以一直擱到如今，兩部原稿尚未付梓。著作不能出版，令人心情不佳。因此，從五十三年到現在，我的那些新作，更是懶得去整理它們了。不過去年，臺中市的「光啓出版社」已出了我一部新書，書名「紀弦詩選」，都是選自我這十五年間所寫了的，雖然只有七十多首，你也可以從這裏面看出我來臺後的若干變化了。大體說來，較之大陸時期，島上時期的我，是愈益成熟、堅實與意識地追求新的表現，而一種時而高揚時而低徊的抒情詩的調子却是始終如一迄今保持着的。除了少數例外，我的詩，多半是以「散文的音樂」寫了的抒情的自由詩，而都是可以朗誦的。即使是像「零件」，像「榕樹・我・大寂寞」那樣的比較難懂之作，也還是有其聲調之美，而給人以一種節奏上的滿足。這一點，可說是我的詩的一大特色。正如人之有個性，詩之有特色，這當然是一件十分合理的事情。人的個性決定詩的特色。誰要是想把他的詩的特色予以消滅，來一個「自我超越」的「全新」的顯示，那就不啻是否定了他自己的個性，而結果總不免弄得非驢非馬，連詩都不成其爲詩了。

除了上述三冊詩集，另外，我還出了兩冊詩論集子：一是「紀弦詩論」，一是「新詩論集」；而散見各報刊的其他論文，又可以編一本書了，但我還沒有時間去加以整理。我也翻譯了一些東西。而隨筆小品一類的文字，則是經常發表，大家都很容易看到的。但我來臺後的文藝活動，除不斷寫作外，恐怕下述兩樁大事更是無人不知誰也不可否認的吧——第一是我從大陸帶來了火種，一手建立了這個詩壇；第二是我獨力創辦了「現代詩」，出版了不少的叢書。

我不知道我對中國新詩究竟有何功過，後世對我將會作何評價；但是憑良心說，我相信我是有貢獻的。「現代詩」創刊於四十二年春，比「藍星」、「創世紀」都早得多。我曾組織了「現代派」，然後又把它改組爲「現代詩社」。我主張「新詩的再革命」。針對以余光中爲代表的格律詩之流行，我一脚踏熄了「新月派」的死灰之復燃。我提出了我的「新現代主義」：那是不同於法國的，亦有別於英美的「中國的」現代主義。我所要求的「現代詩」，乃是基於我的「新現代主義」的一種健康的而非病態的，向上向善的發光發熱的而非縱慾的頹廢的，並尤其是積極的反共的而非消極的非共的。我的這一主張，往往被人忽略。例如作於四十五年的「氫彈試爆」以及作於四十六年的「教師之夢」這一類作品，便可以說是我的理論之實踐或我的理論之所由建立的根據。「氫彈試爆」一首，見「紀弦詩選」一二二頁。但是「教師之夢」一首未被選入，特地抄附於後，請你指教。

教師之夢（民國四十六年作品）

什麼人在我的班上
講書？用粉筆在黑板上
寫字？叫我的學生的
名字？ 什麼人？
是那樣熟悉的嗓子：淙淙然，
山泉似的；還帶一點兒
激動。 什麼人，什麼人，
當我行過寂靜的長廊，
從鎖着的門外聽見了的？
在這不上課的，空虛的假日的
上午。而自拭淨了的窗邊——
瞧！那是誰呀？什麼人
被我一眼瞥見了的：戴着眼鏡，
蓄着短髭，高高的，
瘦瘦的，一中年男子；
他站在講台上
而且做着手勢
多麼啊多麼像我平日一樣。
……瞬間！我看見我的教室
化爲一萬紫千紅欣欣向榮的
果樹園；而那白髮蒼蒼的
老園丁，又把一粒粒的種籽埋下
在春日鬆過了的泥土裏
微笑着

溫煦地，溫煦地
　　微笑着。

總之，天儀兄啊，今天這個詩壇，我坦白對你講，是教人失望的。你看，我的詩，不都是有「主題」的嗎？又如T・S・艾略特的「荒原」與「空洞的人」，被稱爲「現代詩」之傑作的，不也是有其主題之存在的嗎？主題鮮明一些或隱晦一些，那是表現手法上的自如運用所造成的結果。主題鮮明，並不就是「舊」；主題隱晦，並不就是「新」。又，主題鮮明，不一定「好」；主題隱晦，不一定「壞」。要看所處理的題材如何而定。而在「詩的效果」上言，我們所當講求的，乃是如何方能到達表現，如何方能表現得更完滿，更有力，而一切爲了表現，此乃詩人之所有事。如果是在表現上的有必要，則詩中使用符號、洋文、古文、方言、各種字體、各種排列、彩色印刷、五線譜、化學公式、阿拉伯數字、甚至打破文法成規，是都沒有什麼不可以的；如其無此必要，而故意地要新花樣，那就叫做標新立異，捨本逐末，是一定要失敗的。我看見我們今天的詩壇，有這種「新形式主義」的流行，這是十分要不得的。當初我提倡自由詩，反對格律詩，就是反它的「韻文即詩觀」，反它的韻文至上的形式主義；想不到如今的所謂「現代詩」，又犯上了這種形式主義的大毛病，豈不令人痛心！再沒有什麼是比形式主義更可憎惡的了，無論其爲新病或是舊病，其爲毛病則一。而我用以醫治這種詩病的藥方是：內容決定形式；氣質決定風格；詩之所以爲詩，首先必須置重點於「質」的決定。這在當年是有效的；而在今天又何嘗不適用呢？不過今天，一般寫詩的青年朋友們，多半有點諱疾忌醫罷了。如此說來，從前余光中捨韻文工具而取散文工具，捨格律詩之舊形式而取自由詩之新形式，這種見賢思齊的精神，倒是很可稱讚的哩。

與「新形式主義」相表裏而同時流行在這個詩壇上的，還有一種更可怕的「新虛無主義」的傾向。一些根本不研究我的理論也不好好地讀我的詩的青年詩人，往往誤以爲「現代詩」與「傳統詩」之區別就在前者無主題而後者有主題這一點上，而又堅信此乃我所主張的，於是亂寫二十四氣，以「無所表現」爲「新銳」，爲「前衛」，爲「現代化」。殊不知如此的瞎胡鬧，是比之達達派的否定一切破壞一切更糟糕，更荒謬，更虛無得徹底，也更不可原諒的。達達派的行動，雖說是一種虛無主義的，但還是有所諷刺，有其時代背景，有其革命之對象的。然而我們今天這個詩壇上的一群盲目求新的青年人，則是根本無視於諷刺的藝術，游離現實，藐視人生，亦毫無革命之對象及其本身之立場可言，只是一窩蜂地亂衝亂撞瞎蹦瞎跳一陣有如神經大發而已。無以名之，名之爲「新虛無主義」。我早就指出來了：那些假充的「現代主義者」所寫的所謂「現代詩」，實際上只是一種無所表現反表現的非詩非文學，全都是些自欺欺人的表現之否定，什麼詩人什麼詩，那些魚目混珠的文學以下詩以下！說得不客氣一點，他們不過是一群充滿了虛榮心的出風頭主義者而已！就是由於這些傢伙敗壞了詩壇的風氣，今天，我才變得如此的憤怒。我發誓用我的手杖戳穿、敲扁和打爛狼狽爲奸的「新形式主義」與「新虛無主義」這兩個魔鬼，兩個妖精，兩個仇敵。我和它們勢不兩立，我和它們不共戴天。說吧！我要是不站出來向它們挑戰的話，那麼文學上的眞理、詩的正道，還會有誰能夠像我這樣堅決地起而維護之嗎？然則，爲了中國新詩的前途，我豈能憑着「怕得罪人」的理由而放棄我神聖的責任呢？當然，我一向是對事不對人的。只要那些走錯了路的傢伙終於肯回頭的話，我總是既往不咎，與人爲善。

說到這裏，大概我之所以提出「中國新詩之正名」這一主張來的原因，你已經可以明白一大半了吧？總之，追求新的表現是應該的；然而以無所表現反表現或表現之否定爲「新銳」，爲「前衛」，爲「現代化」，那就是低能而又欺騙，最最可恥的一種行爲，而在詩神看來，再沒有比這更可詛咒更該毀滅的了！是的，我是提倡「現代詩」的。是的，我是一個「現代主義者」。但是充斥於今日之詩壇的那些所謂的「現代詩」——質言之，一種「僞詩」，卻決非我所能承認所能容忍的。我一向不反對任何一位有抱負的青年詩人去從事各種表現手法的「實驗」。但是誰要是拿出那些連詩都不成其爲詩的東西來吓唬人而還要躲在「實驗」二字的盾牌後面扮鬼臉的話，對不起，我要是不教他在我的照妖鏡下現出原形來活丟醜那才怪哩！要曉得，詩是必須有所表現的，因而沒有主題是不行的。但是主題是可以發展的，可以變化的，可以複合的——而這正是新詩之所以「新」，亦即「現代詩」之所以較諸「傳統詩」爲難懂的地方。

至於「反傳統」云云，「現代化」云云，我也有我的看法。我以爲，所謂「反傳統」，也並非打倒一切舊詩舊文學，燒光所有的線裝書之謂。而是說，我們的「新」詩，必須一反過去的「舊」詩之所以舊，使用「散文」之新工具，採取「自由詩」之新形式，和講求新的表現手法。就本國詩壇而言，我們要肅清五四以來「新月派」所標榜的「格律至上主義」之殘餘的勢力；就世界詩壇而言，我們要擺脫十九世紀以來「浪漫主義」之影響而一新二十世紀詩之面目：此之謂「反傳統」。「反傳統」是手段；「現代化」是目的。然則，什麼叫做「現代化」呢？意識地，自覺地，而且是批判地努力從事於我們的「新」詩之創造，而決不因襲前人，決不走前人的舊路，道前人之所未道，步前人之所未步，正如杜甫所說的「語不驚人死不休」，要有這種精神，要有這種抱負，並尤其要寫「工業社會」的「詩」，而決不再唱「農業社會」的「歌」：此之謂「現代化」。但是「現代化」並不等於「洋化」。跟在洋人屁股後頭跑，是頂頂沒有出息的！今天，洋人的詩，並不比我們好，也不比我們新。而世界詩壇，是正在開始受我們的影響了。自古以來，我們就是一個「詩的民族」這一點，凡我寫詩的朋友們，都必須有所矜持的！而中國新詩之所以漸有執世界詩壇之牛耳的趨勢，我以爲還得歸功於最近十餘年來我們的「新詩的再革命」這一轟轟烈烈劃時代的文學運動之無比輝煌的偉大成就；而愛護這個成果，就正是我們大家共同的責任。但是一般青年詩人不聽我的忠告只管盲目求新以逞其匹夫之勇，那種貿貿然的英雄主義是令人失望的。而我所一貫堅持的一點是：詩，首先必須成其爲詩；光破壞而不建設，這不叫做「革命」。所以「反傳統」的眞諦，不在消極的反抗「舊」傳統，而在積極的建立「新」傳統。又，我們所「反」的「傳統」，只是限於詩歌方面傳統的工具（韻文），傳統的形式（格律詩），以及傳統的表現手法（例如浪漫主義的觀念的直陳與情感的告白）而已。有人誤以爲我們的「反傳統」就是反中國文化之傳統，反固有的民族精神，那是大錯而特錯了。就以我的「教師之夢」爲例吧。這正是一首「新詩」，一首「自由詩」，也可以說是一首「現代詩」。它的工具（散文）是新的，它的形式（自由詩）是新的，它的表現手法也是新的。然而它是有主題的，詩中充滿了愛、理想和光明。而我是一面流着感激又甜美的眼淚，讓淚水弄濕了稿紙而完成了這首詩的。這不但一點也不違反我們傳統的倫理道德，而且還帶有濃厚的儒家色彩哩。當然，我要不是從事教育工作多年的話，恐怕也寫不出像這樣的詩來吧？所以說，詩乃「經驗之完成」，詩乃「人生之批評」。而這是無論怎樣的「反傳統」，無論怎樣的「現代化」，都無法推翻的一個放之四海而皆合，通古今而不渝的文學上的眞理，詩的正道。爲了維護這一眞理正道，我敢於面對一切邪惡的挑戰，那怕是拚了我這條老命也在所不辭的！

然則，我爲什麼要正新詩之名呢？豈不是「良有以也」乎？要曉得，「新詩」一詞，實在是包含了廣義的和狹義的兩重意味：「廣義」上的新詩，乃指五四以來迄今所有一切以「口語」寫了的詩歌；但是「狹義」上的新詩，則係專指今日吾人所創作的「自由詩」而言。而我使用「新詩」一詞，就是拿它來代表「自由詩」的。站在今日「自由詩」的立場上講話，則胡適的「嘗試集」不消說，劉大白的那些白話詩詞不必提，就連徐志摩、朱湘、陳夢家等所寫的「格律詩」，雖然已經相當成熟，而且相當完美，也還是領不到「新」詩的身份證，不得與我們的「自由詩」相提並論的。至於「現代詩」一詞，這也包含了廣狹二義：「廣義」上的現代詩，乃指有別於「古代人」的「現代人」所寫的詩；但是「狹義」上的現代詩，則係專指有別於「傳統主義」的「現代主義」的詩而言。當然，我使用「現代詩」一詞，意思總是指的後者。因爲並不是凡「現代人」都是「現代主義者」。一般寫詩的朋友們往往搞不清楚「現代詩」一詞的含義，也不曉得什麼叫做「現代主義」，「現代主義」究竟有哪幾種，因而犯了名詞濫用不求甚解的毛病，遂致造成了今日詩壇上種種的偏差。例如「葡萄園」的朋友們也使用「現代詩」，「笠」的朋友們也使用「現代詩」，「創世紀」的朋友們也使用「現代詩」，然而大家所指的並非同一事物；結果乃不免引起了一些無謂的爭論。加之「僞詩」泛濫，「非詩」橫行，詩壇風氣，日益敗壞，而我無權坐視，不忍袖手旁觀，並深感我所肩負的責任之重大，於是對症下藥，主張把這被歪曲得一塌胡塗，被糟踏得不成體統了的名稱——「現代詩」三字——乾脆取消拉倒。這叫做「快刀斬亂麻」，爲了處理上的方便，我的作風一向如此：以前解決「散文詩」問題時，不也是像這樣乾乾脆脆的嗎？

不過話說回來，「現代詩」與「自由詩」，亦並非全然沒有區別的。「現代詩」是「自由詩」的發展；「現代詩」是「自由詩」的一種。兩者同樣使用散文之工具，同樣採取自由詩形，同樣講求新的表現手法。然而「自由詩」的散文多半是「節奏的」，「現代詩」的散文卻多半是「非節奏的」——甚至徹底否定了文字的「音樂性」，因而是絕對無法朗誦的。記得曾經有人舉辦過一次「現代詩朗誦會」。如果他們所朗誦的眞是以「非節奏的」散文寫了的「現代詩」，而聽衆手裏不拿原稿居然也會有所感動的話，那才是天下奇聞怪人怪事哩！此外，還有一點不同：「自由詩」的「抒情」的成分多於「主知」的；「現代詩」的「主知」的成分多於「抒情」的。因此，嚴格說來，兩者還是有分別的。然而在今天的詩壇上，眞正具有使用「非節奏的」散文之能力的，究竟能舉出幾個來？是哪幾個？他們有什麼作品足資證明？得先讓我看看：是不是詩？連詩尚不成其爲詩，就什麼都免談了吧！不是說，在我們的詩人群中，像這樣的角色，連一個都找不到；而是說，假充的「現代詩作者」太多了，多得都快要把這個詩壇給擠垮了，而滿眼盡是些冒牌的貨色，看了着實令人生氣。還有一部分人缺少自知之明：他們本來是具有抒情詩的才能的，而只是惑於「主知主義」之時髦，於是乎故意地裝做一付「無感不覺」的冷冰冰的表情，結果是從此連一行詩也寫不出來了，這豈不是開自己的玩笑嗎？爲了糾正這詩壇的種種偏差，以免這詩壇的風氣繼續敗壞下去，我必須乘它還沒有弄到不可收拾的地步，及時提出新詩之正名這一主張來，以期有所挽救，所謂亡羊補牢，未爲晚也。我的用心良苦，希望寫詩的朋友們，千萬不要譏我爲一個「開倒車主義者」，幸甚幸甚。

我想，稱我們今天的詩爲「中國新詩」（簡稱「新詩」），意即現代中國人所寫的「新」詩，這是再簡單明瞭也沒有的了。因爲是以「散文」的新工具寫了的「自由詩」，不同於過去以「韻文」的舊工具寫了的「格律詩」，所以「新」。至於少數「鬼才」以「非節奏的」散文寫了的絕對無法朗誦的作品，如果的確是成其爲詩了，而且是寫得很好的東西，那我究竟應該把它們拿來加以怎樣的處理呢？到底稱之爲「現代詩」？還是稱之爲「自由詩」？當然稱之爲「自由詩」。因爲作爲「自由詩」之發展的「現代詩」，血統上也還是「自由詩」的一種；而況，當初由我首先提倡的「現代詩」，今天被我深惡痛絕的「現代詩」，我已經發誓永遠不再使用這三個字了。不過，「非節奏的」散文，畢竟有殊於「節奏的」散文，那麼，讓我稱這樣的作品爲「新自由詩」吧。而這，就是我在作了普遍的處理之外的一種特殊的處理了。豈不是交代得清清楚楚的了麽，天儀兄？

然則，海邊的沙灘上再見吧。不久，我們也快要放暑假了。祝你健康，快樂，詩思如潮！

弟紀弦頓首五月三十一日

三、附錄一小段的談話

爲慶祝五十五年文藝節，「徵信新聞報」與「中國文藝協會」聯合舉辦的座談會，於四月二十四日在該報編輯部舉行。座談會的中心話題是：「文藝創作的路向」。那天寫詩的朋友們到的也不少，鄭愁予、蓉子、羅門等皆在座。我除了強調表現個性的重要以及「文藝自由」的神聖不可侵犯之外，下面的一段談話，便是有關新詩之正名的，用特附錄於此，以供讀者參考：

說到中國新詩的道路與方向，我以爲首先必須從「正名」入手。正名者，正「新詩」之名也。即「新詩」之所以爲「新」詩的道理，把這一點弄清，其他枝節問題，都可迎刃而解。

原來詩是有「新」「舊」之分的。「新詩」與「舊詩」之分，不只是在於前者使用「口語」，後者使用「文言」而已。其主要的區別，在於新詩使用「散文」，舊詩使用「韻文」；散文是「新」工具，韻文是「舊」工具；使用舊工具，則產生「格律詩」之「舊」形式，使用新工具，則產生「自由詩」之「新」形式。故只有自由詩，只有代表今日詩壇之主潮的自由詩，方有資格被稱爲「新」詩，而且是「中國的」新詩；至於以徐志摩爲首的「新月派」，其作品實際上不過是一種「語體的舊詩詞」或「洋古董的販賣」而已。

另有所謂「現代詩」者，目下正在流行，已成一窩蜂之勢。對此，我的主張是：把他們分爲「有所表現的」及「無所表現的」兩大類，使前者歸隊於自由詩，而後者則放逐到「僞」詩與「非」詩地帶去，並從此取消這個造成了今日詩壇重大偏差的名稱——「現代詩」三字。

我希望全國的新詩作者，一致團結在自由詩的大旗下，向着反攻大陸的目標前進！

詩評的建立

吳瀛濤

我們的文壇缺少文藝評論家，同樣地，詩壇也缺少詩的評論家。而「整個臺灣詩壇（也即自由中國詩壇：筆者註）就是在這樣的半貧血的狀態下（創作詩既然貧血，詩評也同樣地貧血：筆者註）發育蓬勃的」。（笠十三期，沙白「笠的衣及料」）

在這種現階段詩評的貧乏之中，詩刊「笠」對這一方面，已略有表現，見同期，林郊「笠與『笠』」一文中：「笠詩刊對於來稿處理的程序，是先將稿件略去作者的名字，重新騰寫，然後印發每位編輯委員，以投票的方式決定詩稿的取捨；而作品的合評也採同樣的原則，參加合評的，因不知道作者的姓名，乃能無所顧忌，摒棄成見，對作品作較客觀，公正的評價。我有一點想法，希望笠詩刊這種選稿的方式，將來能廣泛的爲一般文藝刊物所採用」云云）。其實褒貶參半（見同期，白萩「敬重與自重」中所指出的）「無疑的，兩年來的作品合評充滿着許多有待改進的缺點」，而列擧了他個人的感覺幾點，均爲令人首肯之言。）那麽，「笠」詩刊同人及各位負責編務詩人是怎樣的呢？他們一面正有「那種忠於藝術的態度」（見林郊文），他面正因如此「愈是苦悶於如何改進批評的方式，以期建立理想的詩評」。（見笠七期，李篤恭、吳瀛濤、洪文惠、喬林、楓堤、趙天儀諸氏有關批評的筆談，及一至六期社論）。

「笠最令人側目的恐怕是作品合評這一欄吧？最殘忍的恐怕也是這一欄吧？」（見白萩文）。果然，笠的作品合評是最殘忍的嗎？這是不失爲一個有趣的檢討的題目，文藝批評應該是最眞摯最嚴肅的；於是，我也願意提出我關於詩評的幾點誠懇的意見。

㈠詩評的建立：此即爲詩評權威的確立；換言之，也爲詩評分野的墾拓，包含詩評家的育成。

㈡詩評方式的改進：詩評的方式，見仁見智。不論合評也好，綜合評論（所謂「總評」）也好，乃至一向的單一作評也好，甚至是評分及評分人公開的方式也好——按：此爲日本「詩學」詩刊多年採用的方式，不過它以並非同人雜誌，自然他是以一般投稿爲對象，選稿及合評時，均不略去作者的名字，這一點則與笠的情況及其方式不同；關於這種詩評方式，一長一短，顧此失彼，實難一時改進。深望能在這一方向，大家合作，使其有良好的表現。

㈢詩論的建立：作爲詩作品的背景之詩論即詩理論，廣義地說，包含對詩一般的評介，乃爲現階段詩壇所不可或缺的。或可以說，詩論的份量，在任何國度、任何時代，不比詩作品的份量，有何差別；甚且寧可說，詩論是詩作品的大前提吧。於是，啓蒙性，評介性，以至具有創見而獨特的詩論之產生，均無不爲我們所期待着。

羅馬不是一日造成的！也並不是少數人造成的！何況，於詩的大業！於詩永恆的苦難以及其光榮！

筆者愛好詩，寫詩，也偶爾評論詩，值此詩壇深望詩評的建立，略具管見，以期共勉。

了不起的傻瓜們

王惠龍

在「笠」的合評欄裡，我們常看到該詩刊的同仁們「很冷酷但很誠摯地」在批評彼此的作品以及投來的作品；又在上期我們看到這些好傢伙們竟敢把將他們的詩作批評得很兇的評文登了出來（沙白的批評很辣，可是句句都流露着眞摯的批評精神。）筆者又聽到「笠」的錦連說：這眞是一服很好的強心劑云云。眞是傻瓜透頂！

在這文人相輕，把筆戰鬧到人身攻擊，死要面子的文壇上，在這沒有批評，而只有捧場和諂媚的文壇上，「笠詩刊」所打出來的如此嚴正的批評精神，眞是空前未曾有的！筆者敢預言：在中國文學史上，這些傻瓜們的風度與精神將被記下來，而成爲我國文學的一個重大的轉捩點。筆者這句話是否太誇張了一點，請等着瞧吧。

在任何人爲的行動上，如果沒有了嚴正的批評，它是不會有所長進的。我國文藝的癌症乃是沒有眞正的批評。因而，儘管我國人歷盡了苦命艱難，始終沒有產生過轟動全世界的不朽的傑作。

人生最大的愚昧，是「自欺」！被盲捧假捧得得意忘形的人們將成爲後世的笑柄。在這充斥着「文丑」的文壇上，有了這群了不起的好傢伙，於是，我們對中國文藝感到了莫大的希望。有了如此的精神，這些眞正的文人們將會成長的，瞧吧，他們將會長大！

嘿，您們堅毅地幹下去。永遠不可以同流合污，勇敢地幹下去！握手。

笠下影⑱

邱瑩星

詩與詩人

詩是生活的火花
自然的聲音?!
詩是藝術的良心
忙碌者清醒後的感情
一切境像如靜物
通過詩人的感官，思想
啊，通過詩人的心
形成美的字體，美的風景

I 作品

翠屏山之晨

田野像畫在紙上一般地安靜
沒有一系兒風的腳步聲
只看見蜻蜓飛舞在稻秧的頭頂
俄而，山谷間撒出了無限的金光

水牛

你模仿悲多汶睜大着智慧的眼睛
你模仿音樂之聖從碩大的
喉嚨裏唱出了音樂家聽不懂的歌聲
不同你認識的人以爲你愚笨
但，我認識你，我知道
你比那些無賴之徒更老實，更聰明

蝴蝶

我翩翩地飛翔於花朵之間
是花的唯一媒人

我翩翩地飛翔於六、七月之間
各色各樣的花爲我開放

當我傷心的時候
花一朵朵的凋謝了
當天使們傷心的時候
太陽沉落於天邊

回憶

我偶然漫步於菱角潭邊
發現澄清的潭水中
一個消瘦的人影
菱角與人影是我回憶的對象

消逝了的十年光陰
　無限的歡樂
　無常的夢

倘使我是個無憂無鬱的孩童
　我將引吭高歌
　我將高聲叫喚

祈禱

一株蒼翠的不知名的灌木
開着鮮豔的紅花
孤獨的生長在柏油路邊
　在風雨中

孤獨的年青的樹啊！
你象徵着我的命運
我未成年時就失去了慈愛的父親
悲哀的生長在人間
　在善惡的邊緣

蒼翠的樹葉上殘留着點點雨珠
是否我慈母的眼淚
啊！我要回家去勸化我的母親
我要向上帝爲人類祈禱平安

Ⅰ 詩的位置

當臺灣剛剛光復的時候，所謂後期跨越語言的一代，多半是在初中或高小的階段，由於他們日文的根底不深，而中文的底子又未十分穩固，所以，詩的萌芽還是屬於播種的時期。例如：葉笛的「紫色的歌」，邱瑩星的「農村詩選：期待曲」（註），謝東壁的「夜笛」，郭文圻的「白鳥」，以及何瑞雄的「蓓蕾集」等等，在今日看來，都呈獻了一種過渡時期草創的現象。那就是說：那時期的作品，詩素清淡而淳樸，好像是在吃素一般的感覺。

當然，那是一個青黃不接的年代，他們一方面是受了自大陸來臺的詩人群的影響，另一方面也還有日本詩壇的餘風。他們雖頗想有所做爲，可是往往力不從心！因爲他們語文的工具，還相當地簡樸，他們耕耘的土壤，還是一片荒蕪。

從「新詩週刊」到「藍星週刊」，邱瑩星便是一個例子，他以一種羅曼的情調，一種田園的風味，追求着鄉土色彩的抒情詩。然而，由於詩素的淡薄，乃停留於一種詩情的抒寫而已。

（註）邱瑩星的「農村詩選：期待曲」，於民國四十三年十二月一日初版。

Ⅱ 詩的特徵

寫詩，常常是從單純的抒情詩出發的，可是，如果跳不出抒情的圈子，加深詩意的密度，那就有闖散文底紅燈的危險。詩與散文的分野，不是語言工具的區別，而是本質密度的差距。

邱瑩星的詩，是一種單純的抒情，缺乏意象的濃縮，所以，彷彿是缺乏詩想的感悟。在「水牛」一詩中，似乎也有詩想的企求，但太直接說明的結果，就不能拓展詩域的想像空間。散文中帶有詩味，是頗爲自然的，然而，詩中充滿了散文的氣息，則詩味便無形中減弱了。

雖然說邱瑩星翻譯過日本詩人西條八十的詩，但我們不易窺探出他受象徵主義以後近代詩和現代詩更深一層的影響，也許是詩的創造活動，會受個人的，時代的與地域的限制罷！

Ⅲ 結語

儘管說邱瑩星的詩，在技巧上，有其欠缺，但就其創作態度而言，他是眞誠的，因此，沒有浮華和虛僞的不良氣息。雖然，他已從商，息影詩壇，但我們相信：「詩是藝術的良心 忙碌者清醒後的感情？」但如何使這感情淨化，產生一種詩的創造的衝勁，那便是對於一個詩人的嚴格的考驗。

謝東璧

從知道了「詩必須新」的這個觀念以後，我發現我有很多事物可寫。我要寫出生命的意義，寫出宇宙的奧妙，寫出人們心裏的聲音，於是我重又提起寫詩的筆，並且立志要在那茫茫的詩海上找出更新的航路，那自古至今從未曾有人發現過的。

I 作品

夜笛

白天的喧聲已消逝，
夜漸漸深了，
衆生都走入溫柔的夢鄉，
而我，却清醒着。

隨着思潮的起伏，
我聽見一種神秘的夜笛，
啊！那是心靈的呼喚呀，
於是我的詩章誕生了。

洗衣女

我願是她脚下的河水，
任憑那柔軟的手撥弄。

我願是她手裡的香皂，
耗盡了整個的生命，
去換取一絲微笑。

我願是她披肩的頭髮，
任憑春風的飄蕩，
不斷地輕吻那迷人的面頰。

我願是她心愛的項鍊，
永眠在那軟綿綿的胸脯，
傾聽她內心的訴說。

斷片

世界好像熔鑛爐，
造物主是細心的陶煉師，
他把我們丟在爐裡熬煉着；
爲要採取耀眼的純金！

一生

童年的美夢，
像一幅陳舊的壁畫，
慢慢地褪色了。

現在的景況，
過的是老鼠的日子，
被生活的貓追逐着。

將來的禍福在濃霧的那邊，
濃霧的那邊啊，
是一團模糊的景物。

僞裝者

一個老富翁
留下他的財富
嚥了最後一口氣
終於撒手去了！

爲他披蔴帶孝的兒女們
守着他的遺體掩面大哭
又好像在哼着歌曲
是歡喜還是悲哀？

時間

歲月與水俱逝，
一霎時，美麗的童年，
已在下游飄蕩。

我願永遠坐在這河邊遙望，
遙望那被流走的夢。

哦，上游是殘酷的，
它將漂白我的黑髮，
漂白我的存在。

II 詩的位置

詩人謝東璧在民國四十二年四月出版了詩集「夜笛」；同時只在「新詩週刊」和「現代詩」透露了一點消息，不久，便不見踪影了。詩人古之紅（註）在其「夜笛」的「序」上說：「東璧是一個本省青年，在一般的本省同胞寫文章連文辭都還欠通順的今天，他竟能够出版詩集，這當然不能不算是一件珍罕的事」。又說：「說起他寫詩之努力，我想是很少有人比得上的，他不但寫得極勤，而且態度極嚴肅，普通寫詩的人，兩者是很難兼顧的。祇可惜他過去曾經有一段很長的時間，浪費在黑暗的摸索中，否則他的成績是絕不止此的。」

就是因爲「在黑暗的摸索中」；雖然談不上什麽大的成就，却是一種艱辛的體驗。在整個語文工具變換的時期，本省詩人都有這種說不出的困苦與寂寞。

試看今日新進詩人的寫作，在操縱國文的本領上，情形已大爲改觀。然而，在寫作的態度上，在詩質的純粹上，是否也已更嚴肅更認眞呢？

（註）古之紅，本名秦家洪，曾創辦「新新文藝」，著有詩集「湖濱」，現執教於臺中市某中學。

III 詩的特徵

謝東璧自從跟詩人古之紅一席談以後，便恍然大悟，他領悟了「我們是現代的人，我們要寫現代的詩。」（註）這種觀念，在民國四十二年間，當我們的詩壇上還在醞釀着現代化的時候，不能不說是一種進步的觀念。

就詩的表現方法而言，謝東璧還缺乏足够的現代化的裝備，也就是說，他還是屬於過渡時期的詩人。當他嚮往過羅曼主義的作品以後，由於剛剛斷了奶，正在摸索着一種略帶人生批判的哲理的意味。以「斷片」的熬煉，以「一生」的回顧與展望，以「僞裝者」的諷詠，以「時間」的無常與飄蕩，來詠嘆，來挖掘眞實與虛僞底人性的對比。

（註）參閱謝東璧詩集「夜笛」的「後記」。

IIII 結語

也許是因爲滿天的星斗才構成了神秘的夜空，也許是因爲百花的爭放才顯現了壯麗的花園；一個詩壇的繁榮，也有待於奇花異草的萌芽和開花。

對於聲名這樣注重的社會，我們往往忽略了小人物的眞實的存在，可能這種小人物是微不足道的，但我們別忘了，大人物之所以能成爲大人物，還不是由同時代的無數的小人物所支持着的嗎？

對於詩壇，只講才氣，只重名氣，而不肯眞誠地互相尊重，互相敬愛的風氣中，我們很願意介紹詩人謝東璧的話來互相勉勵：「……它們是由我的靈魂的深處擠出來的。但，它們不能代表整個的我，它們只是部份的我，我還要努力的寫下去，我要寫出整個的我。」（註）

（註）參閱謝東璧詩集「夜笛」的「後記」。

作品集錦

白色康乃馨和爵士樂

七等生

冬季的嚮午
似感覺中
夏季的初晨
廳堂的泥面
放映兩片菱形的
庭前葡萄架上
枝葉影子的光幕
如蜘蛛網般
薄薄的
瘦瘦的
東海的
花園主人
外出去寄信
爵士樂繚繞著
一朵孤寂的白色康乃馨
即與般地
魔惑著的
……

倒影

水平線上
黑木舟
掌槳者　和
撒網者
的
睡蓆，
臘燭，
火爐，
燭，
杯盤
和
岸上他們的女人
構成
一線之下
一群逃鬮的
鯉魚

善變的季節

雨霧時節
百花殘落著
懷孕四月的死嬰倨僂墮落
記不得有誰坐於病室床邊
削一只蘋果
使黃昏準時降臨
時間顯示意義
炎夏已至
晨陽普照階臺
懶得起床刷洗
陰戶充盈著
屬於合法的男人的精液
誰在後房獨臥
沉默，萎縮和哀傷
像寄生蟲
不敢前來求取愛情
雨霧時節
百花殘落著
懷孕四月的死嬰再度墮落

記得去年有誰坐於病室的床邊
削一只蘋果
使黃昏準時降臨
時間顯示意義

新聞

通往堤岸的主要道路上
派系的糾葛
並非沒有

教授　和
徵來的未婚妻
裁了的扶桑花
和千里香
放入修政主義模子裏
獲得橫掃性的勝利

臥平在甬道上
一輛汽車
被相當程度的損毀
現在很明白
有些地方
委實別具一格

十三歲
以優異的
成績考入
天然式獸檻

在對面的
獸檻內
舉行大會餐
在現狀下可能
比較合乎經濟安全原則

一不願道出身份
的中年以上的過來人
沒有人去理睬
已經半年多了
一條街範圍內房屋的玻璃
不再是革命的聖地

母大蟲所
擅長
的蕭邦樂曲
涉嫌強姦

及防害自由
發行人
毗鄰
憤怒群衆
慈聖宮前
公有土坡地
一設計新穎的
高級花園住宅
警衛森嚴
謹此敬告

非暴力運動份子
的女郎被
面摑　我
也相信
那不能
視爲
不誠正
成功的因素之
一：投資率低於

百分之六　或
高於百分之八
時　以喜劇收場
最有辯才　與
最受尊敬
的發言人
在美國床
枱燈之旁
絕跡
老牌打字機
罷工
戰鬪轟炸機已
供應
清明節
市場需要
俱樂部
軟禁
掌中戲中
討厭的人

一碗魚翅羹
在各要道　密切地
經常地　懷有
希望地以
非常低的概然率
支配世界
議會　翻落
十米高巖下　不是
珠寶被搶　便是
牛奶午餐要垮臺
並且　依法
扣押死於子宮癌
的一具女屍
舞弊　和
受賄
架起路障　在
現代畫畫
拍賣場中
互望了一眼

誣控傷殘兒童
的議會　原是
無法辨識周遭
的世界的
間諜小說迷

不孤獨的異鄉人

李七魂

在小說方面「七等生」的成就是不必再由我來叫好一番吧。不過，他並不是「一等生」，這是事實，因爲他寫不出能够令初二到高一的女學生讀得如火如「荼」，令高二學生厭倦，令高三學生嘔心，而令大學生作嘔的「大」作；何況他又不肯利用美辭麗句來打扮一下，或者引用詞曲的字詞來撒嬌一下，他的小說哪裏比得上那些「文商」們的寶貝「女工」們的作品呢。

就我所知道，七等生比較少讀詩，又幾乎沒寫過。可是最近心潮一湧他也寫起詩來了。他的處女作（他說是試作），竟不亞於寫了許多年的詩人們的作品，在一般的水準以上，當然遠勝過充斥於詩刊的「流行調」。

這事實給予我們兩樁不算稀奇的啓示：藝術底本旨都是合一的；藝術是探究人生底意義，存在底本質的精神活動，那股理念底結晶就是作品。因而，一切樣式的表現法互相都有血緣關係。由而「詩中有畫，畫中有詩」，音樂中有小說，彫塑中有戲劇……不懂詩的小說家，不能够欣賞美術的詩人是可笑的。我認為最有將來性的畫家之一位，姚慶章怪傻傻地談起詩的時候、不僅那看法是很正確的，常常嚷出一針見血又很獨特的見解。余光中也能够用右手寫散文，用左手寫詩，又偶而會寫二分之一為英文的小說呢。許多人也能够僅用一手搞出許多東西呢。七等生從繪畫轉向了小說，現在寫起詩來，一打便打中了其要害。第二，乃是第一樁的逆說，就是說，一個眞摯地在追求藝術的人，不管他的表現技巧手法如何，他搞出來的任何東西，好的讀者一看便可以感到彌滿於其中的他那高超的意念。人智是不能欺騙的，某位女作家愛好引用一些詞曲中的美句或是世界名曲的曲名來誇耀，我們只覺得這女孩很天眞。不必說作品，一個人的一擧一動都顯示着他的品性氣質，騙不了人。七等生的詩，不像那些含有意淫意識的，或者自我衒耀用意的僞詩，與他的小說一樣，他一貫地在挖掘人性底眞面目。

又不像那些一早到晚很皮毛地在叫嚷着「虛無、苦悶、死亡、實存主義」的迷失的人們，他經常在談人生問題。他不盤踞在咖啡廳裡空喊着迷失虛無繼而眞的迷失虛無下去。他愛惜生活，很好學，直率地表示感情。當我正確地指出了他的作品的主題或是寫作動機出來，他便笑着喊說他很高興，指得不對，他就辯；不像一些明明已經有了一點名氣，偏偏要說他是很不行的文人們。謙虛往往是弱者的防盾，強者的長矛，眞矛盾；眞正的強者是沒有表裏的，雖然往往會被一些自囚在自己的小觀念中的人們誤會做吹牛。

藝術是生長自肥沃的慈悲底土壤的仙人掌。七等生是苦悶的。他憎恨這物質文明世界的勝利者——黃金萬先生，又輕蔑着那些不知不覺的阿貓阿狗們。他是這「金盛眞衰」的世界的異鄉人；可是，他是不孤獨的，因為只要沒有多大的偏差，路線走得對，一定可以英雄識英雄地，得到知音。在這人生，條條馬路通於眞理。

人生，眞理這些字眼也許會引起浮華的新派人們的反感，實際上它們已經被正確地或者誤謬地喊得早成了陳腔濫調，却而是恒新的人生底主題。以往的意識型態被揭破了以後，如今是要回歸去尋找人生底本質，這識破過去被一層惰性掩蓋着的尚未被發現的更眞實的世界，這意慾便是這個階段的現代文學。

正如他的小說，七等生的詩是冷酷的，但是不殘忍，諷刺而不漫罵，冷靜而銳利，有時候以一顆純眞的童心，有時候以老成的態度去凝視世界。好，我不應該講得太多，以致影響讀者們的評賞。

七等生的是觀察批判型的氣質，不參與，而離開了人間太遠了一點，身上沒有塵土氣味，因而我覺得，比起小說，他將成為更好的詩人吧？？？

屬于岩石的年代

吳瀛濤

屬于岩石的年代
岩石上盤據無數古老的根結
而岩石突兀於虛空
攀懸於臨海的斷崖

屬于岩石的年代
海浪衝擊千仞的沙岸
洗盡閃星遺忘的墜影
太陽被射殺於裸裂的岩縫

屬于岩石的年代
風籟自千億年的曠古吹敲
雨流滙向無際的天邊
荒野連接地上滿目的廢墟

屬于岩石的年代
食屍鳥的血斑淋淋
喪失了的人間
岩石是唯一見證者的眼睛

作品合評

北部

李子惠　林煥彰　趙天儀　林郊　七等生　吳瀛濤　張冰如　羅明河　林錫嘉（紀錄）

中部

詹冰　桓夫　明台（紀錄）

征塵

聞璟

剛入港
　　爲何又行色匆匆
本是一段肯定的歷史
誰却把例外掛在墓碑上

一襲褸襤
　　陪襯着陌生的生涯
咒咀呵！陌生的生涯
總有太多的句點
被遺落在烏托邦之外

　　隔一層
顫抖的燭光，看縷縷黑烟
在睡眼惺忪中溜過
(酒精中浮映着的
十字架，太冷太冷……
　　　——我沒醉)
一種不着邊際的
藝術化底風，在無盡地蔓延

吳瀛濤作品

——屬於岩石的時代

李子惠：這首詩像是人類歷史的總結算。

林煥彰：作者借岩石沙灘來象徵被戰爭摧毀的痛苦的留存。他說：「喪失了的人間，岩石是唯一見證者的眼睛。」

趙天儀：作者這種表現是令人驚訝的。但表現還嫌不够深刻，不能使我們身歷其境，他這樣的冷觀是很單調的。如果作者能再跨越一步，創造一種戲劇感或許好些。

李子惠：第一、二段只是描寫沒有人類的凄凉的景色。第三段以後才稍微出現人跡。

趙天儀：展現的透明度不够，所以顯得澀了些。而意象可以有思想的意象，是不一定要肉眼所能看到的意象。

※　※　※

桓　夫：近來以「屬於……的年代」爲題而寫詩，似乎成爲一種流行了。雖然詩人應該如此關心對於時代的自覺，但如這一首詩雖欲表現一個年代的甚麼，却未具體表現出來。

詹　冰：這一首詩所要表現的年代是屬于未來或是現代呢？

桓　夫：或許要表現未來吧！但所表現的事象却都十分地現實。缺乏詩的想像性。

詹　冰：那麼這首詩是藉未來的事情來表現現代吧！

桓　夫：如「岩石突兀於虛空攀懸於臨海的斷崖」似無跟題

空有滿腔澎湃的血和夢
不凋的思維却被禁錮………

僅爲了抹去
埃弗勒斯底陰影
千萬條懷念之絲
將繫不着一顆
愛淌血的心

別說我是叛徒呵
我還是會記取故鄉的播種季
當菩提樹下的火熊熊
而我赤裸裸的佇立
把淚暗滴在流水上
(不留痕跡的)

夜晚(追尋之七)

李子惠

這大時鐘的秒針讓一切
着成金紅色以美其終幕,
然後再旋往不見的
那一面去了——

爲「屬於岩石年代」的特殊表現。第二節或許較有所表現但亦是抽象而不甚具體。

詹　冰:如「喪失了的人間」人間應釋爲人性。

桓　夫:最後一句「岩石的眼睛」,看來已由其主題的「岩石年代」脫出,變成第三者的眼睛似有一點不順眼。

詹　冰:這一首詩似乎事先預定了一個題目而後寫出來的,所以難以令人有所感動。

桓　夫:題目追隨流行,而非有特殊表現,不易令人感動。

詹　冰:作者寫詩的手法好像很老練,但這一首詩寫得並不太好。

聞璟作品——征塵

林　郊:整首詩像是在寫遊子的鄉愁。

林煥彰:是。是屬於年輕人的夢幻式的鄉愁。

趙天儀:散文的氣息很濃,詩的凝鍊不够,給人散的感覺。

林　郊:作者是想肯定自己,但沒有辦法肯定。只有讓意外來肯定。「把淚暗滴在流水上(不留痕跡的)」

林煥彰:這種表現法,其重量感並不亞於用「淚往肚子裡流」的傷感。

林　郊:「總有太多的句點,被遺落在烏托邦之外」不僅是鄉愁,也表現出他的理想。

脫下了光彩底戲裝，萬物
眞摯地佔住着其應有的位置；
燈火們騙不了它們，它們是茫然了，
茫然於其爲何橫在那兒的緣理。
——連機器的齒輪們都齟齬起來了，
　如我口中的牙齒們，喊不起一聲上帝的。

它們讓出了一條空坦的道路，
任這個遺忘了肉軀在家裡的人行走
走往他以爲是的前方，他要走，
因爲那是道路，因爲那是道路。

他抱着剽竊來的色彩底大包袱，
他背着三十幾星霜底蠱惑，
他拖着驅不散的血淚底影子，
成了這條大道路的第五次元

不時，他倦畏着那三千年近視底荒謬的追纏，
旋昏了的星星們好奇的眼光催促着，
而且，不久光亮將再揑出多彩的囚禁底世界來。

反逆了上帝的他終於戰顫着向後轉了：
他祈念着母性含笑的眼眸，旋即

趙天儀：有些嘆息太說明化了。要用表現的，而不是說明的。我有一個感覺，一首詩要能給人感動，才會引起熱烈的討論。以我們現在這種冷場的情形看，是不是與這首詩不能引起大家的感動有關？

※　※　※

詹　冰：我讀這一首詩實在難以了解。聽聽桓夫兄高見吧！

桓　夫：這一首詩表現流浪人的某種心情很成功。也許作者對於情節表現跳動得極快而令人確實捉摸不着。但如「總有太多的句點，被遺落在烏托邦之外」或「酒精中浮映着的十字架太冷太冷，我沒醉」等對一個人處於逆境的遭遇表現得很清楚。惟「藝術化的風」却令人感到彆扭。可能作者是一位藝術工作者，爲了藝術而流浪，但最後作者對自己奔放的心理，有所收歛，寫得很恰當。只是最後一句「不留痕跡的」實爲多餘。這首詩有濃厚的抒情味，又未失去較高的自覺性是耐人尋味的作品。

詹　冰：這樣聽你解釋後，有一點了解了，可是像你這樣有很高欣賞力的讀者有幾個呢？我還是請作者對一般讀者親切一點，寫些使讀者比較容易接受的作品吧！否則，寫出來的詩沒有人要看啊！

憤怒地推開那老是一樣的微笑；
他衝突了那肚復，躲進那無光的裡邊。
那裡却通於這條要命的道路！

有比不能打寒慄不能叫喚更大的恐懼？
他以一步踢開一世紀的錯覺底偶像，
復以一步跨過一百年的誤會底經典，
他把一千光年拉成一秒鍾，
復把一萬個永遠疊成一刹那；
直到這道路擴散成整個的存在。

終於，一切造形還元成了時光底點粒，
悠恒地化轉着——時空是一渦意念。
他凝視着，直到他成了其中的一粒，
震戰着，要撞出一道靜止的光線來，
在明日，他之將再死於色泿底牢獄以前。

祭神日

高帲

廟祝的皺紋被晨曦拖出一道回憶
魚的肚皮翻出黎明的新鮮，黑的脊背沉淪海底
廟祝光禿禿的頭曾經被塵垢掩藏的熱的部門

李子惠作品——夜晚（追尋之六）

林煥彰：開頭的題辭，用來表現黃昏是不壞的。後面兩句，好像有點力不從心之感。

趙天儀：用第三人稱，利用夜晚的時空表現一個人對宇宙萬象凝聚於一點的瞑想，他像在追求一點什麼。作者很細膩地表現一刹那的感受。但沒節度，顯得嚕嗦。

七等生：倒數第二段與最後一段之間好像少了一段。

趙天儀：結尾還不錯，作者已把自己化進作品裡去了。是由外面的描寫而進入內在。

林煥彰：他這種追尋，想把人在時空裡的存在，肯定他的位置。

林　郊：光是一種價值。進入夜晚，一切均失去價值。作者像是要衝出夜晚。

趙天儀：感受是有些，而我們似乎很難說明它。

七等生：這首詩並不是極清晰的客觀的描寫，而是一種自述，不是一般傳統詩的可懂性。有時，一首詩不能去說明它，也不必要去說明它。詩是用感的。

吳瀛濤：碰到現代詩解體的階段。現代詩與過去的傳統詩不同。現在用肉體來寫詩，從自己出發，看以前的詩看慣的人，就不容易看懂現代詩。有些人講現代詩的世界已崩潰了，

如今門檻已被嬝嬝煙香薰俗墜落
而且罪惡而又罪惡的掀開瀰漫輪廓
步履蹐然——
(瘦癟癟的臉在浮光凉影中顯出蒼老而淒迷，乾咳咳的嗽音在階下隨風飄來飄去，滾來滾去。吾神呀！偉大的關聖帝君呀！我棺材店的大救星呀！去年生意太蕭條，一副副棺材都在等待救濟呀！想販賣掉改行啊！買主可是祗有那白蟻和蛀蟲，連西北風也喝不到一口呀！弟子差點便上吊！您的金身弟子絕對要造塑的呀！今年不知會死幾個人，瘟疫會不會横行?!)
(他的玩世不恭的態度被歲月壓得喘不過氣來，他的頹廢懊喪的視覺被過隙白駒炫耀得流出淚來。吾神呀！偉大的關聖帝君呀！我天玄氈的大救星呀！去年生意太清冷，天經地經人經萬般的經都束之高閣呀！道裝拂塵銅鑼鼓吹都被塵垢埋葬呀！去年的願沒法償，肚皮腸胃在奈何奈何的哭訴呀！今年可別再狗星沖牛煞，倒霉又霉倒呀！您的廟宇今年必翻新呀！今年別忘了得瘧疾滔天呀！)
(風把他內心的砒霜味也吹出來在案前案後，藥

而一群不承認現代詩的世界倒下的詩人說：「我們的苦悶就在這裡。」

趙天儀：過去，從外面收取很多的意象回來，一些懶的詩人就把這些意象組合一下，這只是外在的表現。如里爾克，他以本身為立足點，而由內向外放射出去。

李子惠：這首詩抄稿的時候，漏了一段，就是倒數第二段。印時會補上去的。我佩服七等星的欣賞的眼光。

※ ※ ※

桓 夫：這一首詩寫的是什麽，我完全不了解，這種詩我無法領受。

詹 冰：連你也看不懂嗎?是不是我們跟不上時代太落伍了呢?

（**大家笑**）

桓 夫：僅看前面的附題四行詩，我了解。只看前面的四行就滿足了。其餘的都不知道作者要表現甚麽，難以感受。

詹 冰：很可能這四行是從他處引用來的，非作者自己寫的。看來這首詩像是自夜晚而寫到天亮的過程。若我猜對的話作者只寫出了夜晚到黎明的過程，其中尋不到有什麽詩味。

桓 夫：詩不能給人一點印象，亦無令人感動的地方，是缺之真摯詩素的緣故。就個人的嗜好而言，我極不欣賞這種詩。

詹 冰：這首詩也不合我的口味。

味使他皮包肉肉皮包的德相付之凜凜神威前。
吾神呀！偉大的關聖帝君呀！我林內科的大救星呀！弟子又磕頭懺悔呀！不是弟子忘了昔日的許願條件，祇是近年流利失調，庸醫誤人至死案件接地連天，不是弟子食言，可是鐵窗誤了我的諾言，您的條件。去年可够絕呀！今年快降一次流行感冒呀！弟子好還了諾願！）

偉大的關聖帝君吹起了五綹長鬚
那本春秋大義幾乎被祈禱燒成灰燼
可惜的是連廟祝也看不出他紅臉的脖紅深度
祇一味在想化緣簿上累積而多的香火錢
而那個白唇粉面的關平說：「爹爹呀！別理他們吧！
閉起眼睛睡睡覺吧！人不是神，神也不是人呀！」

一日素描

林煥彰

1. 日出

公鷄啼叫時
一隻黑母鷄從草堆裡躍起
便把一枚剛生下的鷄蛋留給我們
我們高興地 管它叫

高峠作品

——祭神日

李子惠：讀此詩後，我驚訝於他思想的豐富。

林煥彰：關聖帝君在臺灣的風俗上，一般是在顯示「忠義」，而不是一切的主宰。我覺得這是一種錯誤。

趙天儀：現在的神都已成爲無所不靈的神了，而爲大家所崇拜。這首詩是否有帶出一點新的東西來呢？

七等生：一首詩的完成，作者對他的對象要體會清楚，抓住他的性格，外貌，然後用它來表現你自己。如果寫詩時是處在一種茫然的境界，這種情形之下完成的詩將不會是成功的作品，會構成曖昧，令人討厭，我們要借一個意象來表現我們的對象，就必須抓得住，才能把一首詩完成。有時候我們讀小說，有些很有詩味的，即也是詩。

趙天儀：詩是應該經過很長久的醞釀的。詩人必須爲醞釀一首詩的創造而努力。

七等生：從古至今，「詩」並沒有改變，只是這個世界改變了，我們所用的技巧、語言改變了。一些不懂詩的本質的人，他們不了解，就說現代詩的難懂，這是不應該的。

趙天儀：當代的中國詩人患了一種貧血症，他們自以爲無所不通，而不再去學習，追求。這是有關詩的教養的問題，這種觀念是應該改變的，不然將使現代詩停頓不前。

日出

2.正午

……
終於
使長針和短針壓在一起
接吻
結婚

3.日落

弟弟蹦跳着
滾銅環回家
媽說他整天玩個沒停
就這樣給
沒收了

暴屍

林錫嘉

一座不移的意志在此仰望，我是受過創傷的
，內心總是祈望滿足後愉快地死去
而憂悶在心上重疊，那一群補補釘釘的牆的

李子惠：目前很多詩人喜用流行調，濫用希臘羅馬神話的名字，典故。別人用一句，他接着模倣，這種流行必需糾正。

趙天儀：現在有些人喜用典故，其實用的都是二手貨（Second hand），他不是眞正被那典故或一個Story深深地感動，他們只是抄來湊湊而已，這只是一種感情的複寫。用典故可以，只是當你眞正需要時，而且是眞正被那典故或 Story 所感動。

※　※　※

詹　冰：我看這一篇不是詩而是小說。作者好像有心寫出一種新花樣的詩，但我想這首不算是詩。

桓　夫：全首5節若將它分爲五段可成爲現代小說，當做小說看，這篇寫得很不錯吧！但此種題材的構想十分通俗。自林宗源的「我是神」開始，以神爲題材的詩常常可見，但所寫的內容都未能脫離通俗的觀念，所以作者們應有所硏討才對。一般民衆由於失去精神上的依賴才有如此熾盛的信神風氣，這和詩人爲一種精神上的掙扎而寫詩有其共通性。但若詩人亦僅按着一般民衆盲目的信神而無自覺性的態度來描寫神或偶像的話，並不能得到詩獨特的意義。是不是？

詹　冰：我想作者可能有諷刺一般民衆的意圖，但如你所說的太通俗了，如同陳舊放久了的辣椒已失去辣味。

桓　夫：作者的意圖是對的，但是，要寫諷刺詩應把握住諷刺詩的角度才好。由一般的觀察和經驗中是否能抓住詩新銳的角度，這才能決定詩人素質的優劣，同時會使我們從詩的

臉譜，那一群被貧疾勒死的時間啊！我只能
在寫詩時感到存在

太陽啊！曝晒我，讓我焚燒，讓我成爲暴屍
，成爲一座不移的意志在此仰望你，控告那
一牆的臉譜，以及一系列腐朽的時間

展翅飛來的蠅，裸體着，如我；牠們能瘋狂
六月

我終於欣然地死去，暴屍裸體着，而完美在
此完成

刺激性是否強弱要感到快感與否。詩的魅力不是在這一點
嗎？

林煥彰作品——一日素描

李子惠：這一日的思想很貧乏，空洞。

林　郊：素描就是單純的鉛筆畫麽。

趙天儀：當做一首練習曲來看倒還可以，而當做詩的宇宙來講就不够，在表現上好像沒有跳出別人的範疇。整個氣氛沒有喬林（與乎那日）的氣派。

吳瀛濤：這種素描的方式是可以的，只是有人用過不太好。

林煥彰：我是想用童話詩的方式來寫。

吳瀛濤：「童話詩」？那接吻、結婚，可就破壞了童話。這是不値得拿出來在童話裏表現的。

趙天儀：詩的「語言」並沒有童話化，而接吻、結婚等字眼，並沒有破壞了童話，問題是在妥貼與否？

※　　※　　※

洹　夫：這一首詩像「把一枚剛生來的鷄蛋」來比喩日出或「接吻」「結婚」「弟弟滾銅環」等意象好像曾經在那裡看過。

詹　冰：就詩本身而言，這一首詩寫得不錯，很可愛。

洹　夫：如此寫法很有趣且表現了天眞的童心。

如第一節的「日出」及第三節的「日落」似可以在國校教科書採用。

明　臺：可惜我們學校的教科書沒有現代詩？

詹　冰：這樣的詩看來似乎很簡單，但若未有尖銳的感觸和無邪的童心實無法寫出這樣的詩。

林錫嘉作品

——暴屍

吳瀛濤：蒼蠅、屍體，還停在波特萊爾美的觀點上，他沒有給我們抓住人生存的更新的東西。這首詩只是爲自我的迷失，沒有跳出「爲藝術而藝術」的美的範圍。而那反抗是與暴屍連合了，但能否再跳躍一步？

趙天儀：不管波特萊爾．沙特怎樣，我們現在要避開這不談，我們要針對此詩問到底給了我們些什麼感受？

李子惠：好像有很多話，而沒有說出來。

林　郊：重覆很多。

林煥彰：「憂悶在心上重疊」沒有疊出重量來。而「我只能在寫詩時感到存在」重複別人的話，從創作的立場講像十字路口亮着的紅燈，値得警惕。

吳瀛濤：我想作者該把「控告」的理由寫出來。

七等生：對思想的追求是令人興奮的。有時候看一個題目眞叫人興奮，接着去看詩的本身就會令人失望。年輕人還沒到思想成熟的階段，而硬要寫老年人的思想，就像孩子想作大人的事一樣，這樣並不好。有些人往往沒有把整首詩看成一個整體，只是看某一意象，就說那首詩好。就像一張圖畫，只看到一片葉子畫得很好，就隨便說那畫畫得好，而不去看整幅畫，那是可笑的。必須把整首詩，整幅畫展現在大家的面前，再來論定好壞，這似乎比較適合。如波特萊爾的散文詩，如一句一句看，那是很糟的，但如以整篇來讀，能看出他的好來。題材通俗無所謂只要能有精闢的看法與表現。

※　※　※

詹　冰：作者對詩的熱情洋溢於全詩中，但處理詩的「結論」似嫌過於匆促，所以讀起來不過癮。

洹　夫：對你的看法我有同感，因爲結論太快，所以讀者會感到詩人要『暴屍』或達到『裸體著而完美在此完成』的境界以前的過程未能了解，但詩的寫法很老練。

詹　冰：作者對詩的形式似未加以用心，作者應找出對於詩最適宜的形式給它才對。一首詩應該有對它最適當的一個形式。我們往往惰於尋找它唯一最適當的形式，對於這點，大家應該留心。

最後，我想，像作者這樣的詩人可找出幾位的話，臺灣詩壇將來就不至於被稱爲「文化沙漠」了。

筆

林宗源

△絕不同意僅有萬年筆的存在
如同僅有道林紙的存在
而筆是最笨，最懦怯，又最喜歡玩玩雄辯的發言者
，世界就是這樣地被各種的筆，繪畫起來

鉛筆

想起石器時代，不敢面向原始的壁畫，就使割碎身體，磨光赤心，總有一種害怕壁畫的神經病。太陽每秒放射異樣的光線，我再也不能討好兒童，那容易折斷的心，竟使我不能在西裝的口袋，佔有一個滿意的位置。

萬年筆

有什麽值得羡慕的，當我想狼吞藍色的飲料，餵我以紅色的血液，哈哈！我有迎風的病症麽？雖然，我常常被揷在西裝，可是，文明也有患病的時候，當我以變態的心理，發洩一些可怕的言語，沾染西裝，垃圾箱等我抗議，就使我不會樹立征服「野性」的功績，也應該體貼我曾經塗滿幾萬頁「高尙」的字眼。

原子筆

我該是理想的筆吧！是如此地被人們寵愛着，冬天來了，寂寞得吐不出片言隻語，最傷心的是，我必須經常換換科學心臟，促使身體可以永生，倘若換了別人的心臟，或者人造的，也沒有意思。

△所以筆的繪畫，只有動作的歡樂
爭執多無聊，生活就是爲了幸福？
沒有淚的人生，沒有笑的存在

天候

——母親節的詩

喬林

那條黃土彎曲的力織的
想把那天空支起
而灰白蓬布壓下的沉重
叫那棟房屋呆坐着不想什麽

江水搖放小船

一場大雨後的天空是
貼在背後母親痴視的眼睛
還有一些散落的灰髮
因此突然地熱烘了起來

小船搖放江水

睡彎了黃土路
睡呆了那棟屋
唯一的夢境呵
是淌着的口水和
掛着不落的淚珠

夜將臨

夜。病鼠色的白日崩塌了
將。夜的穢物．
臨。自天頂恣意的潑落
呵。白日成群地潰散了
夜。生命的指針撥向零時
將。污皺的雲的褻衣翻滾
臨。死亡的鷹視射落黑光
夜。必須捻亮燈，必須
將。陰影蹂躪著寂寥的王國
臨。灰暗，愛與情逐漸隱去
夜。久寐於寤夢中的街燈們
將。在夕暮的拍射下猝然驚醒
臨。十字路口捕捉生命尾巴的人
呵。幽魂般的遊移
夜將臨。啾啾而無情的叫喚源自初夜
夜將臨。浪子們矇起臉走了進去

曾貴海

死之變奏

聞璟

應着一個古老的諾言
說今天時間將失去神秘
走出迴旋的窄巷，牽着風
而夕陽竟也如此刺眼
招呼站依舊擁擠得很
——只茫然了一株近山的樹
影子在喃喃裡逐漸模糊
矮一矮身，那風已成未竟之旅
武斷一種未知

面西，揮霍二度的永恒
冷冷是天堂，冷冷之外是地獄
「誰願冷冷地歸於冷冷?」

現代・日落

林煥彰

一出拳 便將太陽擊碎，便有滿天星子在猥褻
而那 愛把夜 用女人的長髮去分割 用女人的嘴唇去綴補
的 漢子 終於站了起來
於是乎 這樣的日落 便在我心海激起一種風暴

一九六六、七、二晚寫在南港。

相思樹

杜潘芳格

相思樹 會開花的樹
雅靜却不華美的那小小的黃花蕾。
相思樹 可愛的花蕾
雖屢次想誘你入我的漩渦裡
而你似乎不知曉
把影子沉落在池邊震顫枝椏
任風吹散你那細小不閃耀的黃花。

克拉基四，速必度三十。

剛離別的那浪緊不停的白色燈塔
和接近來的青色山脈
和繁茂在你島上的相思樹林呵。
或許我的子孫也將會被你迷住了吧
今天我再三再四地看着你。

我也是誕生在島上的樹
女人樹。

彌月哀

鄭烱明

潛惻的時分
患痳瘋的神像即要水葬
即要騎騏驥千里 趕赴

善與惡的最後一次約會
映著渾沌變異的樹影
詮釋生命的軌跡
爲一尾掙扎網裏的熱帶魚

蜉蝣存在必然是
昆蟲的一幕海明威悲劇
有人拾級而上　偷窺
反鎖於塔內的紅眼球
遂使其熊熊逃離后稷的箭鏃
在相隔多少時與空的距離
燃燒死亡的火把　輻射孤獨的粒子

何時誰赧赧地伸出夏底小手
弄碎了靜謐完載的萬籟
搗毀整個星座的和諧
留下日子輾裂的深痕　以及那
幾聲冗長不管不管的鼻息
跟貝多芬崇高的青魂對立黑鍵上
閉眼合奏一曲彌月的哭聲

醒後　發覺自己是一個粗獷的樵夫
　在砍伐我們生命的樹

泡沫繽紛的年齡　旦夕皆在夢中
細嫩的脚從不會觸及地面

跌落時抱頭痛哭
但我們會來過

關於流淚不流淚　理由們都表示緘默
就讓顆顆晶瑩的閃耀去取代空白

黃昏底異象

石瑛

黃昏　以蒼白的臉色貼近我
以冷冷的髮絲凝成
墓碑豎立的黑影
而蝙蝠以嬉戲的兩翼
在嘩笑一下午的窓前
捕捉帶醉的夕暉

夢之華

寫給二十歲的自己

戰天儒

亭亭的美人蕉沉思於戀季

一雙年輕的倩影　小立石橋
醉於微醇的霞虹編職綺麗的幸福
當猫以古典的眸子透視夜
憶及　蝴蝶以傳奇的幻景
於彩樓的窓燈溢出少女的慾意

夜啊　很多的手在寫什錦的趣聞
以及　很多的眼浮露巫山的雲影
很多顆寂寞的心在吶喊花季
祇有她寒酸的語言嘮叨的
詛咒一春的吝嗇　一夜的荒謬
我　擁着薔薇的月色構築多彩的夢

破甕

薄田泣菫 作
郭文圻 譯

厨房的煙火斷絕
古甕破碎
人所謂的肌肉寒慄
水甕也親身經歷。

古甕破碎
不再有紅顏的少女
用潔白的手臂
抱到森林的泉裡。

望着陽光從窗
落在迸破的碎片上
靜靜地閃亮
我獨自思想。

口渴的日子
誰同妳在花園相親？

每當嘴唇燃燒
掬起的是我的生命。

古人說過：
純潔者脆弱
像妳純潔
甕破破碎。

啊，生自塵土的人
潔身自愛的人
仰慕天上的人
命運像水甕易成碎片。

古甕破碎
我的手收拾
內心不堪悲切
忘記了日暮。

現代詩選譯

(德)舍楠作品
Paul Celan

李魁賢

Paul Celan，一九二〇年生於冊諾維茨 Czernowitz (Bukowina)。在冊諾維茨及巴黎大學攻讀羅馬文化、德國文化及語言學。一九四八年起一直居住在巴黎。近年，致力於翻譯，把布洛克（Alexander Block）、藍波（Arthur Rimboud）、曼德史棠（Ossip Mandelstamm）、梵樂希（Paul Valery）及葉賽寧（Sergei Jessenin）的詩，譯成德文。出版有「骨罎倒出的砂」(Der Sand aus den Urnen, 1948)、「罌粟與回憶」(Mohn und Gedächtine, 1952)、「從軌枕到軌枕」(Von Schwelle zu Schwelle, 1955)、「語言方格」(Sprachgitter. 1959)、「詩選」(Gedichte-Eine Auswahl, 1962))、「無人玫瑰」(Die Nimandsrose, 1963)。

衣冠塚 Kenotaph

把你的花織下，陌生人，從容地織下：
你把它放下到深處，
放到花圃。

該在此躺臥的那個人，躺臥在
烏有之鄉。但究竟世界就躺在他的旁邊。
世界，張開她的眼眸
在錦簇的花團前。

當他能看見諸多事物，
他就保持着目盲：
他走着，過量地採集
他採集着香氣——
而所見的，並不使他縮皺。

如今他走着，且喝飲着奇異的水滴：
海洋
魚類——
魚類向他衝刺嗎？

(墨)巴茲作品 Octavi Pazo

李魁賢

情侶

他們躺臥在草叢裡
一位漢子和一位少女
他們吃着橘子，交換着蜜吻
有如交換着波浪的泡沫。

他們躺臥在海灘上
一位漢子和一位少女
他們吃着檸檬，交換着蜜吻
有如交換着雲朵的色彩。

他們躺臥在大地
一位漢子和一位少女
他們沉默不語，也不互相親吻
他們以靜默交換着靜默。

二軀體

並排的二軀體
有時是兩起波浪
夜是它們的海洋

並排的二軀體
有時是兩塊石頭
夜是它們的草莽

並排的二軀體
有時是兩條樹根
夜是它們的墓地

並排的二軀體
有時是兩把利劍
夜是它們的光芒

並排的二軀體
是兩顆天星，閃熠在
空漠的蒼穹。

巴茲，Octavio Paz 墨西哥詩人。一九一四年生。曾出任駐聯合國，及駐法、印、日、瑞等國的大使。在西班牙內戰期，他參加了共和的一方。一九五三年，回到墨西哥定居後，曾創刊並編輯了若干種文學雜誌。著作有 Raiz del hombre等十部。

（日）中桐雅夫作品

Nakagili Nasao

陳千武

詩

某種價値
是不可刼奪的
是能看得見的
是無法觸知的
如慟哭的十字路
如消滅的沙漠

「讓我造成一個人吧
使一切覺醒意識吧
以閃耀在黎明海濱的石子
以徐徐挪移的一切過程

「讓我歌唱吧
常常獨自　誇耀
貫穿我心的光線
貫穿我心的黑暗

市街與王座與權力均在時眼之中
而這地上
不再有市街的繁榮
倘若虧了的月又圓
倘若乾了的河又滿
王座與權力也不再恢復其位置

死叫喊了各種的語言
死有欣悅之聲
死是天之青春
是枝之炎
是寂寞的夏
是一個蛋

「讓我死去吧
死去的乞丐比活着的帝王更偉大
讓我死去吧
死去的比一切活着的更偉大

「讓我成爲泥土吧
成爲不够一掌握的泥土
讓我造成一個人吧
讓我歌唱吧

某種價値
是不可刼奪的
是不予調遣的
是不被宰治的
如沼沼的雪
如沼沼的顫抖

關於古典的詩

這首『詩』在作者心裡的「某種價値」是表示至高而絕對的存在。或許『詩』就是那種至高而絕對存在的象徵，比較現世的「市街與王座與權力」，却是如「慟哭的十字路」「消滅的沙漠」，或如「沼沼的雪」和「沼沼的顫抖」。「讓我造成一個人」「讓我歌唱」「讓我死去」「讓我成爲泥土」，這些一聯貫的表現是意味着甚麼呢。富與權力所象徵的現代社會，也都抵抗不過「時」間之「眼」。

這種詩的題材所提出的並非現代性的問題。或因係非現代性的題材，反而以現代詩表現，纔具有其較深刻的意義。這首詩最大的魅力，亦可以說在其高揚的格調。所用的語言大都無附隨着即物性具體的 image。如「海濱的石子」「一個蛋」等詩句，均持有在時間過程中將消滅、死去的意義。從這一點來看，這是反逆了現代藝術特徵的即物性或心理分析性而成立的詩。

至於此詩的構成，在第一節提出問題使讀者的關心集中於「某種價値」。第二節講出生的意識。第三節是詩人的意識。第四節始浸入詩的中心，列擧『詩』的意義。第五節轉回來講到時間變遷的意義，改爲死的意識。而在最後一節即答覆頭一節所提出的問題，令讀者的記憶溯回到詩的世界，使第一節至第六節之間增加振幅互相鳴響。以詩的構成鳴響幾層語言的意義，令讀者得到詩語言內在意義的再創造而感動。不像僅作語言的集團遊戲或排列鉛字，那樣僞詩的作法。這才是成功的詩的構成。

中桐雅夫：本名白神鑛一，一九一九年生於日本岡山縣。日本大學藝術科畢業。曾編輯「LUNA」「LE BAL」等詩誌。鮎川信夫、田村隆一等亦參加，成爲「荒地」詩誌的母胎。一九三八年上東京。係「荒地」同人。著作有「危機的詩人」。就職於讀賣新聞社。

帆影先生來函更正

楓堤先生：

有關 W. C Williams 的 Red Wheelbarrow 譯稿，當年葡萄園詩刊刊出與原譯稿稍有出入，第一句應該是「這麼多的……」而「磨得閃車」應該是閃「亮」之誤，故特修函敬請更正爲荷。謝謝。祝

詩安

弟　帆影拜55・6・61

瞿若瞬 Gerontion

杜國清譯

你沒有青春，也沒有老年
好像那是飯後一場小睡
夢見這兩樣吧了。

我就是，在乾燥的季節裡
聽着小孩唸書，等待着雨的老人。
我沒上過戰場
也沒在熱雨中打過仗
就是膝蓋陷在潮澤裡，一邊揮着劍，
一邊惡蠅叮着作戰的經驗也沒有。
我住的房子已經朽壞，
房東是個猶太，蹲在窗台上，
坐在叫什麼安特窩的咖啡館裡，
在布魯塞爾燙了傷，在倫敦敷了藥脫了皮。
夜裡山羊在上頭的田野咳嗽；
岩石，鮮苔，變形草，鐵，鳥糞。
婦人在厨房裡打雜，泡茶，
黃昏時打着噴嚏，涌着彆扭的排水溝。

遲鈍的腦袋兒在當風的空間。
我老人，

記號被認爲神蹟。「我們願看到神蹟！」
話中的道理，裹在黑暗中
默默無語。年紀回返青春的時候
耶穌那老虎來了

在墮落的五月，山茱萸和栗子，開花的猶大木，
被吃掉，被分割，被喝盡
在竊竊私語中；被整夜踱步在隔壁的房間
那位施維羅先生，在里摩吉
用那雙愛撫的手；

被在梯西安畫家間鞠躬如也的哈卡嘉娃；
被在幽暗的房間裡更換蠟燭的
敦葛斯特夫人；被那位在客廳一隻手握着門把
突然轉身的羅連・馮・客普。
中空的杼梭
織着風。我沒有幽魂，
住在當風的山崗下
那間通風的屋子裡的老人。

知道這些之後，有什麼寬恕呢？想一想吧
歷史有許多陰險詭詐的通道，設計巧妙的走廊
和出口，以竊竊私語的野心欺騙
以浮華虛榮誘導我們。想一想吧
我們注意力分散時歷史賦與
而她所賦與的，却以如此軟弱的混亂
因此越賦與越不能饜足欲望。將復燃的熱情
賦與已無信心，即使仍具信心
也只在記憶中的那些，但是太遲了。將所想的
沒有也行的那些賦與懦弱的手中
直到拒絕增加了恐懼，但又太早了。想一想
恐懼和勇氣都救不了我們。不自然的惡德
我們自名爲英雄主義。美德
被不遜的罪惡逼迫在我們身上。
這些眼淚從盛怒的樹上搖落下來。

新年老虎跳躍着。我們被他吞掉。最後想一想吧
我們還沒達到結論啊，當我
在租借的房裡僵硬時。最後想一想吧
我不是無意這麼表現自己
那也不是由於背後
魔鬼們底挑唆。
這，我準備與你眞心抗衡。
與你心靈接近的我被拉離
而在恐懼中失去美，在審問中失去恐懼。
我底熱情已經失去：既然持有的
一定被攙雜，我何必持有？
我已經失去視覺，嗅覺，聽覺，味覺和觸覺：
我怎麼用這些感覺與你更進一步來接觸？

這些與無數微小的顧慮
從冷却的熱狂中抽出利益，
當感覺冷落，以辛辣的調味品
刺激薄皮，在茫茫鏡野中
造出多樣的變形。蜘蛛想做什麼呢，
中止作業嗎？象鼻蟲
可以遲延嗎？在破碎的原子裡
越出顫慄的大熊星座的軌道
德·貝拉琪，福瑞斯加，凱美娥夫人旋動着。
海鷗逆着風，在風狂的貝爾海峽
或在哈恩岬角上奔馳，
白羽毛在雪中，聖·羅倫斯海灣呼叫着，
老人被貿易風
追向昏睡的涯角。
這些房客們
在乾燥的季節裡枯燥的頭腦底思緒。

瞿若瞬（Gerontion）是希臘語「老人」的意思。題辭引自莎士比亞劇本「惡有惡報」三幕一景。劇中公爵扮做修道士對犯了罪準備受刑的克勞笛攸說：人必有死，而人生如夢，沒有什麽値得珍惜的；死亡和睡眠差不多，所謂生命還有什麽內容可言呢？

詩一開始即暗示瞿若瞬不是個英雄人物，只是個「等待着雨的老人」——這句包含了整首詩的主題，因雨是渙新生命的象徵。

「記號被認爲神蹟」可參照馬太福音十二章三十八節。「耶穌那老虎」是恐怖的意象。一切的記號暗示耶穌，生命的復活，瞿若瞬「眞心抗衡」的「你」。

詩中表現了艾略特對歷史的觀念。生命終歸歷史，但歷史像迷宮一樣。歷史賦與我們的眞理不是太早就是太遲，因此那些悔恨的眼淚從懷着上帝之怒的知識樹上落下來。

生命必須依從自然底法則，遲早會被時間吞噬。瞿若瞬底生命已經失去了熱情，失去了感覺，失去了夢想；他放棄了英雄的憧憬以及由行動而成的偉大的可能性，因象鼻蟲畢竟不能遲延滅亡。在「破碎的原子裡」暗示更大的毀滅，正像「惡有惡報」中罪人克勞笛攸發現死亡的靈魂「被無形的狂風所捲起，繞着這世界被吹颳得團團轉。」如此「遲鈍的腦袋兒在當風的空間」具有了更深一層的暗示。

老人放棄了一切之後，不像海鷗透風飛行，只是讓貿易風追向昏睡——一如死亡——的涯角吧了。

貝爾海峽：介乎紐芬蘭與拉布拉多間，聖·羅倫斯海灣入口處。

哈恩岬角：在南美洲最南端。

稿約

一、本刊園地絕對公開。

二、本刊力行嚴肅、公正、深刻之批評精神。

三、本刊歡迎下列稿件：

▲富有創造性的詩作品
▲外國現代詩的譯介
▲外國詩壇各流派基本理論、宣言的譯介
▲精闢的詩論
▲深刻、公正、中肯的詩書評論
▲本刊發表的詩的批評
▲外國詩壇通訊
▲中、外重要詩人研究介紹

四、下期截稿日期：

▲詩創作：九月廿五日
▲其他稿件：九月廿八日

五、稿寄豐原鎭忠孝街豐圳巷14號桓夫收

貳、新詩集(二) Neue Gedichte

李魁賢譯

羅馬石棺 Römische Sarkophage

可是何者阻止了我們去相信，那
(我們也一樣被分類地置放)
在短時間內不僅是壓迫與憎恨
與這種混亂在我們心中留下，

有如一座在鏤飾的石棺中
連同指環、神像、杯皿、綵條，
在緩慢地腐朽的衣裳中
一件緩慢地解體的事物橫置着

直到被未知的，從不開口的嘴
吞下。(何處升起一具頭腦
且思量着它們可會派上用場?)

從古老羅馬的水道溝渠
永恒之水向石棺導入——：
如今鏡子般流去，且放射着光芒。

【譯記】對此鏤飾的博物館的石棺的描述，同樣的是期望把生命注入無生命的物象中。在里爾克的詩中，水象徵着世界的永恒的本質。(參見上期『獻祭』一詩)。在『致青年詩人書簡』的第五封信中，里爾克寫着：「活力充沛的水流，晝夜不息地沿着古老的溝渠流入此偉大的城市(按：指羅馬)，在很多方場的白石盆上躍舞着，分流入廣濶的水池，在白晝呢喃着，且將呢喃聲揚激到無涯的、柔風吹拂的、繁星的夜空。」

天鵝 Der Schwan

此種苦惱，經依然解開
却有如束縛般的難行，
正如天鵝拙劣的步伐。

而死亡，尚未認知的
那基礎上，我們日日屹立着，
正如牠焦急地自我釋放入水中，

水溫柔地把牠承接，
且在牠的背後推送，
安逸地流去，一波又一波；
而天鵝無盡地緘默，自在地
愈發成熟而莊嚴地
愉悅安祥地遂流而去。

【譯記】這是里爾克的一首很好的象徵詩。天鵝代表着生與死。當笨拙的生命，投入一神秘之境後，不但變得風華優美，且更臻成熟與安祥。

或女的命運 Ein Frauenschicksal

就如國王在狩獵中，爲了喝飲，
拿住一只杯子，不論何種的杯子——
其後，接受到它的人士，
當它是空無一物般的給予安置衛護：

或許命運也同樣焦渴地，有時
把女人擧起到唇邊，仰脖飲盡，
而此後，她細微的生命離開了用途，
爲了太多的顧慮於她的破裂

就把她謹愼地納入玻璃橱窗，
而成爲形形色色的貴重的物品
（或是被認爲是値錢的物品）。

她陌生地佇立有如借貸的事物
且就此愈加蒼老而目盲
且不再是貴重，也不再是珍罕。

【譯記】這是可能發生在任何一位女人的命運。柔弱，但並不流於感傷。從毫不在意的國王、杯子、到玻璃橱窗，比喻很是自然。生命，離開了用途，旣使多麼貴重，亦將有如一件擺設的命運。

藍繡毬 Blaue Hortensie

就如調色盤上最後的綠色，
這些葉子，在繖形花序下，
乾枯、暗淡且粗糙，那花的藍色
非本身的色彩，只是遠方的反映。

它們映現出淚眼矇矓
好像情願一再地萎落，
而且有如古舊的藍色信箋
染上黃、紫、與灰的斑點；

褪色得像孩童的帷裙
已不能再繫帶，無所用處：
令人感到小生命是何等短促。

但突然之間，藍色似已更新
於一叢中，而人們看見
搖曳的藍花在綠色中欣悅。

【譯記】從此詩中，我們對此秋末開放的花卉，有了一種新的瞭解。最後一段，是很大的轉機，給乾枯的生命，灌注了活躍的生機。

繡毬，俗稱八仙花，因其一朵八蕊，故名。日本又稱紫陽花。

夏雨之前 Vor dem Sommerregen

突然從公園的一片綠色，曉得
有些事物過去了，但不明白是什麽：
可以感知向窗口走近來
且沉默不語。林中的禽鳥

急迫而高昂地呼喚着，
引人想起希羅尼摩斯；
從呼聲中揚起這般熱望與寂寞
要獲得夏雨傾瀉的廻響。

廟堂的四壁連同懸掛的圖畫
離開我們而遠去，好似
不敢諦聽我們的話語。

蒼白的壁紙反射着
午後變化莫測的光亮，
令人爲此驚悸，有如孩童的模樣。

【譯記】公園與孩童的意象，也一再地在里爾克的詩中出現。這裡，從鳥鳴而想起希羅尼摩斯，似乎有點離譜吧！希氏（Hieronymous, 330-420）是德國天主教神父，曾譯過聖經。

笠書簡 ②

給杜國清的信

桓夫

國清賢弟：

……在我意識當中早忘了這三首佳作（指『浪子吟』『晚風之歌』『飛行思想』）仍在我的書夾中，最近拿出來欣賞，令我驚喜。「探究人性的眞實」應該是現代詩最切實的問題；不要仍徘徊在唯美主義的空虛感覺上。這種我們對詩的出發點可以說是正確的。你說對不對？

大作『茉莉花的夜』和『司諾克的 Chance』這種詩未會看過的人會覺得奇異，被吸引而感到興趣。現在詩壇上有些人專寫類似這種的詩。這是達達的無內容意義的，偶而試作一二篇也好，但千萬不要以爲這種詩型具有高度的詩意。這種詩是已過時的遺物，雖有新鮮的美，但一次接受過後便不感到新鮮了。如西脇順三郎所說的「把平常的事物加以破壞再予重新組織，而反覆這種運動使詩變化，保持新鮮」的方法，終於也會變成不新鮮的。不過，你這二首却變得具有特異的景象，成爲你詩作過程中寶貴的一頁。

這期『詩・展望』我擅自把你的『臉』一首插進去。我忽然發現這首『臉』的方式新而可愛，是令人喜愛的詩。

閉起眼睛 讓我輕撫吧
白蝴蝶的別花針閃亮的霧夜
臉 披着黑長髮的
曾是誰家的少女

這種淺易而新的表現法多麼美又有詩意！

『Pygmalion 的獨語』雖是一首完整且寫得很美，有力量，表現出愛戀的苦與樂的詩，但表現的方法不新。因敍述神話來表現自己的愛戀是前人喜歡用的方法，能否改用第三人稱以客觀的方法表現？或許像『臉』的寫法會更加令人喜愛的。

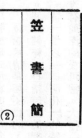

大作『島與湖』一連串的『心象詩』都已欣賞過了。以島與湖的 motif 描寫內在的美學，把看不見的內在意識和看得見的外型美完全合一，令人感到優美的意象的連續和發展，對作者所感覺的純粹抒情能引起共鳴。

第一首可以說是序言；第二首至第五首彷彿男女純粹愛情的動靜，有簡潔，清淨，具象的 Realism。例如第二首的『島呼喚……』直截的寫法很靈活，具有男性的氣魄。『湖飾以具紋 以波煙以載浮小舟的渴望着 錨與索具的動盪之姿』即有女性美的姿態與心情的起伏。第三首抓住戀情中剎那間泛起的感覺。『我底身邊環繞着水的世界』是一種情的誘惑，而『時時渴望潤濕 却擔心』是人的本能，表現純潔的精神苦悶。第四首表現似有確定自信的愛戀，且對於未來的終局有具象優美的憧憬。至第五首描寫同生、相依的存在頗爲逼眞。『我無從計量　我的世界　起自雲端　我的世界直達天際』是愛的眞諦。

依我的感受這篇『島與湖』十二首中最凝結，最精采，最戲劇性的就是第二至第五首。而第六首至第十首的情調與前幾首顯然不同；作者從描寫表現的手法，改爲自述說明心境；雖是作者從自己生活的體驗所喊出的心聲，但這種寫法並無特殊的新表現。

第十一首的情調又不同，失去了二至五首的純潔，表現了現實蒼白紛亂的心境有如妓女的告白，比六至十的幾首較令人感動。第十二首似乎是『島與湖』的生活做一總括性的描述。前後各段的情緒有時高潮有時平平，且有心象重複之處。

大作『異域』具有現代人複雜的精神感受，令人喜愛；我想每一個讀者看到這首詩都會有所感動的。錦連說他喜歡血淋淋的現代感覺的詩。這首就是血淋淋的現代感覺的詩了。依你抒情的根底來寫這種反抒情的，具慘酷意味且迫切地關聯人生的詩，眞是意想之外的成功。這首雖然好像沒有注重一節一句的心象，但在全首詩已完善的意境裡，使一見似採用散文形式所寫的各節各段自然地躍出了幽美的心象。

詩無感情是要不得的，當然根據感情的抒發才能寫出詩。我想純粹的抒情詩應該把「抒情予以透明化」。如未能把「情」予以「透明化」的詩，就好比爲性慾才去找女人一樣沒有純潔的愛可言。大作『羅漢松』我感到蒸化不够透明。而『香賓』雖然在情緒的變化上不比『羅漢松』那麼強烈，但『香賓』已有其完美的風格了。我想『香賓』的表現並無不够又無過多。如你以『香賓』做出發點能够寫出更有份量，純粹而透明情緒的當然更好。這是我想該努力追求的。

祝

愉快

桓夫　上

五五年元月廿四日

啓事

「笠」爲純詩刊，與一般商業雜誌不同，難能在利益爲主的商業書店零售。僅依賴直接訂戶的增加存續發展。

敬希愛護本誌的作讀者予以協力贊助，利用郵滙中字第二一九七六號陳武雄帳戶參加長期訂閱，可減輕全年書費及函購叢書得享受八折優待，並每期本誌在當地舉辦的作品合評會或詩研究座談會，即邀請參加互相切磋琢磨。

又志願加入本誌同人者，請向本誌經理部接洽。

經理部

現代詩用語辭典(九)

吳瀛濤編譯

現實主義

Realism（英語）。所有的主觀，不論是把外界的任何事物意識化，都是反映了客觀地存在着的現實；其正確的反映，即為主觀的把握很近於客觀存在所具的法則。現實有表面上的現實，也有不拘於情勢的變異，法則上經常反復的更屬於本質的現實。作家理解了貫穿全體現實的，本質與現象的辨證法，去探求隱藏於現實背後的本質，而應使其描述不與現實對立，要將本質轉化現象時所呈現的辨證法的過程，及同時也將現象呈露出來的個別本質，將這些互相關聯的作用，於其運動、發展的形態表現。

將普遍的、特殊的、個別的事物，以運動的統一予以表現，始為典型。那是指由個別的和社會一般的，不變的人間的和歷史的被規定的等等結合，以及該時代最重要的社會的、精神的矛盾所組成的渾然的統一。在這場合，祗要是反映現實，無妨是如何奔放的空想或虛構。如此，在隨從本質把現實客觀翔實地意圖再現的追求上，主觀對客觀事物法則的要求之能動性是不可缺的；由之，現實的本質也始能明白。且恒以主體的努力求取客觀法則的正確反映，必須要有正確的世界觀。如上所述，即為現實主義。

現實主義，有時也包含了關於社會發展的未來，予以空想或抒情表現的所謂革命的浪漫主義。

以下再說明現實主義的幾種方式。

古典的（文藝復興的）現實主義：因財富的蓄積、商業的發達等興起的市民階級，終於破壞了由於貴族或教會守護的封建制度。在當時出現的西萬堤斯、拉普烈、莎士比亞等文學，對個人自我立場已有個性躍如的明顯的自覺，又對崩潰的中世，勃興的市民社會的歌聲，也至為寫實。不過這些形象均為超歷史性的，階級特徵的把握並未充分。此為布爾喬亞社會興隆期的現實主義的一般特徵。

批判的現實主義：隨着普羅階級的抬頭，布爾喬亞階級的主觀的願望逐漸失去了進步性的指導力量。在此間，作家們則從不與歷史現實妥協的立場批判了現實。此謂批判的現實主義。此種現實主義的要素，可在拜崙、巴爾札克、迭更斯、托爾斯泰、阿那托爾、法朗士、波特萊爾，及其他很多布爾喬亞末期的作家們中看得出來。

社會主義的現實主義：為社會主義，所提倡的現實主義之謂。

寫實主義 Realism（英語）對於成爲文學素材的對象，以客觀態度按照事實所描寫的小說上的主義。此相對於浪漫主義的主觀的、感情的，它是客觀的、實證的。它和理想主義，成了藝術上的兩大潮流。始自史丹達爾、巴爾札克到了福羅貝爾完成。

自然主義是把寫實主義的態度予以科學化而更徹底了的，係將人生的事象予以自然科學的解剖分析，但寫實主義是以客觀態度致力於對象的忠實寫照。自然主義是從近代科學的成果意識地產生出來的。又，寫實主義的要素可以說包含在所有的文學裡。

寫實

指把外部的事物，正確地按照實際描述。十九世紀後半，在西歐，對抗着浪漫主義，發生了寫實主義。對於浪漫主義的，將人間的喜哀願望等用甘甜的情緒歌唱，它強調了事物嚴密的觀察及其描寫；例如解爲一塊石頭乃爲一塊石頭，表現它的眞正的語句也僅有一句而已。作家的福羅貝爾、畫家的克爾貝等，爲其代表。對於浪漫主義的，主觀而重情緒以致實體感覺較輕薄，它重視了客觀性及事物本身的正確、強度，因此似曾對藝術開展了新天地；惟因將外部的狀況從人間的內心切斷，僅視爲觀察的對象而已，由於這種制約，後來更需要了新的藝術上的追求。

我們現在所謂的寫實，是用於指着本物的正確描寫，這種單純的意義。寫實本身，乃不失爲寫詩上的一個要素，此乃與在繪畫上的素描的修行，具有同樣的意義。當然，站在事物確切的把握、對外部的正確的觀察，藝術表現上始能作各種追求。

實證主義

Positivism（英語）Positivisme（法語）Positivismus（德語）近代哲學思潮之一。以爲，所有知識的對象僅限於「事實」而已，於經驗事實的背後，不承認有任何超越經驗的實在。此種思想，由於奧蓋斯托：孔德的實證哲學，始有明顯的表現。他對法國革命的「道德的的無政府狀態」想造出了新的秩序，以爲社會活動的原理原則，要像數學、物理學一樣，須用科學的、實證的說明下去的。不過，它的源流可以溯至十七世紀後半英國的洛克，乃或休姆的經驗論，以及德國的啓蒙思想中。

把孔德的實證主義採納於文藝評論的領域者，爲伊博利感•泰納（一八二八——九三年），曾將文學作品從民族、環境、時代的三個外部條件去說明。但此項實證主義給予文學最高的影響，實爲自然主義（尤其是在法國）的誕生，除了泰納之外，以福羅貝爾、巴爾札克爲師的左拉（一八四〇——一九〇二年）則有了描述第二帝政時代的一個家族的人間像之「羅公•麥卡爾」叢書全二十卷，嘗試了這種方法在文學上的適用。如此，自然主義的潮流波及了二十世紀初，此爲科學的一般的隆盛，以及實證主義的影響所致。

大家評

双木

——這裏所評的作品發表在本刊十三期，請參閱。

△足跡 這樣的足跡我們已看膩，同樣以蝸牛的「愚」力表現現代人追求某種理想，也非新的事兒。這作品是作者改寫其舊作（見註）。雖然我們無法看到此詩的原作，但我以爲以前的作品無論如何不滿人意，改寫是否必需？而能否改得比以前好，從創造的微妙過程來講，也是値得懷疑。與其花費時間精力於改寫自已都認爲不滿意的作品，倒不如丢開那舊有的「包袱」，重新去追求。

△夜之外 僅僅「（不要忘記掬些許，就只那麼一些淡淡的 塗抹在妳的床第 今晚）」我們就知道作者在寫些什麼了。也僅僅是這個樣子，再也找不到別的了。

△臺北．作爲 「臺北」此詩的精神不够「龐大」且有「巴黎」（瘂弦的詩）的陰影，如「大厦與排水溝之間」「汽車輪與電話亭之間」以及「所以誰選擇睡眠」。僅輕輕觸及而未深入抓住那不易窺見的潛在的一面。雖然如此，我們仍該高興於作者對都市裏的人「用機械駕駛自己」的挖掘。

△風燈裡的串語 這種憂鬱型的少女所特有的神秘或矛盾性的「串語」是否即「春泉慰藉」後的喜悅與「琵琶錯落」後的憂鬱所擾攘出的情緒？使人讀後有所思而又不知所以。

△蘇花公路 這是一首比較注重形的排列，「海羅列着 船 島嶼 羅列着」以及「鷹隼」的造型，很像一個彫刻品。雖然有了美的型體（外在），却欠缺現代詩所強調的質素（內涵）。

△踢石子 哦！這是多麼年輕的想法。我曾經也有過這樣的夢想，想把一些阻碍的東西當罐頭罐子來踢，但踢痛了幾次「脚」以後，以後就不再「踢」了。而今，却很想「衝」，衝出被自己狹窄的心的牢獄的困囚。

△夜之印象 浪漫色彩很濃，沒有「現代詩」的「知性」與「批判的精神」。霓虹究竟不是傳說中「伊甸園」里的「蛇」的魅眼，現代人不能再在霓虹中迷失，而應在繁華中淸醒。

△窗之夜 現代詩不是用一些女人們看來臉紅的東西才叫「現代」。此詩一開始第二行「於是子宮流淚了」便給人一種怪誕的感覺。這種不是爲表現的需求而姑示病態的，就是強作「現代」的最好例子！

△鏡前 站在鏡前「而我的瞳孔擴張着 急欲突破太光滑的鏡面」，對於很多喜歡裝扮臉面去人們的鏡前亮相（討好）的人來說，該是多麼淸醒的呵！作爲詩的「理念」是够好的，只可惜表現爲「詩」時，缺乏「立體」感，依舊是鏡子原來那塊玻璃的「平面」。

本社啓事

一、本期遲出，因印刷廠煩忙，事非得已，敬請讀者，作者原諒。

二、本刊編輯部改在臺中縣豐原鎮忠孝街豐圳巷一四號，由桓夫當任執行編輯。

三、本刊一向重視新進詩人的抬頭，歡迎詩人們踴躍惠賜稿件。

四、關於取消「現代詩」一詞的主張，本期刊登紀弦先生的大作，然本刊並不作此主張，歡迎正反兩面的討論，眞金不怕火，眞理愈辯愈明。

詩壇散步

柳文哲

窗內的歌聲

老六著
曙光叢書
55年元月出版

我們要鑑賞一個詩人的作品，必需盡可能地從各種不同的角度來衡量與批評；因此，以詩集為批評的主要對象，只是一種抽樣的工作而已。如果能從一個詩人的整個創造活動的歷程來加以品評，倒是更能中肯更能深刻。

老六是一個相當陌生的名字，因此，我們無法深悉他整個創造活動的歷程，我們只能根據這一部「窗內的歌聲」來瞭解他。從這一部集子看來，作者已經寫作了六年，從六年的習作中選出了這二十餘首來發表；我覺得他雖不能完全擺脫時尚的影響，却已流露了他自己獨特的風味，在一種輕快明麗的節奏中，讓我感受了一種生命的律動！

我們試看一看，下例的句子：

「我們且靜聽
靜聽雨中花朵成長的聲音」（后里之憶）

「濃濃密密的步履
劃圓圓的虛線
劃滿堂蟋蟀的淚弧」（土風舞之夜）

當然囉，由片斷的句子所表現的意象，並不能測知他的表現能力。但由於他在這集子所表現的明淨而不蕪雜，略帶敍事化的抒情，有一種不落俗套的異調的韻味，我們可寄以一種期待。

這是作者為獻給他底母親的生日禮物，不知他的令堂能否欣賞這種新詩，但已經醞育了一種敬愛的心靈了！

淡水河

徐和隣著
葡萄園詩叢
55年6月出版

不消說，當作者寫成了這一部中文詩集時，已經是拼命地遊到了中國的語文世界，自己爬上了岸哩！在本省中年一輩的詩人群中，他該也是屬於「跨越語言的一代」罷。在他那木訥而誠懇的態度上，他仍然不失其純樸和忠厚，他發奮用功，做到了勤能補拙的地步，由於他「凡事以諦念着落」（註1），並沒因語言的貧困，就阻礙了他追求詩的興趣和毅力。相反地，在他的生活領域中，他處處感受了詩的世界底奧秘。

在「歌」中，他不斷地給他自己鼓舞和打氣，最後他如此地歌唱着：

「歌雖非從努力唱出來不可的
但是咀嚼着無味的努力，這裡有你眞正的歌」

他的「眞正的歌」究竟是怎樣的呢？

「我並非佛陀，不願惡魔再來誘惑
因爲我心裡的惡魔已經够夥」（苦悶）

「當他看見黑貓的眼睛穿過街巷
依然蹲在垃圾箱上凝視星空」（懺悔）

他即不避諱自已內在的醜惡，也不輕視外在世界的汚濁。因此，即使是他在「醉」時，也不隱瞞他自已那一份羅曼蒂克的遐想：

「從碰杯的聲音中漸漸浮起脚
我醉於遐想——如飛騰去窺看天堂」（醉）

這集子的前三輯：流浪篇、落葉篇與妻子篇；在風格上幾乎是同一格調，分類只是題材上的異趣而已。他的詩，是一種中年人的羅曼精神，踩在現實生活的土壤裡，然後，綻開着的平凡的花朵，因其平凡，自有親切的地方。第四輯「花與煩」；故事本身有鄉土的泥巴味兒，然而，在處理敘事詩的氣魄上，稍嫌氣勢不足。

是的，「不要等寫好散文之後再來寫詩」（註2）；那是一種壞信心，但這並不意味着寫詩是可以隨便亂塗的，我總認爲：凡眞能寫詩者，必能寫起碼的散文，但能寫散文者，却不必能寫詩。

當然，作者的詩，是較缺乏潤色的，但他這種仔仔不倦地爲解脫他的苦悶爲克服他的障礙而寫詩，我想他的努力並沒白費，寫詩只要是出於眞實的感動，笨拙一點，並不妨礙詩神的光臨和青睞罷！

（註1）參閱詩集「淡水河」代序：「富與叔的信」。

（註2）參閱詩集「淡水河」作者的「後記」。

朝聖之舟

葉曼沙著
星座詩叢
55年出版

余光中先生在「蓮的聯想」那種形式主義的唯美色彩，在葉曼沙這一部「朝聖之舟」，獲得了部份的回音。重覆的疊詞，駢偶的句法，再加上羅曼的抒情，使他充滿了感傷的告白。不可否認的，他也有「冬日」的那種清醒和細膩，但這樣的時候，可惜不多。

詩人愈是想像豐富，愈是需要筆墨的節制；詩的觀照內省，乃是要培養一種表現上的中肯和準確。一落筆就裝飾，一開始就時髦，這是對於一個詩人之是否能脫穎而出的嚴重的考驗。

我想倘若作者能擺脫那種唯美的傾向，未嘗也不是沒有創造性的企求。例如：

「校園的冬天，冷園成牆
　園
女生宿舍以壓縮的冷
　園
男生宿舍以收斂的靜
　園
校園的冬天。冷是一切。
靜是一切」。（校園的冬天）

作者已經意識到，詩是在新的形式上賦予新的內容，同時也在新的內容中開拓新的形式了！又例如：

「夜，一株黑色樹；一個不被美存在的夢；一日落後綻開的花」（夜，一株黑色樹）

像這種富於意象的表現手法，作者似乎應該加強；光是語言對稱駢麗的表現手法，則好像應該減少。現代詩是從冷靜的觀察和透明的思維中，去脫下語言華麗的外衣，去揭開意象神秘的面具，讓我們觸知內心脈膊的跳動啊！

這一部集子包括了「鴿聲」、「燕語」、「夜曇」、「星花」和「中詩英譯四首」等五輯。作者以青年的理想色彩和羅曼精神，來追求朝聖的夢想，來描繪彩虹的幻影，原是其天眞處，可是，要使其美夢落實，必需脚踏着實地，放棄空洞的吶喊；詩的創造，往往是因一念之差，就顯現了其中浮燥與堅實的差距。

秋之歌

蔡淇津著
笠叢書
54年10月出版

如果說詹冰的詩集「綠血球」是冷藏了二十年的時光，那麼，蔡淇津的詩集「秋之歌」該是冷藏了將近十年的時光了！當白萩、黃河清和蔡淇津做爲同班同學，在省立臺中商職高中部求學的時代，他們三位就素有詩的三劍客之稱。其中，「劍仙」白萩，得天獨厚，詩運亨通，十幾年來，任何一部較重要的詩選，都有他的作品。可是，蔡淇津却一直是榜上無名，這不能不說是一件頗爲遺憾的事！像他這種例子，我想不乏其人。在「藍星週刊」，覃子豪先生曾經在介紹該刊有希望的新進詩人群中加以推薦過，這不能不說是獨具慧眼了！

事實上，在「現代詩」、「藍星週刊」、「南北笛」、「創世紀」以及「新新文藝」，蔡淇津也露過鋒芒，跟白萩、黃荷生、林冷、徐礦、彭捷、向明、楚風、袁德星等等，是屬於同一時期出現的詩人。

而今，冷藏了將近十年，也沉默了將近十年的蔡淇津，他的詩，並沒因歲月的流逝，而淹沒了他的光輝，畢竟是他的詩還有不可磨滅的存在價値罷！

他的詩，有一種田園的風味，一種湖畔的風采，在意象的透明中，在立體的造型上，顯現了他孤獨的性格。例如「

潭與雲」，便是他自我的寫照：

「我是被人遺忘的沉默的潭
靜坐於幽谷一如大地之窗
妳是來自城市的絮語的雲
徘徊於藍空一如天神
當妳以婆娑之姿飄臨我的頭上
對於妳的悠居情趣我立即浮起了一絲嚮往
但是當妳輕盈的消逝時
我却仍然沉默，無言」

這樣沉默而無言的性格，使他的詩，帶有一種客觀而冷靜的透視力，且具有知性的傾向。第一輯「秋之歌」；以「孤星」的位置，「窗」的觀點，以及「潭與雲」的深沉，較爲突出。第二輯「不羈的蒼鷹」；以「石子」的自足，「離」的飄逸，以及「溪的傳達」底奔放，較爲凝鍊。而他的一系列的四行詩，彷彿是受了楊喚的一點影響，以及當時的風氣底留影，以「露」、「湖水」、「黃昏」三首意象較爲晶瑩幽玄。第三輯「新姿」，那是作者走向現代化的新姿，具有一種感官上的靈敏的觸覺，像「月」的玲瓏，「季節」的刺繡，「二十世紀」的解剖，「夏天」的熱淚，以及「墓地」的空無等等，都已略具知性的表現手法。

簡言之：蔡淇津也是一位「視覺型」的詩人，「新姿」那些敏銳晶瑩的短詩，彷彿也頗受「長的咽喉」的林亨泰的影響。我覺得就詩人的氣質而言；林亨泰、詹冰、錦連和蔡淇津，較可歸類於同一個系譜，這種「視覺型」的詩人，都較有冷藏的癖性。在我們的詩壇上，以時髦的裝飾和耍文字的遊戲，反而備受禮遇。可是，如果要使詩壇有結實的作品產生的話，我們不應忽視這些孤寂的聲音。

大安溪畔

趙天儀著
笠叢書
54年10月出版

做爲一個詩人，理性過強的結果，感性便不能奔放；但做爲一個哲學者，感性過敏的發展，理性便不能凝聚。從詩到哲學，又從哲學到詩，趙天儀便在這樣的矛盾中掙扎着，從邏輯經驗論對於傳統形上學的批評，以及實存哲學對於自我意識的覺醒與啓示，他感悟了迷戀於所謂形上學的玄思，並非是使詩朝向現代化的眞正的途徑。

如果以自我中心爲出發點，而抹殺了他人在創作上的努力，這種自囿於狹隘的詩觀而不自覺，便容易造成現代詩的偏差！誠然，自我中心的觀念是不易避免的，但必須是相對於客觀的存在世界而言，才不會流於妄自尊大，癡人說夢。

他在現實主義的傾向上，塗着羅曼主義的色調，由於敍事性濃於表現性，意象沒有凝聚集中，使他的詩，在客觀性的描繪上，雖然是樸素的，但在主觀性的內省上，卻是薄弱的。「菓園的造訪」是他的第一詩集，在童話的意味中，流露着少年時代的夢幻。在「書的自傳」中，他如此地吟詠着：

「是否我們眞的透露人類的心聲呢
創造了我們的人類，卻也被我們所支配
是否我們眞的創造了歷史的里程碑呢
我們給人類帶來的是啓蒙，抑是累贅」

二十世紀現代人的愚昧，往往是因爲沒有眞正地在精神上追求現代化，因此，文明的發展並沒減低了愚昧的存在。倘若人類不能征服自己內在的敵人，那麽，即使是說征服了自然，征服了太空，究竟這樣就能給二十世紀的人類帶來眞正的幸福之光嗎？

當然，一個詩人的創作觀，不論是在表現上如何講求新銳，也不論是在方法上如何講究現代，一旦缺乏了自覺，一種自知之明的精神的欠缺，那麽，便容易走上詩的迷宮。

被愛是一件樂事，愛卻是一件苦事。大學時代的初戀，雖然是一門選修課程，但如果是因不及格而重修的話，那一定會在情感的漩渦裡打轉，甚至無法自拔。而詩人該是一個眞摯的愛者，在愛與被愛的距離上，在情感與理智的對決中，詩人還得冷靜下來做自我的觀照，並且磨鍊他的表現技巧；因此，愛雖是詩人表現的主題之一，但詩人該面對着更遼廣的世界，愛的宇宙固然是詩的宇宙之一，但詩的宇宙似乎是可以包容更深遠的不可知的世界。

從學府的飄逸到軍營的緊張，放下了書本，肩上了槍。他也嚐到了另一種的生活方式，他在受訓時，適逢八七水災，曾經被洪水圍困於訓練中心；他在部隊服務時，又因參加八一水災的重建工程，修築堤防，在「大安溪畔」，再度激起了詩的浪花。

在「大安溪畔」，他流露了一種純樸的詩風，顯然地，不是豪邁的，而是略具約婉而綺麗的，也就是延長了他一貫的表現方法，他說他要「繼續去克服自己風格上的慣性與表現上的惰性」；換句話說，他希望克服守舊的懶性。在所謂鄉土色彩的表現上，他並非僅僅是歌詠日常生活的見聞爲滿足而已，他是有更內在的表現上的企求與苦衷，但是沒有表現得很愜意。

在「雨後的暮靄」，他也想揭開現象的紛擾，窺探心象的內幕，他歌詠着：

「且尋雲的幕後　一顆閃亮的孤星
且問十字架的背影　一個未知的神」

詩的追求是沒有止境的；趙天儀的詩，是以抒情的自由詩爲基礎，而逐漸地朝向現代化的途徑走。他嘗認爲中國現代詩的前途，是依靠眞正的創造者促進其發展的，因此，詩人如何把握創造的契機，才是現代化的鵠的。

詩壇漣漪

•論著•

※葉嘉瑩著「迦陵談詩」已出版。定價二十五元。

※王幻著「屈原與離騷」列入葡萄園詩叢，已於六月出版。定價十八元。

•詩集•

※國父百年誕辰文藝創作集第一集「播種」，爲一部詩選集，由羅家倫等著，執筆者共有七十一名，已於五四出版。定價五十元。

※葡萄園詩叢：新出版古丁的「革命之歌」，定價十八元；劉建化的「豐盈季」，定價十四元；徐和隣的「淡水河」，定價十元。

※星座詩叢：新出版葉曼沙的「朝聖之舟」，定價十元；洪流文的「八月的火燄眼」，定價十元；淡瑩的「千萬遍陽關」，定價八元。

※駝峰出版社出版，袁德星詩集「青菓」，六月初版，定價八元，並有其自揷畫多幀。

※曙光叢書⑩：老六詩集「窗內的歌聲」，元月出版，定價十元。

※布穀詩社：畢洛詩集「夢季・銀色馬」，七月出版。

※方旗詩集「哀歌二三」已出版。

•詩誌•

※北極星四期：六月一日出版。

※詩展望九號：六月二十日出版，該刊由桓夫主編。

※中國詩季刊第六期：六月二十三日詩人節出版。

※六月特輯：六月二十三日出版，陳秋陽等編，爲中國青年寫作協會成大分會出版，係慶祝詩人節專刊。

※星座五十五年夏季號⑩：七月出版，本期特輯爲「中國詩人論現代詩」。

※葡萄園十七期七月十五日出版，該刊本期版面擴大，篇幅增加。

•詩活動•

※六月二十三日詩人節：由中國詩人聯誼會、中國青年詩人聯誼會暨各詩社聯合慶祝，舉行詩畫展，鷄尾酒會，並贈銀杯一個給韓國詩人許世旭先生；並贈錦旗各一面給四位新銳詩人；即施善繼、喬林、古月、林煥彰。

※葡萄園詩社，七月十七日，假臺北市水源路中國文協「文藝之家」，舉行慶祝創刊四週年雞尾酒會，來賓雲集，賓主皆歡。

※「現代文學」編委之一，詩人鄭恒雄（潛石）已赴夏威夷大學進修；另一編委，詩人杜國清亦赴日深造。

※本社同仁兼執行編輯，詩人楓堤亦將出國一行，出國期間，編輯部歸經理部桓夫當執行編輯。

笠叢書目錄

I 已出版者（每冊二十元，訂戶八折）

②白　　萩著	風的薔薇	（詩集）
③杜 國 清著	島與湖	（詩集）
④林 宗 源著	力的建築	（詩集）
⑤吳 瀛 濤著	瞑想詩集	（詩集）
⑥桓　　夫著	不眠的眼	（詩集）
⑦詹　　冰著	綠血球	（詩集）
⑧趙 天 儀著	大安溪畔	（詩集）
⑨蔡 淇 津著	秋之歌	（詩集）
⑩陳 千 武譯	日本現代詩選	（譯詩）
⑪趙 天 儀著	美學引論㈠	（理論）

II 印刷中者（每冊二十元，預約八元）

①林 亨 泰著	攸里西斯的弓	（鑑賞）
⑫白　　萩著	以白晝死去	（詩集）
⑬林 宗 源著	醉影集	（詩集）
⑭林 煥 彰著	牧雲初集	（詩集）
⑮吳 瀛 濤著	陽光詩集	（詩集）
⑯喬　　林著	象徵集	（詩集）
⑰葉　　笛著	拾穗集	（詩集）
⑱楓　　堤著	南港詩抄	（詩集）
⑲鄭 仰 貴著	蝴蝶結	（詩集）
⑳靜　　雲著	生命的註脚	（詩集）
㉑桓夫 錦連合譯	現代詩底探求	（翻譯）
㉒謝 秀 宗著	遺忘	（詩集）
㉓薛 柏 谷譯	現代英詩的背景	

笠存書特價：

二至五期　每冊二元

六　期　每冊三元

七至十期　每冊四元

限直接向經理部函購。十元以上，請利用劃撥，十元以下請寄小額郵票。

本刊徵求啓事

Ⅰ長期訂戶

一、手續簡便：繳款三十元，存入郵政劃撥中字第二一九七六號陳武雄帳戶即可。各地郵局均可辦理。

二、長期訂戶的權利有：

①可獲得「笠」詩刊全年份六期。

②購買本社叢書，可享八折優待。

③可參加本社擧辦之各項詩的活動。

三、凡介紹訂戶三戶，本社贈送笠叢書一冊，滿二十戶，贈送叢書一輯全套。

Ⅱ駐校連絡員

一、對象：各大專及中等學生。

二、連絡員義務：介紹長期訂戶。超過五戶者本社另贈叢書。

三、連絡員權利：

①可長期免費獲得本刊。

②購買本社叢書五折優待。

③參加本社經常擧辦之詩的活動。

④作品可由本社介紹在刊物發表。

四、應徵人只需明信片，書明姓名，住址及就讀學校通知編輯部即可。經收之書款逕利用劃撥滙寄中字第二一九七六號陳武雄。

中華民國內政部登記內版臺誌字第二〇九〇號
中華郵政臺字二〇〇七號執照登記爲第一類新聞紙

笠

雙月詩刊 第十四期

民國五十三年六月十五日創刊
民國五十五年八月十五日出版

出版者：笠 詩 刊 社
發行人：黃 騰 輝
社 址：臺北市新生北路一段廿九號四樓
編輯部：臺中縣豐原鎮忠孝街豐圳巷十四號
資料室：彰化市中山里中山莊五二號之七
經理部：臺中縣豐原鎮忠孝街豐圳巷十四號
郵政劃撥中字第二一九七六號陳武雄帳戶
定 價：每冊新臺幣六元 美金二角
日幣五十元 菲幣一元
港幣 一元
長期訂閱全年六期新臺幣卅元

15

封面設計：龍思良

笠 15

電燈爲什麼會亮？

如果有人這樣問，無知的人會說「不知道」，可是懂得一點電氣學的人就會滔滔不絕地告訴你。然而眞正有研究的大科學者是絕不會嘮嘮叨叨地給你說明的，他可能會說「我也不知道」。最可怕的是一知半解的人。

這是一位批評家曾經在他的「文藝批評論」裡所做的一個結論。

只說「不知道」當然不能算是一個批評，但對眞理的謙虛的態度，則是好的批評家所應具備的一個資格。

那麼，現在如果有人問「詩究竟是什麼？」的話，我們該怎樣回答呢？

如果我們同意而且確信藝術是一種追求，那麼便沒有人會去聽信那些自任無所不懂的大師們之講道和傳授了。

——錦連——

笠詩社

水牛圖——詹冰

角　　角

黑

擺動黑字型的臉
同心圓的波紋就繼續地擴開
等波長的橫波上
夏天的太陽樹葉在跳扭扭舞
水牛浸在水中但
不懂阿幾米得原理
角質的小括號之間
一直吹過思想的風

水牛以沉在淚中的
眼球看上太空白雲
以複胃反芻寂寞
傾聽歌聲蟬聲以及無聲之聲
水牛忘却炎熱與
時間與自己而默然等待也許
永遠不來的東西
只
　等待等待再等待!!

精靈

吳瀛濤

對人間並不期待什麼
是誰的一句話
多麼虛無絕望的
空谷傳來了回音

我該如何地活下去
於這海難的黑夜
人類該怎樣重建宇宙
該怎樣重新發現生命

以絕對的孤默
分裂而解體而喪失
且而儼然存在着
就像風化的微塵吸盡了陽光

啊，我剛從原始的海島走過來
軀體埋葬於蒼茫的風浪
而從死亡奪取復活
我是撲向太陽的精靈

搬家

趙天儀

——一個蛛網叢生
灰塵彌封的空屋子
又面對了一次嶄新的天地
——就會熟悉的
我又這樣許下心願

當雨季 挾帶着風暴的消息
搬家啊
在計程車上
在鐵牛輪上
在舊居的影子底視線上
我沒有眼淚 却有悵惘的傷悲……

比流浪漢負着更重的擔子
搬家啊
是我還未落土生根
的一種飄泊
一種落寞
又進入了一個陌生的世界

異域

石湫

心臟驚覺於猛來的一擊，但聽鑼聲響起。他們，從小廟前的古樹下出發，引着一具塗上金錢色的棺材，向山村陰鬱的小徑走去。

沒人哭喪的行列，雨嗚咽着。

也許這不是出葬。我分明看清那具被預約了的棺材裡並沒有人。棺材前後那不可思議的黑符以及「福」「壽」一時使我記起它還放在那家頗有門面的棺材店裡的昨日……。

可是，今天它不知要搬到哪家？棺材後面無不是緊跟着一長篇一大章哭聲的啊！一想起有天或許也有人爲陌生的我準備這些不禁所以笑了出來。音容猶在的我在鑼聲不斷的敲擊之下，除了心臟猛而一陣原始的興奮外，瞑目間我看到在熱鬧聲中走回異域陰鬱小徑的影子仍是孤獨……。

沒人哭喪的行列，雨嗚咽着。

就這麼，一支哨吶，一片銅鑼，引着一具無屍的棺材向人群中走去——。

樹恒站着，
成爲一種無告……

禱之外

林煥彰

I

醫生們都棘手了

我不知道該把我的頭擺在那里
還有　望着遠方的那對眼睛
還有

躺在碉堡里已經想得很久了
自從那次砲戰以後
我像一部機器被解開
而錯亂棄置　甚至於有些遺失
我便想重組我的軀體

而那些笨蛋的兄弟們　我底班兵
總是檢回來別人的手
要不　就是別人的耳朵
總叫我不論理由的咆哮給踢出去
像踢空罐子那樣
　我底可憐的那些班兵哦

II

若槍也成樹
那覆蓋我的
就不再是你們的陳屍

若樹也成蔭
你們就可以睡一個甜甜的夏午
或談談女人的事

而夜來
海總以其女人的胸脯猥褻我們
我們站崗
我們恨不得把時間撥到時間之外
讓我們的嘴唇的那些不守規矩的鞋
　去踐踏她們
看她們還愛　或不
看她們又以那一種季節颱風我們

III

雖然醫生們都棘手了
我還是要把我的軀體重組
而那些笨蛋的兄弟們
老是開玩笑似的
找回別人的手
要不　就是別人的耳朵

一九六六、九、五晚寫
　在南港。

旋轉門的哲學

林錫嘉

植物園組曲之一

你之外，我是吸滿金色灰塵的獸，必須在盤錯的虯脚的柏油路上覓食。

伸手推你，繞一圈，歲月就疲憊在你脊椎骨的旋轉中。迎送只是人生一個短促的接觸。拋個太陽給你，就完成了一頁歷史。

我是獸，日日盯住你裸體迴轉的展覽。

步入你，就擁有一纍纍成熟的菓實。且緊緊地擁抱着樹之青，蟬之聲，荷之香，以及寧靜以及鬆軟的泥土的芬芳。

而樹們，你的落葉歸根是旋轉門的哲學

而荷們，你的蓮蓬是旋轉門的哲學

兒子

杜潘芳格

考進了夜間部的兒子
穿着街燈的蔭影向我走來　那個行動
猶如昔日的你搶着風——

兒子喲
該這樣
或是那樣
爲何反覆着愛的嘮叨與激辯
疏誤的出發不就是
必然的負數嗎

遂從兩極凝視自己產生之點而後退……

檸檬的切片　靜寂地
浮沉在你我的杯子裡顯得青酸

今又到半夜兒子才像被吸住我胸脯般回來
說「媽媽　你又等着這麽晚？」

詩·詩人與歷史

桓夫

1

浴入歷史的流域裡，每一首詩都會受到公允的評價。我們知道歷史賦與詩人的位置是不可動搖而不致磨滅的。但很顯明的是，我們的詩尙未進入歷史。如何才能把詩推進歷史的流域裡去呢？我們不知道。只知道那不是像官商勾結那樣用紅包的方式可以搞得通的。現在，不管你自稱或自吹爲怎樣偉大的詩人，你祇不過是把眼睛貼在腦袋，一心在向前爬行。或有時無故而吼叫，有時裝着哭喪的臉孔，或翹起得意的鼻子，無心地行走。到何處去呢。誰也不知道。誰也沒認眞地想過一切詩將會被裁判的結果。

2

詩人們一心在向前爬行。爲甚麽？對於現實感到疲乏的人，詩是幻想的天國嗎？對於過着富裕生活的人，詩是高尙的娛樂嗎？或許詩是成名的工具？或許詩是一種遊戲？噢！不是，都不是。如果說詩是幻想，事實上詩不是甜蜜的東西。寫詩不但賺不到稿費，甚至會感到精神的破滅哩。如果說詩是娛樂，哎！世間高尙的娛樂多得很呢。何必鬱悶在敏銳感覺的拘束下挖掘自己？如果說詩是成名的工具，何不去當明星？而詩更不是遊戲啊！諸位，請不要誤會。請不要拿詩做文字的「積木玩具」來玩耍，那是冒瀆你自己的神聖了啊！

3

「爲了自己而寫」的文學，似乎曾也有過充分的意義。那是在具有歷史意義的個性解放時代。但於今天其過程已有很大的變遷了啊！仍然固執於表現自己的傷感性，在文學的領域裡留着頗重的氣氛。而尙有向文學要求安慰的現代人，保持錯覺的個性主義的趣味，以安價的自負以及自尊過大的虛構，在文學的世界誇張勢力。且以極端樂觀的態度處於這個不安與危機的大時代。可以說，喪失了面對時代的自覺猶未感到羞恥，遂造成了詩墮落的世代。而這種詩墮落的世代可以延續下去嗎？

4

自覺寫詩爲其生涯的使命，則僅僅一首短篇也必有其詩人的歷史和全生活的投影，被編織在詩裡。詩的眞摯，無論在何種場合，都包含有某種社會的感覺，向我們的心裡喚起倫理和道德的感情。我們的誠實，基於「寫詩」才對於現代更能誠實。面對着現代文明破滅的危機，「寫詩」是鑑於知識人的一種嚴肅的使命。然而，所謂「新形式主義」的流行，還有一種更可怕的「新虛無主義」的傾向，以「無所表現」爲「新銳」，爲「現代化」。紀弦先生所說的這種「瞎胡鬧，是比之達達派的否定一切破壞一切更糟糕，更荒謬」的詩風，究竟從何而來的？是否詩人缺乏了誠實？不，不會那麼嚴重吧。說詩人的不誠實，那是過份嚴重的問題呵。那麼說是詩人的「逃避」吧。詩人的逃避。詩人眞的不感覺時代的背景或人心的苦悶或屈辱嗎？能安閒地逃避現實，逃避人生眞正的立場。這些也許講客氣一點，寧可說是由於詩人的懶性而起因的吧。

5

或許因固執某種主義而過於注重自己藝術的練磨，想以詩的純粹性發揮自己的卓越性和豐富的才能；結果在不知不覺之中竟陷入詩的形式從內容脫殼的學究式（academic）的自家中毒，使詩患上了痳痺症。這些大部份都是偏以惡劣的習慣與趣味，繼承了頹廢的逃避性浪漫主義文學底殘滓而來的錯誤，確實失去了眞正創造的意義。儘管你的「新形式」或「新虛無」或「新古典」等流派的詩多麼美，却都是空虛的美。這種唯美主義的詩已不能喚起現代人赤裸裸的感動。事實上，令詩人不得不嚮往詩的衝激，絕不是在空虛美底價値的世界。反而是在「詩」與「非詩」的界限多偏於「非詩」的，換句話說是在我們追求生存的現實生活裡。活生生的現實生活才有其吸引我們底詩的源泉。因此，逃避現實，逃避人生的藝術方法，也可以說是違背了詩的本質行走的。以藝術的思考、方法、感覺，注重「怎樣寫」詩，並非目前現代詩的重要課題。而從「寫甚麼」詩，具有其「主題」的側面攻入現代的核心，才是詩人的重要使命吧。

6

不僅爲詩人，每一個人對於生活皆持有向上的心理。而給予我們的生活向上所需要的，並非某一個人的思想，或某一個人的觀念。我們的自由，不喜歡被某一個人的思想或觀念受到影響和拘束。尤其是詩人的自覺與自立的欲求特別強烈，由其個性的氣質不斷地從內部反抗外界的習慣和壓迫，創出藝術的諷刺以及詩表現的巧妙。而詩人的精神通常活動於人與人之間互相牽連着的複雜線上，充滿在蓬勃的地球表面，仍不斷地追求，追求在人精神的內部被默認着的一則空白的共通世界。這種追求是詩人感情的基礎。依據「創造」，意圖達到空白的共通世界，才能獲得詩人獨特的無限快感。

7

很顯明的，我們的詩尙未進入歷史。而是否要使其進入歷史，確非我們所能關心和需要討論的問題。我們處於現代，該誠實於現代。我們寫詩，該誠實於詩。我們的人生該誠實地充實現實的生活。切不要無視而怠廢了精神的努力，去仿傚某一個人所主張的流行短裙而露出了無羞恥感的膝蓋。有人主張歸入傳統實現「新古典」，以文言寫詩講究意境的凝練，就讓他去凝練，去玩耍古董吧。有人主張「新形式」或「新虛無」的主義，說是至高的純粹藝術，就讓他去磨練，去熱愛裝飾骷髏吧。或有人深惡痛絕「現代詩」主張恢復「自由詩」，就讓他咬緊牙根去憤怒，去「正名」他的新詩吧。儘管他們費盡了腦筋，意圖糾正造成某種詩派流行的範圍，且具有想當流派的始祖而欲鑽入歷史的野心；只要你對詩根源的認識不盲目，而不去跟隨那些毫無目的的流行底浪潮，便不會演出被人嘲笑的喜劇出來。要不，如你想參與那些流行的範圍，就該另創一派自當爲其世祖，不該只是跟隨，更不該只當做一個流行的模特兒罷了。

8

如果我們的詩壇迄今仍停滯在齷齪於新甚麼主義的澄清，反覆着甚麼移植或甚麼繼承等一種奴隸性的極端的想法與論爭，那顯然祇是暴露了無智與落伍的 gesture 而已。要知道曾經支持着我們的一切思想或概念，無論是我們固有文化的傳統或是西歐文明的潮流，在今天，把它陳列在我們向未來邁進的階前時，那些便完全喪失了其一切的權威，變成任由我們所驅駛的「二頭馬車」了呢。

詩人們一心在向前爬行。我們知道在向未來徒然飄流着的時間裡，橫臥着無數的障碍物。但我們膽敢面對着現實的精神危機，找出眞正能予克服一切的力量和光輝。

覃子豪

詩不僅是情感的抒寫，而詩人亦不僅是一個「字句的組織者」（Words maker）。情感只是詩的引發，當詩被發現以後，情感便成爲剩餘價値了。字句只是詩的表現工具，沒有詩，字句就成爲無的放矢。詩，是游離於情感和字句以外的東西。而這東西是一個未知，在未發現它以前，不能定以名稱。它像是一個假設正等待我們去證實。

I 作品

塔阿爾湖〔註一〕

值此殘酷的盛夏
鷹以凋敝的翎羽比高於千仞的石岩
魚縱深於七尋的湖底
而鷹揚，魚逝，松溢芳香的油
湖在山下陷落，與海同夢
湖荒蕪如未種植的水仙花田
而山靈不死，躺臥死火山的穴中
與死了的湖之精靈們同睡

湖陷落，深邃如蓮心
山挺秀，青翠如蓮葉
千山，千葉，葉葉滴翠
意志的巔峯上有我
立於千葉蓮的蓮瓣（註二）
立於千葉蓮的蓮瓣
非拈花微笑的尊者
非觀自在的如來
人說我乃一流浪的語言底鍊金術士
來自東方的慾望之港
在塔阿爾湖，觀金蓮花吐七色的火
而湖中的晶球已成盲目的灰瞳

死瞪着中呂宋藍色的長空
而虹已逝，銀日已沉
雄雞啞了嗓子，蛇失落了翅膀
金蓮花，像碎瓦般的凋謝

在此，我立磐石之側，如磐石
我臥浮雲之中，如浮雲
在此，迷魂之湖；在此，地獄的季節
在此，麵包樹不長麵包
葡萄不結葡萄
在此，我乃一流浪的語言底鍊金術士

值此殘酷的盛夏
塔阿爾，塔阿爾
你的水清？你的水濁？
我的慾望能溺斃於你的幻滅之眼？
能溺斃於你的無光之鏡
你能照鑑我從不飢餓的石頭
以及沒有腸胃的雲

情人們呢，爲愛情而死，死得其時
却永遠活在童話般的傳說裏
湖之戀人們，常醉心於
至美之始，至美之終
我若葬於那未死滅之餘燼
值此殘酷的盛夏
我的慾望不變鱷魚
在火湖中，將淨化爲一朵金色的蓮花

（註一）塔阿爾湖（Taae Laloe）在非律濱之大雅臺省（Tagagtay City）。湖中有死火山。一九一一年爲最後一次之爆發。

（註二）千葉蓮爲菲島所產之一種蓮科植物，色青，大如拳，狀似蓮花，葉即蓮瓣，蓮瓣即葉。

〔註三〕傳說古代該地有一村女，甚美，與一外來之行商相戀，欲與之成婚，其母不許，並遭村民反對。據謂，如許其成婚，禍必至，全村將遭火山之熔岩覆沒。女不信，與此行商私奔。中途，遇火山爆發，乃被葬於熔流中，後變爲湖中的鱷魚，村民敬之如神明。

II　詩的位置

在「現代詩」的黃金時代，足以跟其抗衡的「藍星週刊」，便是由詩人覃子豪所主編。藍星詩社的發展，可說因覃子豪的建設，而有前半期的興盛；又余光中的崛起，以及羅門的跳糟，算是後半期的繁榮。顯然地，以覃子豪爲核心的「藍星」，跟以余光中爲核心的「藍星」；在品味上是不同的。因此，使「藍星」顯現了不同的步調和風貌。鍾鼎文、覃子豪、余光中、夏菁、鄧禹平等，該是藍星詩社的原班人馬。以覃子豪爲核心的「藍星」，最主要的，該是指他所主編的「藍星週刊」（註1），與「藍星詩選」，以及「藍星季刊」（註2）。環繞着他的詩人群，屬於當時新銳的詩人；有林泠、楊允達、江萍、徐礦、白萩、蔡淇津、黃荷生等。屬於中華文藝函授學校新詩班的學員；有彭捷、向明、楚風、蘇美怡、羅暉、張效愚、沉思、曠中玉等。當時由紀弦主張主知的現代詩，幾乎跟覃子豪主張抒情的自由詩成了水火不相容的地步；當然，是因紀弦而加速了詩的現代化，但是，覃子豪隱健而保守的詩觀，也不能一筆抹殺。

（註1）「藍星週刊」第一期至第一六〇期爲覃子豪主編。第一六一期至第二〇九期爲余光中主編。借公論報編幅發刊。

（註2）「藍星詩選」出二期，「藍星季刊」出四期。

Ⅲ 詩的特徵

臺灣有一句俗話說：「有狀元學生，無狀元先生」。換句話說，是學生往往會超過老師的意思。當覃子豪賣力地寫着「詩創作論」、「詩的解剖」時，雖然也培育了不少的弟子，但弟子們却不容易跳出老師的圈套，猶如孫悟空飛不出佛祖的五指一樣！這是什麽緣故呢？一言以蔽之：大匠不能使人巧，只能使人以規矩。詩的精神本就難以傳授，詩的表現技巧更是變化無窮。覃子豪先生自喻爲「一流浪的語言底鍊金術士」，可不是透露了他的苦衷嗎？他說：「結構過於嚴謹，詩的生趣將蕩然無存。意象和色彩過度煊燿，則會失去詩本質上的純樸。詩到了素色和無色以及嚴密而不呆滯，才耐人咀嚼」。（註）從經驗的抒寫轉到造境的雕塑，使他的詩，因工整而失去了流動性的韻味，雖然他深知此蔽，但他的詩，在句法上，儘管容易模倣，可是，在精神上，却沒法子如法泡製，畢竟他有其獨到的愛情的體驗啊！

（註）參閱「畫廊」詩集的序。

Ⅴ 結語

詩的精神，並不因詩人的逝世而蓋棺論定，眞正的好詩，將因時間的淘汰作用，而獲得見證，況且詩的鑑賞，也會因時代詩風的轉向而重新估價。作爲當代的中國詩人，覃子豪先生在島上時期，爲新詩的開拓與發展而奮鬥了十多年的時光，也許尚未完成他最大的宏願，但他刻刻警惕着自己開創新的方向，並鼓舞着同時代的詩人們，在中國新詩史上，有其不可磨滅的光輝的一頁。我們相信，詩人最可貴的一點，便是拿出作品來，而不是拿出詩人頭銜的名刺來亮相而已。

鍾鼎文

我一向覺得，寫詩的人最好只寫詩，不談詩；要談，也是愈少愈好，因爲寫詩和談詩是兩回事情，甚且在基本精神上是牴觸的、矛盾的。寫詩——詩的創作，屬於性靈方面的作業，以主觀的抒發爲主，應該享有充分的自由；而且是愈主觀愈好。談詩——詩的理論與批評，屬於理念方面的作業，以客觀的剖析爲主，應該接受邏輯的規範，而且是愈客觀愈好。

——「關於新詩」節錄

I 作品

落葉

秋深如許………
在我們蕭條的寂寞的林間，
文落下了一片落葉。

如此地憔悴、單薄而枯黃；
不再有三月的生意，
五月的色素，七月的光澤………
從那曾經開滿花朵，曾經結滿果實，
如今已是枯槁的枝頭，
道一聲永別而離去。

隨着萬里的長風飄盪，
投向永恒的歸宿；
消逝於虛無縹緲的幽冥之鄉。

夜半，將有冷月從迢迢的海上前來，
投影於空林間，徘徊復徘徊，
尋覓落葉的遺跡。

爲的是，落葉上題有悱惻的詩句——
若是愛、愛深如許，
若是夢、夢深如許………
月光下，幽谷中，傳來泉聲淙淙，
像在訴說，像在呼喚，
像在嘆息，像在啜泣………

初舞

海上的浪花，在舞蹈呀！
海邊的岩石，在歡笑呀！
耶眉的姑娘們，來舞蹈吧！
耶眉的少年們，來歡笑吧！

姑娘們，姑娘們，快前來呀！
快打扮起來，上海邊呀！
別忘了揷上大紅花呀！
別忘了戴上貝殼圈呀！

肩併着肩呀，結成了鏈喲，
手牽着手呀，連成了環喲，
跳向左喲，又跳向右喲，
跳向後喲，又跳向前喲……

西邊的太陽啊，下了海喲，
東邊的月亮啊，上了天喲，
月光照遍在海灘上喲，
姑娘們跳得像海浪喲……

月下的姑娘們，在舞蹈喲，
姑娘們的身上，是月光呀！
月下的少年們，在歡笑喲，
少年們的心裏，是海浪呀！

英雄

——慣於流血的人，流淚了……
他在神的面前，長跪、痛哭而懺悔；
熱淚在他的臉頰上，滾滾下流，
彷彿嶙峋的岩石上奔瀉的泉水。

甲胄裏有鐵樣的心，鋼樣的靈魂，
但都在一念之間，突然地融解，
化成了熱淚，如像暴雨之滂沱，
因爲他的平生，從來未曾哭過。

意志是不屈的，劍是無敵的，
連死亡的長鑿也不能將他懾服；
女人的柔情雖摶得一夜的溫存，
拂曉時，他却飄然地馳驅而去。

他現在在懺悔什麽？只有神知道，
而神，是一座沉默的、殘缺的石像；
於是有人在感嘆，有人在譏嘲，
——慣於流血的人，流淚了……

Ⅱ 詩的位置

在自由中國詩壇的三老中；覃老已如落葉般地，音訊杳然！紀弦健在，猶高呼着取消「現代詩」；一向比較超然而中庸的鍾鼎文，強調着：「寫詩的人最好只寫詩，不談詩」哩！（註1）

從「新詩週刊」開始，鍾鼎文以番草的筆名發表了不少的作品；「新詩週刊」停刊以後，雖然他也是屬於「藍星」的一員健將，但是他只默默地寫着他的詩，很少參加論戰。詩壇上的風雲變化；時而現代，時而前衛；時而浪子，時而孝子；對他來說；都不過像浪花打着他航行在詩海上的船頭而已！詩人白萩說：『鍾鼎文也老得非常不「詩」了。』（註2）莫非就是意味着他較缺少變化的緣故麽？在大陸來臺的詩人群中，具有中國傳統詩質的教養，又有大陸詩風的樸素性，在我們早期的詩壇上，富有開拓精神的詩人們，多半以「新詩週刊」爲中心而活躍着。不屬於以後三大詩社的鼎立，或者是比較中立性或超然性的，例如：金軍、葛賢寧、李莎、墨人、鄧禹平、彭邦楨、楚卿、謝青、亞汀、沙牧、羊令野、張秀亞、古之紅、童華、金刀、郭楓、童鍾晉、楊念慈、潘壘、梁雲坡、公孫嬿、辛魚、田湜等等。

（註1）參閱鍾鼎文作「關於新詩」一文；原發表於「中副」，後轉載於「創作」

（註2）參閱「笠」第二期，白萩作「魂兮歸來」。

Ⅲ 詩的特徵

從中國詩的影響來說；鍾鼎文的詩，最顯著的特色，便是講究音韻上的旋律，探求形式上的完整。不論是採用民謠風的描寫，或是擷取古詩詞的韻味，他都傾向於一種古典的情韻。

什麽才是我們這一個世代眞實的聲音呢？中國古詩詞的覆製，歐美已過了時的流派的翻版，都不是我們繼往開來的眞正的途徑，那麽，我們到底該追求些什麽呢？一個詩人的創作，該是有怎樣的生活內容，表現表樣的詩。生活是要創造的、要開拓的，決不是白白地浪費所謂遺產，我們要繼承的，便是遺產的創造精神。

鍾鼎文的詩，雖然形式非常工整，但沒有太明顯的雕琢的痕跡，反而是覃子豪的作品，非常費心！樸素自然正是他的長處。

Ⅴ 結語

也許是由於所謂經濟起飛的緣故罷，有些畸形的繁榮，使我們的生活逐漸頹廢，詩人一面是目擊者，一面却是同享者，漸漸地，我們失去了簡樸敦厚與刻苦耐勞的精神。阿美利加一再地拍攝西部英雄的開荒事蹟，正是警惕着他們的國民要時時刻刻保持他們先烈的開拓精神。我們的詩壇何嘗不需喚起這種開拓精神呢？紀弦未老，鍾鼎文也還精神钁鑠，我們知道，詩的創造與青春的氣息是永遠同在。

現代詩用語辭典

吳瀛濤編譯

神秘主義

Mysticism（英語）Mystzismus（德語）Mystisme（法語）語源爲希臘語 Mystikos，意爲秘密的儀式。係當時宗教生活上最基本的形式，是在人與神或絕對者合爲一體之際，根究其最高境地的作爲。由此，它以爲神的本質除非直接和神接觸以外並無他法。其特色不一而定，有觀想的、主情的、個人的神化、禁欲的純潔及其他等等。神人合一，則是將人間的知性具備的差別觀取消，在任何場合也以無差別爲條件，然而如將其歷史的時間差異除去，會產生與形式的、傳統的看法相反，一方面也會對歷史事實或其進步不去注意。基督教的神和被造物（人）是相對立的，因此和取消差別的神秘主義是有矛盾的。近代的宗教哲學中，斯賓諾沙、萊普尼玆、列辛、康德等，均屬其系譜。在文學中，強調信仰的內面性者，則有德國浪漫派詩人諾白利斯，以及近代的墨德爾林克、葉慈、安特列夫等，至威廉、勃萊克的顫抖於神秘的詩，赫夫曼士達爾等。赫夫曼士達爾說：「宇宙有不死滅的精靈，支配着人間，而人的情緒實則爲精靈踏在人的胸上那種跫音之證佐。」在日本，日夏耿之介、野口米次郎等，爲此代表。

厭世主義

Pessimism（英語）又稱悲觀論。其哲學方面的代表者，爲叔本華、哈爾托曼。此乃解爲：人生充滿不幸、苦惱，終難在此世得到幸福。

近代詩人中，有不少受此思想影響，法國的波特萊爾、日本的萩原朔太郎、生田春月等，可以說是其代表性的詩人。

樂觀主義

Optimism（英語）或謂樂天主義。厭世主義的對立語。德國哲學者萊普尼玆所稱：「此世界爲最良的世界」，即爲此。這是在一切事物中看出善意，期待善意的思想。樂天主義，以人生觀來說是性善說，以官能的感受而來說是享樂主義，在文藝上則帶來了幽默。眞正的樂天主義者，並不絕望於社會現實上的衆多矛盾，如不正、惡德及其他等黑暗面；而是率直認定它，要以實踐活動去否定它，且相信着更好的社會、世界的可能性。不過，對現狀的安易而無批判的肯定，祇是通俗的樂天主義，當然是也與詩精神相對立的。

獨創性

Orginality（英語）藝術家的第一要件，可以說是獨創性吧。表現上的努力，乃繫於作者如何從現實中發現而創造了史無前例的獨自的東西這一點。它不但是新的創造，且以其所表現的銳利、價值的重量爲其基準。獨創性，不能是與生俱來的。它實在是從藝術家對現實的觀察，精神狀況的分析表現上種種的努力等結果而產生的。

性感主義

Eroticism（英語）係指稱男女間發散的性的感覺的欲望。性感洋溢於人間生活中，如藏有自然的笑，乃至帶着愛情或興奮的健康的精神，但露出性的性的強調並不能說是性感。詩既然是從生活的體驗深處產生，在某種意味上，詩裡不免具現了性感。不過把詩的主題僅局限於性感，在現在難免被斥爲對現實的逃避。

虛無主義

Nihilism（英語）一語源自拉丁語 Nihil（無）。絕望於客觀的眞理存在及認識眞理的人間能力，而否定了地上一切價值的思想。此爲十九世紀末抵抗帝俄而出現的社會運動，在文藝上由屠格涅夫的「父與子」的主角拔沙洛夫的要求絕對自由的態度，而擴及一般。

哲學上的虛無主義出現在瞿爾結戈特、雪斯特夫、尼采等的思想；而成爲文藝主流的時期是在十九世紀後半的帝俄、屠格涅夫、杜思退以夫斯基、契訶夫、阿志巴綏夫等人均有虛無思想的表現。此種虛無思想，由世紀末文學流入二十世紀文學，再在頹廢文學，戰後文學、實存主義等上面出現。

本來虛無主義是站在懷疑否定的精神上具有積極的意義，惟正如阿志巴綏夫的「沙寧」（一九〇七）墜於官感的滿足那般，現在所稱虛無主義則多係指稱失去了虛無本身所具備的行動性，而逃避於自己的滿足生活者。

像現代這種自由感情被抑壓的時代，人間多小潛有了虛無的要素，寫詩的時候，不該把黑暗斥棄，應徹底地把它挖掘而表現、克服。

疊　句

Refrain（英語）在詩或樂曲中，將一節裡的一部分反覆的技巧。原來是西歐抒情詩的型式，起自民謠的手法。把同一行反覆在其他各節，以表現詩展開中一貫的中心或韻律的平衡，加強了印象，調子。

機械論

Mechanism（英語）係將所有的現象，還原於機械的因如運動中去說明的哲學上的立場。不過，普通是指機構，組成之意。例如現實的機械論，乃指自個人意志背離的現實的龐大機構。詩上，則指組成、構造，所謂機械論的詩，即指抹去了情緒、氣氛，而把言語組成機械的一部分那般予以即物的表現的那種緊密的構成。

就只有這個感覺

蕭蕭

嬰孩之酒渦＝無知無覺的呈覽。呈覽之秘密＝時裝表演的模特兒。模特兒之微酡＝姆指山上的一叢深綠。一叢深綠之哀怨＝衝進茶室又衝進碧潭的醉漢。醉漢之依稀狂語＝屋簷下的滴雨。滴雨之黃昏＝陳庭詩的版畫。版畫之過程＝護士小姐的羅曼史。羅曼史之令人懷憶＝第二次世界大戰的可愛事蹟。可愛事蹟之沉澱＝野柳的貝殼。貝殼之密紋＝未婚妻的細語。細語之繞樑三日後＝肥皂的洗滌油污。洗滌油污之揉搓＝牛車走過雨後的泥路。泥路之辛酸＝嬰孩盛滿淚水的酒渦。

如果一切都是虛無那麼有什麼不能等於另外的什麼？

一九六六年九月三日

老司機

明台

老司機揮動的手套已蒼黃
老司機的臉上刻着輪子的軌跡
一種機械的沉著
一種悠然的閒情
刻板地　握住方向盤的命運
旋動　不斷地旋動
企求無終點的遠距離的終點
有時以笑容送別陌生的小站

髮間　你一躺下
我便直立在兩個世界的交點
當所有的白圍囿
構成一淩割形骸的陷阱
我是多麼渴望於擺脫
　　急於被縫合

醫院 ● 鄭烱明

我的冰冷的體　再次
在朦朧中感到即將爆裂
太平間的友人向我招手
我看到了　看到了
割開的橡皮
微弱的跳動和刀片

是這樣一個莊嚴的歸止
猶如臥於風化之岩上
倘若我的第二度誕生來臨
我的手長過你的脚
且準備完成另一次的解體
我會突然以光離去

　　後記：也許父親是醫生的緣故，從小我便對醫院有着一份與別人不同的感受。現在，我嘗試把這份感受寫出來了，而且，正過着我一九六六年的生日。

風鼓

岩上

滿房金黃的裸體
是秋日的碎粒灑在穀場
然後一簸箕一簸箕地
捧進飢餓的口

鼓着大肚皮
張開鯨魚般的饞嘴
那群成熟的浪蕩們
遂跳起滾滾風騷之舞

隘口的門牙
把虛無摒棄城外
結結實實的歡迎送進來

面對着黃浪的世界
誰能塡飽無底的腹

海·魚·山

聞環

「如果你不恒在
死亡與蛻變中，
你在人間
只是一個幽微的無黎明的過客。」
——歌德

一

你脚底是帶面具的沙灘，隱着死亡
而你恒是魚。——固我存在
別等着恐怖的思維氾濫呵

豎立！以勇者之姿
讓粼粼的海濤沖刷
然後擁抱你閃爍的名字
呼喚那山——

二

且把深深的愛指向陽光
——山是方向
在時間與空間與理智之外
你欲把生命在群樹間隱藏

三

山不來
回音翻版你千載的豪情
如此不單純的
雲落，風聲激起
山的影子落在你遼濶的双肩………
你瞠目，爲一項未成熟的清醒

四

走向山
湧過來了，一大堆未成熟的清醒

死亡的行列

舟　坊

密林。
海洋。
縱使是在陸地
——走越過馬路。斑馬線的
陰影雖是死神的勁敵
但跨越過後呢？
死神總是緊跟在步履之後

每一個驛站：每一個得以生存的機會
似乎全是死神佈下的謊言
——當人們向生存攏靠時就是向死亡的深淵下墜
雖死亡終點的起線
潔白得虛無
但這終線永遠牢劃在生存的邊緣
死亡就若誕生即跟着來的背影
像人們永遠甩不掉它
一步步的向生存靠攏
然後整個的占有它——生命的身軀

該死的人死了
不該死的人也死了（註）
（夏桀商紂的壽命是個終結，而堯舜湯文呢？留給
　我們的只是一些片段的模糊青簡。）
造物主創造了人
幾乎只是爲了創造些奇離的死亡終結
——來嚇唬爲生存而掙扎的無知的人們
曠野。

籠子

明台

衝破硬殼刹那啾啾的傲笑是無知
小籠子的束縛會是悲哀
昔日的雛雞已長大
脚爪粗了
燃着　身軀容納不下跳躍的思想
焦灼地探望
籠子之外的遼潤
籠子之外的逍遙
一股超越的慾望昇起……

鏡子

李春良

幾種不同的面孔展現着
而那一面鏡子啊！
却如其偉大的照出你
那面孔裡所隱伏的
人生感受的深度

你的個性總逃不出鏡之照圈
你也該細細的去分析你——
那在鏡之內擴大的部份
而不該整天只爲那一點美的造做
而忙去向別人炫耀

是一面鏡子
照着你也照着你底子孫
別因爲你的不如意而弄污鏡面
擦亮它——
然後你將從你子孫的臉上看出
這也是你的成績。

五五、九、一一夜

啊呀！生命讓軀殼保護你

周文輝

·1·

朝向東方
我踩著敏感的旋律勁走
左脚向前，而後右脚向前
在不是鍵的音階上
左脚向前，而後右脚向前
並不爲了實驗什麽
或體會什麽
（學習走路是痛苦的。但當我站起來，走自己的路
時，媽的臉上綻出了微笑的雲彩。）
只爲重疊我的步伐在山之前

·2·

當西海岸沖擊着洶湧的波濤
企立在堤防上見不着坦濶的沙灘時
我，就馱着我的生命
跋山涉水的越過千里山溝
把我的生命和名字埋置
——埋置在你和他看不見的地方
然後，數着數字
輕易的把死神蒙騙過去
說我已死亡，在潮漲之前

·3·

但，至今我仍未死亡
我還健在
一如耶穌從十字架上復活一樣
在死亡之前
已把生命積密的埋藏

給春梅——林泉

躺在陰影裏
更孤獨了
跟自己的身影合一
如走馬燈
往事旋轉浮現
點亮在含滿秋水的眼眶
而你飲不盡的夜色
乃你賸下的生命

哭泣的日子
逐漸隨淚流乾
逝去的春天
是一揉皺的紙團
無意義的抛向溝渠
永不回歸
而生活的蛛網緊繫着你
雖能在那上面爬行
但却永縛住了你的手足

你吸納哀傷
猶之你掃集園子裏的落葉
運命仍似一顆樹的根鬚
堅釘於一塊泥土
暴風雨不知何時會來臨
去擁抱那孤寂中的一切！……

一九六六年六月四日初稿
八月修正，岷里拉。

深夜・卡車

龔顯宗

着鐵甲的壯士匍匐前進，
倏然吆喝一聲，以超速的衝刺姿態，
擧起炫目的雙劍劈向黑壓壓的重圍。

無邊的墨色花園綻開兩朵鬱金。

青龍疾伸利爪分向左右襲來。

墳墓如展翼欲飛的巨鷹。

山靜靜半跪着，以射手之姿。

風的呼嘯。

給陀思

蘇凌

妳黑瞳居住之處
一朵巨大的曠白摩攏復摩攏後
終將我亂牙排列的幻思之野屋擊炙
僅剩一框枯焦殘窗　風泗過　料峭泗過
在我唇角標本一則
　荒涼的消息
妳割風的瘦指正微妙敵意着
猛抬起　笞責的柔火

欲尋找機會狙斃我　狙斃妳
陀思呵　觸摸妳林投樹滿結黑子的髮林
　抖戰的嗅覺
竟同時驚現此也是咒語的老家。
這痛苦男子胸間　垂落妳縱錯如鳥道的髮梢
我幻見我的　妳的仰躺吱響的侷促籐椅
一甕鹽水泡過的靈魂　與格朗杜瓦夫人（註）浮腫的滯睛酷似
是的，夫人的滯睛
　我的滯睛
　妳待發的曠白之峙視
逐漸令三只發銹的
環鏈之疏離。
呵　陀思　是當驚覺妳鐵磁大眼
藏匿在林投林的抹黑
將虎視繫上結黑子的垂條
　每一隱處　皆爲頑橫拒捕的逃兵。

△註：格朗杜瓦夫人：某幅古典名畫。格朗杜瓦夫的肖像。

七等生作品

週末之夜

一

從午後
誕生
眺望
變色的天幕
準備爲
蟠祭
獻上我
的
肉體
包縛着
海馬克牌西服，潔白的綢襯衫，東京來
的花領帶，德國皮鞋，袖扣閃亮着
思想着
明天
是
空白
如
一隻華德氏卡通
的
狼
踏出
巢居
及
習慣的睡眠
的
我
已十分整潔
充滿價值

二

摟引着
一座
活
的
磁
的
塑像
走進
粵菜館
走出
粵菜館
走進
戲院
走出
戲院
走進
咖啡室
走出
咖啡室
走進
公園
走出
公園
脚步
緩緩地
談着
永遠的一貫的
主題
即使那些旁題
也是他
的
變形物

恒古以來
不變地走在
一條清瘦灰黑無際的街道

三

如垂吊的索
控制變幻的光燈
以
金錢支配着世界
不是第一次
回歸到
他
內心傳統
的
朋友們
成爲
這群朋友們中之
一
三夾板的
小斗室
盛行
付出多少，獲得多少
的
功利哲學
呈現着
感覺的
水晶宮
或
痲瘋的絕望地窖
在極貼的地獄
或凌遲之旁
不能逃避
會選擇其
一

四

或是
把假愛
扮成
眞愛
的
你
不是
這世界唯一的
人
想
獨自霸佔
衆人所喜愛的
的
或着
你不容易接受勸告
當然
誰
不相信
明天
是
星期天？
不要認眞罷
回家去
睡覺
可是
這繙祭是
你供奉的
就得
依然
下手宰了
你

擱淺方舟

（青草地上的路思義紀念堂）

1

挿着
十字架
避雷
且
象徵 神
的
半雄雌狀
建築
會對
盜賊
產生
敏感的
鐵門
擋拒
滾動
在
風中
的

塵埃
的
午後
之
可憎
照相機
瞳中的
嬌姿中
平坦的
雙乳
和
兩片
狹長的
臀
煊耀着
太陽色素
駛向
何處
在
畢邦
擱淺的

方舟
從
何處
駛來
似
有
羽翅的
獸
曾
衝撞
陷阱
的
內牆
懷疑
且
懼懿懲
從
密閉的
隙縫
窺探
路思義

的
存在

持
入殼證
的
並不戀慕
書
和
椅子

2.
那時間
核子的煙幕
分隔者
靈魂
和
肉軀

路思義
由
青草地
爬起

掌
握
一隻
槓桿棍
殘殺的
人們
的
血
滙成
一條
濃濃的濁流
淹沒
律動着的
球
且
浮起
傲立的
方舟
另一
掌
夾吊

被選擇
的
生物
的
路思義
站在
半閉者的
窗口
駛
永恒的
路
有
億萬
哀叩
鐵門
的
塵埃

咖啡室

彎曲的右臂
攀吊者
你
無力的

纖手
引導着你
呼吸者灰塵
你的倦容盼待休息
脚指紅腫
細腰無力
語聲近乎夢囈
盼飲一杯咖啡
蘇復青春活力
在街頭
尋覓
一間
躲避風流的沙粒
和
正午的烈陽
的
咖啡室
如葉蔭華蓋
模仿太初的自然
音樂和沙發
托藉

生活的憂煩
我撫摸者你
在幽暗的天宇
矮樹之旁
奇妙的音樂牽引者
密接者古老的泉源
愛情漸漸甦醒
忘掉
我們居於陋巷
憑藉單薄的體力
在襤褸和忽忙中
仰賴主人的剩糧
帶着官員的剝削的底餘
經過一條荒涼的小徑
遭受黑暗中墓塼的威嚇
回到憩息的巢居
拘且生殖
甜眠者　我愛
你在搖籃曲中
枕着堅厚的臂肩
發出均勻的鼻息

在愛之後
如在樂園一角
不是這世界
沒有時間
這永恒的神奇的幽光
使你垂下了疲倦的眼瞼
啜飲着咖啡
我再次的引導你
以一股痛苦之流
教授你
我對你的愛情
必是
連接着一個新生的
生命的奇蹟
除了陶醉在此
一旦離去
死亡的智慧
以冷默
接受
陋巷
求乞
叛徒
時間
和
漫步的疲勞

・作品選衡評分統計表・

選者 作品	詹冰	白萩	趙天儀	錦連	楓堤	林亨泰	林煥彰	潘芳格	李篤恭	林宗源	林錫嘉	吳瀛濤	合計	席次
就只有這個感覺	1		2	1	2	1			2		1		10	②
給春梅			2		1		1				1	1	6	⑨
定位底白鳥									1	1.5			2.5	
醫院	1		2	1	1		1		2		1		9	③
籠子	1		2	1	1	2							7	⑦
情詩						1		1					2	
成長、在濟慈寺			2				1						3	
行道樹												1	1	
日光之下			1										1	
無神論者			1										1	
夏、向午的印象			1										1	
海、魚、山			2			2	2		1	2			9	④
風鼓	1		2		1	1			1	2			8	⑤
鏡子			2			2					2	1	7	⑧
給陀思						1		1	2		2		6	⑩
醒來			1			1			1				3	
秋、靜靜的徘徊			1				1						2	
暗街			2					1			1		4	
寂寞、鞦韆架						1	1		1		2		5	
老司機	1		2		1	1	1	2				1	9	③
深夜、卡車	1		2				1					2	6	⑩
植物園														
午夜之航			1								1		2	
秋的獨白	1		1										2	
啊呀、生命讓軀殼保護			2	1			2		2				7	⑧
死亡的行列			1			2	1		2		2		8	⑥
面具世界			2		1	2							5	
戰天儒作品			1					2					3	
大屯山	2	1	1	1	1		1	2					5	
週末之夜			2	1	2	1			2	2	2		15	①
咖啡室	1		2	1	1	1			2	1	2		10	②
擱淺的方舟			1		1	1	2		1		2		10	②

作品合評

日期：民國五十五年十月二日

地點：卓蘭鎮　詹冰宅

出席者：吳瀛濤、桓夫、詹冰、錦連、張彥勳（紀錄）

桓　夫：這張是「笠」第十五期作品評分統計表，請大家看看。

詹　冰：哦！這眞是一張津津有味的表，把它拿出來發表如何？無論誰看了這張表，起碼會有二十分鐘的享受吧！（大家笑）

錦　連：看了這張表，或許有人會覺得很滿足，有人會忿怒，又有人會懷疑評選人的眼光吧！

桓　夫：從這張統計，可以了解每個人對詩的嗜好，但全盤說來，好的詩仍然得了較高的評分；好詩是不會被埋沒的。

錦　連：聽了桓夫之言，我大可放心了。雖然從未有過一位詩人對詩能像數學的定理或公式那樣下一個明確的定義，但我始終相信詩總有一個方向可把握；可是我也一直懷疑着以此種不甚明確的感覺來品選，是否可以而戰戰兢兢，但事實上看來，這張表對所謂價値確實有某種標準，所以使我感到莫大的安慰。

張彥勳：那麼就乾脆把這張表刊出來讓大家欣賞吧！

（大家贊成）

桓　夫：首先，我們來討論七等生的詩。

詹　冰：「週末之夜」一首，好像法國莫奈的「點描畫」，以很短的詞句相當成功的表現出週末之夜的氣氛，發亮的字句也不少。

吳瀛濤：這是一首非常現代的寫法，將整句分短，以期有新的効果。此詩表達這一時代「異鄉人」式的青春自剖，除了其表現形式很適合這種自剖外，却不能給讀者更深的共感，而祗成爲一幅平凡的寫照。

桓　夫：七等生的作品三篇全都刊出，但其中以「週末之夜」最爲成功。雖然，該詩第四節第二段部份「當然誰　不相信　明天　是　星期六」像這種定型的語言有點破壞此詩一部份感受，但此詩我仍覺得相當成功。不過，看到第二首第三首時，總覺得是否有必要把行分得如此詳細，儘管詩是內容決定形式，但第二、三首詩的形式有些地方不太配合。

錦　連：現在桓夫所謂定型的詞句，我倒在第三節第二段發現「三夾板的　小斗室　盛行　付出多少　獲得多少的　功利哲學」像這種廉價的比喻，如果不是缺乏愼重就是一種浪費，類似此種情形，其他地方也有，雖然我對這三首詩有新鮮的感覺，却不會全面的贊同，所以我只投它一分。

張彥勳：有些詩人往往爲了求新，把本來不必分行的詞句分得「支離破裂」倒是眞的。可是七等生並非如此，他的詩和他的小說一樣，有着獨特的風格。

桓　夫：是呀！雖然有這種缺乏愼重或浪費的地方，但第二節第一段後面「走進　粵菜館　走出　粵菜館……走出　公園」這種表現却覺得不是一種浪費。

詹　冰：我也有同感。「週末之夜」的氣氛也許從這個地方最能滲透出來。

錦　連：這是當然的，因爲這不是說理，而是表現。因此所謂詩的難懂或許是由於人們往往只習慣於在作品裡找出說理的部份而忽略了「表現」所致。所以當人們對有所「表現」的詩說不懂的時候，實在是還有商榷的餘地。

桓　夫：那麽接着討論蕭蕭的作品「就只有這個感覺」一詩吧！

錦　連：這能夠說是一種有意識性的聯想的切斷嗎？

桓　夫：絕不是。相反地似有意把它連結起來的。

詹　冰：是的，美麗的聯想好像把豐盛的菜餚一盤一盤的搬出來給讀者品嚐，最後的一段似乎餐後的一杯澀茶。

桓　夫：不是甜湯嗎？

詹　冰：我想不是吧！仍不失爲換換口味的一杯茶。

張彥勳：這首詩，有了最後這一段，才眞正活起來了。

吳瀛濤：跟前首「週末之夜」可以對比，另以一種表現技巧用聯想的套句法，跟着感覺忠實地去追隨聯想而導致另一種感覺，展開一段小故事，技巧上雖有點興趣，不過尙欠濃厚的詩質。

桓　夫：下一首「老司機」是明臺的作品，他有兩首，另一首是「籠子」我們就以這兩首合併來評吧！

錦　連：「老司機」描寫手法稍有流於俗套之嫌，但「籠子」一首好像能夠聽出覺醒於自我的一種吶喊，這是一根勁草。

詹　冰：「籠子」有充滿少年的潑剌性，相反地「老司機」却藉老人來表示人類悲寂的宿命，有某種程度的成功。如此具備兩面不同感受性的年青作者，其後的努力值得期待。

吳瀛濤：「老司機」的速寫是相當成功的，不過受了題材的限制只是詩的一首小品而已。

桓　夫：其次是鄭炯明的「醫院」請大家發表高見！

張彥勳：後記有必要嗎？

詹　冰：不需要吧！因爲「與別人不同的感受」已經表示在詩裡面了。

桓　夫：像最後一句「我會突然以光離去」是說什麼？

錦　連：我想他是說以X光的速度離去吧！

詹　冰：我欣賞它「與別人不同」的題材，所以給了一分。

張彥勳：這首詩似乎要表現什麼？但究竟要表現什麼却沒能給讀者明確的印象。

吳瀛濤：句法多有費解的地方，如：「我的手長過你的脚」「我會突然以X光離去」等，阻礙了讀者的了解。作者既有這種「醫院」環境的感受，希望能再多寫。

錦　連：排開他的手法不講，通篇洋溢着生活在煩燥世界的一種不安。他不像別人專拿身邊瑣事做爲題材，這一點是不錯的。

桓　夫：下面我們來討論聞璟的「海、魚、山」。

張彥勳：今天投以它分數的同人沒有來參加合評，看樣子是這首詩的作者倒霉吧！

（大家笑）

桓　夫：這首詩缺乏生活的體驗，因而不會令人有所感動，但詩的句法似乎很美。

張彥勳：過於注重詞句美，有時會失去了生動就是這個道理吧！

桓　夫：那麼大家對岩上的「風鼓」感覺如何？我覺得它的表現雖然簡單，但似乎詩裡有着什麼？

吳瀛濤：與「老司機」同爲找出一個對象爲題材的詩小品，不過，對其所抓住的主題並不明確。

錦　連：我覺得比喻太多。

詹　冰：作者能抓住中國農村特有的「風鼓」作題材，令人有種親切感，可是詩的方法平凡。

桓　夫：「死亡的行列」八分，「生命讓軀殼保護你」七分，是同一個作者，因時間關係，剩餘的幾首詩，請簡單的評評吧！

錦　連：比硬綳綳的板起面孔講道的詩，有時我倒喜歡像「生命……」這種誠實的抒情。

詹　冰：龔顯宗的「深夜，卡車」一首，深夜的「夜」和卡車的「速度」表現得不錯。

吳瀛濤：緊湊的題材，出擊的場面浮雕於深夜「風的呼嘯」裡，且尙不失透視「墨色花園綻開兩朵鬱金」的敍情。但「卡車」並未表現出來。

桓　夫：如果再沒有其他意見的話，剩餘的就讓給「大家評」一欄吧！散會！

笠的世界……欣賞‧欣賞■批評‧批評■大家評

請參閱本刊十四期發表作品

☆柏　穀

脫下了光彩底戲裝，萬物
眞懇地佔住着其應有的位置；
燈火們騙不了它們，它們是茫然了，
茫然於其為何橫在那兒的緣理。
——連機器的齒輪們都齜齗起來了，
如我口中的牙齒們，
喊不起一聲上帝的。

這是刊於「笠」第十四期的詩「夜晚」的第一節。這首詩我欣賞了好幾遍，想從這詩中得到做一個讀者應該獲得的詩的感受。但我終於放棄了我的努力，我該坦白地表示我看不懂。從整首詩裡我只看到作者的意圖，處於夜晚，暗示黑暗的一種社會裡，掙扎着個性的跳躍；很剛性的，粗魯的，自慰行為的，欲求滿足於個人的惡趣味。而很不幸的是把整首翻來翻去仍找不到一點詩，甚至像詩那樣的東西。

通常我們欣賞詩的方法，是從詩裡吸收「某種思想的要素」而得到快愉。另一種是從詩裡吸收「感覺性的要素」得到快感。這種方法對於詩作者來說也有其同樣的道理。喜歡用論理做為詩的主題者，和喜歡用感覺性經驗做為詩的主題者，各有其不同的愛好。這位「夜晚」的作者也許是屬於前者的吧！可是要知道祇純粹敍述思考的論理時，便不能成為詩。因詩不是論文。很顯明地，我們離開了詩的範圍來咀嚼這篇「夜晚」時，或會感到作者所吐露的語言是對夜晚底世界的一切既成價使的反逆，在時空裡求新價値的一種現代人的掙扎。雖然，這種掙扎並不是只限於詩才能表現的主題。

然而，我們站在詩的出發點，看到「脫下了光彩的戲裝」這種黃昏的比喻對於經驗世界的啓示並未曾感到鮮新的效果。作者所用「戲裝」暗示這個世界為做戲的舞台，未免過份通俗概念化了。又「萬物眞懇地站住着其應有的位置　燈火們騙不了它們，它們是茫然了　茫然於其為何橫在那兒的緣理」。這種描寫夜晚茫然的狀態，祇不過是說一些散文性的道理，毫無給與讀者展示出常識以上的新意象。但這種道理，所謂「萬物」既然「眞懇地站住」這「燈火們也騙不了它們」，為什麽「它們是茫然了」呢。接着下一句「為何橫在那兒的緣理」的疑問也不是疑問的語言。像這樣清醒與茫然混淆不清的作法實在令人難解。而作者隨着聯想到「機器的齒輪們」，可能想賦與夜一種現代性的 mechanism 的表現，但「齒輪們都齜齜起來了　如我口中的牙齒們，喊不起一聲上帝的」，竟粗魯地把齒輪與牙齒毫無意義的連結在一起，並以不太高明的方法，故意把上帝拖出來，表示反抗上帝。如此採用強迫性的方法連結的事象，越使讀者增加了「到底作者要表現甚麼？」的疑問，在詩的方法上不但未能達到意象化的效果，反之破壞了由語言組成底詩的Wit自然性的機能。缺乏了詩的，缺乏詩的諷刺，缺乏詩是「語言藝術」的本質，令讀者一讀就看破了是自慰性作爲的詩，眞覺得乏倦繼續看下去。

惟這一首詩，第二節以下還有六節。如有興趣，請讀者自己翻開「笠」第十四期的原文看看吧！我實在不耐煩把它逐一拿出來分析。僅僅看到那些分行的文章裡所躍出來的莫明其妙的字眼，如「剝落來的色彩的大包袱」「反逆了上帝」又「祈念着母性含笑的眼眸」「一世紀的錯覺底偶像」「一百年的誤會底經典」「把一萬個永遠疊成一刹那」「死於色浪底牢獄」等，排着一連串思想矛盾的互相交雜，就感到無法瞭解，無可展開詩的想像力，難怪我不了解。或許我如此愚直地說出來，作者會感到不滿，而將列舉一大堆這篇詩的動機，主題之如何深奧，詩之標的之如何鮮明等加以補充說明，意圖證實這是科學的詩，絕非那些墮於傷感性的落伍詩。這或許也有一點道理存在。但我還是覺得科學詩也絕不會以「連機器的齒輪們都齟齬起來了」那樣無秩序的語言堆成不像散文也不像詩的東西來強迫讀者的吧！

☆ 双 木

△筆

有些人說它不是詩，也有些人說它是詩。前者所持乃據以其所使用的工具，看似散亂而不散亂的語言以及對話式的獨白。而後者，無疑就是指其本身的質素而言。也比較客觀。吾人所當注意者，「詩與非詩之別」主要不在其所使用的工具與形式，而應從詩的本質去探討。此詩正是林宗源一貫用以表現他底富有戲劇性的詩世界的一種手法。雖然不是成功的，却有其自己的立足點。

△天候

把懷念母親的情緒說成「天候」，類似這種換位的寫法，在現代詩擔任着極爲重要的角色。而喬林用這種象徵的手法寫詩，已有一段相當的歷史。也因而確定了他自己的面目。這是可喜的。此詩的好處也就在於他只靜靜的呈現他臉部的表情，而不再老套的沉浮於原始的哭泣。

△夜將臨

這也是一種寫詩的方法。但不能把它當作模子用來大量灌製。此詩可有三種讀法，（不知道作者有此企圖否？）我們可以把每行的第一個字連接起來讀，如「夜將臨呵　夜將臨　夜將臨　夜將臨呵……」而後再從頭開始唸，如「病鼠色的白日崩塌了　夜的織物　自天頂恣意潑落」。第二種讀法把每行的頭一字都棄掉而直接唸，如「病鼠色的白日……」也可。第三種方法就照一般的習慣，如「夜。病鼠色……」。但這些都不是重要的，重要的是詩本身的問題。作者似乎有意將就形式，結果有多餘的句子出現，如第一段的第四行「白日成群地潰散了」即重複該段的第一句「

病鼠色的白日崩塌了」。「內容決定形式」這句話似乎要請作者再深思一下。

△死之變奏

他說死亡是「應着一個古老的諾言」，而把死亡的那個關卡說是「招呼站」而又「依舊擁擠得很——只茫然了一株近山的樹」而又「矮一矮身 那風已成未竟之旅」——這就是「死之變奏」。的確不壞。但仍需要多予人好一點的東西，只「誰願冷冷地歸於冷冷?」，是不够的。

△現代·日落

就看他的題目吧！就有一點叛逆。而且把太陽像玻璃那樣容易的擊碎，就成爲星子，就成爲不可告人的行爲(猥褻)。簡直給那些老愛着傳統美的人，以一種尷尬的感覺。怪不得他要說「這樣的日落 便在我心海激起一種風暴」。

△相思樹

這棵「女人樹」是作者(約四十來歲的人)用日文寫的，然後請現代詩人翻譯的一首詩。不管所使用的語言怎麼樣，像作者這樣年齡能有「女人樹」這樣奇特的想法，確屬難得的。比我輩年青作者們熱衷於寫「千燈」「千池」的，要強得多了。

△彌月哀

作者想得可不少，在那「憯惻的時分」。神的死，善惡的孿生，以及活着的掙扎，存在的悲劇……等等的攪擾使人不安。但這些都是眞實的問題，只是表現得不確切，人家就要說是「作僞」的了。

△夢之華

此詩寫來很簡潔。廿歲的年齡的確有這樣不知該作什麼的茫然。而他偏又醒來發覺自己就是那魯莽的樵夫，在砍伐自己的生命之樹。這就是悲劇。時代所使然，不需要什麼理由，流淚也可以取代空白。

△黃昏底異象

最近作者發表一系列以黃昏、夜，以及女人，以及寂寞男人所渴要的什麼的詩，但都未有一首比較突出的。不過，與上期發表的「夜之印象」相比，我却較喜愛這一首詩。此詩寫「黃昏底異象」除了描繪及夜的荒謬外，也曾悄悄地觸着黃昏與夜之外的東西。

☆舟坊

▲筆

雖然這種形式上的追求，對內容並不能造成特殊或強化的效果(杜國清評「黑板」一語)；可是，是詩領域擴張而致力的精神，實在也是值得嘉許的。換句話說：如果把「筆」這首詩分做五個小題描寫也不失「詩」的本質。也許作者有意一手扼死這種形式的專利，所以作者利用此種形式上的大胆嘗試，把「筆」爲人類文明所帶來的遭遇，幽默而且沉痛的諷刺了一番。

▲天候——母親節的詩

母親是够偉大的呀！作者期於以天候來襯托出母親的偉大，可是除了「想那天空支起」及「是淌着的口水和掛着不落的淚珠」以外，總不能擺脫文字的圍，把母愛烘托得淋漓：這也許是作者太致意於表現母愛而絆倒的吧！

▲**夜將臨**

這也是一首形而上的詩作吧！雖然把主題支離的破碎，而使我們能够達到另一個意境——是茫然與傷感嗎？——可是我們期望作者能以更深邃，更獨到的慧眼，爲我們獻出他更成熟的作品。尤其這首詩沒有恰恰的抓到「夜將臨」的癢處，而過分的描景，這也許也是一件憾事吧！

▲**死之變奏**

的確的，這首詩是種變奏。假如「冷冷是天堂，冷冷之外是地獄」，那，造物主呀！挖出你的眼睛吧！（但，非常遺憾，第二節七個字——招呼站依舊擁擠得很——却給誤殖了。雖然是個毫不足道的錯誤，但有時候也會爲我們帶來意料不到的錯誤意境呀！眞是「差之毫釐，失之千里」，豈可疏忽呢？）

▲**現代・日落**

首先，我們應該驚訝於詩人自我嘲解的積極。乍看這首詩，使我們有一種豪爽之感，就第一句「一出拳，便將太陽擊碎，便有滿天星子在猥褻」的豪邁，眞是可使我們聯想到「双手推開窗前月，一石擊破水中天」的氣魄。可是，詩人從「卄七歲的他」到「第五季」以至於「揮拳」及「死之書」都帶有濃厚的主知色彩，尤其是這首詩與「揮拳」大有異曲同工之妙，實在是遺憾中的遺憾。

▲**相思樹**

這是一首精美的童話詩，假如能配上適當的音符，或許可以成爲一曲風行的歌曲。這首詩，也不乏意境的誘惑，佈局也甚嚴密；可是，美中不足的，這首似乎太散文化了，詩意並不能強烈的凝聚，而且也不說明化了。

▲**彌月哀**

很多「詩人」喜歡在詩裡面點綴些人名或地名，以壯聲勢，這種出發點也許是善意的，但常用到詩章裡面，可能會得到意想不到的反效果，因爲一個典故或一句古詩，被安插在新詩行列裡，或許會很容易造成讀者的反感，也許可能因此而澈底摧毀了詩本來的意象。大體上，彌月哀這首詩，不愧爲彌月哀中的彌月哀。

▲**夢之華**——寫給二十歲的自己

二十歲竟就是什麽色彩的年華呢？雖然我們不能得到正確的答案，可是詩人往往會就這個問題提供各種角度的答案來使我們參考。因爲有很多人在經過這生命的瞬息時，總喜愛吹起繽紛的泡沫，把自己牽進幻想的國度，以種種痛苦來蹂躪自己。作者雖然隱約的說出了一些什麽，但總有些敷衍之嫌，不能使我們有滿足的快感。

▲**黃昏底景象**

「夕陽無限好，只是近黃昏」「在嘩笑一下午的窗前，捕捉帶醉的夕暉」，是何等的容易「醉於微醇的霞虹編織綺麗的幸福」呀！但非常可惜，這首詩含有濃厚的古典氣氛，似乎是從古詩中翻身出來的，終沒有抹掉堆砌的陰影。

☆ 姚家俊

「**夜將臨**」的作者曾貴海，是一個學醫的大學生，以其所接觸的生活，常有欲將此形形色色的世界重加剖析之願，其作品深受沙特存在主義之影響，每每欲運用一些「紮實」的字眼着筆於年輕人對虛無渺茫的感受加以意象的描寫。所以讀曾貴海的作品常有「最先是令人感動，次而感覺平淡，終了時不禁發見作品表現中有情感超乎一切，而形泛濫之感。」這種現象在目前一群青年詩作者的作品中很是常見。當然，作爲一個眞實的詩人並不是僅憑藉一貶之觀念就能有所成就的；必須完完全全孤獨起來，在瞭然凡生世界之後的醒悟，困守此種超然的孤獨，而必須創造一個「眞我」的形象，表現在作品中。讓作品決定詩人，不使虛僞的詩假名而行。

「夜。病鼠色的白日崩塌了」
「夜。久寐於瘧夢中的街燈們
將。在夕暮的拍射下猝然驚醒」

這些字句展現的濃縮度不够。但我們並不能因此而否定作者描述的眞摯與着力點的正確性。而最終一段：

「夜將臨。啾啾而無情的叫喚源自
初夜
夜將臨。浪子們矇起臉走了進去」

是很不錯的手筆。使讀者讀後被引至一種主題的強調性證明。此外，這首詩初看似乎頗偏重形式，實際上，並非基於形式的美觀，而確有其連貫性，這種寫法頗成效果

「**死之變奏**」強調想像中「死亡」的肯定，用句空漠而着實。但對一位猶在中學校讀書的青年似乎不應有如斯的意象誕生。

「走出廻旋的窄巷，牽着風
而夕陽竟也如此刺眼」

若說我不識這首詩的作者，看了這段字句，必定不難想像作者的飽歷風霜、老態振然。但，作者分明是年輕人呵！就顯得不很理解啦！也許作者在寫這首詩前，精神正全力灌注於某種極端的想像中吧！再示一段：

「影子在喃喃裡逐漸糢糊
矮一矮身，那風已成未竟之旅」

與首段的展現是主題的重複寄託。我想，闊璟是時時念念不忘「怎樣使自我擁抱永恒」的。是不？

由這首詩，我們可以感受到作者對「冷冷」，對「天堂」的異常嚮往，眞巴不得作者今後能多創作一些將外貌丟棄，展現出赤裸裸的「眞我」的作品來。

「**彌月哀**」是作者對生命的眞實性及存在性欲藉「一尾掙扎網裏的熱帶魚」在「惛惻的時分」作悲劇的傾瀉與感覺。

「惛惻的時分
患痲瘋的神像即要水葬
即要騎騏驥千里趕赴
善與惡的最後一次約會」

這種淒清的展露，在讀者再四讀這首詩後，便易與一種垂死的物像擁吻起來。於是「有人拾級而上 偸窺 反鎖於塔內的紅眼球」並且逐漸「燃燒死亡的火把 輻射孤獨的粒子」，這種透澈着顫慄的意象，每每令我感泣。

鄭烱明的世界仍是一種需要深切體認與忍耐，工作的國度。所以在其「彌月哀」中最末一段的描述顯得稍爲軟弱而帶勉強。一個詩人應該在作品中儘量講求純粹的意象，不要假藉「形容詞」的處理來增加詩的厚度，實則若是過於假藉「形容詞」的處理亦容易使詩的內容，整體的精神趨向虛僞與「非完整性」。譬若：

「弄碎了靜謐完載的萬籟
搗毀整個星座的和諧」
「幾聲冗長不管不管的鼻息
跟貝多芬崇高的青魂對立黑鍵上
閉眼合奏一曲彌月的哭聲」

如此的字句，展露在讀者面前的感受：一方面是不易爲人所能接受的虛茫。另一方面則是作者內心的感覺不能與詩內容的世界引起共鳴。（當然，這是筆者個人予作者的觀感）

「**夢之華**」是作者二十生辰紀念詩。就一個沉着的年輕人來講，此首詩所展露的正是一般迷惘年輕人的心聲、自然，那種內含的迫力有時是被正直地樹立着、與鼓動着的。

「夢之筆」雖不曾攫取到眞正的「年紀」，但仍不失佳句：譬若：

「關於流淚不流淚
理由們都表示緘默
就讓顆顆晶瑩的閃耀去取代空白」
「醒後 發覺自己是一個粗獷的樵夫
在砍伐我們生命的樹」

李魁賢

德國•柏赫特作品

Wolfgang Borchert，一九二一年生於漢堡，在軍中擔任檢查軍郵工作時，這位廿歲的士兵被逮捕過兩次。坐牢、監禁，一再被捕，判決死刑，使年輕的柏赫特揚名。後被調往俄國，一九四五年因病重遺返，在漢堡與人合夥經營小型歌舞場。一九四七年住瑞士醫病同年逝世。一九四九年，全集出版。

鬼 *Der Vogel*

你是從風中贖回的土壤，
你是魚類與花卉的孩兒。
由一切之中擧出
你是靈魂的願望
使靈魂在狂暴的風雨中
不再自苦自擾。
你是天星誕生者
某一龐大的夜裡。
牧神已失落了他的心
而你就由此造成。

晚歌 *Abendlied*

爲何，啊，說吧，爲何
如今太陽遙遙遠行?
睡吧，孩兒，輕輕地入夢
暗夜裡多麼舒暢，
因爲太陽遙遙遠行。

爲何，啊，說吧，爲何
我們的城鎮變得如此寂靜?
睡吧，孩兒，輕輕地入學
暗夜多麼舒暢，
因爲它就要安眠。

爲何，啊，說吧，爲何
灯光這般明亮?
睡吧，孩兒，輕輕地入學

暗夜裡多麼舒暢
因爲灯光發生火焰的光芒。

爲何，啊，說吧，爲何
人們手挽着手步行？
睡吧，孩兒，輕輕地入夢
暗夜裡多麼舒暢，
因爲人們手挽着手步行。

爲何，啊，說吧，爲何
我們的心靈這般微弱？
睡吧，孩兒，輕輕地入夢
暗夜裡多麼舒暢，
因爲我們絕對的孤軍。

里爾克詩選⑥

貳、新詩集（三）

昨晚 *Letzter Abend*

夜以及遠方的行旅；
滿載的軍車從公園邊馳過。
但他的眼光從翼琴上擡起
越望着她，依然不停地彈奏。

幾乎有如男子在鏡中凝望；
這般充溢着他英年的容相
並知道承載他的悲傷，
在音律中更顯煥發與引人遐想。

然而這景象瞬即消失：
她疲乏地倚在小小的窗口
抑制着芳心猛烈的砰響。

他已奏畢。新鮮的微風吹入。
黑色的軍幅連着髑髏
單獨陌生地立在鏡臺上。

【譯記】里爾克在此詩中，很精細地表現了異性對同一境遇的不同態度。漢子從女人的臉孔來看出自己的神氣，並以傷感來逗引女性的感動認爲是完成一件傑作。而實際上，眞正承受了悲傷的是溫柔的女性。最後的髑髏的象徵，加強了詩的力量。髑髏，原是德國一種海盜團體的標幟，里爾克把它放在鏡臺上，倍加肯定了戰爭中死亡的惡兆。

娼妓 *Die Kurtisane*

威尼斯的太陽在我的髮中
備着黃金：所有練丹衛士
最高貴的成就。我的眉毛
細長如橋樑，你看得出

架越了我眼睛沉默的險巇
我的眼在水渠裡按排着
秘密的交易，使海洋在裡面
升起，又降落又翻騰？

誰見我一次，都會羡妒我的狗，
因爲在消閒時就慰撫
我的手，就把情焰燒焦！

不能傷害的珠光寶氣的休閒的手——。
而純情的少年，古老家庭的希望
在我口中凋殘，一如中毒而敗壞。

【譯記】在『新詩集』別卷裡，還有五首有關威尼斯的詩。此詩可能得自威尼斯柯樂博物館（Correr Musenm）中卡帕西奧（Vittore Carpaccio, 1460?—1526? 威尼斯畫家）的「娼妓」，那髮色，珠光寶氣的手撫摸着狗，細長的眉毛，但那笨拙的外貌似不能令人想像到一點戲劇性的獨白。在威尼斯水鄉，渠道縱橫，水成爲城市生命的血液；橋樑則是溝通的要道。因此，眉毛與橋樑的比喻，眼睛與海洋之間的「交易」，都成爲很特殊的形象。

橙園的階梯 *Die Treppe derOrangerie*

有如國王們，終究只是緩緩邁步
毫無目標，只是爲了時時刻刻
向兩旁卑恭屈膝的隨從
顯示藏在外袍裡面的寂寞——

如此攀登，夾道兩邊的欄杆，
自原始即俯身相就，階梯：因神的恩寵，緩慢
攀上天堂，引向烏有之鄉；
好像他們下令所有的僕從
躭留在後頭——遠遠地跟隨，
他們就不需再忍受
牽引着那一大串的行列。

【譯記】橙園，位在兩道很長的階梯之間，叫做 Cent Marches，分別有一〇三及一〇五級。人們由下向上仰望時，有如是引向天堂。欄杆顯得毫無意義，而階梯更是寂寞了。在那卑恭屈膝的僕從之間，國王是更顯得與人隔離的落寞，但最後，終能擺脫那些隨行人的覊絆。

迴轉木馬 *Das Karussell*

盧森堡植物園

在屋頂及其陰影下
彩色馬隊的行列
旋轉了一陣，在那敗壞之前
長時躊躇的土地。
儘管有些拖曳着貨車，
仍然雄姿煥發；
一頭兇惡的紅獅同行
而時時有一頭白象。

甚至一隻牡鹿在此，完全如在林中，
只是馱着一付鞍，上面坐着
一位藍衣的少女，扣緊着環帶。

而在獅子上方皚皚地騎着一位少男
以細小的汗濕的雙手勒緊韁索，
這時獅子吡露着牙齒與舌頭。

而時時有一頭白象。

而在馬匹上方奔馳而過的是
爽朗的女郎們，興起了馬的騰躍，
在飛躍當中，她們張眼
顧盼着週圍，高低，遐邇——

而時時有一頭白象。

兀自前行，急急奔向終結，
却只是不停地迴轉，沒有終點。
一陣紅、綠、灰，眼前閃過
然後是一張少能起頭的小側臉。
經常是一絲笑容，燦爛
而又幸福的笑容，暈眩且消失
在這屏息又盲目的遊戲裡。

【譯記】這是一幅歡樂的兒時景象，我們幾乎可看見少男少女們煥發的神采，和爽朗的笑聲。里爾克幾乎是和這些可愛的兒童歡樂在一起的。到了最後一段，詩人才恢復了冷眼旁觀，脫離了那情境，而發出「急急奔向終結，却只是不停地迴轉，沒有終點」之嘆。

陳千武

日‧木源孝一作品

Kihara Koichi

彼方

你從哪兒來？
從盲目的岩石裡
從未綻開的薔薇的花朵裡

你位在哪裡？
在照着走向死亡的人們的鏡前
在照着新生的人們的鏡前

你向哪兒去？
向鳥振翅的聲音也聽不到的地方
向海魚也沉潛不入的地方

默示

一九四五年，被投在廣島的原子彈炸死的無數犧牲者裡，有一位女性。她底皮膚的一部份殘留在地上，簡直反映着殉難者的表情。

我不是人的臉
在一枚白紗布上被針挾着
可是我不得不叫喊

藏匿的齒縫之間的
那是 Uranium 呵
蠕動在鼻孔底的
那是 Prutenium 呵在
看不見的眼裡閃爍着的
那是 Helium 呵
現在的世界祇不過是
潤濕在毒雨裡的細小的暗礁而已

我是被燃燒不了的人的一部份
睡在一枚白紗布上
就從地平線的彼方 我那喪失的部份叫喊着我

看吧 串連在暗黑的海和陸的
那 Uranium的雲
聽吧 下降在沉默的窗和屋頂的
那 Helium 的雨
而且 人的兒子喲
不要玩耍聰明自尋滅亡呵
有生命的現在
不過是像那在荒野裡飛走的蝗蟲而已

遙遠之國

你聽見過嗎
像剛學會翔空的小鳥
驚駭 憧憬，以及撕裂世界的那喊聲

那是我的聲音 在那聲音裡
戰死的年輕人，貧困的裸足的混血兒
喘息於石膏綳帶裡的少女們的迴響
爲欲求愛而叫喊着呢

你看見過嗎
我所吸吮的苦蜜 人的淚水
噴出於這世上的一條生命

那是你的淚水 在那淚水裡
吞夢的法術士 操縱飢餓的商人
映着掃滅愛情的痲藥商
我們要那影子爭鬪

哦哦 爲甚麼
我們不能互愛嗎
眞的聽到那喊聲
眞的看到那淚水
你也一起來吧

在遙遠之國
我們在那國度裡做最初的兩個人吧

木原孝一：本名太田忠，一九二二年生於東京。墨田工業高等建築科畢業。大戰中任建築技師從軍。十三歲開始詩作，在「VQN」「文藝閃場」發表作品。戰後爲「純粹詩」「荒地」同人。現任詩誌「詩學」編輯。由於放送詩劇一九五七年榮獲藝術祭文部大臣獎。詩集有「星的肖像」「木原孝一詩集」「某時某地方」。評論集有「一〇〇人的詩人」「從近代詩到現代詩」。

杜國清

艾略特詩選

帶旅行指南的伯卡克：抽雪茄的彼烈斯天

(Burbank With a Baedeker:
Bleistein with a Cigar)

得啦—啦—啦—啦—啦—啦—咧——非神聖的不能永恒；其餘的是雲煙——威尼斯的平底船靠岸了，古老的宮殿在那兒，那古灰與竹紅多美啊——山羊和猴子也有同樣的身毛！——於是伯爵夫人走到一座小庭園，尼歐比向她呈獻了箱子，然後離開。

伯卡克在小旅館前下來
　當他過了一座小橋；
當芙露薾尼公主到達了
　倆人在一起他跌倒。

海底死亡的音樂悠揚地
　伴着喪鐘傳過海面；
天神赫克力斯放了他走
　因他一向很敬愛神。

從伊斯特里亞踏着齊步
　轅下的馬驚醒曙光；
她那關上百葉窗的彩船
　整天地燃燒在水上。

波烈斯天就是這種派頭：
　膝肘無力地彎曲着
翻着掌，獲太系的維也
　納人，生在芝加哥。

突出的眼睛失去了光亮
　從原生動物底黏質
凝視嘉納烈圖底透視畫
　冒煙的時間底火燭

垂落下來。曾在利額圖。
　老鼠活在積貨之下。
猶太人在一份之下。
錢在毛皮裡。舟夫笑啦，
伸出白指甲瘦瘦的手

患肺結核的芙露蘋尼公主
攀上水梯。灯光灯光，
她歡待費廸南，苦連爵士

誰剪掉了獅子底翅膀
戳他底屁股，剝他底指爪？
伯卡克默想着沉思着
時間底廢墟與那七條律法。

這首詩藉着兩個觀光人物戲劇性地描寫對威尼斯一般的印象。題辭頗為複雜，是由下列來源合成的：

一、戈蒂耶「礁湖上」中斷斷續續的歌。

二、Mantegna 所描寫的「St. Sebastian」中記在象徵性的蠟燭上的箴言。

三、Henry James 底「The Aspern Papers」

四、莎士比亞「奧賽羅」四幕二景與布朗寧「Toccata of Galuppi's」。

五、Marston 底假面劇「Entertainment of Alice, Dowager Countess of Derby」。

赫克力斯：力大無比的天神，宙比特之子，財貨底守護神。

嘉納烈圖（Canaletto, 1697—1768）：義大利威尼斯畫家。

利額圖（Rialto）：市場。威尼斯大運河之大理石廊橋

獅子：英國底徽章。

七條律法：見 The Seven Lamps of Architecture and Stones of Venice.

稿約

一、本刊力行嚴肅、公正、深刻之批判精神，園地絕對公開。歡迎：

▲精闢的詩論及深刻、公正、中肯的詩書、詩誌、詩創作的評論或外國現代詩、詩論的譯介，中、外詩壇詩人動態通訊等稿件，及

▲詩創作。

二、詩創作的處理方法如左；

(1)每期將投稿作品油印分發給本社聘請之選者選衡評分。

(2)評分方法以「推薦作品」二分，「佳作」一分。選者並對「給分」的作品就選衡觀點寫一詳細的作品分析評論報告，連同評分表一併逕送本刊編委會統計擇優發表。

(3)選者名單：

十六期：吳瀛濤、林宗源、喬　林、林煥彰、黃騰輝
十七期：詹　冰、白　萩、徐和隣、羅明河、楓　堤
十八期：林亨泰、葉笛、李篤恭、藍祥雲、杜潘芳格
十九期：錦　連、羅　浪、古　貝、方　平、趙天儀
二〇期：張彥勳、黃荷生、林錫嘉、蔡淇津、桓　夫

三、截稿日期：

▲詩創作：每一、三、五、七、九、十一月五日。

▲其他稿件：每一、三、五、七、九、十一月二十日

四、稿暫寄豐原鎮忠孝街豐圳巷十四號「笠編委會」。

詩壇散步

●●● 柳文哲

詩壇散步

青菓

袁德星著
駝峯出版社
55年6月出版

如果說一個批評者，能像偵探一般地，身歷其境，攝取最佳鏡頭，則他所提出的證據，便容易使鑑賞者首肯。但是，如果作者即無隱秘，也沒露痕跡，批評者即使有偵探的才能，也是無可奈何的事。

倘若我們承認語言文字是詩的表現媒介的工具，那麼，所謂不可言傳，意在言外，它所使用的工具，還是透過了作者所表達的詩的語言，才能加以意會與推敲。

誠然，我們對於『一首詩之欣賞乃是讀者「自鑑於作者靈魂底鏡裡」，它敲擊到你的什麼地方便發生什麼音響』。可以有所感悟。但我們知道，讀者即是鑑賞者，也是批評者；一方面體驗了美感經驗的歷程，另一方面却也選擇了美感經驗的方向。明智的讀者在「固定反應」與「適當反應」之間，一定是有所抉擇的。

代表了袁德星（楚戈）「對於文學生活最早的試探的階段」；「青菓」便是朝向成熟必經的階段，惟其未成熟，正象徵了隱藏着的青春的朝氣和活力。可是，作者在心理上的早熟跟這種未成熟，恰恰形成了一種矛盾。

也許像「瀑布」、「悲劇」、以及「關於風」，這幾首詩，就語言的交通而言，我們較能意會他所開拓的世界。固然，語言富於暗示，意象深於含蓄，才能使詩豐盈而充滿了潤澤的光輝；然而，過份隱晦的結果，也會使詩的色澤失去了光彩。袁德星的詩，的確，好像是在企求些什麼？又彷彿是不在企求些什麼？他企求着創造的表現，却又在否定當中。在散文詩的形式上，他仍然有其音樂性的律動，却又顯得生澀；他固然有其繪畫性的技巧，却又變得灰暗。更妙的是他對於「詩」居然說：「我還是不要再說什麼的好」。

我們試讀他的作品。例如：「酒徒」

「自從他任性的眼神灼傷了地平線微微的藍色之後，他的目光便不敢再看任何人了，他遂終日啜飲爲的要在眼中製造一片濃濃的霧」。

這種看似客觀的描敍，却具主觀的機智；「自畫像」也是這類作品的典型，我們可以窺見作者在清醒的冷漠中，在熱情的迷糊裡。正如他的插圖一樣地，他的詩，也具有意象的陳示，有點抽象，有些敏感的觸覺。例如：

「塗滿警戒的黑色之嗅覺，在一切之上」（年代㈠）

這是企圖聽覺、視覺與嗅覺的交錯，而表現一種神秘感的啓示。又例如：

「溫柔的水憤怒起來，把一整座山淹死在大海」（七月）

「只有住在像林口這樣的高地，這樣在平地人看起來是山上而山上的人看起來是平地的地方你才能知悉許多事情。」（日記㈡）

這種立體感，使詩的濶度拓寬，有其刺激作用。

從作者的隱喻與暗示的表現手法來省察，作者的詩缺乏透明的浮昇，而多半是意象的沉澱，因此，詩的彈性便在無形中受了某種限制。這就是說；詩與明朗不相干，也跟晦澀不相干，而是跟如何表現詩的精神相干。像「淺灘」這一系列表現有關 Sex 的作品，含蓄而不輕挑，才耐咀嚼。

畢竟是結婚，使他「領略到把握實質之需要」；這是一個轉捩點。在虛與實之間，在收歛與奔放之間，作者何不朝向較為爽朗較為肯定的途徑上。

出版消息

•論著翻譯•

※古代希臘大哲學家亞里士多德（Aristotle, 384-322 B.C.）的名著「詩學」（Poetics），已由姚一葦重譯，國立編譯館出版，中華書局印行。該一名著另一重譯，有臺大哲學系講師張柯圳的翻譯，曾在虞君質所主編的「文藝月報」連載過，惜無單行本問世。

※愛樂文庫第一輯十冊已出版；第五種為許常惠譯，史特拉文斯基（Igor Stravinsky）的「音樂七講」『原名：「音樂的作詩法」（Poetics of Music）』定價二十五元。

•詩　集•

※商務印書館人人文庫一三一，係鄭愁予的詩集「衣缽」，業已出版，定價八元。

※笠叢書十八；楓堤詩集「南港詩抄」業已出版，定價十二元。該集為其第三詩集，收錄近作極豐。

•詩　誌•

※創世紀第二十五期，業已出版。該社刻正編選「中國現代詩選」，擬與大業書店合作出版。

※現代文學第二十九期，業已出版，本期刊載：美國文學專題研究。

※文學季刊創刊號，已出版，該刊由尉天聰主編。

編輯日記

七月×日，白萩來訪。從「笠」的編輯革新計劃，談到杜國清留日時的一段苦心，以及戀愛、女人、孩子。白萩只喝了一大杯當歸酒就說醉了。結論：「哎！我們曾經也不良少年過。」

八月×日，桓夫上北。先訪徐和隣，邊喝汽水邊遊他底「淡水河」並看到「葡萄園」十七期已出版。再訪吳瀛濤，和黃騰輝三人走入一條小巷裡在露天吃田螺喝威士忌。聽聽吳瀛濤的臺灣土話底語源故事，總不離 Sex。之後，回到華陰街十五號。楓堤、林煥彰、徐和隣、黃荷生先後來到。各談各人的天外天。嗣由桓夫報告白萩的編輯革新計劃。黃荷生答應十四期「笠」的印刷沒有問題。至晚十時散。

八月×日，趙天儀返臺中自宅後來訪。一時興發以爲臺灣古今漢詩壇「詩史資料」値得研究，一同跑到東勢鎮去拜訪桓夫的舅舅吳步初老詩人，談及鄭成功時代詩壇的民族志氣與日據時代漢詩人在民族岐視和壓迫的反抗中吟詩的態度，感到時代的推移和變化影響詩人的內部，各有其共通且不甚相同的苦悶。

八月×日，沙白來訪。穿着軍服的沙白對詩充滿了蓬勃的活氣和興緻，乾脆痛快。這種大學生的軍訓使我聯想到日據時代「學徒兵」的一段回憶。

八月×日，在彰化市濟慈寺擧行暑期「笠」中部「詩」作讀者詩話會。十時開始，由林亨泰主持。到有錦連、張彥勳、趙天儀、方平、沙白、古貝、蕭蕭、周文輝、鍾友聯、明台、依塔、旋夫、負古、施淑、喬林、桓夫等多人，在和氣的氣氛中閒談創辦「笠」的基本精神、詩的本質、詩人的條件與態度，回憶「笠」二年來的奮鬪經過。「笠」這個名稱是林亨泰命名的。正午接受林亨泰招待享受一餐豐盛的素食。下午談論由同人合股經營「笠書店」，將使愛好詩、文藝、學術的人有一依靠的地點。大家都贊同。林亨泰尤感興趣，有意馬上開辦。錦連說：「今天等於『笠書店』籌備會第一次股東大會啦」。決議：全盤計劃委由趙天儀起案。

八月×日，「笠十四期」出版日期已過。接到林煥彰來信，始知黃荷生因印刷廠忙仍未排版。隨即寫信催黃荷生趕辦，以免有失信譽。

九月×日，日本靜岡縣中央圖書館現代詩文庫的高橋喜久晴先生寄來航空明信片及新出版的八月號「詩學」。前於「早春的詩祭」時寄贈的我國詩人詩稿，已由該「詩學」主編嵯峨信之先生採用以「現代中國詩特集」在該誌發表。計刊有林亨泰詩抄、吳瀛濤的「七月的精神」、錦連的「挖掘」、詹氷的「五月」、桓夫的「殺風景」，並由陳千武日譯趙天儀的「墜落的小燕」、喬林的「破鞋」、沙牧的「歷史的假面」、林宗源的「旅社」、白萩的「Armchair」、楓堤的「秋與死之憶」等，印刷大方優美。

九月×日，「笠」第十四期出版。長期訂閱戶又激增。

九月×日，張默寄來新出版的「創世紀」第廿五期。隨即與「笠」第十四期一併寄發，贈送日本靜岡縣中央圖書館現代詩文庫及金子光晴先生。

九月×日，第十五期創作作品截稿，共收到作品七十一篇，經過二次的選衡，取用三十二篇付油印，分送給同人評選。

九月×日，創作作品評分表已收齊。計參加投票十二人。評分方法為決定採用二分，同意採用一分。分數統計結果作成「評分表」，將提出編輯座談會報告。

九月×日，接到林宗源寫一張細細密密的明信片說：「閒得無聊，在家吃閒飯覺得太沒意思。於是，到表兄的工廠學習電鍍，至今已有一個多月，工作忙，身體疲乏，詩的情緒下地獄了。幾天前跟白萩談詩，才又小產一首，又談起『笠』，我為它的生命……」。他竟跳出了『旅社』。

十月×日，鄭烱明來信：「貴刊所樹立之獨特風格令人激賞，願它是『笠的精神』『笠的本質』。笠第十四期所刊拙作『彌月哀』有兩處係手民誤植；第一段第一行第一字『潛』為『憯』之誤；第三段第二行『完』為『光』之誤，敬請更正」。謝謝來信提醒。

十月×日，在卓蘭詹氷自宅開十五期「笠」編輯會。到有詹氷、錦連、張彥勳、桓夫。林亨泰因事缺席。會中裁決刊用之作品及稿件，討論下期起之選評稿件方法暨本期作品合評等。由張彥勳紀錄。五時散會。乘車經過野石疊疊的大安溪，桓夫說「在這個堤岸該建立一座趙天儀的『詩碑』」。

十月×日，十五期稿全部送交黃荷生付印。

笠叢書目錄

I　已出版者（每冊十二元，訂戶八折）

本刊徵求長期訂戶啓事

一、手續簡便：繳款三十元，存入郵政劃撥中字第二一九七六號陳武雄帳戶即可。各地郵局均可辦理。

二、長期訂戶的權利有：

⑴可獲得「笠」詩刊全年份六期。

⑵購買本社叢書，可享八折優待。

⑶可參加本社舉辦之各項詩的活動。

三、凡介紹訂戶三戶，本社贈送笠叢書一冊，滿十戶，贈送叢書一輯全套。

「笠」爲純詩刊，與一般商業雜誌不同，難能在利益爲主的商業書店寄售，僅依賴直接訂戶的增加，存續發展。敬希愛護本誌的作讀者予以協力贊助，利用郵滙中字第二一九七六號陳武雄帳戶參加長期訂閱，可減輕全年書費及函購叢書得可享受八折優待。

中華民國內政部登記內版臺誌字第二〇九〇號
中華郵政臺字二〇〇七號執照登記爲第一類新聞紙

笠 雙月詩刊 第十五期

民國五十三年六月十五日創刊
民國五十五年十月十五日出版

出版者：笠詩刊社
發行人：黃騰輝
社址：臺北市新生北路一段卄九號四樓
編輯部：臺中縣豐原鎮忠孝街豐圳巷十四號
資料室：彰化市中山里中山莊五十二號之七
經理部：臺中縣豐原鎮忠孝街豐圳巷十四號
郵政劃撥中字第二一九七六號陳武雄帳戶
定價：每冊新臺幣六元 美金二角
日幣五十元 菲幣一元
港幣一元
長期訂閱全年六期新臺幣卅元

16

笠 雙月詩刊 16 目錄

封面設計●龍思良

笠 16

不要從「現代」脫線

以邏輯式的意象或晦澀的文字的羅列來誇耀「新銳」或「現代」，漸漸地成爲一種新的「流行調」。

我並不否認近十年來從現代生活中提鍊出來的純理智的，或者對社會，對文明含蓄着豐富感覺的作品，遠較抒情的作品感動得深刻。但爲了跟上「現代化」却「拿詩做文字的積木玩具來玩耍」，這就有點「脫線」了。

有許多作品，的確「現代」得令人難以理解。我曾懷疑自己的欣賞能力，然而，經許多人再三品味仍找不出感動的地方，而只是一行行不易解析的文字與意象的參差交錯，恐怕很難同意它是一首詩。

當然，我並不主張詩的「明朗化」要比詩的本質重要。但，至少作者似乎應該替讀者留一條欣賞的路。

·黃騰輝·

笠詩社

然則

白萩

然則春天在檻外不知恥地走着。
　爲了那些猪，一年一度
　厚顏地從石隙間伸出粉裝的臉
　有鳥的跳躍在汲動的眼裡

　我們是一枚釘死的鐵釘
入木的部份早已腐銹。

腐銹在基督乾黑的血中
然則春天在檻外不知恥地走着
爲了那些狗，一年一度
　從窩邊開始展露她的丰姿
我們是一枚釘死的鐵釘
　入木的部份早已腐銹。
腐銹在檻內而望着藍天的眼光却猶爲新亮的釘頭

相對論（三首）

楓堤

○羅曼史

裡邊是：
萎縮的
一株雨樹
盛開的
一欉薔薇
秋日的陽光的公園
陽光的秋日的公園
盛開的
一株雨樹
萎縮的
一欉薔薇
外邊是：

○升降梯

一張秀麗的面孔
然後是
一張醜陋的面孔
一張醜陋的面孔
然後是
一張秀麗的面孔
諧和的風景
純粹的風景

○雲

一塊磨沙的玻璃
前邊是
不能映照的
現身的小丑的世界
後邊是
不能透視的
隱形的面具的世界

蠻橫與花瓶

桓　夫

猶如魚鱗狀的皮膚病
那樣一個黃昏
人人都變成好惹氣的水牛
彷徨在古代的石階
因不容易鑽進琺瑯質的現代
祗是向女人的粉頸蠻橫
好在　女人們信仰媽祖婆
焚香　熏沐沉默的幽怨
任眞摯的愛
鬱積在褲管下漩渦着　漩渦着
形成一個花瓶

三角形

詹冰

三
角形
那只是
三邊三角
但邊邊相關
角角相呼相應
充滿朝氣和活力
富於積極性發展性
具有彈韌性變化無窮
角邊角邊角邊循環不息
你看色散七彩的稜鏡
你看埃及的金字塔
數學美學的精華
哲學的完美像
宇宙精神的
神聖象徵
哦妳的
三角
形

近作三題

林宗源

酒家

一九六六年的酒瓶仔
具有BB型的誘惑
在患上冷感症的圓棹上
急速地嘔盡血紅色的酒精

這是一個裸體厭惡衣服的商店
所有的身份證注入飲空了的酒杯
在患上冷感症的地皮上
所有的問題來一次八仙不就飲醉了

看起來酒家是很高血壓的
其實這是一種不要服藥的病症

沒有永遠電鍍的力

盡是刺激呼吸器官的藥水
盡是喧鬧的機器
盡是灰塵的空間啊！

有各種被叫做面具的模型
被砂輪奪去愛的粗紋
祗有恨的雙手啊！
尋找一個磨亮不能更亮的力

在晶亮一如水晶的表面
布輪仍然不能隱匿自己
重疊
投入「我」的面相
重疊
就使鍍上一層高鉻
重疊

沒有完美的模型
沒有永遠電鍍的「力」

力的動作

走出沒有日光燈的倉庫
來到手所建築的苗牀
我們是一群具有淚的外形
夢着黃金色的種子

沒有不呼吸的日子
沒有缺少冬天的年代
我們是一群往成熟邁進的幼芽
有着被移植的苦悶

來到本田這更大的世界
野性被約束在整齊的行列
我們必須按照異類的意思
生活在看起來很幸福的本田

生活在看起來很秩序的社會
分孽再分孽佔滿所有的空間
誰說節慾可以獲得保證
複雜的空間蟲害是必然的
誰說藥劑不能清潔零亂的本田

失望地流下看起來像淚的東西
沒有金黃的肉的果實
只有薄薄的夢一重
只有發芽的衝動一次
只想走出沒有日光燈的倉庫

墓誌

靜雲

我曾發誓
生前刻下一束墓碑文
讓後世的子孫
省去　太多的困惑
或太多的虛情
因爲我最清楚：
我不是詩人
在多夢而純眞
又迷失的刹那

「朶星」「浪花」加上「生命的註脚」①
太多的碎心　太多的殘骸
像一片片詩葉：
幾乎亂成眞

拾起虛榮
回到孤獨的夢境
那朶雲已離我遠去
吻別枯萎的愛情
——那是眞實的悲劇
樹立「人」　生前的風範

一九六六年的十一月
晚霞深吻灰色的大地
我窺出她淒美的笑

註①均爲筆者的詩集。

展放

喬林

寫在卿的演唱照片上

如果那樓與那樓
不老提着燈對照着
如果那燈與那燈
不老掌着灰塵鬪殺着
電線桿不用無意義的
用着脖子打盹

好好的一個手勢
把一塊老張罩着的
灰沉沉的
布，撕開
把那些緊抓着眼睛的身子
給逗長了，如風一般

綠用秀長秀長的手臂把葉子們
一頁一頁的托出
引着陽光或着河涉水而來
把掌聲攤展在土地上
攤展在那我等踏過而又未發現的
無數眯着的眼呵

星期四

林煥彰

有一段日子　我們晚上工作　白天睡覺　但我們都知道　不能因為自己看不到太陽　就説白天不存在

I

隨着馬達旋轉　究竟那顆輪齒才是你

我們已叫喚過千百次　時間分不清晝夜

你認不出你自己

II

假如我們都必須晚上工作　而白天睡覺

那我們就該先把太陽換個銀質的　讓我們睡眠時

有着夜晚一般的甜蜜

III

機器對着我們　一如牛背後跟着的我們的祖先

誰知道　那被牽的　依然是「人」

詩的基本素質（一）

無繪畫性、無音樂性的詩能存在嗎？

◎對談——白萩、桓夫

白萩：首先必須界定詩之繪畫性與音樂性的範圍，假定詩的繪畫性是指形象或圖象，音樂性是指格律音韻的時候，我想詩必可以不依賴繪畫性或音樂性而存在是毫無疑問的。

桓夫：詩之繪畫性及音樂性的界定應該如此，如果也牽涉到文字本身的形、音的時候，無音樂性及繪畫性時，等於否定詩以文字來做爲表達工具，那麽這個問題也沒辦法談了。

白萩：是的，關於詩之不依賴繪畫性及音樂性而能存在的問題，我想在這個自由詩的時代，早已證明了詩可以不依賴音樂性而存在，再進一步的反省，現代詩之不依賴音樂性而依賴繪畫性這個現象，假定連這個繪畫性也不依賴的時候，我想詩也必可存在，衹是表現技巧的需要重新檢討及實驗罷了。

桓夫：這個不依賴繪畫性的詩，剛才我們在閒談的時候，你所舉的：「天蒼蒼，野茫茫，風吹草低見牛羊」；「前不見古人，後不見來者，念天地之悠悠，獨愴然而涕下。」不是早已證明詩可以不依賴繪畫性而存在的嗎？

白萩：詩之不依賴繪畫性而存在，這個問題的提出及反省，是鑑於二十世紀以後的詩拋棄了音樂性而重新迷信於繪畫性的警惕。詩之本質，詩人之歌唱目的，並非在於獲得音樂性或繪畫性，而有做爲詩之本質，詩人之歌唱目的，有一個更基本質素存在才是。

桓夫：現在我們詩壇趨向於意象、超現實，是一個很錯誤的觀念。繪畫性爲詩之最後目的，似乎祗在於迷信繪畫性之非爲詩的最後目的，等於音樂性非爲詩之最後目的，祗是表現之一種可能的方法而已。

白萩：那麽，我們可以證明，迷信於繪畫性之現代詩也是同於迷信音樂性之昔日的詩，是一種錯誤的觀念，表達方法，非表達之目的。這是絕對必需理清的。詩之存在何處？似乎透露在詩人精神活動在何處，詩人的精神活動，也就是成爲詩之目的。

桓夫：那麽詩人之精神活動就是詩嗎？

白萩：在形而上說詩人的精神活動就是詩，在形而下成爲一般所謂的詩，需要經過方法、工具之表達才能成爲詩。這個問題的提出，最主要的目的，在於表明詩有其更進一步的存在的質素，並非祗有繪畫性音樂性之文字就是可構成詩。

桓夫：繪畫性及音樂性是詩的手段，非詩的目的。但是要達到詩的目的，在理論上並非說繪畫性及音樂性爲詩之唯一的手段。應該另有其他廣泛的手段。

白萩：這是有待於目前詩人來從事其他手段的實驗，來證明這個事實。

桓夫：似乎我們詩人需要反省，我們詩人所要追求的是什麽，詩最高本質也就存在這裡邊。

白萩：那麽以往之萩原朔太郎、魏爾倫認爲詩即「音樂」，或現在認爲詩即「形象」，都證明是一種錯誤的觀念，它並不完全解釋了詩的本身，祗解釋了詩的一部份。

桓夫：詩是什麽，無一確定的理論，就是存在於詩人的精神活動，所以我們要追求的，並非繪畫性或音樂性，應該詩人透過實際生活的體驗。

現代詩的思想與抒情

吳瀛濤

1.

雖然經過了二十年了，所謂戰後似乎還沒有終結，而仍尙在延續着。

戰後，由於舊秩序的崩潰，舊時代的解體，被稱爲破碎的年代。而處於這破碎的年代，指向着不可視的應有的甚至或屬于未知的原形的探索，這一時代的詩人是苦悶的。

昨日的神已死滅，今日的神尙未存在，不，絕望的詩人甚至無依地，斷然地喊着，現代不需要神。

這眞是可怕的虛妄的年代。詩人面對着一切悲慘的現象，他不但要對混亂的文明予以強力的反擊。而且在這裡，所謂詩人的反抗與格鬪，即爲詩人的創作力量，在生命力上的發揮。詩人的堅強耐苦的創作生命，也即爲其詩的精神活動，這將是不致於敗北的吧。

2.

詩會敗滅嗎。僅以寥寥幾行的詩，它是已不能够衡量這一個複雜的時代。其實，詩早已敗滅了，祇是很多人却還不知道……。

這種說法，我並不重視。雖然現代詩由於問題觀點的多岐，而呈現出紛雜錯亂的狀態，但也不難爲它找出一條明確的方向。

我想詩人要有信心，要有愛，要有強烈的生命。詩不應該被戰後的虛無和混亂扼殺。是的，詩在任何時代都不會被扼殺的。尤其是在現代，詩人要負起重新開拓詩的使命。

3.

現代詩爲近代詩所到達的現在狀況，而是最能代表近代主義的頂峯。

近代詩，從早期的浪漫主義，象徵主義，而到近代主義的思考和方法。自此，詩的領域已不再侷限於素來的人生論或暗喩的社會批評，詩人發現了詩本身有了由它自己所成立的另外一個美的世界，此即爲現代純粹詩的世界。這種新的詩想和方法——如超現實主義，在本世紀廿年代就被體驗並在詩作品上立證過，其鮮新的血液仍流注於今日六十年代的現代詩的脈絡裡。

4.

超現實主義確會爲兩次大戰間的精神狀況的最好證言。沙特哲學生成期的重要部份負它不少，又成爲二次大戰後五十年代法國新小說的前提及日本戰後派詩人的欲望解放的原理，而至今西歐尚有信奉者經常討論它……

然而，超現實主義，隨着二次大戰，其歷史作用已告了一個段落。今日有人評擊它說：「現在，那不過是蠟像館的存在而已，他們從來沒有產生過一首好詩……。」

5.

在這裡，讓我們來回顧一下現代詩的幾個據點吧。

現代詩的源泉始自波特萊爾，其第一個支流是承繼於馬拉美、梵樂希的「藝術家」的系列，第二個支流是藍波以及繼後的冒險的探究家們，尤其是屬于超現實主義的「見者」的系列。其間尚有艾略特對荒廢不毛、沒落的文明社會直視的深奧的現代精神，及里爾克的宗教性、存在論，及他的那種世界內面空間，天使的把握。而里爾克的優異的抒情性比艾略特的「時間與非時間的交接點」，對我們來說是更容易親近的。

至於「冒險的探究家們」給我們的是一場惡夢似的困擾。用反省的意識的容器之語言要去捕捉着不由反省意識所媒介的實存乃或要被其捕捉，這種背理無非是不可能的白日夢。於是，詩人走向及被驅向到孤立的思想的斷崖。

在這錯綜地破碎着的年代，一切事物似像無從凝結而成爲安定的存在感。詩人面對這種非凝縮的非詩的狀態，却不把這些混沌的破碎不當做是原形解體的結果，反以爲是他們今日的詩的出發點。他們要把斷片成爲種籽，這就是處於現代詩的思想的詩創作的方向。他們充滿着對破落的現代的憤怒，他們的創作行爲幾乎是憤死的強熾的燃燒的過程。

6.

相對地我們該注意到，與現代詩的思想所對立的，今日的抒情的一群。這一群現代的新抒情性，所以依據，呼吸的並非現代的性急焦慮，烏烟瘴氣的一面，而是一片精神的綠化地帶。

這一群現代的抒情詩人仍能以其柔軟的詩想，平易的言語，單純的詩句，安定的語調，有節度的構成，充分地表現了獨自的抒情，而以其對人間眞摯的愛情，強韌的意志人生的回憶，淡淡的反省，從日常生活和自然中去吸取其豐美的詩的泉流。他們有時候也挾用尖銳的社會批評，幽默的諷刺之類，這種近乎前衛的抒情，則以抒情性爲他們的武器。

這一群純眞樸素的詩人產生的作品，並不是保守陳舊，而仍能引向廣大的詩讀者到詩共感的世界。

7.

詩人本來是快樂。詩應該多給人家安慰和喜樂的共鳴。基於生命的詩該生長，它需要富有生氣的抒情，而不應該讓現代詩的一部份怪現象吞噬。是啊！現代詩並不是怪物。戰後該有終焉的一天。新時代更需要新的文化、教養，而文學——新時代的詩，也需要着新的思想，新的抒情。

詩是不斷地邁進着，詩人應該負起這光榮的時代使命前進着。

——一九六六・一〇・二八

光復後臺灣詩壇的發展與檢討

淵源·流變·展望（上）

白萩

嚴格地說：臺灣新詩的萌芽應該是民國四十年後的事，在這之前，到民國三十四年的五年間，祇能視為荒蕪時期。在這期間，大陸來台灣詩人很少；本省詩人雖有以日文寫詩發表，但在日文詩中無顯著地位，造詣尚差，作風不一，因而無具體的趨向與發展。

直到政府遷臺以後，全面廢止日文，所有報紙刊物以中文印刷，本省詩人因為語文的隔絕，或停筆從頭學習，或乾脆放棄，詩壇因而全部由大陸來台詩人播種。

在播種初期，因大陸來台詩人，均是背井離鄉，飽嘗禍亂，作品充滿離愁、思鄉、悲恨、或激昂的鬪志，自由的歌頌。像葛賢寧的「常住峯的青春」。墨人的「自由的火燄」「哀祖國」。張自英的「聖地」，「有一位姑娘」，「船」。紀弦的「在飛揚的時代」。鍾鼎文的「行吟者」。李莎的「帶怒的歌」。金軍的「歌北方」。鍾雷的「生命的火花」。明秋水的「駱駝詩集」，「骨髓裡的愛情」等。與集結在張道藩主持下的「文藝創作」，而出有「現代詩歌選」的上官予、涂翔宇、童華、古之紅等。他們的詩風，平易淺白，走大衆化的路線。其血緣可以上朔到「太陽社」的蔣光赤（慈）、錢杏邨、馮憲章、森堡、柯仲平、與發展下來的「中國詩歌會」的穆木天、楊騷、蒲風、柳倩、濺波、葉流、亞平、左琴琳娜……和抗戰期間中，中國詩壇趨向的一種延續。這些詩，雖便於朗誦，明白直接，但洽因本省同胞大部不閤於語文，且無背井離鄉的體驗背景，難予引起共鳴，因而無從發展。

與今日之詩具有聯繫關係，實在是從紀弦主編了「詩誌」，與鍾鼎文、覃子豪合編了「新詩週刊」，培養了年青的一輩，提供了一塊專門墾植的園地，才促成了臺灣詩壇的生機。但在這段期間，詩壇並無明顯的趨向，甚至在「新詩週刊」停刊之後，紀弦再創辦了「現代詩」，覃子豪創辦了「藍星週刊」，初期時，亦祇各自培養新人，提供園地而已。眞正導引了臺灣詩壇的分裂，而有趨向與發展，是在民國四十二年二月，現代詩第十三期，紀弦倡導了現代派以後的事。今日冷靜地回顧，所謂詩壇的發展趨向，實在祇是幾個詩刊中心人物的詩觀指向罷了。作為導引了今日詩壇情況的開導人物——紀弦和覃子豪，也就是說，今日詩壇轉變至此的決定性因素，實在是由於這二個開導人物有其大部相同的詩觀所促成，並且由這大部相同的詩觀所培養出來的下一代，而成為今日詩壇主要力量的詩人，更無形中穩定了走向現代的這一個趨向。

假若，做為開導人物的紀弦和覃子豪，二者在詩觀上根本南轅北轍，則今日詩壇必無一個重心，現代的觀念，必不能普遍為下一代詩人所接受，而成為今日詩壇的主流。

為了證明這二位開導人物的詩觀大部相同，我們有必要探其本源，追朔二者在來臺以前的詩的背景。

現代派之被紀弦倡導，反過來說，紀弦所以祇單單倡導了現代派，全是紀弦本身便是戴望舒，李金髮的「現代派」的繼承。在來臺以前，紀弦便澈頭澈尾的屬於「現代」派的一員。紀弦所倡導的「現代派」，決不是臺灣這塊園地的土產物，憑空創意，找不到血緣的關係的。紀弦本身或許不自覺，可是從歷史的眼光來看：「紀弦詩論」，實在是「望舒詩論」及「現代」這群詩人言論的翻版而已，他所刊印來臺以前的作品，也祇是「現代」這詩刊所刊的類似之作，無顯著的特異。所以作為臺灣現代派開導人物的紀弦，他所開倡的構想——即他詩觀的背景——因他本身便屬於「現代」派的一員，他所開倡的「現代派」，實在祇是戴望舒，李金髮的「現代」派的延續而已。歷史，必因找出了其血緣，而作如此的結論。

在臺灣新詩史中，作為與「現代派」對立的另一開創人物的覃子豪，他對立的心理背景，實在祇是不服氣與爭領導權的作祟罷了。覃子豪的血緣，說起來也是一個溫和的「現代派」，他的詩觀，其基本也是屬於「現代」派的產物，而他的作品，因了個人氣質的關係，而沾有了一點「新月派的習氣」，此種氣質的不同，導致了他少部份與紀弦不同的辯護式的言論，可是這點毛蒜的差異，覃子豪用來對抗「現代派」，說起來是不夠份量，不夠相斥，不夠支持另成為一派的理由的。「現代派」所以成為臺灣詩壇的主流，完全是這二位開導人物的血緣關係，他們是表現了大地方同意，小地方爭執，臺灣詩壇是這樣地不知覺而決定性地朝向現代發展的。

可是若說：臺灣的「現代派」和戴望舒、李金髮的「現代派」完全相同是不公平的。其基本觀念雖然相承，可是在作品的質量上，無疑的，臺灣的「現代派」是有長足的發展。

為了更詳細的分析，我們有必要回到戴望舒和李金髮所提倡的「現代」，重做一番瞭解。

無疑的，當時集結在「現代」這個刊物的詩人，其重要人物：如李金髮、戴望舒、王獨清、穆木天、馮乃超、姚蓬子等諸人，其詩風，全是象徵派和意象派的產物，他們由法國的象徵派美國的意象派學習了方法，他們的發展止於象徵派和意象派，這個趨向，不久因中國風雨局勢的關係，而為興起的「中國詩歌會」所代替，未能更進一步介紹和實驗象徵派後的新興詩派。

紀弦是背負了這個背景來臺灣播現代的種子的，當時的紀弦，對現代的認識與介紹，也祇是梵樂希、波特萊爾、阿波里奈爾、高克多之流而已，雖然另有方思介紹了路易斯，里爾克、勞倫斯。葉泥譯介了日本的岩佐東一郎，可是這些介紹、並未超越了當時的「現代派」，這或許是紀弦遲遲未打起「現代派」這個旗幟的原因。臺灣詩壇「現代派」的揭櫫，其原因是本省詩人林亨泰重新以中文寫詩的結果，林亨泰為了迎合「現代派」的風格，以從日文得來的關於現代詩的知識，發展了春山行夫等在日本詩壇的實驗，而提供了「輪」、「房屋」、「人類身上的鈕釦」、「遺傳」、「鷺」等一系列的作品，這些作品，表現出了不同於以往「現代派」的方法，而促使了紀弦倡導「現代派」的決心。

白萩

做爲忠實於現代生活中的自我感受，並盡可能的嘗試、改革、實驗、以及鍛鍊以往諸種技巧，用以完全表達此種感受的一個藝術工作者。已存在的美與他創造美時的理念是一種抵觸，他勢必欲打破此種傷殘創造精神的已存在而又近於典型的完善所規範下的束縛，凡有眞正創作經驗與野心的人，必能與我同感。已存在的美，對於尚未出現的美是一種絕大的壓力與考驗，如果，不能超越與打破此種束縛，則新的美將無以出現。

——錄自「蛾之死」的「後記」

一作品

夕暮

所有的光輝逐漸收斂。夕暮
在那高擁的嵐雲後，垂落眼簾
你觀望，在無形的急逝中
投入這一片蒼茫的莫名的時刻
往昔的一切，現在與未來
讓它靜止，就如停息在你面頰上的一片夕陽
你感到所追求的是那麼廣大無際
而現在讓你輕易地將它觸及
於是你不再尋求這天地間對你有何關聯
活過，愛過，一切生長都把眼簾垂落
讓光輝散入無語的河中流入蒼冥……。

冬

我們漸漸的冷却
成爲砧上熬鍊的鐵塊
沒有形式的欲求
祇是固守着本質
我們漸漸的脫棄外衣
裸立在寒風中，眺望
如一枯樹
堅忍而緊閉着嘴
無一聲禱告

流浪者

望着遠方的雲的一株絲杉
　望着雲的一株絲杉
　　一株絲杉
　　　絲杉
在地平線上
一株絲杉
在地平線上

他的影子，細小。他的影子，細小
他已忘却了他的名字。忘却了他的名字。祇
站着　　祇站着。孤獨
　　地站着。站着。站着
　　　　站着
　　向東方。
　　　孤單的一株絲杉。

叩門的手不再來

叩門的手不再來
叩門的手不再來
曾有人
而我如花之心萎縮，萎縮於你的歌聲
在華燈之外

啊，讓記憶如風
曾有走過麥田沙沙，曾有江濤澎湃
曾有古鐘沉寂
而今衆音成曲，成一片
潺潺低訴之水，我祇是
朵抓不住憑藉的蓮……。

II 詩的位置

當我們要給一個詩人在創造活動上找出他適當的位置時，如果這位詩人的表現是多樣的，而且他的風格，並不單純地只是屬於那一個派別的話，我們應該從歷史的況位來考察。白萩在「藍星」週刊百期紀念有感而作的「隱藏的奧義」中說：「一個星球在太空祇佔有一個渺小的位置；同樣地，一個詩人在滄海間也不過是易逝的一粟。但詩却是從生命中抽出來的絹絲，它繫串過每一個人最深處的一點，像繫串過每一顆念珠的中心。雖然詩人不斷地殞逝，但它依然要不斷地繫串下去，繫串每一個時代，每一個心靈」。（註）從「藍星」週刊，白萩不但贏得了詩人覃子豪的知遇，而且也獲得了詩壇普遍的重視；自「藍星」、「現代詩」、「南北笛」、「創世紀」到「笠」；他都留下了深深的足跡。在歐美詩潮對當代中國詩壇的冲擊下，他也一直保持着清醒與敏銳的感受，而沒冲昏了頭。我們之所於把他歸入「藍星」前半期的系列，乃是因他在此時出現，而且曾經使它放了一大異彩的緣故。

（註）參閱民國四十五年五月十八日公論報「藍星」週刊第一〇〇期。

Ⅲ 詩的特徵

也許是由於白萩寫膩了新抒情的自由詩，要嘗試有所變化，因此，通過了林亨泰的符號論，白萩也寫了三首立體性的現代詩。這使認爲「他的詩是才氣高於修養」（註1）的覃子豪頗不以爲然，認爲這是未成熟的表現。甚至連當時跟白萩朝夕相處的趙天儀也幾乎相信「覃老頭」（註2）的話，認爲這位「不良少年」（註3），頗有問題。可是，如果我們看到了白萩致江萍的「南北笛」書簡中討論林冷的詩時所提出的「心靈修養的水準」（註4）；我們不難發現這是覃子豪不服氣的論調。從白萩「心靈修養的水準」來看，我們當會驚異於他不但有天份，而且有着豐盈的詩的心靈。「夕暮」那種遼廣的境界，頗有里爾克的精密的透視；「流浪者」那種音色並茂的表現，發揮了立體主義的精到的觀察。這樣「一朵抓不住憑藉的蓮……」，的確，不容易一下子讓我們窺知他創作的潛在力，然而，這正考驗着詩人白萩是否能更成爲大器的所在。他的詩，幾乎每一首都有突出的意象，以及深刻的韻味。不論從質或從量而言，他都相當地結實，而且固守着詩的本質出發。

（註1）見覃子豪著「論現代詩」的『「中國詩選」讀後』一文。

（註2）白萩的用語。

（註3）好像是葉泥給白萩取的外號。

（註4）參閱民國四十五年六月二十一日商工日報「南北笛」旬刊第九期。

Ⅵ 結語

在他的「生辰自吟」（註）第一首「感恩——給母親」中歌詠着「我已挺了腰，占有了一個方位」，而且「懂得夢想遼濶」、「要把道路深深地踏出足跡」。如果說他的才華與修養不相配的話，怎麽能表現如此有深度的詩呢？時間會淘汰僞詩，不管是掉書袋子的「假古典」，也不論是故作深奧狀的「假虛無」，如果是眞正經得起考驗的話，我們也不必杞人憂天。詩的創造貴在寫出「新意」，就不斷地革新創造的表現而言，能寫出眞摯性的作品，不是已經夠新夠現代了麽？我們也用不着因噎廢食，而取消所謂現代詩，現代詩的創造，還待更強而有力的詩人來共同耕耘呢！

（註）參閱民國四十五年六月二十九日公論報「藍星」週刊第一〇六期。

笠下影㉓

彭捷

我只覺得寫詩是一種有趣味有意義的追尋，從觀察到感受，從深思到穎悟，從域內到域外，作不斷的追尋。尋找若隱若現的一點生命的光源，經過三稜鏡的折光，生活才變得多采繽紛。

I 作品

聖誕夜

夜的黑絨幕低垂，蓋不住閃耀的星星
聽天使的歌聲從天上傳來
黑色的絨幕爲什麽還不升起
是多麽遙遠，是多麽遙遠，天使的歌聲
聖誕樹閃着銀色光芒
照亮心底暗淡希望
我欲尋找理想的雪花
多麽遙遠呀，多麽遙遠呀，飄着雪花的地方

今夜，孩子們掛着希望的襪子
等待聖誕老人的禮物
今夜，苦難的地方沒有燭光，沒有星光
苦難的人們在黑夜裡等候和平之光

鳶

讓紙鳶在上帝的窗下跳舞吧
讓孩子們圍着紙鳶擲出歡呼的彩帶吧
當長線與和風賦紙鳶以生命的活力
而紙鳶又帶着孩子們希望的小爬蟲升向天空的時候

陀螺會跟着太陽的影子旋轉的
常春籐的手指會攀住飛去的小蝴蝶
如果孩子們不曾縛住紙鳶

陀螺也不會轉了
看失速的飛機，沉落，沉落
看脫軌的流星，消逝，消逝
孩子們的小爬蟲呢
當心會墮崖啦

該找一個汽球啊
該借一個羅盤啊
祈禱吧，孩子們
一個羅盤
一個氫氣球

當紙鳶在上帝的窗下徘徊
當孩子們圍住紙鳶擲出關住的飄帶
讓紙鳶帶着希望的小爬蟲去祈禱吧

織女

索錦囊的女孩子們都來了
在乞巧節的午夜
她們切切私語，喜鵲們在河邊偸聽
他們仰天探望，又低頭尋覓

小織女呵！你無意間掉落的彩帶
已牢牢地繫緊少女的心

追求美的詩人和畫家都來了
他們久久凝望着晨昏多變的雲霞
在橘紅色或紫黛色的夾縫中尋覓
小織女呵！他們正迷惑於一個故事
說你會將美妙的詩和奇異絢爛的色彩
織進了變幻的雲霞

而美麗的小織女永遠守住織機
（誰知道這是不是永恆的幽禁呢）
不問織了多少夢的輕紗
幻想的彩帶還是詩與畫的雲霞
她且把織機當作天琴
不斷地唧唧——訴不盡寂寞的心聲

Ⅱ 詩的位置

作爲一個家庭主婦，一個孩子們的媽媽，同時也作爲一個平凡的詩人而言，那種平淡無奇的柴米油鹽的日子，居然也孕育了詩與童話的種子，這不正是我們現代人最眞實的感受嗎？在「媽媽日記」（註）裡，她歌唱着：「愛的軌跡，每一點都有引力」。從身邊最親切的地方留心觀察與體會；詩，好像是遠在天邊，却又彷彿是近在眼前，這全是運用之妙，存乎一心的工夫。

自由中國的詩壇，在「新詩週刊」時期，已出現張秀亞、蓉子、童鍾晋、林泠等女詩人。在「藍星」週刊便陸續出現了彭捷、沉思、夐虹等女詩人。彭捷女士在學生時代，已受五四以後中國詩壇的影響，但眞正開始寫詩，却是在覃子豪主編「藍星」週刊，且兼任教於中華文藝函授學校新詩班的時候。在新詩班的學員中，她是大姊，而且是認眞寫作的一位。雖然因詩壇的風雲變化，她並沒走上流行的路子，她只是默默地守候着，等待着那一對宛如在原野裡跳躍的小鹿——詩與童話的出現。我們將她歸入「藍星」前半期的系列，乃是因她在此時的表現 ，以及詩風頗受覃子豪影響的原故。

（註）參閱民聲日報文藝雙週刊三十五期，或笠第六期石湫作「詩與詩人的限度：經驗」一文。

Ⅲ 詩的特徵

詩，從平凡的角落着眼，而能够表現平凡中至情至性的流露，在我們這個喜歡一窩風的社會，不但被認爲不時髦，而且常遭遇到被奚落的命運。所謂詩的深度，即不是在明朗化，也不是在艱奧古僻，而是在表現妥貼與否。

當然，彭捷並非像楊喚一樣天馬行空的童話詩人，她是更接近了生活邊緣的抒情詩人；她把眼光投射在環繞着她膝下的孩子們，她靜靜地觀察着孩子們的夢與憧憬，從日常生活中的情趣，加上童話般的想像來寫詩。在「聖誕夜」裡聯想着「苦難的人們在黑夜裡等候和平之光」，已經慢慢地被我們爲升學而苦鬪的孩子們淡忘了！還有放風箏的日子，在原野上奔躍的時光，在「鳶」的仰望中，誰不喚起童年歡樂的憶念呢？

詩與生活；是一個古老的主題，却也是一個挖掘不完的新鮮的境地。這種「守住愛的網，長工兼値日」的家庭主婦，從生活的品味中表現了詩的眞諦，不也是現代的產物麽？

Ⅵ 結語

當一個詩人踏破鐵鞋，在異國尋覓繆斯的時候；當一個詩人超越現實，在心靈世界探險的時候；我們不能否認爲了贏得詩神的青睞，他們的努力也是值得尊敬的。然而，當我們回頭過來，竟發現你我身邊也有挖掘不完的詩的時候，我們該何等地驚訝，我們是多麽地粗心呀！

從童謠的研究到兒童詩的創作，一直是不被關心的冷門，不知要等到什麽時候，我們的下一代，才能唱我們自己的童謠，能欣賞我們自己的新鮮的兒童詩呢？

庸醫忙碌

吳建堂
閒着一個早上 連片影也看不見，
「半天的收入竟是鴨蛋」，
說着坐下來想用午餐，
半口也沒吃電鈴急告病患來臨。
慌然出去看，魚刺在喉中，
僥倖地一看就發現而去掉。
「多少?」「十塊錢」「好貴啊！」
進一口飯，喝一口湯，又在叫喊，
西藥行老闆給孩子打針引起休克！
施與了人口呼吸就即時哭起來哩！
電話鈴響着，
「老人家跌倒，人事不省，請趕快來！」
腦充血，注射了強心劑，送院去！
出診回來，有三個人在等，
支氣管炎，膿痂疹，不眠症。
賞詩一刻，又來一些
性病，外傷，肚子痛
急救要緊，先帶外傷進來，
性病的年青傢伙氣憤而離去！
打架，雙方都有輕傷，拿到傷單，
熱鬧的吵罵就移向對面派出所去。
古稀老翁，一問三不知，
陪伴的妙齡女性不耐煩地說，
「快給診察就好了」。
孩子們放學回來才知道黃昏環繞在身邊，
順利地吃完晚飯，想洗澡，
護士講流產的病人來啦。
裝一兩個子宮彎，看兩三個感冒，
伸直腰看看錶已十點了。
淋浴時又聽見撞車外傷……。
就寢前算算一天總收入，
却三分之一是賒帳，
「明天會吹明天的風吧！」
說着進入夢裡陶醉！

相信唯有妳乃是夜的因素

七等生

我確然會有
在昨夜之前

我們常涉水抵達彼岸
以摟抱形式
把守一間茅草小屋
一條河靜靜環繞着
菜園，竹林以及堤岸都曾存在
入夜
沙
使背脊冰冷

我確曾步入森林
首次，感覺網狀的纏繞
一層窒息之煙雲
似自襯妳之海洋上昇
雙睛變得盲漠
一個蛇之肌膚
輾過，且漸漸地在我視界擴展成
浩瀚沉重之天空
壓倒我
在衆樹中央

此後
妳成爲不可撫觸
妳彷彿那悲憤之惡毒
對我不可饒恕
甚至，便不能再對
另一個女人的娓娓聲音
網織夜的眞體

患者

鄭炯明

一

每天　我見一人自巷裏
走來　我不知道他是誰

二

他的面孔乃冰所砌成　不開花
爲昨日而活　他一刀鋸死許多人的微笑

如果健忘是一種幸福　那多悲哀

三

該不該死應來在生之前　他想過
他是什麽都不興趣的　他的血管流着藥液
無言可語　他是屬於靜物的一類

四

他的呼吸加速起來了　像一匹馬達
含糊不良的聲響　令我們感到那是最刺傷心扉的字眼
他在氣喘在氣喘　氣喘氣喘氣喘再氣喘

五

我已知道他是誰　每天
我見一人自病房　走出

一九六六、十、三十寫于高雄

放學後

岩上

終於冷靜如山谷，回響又一日
黑板被擊的字眼
熟悉的嗓子許將又發出
幾陣喧嘩，偶爾帶點幽默的
笑，自梨渦把天眞調繪
心影，是臘筆塗成的千面
映在牆上跳動着的：
流鼻涕的光頭之群
清湯掛麵的醜小鴨之隊
煩雜地臨近而又陌生

一百個奇異的深瞳，向我探究什麽
我的聲音在你們的耳際迴蕩
我的字跡在你們的心上複印
我的血液在你們的脈管搏跳
隱隱地聽到
疲憊地滑下，黃昏
低沉的呼吸，落日
四排整齊的空寂，冷冷地清醒
原是五十個塡充的空白
而心的翅膀，回歸——
有旋律的歌聲飄越
窗外，古道的斜影
學友隊排一路鷺鷥

「笠」詩話會

吳瀛濤、桓　夫、趙天儀、楓　堤、
吳建堂、黃騰輝、杜潘芳格、林煥彰、
戰天儒、林錫嘉（記錄）

五十五年十月二十四日晚八點

吳瀛濤：本期（第十五期）北部沒開合評會，今天就像開合評會似地來個詩話會罷。我們來談談，在這個紛亂的文壇，我們如何來解救這危機。

趙天儀：我們是否應該有個主題來討論呢？

吳瀛濤：現在有些人自大，現代詩也好，現代繪畫也好，以一些紊亂的湊合，使人無法接受，使人對現代詩的誤解更深。我們的詩人們有責任來解救這危機，使讀者能接受，能了解才對。一些搞什麼實存主義、虛無主義……他們沒有哲學的基礎，以爲這就是現代，就是由於這批人才造成這文學的危機。我們寧可寫讀者能了解的。而詩人對人生與詩都應該更深入地研究。「生活詩」似乎已爲大家所忘記了，「生活詩」是值得提倡的。

林煥彰：不能說要各位詩人寫什麼詩，也不一定是寫「生活詩」，只要大家不故意寫晦澀，什麼詩都可以寫。如果一個花園裡都種同樣一種花，看久了會令人生厭的。

黃騰輝：也不一定要寫大家懂的詩，只管看得懂，而那首詩根本沒有詩的本質，那也不能算做詩。讀者說難懂，只要那詩有詩質，是不會被讀者這麼一句所否定了的。例如最近的流行小說「氷點」，它一下子被拍成電影、電視劇，也排話劇公演，而觀衆們是否眞的了解眞正日本貴族傳統的生活的眞實性。日本人的傳統精神是他們不坦白地把「生氣」、「笑」等等表現出來。我們的詩也是一樣，我們不一定要迎合大衆去削減詩的本質。

當然我們有責任，一方面寫好詩，一方面要做一些啓蒙讀者的工作。我們寫詩，辦雜誌，都必須引導讀者如何去了解「什麼是好詩」「什麼是壞詩」。詩的理論，詩的批評，詩的解剖，我們要多刊登。像林亨泰的「攸里西斯的弓」，一登廣告出版，我就期待着它的誕生，可是等到現在還遲遲未見出版，林亨泰是該處罰的。

桓　夫：詩我們不能用尺來度量它。不要論詩的好或壞，主要是看一首詩裡是否有詩質。詩的晦澀，明朗等問題其實是不存在的。「難懂」之所以產生是讀者還未能達到詩作者的意境。「晦澀」與「難懂」根本就是兩回事。讀者如果能有作者的廣濶的經驗，體悟的深度，那他是不難看懂作者所表現在詩裡的意境的。

吳瀛濤：解救文學的紛亂，就是要排斥晦澀。難懂並不要緊。

趙天儀：我們的生活體驗，到達某一個程度，在創作和鑑賞時就會更深入地發現詩的微妙在何處。所謂「室內的歌聲」，他們的生活跳不出斗室方間，他們的生活體驗狹窄。詩應該在更廣濶的世界去求發展。我們的現代詩多半很蒼白，大都沒有生活的血色。雖然利用技巧能使詩很好看，可是內容空洞，我們的危機就在此啊。如桓夫所說：「不是怎樣寫詩，而是寫怎樣的詩」。臺灣現在從農業社會進到工業社會，這種社會變遷我們必須去了解，去面對這種現實生活所給我們的精神上的苦悶，不是空洞的詩。

吳瀛濤：我們所追求的是充實的詩，不是空洞的詩。

黃騰輝：綜合大家的意見，就是不一定要寫大家都懂的詩，而是要求有詩質的詩。看不懂的詩，不能立即就說這不是詩。記得從前，趙天儀介紹我看林亨泰的「農舍」，起先我看不懂，後來經提示，當我發現這首詩有它形象之美時，我始發現這首詩的美妙。

桓　夫：這就是我剛剛提到的，只要讀者達到詩所表現的境界，這就不會有什麼難懂了。

趙天儀：我們總希望有新進的詩人出現。以前印刷術，交通還未發達時，「各領風騷數百年」還可能。而現在，印刷、交通都進步了，如能「各領風騷一兩年」已經算不錯了。「笠」早期的同仁創作的高潮已過了，再要求詩人去寫什麼樣的是不行的。詩人要有眞正的生活體驗，而在創作上他們應該有絕對的自由。現在「笠」對世界各國現代詩的研究還不够，我們還要努力。而我們也必須超越歷代世界各國所遺留給我們的詩的成果。我們不像日本有如此豐富的，有系統的翻譯世界各國的名詩，使得他們能讀到世界的名詩。不過，也由於這種情形使我們產生了更大的毅力去追求、去探討詩。「笠」要朝這個方向走——是探討與創作並進。

楓　堤：詩的表現不管其題材如何，我們不必追究。但我們要知道詩人所要表現的是什麼？詩人在創作時是應該確知他所要表現的主題、秩序。如果表現得不正確，讀者就無從感受了。還有，以虛無的態度寫詩，是我們所無法容忍的。但如果眞正在表現精神上的虛無，我們並不反對。

戰天儒：通常「純詩」都沒有具體的意象，這也是使人難懂的原因。如果它能用一種具體的形象來表現，就容易使人接受了。

黃騰輝：對「社會變遷」這環境的影響而產生的「生活詩」來講，目前「笠」同仁走這條路的比較多，這是可喜的。

趙天儀：記得我在中學時代，對「橋」之類的總覺得較容易入詩，而現代生活上的「飛機」「汽車」就不能成詩，現在我們要努力的是把它寫入詩，而且要寫好它。面對這種新的生活環境，我們就必須表現新的事物及新的精神。

桓　夫：寫詩的人寫的是個人的問題，這並無不可，如果他體驗是廣濶的，生活是有深度的，而所表現出來的是觸及到社會廣大群衆的問題，那他的詩就不只是個人的了，他是社會群衆的。

吳建堂：「詩」與「歌」都是感情的表現，日本有這麼一句話：「人生就是歌，生活就是藝術」。「笠」應該有個方向，確立一個詩的方向。一個團體總有一個方向的。而且要除去文人相輕的習性。取人之長，補己之短，求得大家的進步。

吳瀛濤：寫詩由「個人」開始，久而久之，則會在不知不覺中擴大爲社會的大衆。以前以個人爲中心，現在應該是「個人解體」了，我們要創造新的世界。

楓　堤：「個人」問題不一定那麼容易了解。所謂「個人問題」，應該是他個人的描寫，但這只限於他個人才能了解，別人是無法了解的。然而，「個人問題」如果寫的是社會的共通性，這就容易使人了解接受。所以問題不在「個人」，而在「共同的感情」上面。

吳建堂：優秀的詩，表面上看不到苦惱啊，喜悅啊，痛苦之類的字眼，可是苦惱、喜悅、痛苦就在其中，這才是好詩。

黃騰輝：現代詩與古代的詩在表現手法上的差別，就好像古代的英法戰爭和現在正在演的「荒野大鏢客」的差別一樣。在法國的教科書上，他們述說着某次戰爭中所表現的正義風度，他們說先派傳令兵到英國，告訴英國紳士們，把部隊開到某個固定地點，法國軍也開到那地點，然後開始戰爭。而英國在他們的書本上也說，他們派人到法國去，告訴他們準備好，英國要開炮了。兩方各在炫耀他們的正義風度。而在荒野大鏢客中，他默默地工作，不計酬勞，就在惡徒殲滅後，人民安樂，他默默離去。不炫耀自己的正義行爲。現代詩人的表現手法該是像大鏢客的手法啊。

大家說：這個比喻很妙。散會時，九點四十分。

村野四郎詩論

現代詩的精神

詩與實存（上）

桓夫譯

。詩的感動是甚麼

事實，考究了詩是甚麼之後才開始寫詩的人是不多吧。我開始寫詩時也是很曖昧的，但我記得我並沒有為了虛榮心或營利之心才開始寫詩。也未曾想過詩給與個人或社會有何意義或作用。只是寫詩好像可以充塡自己所感到的心底空隙，遂開始讀或作。

T·S·艾略特對於詩作後的充實感底自白謂，要說獲得創作的積極性的喜悅，莫如說從日常不斷地壓迫自己的某種狀態脫離出來，獲得一種安慰的解放感。

這種艾略特的自白，在我們考究「詩」的方法上，似乎暗示着相當重要的事體。

無論如何，被詩這種不定性的誘惑引入，終將與詩結成的關係是一般性的結果。但祗要充實那些初期的欲求，可不僅限於「詩」這種既定的文學型式，像和歌或小說或其他的造型藝術也都可以達成的。不過偶爾與「詩」結成如此的關係，造成一種宿命，也許是碰到稍微一點機緣，例如遇到打動自己心胸的詩人作品，或無意中所寫出來的文章被誇獎為具有詩意底那種機會而來的吧。

儘管如此，含混地吸引自己入詩的，事實就是廣義的「詩」的行為。並非詩這種特定的型式，那是好像有意前往對岸時，剛好懸排着一座橋樑在眼前那樣巧合。

在所有藝術之中，對於特定允許於詩「語言」的神秘性作用或意義，會發生關心或保持反省，是極為末後的事。

如此，詩的出發是非常原始性、本能性的。但我想這種誘惑或許是最根源的，且是純粹的詩的呼應吧。而對詩的本質或機能作論理上的追求，是其爲了再認識自己底詩的行爲，要確認它成爲藝術作品的自覺始予發生的，實際上與詩產生的衝動是無關係的。詩之在無緣故、無代價的狀態產生這種純粹的狀態是會永恒停滯於原始性、初學性的階段吧。

詩是甚麼，或是今日的詩是甚麼。像這些抽象的考究是直接與詩的發祥毫無關聯。那是規定爲人，或爲時代的人底「詩人」應有的態度，間接給與詩人所感動的質有其變化，再關聯於產生的詩。對於詩各方面的考察，祇不過是一切做爲詩人的自覺所必要的事項，但欲成爲自覺性的詩人，或要理解那些詩人的作品時，便必須修畢這種課程，才能向前邁進。

然而，詩的本質以及詩的感動之根據是甚麼。對於這個問題已有很多詩人或思想家發表過各種各樣的論法，雖或有不甚適切，但若無錯誤，究竟那些各種理論一定會在某個地方互相接觸的。

在此我想以前述T．S．艾略特所論詩本質的感懷是一種解放感，這一問題作爲基點來推進考察吧。

保羅．梵樂希認爲詩的內容是一種昂揚的心的狀態，而這種狀態必定是結合於某種特殊的宇宙感那樣的事象。而且在這宇宙感的世界，對象互相呼應着，與普通的場合完全不同的方法予以結合，將造成有關係之完全體系的一個世界，在此又互相音樂化，成爲能互通的，互爲共鳴的東西。

依照這種表現，詩的內容好像是連結於永恒那樣的觀念，被有意識的持續性統一感覺化了的心底狀態。

可是梵樂希却對於這種連結於永恒感的宇宙感覺均無作任何的說明。這位賢明的詩人或許想避免陷入獨斷的論法。但以我自己本位的想法，這也好像是連結於人之存在的某種鄉愁那樣的感覺吧。

柏格森（Henri Bergson）說明藝術性的衝動，乃爲人從行爲所產生的習慣性底認識而被解放與實在有現實接觸時所喚起的一種昂奮，但事實我們觸及對象的實在性本質時，我們都會被喚起人也是被置於無限之中的一個實在的意識。

由詩所感受的一種永恒感，是胚胎於這種意識的吧。

可是人要觸及事物的本質是多麼困難的問題呢。因我們在日常生活中已習慣於隨便處理事物，把所有的事物在實用方面給我們有何用處，而事先予以分類。這也可以說事物是除了實用的方面以外沒有其存在。畢竟環繞着我們的事物的本質，大部份都如此被埋沒在我們的意識之下。

文明就是強迫給我們這種狀態的昂進，這種狀態就是成爲德國的哲學者海德格（M. Heidegger）所說的「忘却存在」的原型。里爾克把這種狀態在詩裡說：

你們觸及事物。事物硬而緘默。
你們都是，爲我殺死了事物。

事物若不被查問，是絕不談及其存在的。

在此狀態中，由於某種機會我們觸及事物的本質時，我們就可看到未曾看過的物相。於是我們會不由然地經驗新的昂奮或驚愕，同時無疑地以連鎖反應式被喚起我自己是甚麽的感懷。

所謂事物被隱蔽着時，等於我也被隱蔽着。而事物被取掉其類型之膜的瞬間，我也被顯露在新底世界的瞬間。人被破壞了其「人」的概念之殼，把赤裸裸的存在露出於明顯處。這種現象也意味着從世俗上的價值觀的解放。人在此便可碰到長久被遺忘而被隱蔽着的自己，但這種被投擲在無限中底孤獨感（於實存上底意義的）與驚愕，不就是詩的感動之本質嗎。

里爾克說到詩不是 sehen 而開始於 besehen 那樣意思的話，但「看清」事物不外就是「查問」事物的本質之謂。無論如何，寫詩就是如此一種破壞的行爲同時又是創造的行爲。可謂是在事物與我之間造成新的關係，創造嶄新存在的秩序。

T．E．休謨把這種經過說爲「創造性的藝術家是能把事物被一定型體結晶化了的水準取掉，而潛入其內部的暢流，携回新的型體，使其安定」，事實不把隱蔽實在的習慣性認識予以破壞，即不能携回成爲藝術的新的型體吧。

從這種意義看來也可以說詩的內容猶如艾略特所說的一種解放感，相似於向實存的鄉愁那樣的情緒。

○詩與實存

西脇順三郎曾經論過「間隙的藝術」，說因詩（語言）從被破壞了的現實之間隙去窺見永恒，說詩的行爲就是破壞的行爲。但這亦是脫出假眠狀態的自己的企圖，這種幽默感的比喻又與前述的事象完全一致。他所說的「永恒」是指「不能說明的，完全的詩所造成的象徵才能感受的客觀性現象」。但他在現實的間隙窺見的事象，而且由詩才能感受的，叫做永恒這個客觀性現象的實體，我想就是實存。他說「詩性的欣悅」時，事實就是始源上對人的鄉愁底情緒。他又說詩的內容就是這哀愁的情緒，並以「若彎曲的酒壺這個現實將成爲詩，便在存在的哀愁這個感情亦能移入酒壺的時候，換句話說，有那樣的酒壺能感受存在的哀愁，那個酒壺的現實就成爲詩」——「有其存在才感到哀愁，感到哀愁才有其存在」。

則人對於某種現實感到哀愁，那個現實才展示存在，這種想法顯與海德格（Heidegger）的存在論底思考有其相通。

畢竟由詩產生那種哀愁時，存在始與人保持完全的關係顯示其本身，同時解放人於其眞理之中，此時人便成爲脫我的實存，這就是成爲 Existenz，即 ex（向外）sistere（踏出）的狀態。

在這種情緒的光明裡，事物可有其眞正的存在，人可遇到現實存在的本質的實存。

西脇在他的詩集「旅人不回歸」序文中寫過「在自己裡住有各種的人，先有近代人與原始人，（中略），可是在自己裡另有一個人住宿，這是生命的神秘。是否屬於宇宙永恒的神秘呢。以通常的理智或情念是不能解決的。有不能死心的人，我把他叫做（幻影的人），也可視爲永恒的旅人，——這種人是停留在原始人以前的人之奇蹟性的追憶吧，較近於永恒世界的人底追憶。」

這種古怪的人，事實不就是從自己脫出，現出在存在的光明裡一個脫我的實存的幻影嗎。

。芭蕉的場合

海德格（Heidegger）說「歸向詩的源泉，就是歸向存在的故鄉」。而在我們的偉大先進芭蕉（俳人）的藝術裡，那種「哀愁底世界」的風雅，亦可思考爲是這種向實存的鄉愁底情緒的世界吧。芭蕉的一生可以說幾乎就是旅人的生涯。他從一旅程回來，即似小孩那樣憧憬了下次的旅行。在他的著作「深奧的小徑」裡寫着有如迷於旅神那麽焦急不安地，或修繕褲子的破洞，或用艾火灸，很不耐煩地等着下次的旅行日期。如此誘惑着芭蕉的，不疑就是存在的故鄉，那個實存的幻影吧。亦則可視爲這種鄉愁就是芭蕉的一切藝術的原動力。芭蕉的俳句，

古池や蛙とびこむ水の音
（古池乎青蛙跳進去的水聲）

此詩的語言，已有鈴木大拙註釋解說頗有趣味。他說「一直到叫做芭蕉的一個人物有一天忽然出現，在那個地方聽聽（水聲）以前那些青蛙或古池的所謂客觀世界是全不存在的。那些事物被芭蕉認定了價值之時，以芭蕉來說是一客觀世界的端緒或是創造。那時以前等於沒有古池，只不過是一場夢，沒有實在。」

由於芭蕉聽到青蛙跳入池裡的聲音所觸發，隨之包含詩人本身的世界全面日即從『無』跳了出來。又解釋說「以這句的作者來說，我是古池，我是水聲，我是實存，包含這些所有個別單位的實在本身。——在靈性昂揚的刹那芭蕉就是宇宙本身了哩」。

這就是說明被詩（語言）查問到的刹那，事物就展示了實存，詩人亦即成爲脫我了的實存。

詩壇消息

●現代文學社出版，葉珊譯「西班牙浪人吟」，八月出版，定價六元，原作者爲F・嘉西亞・羅爾卡。

●文星書店文星叢刊，葉珊詩集「燈船」，於十一月份出書，定價十四元。

●葡萄園詩叢，劉建化的詩集「奔向」，業已出版。

●香港人生出版社出版黃伯飛詩集「微明集」，定價港幣三元。

●葡萄園第十八期已出版，本期刊有第一屆國軍文藝金像獎獲獎短詩作品，作者爲魯蛟、沈甸與菩提。

●星座第十一期即一九六六年秋季號已出版，本期有美國現代詩三大鼻祖的介紹特輯。

●開山書店印行：「但丁神曲畫傳」：「地獄」由吳金水譯，九月出版。「淨界」由何瑞雄譯，十月出版。該兩集圖文並茂，印刷精美。

●「幼獅文藝」曾於十月十一日假高雄學苑舉行「幼獅文藝之夜」。與會詩人有鄭愁予、紀弦、白萩、張默、沉冬、姚家俊、畢加、朶思、綠蒂及畫家席德進、楊志芳、莊春和、顧重光、孫英，文藝作家韻茹、漠英、羅沙、朱橋，音樂家許常惠、史惟亮，舞蹈家姚明麗等並各界愛好文藝人士二百餘人。

蠶語

鄭烱明

A

詩是詩人的衣裳，當一首詩誕生且呈現在鑑賞者面前準備接受批評時，無疑的，詩人是赤裸的。如果此刻眞能從對方聽出一絲毫的回響（暫時不管它爲褒獎或貶抑），對詩人本身來說，至少那是一種慰藉。以此，詩人進一步從中獲取鼓勵與刺激，而求作品推向另一階段。是故，倘若此種唯一的慰藉亦被剝奪，那是詩人眞正的悲哀。

B

詩人不斷地回顧過去吸收教訓，更需不斷地透視未來，做爲前衛。因爲詩人是世紀的觸角，其靈敏度、深刻度均足以引導任何事件之解決途徑。換句話說，詩人雖不是先知，但他是一盞燈光，照出醜惡和善良。詩人責任是艱巨的，若只知苟且地鑽入死角，逃避現實，製造虛僞，則將是詩人末日的來臨，遑論其作品是否受得住時間、空間的衝擊。

C

蓄意的摹仿與過份的崇拜乃是阻且詩人前進的絆脚石。詩人一旦起步，自應全力建設一完美純潔之境界，不依賴、不頹喪，時刻努力新生，以絕對鋒銳之眼光去剖析每一件事物，甚至自我；然後，作品有飛躍之勢，不致沉滯不前。詩人除對作品忠實外，亦必對自己忠實，此爲詩人之所以爲詩人之大前題，縱使這一代爲其美麗的外貌所作的矯飾而受欺，但決然逃不過無限時間的嚴厲制裁。

D

批判者的態度忌偏向主觀與客觀，前者過於偏激，後者過於矜持。偏激的結果易蒙蔽事實的眞相，優點固然應予披露，缺點亦應予指出，使作品得到適當的評價，而不否定正反兩面的對立性；矜持的結果易失去批判的意義，而徒具表面化的敍述。總之，主觀與客觀於批判時，二者須作有效的協調，後果如何，全視批判者的詩學修養而定。批判者若因一時疏忽遽下斷語，或其立足點純係以個人利害關係作基礎，或完全輕易推翻作品之原意；凡此種種，只能造成混亂，不能形成制度。

E

詩人能虛心任何詩評（包括以自己爲對象）是高超的，此因素每促成詩人走向偉大的世界。發覺與批判者有探討必要，當提出答覆，辯明；發覺批判者心存己見，所言不够眞實、深入，持筆時未對作品有全盤瞭解，自可不理。概言之，詩人要注意培養高度的判斷力，決不可將自己戴上有色眼鏡。

E

假如詩就是「絲」，那麼，你的「絲」能像蠶的「絲」那般完整、純白嗎？

一九六六年十一月十二日于台中

細碎的禱語

古剎內，蓮步輕輕
我拾那細碎的禱語
神哦！我拾那永恒的肅穆
　我拾那嫋嫋的焚香……

此時窗外雨已停
此時窗外已黎明
而我邁不開脚步
滴血的記憶正在遠方怒吼
時間以一種成熟的階段躍入
另一個階段……
而我不能振翼起飛啊

此時蟬已不鳴
令人想及那瀕死的豹
令人想及那垂危的呼聲
神啊！請賜我一方力
　一方英勇

神哦！
我拾那細碎的禱語……

碧樓

復活

曾貴海

1

祈禱

蹌倡的十指仍僵握著絕望的

失重量感的額頭突然忘記一切
風撕開寂寂的原野
冷漠的枝椏顫動著顫動著
爲何又懶懶的攪動髮梢

一陣猝然的轟擊，心中那團夜便渾然砌成
月的黑光芒浮出整座荒原的凄涼
火的消息凋落幻滅的巨影

難產著體內隱隱的痛楚
僅爲某種姿態而徘徊無止
推開窗推開窗推開窗吧
友隣們陷入無助的角隅裏喟嘆孤守
而我底路皆已伸向荒漠的廢墟

2

「爲何都虛影都顫動不寧呢
「總是困惱著在暗中抓些什麽吧
「總是匱乏的心中又失落了些什麽吧
「既然來了怎不帶點去
「爲何欲殉身的蛾找不着可撲的烈火

3

薛西佛斯的頑石在心背滾上又落下
而當笑盡一切荒謬的記憶後
我便被焚化，連同軀殼內
金屬質的悲劇

自殘燼中，我無限驚異地瞥見
那人在一片火紅中立起。啊！……
你是赤紅的純嬰，在哭泣聲中復活
　　在愛中緩緩甦醒

暮

李弦

晚歌祭壇上
焦慮的
暮。

時間。空間。夜欲渡河
黑　黑　黑　黑。昇起
昇起。某種姿勢。某種顏彩。
　某種慾望。某種躍昇。

流浪的雲曾是流浪
流浪的雲曾是流浪
流浪的雲不再流浪
流浪的雲不再流浪
流浪的雲停止流浪
流浪的雲停止流浪
駐足。

雲。自蝙蝠的黑瞳透視
一白晝臨去之姿。

公欲渡河。我欲渡河
黃昏。便如一斷翼的鳥
盤旋。盤旋。
　　在教堂閣頂
　　在歸鳥喧處
　　在深草窪地
於是。一個覆蓋的神秘。

渡河。烏跡負日渡河
西行。太陽永恒的軌跡
　公無渡河——
　公竟渡河——
黃昏。
　渡過白日的終結。

姿態

靈　玲

心中那團黑漆漆底夜
反芻著記憶窟裡的陰晦
寂寂而廣漠的黑色失去了重心
一只船在迷失後方信仰大海中無助底神教

羞羞澀澀的，面對人們
歡愉的眸光閃裂著內在的苦楚
哭與笑都厭得使臉肌抽筋了
我欲躲入無聲無風無光的城垣

如同嚼一枚橄欖
深深的咀嚼疲倦的真味

「吾是無可奈何的假神
「吾已懶得去拉動彈性疲乏的愛了
哦！姿態，翻轉著翻轉著

沒有門牌的

戰天儒

無論如何我們總會被請進
無論如何他們的臉總是綻放於薔薇色
阿們　阿們　阿們

一顆墜熄的流星　以及頑山頑石　阿們
天才　以及神　阿們
收容所　以及避難所　以及磅裝的救濟院
阿們

爲什麼笑　一定就是一種固定的符號
展示一切聖潔　坦誠　神啊
一幢比夜還要黑的坦克駛過　神啊
（等一下我們該用如何眼色去傳達福音）
神啊
阿們　阿們　阿們

石楣之歌

●朱沉冬●

裂縫的石間
醇醇少女
踏迹地
雲簇黏黏的峯巒與泥土
額角的那些弧形
被一手撕破濶邊的鈴聲
溢滿着鼻尖上的黃昏
推高
街市的月亮
路標迷惘的擴張蒼白之臉
激渴一夜消逝的投影
高電線上喘喘的風
噴氣的海原列着珊瑚的島
複述你眼中死去的顏色
馱一殞星悠然醒來
皺乾了燈霧和飲酒者升攀
成塊的
成塊的黑

醇醇少女
浸溶了月色的哀愁
在稀薄稀薄的空間升濯
你瞳內泪泪的水紋
於櫻草
素花和棕葉
仙人掌上逃逸的煙尾
拂去未蝕的一片自然
寬展的路
寬展的聲音
從你心中突破那哭泣
那虹，那純白，那絕望
釀造斷柱一樣的音樂
景域之外
視境之外
冷光走過，我們飢渴的背脊
飢渴的塵埃焚燒時間的草原
飢渴的窗在鬆弛寂寞

頹唐中垂下的長髮
回歸於你的甬道
你冰冰的世界
土星在沼澤的河谷游走
山巖與白鯨浮現灰灰的空界
飛翔的怪鳥在枯枝上噓息
花束在墓穴冷冷
沙特的牆和遺忘的藤蔓
踩入你我之間的
那些意象的風景
快快黎明和光芒
我們投擲所有的咆哮
把頭顱淌血在太陽下
在太陽下，投擲咆哮投擲咆哮
投擲咆哮的石楣之歌
擊碎內裡的宇宙，舞那神木
那洞孔的圓柱
綣綣陽光的琴音
旋轉你的雙眼
琴音的塔頂守着你的孤獨
隱藏無依的孤雲且又漠漠的世界
漠漠的愴涼逐動光澤的河流
走過兩岸的荒徑，死樹蓋覆茶色的山脈

若是昇騰的浪子溫夢明天的燭台
若是在十指間隙燻燻的烟火
跪拜的繆斯疊疊的憤怒

握着玻璃的透明空接遠遠的足音
永久不再瞭望冬眠的睡鼠
顫抖的手撤走犀利的吶喊

永恒的圓渾移開僞裝的雨
虛懸的雨在季節的菓核中擁擠
可笑的雨乃然落進我們的體內

緜延的存在塑造自我貶抑
異客的迷惑逼切荒謬的時空
升至神與薛斯弗斯囚於自己融合的盤石
醇醇少女

在綠藻及疲憊的浪濤間遠眺
循環着形上的放逐
蓋膜下的鹽和淚水
解卸之門鏗鏗的回響
最後遺棄的太陽
恆自內裡的山峯
越過那脈管僵冷的翅膀
越過那煙囪無奈的瞭望
裂縫的石間
醇醇少女
踏迹地
雲簇擁着陌生的季節

笠第十七期要目預告

■本刊力行嚴肅、公正、深刻之批判精神，園地絕對公開，歡迎投稿。
■請嚴守截稿日期：詩創作於出版前月五日，其他稿件二十日。
■每逢二、四、六、八、十、十二月十五日出版。

作品欣賞……大家評

—本期作品—

本期收到作品甚多，除部份因過時收到，不得不留俟下期處理外，經編輯部初選三十七首，分送選者複選結果，如上刊出十八首，因篇幅有限未致刊載佳作尚有樹溪客「**吳家花園**」，戰天儒「**作品**」，謝秀宗「**我的自畫像**」「**晨之歌**」，莊金國「**門**」，龔顯宗「**人生**」，李弦「**瞻視與沉思**」，施伊士「**那船超載着**」，姚家俊「**然後**」等，謹向作者道萬分歉意。

◉錦連

林宗源的「力的動作」是有力的作品，富于個性。值得大家的探討，也是對文明的一種痛烈諷刺。

楓堤的「相對論」講究秩序，令人一讀就立刻感到舒服的清潔的作品，楓堤之有這種作品，可證他是不斷的追求新的表現，也是認眞的詩人。

桓夫的「蠻橫與花瓶」是新鮮的 Image（猶如魚鱗狀的皮膚病，那樣一個黃昏）＋Sex。

◉林宗源

很多作者喜歡刻意創造意象，作出新鮮而美妙的句子，或者讓詩蘊釀再蘊釀，而成爲矯揉造作的詩。生活就是一頁一頁的詩啊！人生可不是一頁頁詩所訂成的。刻意地創作意象，有時除了給我們一、二句佳句外，其他我就想不起還有什麽好處。我們知道在創作的瞬間，必須很快地把所呈現的意象表現出來，在這刹那間，絕沒有時間再讓我們再造句吧！若有，那是以後的事。蘊釀再蘊釀，詩的情緒等等，給于每個作者挖心刻骨的苦悶，而所寫成的作品却是嬌情的東西，有點擠迫出來的感覺，好像工廠造製的產品，反而比不上當有所感觸時，隨手寫出來的，純眞又能感動人。詩！我想不必刻意追求形象，追求內容的深刻，把有所感觸的表現就行了。這一期的作品我只推荐一首「庸醫忙碌」，是否太不像樣？但我是以最主觀的觀點來選的。雖然此詩並不怎樣地好，但寫出生活的現實。當我們不能滿足希望時，總會說「明天會吹明天的風吧！」就這樣地進入夢裡陶醉。寫到這裡，哎！近來工作太忙，明後天又要捕魚，沒有美國時間再寫了。只最後給作者一個意見，倘若能以有情趣的口語表現，我想會更感動人。

◉喬　林

我推荐「石楣之歌」，但因一直忙着處理公事，晚上僅有的一點時間，又受朋友打擾，故至昨天才開始看稿子，現在已來不及看那八十行的長詩而詳論了。這絕對不是推辭，我很願意作這種事，尤其現時下對沉冬來講……。

「相信唯有您乃是夜的因素」是首很柔和的散射着情素的詩，第一段只是引子，但頗具即將爆發前的寂靜。第二段第三段是二個對立而重次的境況，是這首詩的幻想迫近貼身確切的所在，第四段是曾經「把守」和「壓倒」後的觀照，第二、三段是令人興奮的世界，如果純就對愛而言，如果必須想及「那悲憤之惡善」即變成令人激動的生命了。

「患者」這首詩我嘗試着把它所指的「他」，想作日子在極分析與數字化的日子，其「冰」，其「血管流着藥液」其「氣喝」，其「自巷裡走來」（自溫暖的狹小的黑暗中被擠出）都是令人驚動的。只因爲「他」讓我如此在忙碌中再次的不期而遇的撞見日子的形象，我給二分，沒有其他原因。

「庸醫忙碌」所展現的是一日時間中空間的忙亂，我並不漠視僅就空間的設製，也可成立一靈活的詩城，但畢竟這首詩的着筆太爲草率雜蕪。其手法完成是事務與事務的連鎖，這種接近表象直佈（表象雖單純安靜，但其所覆蓋的世界，應該是豐實與躍動着生命的）在一首詩上的出現的勇氣，是我給分的原因。

「復活」這首詩是完全着重於表露生之荒謬的沉痛感與力於超越的衝動，可是詩中意象之建造，對于一首詩而言是關及死活的，雖然這首詩的意象出現太爲搖擺虛弱，叫人不忍一瞥。

●林煥彰

「放學後」是一個爲人師表在放學後，回憶起那群以「一百個奇異的深瞳，向我探究什麼」所頓語出「學生原都是待塡充的空白」的重大責任感來，值得嘉許。在此「惡補」盛世，像這樣的老師就值得推介。至於詩的表現，還不能緊扣我們的心弦，也就是說那「理念」未完全「詩」化，不易引起共鳴。

「暮」這詩表現頗有獨創性。從「流浪的雲會是流浪」（動的抒寫）到「流浪的雲停止流浪」（靜的表現），乃爲我們繪製「黃昏」到「暮」這一段變幻的過程，似是一幅很成功的「畫」。唯「某種姿態。某種顏色。某種慾望。某種躍昇。」並沒有眞正給出作者所欲圖表現的東西，讓人欣賞時，只得一些概念的感受。因此，沒有給它「二分」。

「相信唯有」：誠然我也有過「床和蚊帳 並非全部的夜」「必須 要有妳和我 以及睡眠 才成爲夜」「我未發表的詩句」的感覺。只好我們承認，這個世界，尤其夜晚到來時，不能沒有女人。也唯有女人我們才會感到「夜」的眞實。而當我們眞正獲得一個心愛的人，且被她捏住時，我們還能想去愛「另一個女人」嗎？答案是肯定的。

「沒有門牌的」：在戰爭的年代，神對我們是無助。難怪作者要懷疑並吶喊「一幢比夜還要黑的坦克馳過 神啊（等一下我們該用如何的眼色去傳達福音）而對於「死亡」這個問題也答得很妙「無論如何我們總會被請進的」（此須辨明，這不是宗教所說的皈依，而是生命必然的歸趨）。然而那麼多的「阿門」「神啊」是否必要？我總覺得，假如能够叫得響（用得適當），即使一次也就够了。

「然後」：作者經過「冥索」「然後對其所得的感悟深信不移，乃有「一不是二」的肯定，是可喜的。但作爲詩，僅僅羅列一些單薄的意象是不够的。如「山的沈默海的浩瀚島的甜美」「風吟雨滴波起濤響」，並沒有眞正給出「詩」來，很遺憾。

「姿態」：這種「姿態即是現代對於現實感到破滅無望的生活方式（但挖掘得還不够深沉）。我們對它應視爲一種自我批判，而不是歌頌。因此，對它我們只能反省，而不可隨之「墮落」。

「石楣之歌」：此詩我想給它「二分」，實不因「朱沉冬」這個名字。但它的確是這期較好的一首（我認爲是），然而，我却說不出好在那裡！也許有人會說我不負責任。因此，我不安起來，感於我不能勝任（評選工作）。當然，此詩也有着鬆散的毛病，以及過份擠塞的感覺，不該有那麼長，而他竟寫了八十幾行。這就是浪費吧！

又，詩中有幾處如「高電線上喘喘的風」「握着玻璃的透明空接遠遠的足音」，如不是抄寫錯誤，那就是作者的自動語言吧！還有「投擲咆哮投擲咆哮投擲咆哮」是出白荻兄的「鋸齒……」「敗壞……」，那就該打屁股。

我想還是給它一分較妥。

附註：本來「患者」和「復活」都該給分的，只因該兩首詩中均有這樣的叠句(患者)「他在氣喘在氣喘氣喘氣喘氣喘再氣喘」。(復活)「推開窗推開窗推開窗吧！」雖然，文字是通用貨幣，但我總覺得，這樣並非爲較巧妙的表現法，何況用得不妥，還會招來反效果。基於「創作」的立場，總不能有些「惰性」的。

◉吳瀛濤

「相信唯有妳乃是夜的因素」：小說家七等生最近趨向寫詩，本刊十三期有他的「作品集錦」，十四期有對他作品「週末之夜」的合評，而本期的這一篇詩，我想是比以前幾篇更好的。「週末之夜」以前的作品，將整句分短，一行都是一個字兩個字的，那種寫法是不是有必要？是很有疑問的。它給人的印象是分散而失去意義的字的羅列、單語的編排而已，雖然這種截句切行的方法，在於作者的創作寫作過程上或許有某種理由，但是這種表現法除有一份不太大的「妙處」引人注意外，乃屬於多餘而浪費紙面的。它由於分行展示或許給人一種特有的印象，其實易造成作品的零亂。

這篇「夜的因素」不用截句切行却有良好的詩果(詩的效果)，全篇不過二十多行——如果用切斷的方式可以改寫六十七行吧，可以做一種比較實驗吧，但它仍透過美麗整齊的詩句，極能透徹的抒情，讀後令人會有深刻的共感。

七等生的詩的取材有其獨特之處，他把握的詩質也是相當不錯，正如他把握「夜的因素」，透視「夜的眞體」，有相當冷徹的詩人的眼光，這種詩人的眼光是很難得，而他正在保持展開着，況且他有很自由自在的驅使語言的能力，於是希望他更能擴大他的詩的世界而長成。

「細碎的禱語」：作者對於我是完全陌生的名字。不過從這一篇詩看，我相信作者能够以「拾細碎的禱語」這種心靈，再寫一些好詩是沒有問題的吧。雖然這一篇並不就是會令人深深感動的，但它已直接地具現了詩的世界，我希望他能進一步去「拾細碎的詩語，細碎的詩篇」吧。有一個感想「神哦！」的呼嘆，最好避免少用，如果一定要用，必須要用得更有力，用得更切合。

「吳家花園」：此以實地爲取題的詩，自有其好處。第二、三節已引我們到一種別具風緻的在古園內的現代式的享受，這一點是很可愛的，第四節却落了一個常套的空。如何要把所抓住的取題不落於陳舊的常套而發展於鮮新、生動、具有詩意義的方向，這是詩人所要去切實體驗的。

「瞻視與沉思」：取材故宮博物院，在這一點而說，我發現我自己已有愛好此詩的理由。題材往往也是很重要的，今日的詩人雖然不受題材的拘束甚至無視於題材而去創作，不過也有賴於題材去發展的詩之一部份。此篇的缺點爲過於冗長以致失去生動的內涵，如能縮短使其能深入及擴展，以致故宮博物院的絕好題材，當不難寫得更好。這也是牽連於上面所述的詩人的眼光，體驗，詩的把握的問題，談則容易，實則艱難吧。

「姿態」：凝視自己的灰色的「姿態」而其表現不落常套，令人會有共感，寫得牽迫而生動。尾句「哦！姿態」云云，是可以劃去的。常看見一些詩，由於幾句多餘的句子破壞了整篇的風格，是很可惜的。

「庸醫忙碌」：在忙碌的生活環境下，尚能愛好詩歌，不忘詩歌。而今這樣一位詩歌的愛好者竟然寫起了他的「庸醫忙碌」，一讀之下令讀者起了會心的微笑。詩並不限於什麼深奧的理論，這一篇將是一個佐證（或可以說是另一種形態吧）。比起一些無味乾燥無病呻吟的詩，它不是更詩的嗎。

「患者」：作者寫了「醫院」一詩之後，又寫起「患者」，這麼一聯作品的繼續寫作是可以再繼續。一面會使作者的觀察越深入，一面也能磨練其寫詩的技巧。患者一篇比醫院一篇有較好的表現，如一節和五節的對照法是相當成功的，祗是其他散見的句子的表現尚多不妥的地方，如「含糊不良的聲」「一刀鋸死許多人的微笑」等。

—上期作品—

◉高　峠

△就只有這個感覺

這是一種新形式主義的寫法，給人一種新而且痒的感覺。有如一首懷念的旋律給人回味和咀嚼，最後一行，畫龍點睛的衝出，使我們恍然大悟，眞是一首實驗得不錯的詩，而不是一首歌詞。我們的感覺豈只有這個而已，我們會澎湃而充溢的。

△老司機・籠子

老司機是蒼老中的蒼老者，籠子却是年青得異常年青，我們宛如走到一條溪流，看見老司機傍岸悵望幽幽流水，有着歲月逝去，蒼黃不饒人的感歎，他那笑容送別陌生的小站，祗是對無終點的遠距離的終點強顏歡笑，寫來老練，但手法蒼老。籠子則不然，是不甘寂寞的，給人有蛟龍終非池中物的強烈感。

△醫院

醫院極少給人詩感，人們對此敬鬼神而遠之，除非是以此爲生的人，很少人有染此感。作者的感觸或許不錯，「我的手長過你的脚」令人難懂，「我會突然以光離去」是強烈佳句，全詩缺乏酒精味和痲醉劑，醉倒是作者，而非讀者。

△風鼓

一開頭便露出破碇，穀場所見是金黃的軀體，而非裸體，欲見裸體，則非走一趟碾米廠不可，這是所謂「大意失荆州」的典故。全詩有令人看小孩子吹泡沫的感覺、眞摯性似乎很薄弱。

△海‧魚‧山

構圖是很大的，雄心勃勃，有把海、魚、山聯成一體，而欲所表現的企圖，可是却像在天空中放了三個紙，一陣急風驚過，把線吹斷了，天空依舊，紙鳶蕩然無存。

△死亡的行列

我懷疑作者的人生，有不該死的人嗎？從來沒有人一生下來就有死亡的感覺的，這是無知，作者所沒有成功的便是敏銳的先知不至。而如此死亡的感覺應是一種殘酷，不管年靑老幼，一意抹殺踏息生命的火把。

△鏡子

一種散散淡淡的小品文韻味，把一湖縮成一個鏡子，除却湖的漣漪盪漾，代之以水銀的光滑空茫，未覺有氫氣的生生之息，說來不是成績，而是奢侈。

△啊呀！生命讓軀殼保護你

一隻蝸牛背着沉重的硬殼走路，不是流浪，而是生命過程。給人的眞實感比其所言，給人的詩味是微波盪漾。

△給春梅‧給陀思

應該寫給自己的，而移禍江東到別人頭上，愛情是兩相情願，詩感也能支流共鳴嗎？這種詩題說來是膚淺的，爲愛情詩的流毒弊病。給春梅猶如飄花零落，實在沒什麼可取，祇是感傷而已。給陀思像是一個小尼姑敲木魚，祇敲出寂寞，而不肯也不敢把失戀的韻味敲出來。

△深夜‧半車

一種寂靜世界的衝刺，生命的意志是很強的，這首詩的成功在氣魄的壓人，而不在內容。

海外現代詩選譯

愛爾蘭 葉慈 William Butler Yeats

趙天儀

給一個年輕的女郎 To a young girl

親愛的，親愛的，我知道
比別人更甚
什麼使妳底心如此地激動；
即使連妳自己的母親
也不能如我一樣地瞭解，
即使我爲她而心碎
當這狂野的思潮，
遭她謝絕
且被遺忘，
讓她全血液的活動凝固
且閃耀着在她底眼瞳裡。

政治學 Politics

「在我們的時代人類的命運出現它的意義
在政治學的術語上」
——托瑪斯・曼(Thomas Mann)

我如何能够，那女郎立在那裡，
而我的專注
却在羅馬的或露西亞的
或在西班牙的政治學呢？
直到這裡有一個旅行者曉得
他談論有關什麼，
且有一位政治學者
閱讀過也思考過，
且或許他們說什麼是眞的
有關戰爭與戰爭的恐怖，
但噢我要再度年輕
而把她擁在我底雙臂裡！

一件外套 A Coat

我作我的歌成一件外套
用刺繡裝飾籠罩
在古老的神話以外

從脚跟到喉嚨；
但愚者捉了它，
穿着它在世間的眼裡
活像他們裝飾了它。
歌啊，讓他們帶去，
因有更膽識的冒險
裸露地行走着。

關於葉慈

（William Butler Yeats,1865-1939）

葉慈頗受沛透（Pater）、羅斯金（Ruskin）、布萊克（William Blake）以及法蘭西象徵主義的詩人們的影響；從現實的世界，透過幻想、夢、死等，朝向永生的世界；這幾乎是跟美的世界一致的願望，這可以說是他早期作品的特徵。愛爾蘭的文藝復興運動，以及民族主義的覺醒，他算是推動者之一。他後期的作品，不但更趨於一種心智的成熟，而且還保持着年輕活潑的氣息，再度返回主觀的，帶有神秘哲學晦暗的意味。一九二三年曾獲諾貝爾（Nobel）文學獎。

「現代文學」第十三期，葉慈專輯；包括小傳、詩選及有關的評論，由余光中、劉立義、曹維天、杜國清、秀陶、林湖、濬石等執筆翻譯介紹，讀者可以參閱。我們翻譯他這三首短詩，只是詩的小品而已。

德國

傅理滋 Walter Helmut Fritz

李魁賢

一九二九年生於卡爾斯魯赫（Karlsruhe），在海德堡攻讀文學史，現住卡爾斯魯赫。出版有「留意」（Achtsamsein, 1956）、「圖象與記號」（Bild + Zeichen, 1958）、「轉變的時代」（Veränderte Jahre, 1962）、「傅理滋詩抄」（Gedichte, 1864）。

這日子 An diesem Tag

這日子，雪花飄舞着。
當風吹動着圍籬
以及木樁，
你會看到
歲月消失在
丘陵起伏的原野的彼方。
軌轍循着時鐘的平衡輪
上了街道。
在河牀的水窪上方

烏鴉的翅翼把尚未分離的
截成了兩半。

在你的背後
風關閉了門戶。
你往何處？

海濱 Am Meer

逆流的波浪
彈琴的手。
將來的歲月
在漩渦的沙裡。

海鷗的翅膀
把藍色剪碎。
在流動的沙灘——
何者隨着流動？

脆弱的晴朗
建立在那光澤上。
玎璫的貝殼
使靜寂發出音響。

日本

中村千尾 Nakamura Chio

陳千武

無期日的日記

我喪失活力
住在死的隔壁

似乎被誰觸撫
頭顱就會無聲地掉落
我想我可能變成石頭了

不安的日子漸深
包圍我使我已看不見東西
殘留在無際涯的沙漠
一個人消沈地
像黎明的夢潸潸地哭泣
像張開嘴唇的青空也哭泣
樹木也哭泣

鳥的軀體和
馬的白骨都
被法術咒縛着
不能動彈 寂靜地
屏息看守着死的姿態

那是難堪的死靜的世界
我和死隔壁着
已無活力地祇佇立在現實裡
忍着不倒下而已

欲望的灰

你已不在那兒
明天或許成爲大河
流過我底心臟也說不定
若要相信神托
我打開這個窗好了
雖然這是未滿一碗牛乳的
哀愁之夜

春

我甚麽都不要
甚麽都不想要
唯只需要一個無論何時
都不萎謝的夢
比喻花就像深山的薄雪草
被冬的毛皮的香氣擁抱的
高貴的白
映漾於上質的玻璃
在你聰明的眸子裡突然旋起憂愁的微笑
被隱藏的愛
傍若無人的太陽
猶如從世界的角隅流來的鮮新的音樂
欲求充滿於難解的美底不可思議的表情
祇一直往情熱裡沈下去
我帶了燦爛的寶石就覺得悲哀

中村千尾：一九一三年生於東京，山脇高女畢業。昭和九年參加北園克衛的 Altaiu Club，在詩誌「madam balauce」「VOU」發表詩。後參加女詩人會。戰後發行「女性詩」，昭和廿九年與高田敏子等發行同人雜誌「JAUNE」。現代詩人會及蜂之會會員。詩集「薔薇夫人」「美麗的季節」等。

里爾克詩選

李魁賢

三、新詩集・別卷

原始阿波羅的殘像 Archaischer Torso Apollos

我們不識他那稀奇的首級，
其上成熟着兩隻眼球。可是
他那胴體依然有如燭台般燃熾，
在此他的眼光，只是倒退螺旋般

固守而且閃耀。然則胸部的隆起
不能使你目眩，而在徐緩的
腰部的扭轉中，一種微笑
也不能通向那孕育生殖的中心。

然則此殘破的石像，矮小
在兩肩透明的窗楣下
且閃光不如猛獸的毛皮

且不能像天星般，從桎梏中
爆發出光芒：因為沒有一處地方
不能見到你。你必須改變你的生活。

【譯記】這也是在羅丹的影響下，對一尊希臘雕像的感想的詩。而且是藉用羅丹的眼光來觀察的。而詩人對那有着光輝閃耀且稀奇的頭部的太陽神，「不能像天星般，從桎梏中，爆發出光芒」，是不能釋懷的，因此，吶喊出「你必須改變你的生活」的呼聲。

麗達 Leda

當神在急迫中進入天鵝中，
幾乎為牠的美妙而驚愕；
就全然迷亂地隱失於其中。
他偽裝的詭計已付諸行動，

在他把未經驗的存在的感觸
付予試驗之前。而接納的麗達
已經把變成天鵝的篡入者認出
而且領悟：他在要求一件事物，

在迷亂的抵禦中，她已
無所隱藏。神的頸部俯伸
穿過那經常柔弱的手掌

一面讓自己開懷地投向愛侶。
從此他首次為自己的羽毛感到歡欣
而成為真正的天鵝，在她的膝間。

【譯記】在希臘神話中，Leda是斯巴達（Sparte）國王挺達魯司（Tyndareus）之妻。生了卡司達（Castor）及克利藤尼斯特拉（Clytemnestra），並和化身為天鵝的天神宙士（Zeus）生下波路（Pollux）及海倫（Helen）——她便是引發特洛依（Troy）鏖戰的名女人。

枯萎 Eine Welke

輕輕地，在她身亡之後，
她攜帶着手套和絹帕。
從她的五斗櫃溢出的香味
排擠着她喜愛的芬芳，

她曾由此來認識自己。
如今她已長久不再發問
她是誰（向一位遠親），
只隨意步入思索中，
且憂慮着那她所佈置
與裝飾的拘謹的房屋，
因為或許那同樣的女子
依然生活在其中。

【譯記】老婦女依賴人造香水，來代替那妙齡女郎時代煥發的芬芳氣息，這象徵的意義，不僅是青春的枯萎，而且是一種純真與個性的枯萎。

羅馬平原 Römische Campagna

離開沉睡不醒，且夢寐着
高地溫泉浴的混亂的城市，
墓園之道直指向熱病；
而最後的農莊的窗口

以惡狠狠的眼光追隨。
而道路，把它們纏繞在項際，
當其傾斜下降時，毀壞了左右，
直到它矢志而摒息地

把曠原舉向天空，倉猝地
瞄自己一眼，看是否窗戶
仍然在背後偷窺。

當它向廣濶的溝渠招手而來，
天空就投還給它
那殘存的曠原。

【譯記】把道路擬人化，是很有趣味與幽默感的表現方法。道路懼怕着那窗口投射出來的惡狠狠的光亮，可是却命定地要把它們纏繞在項際。道路把曠原擧向天空，然後天空又投還給它，描寫眞切新穎，而且同樣富幽默感。

琵琶 Die Laute

我是琵琶。如果你要描寫
我的軀體同那美妙而又圓拱的絃：
你就得這麼說，正如是
圓拱而熟透的無花果。
你就誇張你看見我的那黑暗，
那是杜莉亞的黝暗。在她羞怯中
並非如是黑暗，且她明亮的秀髮
有如燦爛的廳堂。
時而她在我的表面彈出聲響
她臉上顯出光彩，且對我咏唱。
然後我就拉緊自己，迎向她的脆弱，
而最後我的生命納入她的裡邊。

【譯記】Die Laute 是一種類似琵琶的古代樂器，狀如半梨形，六至十三絃。博物院中的陳列品。在被棄置的歲月裡的琵琶，追憶着那絃樂笙歌，受人愛撫彈奏的往昔。杜莉亞或許指着文藝復興時期，任一位活潑而年靑的威尼斯貴婦人。

艾略特詩選

杜國清 譯

直立的史威尼 Sweeney Erect

　　　而我周圍的樹木，
讓它們枯槁且掉光葉子吧；讓不斷
洶湧而來的岩石呻吟吧；在我背後
讓一切荒蕪吧。看呀看呀，少女們！

畫給我扔在波浪濤濤的賽島
　洞穴遍地的荒涼海岸吧，
畫給我面向咆哮狂吠的海原
　那勇敢而紆曲的奇岩吧。

向我展示高空風神伊歐拉斯
　檢閱強烈潑悍的暴風吧
　暴風急急忙忙皺起背約的帆
　且吹亂亞麗德妮底毛髮。

清晨激起了四肢手脚底行動
(諾茜嘉亞以及波力費麥)。
屬於類人猿的猩猩那種姿態

從冒水氣的壽衣站起來。
這個纏亂而且乾癟了的髮根
從下面裂出眼睛的深縫，
這個牙齒啃出來的卵形的O：
大腿傳來的鐮刀的移動

在膝蓋地方像摺刀向上彈起
然後在脚跟與腰間伸直
一邊向着那臥床底框架推移
一邊緊抓着枕頭底套子。

上下左右頸背到底下要刮得
潤紅，史威尼細心叮嚀，
擦淨了臉上四週圍的肥皂沫
因他很了解女人底性情。

（所謂拉長了的人類底影子
愛默生說，這就是歷史
他從來就沒看過在太陽底下
史威尼仰然大步的影子。）

史威尼在腿上試着剃刀等着
直到那尖叫聲平靜下沉。

倒在床上患了癲癎症的病人
向後扭捲，緊抓着腰身。

在走廊裡的那些女仕們發現
她們自己難免玷辱名譽，
因此而要求證明自己底節操
對趣味底缺乏表示抗議

這麼說若是患了歇斯特里症
很有被人家誤解的可能；
屠納夫人底話暗含的意思是
這種家庭沒什麼好名聲。

但是在浴室用毛巾擦身體的，
杜里斯走進來光着脚底，
身上帶着揮發性的提神藥品
以及一瓶純淨的白蘭地。

題辭引自鮑蒙特（Beaumont）與福萊契爾(Fletcher)合寫的感傷劇「少女之悲劇」二幕二景。題辭是少女被戀人遺棄後的哀歎。

亞麗德妮（Ariadne）希臘傳說中克里特島公主，邁諾斯女兒。她愛上 Theseus，給他走出迷宮的線索而殺死人身牛頭的怪物 Minotaur。

諾茜嘉（Nausicaä）：在「奧德賽」中 Phaeacia 公主，Alcinous 和 Arete 美麗的女兒。她發現奧德賽被海浪漂來，引他到她父親底宮中款待他。

波力費麥（Polyphemus）：囚禁奧德賽於石穴中的獨眼巨人。

淑女的畫像

PORTRAIT OF A LADY

沙白譯

你犯了——
私通：但那是在別的國度，
而，這少女死了。

——馬爾泰的猶太人

I

在十二月午後的煙霧瀰漫中
你擁有一個自然安排的情景——似天生如此的——
且說「爲了你，我跟你消磨了這個下午」；
黝暗的房間裡有四隻光燭，
且四輪光圈幌耀於天花板上，
在朱麗葉墳墓的氣氛裡，
預備好一切要說或不說的
我們有過如此，讓我們說說——聆聽最近波蘭人
以其毛髮和手指傳達的序曲
如此親蜜，這個蕭邦，我想他的靈魂
一定只會在他兩三個朋友裡復活，
他們不會言觸青春，
那是在音樂廳裡被人反覆琢磨質問的。
——於是，私語於
嘈嘈切切淒淒暗恨底
透過小提琴纖柔的音調
交和遠來的號筒
而開始。
朋友們，你不知道他們指示了我多少，
而尋求綜合了無數殘餘零屑的生命
是多麼的珍奇，
「因爲，我確實不愛它……你知道吧？你並非盲子！
你是多麼地明銳呀！」
去找一個朋友，他秉有此質的，
在友誼的存在上
他秉有此質，且給予此質。
我告訴你時，這意指了多少呀——
倘無友誼——生命，豈不是夢魘！
在小提琴調弦
與號角爆裂聲的
音響範圍裡
腦內有模糊的咚咚聲開始

荒謬地鎚擊它自己的序曲，
反覆無常的單調音
應是明確的「虛妄曲」
——我們去散散步，以於煙的恍惚，
羨慕值得紀念的
討論近來的事情
以公共標準鐘對準我們的錶。
爾後，坐半小時，喝喝我們的烈啤酒。

II

而今，紫丁香盛放
一瓶紫丁香在她的房間
她邊語邊扭着花兒
「啊，朋友，你不知道，你不知道
那個握在你手中的生命是什麼」；
（緩緩扭着紫丁香莖）
「你任它由你身上流走，你任它流走，
青春是慘酷的，無可悔恨
而微笑却於不得知裡。」
當然，我微笑
且繼續飲茶。
「但，這四月的黃昏，總鈎起了
我那埋葬過的生命，巴黎春氣洋溢
我感到萬分靜謐，且發覺這世界
畢竟如此美好而年輕。」

迴響的聲音，像八月的午後
一具破提琴彈出的觸目失調音：
「我深信你瞭解
我的感情，我總確信你感覺得到，
確信你會越過深海，伸出你的手。
你不會被傷害，你無阿屈現斯踵 註
你要繼續，當你得勝以後
你可以說：依此點，許多人失敗了。
然而，朋友，我有什麼呢，我有什麼呢，
給予你，你又能得到什麼呢？
只有人們將到旅程終點的
友情與同情而已。
我要坐在這裡，斟茶給朋友們吃……」
我拿着帽子：我怎能懦怯地去補償
她曾經告訴過我的一切？
你將看到我每天早晨在公園裡
讀喜劇和運動新聞。
尤其，我留意
一個英國伯爵夫人當了演員。
一個希臘人在波蘭舞會被人謀殺，
此外，銀行的盜款者自供了。
我不露喜怒之色

我保持鎮定
除非，當街上的鋼琴，機械式地
疲倦地重述一些腐濫的俗歌
隨唐水仙的香氣橫越花園飄來
喚回人們渴望過的東西。
這些觀念對嗎？

Ⅲ

八月的夜來臨；像從前一樣的回來
除非，感覺微恙
我會輕易地爬上樓，轉動門柄
而覺得我似乎用雙手和雙膝爬上來的
「於是，你要出國；什麼時候回來呢？
但，那是無效的詢問。
你幾乎不知道你何時歸返，
你將發現要學習的東西太多。」
我的微笑沉重地落於古董裡。

「或許，你可以寫信給我。」
我失去鎮定而驟怒
就如我所知。
近來，我常常疑怪
（然而，我們的開端從不知我們的終結！）
爲什麼我們不能成爲朋友。
我喜歡微笑的人，且俄然留意
他鏡像裡的表情
我鎮靜如臘燭般垂落；我們確實在黑暗中。

「我們的朋友們，因人們如此說，
他們確信我們的友誼
親蜜如斯，幾乎連我自己都不明白。
現在我們必須讓它毀滅。
無論如何，你要寫信給我
或許不會太遲。
我將坐在這裡，斟茶給朋友們吃。」

我們必須藉每一個變更形狀
表現……跳舞，跳舞
像個舞熊
像鸚鵡一樣的叫，像猿猴一樣的喋喋不休。
我們去散散步，以菸煙的恍惚——

且說！假若有個下午她將死亡，
下午灰煙瀰漫，黃昏紅霞瑰黃；
假若必須死亡，且遺我握筆留坐
瀰漫着由屋頂上降落的煙霧；
很可疑的，一會兒
我不明自己所覺甚或已知
智或愚，遲緩或過速……
難道她終無優益？
這音樂「落幕」圓滿
現在我們談談死亡——
然而，我還有權利微笑嗎？

註：Achilles' heel（典故：阿屈理斯不會被擊傷，除了踵部）意謂會被擊傷的弱點。

詩壇散步

·柳文哲·

河品

沙白著
現代詩社
55年3月出版

在一種粗糙的玄想，一種缺乏含蓄的詩思中，固然，作者放棄了所謂詩情畫意的甜份，但沒有從深刻的體驗與實存意識的覺醒，來從事創造的表現，有的祇是浮光掠影的外貌而已。在「序」詩上，作者說：

「日游於現代脈流，夜棲於古典芳胸。
誠爲存在之徒，唱於存在之峯。」

這是借用了格律的外衣來獨白，並非是從詩人痛苦的掙扎中洞悟出來的。集中除了少數幾首略具未磨亮的意象閃光以外，顯然地，缺乏了淨化的詩素。詩的語言之晦澀，不足厚病，詩的本質之稀薄，却是要不得的。在現代詩追求的過程中，作者也許也費了很大的勁，但他沒脫離空洞蕪雜與陳腔濫調；像「火車站的觸覺」便是一個顯著的例子。

「科學銀星」、「黑門」、「吊懸的貓」以及「結頭，太遲了的謎」四首，有些味道，可惜滲雜了作者的雄辯感，詩質不够純淨。他是一個有潛力的新進，但要脫掉現代的假衣，照一照「裸體的國王」的鏡子。

夢季·銀色馬

畢洛著
布穀詩社
55年7月出版

是的，「任何一個新生命的誕生，母體本身都是一種考驗。」（夢季·以後）

這一部集子，以「五月的銅鈴花」、「玻璃魚」以及「夏天的觸角」三首，詩的意味較濃；其餘，雖具有自由的形式，惜詩質不够，缺乏意象的閃爍。

豐盈季

劉建化著
葡萄園詩叢
55年6月出版

雖然作者有五本結集，我只拜讀了這個集子，但從這集子裡，我覺得作者的創作方法是頗有商榷的必要，詩並非靠多產來決定其品質的優劣，而是靠眞正的詩素來決定的。他那華麗而僵硬的辭藻底羅列，抽象而缺乏情緻的連接，都不容易打動欣賞者的心坎。我想作者該節制些，並追求意象較爲具體的表現，例如：

「於是，月把隱藏于溟濛中的銀輝
塗抹島的胸臆複矇以霧色的乳罩」（海之戀曲）

「你我曾併肩划生命底小舟
如一對沙鷗要去追尋銀色底夢」（褪了色底夢）

「記憶猶如浪花逐波而來」（幻底滑落）

像這種富於形象化的句子，該多加強些；而空洞的駢偶的句子，則該減少些。詩一旦流於唯美的形式主義，則可以休矣！切記，作者已面臨危險彎路，趕快緊急剎車啊！

千萬遍陽關

淡瑩著
星座詩叢
55年6月出版

第一次，我閱讀時，頗以爲她受余光中、周夢蝶、葉珊、王憲陽等那種新古典腔的影響。但第二次，我再閱讀時，却逐漸地驚詫於這位歸自馬來亞，且已重返馬來亞的東方女孩所含蓄的深情，具有一種聰慧的靈智所感動，患病的太陽有福了！信不信由你，且看下例，有詩爲證：

「必以柔柔的眼波醉死你」（千萬遍陽關）

「每一個夜都一樣，靜候
妳聳肩進去將幸福鎖斷」（窄門）

「那個油膩膩的午夜
你在我的唇上繪半截彩虹」（窄裙的邊緣）

「微暗的椰子樹下，我不再
痴候半個月亮爬上樹梢
而抹滿天星光閃爍你
而把金色的相思裝入信封」（七月・我寂寞深深）

「敲響畢業鐘聲的手殭冷了
我不需買三吋的白高跟鞋
配上水藍色的A字裙
踏亮一雙雙歡送的眼睛」（驪歌）

「路很迴旋，以彼此的距離
你還是上山禪悟，我依舊去揚帆
俯視或仰望，皆神傷」（山中行）

「可是你不依我，你不依我
夜很深了，你拍落我衣上的歡愉
拿起沾滿微露的黑皮包
走向黑色的死亡邊緣」（那一夜之一）

雖然，她是脫胎於中國的古詩詞，而且在患病的太陽底心目中是一古希臘的女神，然而，我認爲她是一個有血有肉的現代女性，夢想着勃郎寧伉儷一般的幸福。

她的詩，在整潔的形式中，燃燒着青春的火燄；在古典的情愫中，洋溢着機智的奔放；也許是因形式過於規矩，語言過於矜持，掩蓋了她的詩的靈活。

這一位「追隨一個永恒的信念」底信徒，已遇到了知音我們且洗耳聆聽他（她）們下一個樂章罷！

南港詩抄

楓堤著
笠叢書
55年10月出版

作爲一個現代詩人，不論是生活在怎樣的環境，也不論是工作在怎樣的工作崗位，他都能不斷地從事詩藝的創造。因此，一個宇宙之是否可以成爲一個詩的宇宙？一個世界之是否可以成爲一個詩的世界，這是依靠詩人來點化來創造的。所以，一個眞有創造力的詩人，他會主動地去創造新的環境，新的世界。

比方，即使是生活在機械化的工廠，生活在商業化的大都會，只要是詩心常在，詩人也可以面臨着一種對決。像楓堤在「工廠生活」中，如是歌着：

「在凝定中
就加入吼聲，化成一音符
加入汽霧，結成一水珠」

然後，在「値夜工人手記」中，他記錄着：

「於勞累中獲取堅實的喜悅」

所謂「現代詩」，與其只是用技巧問題來衡量，倒不如用精神動向來決定。現代所意味的是什麽？現代詩人所追求的是什麽？爲什麽「虛無」與「現代」結了緣？難道我們不能有堅實的現代詩麽？

在「南港詩抄」的六首描寫工廠生活的抒情詩中，雖然作者有意解脫舊的束縛，而探求新的內容，然而，由於表現上的不够圓潤，以及詩的強度還不够濃厚，所以，未獲十分的成功。然而，這種意圖是値得留心觀察，凝神體會的；也許他沒立刻實現他的創造的夢想，但以新的觀照方法處理新的題材，無寧說是我們要步上新境界必經的過程，而且功不必在我，更不必患得患失，這樣才能依照自己的意志來表現。在這六首中，以「値夜工人手記」較爲成功，它已非即景詩，而是從工作的活躍後，滲入了詩人生命的體驗。

單身漢俱樂部，如「咖啡店」、「『銀座』」，固然會使浪子獲得暫時的輕鬆，但畢竟是成家立業，才是正經話。當作者經過了「新婚卡通」的苦楚，「婚宴上的插曲」底錯誤，且已到了一個「女嬰」的「誕生」哩！在這過程中，作者不但表現了一種心智的成熟，而且也透露了技巧上的逐漸圓熟，不論是精神上的清醒，也不論是技巧上的透明，在詩質的把握上，逐漸地逼近了高粱酒的芳香。這種把握了實質，該與婚後的袁德星頗相彷彿，只是，彼此的詩風是不同的。

我嘗認爲寫詩有兩種類型；一是短跑，一是長途賽跑；在我們的詩壇上，多的似乎是短跑健將，但他們像女明星一樣，靑春一過，便後繼乏力。少的似乎該是長途賽跑的馬拉松健將，因爲他們需較長期的訓練，不光憑所謂才氣，而是靠功力。然而，由於我們的文藝作品商業化的結果，這種繞彎子，走遠路的玩意；容易被誤爲不切實際，而忘了一個詩人所受的訓練愈佳，其創作的造詣底或然率才可能相對地愈益充實，這是長途賽跑所意味的精神。

像楓堤，雖然不是文學院的正科出身，但他能默默地進修外國語文，把翻譯的訓練當作解數學題一樣，仔細地推敲與硏究，這便是打算作跑馬拉松的預備工夫。

綜觀他這第三部集子，他的創作，的確在躍進當中，雖說脚步稍爲遲緩，但是走得很穩健。當然，他翻譯德國詩，例如里爾克的作品，已在潛移默化中，受了影響。

給薛柏谷

方思

柏谷：

謝謝航空寄下的一套「笠」。「笠」最近大有進步，而且所呈現的精神，深得吾好，不阿諛，不鑽營，有眞心的文人氣。我想可以抽空為「笠」寫一寫文章，希望你亦再寫一些，或者譯一些也好。

我因爲深喜「笠」，所以想請再平郵寄下一套「笠」，由第一期至第十三期，另外再請寄第二、八、十、十一、十三期各一冊，以後每期請寄下二冊，若有我的作品發表的，則每期各寄四冊，這是我當年爲「現代詩」等刊物寫稿的通例，希望「笠」詩社諸君子不以爲怪吧！

「笠」第十二期第六十二頁上提及本年十月（編者按係五十四年）文壇社出版「本省籍作家作品選集」內有「新詩選集」一卷，可否寄我一冊？寄來的書刊請妥爲包裝，包裝用紙太脆太薄，則寄到時，書刊已經破損，可惜。

我可能先寫一篇「威廉士的一首詩及其他」。我先要聲明的是此文純然爲討論詩、介紹詩而寫。對楓堤本人雖他寫的文章中，顯出他有未全然明瞭之處，我是很喜歡的。他的「譯詩研究」欄，與柳文哲的「詩壇散步」欄及「笠下影」都是很有價值的。希望能繼續下去，並且持論更嚴正。

請向「笠」社諸君子問好。他們若告我需要稿子，我當抽空寫一些。祇是不能急。我此信本要收到「笠」時即寫，而拖了一月方寫，便是一例。

你上次未復我的信，這次非復不可了。對了，你要的唱片還未寄出，有緣故。但我會寄的。（我前函問你，你要航空寄，是否這樣唱片不易破損？請告。）

祝

儷安

方思　七、卅一

又，可否打聽一下有否方法買到韓國出版「自由文學」第五期？（好像是第五期上刊有韓文譯的我的一首詩。很久以前出版的了。）

給李魁賢

施穎洲

魁賢先生：

高作（按：讀『世界名詩選譯』想起」）介紹拙譯，發表於去年歲暮，但弟近方見到，現轉載於本報（按：菲律賓大中華日報），並此致謝！

對於大作最後一段所提尊見，弟三十年來譯詩甚多，將分三冊出版。「世界名詩選譯」可說爲其中第二冊。此書現已再版，增弟信心，決以三年時間，修改舊譯，增添新譯，出版一本「現代名詩選譯」；最後將以略帶古香古色之筆調整理出一部十九世紀以前詩集。如環境許可，此三冊出齊，即成「世界詩選」。

正如先生所見到者，「現代名詩選譯」將來所收者亦將以文學史上已有地位之最佳詩人之代表作爲限。弟一生做人做事，均走正路，包括譯詩。

「笠」詩刊編得非常落力，謹此表示敬意！

我們旅菲華僑與貴臺省同胞，均來自閩南，語言風俗，幾乎完全相同，讀到臺胞作品，非常親切。

耑此順問

編安

弟 施穎洲敬上

十一月一日

給李魁賢　　程抱一

李先生：

從您的來信中，得悉您已經介紹了一部分里爾克的作品給中國讀者，並且即將着手翻譯『杜英諾悲歌』，極感愉快！關於『悲歌』的參考書，除了您所列擧的以外，還值得提及的有 ① Caemmerer: R.M. Rilkes Duineser Elegien, Iersuch einer Deutung (Stutlgart, 1937) ② Trapp: R.M. Rilkes Duineser Elegen (Giessen, 1936) ③ Angeloz: Les Elégies de Duino (Paris, 1936) 等著作，我也曾經試譯了第七、八兩首『悲歌』，可是由於成稿太遲，未能附在我的『談里爾克』一文之後，只得俟將來出單行本時補上了。『歐洲雜誌』第五期將載我『再談里爾克』，乃是關於他早期的『馬爾特手記』和『談論塞尚的信』，諒您在年底前能讀到。至於我，我期望能早日獲得『笠』（盼告訂費若干，如何付款）。

向您以及和您共同追求的詩人們致衷心的祝福。

『歐洲雜誌』欲將此信公開發表，以供讀者參考，未知您有反對意見否？

程抱一上

八、廿八

目前通訊地址 M. Cheng
36, rue Georges Clémenceau,
78-Chatou (France)

給桓夫

楓堤

想把近作相對論三首寄給「笠」，但一直猶豫不決。

在此，我是嘗試以詩的角度來看人生命相對論，當然和以科學的角度來看物的相對論，有其共通之處，那就是平衡。我認爲人生因其有相對，才顯出平衡。我所說的平衡，並非勢均力敵之意，而是一種際遇的「正」「反」。如果我們稍加細心觀察一下，則人生到處莫不是相對。這種看法，或許愈來愈容忍的結果。我不知，這表示我穩健了？或是衰退了？在表現上，我進一步只把相對的部份抽離出來，而把一切的裝飾摒棄。當然這樣的結果，是很令人悲哀的，因爲文字似乎又變成了數學代號，更顯得可憐。這樣的表現法是不够的但詩畢竟是無終止的追求。

昨晚談到詩人的自覺。但我近來也常陷入這種矛盾：欲尋求新的領域的開拓，常常即有流於「游離」，「不正確」的危險。我想這唯有靠耐心而已。耐心，雖然禁錮心靈於一時，但必是導向新的創作源泉的準備的階段。

五十五年光復節

給吳夏暉

林煥彰

您信上說：「談詩」，「你是可以當我的導師的」。可別這樣想，那會叫您失望的。我不知道該從什麼地方說起，對於朋友，我總是給人家「失望」的多。對您，我也是一再的欠債。

關於紀弦和覃子豪，如您信上說的，他們是走着兩條不同的路。各走各的，在着重個性的藝術的國度里，是無可厚非的，倘若我這樣寫，你也這樣寫，他也這樣寫，大家都這樣寫，那詩壇這塊鏡子映出分不清你我的同一個面目來，又有什麼好看的呢？而「現代」和「自由」，也祇是狹義的說，前者較重「知性」與「批判」。而後者則順應「抒情」讓文字的自然音韻流露着感人的情緒而已。當然，「抒情」的里中也仍然會帶有「知性」的成份在，只是較爲薄弱。「主知」的，也不可能完全剔除「抒情」，只是它比較隱晦。這是很明白的道理。我們實在用不着費時間去傷腦筋，那樣，會叫我們無所適從。何況，詩人寫的理論大多在爲自己的作品詮釋或辯護。紀、覃也不例外。但我們也不能否認他們應有其存在的價值，至少，他們代表他們自己。人類文明，以及文學史也都是這樣建立起來的，我們要正視這點。而詩壇之所以會有這樣的混淆，乃是因爲一些自以爲是領導人物，自以爲是老大的人所搗壞了的倘若寫詩的人都能安份的、忠實的、不爲名利爭，而又能互相尊重的去寫自己的詩（有眞詩質的，而不作僞的表現新），各走各的，又有什麼不好？

最近，我即在試着走自己的路子。我希望您也能拋開這些困惑（我也曾經這樣迷惑過，想任何一個有前進心的人都會有這樣的一個受難，倘若他安於現成，而不作冒險進取的話，哪來這個苦吃？）去爲自己的需要寫詩，而不刻意爲依附某一個主義、某一個派別，那寫詩就不再是一件苦事了。至少，當我們完成一首詩時（不問好壞），對自己，即是一件欣慰的事。不知您以爲然否？

宗教信仰是不容懷疑的，除非那個「神」已死。而「求知」確是從懷疑開始的。我很高興您現在就有如此清醒的懷疑。但不要感到失望，既使這詩壇陰雲密佈着，作爲詩的太陽依然存在的。不要失望。

很高興您也談到我的詩。您很眞摯的告訴我，您看不懂我的詩。這對我該是最好的反省。不過，您是否可具體的提出來，讓我有個機會說說，我爲什麼要寫那樣一首詩，對於某些句子爲什麼要那樣表現？這樣是否會有一點解除我寫的詩與您看它時的距離呢？

末了，您說：年輕的生命，喜歡抒情爲詩。這是對的，很正確。當然，也有因個人的生活際遇所造成的人生觀，以及審美的觀點的不同而異，但，大半說來，青年人的生命還是無憂無慮的，就是有，那也只是「愛神」所帶來的一點輕愁。不要懊悔，寫您自己的年齡吧的詩！

一九六六、十一、一晚

給 MIYASA

喬 林

每次從高雄回來，我總想起用一大堆的語字來咒沉冬，可是最後又在痙攣掙扎後，放棄了這種不稽的想法。在每次與其聊談之前我不也有整塊整塊那等感受的色彩，擺置眼前，不過只是處在一種凝聚的狀況中罷了。而和沉冬聊談，確是一項令我再次接近烘熱沸騰的機會，讓那等色彩更有機會的向我得意的逼視和刺殺。

人的感情是一任頑固得不能左右，我們便依賴着這種固執而活着，儘管我們不一定的繼續接納快樂和痛苦。一個藝術家無疑的需要此等固執來使其突出及極致。諸多圍繞着沉冬的事實，及其那孤絕而冷冽如大理石之光面的形象，每每都要讓我思及並感到寒慄。那種固執的存在，使他完成了弦柱和秋草以及許多的作品的廣漠異域，和無從抓提衝擊其間的迴轉，木納固態的存實，使和發覺原是「煙的逃亡」（沉冬詩句）以及力欲新生的迫出。

我無從忘記那日午夜我們對坐，因淚水的刺激，使他的眼睛起紅墨眸糢糊的情景，那是在述說他不幸的夢情遭遇，最後他說：「苦痛已成為我們的滋養，我們依賴苦痛而生，又因苦痛而更為奮發的跨出步子。」

一張滿堆着書，紙而顯得不堪重壓的桌子，一堆堆覇佔着屋角的書冊雜誌稿紙和畫，一張任那蚊張綿被冷落的爬伏着的床，和滿地的紙球煙頭畫筆顏料，構成他的居所，每一次去他那裡，我們總在那裡話坐掉所有的時間，從那裡我似乎所聽到這般叫喊：「我是骯髒的，我是平凡的，我是獰惡的，我是不體面的，但是我却代表了眞正的生命」（德萊審可說天才夢語）。沉冬說：「我們感到唯一存在的，就是我們對人道基本的信念，人性在光耀中或是黑暗中一樣地支撑着我們對人類獻出的憐憫和愛心。」

生命和人生，使我們勇敢的衝向自持的藝術的絕崖，雖然那可能是一死亡的落實，然而那種死亡的音響與畫面，何嘗不是一種藝術。記得我曾很悲傷的向你說過，我一直感動亞藹・亞利多在長跑的孤獨一書裡所說的那句話：「我還是寧願像我自己」。一個藝術家之永能直往不息，即是此一叫喊的不斷呼出與繼之而來的摧促。知識與文明的提昇，使我們更形善於做作和虛偽，而漸次遠離自己，機器和分析的束縛，消失了我們對「人」的印像，此刻我們能約略的看見「人」的原始的地方，已是黑濕和齷齪。

我們已不復能記憶那些原始的陽光和草原，民謠的引領梯次也不能，儘管人們何等努力，結果一樣的可笑。我們已嚴重地受過科學的修正。因而現在我們所能企求的只是精神的托付，而那寄處是虛假的復古，我們依然需要歌的民謠，可是民謠非是已有流傳的民謠，是一種新的而又熟透了的民謠，這熟透並非印象之存有的疊複，而是意味着我們迫出的需要那等醞釀已久的親切感。說到這裡使我想起電影「逃獄驚魂」裡的黑人，在片尾時，他坐在山丘上，不去驚見那群迫捕而來的警犬警察，而獨自展喉的歌聲，我不知道那是否是一隻民謠，而當時甚至現在，我恆感到那隻是民謠，屬於現代你我的民謠。

在這裡我應該提醒的說：時間支配着民謠。傳統的延續以及事物的搬移，只是加深我們的遲鈍。知識的擴拓，加多了我們敏感的方向。是故我們時時所欲接受的是接繼的新的出現，創作和欣賞一樣需要更多的自由。

十一月九日

給桓夫

沙牧

好些日子沒給你信了，為了能生存下去而寫詩，我的生活弄得很忙亂，甚至有時不知該怎樣處理自己。不能推翻的事實擺在眼前，先塞飽肚皮才能寫詩，可是我以詩心快被忙迫給壓死了！這情況是很悲哀的。

我在國聯電影公司編一本大型電影雜誌，賺錢不多，可是忙得很。一天到晚夾在明星群中，寫她們，捧她們，心裡很苦，我想世上最無聊的事，莫過於被迫去做某些不願做的事。你可以想像到，電影界「髒」而且「亂」，我像一株不服水土的植物，強打精神立在這兒。

國清去日後是否常有信給你？你給他寫信時，請代我問候他。他在赴日前夕，在臺北的詩友們爲他餞行，我剛好碰上，喝得聊得很痛快。在異國是寂寞的，你該常常寫信安慰他。在私誼上我很喜歡國清，他也很尊敬我。

抽暇拜讀你刊於「笠」十五期上的「詩‧詩人與歷史」甚有同感！你似見解深入而踏實，不俗不濫。尤其你最近在文學上的流利洗鍊，使我十分敬佩而又有些愧然。我以前是懶，如今是忙亂，很少能抽出時間看書。古人說：「三日不讀書，其面可憎」，而且「言語無味」，我深切體會到這話的含義。

你什麽時候來臺北？很希望能有機會和你喝喝酒，聊聊天。「獨飮易醉」，朋友們結婚的結婚，走的走了，忙的忙，想找個喝酒的伴兒也不易找到，一嘆！祝

吟安

十月廿四日

給杜國清　陳千武

愛情原來就是苦的，當然「愛人」比「被人愛」還苦。也許感到痛苦時，始發現了「我眞的戀愛一個人」。愛情是微妙的，苦之中並含有甜或酸的味道。你曾經被幾位女性愛過，都未感到痛苦。以你本身來說那些都不是愛。現在你叫喊愛的痛苦，眞正嘗到愛的味道了。可是以一位「現代詩人」是能以「理智」分析「感情」的。你不是把「抒發的情」加以「知性」整理情緒寫詩的嗎。而在詩的情緒裡你不是發現了超脫自我的實存嗎。該取回你自己的知性。依你的自白我感到過去與你來往的女性，都爲你太可愛，太天眞才抱持好奇的心情接近你而想瞭解你。但一旦她們熟知了以後，就不感到刺激。偏袒於女人是弱者的心理，或盲目地想依靠你、抓住你，或已不好奇而遺棄你。這種現代女性輕佻的現象很已普遍。——注意被女人玩弄，不要以爲你玩弄女人，反乎你是被玩弄的呵。

感到愛情的痛苦時，寫詩吧。若她以爲已瞭解了你的爲人和詩，那她錯了。她不知道你還有無量的「詩境」未發掘出來。該摒棄腐朽了的「愛情」，偶然的戀愛。冷淡了那些。現實，世俗沒甚麽使我們「戀戀不捨」的向「異數的世界走下去」吧。

給「笠」詩刊　史民

在日據時期參加新文學的人，或研究過新體詩的人，有機會談到現在的新詩時，誰都說「我不懂現在的新詩」。這和說不懂抽象派或印象派的繪畫，一樣地給人同感，尤其如我們在舊詩與新詩的隙縫中生長的人，似乎已沒有談詩的資格。可是我還主張大家別返象牙之塔，而要深入民間，用大家所用的語言（平易的），來表現大家的心情（實際的）這才是眞正的詩。

——還曆之日——

編輯後記

△站在純粹詩的境界，似不應該有「晦澀」的詩存在。因其缺乏實存的淨化情緒，顯露怪誕或悖謬，而詩素薄弱，未具詩本質上的價值，才會成爲晦澀。這種無法使讀者接受的作品，顯然不是讀者的錯誤，應歸由作者自負其「作偽」的全責。而對難懂的詩誰都似無理由反對。因其難懂的原因，不外就是作者與讀者之間有其感受性的距離之故。若讀者本身之詩的體驗向上，將得到與作者有共通的感受性時，難懂就會解消。這不是作者的錯誤。但亦不能責怪讀者。人各有其不同的遭遇經驗和環境，自然各人的感受性不能完全一致。詩人不斷地在追求深奧的認識與廣泛的體驗。處於人生嚴肅的生活裡，詩又不斷地誘惑我們。我們要發現詩所表現的實在，追求而向上。所以對難懂的詩誰都無反對的理由。至於所謂詩的「看不懂」，並非指看不懂其「文章的意義或構成」，而是指看不懂其有「詩性精神活動的內容」。一般在這種場合，讀者都具有高度的觀察力與詩的吸收力以及敏銳的感性，始能道破作者祇在戲弄文字的無意義作法。所以詩的「晦澀」與「看不懂」，確實不能說爲「晦澀（或看不懂）的詩」，應該說「這不是詩（偽詩或非詩）」。只有詩的難懂可以說是「難懂的詩」，確實有其存在。

△過去在「笠」詩誌上所發表的詩，無一不被鞭打得鮮血淋淋。這是詩人自肅的實驗，但「笠」的作者們未曾因被評得不滿意而辱罵評者引起互相誹謗，證明了彼此都經得起考驗。寫詩既然要追求眞理表現高度的精神活動，詩作者本身的做人問題也應該具有適配詩底境域的高雅風度。人的修養體驗會滲透於詩是不可避免的事實，可以說一首詩所具備的外表、皮膚、筋肉、骨格均爲映照着一個詩人的模型的吧。「笠」的作者們都經得起考驗。然而，目前在自由中國的詩壇，有一部份的詩人，不願將作品投稿在「笠」誌上發表。推想那些詩人所疑懼的有二點，其一是自認自卑，自己的詩有如吹氣球一般被批評的鋒針一刺就會破滅。其二就是自誇，有眼不識泰山，自己以爲已抓住了詩，可自由自在地驅使詩保持高高的境界，亦可捏死詩的存在。由於這種自誇而架起的詩人的面目，看不起眞正不斷地與詩搏鬥的人們。內心却持着一種「嫉妒」和「自虐」的莫明心理，以傍觀者將注視着「笠」的發展如何再說吧的態度。其實，詩人的自卑與自誇都不是正常的態度。眞正在藝術上求精的人，是必須經過嚴格的考驗與不斷的奮鬥，才能尋獲超脫自我的境域。雖然我們寫詩不必像職業圍棋名人吳清源他們那樣地經過多次嚴厲的比賽昇段而奪得榮銜，但我們個人的體驗也應該不斷地被考驗，而不要逃避你的詩才對。

△本刊發表的詩創作歡迎「大家評」。尤其歡迎對同仁作品之評論。

笠叢書

白萩詩集　**風的薔薇**　十二元

桓夫詩集　**不眠的眼**　十二元

詹氷詩集　**綠血球**　十二元

吳瀛濤著　**瞑想詩集**　十二元

趙天儀詩集　**大安溪畔**　十二元

林宗源詩集　**力的建築**　十二元

杜國清詩集　**島與湖**　十二元

蔡淇津詩集　**秋之歌**　十二元

陳千武譯　**日本現代詩選**　集日本現代主義二十二詩人代表選作（十二元）

本刊徵求長期訂戶啓事

「笠」爲純詩刊，與一般商業雜誌不同，難能在利益爲主的商業書店零售。僅依賴直接訂戶的增加存續發展。

敬希愛護本誌的作讀者予以協力贊助，利用郵滙中字第二一九七六號陳武雄帳戶參加長期訂閱，可減輕全年書費及函購叢書得享受八折優待，並將邀請參加本社舉辦之各項詩的活動。

全年份六期，僅收訂閱費新臺幣三十元，存入郵政劃撥免付郵資，各地郵局均可辦理。

凡介紹訂戶每滿三戶，贈送「笠」叢書一冊。

笠存書物價：

二至六期每册二元

七至十三期每册四元

歡迎函購

中華民國內政部登記內版臺誌字第二〇九〇號
中華郵政臺字第二〇〇七號執照登記為第一類新聞紙

笠 雙月詩刊

第十六期

民國五十三年 六 月十五日創刊

民國五十五年十二月十五日出版

出 版 者：笠 詩 刊 社

發 行 人：黃 騰 輝

社 址：臺北市新生北路一段廿九號四樓

資 料 室：彰化市中山里中山莊五十二號之七

編 輯 部
經 理 部：臺中縣豐原鎮忠孝街豐圳巷十四號

郵政劃撥中字第二一九七六號陳武雄帳戶

定 價：每冊新臺幣 六元 日 幣五十元

港 幣 一元 菲 幣 一元

美 金 二 角

17

目　　錄

封面設計：龍思良

論　壇

作　品

笠下影

海外的詩

笠書簡

詩壇消息

笠雙月詩刊 17

釣與詩

羅浪

各種釣具的改善與技巧的進步，一個業餘的釣者可能對一條幾拾公斤或幾百公斤重的魚征服在釣竿之下。因此，釣魚已成爲一種很激烈的運動。

釣者把自我投入自然之中，有着一股征服的衝力對剎那的魚的抗拒和掙扎而覺得歡愉。釣魚是一種追求，亦是生活的積極行爲。

海潮冲擊着磯岸，釣者與魚博鬪的刺激鏡頭，和蓑笠江船漁翁垂釣圖之對照，可以這麼說，釣魚與詩的傳統和蛻變有很多類似探討的地方。

如果詩人與釣者，詩與魚可以比擬的話，如釣者希望水不會被汚穢而愛護稚魚的精神，詩壇亦不希望有不衛生的詩論損害詩的健康。

水平線在遙遠的，手可觸及。地平線在遙遠的，手亦可觸及。釣者在夢想魚，詩人在挖掘詩。

笠詩社

相對論（續）

楓堤

影子與住宅

張望着離去的鳥的影子
漸漸地成爲蒼穹的一點
蔚藍而又透明的鳥的影子
以一聲悠揚的呼喊

在背後跟隨糾纏的住宅
佇立在道路遙遠的末端
黯暗而又禁錮疑惑的住宅
以一聲銳厲的呼喊

秋

已經不能分辨方位的
風信鷄，獨脚
立在雨中的屋脊上
飄落的兩片黃葉
初次離巢的畫眉一般的
逐風而去

路有千條樹有千根

白荻

——紀念死去了的父母——

路有千條條條在呼喚着我
樹有千根根根在呼喚着我

但來時的路
已在風沙中埋葬
源生的根
已腐爛

在這擾擾的世界之內
祇剩我一個
一個。

弔與悲哀

黃騰輝

弔

路——
狹長，
寂寞，
路的盡端——火葬場。
那天，媽被抬着走過的。
孤獨的時候，妳總是一個人在這條路上走着，
雖然，妳明知媽再也不回來。

悲哀

双手揷在褲袋，
吹着口哨，
這樣，沒有人知道我曾經流過淚的。

踢着路石，
一蹦一跳……
但，無論如何我還是笑不出來。

旗的傳奇

杜國清

蟻羣似的蜿蜒。
漁網披曬在山坡的
村裡
老人倚杖窺看的門開了
又緊緊地閉着

是圖騰的部族啊
伴着鼓聲前進
是骷髏的海賊啊
持着黑旗前進

冰裂的海原。
雪崩的山野。
穿着一件薄薄的襯衫
擴銀幕的風景空氣飄流着

白的別花。白的項鍊。

蜘蛛獨居的古屋。
蜻蛉低飛的水池。
戴着一付絕情的太陽鏡
埋伏狙擊的場面光線緺折着

黑的腐體・黑的殞石・

浪群在海上奔跑
鼓聲在沙漠沈擊
塑膠雲在遠方
佈置霞光中的戰場
煤氣爐在空中
蒸着純肉的麵包
在朽木裡叫得寂寞的蟋蟀
啃着無名的白骨
在白骨的墳上
在墳上的荒草飄飄翻展的旗啊
原是屬於同樣悲壯的
投降或勝利！

初老與斷崖

徐和隣

前面，新婚的兒子夫婦走着
後邊，小姐誘我去新公園玩
心裡砌起了一串串的斷崖

日前遊覽太魯閣斷崖時
妻只睏睡而不看絕壁之壯觀
也許疲倦於人生了吧！不再有驚喜

太魯閣斷崖可說很可愛吧！
心裡的斷崖却一陣陣令我痛苦
黃昏之戀非初戀，沒有夢樣的情緒

聽說李某們要埋沒
聽說古代文化要復興
別了！夢樣的情緒

六六・六七兩章

吳瀛濤

一九六六年末章

自己與世界在搏鬪
內部與外部衝擊着
誰也不知道
會變成怎麼樣

被虛僞淹沒
而被喧囂凌奪
以及白晝的夢幻
現在仍以混亂的錯覺

且曾漫步於太空光耀的走廊
突然橫屍於都市灰暗的地下街
目擊自己的死
却無從承認生命的斷落

這是亡靈的世紀
彷徨的影子被非情的太陽燒灼
沉悶跫音失陷
然而他們昂首踏向地平

一九六七年初章

很寒冷，但也沒有下雪
而必須忍耐
——沒有去橫貫公路的遊覽旅行
老是斗室裡伏案埋首於未完的工作

一支筆已用了很久，同樣地古老的房屋
只有壁上的日曆是新的，日曆的羅浮名畫雖然也很古典
還有怕冷的肌膚，肌膚底下已漸衰老的骨骼
要以什麼證實你堅強的生存，確保你生存的榮譽

開口大笑吧
拂落險惡的灰影，扼殺那些陰森的威脅
睜亮眼睛，使曇而時晴的一小片青空浮現
在那邊建立小小的王國，於你心靈的奧處

於陽光洋溢的海邊
——就這樣開始一九六七年五十二歲的年齡
這該是又一個黃金時代，開朗而又成熟的
彷徨於季節外的獵人將回到永恒不朽的春天

以風鼓以及玩水的把戲

林宗源

我必須過着三十五個低溫的日照
五寸多的身高，緬懷純眞的童年
不曾有過融害與麻雀的記憶

現在我必須踏進必然的秩序
那本田的社會，以七人組成的家庭
在每坪二〇〇戸的區域裡
讓我的智慧，反映於高傲的智慧
在增產的園地，我們是一群優生者

病了，有阿蘇仁，有紋絕
當我因寄生蟲而將枯黃
有富粒多，有安特靈
而依必安只有用來預防臭蛋

當我吐穗揚眉的時候
欽佩因手的技藝
我的特性是否被洞悉了
而以適當的肥量反映預算的金黃

可是，上帝以暴風與狂雨給我
於是我們只能以求知的心呈獻

以風鼓以及玩水的把戲
請僞裝的種子退席
讓眞實在谷仁樂生的溶液裡
有一個鐘響的思索　　以及半個嘆息
有二個滿袋的星輝　　洗淨人爲的溶液
有一個逃匿的太陽　　讓芽歡呼力的指標

我來自手的傑作，被人呼喚以臺南一號的芳名
美麗啊！我的身長儘是倭肥的。醜陋啊！我的子孫，
儘是小小的，好恨啊！我沒有上帝

小心地把我供養在柔軟的牀舖，儘量使我舒服，爲的
是易於生長，易於典當滿袋的金錢

我聽到滿空的歡笑，自得的計劃。我知道假如沒有風
雨的摧殘，宇宙將因我們的默契而燦爛

聽診器

吳建堂

是造福人羣所不可缺的崇高助手
是華陀再世的象徵和力量
把它掛在耳孔
你就甘願背起濟世活人的莫大責任
萬症之分析與診斷
盡要靠它纔有把握

聽來悅耳的呼吸音
由健全的肺臟帶來澎湃的呼嘯
響着喘悶的水泡音
由腐朽的支氣管拼出顫抖的喊噪
有順耳的心悸
在年青健康的心房奏出美妙的音響
有嘈雜的溷濁音
在年老疲憊的心瓣發出悽慘的呻吟
也許有人認爲它演着缺醫德者的搖錢樹
我却驅使它爲樂道弘仁的伏魔神燈
人們蔑侮地叫它爲聽筒
我們却尊稱它是聽診器

星期五

林煥彰

浪子喝不到酒，就用一個銅板去向公用電話求卜。而她告訴她……「無」

I

用黑作背景
野鴨便追趕着寂寞擁來

紅茶
咖啡
牛乳
方糖

（你要點些什麼）

我不知道那個跟那個合得來

（它們都已失去了個性
無所謂你或你

在這咖啡廳裡）

II

分明那是海
他說是沙漠

也許是
（我不敢想像
那該是億萬年之後的）

不管怎麽
我們總可在她身上的每一部位找到波浪
一如潮滿時
那溫柔溫柔的海

III

瓜子霹爆出一種機槍聲
（越南隔着我們僅半個海）

而魚們喋喽着
他們不懂戰爭是什麽

魚們喋喽着

粧臺

林錫嘉

就可以看到妻的春天的胴體張貼着，以及緋色的年齡，以及很多男人貪婪的眼睛，以及我暴着血絲的瞳仁。

妻的笑顏的花開在青翠的山下，喜就喜在冬天飄雪的季節猶遠，而山澗的流泉還涓涓濺流，同時這流泉使我青春起來。

那一山青青啊！湖在張望，在盼望我走過。

陽光轉位，妻在鏡中轉化，撇過臉，青春猶在心中呼喚。

終於金黃的陽光自妻的髮叢間滑落，黝暗的山谷中，流泉不再涓流，藍湖不再盼望。哦，冬天了，森林枯黃，且雨落在乾癟的陸地。

●對談——白萩、林宗源、桓夫

詩的基本質素（二）

＝外部現象與內在精神運作＝

桓夫：上期我們談到無繪畫性的詩能够存在，並且得到詩的基本質素就是詩人的精神活動這個結論；是不是還要進一步的考慮，所有的精神活動就是詩嗎？

白萩：當然不能一概的說詩人的所有精神活動都能構成一首首良好的詩。詩人的精神活動，有深入與不深入現象而運作之分，其間優劣有天壤之差別。

宗源：一首詩的好壞，我想是寫作方法上的問題，不單單祇是精神運作的問題。

白萩：我們這個論題，並非祇在肯定詩人的精神活動就是詩。上一期已表明：「在形而上說詩人的精神活動就是詩，在形而下成為一般所謂的詩，需要經過方法，工具之表達才能成為詩。」繪畫性與音樂性均是詩的附屬條件。因為沒有繪畫性與音樂性的詩能存在，使我們不得不更進一步來探求詩的基本質素。一個哲學家有良好的精神運作而無表達為詩之方法，當然無法成為詩人。但是一個優秀的詩人，在其作品中，可發現傑作非傑作之分。我們就是要探求成為傑作的這個秘密。

桓夫：在每一詩人的作品中，我們就可以看到詩人的精神活動。不管詩的題材是什麽，祇要題材能溶入精神活動或不溶入精神活動，詩的好壞可能由此來決定。所謂題材就是外部的現象，詩人接到外部的現象受感動，而引發詩來。感動越深，作品的深度越深。能有深度的感受，要有高度的生活體驗，並配合優異的表現能力。

白萩：那麽我有一個疑問：如果詩人接受外部的現象，受感動而引發詩來，其感動係受外部現象的刺激而來時，其感動的深淺，不是受外部限制嗎？

桓夫：能够受外部現象的感動，其契點正如柏格森(Henri Bergson)說的：「乃為人類從行為所產生的習慣性底認識而被解放與實在之現實接觸時，所喚起的一種昂奮」，換言之，其心靈必須先行解放，始能接受外部現象之刺激而感動。

白萩：從現象——感動——表達——作品，這個過程來考察，受某種現象之刺激，而感動表達。其作品並非即是該現象的描寫。詩人往往經過移情作用，利用此種感動，而發展與該現象不同的描寫。此點必需有清楚的瞭解。

宗源：所以無內在精神運作，僅外部現象描寫的詩不能給人感動。換句話說：如果止於外部現象的描寫，實在不能算是詩的。

白萩：那麽得進一步的考慮：

①我們以何種精神來運作呢？

②以何種態度來解放心靈而去接觸現實呢？

（待續）

（編者註：關于這些問題的解答亦祈望讀者投稿討論。）

笠下影㉔

向明

I 作品

家

星的眼永不疲憊，因爲她有白晝的溫床
流水的歌最甜，她正趕赴大海母親的召喚
風這流浪漢最悲哀了
爬山越水的亂跑，故居却丟在相反的方向

車

通往花谷的欄柵被看守者的頑固落鎖了
幸福的窄門却又與我的體積成反比
於是這車便有着誤落盆底的甲蟲的困惑了
有着兜不完的圈子，有着爬不過的陡峭

釋

貼金的讚美不要，風可將它腐蝕
摻色的頌歌不要，時間會將它遺忘
帶繭的粗手沒有夢過女王的親吻
偉大的建造裏，我是一名默默的工匠

孤島

向一切他都不再呼喊了
縱然，日夜有汐潮的圍攻
縱然，有遠離了陸地的悲憤
硬朗朗地孤立着
島是海之平原上豎立的碑塚
給遠航船的遊子指引
以永不動搖的方向
給百年後的歷史指引
以岩石額上的皺紋

富貴角之晨

深呼吸在薔薇色的晨曦裡
大屯山坦坦的小腹似是這麼近
我不敢仰望
仰望將會觸着金屬的雲

伸右手出去，右首是
太平洋，一大片薄薄的銀
當你無意的一伸
可以撈起一方湛藍的菱鏡

引頸向西，西方是那麼沉重
海峽的密雲尚在醞釀着黎明
你不可能看得再遠
再遠，大陸尚在噩夢

這時，我們便開始讀海了
這時，海便教着我們了
直到讀遍了滿滿的一頁早晨
才輕快地握着今天啓程

或人的憂鬱

而終不能將其臣服且歸化
這蒼老的羲皇
這隆鼻的愛廸生
你說我將討好誰？
當尚書的完壁被大鉞刀凌辱
一些迷失在九曲迴欄的孤臣們．
遂自腦神經
興起索還朝笏的討伐
而馬可尼的門人硬宣稱
只有電子群才是我現行的戀人
他們以多次方的零塞滿我的眼
忽以按鈕們將我的兩手佔領

你說我將討好誰？
當七紫三羊敵不過派克們的靈巧
當清平樂敗於加力騷的痙攣
當一半的我正目迷於新藝體的遼濶
而另一半却醉心於
一些陳年的雞肋
　啃永明的風範
　嚼天寶的餘韻

Ⅲ　詩的位置

一個背負着時代的苦難底異鄉人，他的孤獨，他的沉默，是歷盡風霜所磨鍊出來的精神力量，以這力量集中於詩的表現，該是我們現代詩人所追求的精神要素之一罷！肯定自我的追求，堅定自我的探索，在詩與電子之中，在文學創作與科學研究之間，也許他也有過一度自由抉擇的猶豫與徬徨，但他畢竟是一位不與俗同流的詩人，他依然堅毅地勇往邁進着。

自「詩葉」以及「藍星週刊」，他便開始受詩壇重視，從藍星的前半期到後半期，他一直是「一名默默的工匠」，一位腳踏實地的耕耘者。不論詩壇是如何地爭論不休，不管藍星詩社是怎樣地風雲變化，他永遠是一個忠實的詩的使徒，這種剛正的詩人才是眞正促進我們的詩壇發展的精神支柱啊！

當然，在「深秋」（註），他也有這樣的感懷：

「今日通向未來，是一程多刧的古道
痛心的摘落直至赤裸的命運……」

（註）該詩收集在向明的第二詩集「富貴角的生活」，該集尚未出單行本。

Ⅲ 詩的特徵

詩是需要耐心地去咀嚼的，隨着生活經驗的豐富，生命體驗的幅度，我們當會驚訝於被我們所忽略的詩。像在沙漠中，發現了一口古井一樣，要探測有多清冷多幽深，便要看我們所投下的繩索有多長哩！

在以艷麗爲時尚的社會，連詩人也會染上流行性的感冒，一度江南風曾經風靡了我們這個小小的詩壇，這種一窩風的風氣，使現代詩蒙上了一種迷信底神話。

覃子豪曾經給向明的詩以這樣的評語：「他的詩多屬於力的表現，這種力是現實生活中的苦悶的昇華，是被生活壓力所激起的一種反抗。」（註2）他的反抗，該是「化苦惱爲力量」（註2），那是面對現實所投射的堅實的音符。

向明的詩，是與生活合而爲一的，他不否認自己內心的渣滓；我們試看他的「晨光」（註3）一詩所歌詠的：

「迎接你，以合抱宇宙的胸襟
吸取你光芒的利箭
射透吧！我內裏藏無數的腐朽
那些歲月的積壓」

由於他那嚴肅而敦厚的氣質所孕育的詩風，也是表現了一種純潔與樸素，即使是偶爾也使用了一些典故，也是基於眞正的需要，而不是作僞的裝飾。

（註1）見覃子豪著「論現代詩」一書中，「評介新詩得獎佳作六篇」一文。

（註2）參閱「中國詩刊」第六期瘂弦作「閃爍的星辰」㈢。

（註3）收集於「富貴角的生活」。

Ⅵ 結語

眞正的創造，該是超越派別的；眞正的詩，該是透視生命的。一種生命力的發揮，一種精神力的充沛，都不是浮華庸俗之輩所能持有的，只有孤獨而渾厚的詩人，才能具有這種向內心世界探索的功力與能耐。詩人可以生活在科學的世紀，也可以立足在工商業勃興的社會，而不必躲到深山林內，只要他有一顆入污泥而不染的純潔的心靈。

蔡淇津

石子

我滿足於我的生活，我知道
堅貞與緘默的日子
沒有歌，除了貼吻的風的唇

而我知道，我滿足於我的生活
這裏有一種超然的靜展向四方
太陽躡着七彩的足，正走過

笠下影㉕

I 作品

離

如一陣風，揚着錯誤的皮鞭
拆開交頸於谷中的雲絮

唉！當瞭解如秋天來到樹上
我們是兩枚同枝的落葉

露

不是划月舟於銀河濺出的水滴
也不是造物者對萬物懺悔的眼淚

我呀！我是觀覽晨景的眼睛
隨月輝的足音而來，蹤陽光的金矢而去

溪的傳達

海伸着愛情的素手
試探山的胸懷
山靜默

山伸着愛情的素手
試探海的胸懷
海狂歌

爬峭梯

峭梯自山頂垂下，
是山的舌。

而我爬行於其上，
是一藐小的微生物。

啊！爲着窺視山的腹部構造，
我將爽朗的被它吞入。

二十世紀

白色的骷髏
浸着光的藥水
被擱置在大路傍的
美麗標本

鏡

引起我美感之顫慄的
一種最刻薄的諷刺
光 光 光

晚安

關上思想的燈
我就感覺
已是疲憊於時間之核心了
那麼
晚安——窗外的女孩子
晚安——枕邊的薔薇花

現代的

甚至於
風也抽煙。
風也戴帽。
風也咳嗽。
風也結核。
而
總覺得不够。
總覺得空虛。
總覺得寂寞。

夏午

熱腫起來的地球
我們感覺
病人一樣的輾轉着

秋歌

秋風——在楓葉與楓葉之間
穿來穿去
我的憂鬱
破了的杯子一般的
柑子汁溢出了來

Ⅱ 詩的位置

從詩人蔡淇津離開了學府，投身到社會的大烘爐以後，他便息影詩壇。直到近幾年，才在詩友的慫恿之下，出版了他的第一部集子「秋之歌」。

在「現代詩」與「藍星週刊」爭雄的時期；像羅行（江萍）、白萩等似地，蔡淇津也有兩種傾向的作品出現。並且在「南北笛」發表的作品，則更重視詩的意象，強調立體感的表現，可以說頗近似當時林亨泰、錦連的風格，一個詩人，受時代詩潮的影響是難免的，問題是在於他能否脫穎而出，創造自己獨特的表現方法。

一個詩人的藝術生命，像藍波（Jean-Arthur Rimbaud）的文學生活時代（一八七〇——一八七五），只不過五、六年的時光，便造成了劃時代的使命。當然，那是以法蘭西的文學背景與藝術氣氛醞釀成功的。我們中國當代的青年詩人，要想以如此短暫的光陰創造光輝燦爛的一頁，恐怕還需相當的努力。我們可以料想得到；如果沒有一種適於耕耘的土壤，要想長出奇葩來，恐怕是不容易的。但如果有一塊待開墾的荒地，大家不去除草，施肥與播種，却也不能夢想收穫的喜悅。

Ⅲ 詩的特徵

受時代風尚的影響，是現代人不易避免的一課；除非他像魯賓遜一樣地飄流到荒島上去，遠離着人群。因此，寫詩而受時尚的影響是不能免的，只要他是够清醒與自覺的話，詩人當避免像影迷那樣一窩風的一般見識。

就詩的風格而言，他的詩集「秋之歌」；第一輯「秋之歌」較受覃子豪的「藍星週刊」的影響，抒情成份重些。第二輯「不羈的蒼鷹」，是介於「藍星週刊」與「現代詩」之間。第三輯「新姿」，主知佔了優位，不論是在題材的選擇，或是在語言的過濾，他都有一番的苦心。例如：「二十世紀」的「白色的骷髏浸着光的藥水」；眞是一針見血的諷刺。又如：「夏午」那「熱腫起來的地球……病人一樣的輾轉着」，那該是多麼地痛苦呀！蔡淇津以一種觸覺的透視，解剖着心象的血跡。

但以詩人的氣質而言，蔡淇津尙有一些湖畔詩人的風味，有點憂鬱，有點無可奈何的收歛，他只有山的靜默，缺乏海的狂歌，因此，他的詩，多半是玲瓏晶瑩，缺乏那一份豪情，因爲他就像石子一樣滿足於他的生活。

Ⅵ 結語

的確，語言是銀，沉默是金。有時我們在滔滔不絕的時候，眼看着有人沉默無言，也可以給我們以警惕，以自省。但是，過份的沉默，也會令人不安，適當地表現或發言，仍然是需要的。

像蔡淇津這樣有潛力的詩人，多年的沉默，實令人惋惜。詩壇上，沉默不語的詩人，不乏其人，我們倒很喜歡他們重整旗鼓，說出一些他們該說的話，寫出一些他們該寫的詩，讓我們的創造活動蓬勃起來。

村野四郎詩論

現代詩的精神

詩與實存（下）

桓夫譯

。萩原朔太郎與里爾克

萩原朔太郎亦是曾在這種實存的意味裡嘗試過脫出自我的一位詩人。他不但在作品上，且在早期的理論根據裡已含蘊着這種思考。他的論著「詩的原理」裡即說：

「成爲詩底本質的一切事象，似乎竭盡於（夢）這一語言的意義裡。不過我們的工作是需要考慮這（夢）的意義眞正概念着什麽的問題。」

夢是什麽？「夢就是向（不予現在的事象）的憧憬，不被理智的成果成爲法則的，向自由世界的飛翔」，又說，那是「宇宙一切的存在」。

所謂「不予現在的事象」就是在通常的世界不存在的東西。而「宇宙一切的存在」，依照海德格（Heidegger）式的說法，則等於非隱蔽的存在吧。在此尤其對他說「向自由世界的飛翔」一語，確有仔細研討的必要。

無論如何，他的這種想法，以屬予繼承了普魯東的『idea』的觀念。在他所著的『鄉愁詩人與謝蕪村』裡也說過「詩人蕪村的靈魂所詠嘆和憧憬和永恒思慕着的「idea」之內容（即他底「poesie」的實體）是什麽呢。那就是在時間的遠岸所實在的，面對着他底靈魂之故鄉的（鄉愁）。」他又在另一句金言『在港口』裡說「詩所要表現的抒情是對某種永恒底時間性的鄉愁，或許那是像動物的向火性一樣，人本能上的靈魂向某種實在思慕而振翅的吧。」

「向某種實在振翅」亦即說，是被解放在絕對性的自由裡意向實在的鄉愁。

這實存的幻影，屢次出現在朔太郎的詩裡。詩集「向月吠叫」裡一首「悲哀月後」，就把自己寫成一隻不幸的狗底姿態在吠叫着。

偷賊狗這個傢伙
向腐朽了的碼頭底月吠叫着
靈魂正在靜聽的時候
發出鬱悶的聲音
黃臉的姑娘們合唱着
合唱着
在碼頭陰黑的石垣上
平常
我爲什麼都是這樣子？
狗啊
　蒼白而不幸的狗啊

又在「殘月」一首詩裡也寫着，

　殘月出現在空中
　以那紙罩蠟灯似的微光
畸型的白狗吠叫着
拂曉之前
在寂寞的路旁吠叫的狗啊

聽到蒼白的狗底吠聲，細聽之，仍然就是自己靈魂的聲音，而那是從現世的孤獨與不安裡，被遠隔離着的，向着被遺忘了的祖先性的事象，從「世界夜」裡喊着鄉愁的聲音。

這樣被遠遠隔離了的實存的幻影，到了他的第二詩集「青猫」以及「青猫以後」就更一層地以顯明的 imagistic的型式出現，例如在「佛陀」一詩寫着。

在赭土的丘陵地方
那寂寞的洞窟裡永眠着的人喲
你不是貝殼，也不是骨骸，又不是物象
而在海岸草枯死了的沙地上
也不像是腐蝕生銹着的時鐘
啊啊，你是「眞理」的影子嗎，幽魂嗎。
坐着數年又數年
有如怪異的魚活着的木乃伊喲
在這難耐而寂寞的荒野之涯
海嘩啦嘩啦地向天空鳴着
大海嘯從遙遠衝進來的響聲

你底耳朵聽得到嗎
久遠的人，佛陀啊

依據詩中他底感情，完全從偶像性的image隔絕着的情形，使我們明瞭這裡所謂的佛陀，不是單純的宗教性的，却是一種更捉摸不到而不可言明的意境。

可是這尊佛佗是「坐着數年又數年」，像「木乃伊」那樣現世上的夢已乾涸了的，又像「怪異的魚」永恒濡潤而活着，被他叫做「眞理的影子」的東西。

確實以這種稱呼以外沒有其他更適當的稱呼，且是非常有的存在。

然而被這位詩人思慕爲「久遠的人」，與隱藏在西脇順三郎詩裡的第三者「永劫底旅人」，是多麽相似的幻影啊。這種幻影在里爾克的詩裡也以神或天使的形式出現。朔太郎說「久遠的人」所住的地方爲「難耐而寂寞的荒野之涯」，而里爾克在「給Orpheus 的 Sonnet」裡唱着：

一切被完成的東西
也該還元於太古的狀態

並唱着

然而，在其變遷和推移的較上方
更廣濶，更朗爽地
您那「從前世傳來的歌」尙不斷絕
抱着豎琴的神啊

如此里爾克的神所居住的地方，也是在太古狀態底寂寥的領域裡。

恰好，一如朔太郎向荒野地帶稱呼「久遠的人，佛佗啊」那樣，里爾克也呼喊着「抱着豎琴的神」。那麽，這些稱呼的方式又不是很相似嗎。

這些都是脫我的實存所棲息的領域，是不受某種的庇護或不被支配的絕對自由與孤獨的領域。

從貧乏時代的世界夜裡，引誘「向月吠叫」的狗進入那樣鄉愁，便是這些實存的幻影，亦即是實存的幻影所棲息着的寂寥底人的故鄉。

海德格對里爾克的「給Orpheus 的 Sonnet」所說的話，有些地方也可適用對朔太郎來論。他說：

「達到這首詩的里爾克，所經過的漫長路程，本身就是追求詩情的路程，在這途上里爾克一層明確地經驗過時代的貧乏。而時代之繼續維持貧乏的原因，不外就是神死了，且該死的人們都不知道自己底死的命運，絲毫無法實踐。人都尙未達到其本質的所有。死被歪曲變成是個謎一樣的東西，苦惱的奧義依然被隱蔽着，愛又未被學習，（中略）里爾克的十四行詩便是歌唱着那些。」

「自己底死的命運」就是意味着向被啓開的世界的解脫。

里爾在此詩繼續歌唱着：

諸多苦惱未被察覺
愛未被學習
然而拉開我們向彼方的死
猶未露出脚來
祇是一個浮現在地上的歌
纔神聖而被慶祝

如此歌唱，並在無的深淵看實存的幻影，另一方面顯示着孕育某種強靭而耐性的姿勢。但於朔太郎來說，至少到「青猫」以前的朔太郎是仍未產生這種積極性的精力。在此的里爾克是邊追求着脫我性的姿勢，邊沈湎於鄉愁的情緒，却呈現着好不容易地耐在悲觀主義的傾斜面的情況。這或許是，這時代的朔太郎與晚年的里爾克相違之點吧。

朔太郎從這種悲觀性情緒的美學站起，進一步開始表現脫出悲劇的積極姿勢，是自『鄉土望景詩』以後。因此他的『氷島』可以說是這位實存性的詩人最後達到的世界，亦即是詩人表現了究極的傑作。

有人說這本詩集『氷島』是朔太郎的失敗，指斥他使用異常的修辭。但驅使朔太郎不得不冒險用如此激昂的語言，不外就是他底內部的葛藤——對非隱蔽的鬪爭的險峻強迫他越出了一般修辭的常識。寧可說，那是最始源性的詩人的文法吧。

。新價値的創造

從現世的僞瞞或狂氣逸脫出來的存在的明朗性，便是人底靈魂的故鄉，那些隱微的心象常向詩人的心胸呼喚無止境的鄉愁。梵樂希的宇宙感覺，和在里爾克或波特萊爾裡能看到的，那種蒼白的哀愁或不安的情緒，也都祇是向實存的情念而已。詩人是常嚮往靈魂故鄉的一個黎明的歸省者，亦即是一個永恒的旅人。

「向實存的鄉愁」意味着從世界的夜解脫的憧憬，同時要抵抗妨碍那些憧憬的非合理性的壓迫，喚起能化無的情熱或氣力，孕育在內部。

而終成爲慟哭、憎惡、不安等的各種情緒，塗上彩色的黎明的情緒。這種一見屬于虛無主義的詩的情緒，纔能開始把詩從超時代性的美學世界解放。且連結與歷史性現實造成似乎一刻也不能離開的關係。

虛無主義原來就是否定價値的精神。但尼采（Nietzche）也曾說過；虛無有「對實存論感到疲乏」之後落魄而被動的，和站在否定現世的價値而追求新價値創造的主動性的兩種。所以現代詩人所走的路，似乎會一次墜入這虛無主義的深淵呢。

現代詩人一切的工作應該徹底地察覺這個時代的貧乏與黑暗而開始吧。不過，從這虛無主義的深淵要怎樣才能踏上如何的正道，眞是嚮往「詩」究極的詩人極爲重要的事體。

滿足於絕望底頹廢藝術的詩人，或祇有由于自殺手段的詩之滅亡以外沒有前途吧。從徹底的虛無主義之深淵站起來的一種精力，那是向新的價値創造的意志。而僅有這種積極性，在現代，才是眞能信賴的唯一力量呵。

不僅限于詩人才對無神的理由感到絕望，海德格說，

「詩人之需要關懷的路祇有一條，則對于無神的外觀不必持有害怕的心理，而要耐心地停留在神不在的旁邊，直至被允許接近不在的神之語言能予產生爲止，在向不在的受胎性接觸中，靜候才是上策。」這種等待的始源語言，不就是無可救的世界，被喚起的積極的聲音嗎。

我們可看到詩人里爾克的姿勢，停留在不在的神旁邊，靜候着始源的語言，而在生的這邊耐心着。

通過現代的絕望與不安，仍能使詩人活着，給他們予人的責任與良心具實證的勇氣，就是這種積極的聲音吧。我們也可從朔太郎的『氷島』聽到這個聲音。

如現代，人的本質，被晒在崩壞與埋沒的大危機之時，我們已經不以爲詩的究極僅是知性或情緒的表現，而是經過那些危機於其根源裡做爲人的支撐以外，沒有其他的想法呵。

而且不管這個「現代」如何，因爲那是過去與未來的接續點，尤其是中心的地方，那麼最能活用這個現代的，就等於活用過去與未來。無論現代詩是怎樣的東西，要看我們如何渡過這個現代，才能決定賦其內容的吧。

詩與實存，這個問題好像對于很多詩的實作者都被視爲無甚關係緊要的事體。但事實若有深刻的反省，必能感知詩與實存就是橫臥在嚮往於詩的所有人們的心奧裡，最具根源的主題呢。

盧加（Lukács）他們也許會稱這種想法爲「被宣告死刑的社會所產生的神話」，但是我想「被宣告死刑的現代詩」是會從此站起，從此蘇醒回來的吧。

民謠詩話(一)

吳瀛濤

一

從詩的觀點談談民謠——本文限於談臺灣民謠，這是不失為一個好題目的，因為民謠很多人都很愛好，却對它很少有所介紹，尤其是從詩的觀點，詩的立場來看它，是另有一番意義。於是乎，題為「民謠詩話」，對此鄉土的民間文學略作「詩的考察」，以供共同的欣賞，一面筆者借此機會深望着愛好民謠的詩友同人及各界人士，繼續收集現在尚零散在本省各地方的民謠、民歌、童謠之類，以期保持這種寶貴的民間文學資料。

二

談起本省的民謠，最令人嚮往的，大概是山歌。筆者曾說明山歌，這樣寫過（中華日報，民俗文學專欄）：「臺灣民謠的最原始的形態是山歌。所謂山歌，即係在山村農村裡，樵子、農夫、牧童等鄉下人所唱的歌謠。尤以本省北部茶園衆多，採茶時所唱的採茶歌、相褒歌、或散唱的情歌等，可謂山歌中的最上乘者」。由此可見，民謠(Folk Song)包含了牧歌、工作歌、戀歌等廣泛的範圍，從這一點它也可以歸於田園詩。而在文學發生的初期，詩和歌融然合一，很難分別。山歌的特色也介在這詩歌合一的境界。如果以今日的眼光看它，顯然地它是歌，不能稱為是詩，因為它的歌的分量重，詩的氣質少，所稱山歌、歌謠，其名稱本來也很明瞭的表白着它之為歌的性質。

不過，既然古昔的詩歌並未分離，我們看看山歌的形態，也可以明瞭它是採取詩的方式，而是由詩演變的。「山歌均為七字句，即俗稱「七字仔」，一看好像七言絕句，不過不像詩句那樣地拘泥於平仄及押韻，祇要每句韻脚的韻尾是合韻，唱念起來順口就行了。這種比起詩歌自由得多的山歌，出自鄉下男女的口，正是出口成調，開初唱時雖難免有點羞澀蹩扭，但愈念愈「熱喉」，到後來不但歌調順暢，因慣於歌唱的表達，也就極盡言情之能事」。(同上)

再觀其歌句構成的方式，也有一定的句法，這一點與漢詩的「起承轉合」不無關聯，當可解為從漢詩的句法脫胎而成的一種特殊的句法。為明瞭山歌，也要看看它特殊的句法吧。再引錄筆者曾記述歌謠方式的一段——

「臺灣歌謠，不論其為散唱、情歌、故事歌，首句或第一、二句乃或其中數句所詠的內容，均與下句或其餘歌句，沒有什麼直接的關聯，而不過是配合他句，間接地吟詠各種景物的。考其作用，當為歌者為要表現抒情，藉用景物的比喻予以陪襯，乃有見景生情、詠景奇懷之感，此外，尚有利用起唱的句韻兼作引韻。」(同上)

「山歌慣用的句與句的表達方式及其關聯，則有下例幾種。

一、四句全情：即一聯四句均用表達情感的句子者。

二、一句景、三句情：即第一句言景，第二、三、四句言情，其第一句寓有起興乃至比喻、引韻的作用。

三、二句景、二句情：即前二句言景，後二句言情，而前二句略對後二句寓有寓意，也有全然寓意者。

四、三句景、一句情：通常是第三句言情，其餘三句言景，也是情略寓於景，屬於這方式者，爲數不多。」（同上）

從上述之歌謠所具有的景和情配合好句法，我們不難看出其表現的優異。它引以寓情寄意的景或用直喩或用暗喩，而不論是用直喩或用暗喩，其比喩均極成功，幾乎成爲一種具有典型意義的托景，也是詩所指向的意象、意境之切實的具現。歌謠有如此的詩意象上的成就是很可貴的，由於它是經過長久的歲月，產生於民間，傳誦於民間，自然而然地流傳其精華，無怪乎我們現在尙保存的此類民間歌謠，每一首都是很美、很能引起共感共鳴。

三

談到這裡，我們該再進一步地注意到上面所提擧的歌謠中引用的「景」。概觀本省民間歌謠引用的景，最多的是有關天象、歷史、地名、人名、植物，及其他一般事物之類，而於這些所引用的景物中，也可以說充分反映着詩歌據以產生的民族、社會、歷史、生活、自然等諸多環境，換句話說，它是反映民俗的。

如果可以說民謠是詩的最原始的形態，那麽於民謠中我們常發現而且常引起我們的共感的民謠的因素，民謠的本質，它對詩將會提供了一些寶貴的東西。除了這裡所提出來的全般性的民俗上、風物上、文物上的價值，對詩本身更重要的，也許莫過於民謠中極豐富的抒情性。它以短短每句七個字的四句聯，流露着人類永遠的詩情畫意，況且它是產生自萬人的心靈，因而我讚揚它爲「文學之寶」，這一點也許也就是筆者具有高度的興趣寫本文「民謠詩話」的眞面目哩。

四

所謂民謠的散唱，便是即興的歌唱。民謠引人入勝的奧妙即也在於此，它流露出來的自然感懷天眞無邪，毫無虛飾，其抒情的純粹性是至極優異的，這從情歌最能看出來。情歌纒綿的情緒，配合着歌中引唱的鄉土風物，更令人回味無窮，可以說它是我們「青春的鄉愁」，我們正在這些青春的戀歌一面回到年青的抒情，同時也回到可愛的故鄉的懷念之中。當我們聽着情歌民謠，回味逝去了的青春，回顧思念中的故鄉的一切，我們不禁會開口同聲合唱，哼起故鄉懷念的歌聲。我們是幸福的當我們寂寞的時候，它會來伴我們，是的，我們的身邊常有一群鄉下純眞的小女唱着她們浪曼的戀歌！她們富於抑揚柔軟的歌聲，永遠迴繞於我們的耳邊。

現代是一個多麽齷齪，令人窒悶的時代。虛妄扼殺了眞實，詩失去了天眞的夢境。因爲如此，我更覺得民謠之可貴，尤其愛好故鄉的情歌。它有它的時代感覺，那個時代從現在的目光看它也許是有點封建的，然而人類的眞情實意的普遍性却永遠不會被抹掉，不僅如此，寧可說它是具有古典意義的，於是我也尊重它爲我們臺灣僅有的文學之古典。我們能在這文學古典裡，去檢拾我們在零亂的現代所喪失了的夢的原形而發現我們長久找覓的生命之來源。

夜．玫瑰

李莎

詩人歌著：貓臉般疲倦的夜啊

夜像一朵玫瑰展瓣：啊這沉醉之頃
我驚見你疲倦眼神之茫然
頓覺你非你，你乃是造霧者
就像灰色底綢紗，輕輕罩下
啊你是上帝，你是魔？
縱有千扇門，開啓向夜
而我，竟不能辨識所見靈魂究竟是誰
啊瞬間！即使能剪夢成碎片
零時的虛無依然是海
而此刻，甚至夜亦能像乳紅的玫瑰
展瓣于柔柔之握
觸醒歌的眼，且從黑色底小小圓心
吮吸吮吸吮吸
吮吸出：太陽

近作三題

明臺

霧中行

——白色的世界裡
恒是一片空白

無數地窒息的
白色呼吸的氾濫
以一片壓擠的空白合攏罩來
踏入生命蠕動的迷途
只有張望
白色 構成世界的茫然
白色 架起宇宙的曠廢

渴欲一股衝力
突破不可捉摸的深邃
須要付出莫大的代價
穿入再踏出
踏出再穿入

飄浮的白色空虛中
生命的掙扎只留下一些無重量感的日子

後記：十二月八日中午華岡大霧
漫步霧中有感而作

墻

溫暖和冷酷在墻壁的兩面
被墻隔着的
坦率的眞摯和造作的虛偽
顯現對立與衝突
走入　就有暴虐的風暴也毀不了愛的熱流
走出　孤獨的影子總須勇氣和堅忍
墻　恒高立着
分隔正反兩面的世界
連綿延續的墻
總有不完整的虧空與漏洞被窺見

詩作

靜默地
以站立一世紀的耐心
等待捕獲
等待空白的塡補
時刻是平靜的休止符
休止符猶戰慄
給以快感
給以喜悅
吐盡憂鬱世紀的負荷
等待是一種舒暢
有若一枚無垢的白絹手帕
等待是一種焦灼
煩躁廻轉的輪胎
已是人生必然的命運

注射

鄭烱明

患者乏力地問這是第幾隻了，他說，
他若不來，他會快樂些，他的錯誤便
不會重演。

捲起你的衣袖
莫問爲什麼
第幾隻
多少cc
是皮下抑靜脈
你就將此條條不耐
吸納
化作無數童年
去咀嚼
我已把整個全然的我抽出
經過漂白
長時間的過濾
然後
灌滿那渾圓的長筒
撫觸你
紅腫的所在
那渾圓前端的松芒
必然地
穿過組織
劃破你錯綜知覺的紋理
勿憎恨它
它是無辜的愛之媒介
你的來只是重複表示
你需要正常
你仍是人

一縷涓涓的細流
你的小循環
合着脈搏
在沉默中逐漸形成

某日

金源

1

某日
死去的
聲音叫喊
我。

——於空谷與空谷之間。

2

某日
於鏡前
我窺見
我。鏡中以我
醜陋的
我的臉面
的消瘦。
——於日子與日子的
重疊之面。

3

某日
紙幣與金子同朽
我們酣然。
於——永無覺醒的——
夢境的睡眠裡。……

變調的海

——獻給艾爾西

辛牧

第一首

你勢必被剝爲裸程，且
在黑掌的愛撫下
你勢必成爲轟炸後的那具屍體
在無風之大氣中瀟洒成一把自我風化的灰
突爆成烟花，烟花之寂幻

臨海之濱
諸般虛靜中之呫噪以及咶噪中的淚水
你勢必成爲眺望與等待與拒絕與不知所措之碑石
朗讀祭文之晚風
晚風之咽咽喃喃
在慘然月光下
你勢必成爲那具不懂悲哀之棺槨
棺槨中不安份的屍體
屍體中之棺槨以及棺槨中之
月光饕餮者
且炫耀，美麗的燐質語言

而你勢必瞧見
以君王之態高蹲墳塚的那隻跛足的狗
對着月亮狂吠後之頹唐
最迷人的旋律是食屍鳥之啄唱

喔，至於那海喲

星期日以及星期六

白瑞楚

整日用思維走路，那漢子
把時間踩成
一排排營養不良的街巷
蒼白且缺乏霓虹
腌臢低陋的違章建築
在兩旁，童養媳的
熬候陽光，那拆除大隊長

觸目就目擊，那漢子
只一睜開眼瞼
鴿鴿鴿鴿鴿鴿
從黑魘魘的樹林
七隻烏鴉啼飛過去
再闔上眼，霞光流轉
用哈欠，哈去幾英哩長的午後
那漢子，整日用思維走路

星期六，那漢子，記得
有頓豐盛的晚餐

星期六，在西門町
廣告式的，那漢子
把眼睛掛在
車禍牌下，讓女人的華艷輪姦

然後，當一切刺眼的
光，以及霓虹都失去光澤
寬廣的柏油路
那漢子，只得再用思維走路
孤寂的

孤寂的期待
期待星期日的陽光
帶來翠絨絨的山谷，以及
飄得進雲的
方方或圓圓的小屋
攀結紅玫瑰或白玫瑰

星期日，那漢子
仍用思維走路
仍把時間踩成
一排排營養不良的街
用哈欠，哈去幾英哩長的午後

正午與黃昏

岩上

正午

當太陽墮入井底
賈利古柏正赴暴徒的挑戰
箭針雙指待命的窒息
鐘擺敲響空腹的肚皮

黃昏

水牛在古樹下反芻一天的疲憊
黑猫的瞳孔斜視火鷄的展威
夕陽撲捉半天的七面
撿拾脫落的羽毛憤怒的去了

作品三首

楊添源

盲

一塊大黑布把
太陽遮了起來
電燈也遮了
於是。身體像跌入一個
無底的深淵

黎明

母親披衣起床
在鷄窩裏揀了一個鮮鷄蛋
打破。冲上牛奶
然後公鷄就停止了啼叫

光陰

剃刀在下巴上刮着
那中年的漢子對着鏡子
刮着。鐘擺擺着
鏡里的鐘擺 滴答滴答

奔

戰天儒

十一點那班晚車差五分
我便奔向妳 便不得不
退出一場螢光幕的戰爭奔向妳
我正奔向妳嘍

妳會來 偏偏說妳不來
偏偏在我盔甲般的瘦頰
印上兩瓣該幸福而不幸福的記號
讓街坊遲歸的張大嫂笑好幾個晚上

摸黑 穿過欄杆木 我是猫
摸黑 穿過站長室 我是豹
噯噯 我已奔向妳嘍

淺草的故居

高峠

看你水晶般透明的胴體
看這個春天

林投夜色青青
滑滑如脫軌行星
淺草的微笑久無雨露的沾吻了
這荒漠的足跡
這春天的夢

偶而小小投影
寂靜如水，如水寂靜
縈思一個如黃昏的旖旎造訪
乃有吉卜賽浪人的感傷
這庭院，千紅院落，萬葉如流蘇
一切皆成難言之空

若風偶然的造訪
若雨偶然的降臨
如想重描伊人舊鞋樣
除非在偶然的夢中

淺草的漾渦如春天風鈴
偶然的談笑會那麼迷人

落葉曲

謝秀宗

蕭瑟而岑寂的林園
落葉如許
憔悴、枯黃之後
一片一片不停地墜落

曾幾何時，它也開滿紅花，結滿碩果
如今元素消失、三要素也竭
從此便向世界永別
默默地走向黃土歸處
消失於烏有

我也不知道
你是在流淚，或在呼喚
或許是在嘆息

歲末的蒼白
凋零的哀怨
聽那林間溪流淙淙的流聲
靜靜地冲走片片底落葉
告訴我有一天
有一天我也將漂流到遠方

嘉　義

急馳而過的一道淚痕
在芭蕉園昏黑的同情中
有人低訴，脚底逃竄的天空
若揮不盡長川的衣袖
我們將釀造用不完的深秋
與下半身枯萎的橄欖枝並排
且生生澀澀的給出聲音
在平原上牢牢擊住渴待
——那些已然埋藏的雲端
是否冬至我們始得叩響玄關

幕垂之時

施伊士

提昇頸肌
以二足尖底輕盈
三月的建築
仰望
而意象擾擾
植於彩帶與原音之間
　閣樓與閣樓之間
乃有一系列底靜止
於驚恐底兎脚
躍然

施善繼

游離一些色光
　一些原始
　一些存在
瞳中的神們
遂逐一溺斃於足下
　溺斃於塔頂
而鼓聲咚咚
驟然一幕垂

影　子

黃昏一葉一葉的落著
且提著瘦瘦的影子落著
存在

王行恭

乃是細著的柴枝
乃是一朶睡蓮
乃是很古很古的而又遙遙遠遠的
空白。
那本原吆
總是不長青松
恰像后邊的那一塊天色
那口鬼才馬丟一着急也不管他媽的黃昏正蕭
蕭不黃昏擠了滿手油彩直往青空貼。嗨嗨。
這下子可黏住了。山山之外糾纏着
的懷念就那麽小的更蓋不住樹后的那一顆
星子。
把滿嘴邪門的恐懼
噴往我眼神里的
秋月
瞅了瞅林這邊
看了看岸那邊　又
喚了喚自己。
呵我硬是這麽絕
而且硬是跟定了你。

散章四則

帆影

1

我絕不企圖自來福槍口下脫逃。但我必須眞正考驗一次自己，是否有堅持到最後一顆彈頭的耐力，因爲祖先一直在培植我的忍耐力與奴性。

2

沒有人眞正懂得一個男人在刺刀尖上較量角力的歡樂，正如沒有人眞正理解少婦倚門時的惘然。

3

設想從戰爭的殘垣中拾取完整頭顱，是荒誕的。在這裡，連一隻螞蟻都無法去認識骨灰的價值。

4

落地的頭顱，大都不爲了生命的意義，而是他急於要認知一大地的價值。泥土終歸是故鄉的親切。任誰都必須回歸到泥土裡。

作品欣賞 大家評

羅明河 楓堤 詹冰 白萩 寒渝

評選雜感

羅明河

「喔」那是什麼？

「至於那海喲」那海又怎麼樣呢？

那是個什麼樣子的海，**辛牧**是深又沉地告訴我們。

我給予大家推薦，不是辛牧早與我相識，而是這首彌漫灰色，憂鬱，悲觀，不失去辛牧他所追求最終的目的，他寫出詩人自己所感受以及所體驗的。

這就是他從「昔日」和「變形花」，更穩重健鍊的。他應用疊句的音響，再複用他偏愛的顏色語句思想，奏出他變調海的心聲。

也許我們不愛用這樣很鬱悒的句子，從「剝爲裸程」、「黑掌」、「屍體」，而在第一段後兩句却道出瀟洒的「自我風化的灰」，直至「烟花的寂們」，是不光只求字面的美，又能揮然帽典麗意象的畫面。

在「虛靜，呫噪中的淚水」和「眺望、等待、拒絕，不知所措的碑石」，「棺槨，饕餮者，燐質語言」都是極富悲痛的色彩，而那後句「最迷人的旋律是食屍鳥之啄唱」却是他的心語，從晚風，月光，墳塚上狂吠的狗，也充滿像海似洶湧氣勢的樂章。因此我給予大家推薦。

雖然那海是變調的，却一次敲打在我們的心靈。

帆影的「散章四則」似乎太有說理的味道，那會失去原來寫詩的本質。但是他的四則使我感慨萬千。

李篤恭的「清晨」用這樣回複來回複去的句子，好像不見得高明吧！

我不喜歡**沙白**的秋暇，因爲太像古詩哦！即使這是用另外一種新的嚐試。

施善繼的嘉義，字句上不新，而也有着不大連貫的思想。

明台的三首，都有他獨特的風格，也許不大成熟，相信再洗鍊，會成功的。

高峠的晚霞，有點繪畫的意象，所以我給予一分。

岩上的「正午」我好喜歡他用短短的四句，把一切都表現得活生生似的。

隨筆

楓堤

1. 詩人的時代意識

常常思慮到詩人對時代的責任。我頗以近幾年來詩人對時代、對社會的缺少關切而感到不安。

詩人之欲擺脫俗衆的界域，是在於試圖把「人」的位置提升，以解救「人」位置提升，以解救「人」的存在問題，而並不是令詩人自造藩籬，與俗衆隔絕。我們毋寧說，詩人的脈搏，更應與時代，與社會同一頻率而跳動。

然而詩人之反映時代，暴露社會現實，並不僅止於描述，因此對那些只勾出了頹廢、虛無、蒼白的面容，是難以令讀者滿足的。詩人應審判時代，批評社會，以敏銳的觸角，探測路向，引導俗衆。

所以，當我讀到**明台**的『**牆**』時，是又感動又興奮的。分隔了東、西柏林及圍牆，界限了自由與奴役兩個世界的圍牆，是以最可恥的手段壓制人性的一道牆，是最蔑視人的存在的一道牆，那簡直是人類的夢魘。

詩人不應該以自身在自由國度而漠視它，詩人的心是和陷在奴役區裡的人們，同其悲痛的。

或者說，牆在柏林，離我們太遠，減弱我們對它的意識吧。然則，請看！圍住我們錦繡河山的大陸鐵幕不也是一道無形的牆嗎？難道我們也無動於衷嗎？而王朝天義士不正是從「牆」的「漏洞」奔向自由的嗎？

『牆』不喊出火辣辣的類似口號，也不出弱的悲鳴。年輕的明台，寫出『牆』這樣的作品，使我感動極了。

2. 詩人的悲痛

失去親情，是最令「英雄氣短」的悲痛。熟習**白萩**一向剛健的詩風的讀者，讀到『**路有千條樹有千根**』這首詩時，必更能瞭解詩人情感之深厚。然而這是「大悲痛」，而不是「感傷」。

末段，單獨的「一個」二字，讓我們看到了一幅孤另另的形象，或聽出了一聲凄絕的哽咽。

3. 詩人的超越

詩人的成熟或老朽，要看他能否超越自己，時時以「過去」的根基，孕育「未來」的新生命。從『**一九六六年末章**』到『**一九六七年初章**』很欣喜地看到「已用了很久」的**瀟灑**先生的「筆」，有了很大的轉機，也不禁爲爲五十二歲的詩人之面臨「又一個黃金時代」而鼓舞。

4. 我的自剖

在『**影子與住宅**』中，我企圖表

現的是，一成熟的心靈之受到兩股殊異的生活的繩索所絞緊。一方面被俗世的現實的生活所糾纏，另方面，在他的精神上則嚮往於一更高層次的自由翺翔的空間。

在『**秋**』中，我雖然亦竭力描寫蕭條的世界——生銹的風信鷄（衰頹的生命），於雨中（愁悶的氣氛），立在屋脊上（四週的空茫），然我是不滿足的，因此，在末段，我給離棄的生命——落葉，注入了生機，化做初生的畫眉，「逐風而去」。

欣賞•感想

詹　冰

前言：誰都知道，詩的評選是沒有一定的標準，那是完全依靠選者的主觀。當然我選出的作品，只是我所了解的，愛好的作品。所以沒有選出的作品中，當然也有好的。我希望各詩友堅持自己信心而開拓自己的詩世界吧！

二分：「夜•玫瑰」
一分：「霧中行」「正午與黃昏」「奔」「注射」

「**夜•玫瑰**」：李莎的世界是以李爾克般過度纖細的神經編織出來的編織出來的意象相當優美而醉人。「霧」「魔」「靈魂」「夢」「海」「眼」「圓心」「太陽」等詞好像一朵一朵的玫瑰花，鮮明地「展瓣」在詩篇中。前面的引言，我想是多餘的。不但多餘的，反而帶有負的作用。不知作者以爲然否？

「**霧中行**」：明台的三篇作品中，我選出這一篇。這篇的內容及秩序比較有統一。如果詩中對霧有深一層的觀察及描寫，那麼這篇詩更可感動人的。請再欣賞你爸爸（桓夫）的傑作「雨中行」吧。

「**正午與黃昏**」：我喜歡「正午」。只用四行的詩句，表現「正午」無餘。我想不必「與黃昏」構成一詩篇。

「**奔**」：原始的熱情，溢滿在全篇。粗線條的描寫，變成了可喜的魅力。希再加點男性的魅力吧。

「**注射**」：作者一聯的「醫院的詩」與吳建堂氏的「醫生的詩」成了恰好的一對。題材特異，可惜技巧平凡，而且說明太多。

楓堤的「**相對論（續）**」：愛因斯坦說：「楓堤的「相對論」比我的蠻有意思呀。後生可畏！」

吳建堂的「**聽診器**」：福音——用詩醫人的日子快到了。吳大夫加油！

吳瀛濤的「**六六、六七兩章**」：老吳，請忘記「年歲」吧。請忘記「年末」「年初」吧。「黃金時代」是不來這一套的。

白萩的「**路有千條樹有千根**」：一個變成兩個。兩個再變成百個、千個（百子千孫）。白萩啊，別再「白愁」吧！

杜國清的「**旗的傳奇**」：爲「悲壯」的「旗」默禱一分鐘。

林煥彰的「**星期五**」：一詩人的女性觀？

徐和隣「**初老與斷崖**」：魔鬼曰：「心裡的斷崖也很可愛吧！」

林錫嘉的「**粧台**」：借用錦連的公式：「新鮮Image＋Sex」

林宗源的「**以風以及玩水的把戲**」：「力」「建築」是他的專利商標。所以他是很賣力的詩壇工程師。

作品欣賞

白萩

影子與住宅・楓堤作

對於最近轉入「意象」傾尙的楓堤，「影子與住宅」，恐怕是一種偶然接觸到的一種意外的東西，我特注意離去的鳥的影子，與在背後跟隨糾纏的住宅之間的這一段空白的意味，如果第一段把「人」的地位融入鳥裡邊，不要站在旁邊看，這樣和第二段統一起來的詩，該是多麽好，多麽有意味，或則乾脆將「人」的地位，顯露在鳥的影子與住宅之間，那麽「以一聲悠揚的呼喊」，「以一聲銳厲的呼喊」，將因「人」的連接，而擴展了它的意義。這首詩所透露出來的幽玄神秘，無疑的是比「羅曼斯」、「升降梯」，更令我喜愛，我希望楓堤在接觸德詩的時候，特別注意到這一點，我相信我期待它更進一步的發展。

變調的海・辛牧作

技法是商禽「逢單日的夜歌」的翻版。詩人之成為此詩的意念，還沒到瓜熟落蒂的階段。

夜・玫瑰・李莎作

有水準以上的技巧，却沒有令我感動的詩。

牆・明台

能夠把牆處理成為象徵的階段，總算踏入詩之門了，我們期待時間來促使他成熟。

上期作品欣賞

寒渝

△患者——鄭烱明作

使人感到生存在機械文明的壓力。作者自生活中得到體驗和感覺是眞實的。「無可奈何」的悲哀描寫得很成功，如「無言可語，他是屬於靜物的一類」這種句子表現恰當。全詩看來是說明性的，第五節的說明破壞了想像的趣味似可略去。

△放學後——岩上作

表現一種對生活的熱忱和環境的喜愛很自然。全首詩中的用句雖然很平淡易讀却給人踏實穩重的感覺，讀完之後令人感到空虛。

△細碎的禱語——碧樺作

確是一篇「細碎」的禱語。筆觸輕巧而柔和。發舒無可奈何的哀傷，是一種訴苦的告白，但，未能給人強烈的感覺，只是一種微弱的呼喊，畢竟弱者只能求助於神。

△復活——曾貴海作

給人一種銀幕上膠卷連續跳動的感覺，從開始到結束深沉得令人窒息。第一段是現代的夢囈吧！「一陣猝然的轟擊……火的消息凋落幻滅的巨影」意象的雕刻很突出。第二段是無奈何的訴苦，意象亦缺乏。第三段由生到死，由死到生描寫很沉痛。復活可欣慰但也痛苦吧！

△暮——李弦作

全篇看來只是文字和形式的羅列，作者只表現了白晝到黃昏的過程，沒有特殊的感受，不易令人感動。而文字的運用也令人感到空洞和混亂。

△姿態——靈玲作

這是一種弱者迷失的痛苦姿態吧！但是全詩並未雕出此種姿態，似只是平淡的內心創傷的告白，和「細碎的禱語」是一類型的，但給人較痛苦的感覺。最後三段的訴苦引人同情。

△沒有門牌的——戰天儒作

這是一首容易引人共感的諷刺詩，剖露現代社會病態的一面，表現反抗很成功。但缺乏深入批判的態度，令人感到不過癮。

■本刊力行嚴肅、公正、深刻之批判精神，園地絕對公開，歡迎投稿。

■請嚴守截稿日期：詩創作於出版前月五日，其他稿件二十日。

■每逢二、四、六、八、十、十二月十五日出版。

■編輯部：

創作稿寄：南港鎮南港路一段三〇巷二六號

理論及其他寄：臺中縣豐原鎮忠孝街豐圳巷一四號

本社經理部啓事

「笠」爲純詩刊，與一般商業雜誌不同，難能在利益爲主的商業書店零售。僅依賴直接訂戶的增加存續發展。

敬希愛護本誌的作讀者予以協力贊助，參加長期訂戶，可減輕全年書費及函購叢書得享受八折優待，並將邀請參加本社舉辦之各項詩的活動。

全年份六期，僅收訂閱費新臺幣三十元，請利用郵政劃撥中字第二一九七六號陳武雄帳戶，免付郵資，各地郵局均可辦理。

凡介紹訂戶每滿三戶，贈送「笠」叢書一冊。

又志願參加本社同仁者，請來函接洽。

■座談會■ 日期：五十五年一月十五日

「鄭烱明」作品研究

出席：桓夫　林亨泰　錦連
喬林　鄭烱明　潘秀明
張彥勳（紀錄）

錦　連：上次桓夫說過：「笠」創刊的目的在於培養年輕詩人。因爲年老一代的人，詩思已枯竭，勉強寫出來也是無聊；故此我們計劃今後只要有年輕人的好作品，盡量加以成輯，作爲研究資料。

林亨泰：我非常同意這個意見。我想，詩是年輕人的，因爲他們有活力，富於幻想，寫出來的東西較能動人心弦；所以我們盡量的培養新人，使其有所成就。由這個觀點來看，此次輯成「鄭烱明作品集」非常有意義。

桓　夫：從前在彥勳的家，我們曾決議把「笠」一年來的作品加以整理選出代表作，惟限於時間沒有兌現，非常抱歉。鄭君年紀雖輕，於五十五年內，在「笠」發表作品較多，成績甚佳，今提出他的作品做一番深究工作，算是交差了這個決議。

錦　連：是否需要將以前登出的「合評」，再做一次研討？

鄭烱明作品請參閱

「窗之夜」……「笠」13期
「彌月哀」……「笠」14期
「醫　院」……「笠」15期
「患　者」……「笠」16期
「注　射」……「笠」17期

林亨泰：有必要，但評出來的未必是同樣。請問這種作品研究的對象是否包括同人？

桓　夫：沒有硬性的劃分。

林亨泰：那麼不論是同人與否都可以提出來研究了。鄭君的作品過去在「笠」作品中，占有何等地位？

桓　夫：笠於五十五年度自十一期到十六期計發行六期之中，所被選出來發表的創作，鄭烱明的作品繼續有四期都獲得較高的分數，實値得讚許。都是占在第一乃至第二。

林亨泰：那麼這算是去年一年當中，在「笠」誌上最活動的優秀作者囉？

桓　夫：可以這麼說。

林亨泰：這個工作，我認爲應該好好計劃擬具一種有系統的辦法，使其成爲制度化。未知過去每期評選的結果資料有否存留下來？

桓　夫：最近幾期的都齊全。

林亨泰：那麽可以分年度評選了。六期份（一年）統計一次，並以該年度「笠」發表的作品中，最活動最有成就而得到最高分數的作者爲對象，集其作品來作專人作品研究。（大家贊成）。

桓　夫：以這種方法再加充實，可設立「笠詩獎」了。這一次我們祇是試辦，拿鄭君的作品來研究，鄭君在高雄是較沒有受朱沉冬影響的年輕人之一。

喬　林：我曾提醒過大家有關此事，受影響往往會斷送前途；因爲我們必需尊重自己的風格。

林亨泰：我認爲「笠」如此一期期的發刊下去無多大意義，應該有個重點。我們很期待一些年輕人對於詩的新意見和新看法。詩人應該是一面創作一面自我檢討，作爲有效的跳躍；否則便是停頓。

錦　連：總之：自己應該明白自己究竟在寫什麽。

桓　夫：這一點鄭烱明的作品是有其內容的。

鄭烱明：有人主張「創作」與「理論」是兩回事，如何解釋？

錦　連：我認爲：對自己的詩有種明徹的看法就是理論。正如「僮乩」在跳僮的時候他承受神旨，靈感源源而來，一旦不跳便失去靈效，是同樣道理。（大家笑）

鄭烱明：只靠靈感便能成詩嗎？

錦　連：如何使思想與外象能組織拼合，而使人一看即懂才是好的。

林亨泰：這是近代社會各方面的進步所致的，詩也跟着時代而進步，古代抒情與現代抒情之間，已有迴然不同之處。或許有人以古代的抒情唱出來，却能合乎現代的口味，這倒會令人感佩得五體投地了；不過大體上說，詩是從痛苦中創作出來才是眞正的東西，脫離現代環境要獨善其身，簡直是沒有辦法。

錦　連：這就是所謂「主知」的傾向吧。

林亨泰：主知是優位的，抒情在於其次。古詩或許有它的好處，奈已逐漸被現代人所遺忘。

桓　夫：那麽我們就以詩的題材討論鄭君的作品吧。

林亨泰：他這一連串的有關醫院的題材，就題材的選擇上而言是正確的，至少已做到了就近取材的楷模；但在心象方面而言，我則認爲不太明顯。太拘泥於標題上的範圍，若果能够再有較大的想像力更好。最近有些作品乍看一下，不知在寫什麽，但在整首詩篇中却似乎有什麽存在着，我想這也是好的詩。

桓　夫：也許他太年輕，經驗少，只顧到題目上的範圍；如果再經過一段寫作經驗之後，可能有更大的想像力。

林亨泰：我想，未必有寫作基礎才會產生想像力，古今中外，偉大的作品均係年輕一代之作。

錦　連：或許我的中文差些，讀了鄭君的作品所感受的印象糢糊，其中亦有過份的形容詞和較通俗的用語。詩人的用語該是精煉的。

林亨泰：我相信每首詩都有經過一番言詞的提煉；但要如何去提煉它則是根本上的問題。文字的習慣上用法應盡量避之。那麽，什麽叫做非習慣上的用法？我想不是「文學修養上的文字使用法」吧，而應該是「想像上的使用法」。

錦　連：對啦，它是有助於「心象」的造成的。

林亨泰：但這跟幻想力又不同，當然利用幻想亦可寫出東西；不過，想像力較能打動人心就是。

錦　連：記得以前在「南北笛」誌上，林亨泰兄曾有過討論楊喚的詩，是吧？

林亨泰：以「書名」「電影名」等連貫起來造成一首詩，並無不可，但這係屬遊戲化的一種，不宜提倡。

錦　連：上期的「笠」作品中，也有人在詩裡羅列「沙特」等名字，又如此期鄭君的作品有「海明威……」等詞句，我認爲太脫離我們的生活環境。

林亨泰：如果把典故用得恰到好處，未必不可；只要如何使其更能接近我們的生活環境。

桓　夫：那麽，大家以爲「笠」中所刊以多數人評選出來的作品，是否適當？

林亨泰：這値得檢討。合乎大多數人口味的作品未必都是好的，也有例外。因爲評選人，評出來的東西不一定都是合情合理；而且其中也有好的詩只合乎某一個人的喜愛。

桓　夫：這倒沒甚麽不妥當，像某些選者每期只圈選一個人，但他的看法跟大家評出來的，幾乎是不謀而同。

林亨泰：除「合評」外，需要有「個人評」配合，這樣評出來的東西才能更接近準確。

桓　夫：因此，我希望大家不必太拘泥於「合評」，不一定每個人都應該寫合乎於大家胃口的作品。

林亨泰：是的，詩應該是發自於他本身個人的心象。

桓　夫：喬林，你對鄭烱明的作品有何感想？

喬　林：我也覺得他的想像力不够。

桓　夫：剛才林亨泰兄說：詩是年輕人的。但年輕人往往未具有豐富的體驗，而具有豐富的體驗不是更能使作品充實嗎？對這一點的意見如何？

林亨泰：這是指年老而沒有失去年輕活力的人而言。某些人雖有豐富的體驗，却已缺乏年輕活力，作品在無形中便失去了活力。我們要儘快地彌補這項缺憾。

喬　林：年老一代的人，需要有穩固的步伐。

林亨泰：所謂體驗應包括多讀書，多思索等，因爲從讀書中可以獲得許多寶貴體驗；並且也要能够清楚的從書中取出所需要的。塞尚有句話：「凡是不必要的都是有害」，意思是說：不必要的太多就是失敗。我們在創作的過程中，應該盡量拋去多餘的東西，使之成為一篇傑作。

錦　連：日本一個小說家說句話，大意則：所謂好作品乃是經過批評的雕刻，最後剩下來的部分。

林亨泰：對啦，有人主張不需要批評，我想大概就是怕作品過於雕刻，以至變成無的緣故吧。批評是作為精神上的滋養。

桓　夫：關于讀書的體驗必需經過消化之後才能眞正屬於作者本身的。因為消化後的作品已經跟原狀不同了。沒有經過消化，容易被人看成模仿。

鄭烱明：體驗是內在的，如坐禪。

桓　夫：那麽，現在該對鄭烱明的作品作個結論吧。

錦　連：就今天研討的結果，總括起來，除了好的地方不必說，我們可指摘下列幾點，做為鄭君今後寫作的參考吧。

1. 多發揮詩的想像力，注意寫出顯明的心象。
2. 必須寫出脫離習作階段的作品。
3. 一方面以年輕的衝力寫作，一方面應該建設理論做為支柱。
4. 增加生活體驗。

不過，我們看過鄭君過去一年中最佳的努力與其成績，已有良好的表現，人又謙虛，亦很有潛在力，我們可以期待他將來的發展。

桓　夫：謝謝大家！

詩壇散步

柳文哲

播種

羅家倫等六十一名
國父百年誕辰紀念
文藝創作集編委會
55年5年4日出版

由羅家倫先生等六十一位詩人執筆，陳紀瀅先生爲總編輯；「播種」便是紀念國父孫中山先生百年誕辰的詩歌創作集。我個人較欣賞鄭愁予的「革命的衣鉢」，瘂弦的「金門之歌」，羅門的「山中山」，林郊的「啓明星，仍然光耀我們的前路」，朵思的「號角響着」以及「海啊」等六首作品。整套創作集的設計與編排均屬上乘。

哀歌二三

方旗著
55年出版

對筆者而言，作者也是一位相當陌生的詩人，他那一股新鮮而異味的感受，彷彿是新血輪的象徵，詩壇該多一點朝氣，才有希望。

以詩的排列方式來說，作者的寫法並非是頭一個，但他那種構成心象的表現手法，却隱藏着一種詩的思考活動；即不是羅曼的告白，也不是現代的囈語，而是一種頗有洞見的表現，有些自嘲，有些醒悟，以及他所持有的風格與語言的純樸，更顯現了他的潛在力。

「一滴淚由虛無落向無窮遠
　倘落被你不再需要，你將如何
　倘落你的負荷純屬多此一舉，你將如何
倘落你畢生的事業只是個愚行，你將如何
　一滴淚由虛無落向無窮遠」（阿特拉斯）

這種無可奈何，然而却是相當敏銳的醒悟；正是所謂大智若愚，此乃是智者知其愚，愚者不知其愚耳！

這部集子，分四輯；第一輯是「有無」，第二輯是「江南河」，第三輯是「趕集」，第四輯是「哀歌」，共收錄詩六十首。我個人較欣賞的，是「傘下」的那種幽美的立體感，「黃昏雨」的那種水彩般的素描，「我們」的幽默，「初夜」的靈肉交感，「多防」的透明，「哀歌二三」的成長，「阿特拉斯」的哲理，「浣溪紗」的古典趣味，「後台」的問答，以及「假面舞會」與「在梅列非斯登台以前」的戲劇感。

他最顯著的表現，便是一種意象的透明，新鮮而靈活，例如：

「水之諸貌中最美的，雨下著
提高了立體感，記取遙遠的鄰居在天上
擎着花傘似燈籠，雨星火花」（傘下）
天不曾青海何嘗綠」（後台）

「噢，黑暗，從此你是我的光明
我把微笑還給人偶眼淚還給珍珠白晝還給太陽
而夜還給地穴」（奧廸伯斯）

「沒有朔風的造訪便是溫暖
沒有食屍鳥的窺覗便是安全」（假面舞會）

以上，隨手列擧，只是說作者頗具功力的地方。他的詩，不是淺嚐就可聞其香味的，而是要細細地咀嚼。記得我購買此詩集時，書店老板告訴我說：「據說這是一位攻讀物理科學方面的人寫的」。我尙未印證此說的眞假，但從這一部集子中，我們將發現他那冷靜的觀察，透過了詩的思考活動，使我們隱隱地感受了他那孤獨的聲音，在人生舞台的邊緣，深沉地放着他的哀歌。

靜　雲　著
笠　叢　書
56年1月出版

生命的註脚

當筆者拜讀了這本小小的集子時，曾經寫信給作者，我好像是這樣地說着：「你的詩，只有詩情的流露，而缺乏詩意的構成」。他不但承認了這一點，而且還告訴筆者說：他學習寫詩，已頗有一段時光，但一直沒人點破云云。此點，筆者不敢居功。但我常這麽想：爲學而無友，的確，容易變成孤陋寡聞，諍友的可貴，便是在能不因私誼，而敢面對着問題與事實來講眞話，以達到互相切磋砥礪的目的。

吳瀛濤先生在「序」文中說：「他的詩，平易近人，沒有現代詩晦澀的病弊；不過，形式有一點散文化，內容略嫌單調而感傷。……」誠然，筆者亦有同感。他一面有着感情的率眞，可惜缺乏含蓄；另一方面亦有着理智的嚮往，可惜也缺乏過濾；因此，使他的詩，在表現的純粹性上，缺乏透明的意象與成熟的意念來完成詩的組織的精密與細緻。

有些頗有哲理的企求的作品，便因他的技巧不够，而無法表現更濃烈的詩味。例如：「沉默之聲」便流於直接的說明，而缺乏沉默本身應有的收斂與沉着，這簡直是一種詭論（Paradox）哩！

集中較令人欣賞的；有「寶石」的警惕，「生命的註脚」底意念，以及「詩論」中的批判。在「墓誌」中，他說：

「因爲我最清楚：
我不是詩人」

善哉斯言！這是作者突破自瞞的藩籬，誠實而又可愛的自白，該是一種醒悟的轉捩點。但是這不意味着他可能成爲詩人，這還要看他的努力底方向是否正確？是否堅持到底？人各有其志，詩人的桂冠也是不能勉強企求，他說今後頗想轉向兒童文學的研究，我們希望，他能以一顆純潔的詩心，去給兒童們帶來豐饒的禮物。

八月的火燄眼

洪流文著
星座詩叢
55年六月出版

藝術作品在價值上是不能互相比較的；例如意大利的美學家克羅齊（Benedetto Croce）與布洛（Edward Bullough）便都抱着這種觀點。所謂以中國的舊詩與新詩來作價值的比較；一則容易陷於武斷的偏頗，二則也容易忽略了彼此時代背景的不同。

在濃烈的火紅中，印着紅裡帶黑，紅裡透白的封面，我們略可窺出他的情熱濃郁。是的，他的感情相當地奔放，可惜不够凝鍊；他的詩思也相當地活躍，可惜亦不够透明，不過，他也頗想現代化的。例如下例的句子：

「像午寐的教堂
連猫的跫音都是音樂的拍子」（死巷）

是相當迷惑人的，可惜這種意象化的詩句不多，而說明性的直陳略嫌過多。例如：

「神秘很海倫」（轉變）
「很海倫的夜」（崖上）

這種句子讀多了會膩死人的。我們都知道，來自海外歸國求學的青年詩人，愈來愈多，這也是一件可喜的現象。在星座陣容中，作者該也是不甘示弱的一個罷。

這本集子中，第一輯「長短調」，第二輯「生命歌」以及第三輯「謬思曲」，屬於創作的部份。而第四輯「英譯詩三首」，屬於翻譯爲英語的部份。這種分輯的方式，該是星座詩叢的獨特風格了。集中，以「八月的火燄眼」底奔放，「死巷」的幽深，「把靈魂閃亮在海島的日子」底戰爭，以及「花傘下」的立體性的節奏，較耐人尋味。「花傘下」一詩，頗有白萩底圖象詩的風味。

作者在「序」中說：『……當對自已所要批評的對象還沒有看到最眞實的一面時就亂下評語，這樣，所暴露的不是被批評的對象的弱點，而是「批評家」自已的弱點。』信然，這句話對於無知而自以爲是的批評家，眞是一針見血。

我常這麽想，詩壇好比一條每日有過客的道路，當詩人們就像過客一樣，在路上爲詩而爭論爲詩而義不容辭地寫作着，當夜闌人靜的時候，滿路的狼藉，也許是一個短短的詩句的碎片，也許是一件未完成的稿子，那時候，還雜着紙屑以及其他，如果有所謂批評家的話，他該像一個有眼光的清道夫，一面掃淸昨日的雜蕪，一面迎接明日的曙光哩！

孤獨與刺激

鄭炯明

I

孤獨本身具有兩種意義：一爲純粹的行動上之孤獨，一爲理性的思想上之孤獨。詩人所具備的當係後者。

一個人的畏懼身立廣大的群衆前，喜以主知衡量一切，我們可以說這種孤獨是行動的。當他處於一種完全安靜的狀態，顯然，或多或少他會對某樣事件發生懷疑與尋求問題的解答，而開始思考。如此，他便由行動躍入思想的範疇，因爲只有行動上的孤獨才會引起他的思考，故說此種活動過程，行動乃思想之必要條件。

詩人的孤獨與上述頗有差異。首先，我們應該知道，詩人本質中潛伏有無數特殊因子，這些因子的性質隨詩人所接觸的環境，年代而不同，它能微妙強烈反應事物給人類的原始感受，展示批判，修正狀況，引導邁向最高貴的精神境界。所以，詩人本體一受到此種因子內在律動的影響，則於不能控制下，以異於普通的思想給予凝結，重新組合爲有生命的晶體——詩。生活在現代文明裏，也許不容我們再行農業社會的不負責的「個人主義」，但仍可有思想上的孤獨。在極度複雜次序中，分析它們的因果關係，這份工作是神聖而智慧的。

詩人的孤獨是思想先於行動，若其感覺需要行動上的孤獨，那也是先從詩人內裏的孤獨放射出來的。儘管現代詩派林立，而詩之建設來自孤獨應無不同。詩人將自己困鎖在無形的另一世界積極創造，雖然不像古典主義藝術家那樣能自傳統獲得經驗與方向，但就實質言，及遠較用其他方法富永久性與思想性。

II

中國古代對詩下的定義，似含有「詩即刺激」的成分在內。是的，目前仍是，但單就「刺激」兩字剖折，由於時代的變遷，意已相違。

刺激可分爲感官的、肉體的、精神的。肉體包括感官，精神深於肉體。感官與肉體的刺激容易滿足，故所有動物的交配至多止於肉體的愉快，甚少破入精神界線，且每每受到精神的支配。二次大戰後，有關藝術蛻變速度驚人，無論文學、音樂、繪畫等，它們大都圍繞着一個核心——死亡，或對傳統的反叛、生存意念的破碎。我們要深懼戒心它在肉體、感官上的泛濫，譬如那瘋狂的「肉體之顫動」舞蹈，在在顯示虛無與崩潰。藝術雖然可用感官、肉體作爲傳遞的工具，以達到精神的和諧，但要注意的是手段非目的。

現代詩爲什麼較傳統可貴，除其他表現方式等外，主要在於它刺激弧度的超越，一掃傳統詩的悅耳性、華麗性，它給人類的感動，它的刺激全然直接進入精神世界，難怪部份想從現代詩尋找肉體與感官快感的讀者失望。

刺激的追求、展露，已成爲二十世紀的特徵。短短的數十年中，居然有不少人爲此喪失理智，生活在渾沌裏，動不動便無端地發出一兩聲吶喊，我們實在很感到憂傷。

有人強調寫詩是痛苦的，也有人強調寫詩是快樂的，其實痛苦與快樂俱爲刺激之一。刺激非不可追尋，只是勿太針對感官、肉體，用精神直接思考尚且有錯，況外在事物幾番波折再感動器官？刺激要能超越物質進入精神世界，方免於中毒的危險。

從日譯里爾克詩談起

吳瀛濤

最近翻讀日譯的里爾克詩集，想起了這幾期笠詩刊上發表的李魁賢的里爾克詩的中譯，因而把中譯和日譯對照，乃覺無限的興趣。

李魁賢對於同一首原詩由於不同人的不同翻譯（中譯），也曾寫了幾篇譯詩的比較研究（見笠詩刊五至十期），都是很有意義的工作，同時也可以知道他對譯詩的濃厚興趣以及其對譯詩的愼重費心。

對於里爾克詩，我非常愛好，可惜不能讀原詩，都是通過譯詩進入這位詩人的世界，但惟其如此，更覺譯詩對讀書者的重要。當然翻譯的好壞，對原作，原作者的影響也是非常大。這兩面的關聯性，除非是精微地予以品賞，是無法領略其奧妙。雖然，中譯和日譯，因譯用的語言不同，自有一番語言上不同的氣氛（Nuance），而且譯作本來也有直譯和意譯的兩種方式，不過不論用某種語言，某種方式翻譯，作者在作品所表現、所意圖的原來的「作品」本身。「詩」本身，也即其本質，無論如何應要正確地傳達（轉達）。然而往往於不同的譯詩上，却會遭遇到這種「作品」本身，「詩」本身因翻譯的不妥，不備而變質而致使有了些不同的意義、不同的意象、情緒……。類此，作品本質的變異，詩質的改觀，直接間接地會困擾讀者不少，這是不應該有的。今從不同的角度，即擧下面兩首詩的譯詩爲例，把中譯和日譯作一比較，意在供作譯詩研究的參考。

註：日文譯詩，爲閱讀方便，乃由筆者改成中文直譯。又日文譯詩係錄自片山敏彥「新譯里爾克詩集」（一九四二，新潮社版），阪本越郎「心靈的天明」（一九四一，第一書房版）。

秋

李魁賢譯

葉子飄落，有如飄落自遙遠的地方，
從遠在天上的花園凋零；

以消極的姿態飄落。

夜裡，沉重的大地也在飄落，
自群星間到寂寞的地方。

我們都在飄落。這手也飄落。
環顧四周，這就是在一切之中。

當我們飄落，還有一個人
以柔和的雙手，永遠把我們拉住。

秋

片山敏彥譯
吳瀛濤重譯

落子飄降，葉子飄降，有如飄降自遙遠的地方，
有如在空中，好多遙遠的院子凋零。
葉子飄降，以拒絕的姿態飄降。

而於幾個夜裡，黑黑的地球
沉入孤獨，從其他群星離開。

我們都飄落。這手也飄落。
你的另一隻手也──你看，所有的手都飄落。

但是有某一個人
把這些所有的下降，很穩和地保持在他的雙手中。

秋

阪本越郎譯
吳瀛濤重譯

葉子飄落，有如來自遙遠的地方
有如天空遙遠的花苑枯零
以以拒絕的姿態飄落。

而到夜裡沉重地
自群星間落到孤獨。

我們都飄落。這手也飄落。
祇好看看其他，一切都有落下。
然而有唯一的東西 把這落下
很柔和地以雙手支住。

秋日

李魁賢譯

主啊：時候已到。夏日已太長
使陰影掩過日晷儀，
讓秋風在草地上吹揚

令最後的果實都成熟；
再給予兩天南方的溫和的時光，
逼使更爲完美飽滿，
且獵取那濃郁美酒的終極芬芳。

如今誰無房屋，也不靈要再建築。
如今誰無伴侶，亦將長期孤獨，
亦將清醒、閱讀、而且長長的信，
而且將在甬道上來回走步，
不休止地，當黃葉飄零。

秋日

片山敏彥譯
吳瀛濤重譯

神啊，時候已到。夏日眞偉大了。
你的陰影，請置於日晷儀上，
讓很多風吹在草地吧。
令最後的果實都熟滿，
再給那些果實兩天更像南方的日子，
使那些果實都成就，把最後的甘美
都灌入於重重的葡萄汁。

現在　沒有房子的人，不再蓋自己的房子。
現在　孤獨的人此後亦將很久活在孤獨裡，
不眠地　閱讀、寫長長的信，
而且將在種樹的行道上
不安地逍遙，當樹葉飄零。

秋日

阪本越郎譯
吳瀛濤重譯

主啊，已經是秋天。過了的夏天眞偉大。
在日晷儀上，今天請將你紫色的影橫着，而讓風吹在草地。

爲使一年最後的果實成熟
請再惠賜兩天南國溫暖的陽光。
使果實完全地熟滿——
一年最後的甘味會被釀成香郁的葡萄酒。
現在沒有房子的人再也沒有空建房子。
現在單獨的人很久也是單獨的吧。
夜更裡清醒着，讀着書，寫着長信吧。
當樹葉飄零時，且將不安地
來回走步在樹下的行道。

海外的詩

艾略特詩選

杜國淸譯

烹調用的蛋

(A Cooking Egg)

在我三十歲
飽嘗了自己底一切羞恥時……

琵琵蒂挺身坐在椅上
與我坐的地方稍隔距離；
「牛津大學底景觀」
放在桌上與編織物一起。

銀板相片與半面畫像，
她底祖父與曾祖姑母們，
搭放在壁爐底飾棚上
「舞蹈晚會招待卷」。

……

我不想要天國底榮譽
因我將遇到席德尼爵士
要我交談的將是一些
英雄們像柯里歐勒納斯。

我不想要天國底資本
因我將與蒙德爵士相遇。
我們倆人將躺在一起
埋在五分利息的國債裡。

我不想要天國底社會，
因波姬將是我底新娘子；
會講比琵琵蒂所有的
經驗更有趣的奇聞逸事。

我不要天國底琵琵蒂：
貝法斯夫人會啓廸我
以「七個神聖的夢境」；
畢加達杜納廸會指引我。

……
與琵琶蒂在屏後吃的
我買到的便宜世界何在？
從肯督市和各達格林
紅眼的清道夫匍匐而來；
蒼鷹和喇叭在哪裡？
埋在阿爾卑斯山深雪中。
在無數的大衆茶館裡
啃着奶油的麵包和煎餅
成群的人們喪然低泣。

這首詩題目暗示不太新鮮但未腐壞那種蛋；艾略特寫這首詩時正是三十一歲。題辭來自 Villon 底 "Great Testament"

在形式上四行一節，隔句押韻；內容上以虛線截然分為三部：第一部描述目前的情景；第二部瞻望未來，強調目前所缺無的；第三部回顧過去，強調希望之破滅。表現理想與現實相違的主題：在英雄的幻想中，得到的是「便宜世界」

席德尼爵士（Sir Philip Sidney 1554-86）英國軍人，政治家，作家，當時騎士底典型和偶像。

柯里歐勒納斯（Coriolanus）：紀元前五世紀羅馬底將軍，因主張廢除護民官，將政治底糧穀分給窮民而被逐。

波姬（Lucrezia Borgia 1480-1519）意大利文藝復興時代有名的人物，許多文人藝術家追求的對象。

貝法斯基（Helena Petrovna Blavatsky 1831-91）俄國見神論者和神秘學家。

畢加達杜納弛（Piccarda de Donati）：但丁「神曲」天國篇裡的引導人。

「大衆茶館」（A・B・C）：倫敦 Aerated Bread Company 經營的咖啡館。

里爾克詩選

李魁賢譯

三、新詩集・別卷(二)

鍊金師

以奇妙的訕笑，鍊金師
把冒煙將息的燒瓶推前，
如今他明瞭他還需要的是

一種藥劑必須加入，以便鍊成
那高貴的物品。他需要長時等候。
爲他自己和燒沸的梨形瓶
等候千年。他需要在腦中有星座
在知覺中至少有一處海洋。

他所欲求的龐然巨物，任其
在這樣的夜裡釋放。並回去
以其原光的模樣，回到神的處所，

活像醉漢般語詞不清的他
臥在秘方之上，且切望着，
他能擁有這些碎屑的金塊。

【譯記】等候千年的熬鍊，只落得切望着能擁有一些——僅僅是一些——碎屑的金塊。里爾克常能以長期的歲月，來襯托出現實的情況，而賦予尖刻化。在『形象集』的『挽歌』詩中：「那星，我們可望見其光亮，已逝去千年」句，有相似的意味。

諸老婦之一

巴黎

經常在黃昏時（你知道，那是何種心情？）
她突然立起，在轉身中頷首
且在她嬌小的帽子下
展現出一絲補綴過的笑容。
她身傍是一幢冗長的建築，
一望無限，她誘你沿此前行
以她疥癬的謎語，
以帽子，以披肩，以及步伐。

伸向背後的手擱在襟下
秘密地等候，且切望着你：
有如欲把你的雙手包裹
在揀起的紙頭。

【譯記】對那些沒有獲得愛而又渴望着被愛的，蒼白、年老而又落寞的巴黎女郎，里爾克的描寫是很令人感動的。解除所有防衛的她們，卻仍然不得不「經常在黃昏時」，帶笑踽踽地誘引「你」。「補綴過的笑容」

露台上的婦人

驀然她踏出，於風的包裹中，
燈光的閃亮中，有如平地拔出，
正當此時，房間在她的身後
把黑暗磨填滿了門戶，
好似鏤凋花紋的玉石的背景
讓亮光柔和地穿越過邊緣；
你以爲，黃昏尚未降臨，

而她走出，凭倚着欄杆之前，
一會兒，她向前伸出，
伸出了手——全身輕盈：
好像離開了一切，向空中逸去
超越過成排的屋頂。

【譯記】憂心怔忡的素服婦人，站立在黝黑的門戶前的露台上，有如浮雕一般的尖銳凸出，令人難忘。那含想依欄的形象，輕盈得有如鳥羽，向空中飄逸而去。

駱伽詩鈔

·西班牙·

施穎洲譯

騎士之歌

科爾多巴。
遙遠而荒野。

黑駒，圓月，
一囊橄欖在我鞍下。
縱然熟悉道路，
我永遠到不了科爾多巴。

馳過原野，馳過風，
紅月，黑馬。
死亡俯望着我
在城樓上，在科爾多巴。

唉！道路何其漫漫！
唉！我勇敢的小馬！
唉！死亡如此等着我
當我未到科爾多巴！

科爾多巴。
遙遠而荒野。

不貞的婦人

我帶她到河邊去，
相信她是少女，
誰料她有丈夫。
是聖誕戈之夜，
就像够好一樣，
街燈無光，
蟋蟀驟唱。
街盡路轉
我撫起她的睡胸，
乳峯登時向我茁放
有如水蓮花叢。
她粉漿的衣裙

在我耳邊悉窣，
好像一幅綢緞
受着十刀劃裂。
枝頭沒有銀輝
樹樹陰影龐然；
一地平綫的狗
吠着，離河遙遠。

經過叢叢黑莓，
蘆葦與山楂，
我在砂上做成一窠
在她髮髻下。
我解開領帶，
她褪下衣衫；
我，皮帶連槍，
她，乳套褻褲四件。
沒有月來香，沒有珠貝，
肌膚如此細膩；
沒有月光中的水晶
閃熠如此光輝。
她大腿在我下游走
有如魚兒驚一樣，
半是火熱，
半是冰涼。
這夜，我縱橫奔馳
在頂好的道路上，
騎着珠貝牝馬，
不用鞍蹬，不用繮。
男子漢，無須覆述
她對我傾訴的哀情。
心領神會
我十分賢明。
沾滿砂塵與吻痕，
我帶她離開河邊。
百合花邂逅夜風
正舞動綠劍迎戰。

我規行距步。
像一個眞正的策岡，
我贈她一隻大的
編草織錦的針線筐，
我不願墜入情網，
因爲她有丈夫
我帶她到河邊時
都對我說是少女。

譯者註：駱伽（F. G. Lorca）是二十世紀西班牙最偉大的詩人。這二首詩根據企鵝叢書的駱伽詩集，西班牙文原詩附有紀利的英文散文譯。「騎士之歌」並參考下列三人的英譯：（一）柯欣（見「西班牙詩選」），（二）康貝爾（見「五十大詩人集」），及（三）唐寶兒（見「歐洲千年詩選」）；「不貞的婦人」亦參考韓福瑞的英譯（見「五十大詩人集」）。這二首詩有友人余光中的中譯，刊於「一九六四—藍星年刊」；他根據英譯重譯，與原詩稍有出入。

•日本•

峠 三吉作品

(Tōgé Sankichi)

陳千武譯

火焰的季節

FLASH!
整個街市
沒入被焚燒的
Magnesium裡
如繪影般潰滅。
不是聲音
那是
浮遊着
被投擲出來的意識
被埋沒的瞬間
遙遠底一個
我，
千萬只玻璃的飛散。
比鉛還重的古老樑木
墜落的牆壁
造成死命，
怪奇的灰色
笨拙地斜歪的屋頂
電線之網
絕跡人影的
不知有多少方里的
死寂。
從忽然隆起的深棕色山脈
那擂鉢之底
潰滅的 HIROSHIMA
多麼奔騰！
膨脹洶湧動搖還擊
雲•
雲•
雲•
紅•紫•橙•
在遙遙的天空眞紅的噴火。
相搏，
爆發，
從旋渦的火煙裡地殼的裂縫
向氣圈沸騰的
大氣！
開始傳播地殼的
音響、呻吟、爆炸聲！
uranium U三三五號
在被預定的 HIROSHIMA
上空五百公尺處
現出人工的太陽
上午八時十五分
準確地
把全市民
密集於中心街的路上。
HIROSHIMA
已看不見。
在像陰毛的燻煙裡
二層三層地膨脹而萎縮
在明滅着的太陽之下
火焰的舌尖匍匐去
舐着被剝開了的
人的皮膚
在旋風中打顫着的
黑色驟雨
塞住想喊同胞的嘴唇

行列，
鑽進奇異的霓虹而連繫着的
幽魂的行列，
有如被毀壞了巢的螞蟻
將向郊外逃逸
塡塞了道路
垂下了雙臂
一陣
又一陣
曾經是人的
生物的行列。
喪失了天地
在熱風和異臭的空間
瀦流着七條的
水緩慢地移動。
生硬粗魯的
柔軟肥胖的
無限地繼續着的東西
碰到了
灣口的島嶼。
（啊啊　因爲我們
不是魚
不能默然在水面反白腹
從BIKINI的環礁噴出
映在幾萬頓海水上的是
猪・
羊・
猴子・
實驗用動物們的
呆然若失了的眼・眼・眼）
燒灼的陽光
滲透的雨水
三里四方曠濶的瓦礫
堆積白骨和磚瓦碎片
確實
增高了三尺的。
HIROSHIMA
死者　二四七、〇〇〇。
失踪　一四、〇〇〇。
受傷　三八、〇〇〇。
在原爆遺跡陳列舘滾落着的
灼焦了的石
溶解了的瓦
被壓歪了的玻璃瓶，
而蒙着塵埃的
觀光飯店都市計劃的小册子
可是
一九五一年
掠過那些
今天仍然燃燒起來的雲
輕輕浮遊着
確實那是　二個白點，
啊啊，不錯
從地球的裏面用無線電繩子吊着的
原爆効果測定器的降落傘。
從我們
HIROSHIMA 族的網膜裡
永不會消逝的
那天早晨的
降落傘
輕浮地
在雲翳裡
遊玩着。

（原爆詩集）

峠　三吉（一九一七—一九五三），生於日本大阪。畢業於廣島商校。曾任官史及出版社、報社等的職務。一九四五年在廣島遭受原子爆彈的爆炸。主辦「我們的詩會」，新日本文學會委員，一九五三年三月一日因肺結核病逝。詩集「原爆詩集」。

•瑞士•

薄立格作品 Max Bolliger

李魁賢譯

一九二九年生於瑞士的葛拉魯茲（Glarus），長時旅居在英、法、及盧森堡等國。現在朱麗希（Zürich）附近的 Adliswil 當醫學教授。在「德國全景」（Dewsche Rundschau），「瑞士青年詩刊」（Junge Schweizer Lyrik）、「這一代詩刊」（Lyrik unserer Zeit）、「七倍七」（Sieben mal sieben）等刊物發表詩。出版有：『薄立格詩集』（Gedichte, 1953）、『遣出的鴿子』（Ausgeschickte Taube, 1958）。

看吧，這天空
Sieh diesen Himmel

看吧，這天空
以及四方地平綫
黝暗的森林！
田野令人愛戀
而如今黃昏時
從祭火
嬝嬝上升看青烟。
遺忘吧，這城市
在你的血液裡。
鳥飛遙遙遠去
而且杳渺。
看吧，有如思鄉病
在揮舞中化去
而且相遇在圓圈裡！

遣出的鴿子
Ausgeschickte Taube

心可就是
一隻遣出的鴿子
以脚上的鴿鈴
做表記，
而且必須回歸
必須找出路線
既使以破碎的翅膀
以及盲瞎的眼，

必須回歸，回歸
重又回歸到自己。

信條
Bekenntnis

我信仰光明。
主啊，我信仰
祢一切的面貌
祢的面貌
在天空的顏彩，
在枯焦的樹葉，
在金雀花的枝條，
在山丘的蔭處
以及在一切造物的音調。

主啊，這時間隸屬於祢
一如我的靈魂之不朽。
祢的權力在我的歡樂裡，
而祢以祢的手掌
權衡我的想感。
祢在所有的知覺裡，
而我臣服於
祢的愛的戒律。
我信仰光明。

西風

梅士斐兒作
施穎洲譯

一陣暖風，西風，充滿鳥啼，
我從未聽見西風而不淚眼淒迷。
因為它來自西方，來自古褐的山巒，
四月又在西風中，更有水仙。

西方是好地方，對於像我倦遊的心，
那兒蘋菓滿園花開，空氣有如芳醇。
那兒有涼爽的綠茵，讓人安臥；
那兒也有畫眉歡唱，由窩裡弄笛送歌。

『你不回家嗎，兄弟？你久離家宅。
是四月了，花開時節，枝頭繁白；
陽光燦爛，兄弟，雨水溫暖；
你不回家嗎，兄弟，回到我們身邊？

『幼嫩的玉米青青，兄弟，兎兒奔躍來往；
藍天，白雲，還有溫暖的雨水和陽光。
這是安慰心靈的歌聲，兄弟，照明腦海的火燄，又聽見野蜂嗡嗡，看見快樂的春天。
『雲雀正在西方歌唱，兄弟，掠過青麥，
你就不回家嗎，兄弟，讓倦脚歇息？
我有香膏醫好心傷，兄弟，酣眠醫好眼痛，』
說着暖風，充滿鳥啼的西風。

向西的白茫茫的路是我應走的路，
走向綠茵，涼爽的碧草，心神的安舒，
走向紫羅蘭，褐溪澗，畫眉的歌唱，
在那好地方，那西方，我的故鄉。

一九四一年七月十日譯
一九六六年十二月修改，帆市。

譯者註：緇譯「西風」的時候，我還在大學英文系唸書，如今四份之一世紀過去了，最近搜羅到『笠』詩刊全份，於第七期看到楓堤先生的『譯詩的研究』，收有覃子豪、余光中、葉珊、許達然、何錦榮五位詩人的『西風』中譯，特將舊譯稍加潤飾；拿來凑凑熱鬧。

又『笠』第五期，楓堤先生的『譯詩的研究』收有葉芝的『湖心小島』的三種中譯，讀者亦不妨將拙譯拿來參考（收入『世界名詩選譯』）。

詩四首

非　馬

㈠ 彌撒

然後我們驅車去有玻璃穹頂的暖房
看那株種了一千多年且用人子的血灌漑過的
十字架是否開了花

那個管理員一面搬弄着大家都聽不懂的拉丁文
一面過份勤快地亂灑着水不讓
十字架脚下脚明的的折翼鼓起太多的核子塵來

㈡ 我焦急

我焦急。海的多毛的手
正攀上苔黑的岩岸
鹹抹的厲笑，廻盪于
凌亂的鷗翅與追踪的歷史之間
濺着你的眼臉了！

我不敢用手指寫在沙上，怕你
牢牢記住像記住石碑上

古老的偈語

(三) 樹

我笑千百種笑當晨風吹過
我笑時渾身顫動——
他常說胖的女人多福
解生命的陰影的褻衣于下
抬頭見他眼裡正燃着火——！
像所有我愛過的男人

(四) 這黃昏

一定有觸鬚自陰冷的角落
探出這黑昏
風從東邊來
雨從東邊來
泡沫激盪，在遙遠遙遠的海岬，堆積成
一個鹹鹹的苦笑在你嘴角
喜歡逢人便打賭海鷗的撲翅不會使他着涼的
那年青水手此刻正在酒巴裡替他的女伴裝上
長長的假睫毛使她看不清鐘樓上警告的手勢
他們合謀灌醉了晚天又爭引燎厚的
慾火焚石獅子的盲眼
只等牠瘋了的尾巴搗落最後的一盞灯便
動手打造一個不銹鋼的太陽讓明天驚奇
整個下午你躺在花色傘下讀一列 SUN TAN LOTION
的廣告
聽一個紅銅色的聲音踢弄着貝殼
芝加哥的黑人又在遊行了
我可不讓黑人作我的隣居

桓夫：這是我在美國的一個朋友來信中的幾首作品中的四首，覺得還不壞，所以抄給「笠」。

——**白萩**

詩壇消息

※笠叢書林煥彰的「牧雲初集」，靜雲的「生命的註脚」，謝秀宗的「遺忘之歌」，林泉的「窗內的建築」已在五十六年元月陸續出版，定價均爲十二元。

※文星叢刊115爲「胡適選集」詩詞的部份，近已出版，定價十四元。平平出版社亦出版「胡適詩選」，文雷編，定價八元，五五年十一月出書。

※星座詩社出版美國藉匈牙利詩人卜納德博士（Jenö Platthy）詩選集中文譯本「秋舞」（Autumn Dances），林綠翻譯的部份爲「秋舞」，王潤華翻譯的部份爲「第五街」，淡瑩翻譯的部份爲「你的天堂」，該選集已於一九六六年十一月二十七日出版，定價二十元。

※今日世界社發行，林以亮編的「美國詩選」再版，譯者有張愛玲、林以亮、余光中、邢光祖、夏菁等。定價港幣三元。

※光啓社新詩集之四，係張秀亞女士的詩集「秋池畔」，該集原爲「水上琴聲」，今增訂再版，五十五年十二月底出書，定價十元。

※民國五十五年十二月七日，幼獅文藝社假中國大飯店八樓擧行詩人談詩座談會，主題爲「新詩往何處去?」參加者有朱橋、紀弦、羅門、余光中、洛夫、鄭愁予、蓉子，辛鬱、商禽、許素汀、楚戈、千篇、龍思良等。該記錄已發表於幼獅文藝民國五十六年元月號，即一五七期。

※民國五十六年一月一日菲律賓「大中華日報」（The Great China Press, Daily News）的「話夢錄」報導「本年度的文藝」（即五十五年度）：

(1)本年度的中國詩人——余光中，膺「全國十大傑出青年」，今年由美講學回國。

(2)本年度的詩刊——「笠」雙月刊。

(3)本年度的奇蹟——「世界名詩選集」在詩集不受歡迎聲中暢銷，受海內外批評家一致讚譽。

(4)本年度的非華詩人——林泉，所作發表於祖國的「笠」、「葡萄園」等詩刊。

※嘉揚詩集「青春之歌」，已出版。

※星座詩叢，林綠詩集「十二月的絕響」，已於五十六年元月出版。

※國立臺灣大學海洋詩社恢復活躍，擧辦詩朗誦會；有余光中的「左右手演奏會」，羅門、蓉子伉儷的「詩的夜晚」以及「詩歌朗誦比賽」。本學期「臺大僑生」(56年度第一學期)，由該社主編。又「海洋詩刊」亦將再度出版。

※南北笛詩社即將成立，由羅行任發行人，聞將於56年二月出版創刊號。

※「現代文學」第三十期，「純文學」第二期，「文學」第二期，「歐洲雜誌」第五期，「臺灣文藝」第十四期，「劇場」第八期，均已出版。

「給春梅」不是情詩

林泉

楓堤兄：

經理部寄來「笠」第十五、十六兩期共廿二冊（其中兩冊是給我的）經已收到。地址雖仍寫錯，但我算是接到了。當代逕往書店寄售。

以下一段是我對高峠先生在「笠」十六期對拙作「給春梅」批評的一點意見，希望您能轉達編輯部。

高峠先生誤把「給春梅」當作一首情詩，其實那是天大的錯誤。「給春梅」是我為一悲慘命運的女僕而寫的，絕非是情詩。試想一個批評者把作者的主題弄錯，其批評的觀點也就可想而知了。春梅乃眞有其人，並非杜撰。貴刊力行批判精神，當有所亮察。

您已確定於廿六日前後起程出國，我在此敬祝您一帆風順。返臺後亦望您通知我。匆匆草此，並祝

近好！

林泉上

一月十二日燈下。於岷里拉

詩與民謠

吳瀛濤

陳千武兄：

昨夜開一月詩會，同人都到。我另請呂泉生兄來參加聊談。從「歌唱的詩」談到童謠和民謠。他很期望對這一方面能有發展。我們沒有鄉土的歌，大家沒有歌唱，這一點實在值得我們深省。別說「歌唱的詩」，我們的詩也實在缺少生活的情趣。為何我們不去寫一些輕鬆、爽快、樸素的詩，爭取鄉土民衆的愛好！昨夜我們談到伊太利的民謠，聖塔爾芝亞，日本島崎藤村的「柳子果」，也談到我們的「高山青」「收酒阡」，宜蘭調的「丟丟銅」，嘉義民謠「一隻鳥仔哮吱吱」……。呂泉生兄說：時代已從農業社會變為工業社會，除舊有的以外，我們正需有新的民謠，使大家有歌唱。我想，這當分為：生活詩及缺與音樂歌唱配合起來的「生活詩歌」的部份（如「柳子果」），和直接以鄉土景物為詩歌而唱唸的所謂「鄉土民謠」的部份。而對於這種「歌唱的詩」的創作，在創作過程上不一定要意識到「歌」的因素，好詩有些自然很適合歌的；不過以我們目前寫詩的重思考、重解剖，重意象的「現代詩」的方向來說，難懂是難入於歌的，於是就免不了有「詩的大衆化」的要求。這是一個新分野的開拓。聞游彌堅先生最近亦寄望於寫詩的來成

立一個「歌謠研究會」。希望您來此時，再和呂兄談談，聽聽一些「詩謠」的唱片吧，或許我們也來一次「詩謠欣賞會」！

吳瀛濤 上

一九六七年一月十日

詩與小說

張彥勳

桓夫兄：

日前在貴府擧開的「笠」編輯會席上，您問起「現今臺灣文壇的小說寫作狀況」，當時我沒有立刻給予回答，乃是由于這個問題，我必需再有一番熟慮之後，才可以有較正確的答覆之故。因爲要論定一件事情，我們不能够太過于武斷。

詩與小說，在文學的本質上原是一樣的，但在寫作的技術上而言，却有甚大的差別了。我以爲「詩」的創作，大多屬於主觀的發抒，而「小說」則係客觀的描寫爲多；當然不能一概而論，不過大體上說來，一個詩人，在三十歲以前可以寫出永垂不朽的偉大作品，但是一個小說作家，要有輝煌的著作留世，却大多在三十歲以後的事。就以目前的省籍作家來說，眞正能够較有份量的作品，還是多出於較上年紀的一輩人之手筆——這是任何人都不能否認的一件事實。

詩是容易寫的，然而要寫出一篇不朽的詩篇却難如登天；這正如詹冰兄所說的：一個小說作家寫了二十年，大致可以成「家」，但一個詩人，寫了二十年未必能成爲詩「人」。您以爲然否？

弟 張彥勳 謹上

十二月七日

關於「笠」及其他

鄭炯明

桓夫先生：

很早便有寫一封信給您的念頭，一直是爲著考試而忙，以致擱到現在，就在這大好年初，談談我對「笠」的感想與其他吧。

於臺灣諸詩刊中，雖然它的年齡不大，（尚未三年），但無可否認的，它內在的精神與對詩的誠摯，正使它的地位直線上升，至少在批評一方面帶有若干啓示作用。

「笠」最吸引人的是什麼地方？我說是它的三「圍」，不要亂想啊，哈哈；也不必太保密，因爲這是大家都知道的。「笠下影」此欄不像戰場，永不沾一點火藥氣息，它就像一位甫做爸爸的，正爲他的兒女們找一個最正確的「籍貫」（即詩的位置），最突出的「個性」（即詩的特徵），並且，輕輕地安慰或寄予殷切的「厚望」（即結論），還有，爸爸也要給他們親一個吻，看看衆兒女們可愛的「外表」（即作品）啊。我深深喜愛這位爸爸，我想它會繼續保持一貫的態度：嚴、慈、正。「笠下影」這個詩壇上的「稀有元素」，所包含的詩人介紹、評論、詩之流動，在開拓所謂「詩之空間」的意義來說，它的功勞不可磨滅。

「作品合評」與「大家評」部份，許多人畏之如「屠宰場」，不但作者如此，讀者亦如此，或說它是部份詩人不願把作品投到「笠」的主要原因。關於這個，除您說的二點外，我尚要補充一點，就是他們對批評者有無那份批評的能力抱懷疑態度（說穿了，有，他們也不喜歡看到自己的作品任人凌割）其實這是一個不易解決的難題。有時候我深不信，如果在那種「逐條式」的三四行短評中，批評者不誠不察不對自己所言負責，會產生較「合理」的評論。文學批評不能用「正確」兩字來蓋括，我以爲只可用合理不合理來進一步探討。

看了一年來的「大家評」，我發現，某部份評者批評文字的使用，似有被鑄成模子的危險，也許關鍵在它本身的形。本來批評時批評者應從作品的各角度觀察，而現在大多數批評者只抓住其形式、意象、題材、文字之一，便決定某詩作的命運，不會太顧此失彼嗎？「報告式」的評論比「座談會式」的評論顯係謹慎，因文字比語言不易錯誤；不過在某種情形下，後者亦有它的存在性，因彼此可交換意見。

「詩壇散步」眞的有些「散步」的味道，一步一步，慢慢地。讀它，就如同坐在馬路旁邊露天的茶座上一樣，幽閒冷靜地看那一位衣着如何，色彩鮮艷、香氣濃郁的、款式特出的，不一定就是美，我們還要注意他的氣質啊。「詩壇散步」沒有被人高馬大所嚇唬，這一點很值欣慰。無論如何，「笠」同人所做的努令人喝彩，「笠」不但要散放出芬芳的「詩味」，且要做一顆「明礬」，徹底沉澱出那些髒東西，使人親近可望不可及的「現代詩」。

至今，我猶不知寫詩是對抑錯，不過當我完成一首詩後，我是獲得那份「可貴的刹那」的歡愉。一個十幾歲的孩子懂得什麽，要是有人這樣問，我會不服氣的。環境對寫詩很重要，譬如吳瀛濤先生說在「患者」用「含糊不良的聲響」「他一刀鋸死許多人的微笑」等的不妥，他大概不明白我何用它的理由。聽到那「喘哮症」發作的患者，所發出的困難呼吹的破裂沙啞聲，使我想起「含糊不良」的馬達聲響。一個患者，他怎能不「鋸死許多人的微笑」，人是感情的動物，誰無憐憫之心？記得有一位患「哮喘」的老人，常常來向父親拿藥，後來搬到別處，仍走將近一小時的路來取藥，大約每天就一次，他孤單，無任何親人。每次我看到他面孔痛苦的抽搐與對人生的迷惘，惆悵，當旁無人在時，會使我心酸落淚的。好像是分年春的樣子，不再看到他來，我問父親何故，父親說他死了，我發呆了一陣。我說不出那時的感受，只感覺到疾病的可怕。

新年元旦，我代表學校參加全省「醫學杯」足球賽。大家爲了搶球，美其名曰爭取榮譽，而難免做出一些犯規有裁判會罰球，而那般詩人們呢？犯規無人管，也不罰球，怪不得觀衆看不懂那是做什麽的，而要起哄或發出一點噓聲了。祝

詩安

晚 鄭烱明 拜

一九六七年一月二日

編輯後記

※回憶五十五年一年當中，我們做了多少工作？做到甚麽程度？無不令人感到遺憾。經檢討工作的成果，尚距離原來的理想很遠。依然留着許多問題未能打開；且又未將新的編輯方案計畫好，就這樣，送出這本新年度的第一號，實對不起讀者。事實我們的能力有限，經濟有限，也因其他各種條件不够，造成這本雜誌很多笨拙、樸素、纖弱的地方。但讀者都不顧慮這些，仍然激烈地愛護本刊，不斷地支援與鼓勵，使我們同仁衷心地要表示萬分的謝意。

※對中國現代詩的危機感覺無限孤獨之時，「南北笛」詩季刊的復活，不但增加了我們的勇氣和信心，更可加強詩壇蓬勃的氣氛。誰都知道曾於民國四十五年及四十七年在嘉義商工日報出現的「南北笛」旬刊，留在臺灣詩壇的歷史有其輝煌的一頁。我們敢說那個時候「南北笛」的尊嚴毫無遜色於任何詩刊，是眞正現代詩的伽藍。今接到其改爲雜誌形式出刊的消息，感到非常興奮。敬此聊表頌賀並期待其發出燦爛的光輝。

※我們的努力，仍在提拔有衝力、有眞實性最佳主題的新銳作品，及確立適切客觀公正的批評風氣，並發掘新而且具有眞理性的理論。我們常在想着〃笠〃寧可遭受所有的商業書店拒絕代售的不運，却不願讓〃笠〃誌上的每一首詩或每一篇評論，被讀者閱後撕掉或丟入紙簍裡的不名譽。我們不誇張，不虛爲；面對着序序硬化、逐漸閉塞，顯明地預兆困難的現實與未來的這個時代，一直希望着展開銳敏的感受性，以踏向未來的姿態，迸出鮮新的詩情。因此我們竭誠期待着能就詩的歷史、文學的歷史、人生的歷史之中產生出來的，反映今日現場底問題意識的作品。請作讀者支援與贊助。（桓夫）

現代美國詩論(一)

詩與現代人的精神

Conrad Aiken 著
蘇　維　熊　譯

【譯者導言】：——艾肯作本論文「詩與現代人的精神」(Poetry and the Mind of Modern Man) 刊載於去年八月華盛頓 U. S. Information, Voice of America, Forum Branch 寄贈譯者的詩論集 "Contemporary American Poetry"。美國之音講座 (Voice of America Forum Lectures) 所屬現代美國詩部門的主持人 Howard Nemerov 曾經就下列四個問題，請十九位當代美國代表詩人廣播有關他們對人生眞相 (reality) 的觀感，以及如何把此人生眞相寫成詩。艾肯的論文爲開卷首篇。編輯者 Nemerov 本人也撰作一篇("Attentiveness and Obedience")，登載於卷尾。Newerov 出生於一九二〇年，是位頗爲出色的詩人、小說家、評論家。一九六三至六四年間受聘於美國國會圖書館，擔任詩歌部門的顧問。一九四七年出版處女集 The Image and the Law ；然後接二連三地再以五本詩集問世。至於 Aiken 如衆所知悉，是獨當一面的老一輩美國詩人，小說家。從一九一四年出版詩集 Earth Triumphant 到現在，長及五十年間的詩作，堪稱具有獨樹一幟之慨。在 Freud 與 T. S. Eliot 的影響下，初期的詩作頗偏於心理上的形而上學的試探；但從一九二〇年前後 (參閱詩集"Punch: the Immortal Liar",1921)，表現技巧即變成較爲直截。一九二九年與一九五三年分別接受Pulitzer 文學獎與全美書籍協會獎。其小說 Blue Voyage 與 King Coffin 等，如 Joyce 的作品一般，特別以「意識流」的描寫見稱。

Nemerov 所提示的四個問題，爲十九位詩人所討論的中心題目，原文如下：

(1) Do you see your work as having essentially changed in character or style since you began?

(2) Is there, has there been, was there ever, a 'revolution' in poetry, or is all that a matter of a few sleazy technical tricks?

(3) Does the question whether the world has changed during this century preoccupy you in poetry? Does your work appear to you to envision the appearance of a new human nature, for better or worse, or does

it view the many and obvious changes as essentially technological?

(4) What is the proper function of criticism? Is there a species of it you admire (are able to get along with)?

下面順便列擧十九位詩人及其演講題，以便讀者參考：——

(1) Conrad Aiken: Poetry and the Mind of Modern Man.

(2) Marfanne Moore: Answers to Some questions Posed by Howard Nemerov.

(3) Richard Eberhart: How I Write Poetry.

(4) J. V. Cunningham: Several Kinds of Short Poems.

(5) Ben Belitt: In Search of the American Scene: A Memoir.

(6) Barbara Howes: A View of Poetry.

(7) John M. Brinnin: Phases of My Work.

(8) John Berryman: One Answer to a question.

(9) Jack Gilbert: Jack Gilbert and the Landscape of American Poetry.

(10) Vassar Miller: What is a Poet.

(11) Robert Duncan: Towards an Open Universe.

(12) May Swenson: The Experience of Poetry in a Scientific Age.

(13) Richard Wilbur: On My Own Work.

(14) Gregory Corso: Some of My Beginning and What I Feel Right Now.

(15) William Jay Smith: A Frame for Poetry.

(16) Reed Whittemore: Poetry as Discovery.

(17) Theodore Weiss: Towards a Classical Modernity and a Modern Classicism.

(18) James Dickey: The Poet Turns on Himself.

(19) Howard Nemerov: Attentiveness and Obedience.

Aiken 的本文如下：

我曾經當過 The Dial 雜誌的編輯兼投稿者，倫敦市 The Athenàeum 雜誌以及 The London Mercury 雜誌的美國通訊員，三本美國詩集的編者；一九一五年以來對美國詩歌是個經常投稿而且精力頗爲充沛的評論家；由此可明白，早自本世紀初葉以來，不但關於詩的去向而且關於我本人做爲詩人的去處，必需有所抉擇，有所決意。我曾經於一九一九年出版的第一本評論集「懷疑主義」（"Scepticisms"）的序文（題爲 "Apologia Pro Species Sua" 。譯者註：其意謂 Apology for my ideas）裏，以相當坦白的態度，對這個牽涉頗廣的問題加以討論過，總括地說，我主張（第一）我們每一個人都想把詩推向有利於自己的方向去，（第二）不動感情毫無偏見的論斷是一種怪物（chimera），奇怪的幻想。當然，當時是 Frost, Robinson, Masters, the Imagists（寫象主義詩人），Pound, Eliot, the Vorticists（渦紋主義畫家）以及在紐約市稱為 "the Others" 的團體所代表的所謂美國新詩（New American Poetry）正在抬頭的時代。我認為當此短兵相接的混戰期，自己的地位是稍為偏左的，假如把 Robinson 認為居中的話。寫象主義派與 The Others所擁護的如炸彈破片的左右兩極端派，和我是對立的；一九一七年我於 "Prufrock and Other Observations" 的評論裏曾經說過，Eliot 所寫的有押韻的自由詩，實質上並非自由詩，而是一種具有高度控制調節得宜的折衷性作品，可能是指示着詩的體裁與音調將來可朝此方向冒大險前進的路標。

我想這個為時過早的判斷，終於由時間證實了。所謂新詩的大部分「最新的」現在已過時了，或消跡滅影了。回顧之餘，我們可明白美國詩曾經沒有過任何實質上的革命（在推翻的意義上說）；相反地無論在美國或歐洲，那不過是過去（傳統）的一種秩序整然，且合乎邏輯的發展。實際上，如James早年於其 Hawt horne 研究裏說過，我們當時就覺得過去難免有些缺乏，或無論如何缺少豐足，至少一些文人作如是觀：這就是第一次大戰以後，美國青年作家顯著地向歐洲外流的一些理由。這也意謂着，當時 Eliot 和我（我們兩人自一九〇八年以來便是在 Havard College 的密友）曾經討論過我們需要一種比當時似乎屬於我們的，內容更為豐足的可在裏面游泳並呼吸的化學溶液，一種支持力更大的環境（ambiente）。我們實際上做到了什麼呢？如衆所知悉，Eliot 當時選擇了法國以及當時法國的「摩登」詩，接着，在第一次大戰的主宰命運的女神尙未使他定住英國以前，他早就把這種創造性的毒液打進他的血管裏去了。我本人選取了英國傳統，多年住在彼邦，因為那似乎是我所需要的，後來另一次大戰把我送回美國，我當時發現祖先代代的根基需要我——本來我應該始終居留在彼邦才對。

一想到本國並無豐盛的文化遺產；但英國有；不過本國教員或我們却無所覺察；所以老實說，James 錯了；Eliot, 我本人，及其他一切人們也錯了。當時本國人逐日加深的自我意識，有了新舊奇異的兩面，究竟這種意識對 Whitman, Melville, Dickinson, Mark Twain, Emerson, Thoreau, Hawthorne, Poe 以及 James 本人，能有何種更大的要求呢？如果以前實際上有人作此指摘的話，那就够了；可是問題却留待我們自己發見答案。舉個例子說，雖然 Pound 和 Eliot 都不承認，但實際上 Emily Dickinson 是留待我去發現的；一九四二年我在英出版一篇 Dickinson 論，同時編輯一本她的詩選。

總之，當時一切正在等待着我們。我想現在我們可明白本世紀二十年代首先把握到的，我們可以說，差不多就是這個問題；同時這個獲物便開始在我們的作品裏顯露了。我們在 Whitman, Emerson, Dickinson 以及受人忘却的人物（Thumbell Stickney）的作品裏，可看到本國（文化傳統）的根源。（譯者註：——Stickney係一八七四年出生的美國詩人，哈佛大學希臘語講師。三十歲去世。他與W. V. Moody 被視爲一九〇〇年代的代表詩人。）他連結着上輩詩人與我們；是「摩登詩調的先聲；他揚棄演說口調般的堂皇的聲調，而代之以更富於彈性的口語聲調；這種詩調後來隨着時代的要求成爲最高雅的詩語之「人語」（ vox humana ）了。當時我們覺得正在尋找這種媒介。Eliot 於 Vildrac 與 Laforgue 裏，甚至於 Henley 作 "Sunday up the River" 裏，一方面我本人於以及於 Stickney, John Masefield 以及於 Francis Thompson 的作品裏分別發現到這種「人語」。（譯者註：——Vildrac 爲一八八二年生的當代法國詩人，劇作家。他與George Duhamel 和 Jules Romains 等皆屬於所謂 Abbaye 派詩人。單純的人生實相與愛情爲其主要描寫對象。）早於一九一一年，我在哈佛大學上作文課時，寫過一首題爲 The Clerk's Journal 的長篇敍事詩；我鄭重其事地咬嚼了「詩語」想要強調電話線和圓石（譯者註——用以舖路的 cobbestones）的意義，至於，吃午飯的櫃台和咖啡杯是不必贅言的。

這就是當年我們所做的作詩實驗的一面，即有關語言與音調方面的一面；可是就我本人而言，因爲我受到另外兩種影響，所以事情成爲更複雜。音樂是其中之一，尤其 Richard Strauss 於 "tone-poems"（譯者註：——本爲音樂上的「音詩」或「交響詩」，今指特別注重音調美的詩）的，以及 Beethoven 的交響樂及四重奏曲；這使我頗爲離亂了。當時我有一篇詩副題爲 'A Tone-Poem'。接着寫過一些實際上很不妙的奏鳴曲與夜曲，以及現在編成一書（The Divine Pilgrims）的一連串「交響樂」。明顯地這個先入觀念使我變成相當散漫，這是我本人要率先承認的；可是我也同時曾經對此巧妙地予以辯護，現在我想這些詩作仍然有其價值。

可是假使這些詩作有其價值的話，那大部分要歸因於另一個影響，即我對當年還算「新穎」的Freud 的心理學所懷抱的興趣——這兩個影響實際上都是在哈佛大學開始的。我有個來自 Santayana 的演講 "The Three Philosophical Poets"（Lucretius, Dante, 與 Goethe）的想法以爲最好且最廣汎的詩必須有哲理意味，必須於其中心有某種世界觀（weltanschaung）。可是在Freud, Jung, Adler, Ferenczi, Holt 以及其他所有一切心理學的凌亂的思想裏，如何有個可贊同的呢？詩集 The Divine Pilgrim 裏的交響樂想以徹底的唯我論去尋找它，但這個觀點後來逐漸增加「自我」的崩壞；好像在舞台上忽來忽去的玩雜要的舞師（譯者註：

——能歌能舞無一不爲的 vaudeville actors）一樣，自己終於滅入系列（series）去了，我想這兩種關懷把持着這本詩集，而給了它一個目標。假使它的確不是 Faust，至少也是屬於此類範疇的。

本詩集最後的一部 "Changing Mind" 是稍後才寫作的，題旨爲人格完全崩壞後而成爲「遺傳」與「性」的要素的問題。這一部分表示着我由細心而富於音樂美的初期作風，轉入更爲簡潔，分析，而甚至，有時是教訓性的後期作風。

但尙未討論此事以前，我要在一九二五年這個年頭稍爲停止，述說，而來看看別的詩人在做些什麽。實際上這是本世紀美國詩最光彩的一個時期。Stevens 剛出版了 "Harmonium"，這大槪是他最出色的詩集，雖然他的特色全部表露出來了，但同時體裁上却有精美而緊密的控制，有幽默與哲理。Eliot 以 The Waste Land 恫嚇了我們大家。Robinson雖然現在一時受人疎忽，但他當時却出版了"Merlin" 等幾篇有關 Arthur 王的一連串詩作，而在登峯造極的時代，這些作品在心理方面可與 Henry James 媲美。雖然 nasters 來也忽忽去也忽忽，身後所遺留的除 Spoon River外爲數不多（譯者註 ——實際上他一共出版二十多本詩集，筆者的意思似乎是說 Spoon River Anthology 以後的詩集如 Domesday Book 與 The Fate of Jury 等比不上前一本），Frost 的詩體當時最美；William Carlos Willams 以重要角色的姿態出現到舞台上 Sandburg當時的成就最大，Jeffers與 Macleish 正在露出頭角。籠統地說，我想這個時期與隨後三十年間，用英文寫作的詩歌可算是美國作家的天下。實際上，我想這個情況以後一直如此，在某一種意義上說，英詩轉移到美國來了。

可是事情並非這麽簡單，因爲這批類似繁星的詩人，差不多對任何事情意思都齟齬的。每個人我行我素。有些地方好比一種不動干戈的流氓械鬪，有時候却不太閒靜。我想我們大家都明白了這個事情，那是你死我活的殊死戰；那是，通常的革命行動，包含着適者生存之意，這是對的。一如往昔通常如此，那是詩的復興。做爲人類精神的先驅，爲的是要從各方面把每種知識導入思想與意識裡來，他們利用嘗試錯誤法想找到一條出路來，不管它如何毫無詩情畫意或與詩趣相反的。

現在我想要轉變論鋒，更愼重地來論述這個詩論。關於這一點，我想我可以說，雖然我後期的詩篇看得或聽得和以前不同，但彼此都有這個基本的趨勢。在 The Jig of Forslin 與 The House of Dust 兩首詩的篇首特別富於音樂美的一部分，或是相信有靈魂存在的 Senlin 意識分裂，聯想力復元問題（參閱 "Senlin: A Biography"），逐漸地變成越注重意識本質就是我們自己所明白的那一種好比泡沫易於消逝的覺察狀態去了。本演講集主編人問我，對本世紀人間世的變遷我是否有特別關懷；上面所說的就是對本發問的回答了。爲什麽理由會不是這樣的呢？

有了Darwin, Nietzsche與Freud在我們背後，究竟我們從來所欣賞過的那些令人愉快的價值如今何在呢？大概比大部同時代的人們，我早就意識到這個事實了，祖父 willian James Potter 是一位十九世紀信仰唯一神論的偉大而慷慨的人，早於五十年以前就遵奉 Darwin 的物種源始論（The Origin of Species）曾經師事於Humbolti 又是 The Free Religious Association的創立人兼主席。我的這種自由主義與不可知論就是從祖父繼承下來的。我是在無信仰，或在不信仰任何獨斷論的氣氛裡長大的，人間世是美的，可怕的，驚人的，甚至不可置信的，是不是這樣就够了？假使我們喜歡的話，我們當然，可把人間世稱爲神聖的，或考慮諸種形式的神明，一如拙作 “The Pilgrimage of Festus” 裡的 Festus, 只爲悅己起見，採取如此態度一樣。當時在我的心目中，更重要的是要再跨出一步，而祗於我們所熟悉的關係（即我們）之下，對人間界加以分析。即使不過做爲要進入任何別事的第一步驟，我們也須儘量對此有所明知。這種努力似乎包括着另一種有可能性的想法；就是說，當此意識革命之際，不管是否願意，人類已踏上自己的神聖旅途了。

關於這個事情以及年代問題，我無意（也不能）討論得太詳細。關於最後到什麼時候才意識到自己精神上的境界，身心間的關係，這個身心相關的整套機械了（the whole prychosomatic machine）等事情，誰能記得清清楚楚的呢？一如別事，這種記憶是零碎的，成爲一系列的，而小而大的。我們年少時，看到胡蜂螫死了蝗蟲，接着把它拖到上述的觀察和小孩的這種經驗聯合起來，就可明白我們如何年少時，就想把一看之下似乎無法說明的諸多奧秘，和一樣無法說明白的居於奧秘之中心的自我存在，聯接起來的道理了。究竟我是誰呢？我們不得不再提起這個問題來。以前我是怎麽樣解決的呢？同時我應該如何處理它的呢？

好，這些就是我以前所特別關懷的問題；所涉及的範圍也相當廣汎。詩體的問題，現在來討論一下，我從來一直主張，詩是一種藝術，也許是最高的藝術，所以應該以所有一切韻律上的以及語言上的技巧來加以處理——我不能贊同只算一行有幾個音節就可代替韻文的這種理論。詩體應該適合於題旨內容。在兩首我的代表作品 “Preludes” 裡，我毫不逡巡地把一種成爲有機體的自由詩，和最合乎規格的抒情詩揉合在一起，至於另一篇在描寫美國開荒者（精神上的開拓者與動用大斧頭去開墾土地的勞働者）的詩即 “The Kid“ ，我即利用了一種民謠體，一種民間的打油詩體，每兩行爲一對偶；這篇詩，如屬必要，即可改爲十七世紀特有的那種爲意嚴肅的純粹詩。再者，我發現到一種沒押脚韻的自由詩適於下列兩首富於哲學思想的長詩，即 “A Letter from Li Po” 與 “The Crystal” 簡言之，差不多無論什麽時候，內容會自然而然地喚起正確的音調來。

詩人不過是媒介而已。

最後我想要把三十年前關於詩所說的一些事情以及詩的功能，再重複一下。

詩從來一直地和走極端的人要擴大身外的或精神的意識境界時，所待做到的事情，並肩並驅的。在一些我們賴以接受成體驗以後，付之實現的形式當中詩是最富於彈性，包含最廣，最有遠見，從而最成功的形式。儘管我們對天空，地心引力，道德或意識本質的看法彼此有不同，但人類從來把自己的思想表達得最美妙高超的，究竟是詩歌。這就是說，我們最能成功地使有關本身的存在與經驗的奧秘變成為眞實。

可是假使任何時代的詩要有所成就，詩必須考慮如何充分地把當時人類的意識予以具體化的問題。無論我們想探究的，是精神上的或是外界的知識，詩總不能落伍在它後面。詩的任務是要吸收知識而再點石成金的，能使伊利莎白時代的詩歌如此偉大的原因，是當時的詩人藉以衡進意識問題去的大無畏精神。我們的意識，沒有一個渺小得不值一提，也沒可怕得無法加以探測。莎士比亞的詩歌，到處充滿着這種豐盛的自我意識，他的思想具體地（bodily）被導入情感的境地裡去，同時情感又一樣勇敢地（boldly）走進思想裏去。

往時，詩並非僅為裝飾性的玩具，並非娛樂，也並非可緩和女人情緒的妙劑。那是當人類追求知識時候的先鋒，那是滿頭大汗，雙手染血，滿腔苦恨的人的肖像；詩裏面有了歡笑、愚蠢、淫色、信仰與懷疑。邇來沒有任何時代的詩，能如此偉大的，因為沒有詩歌如此比包含旣廣又如此眞實。世人的嗜好已變了，詩的概念已變了；小說負起了詩歌一部分的工作——對此我們可毫無限制地指出理由來。然而，今天，一如上述，有了很多跡象表示着詩也許可再負起自己的責任，也許可再津津有味地論及恐怖，微妙的事件，與我們身為其迷惑的主角的偉大神話。

我想在此，把一九四八年於交響曲集的一篇序文裡曾經說過的事，重提一下。當我們的意識正在演變，加寬，加深而成為更精緻的過程中，當我們獻身於這個崇高工作時，我們有了也許以宗教信條的方式可獲得的一切：當似神而非神離開我們以後，眞神就來了：假使我們願意，我們可成為神聖的。（民56，1·19）

「附註：The Contemporary American Poetry, 除了本篇外，另有18篇詩論，譯者預定逐期翻譯發表，以便讀者直接聽取詩人們的意見」

創世紀詩社主編

中國現代詩選

(Anthology of Chinese Modern Poetry)

由創世紀詩社與大業書店合作，原擬出版厚達五百頁，最具代表性的「中國現代詩選」；在張默等的主持下，現改分爲兩個選集問世：

一、「中國現代詩選」收錄紀絃等二十五家現代詩人的代表作及評介文字，已經出版了！

二、「七十年代詩選」正在繼續編選中，預定本年度詩人節出版。這是繼「六十年代詩選」以後，呈獻五年來中國現代詩的成果，豎立起新的里程碑，敬請讀者、批評者以及現代詩的研究者密切注意。

笠叢書

笠雙月詩刊　第十七期

民國五十三年六月十五日創刊

民國五十六年二月十五日出版

出版者：笠詩刊社

發行人：黃騰輝

社址：臺北市新生北路一段廿九號四樓

資料室：彰化市中山里中山莊五十二號之七

編輯部
經理部：臺中縣豐原鎮忠孝街豐圳巷十四號

定價：每冊新臺幣六元　日幣五十元　港幣一元　非幣一元　美金二角

郵政劃撥中字第二一九七六號　陳茂雄帳戶

笠詩社出版新書

笠叢書之十四

牧雲初集

十二元

林煥彰著

雖然，到目前我的面目還模糊不清，但我已開始向那呼喚我的聲音走去，即使這是一種受難，一種走向「地獄」的路，我也要繼續孤獨地走下去。

笠叢書之二十二

遺忘之歌

十二元

謝秀宗著

在那孤獨無邊的寂靜裡，我時常將觀察留在沉默中，去尋求那屬於感覺的贈品——詩。……

笠叢書之二十

生命的註脚

十二元

靜雲著

讓良知來維護詩園的朝氣和安寧，讓自由意志來伸張創作的慾望；別因人爲的約束，而扼殺了創作的生命，別擔心詩園的荒蕪，荒山幽谷乃會長出異草奇花！

笠叢書之二十三

窗內的建築

十二元

林泉著

而我頓悟我們之存在，有如淺灘上的足跡。來自虛無，去向虛無。讓歷史寫在墓狀寞上；讓苦痛埋入年代的隙縫中；讓原子灰塵把我們與理智一同焚盡；讓希望裝在啤酒瓶裏，一口飲盡了明日。

中華民國內政登記內版臺誌字第二〇九〇號
中華郵政字第二〇〇七號執照登記爲第一類新聞紙

18

目　錄

封面設計：龍思良

笠 雙月詩刊 18

瑜珈與詩

瑜珈傳自印度，迄今已有相當年數的歷史。它的功能在於身體內臟各部的正常化，可治萬病，對於一個長年不健康的人，頗有奧妙的靈驗。據說，目前在全球上擁有千千萬萬的信奉者。

瑜珈術之妙，可非一年半載所能體會的，全憑平日不斷地反覆磨鍊，始能收效。其中「倒立」一項係屬「瑜珈術之王」——它是將垂下的內部各臟使恢復正常，對於療治胃病、頭病、眼病、耳病等萬病，均有極大的功用；但要練成到家，非下很大的功夫莫辦。不斷地練習，反覆地鍛鍊，則是練瑜珈術之秘訣。

一個詩人，要寫成一首好詩，不是一朝一夕所能獲得的。它像練瑜珈術一樣，需要一段很長的時日，不斷地磨練，反覆地推敲，始能成功。

一個文化工作者，尤其是詩人，有健全的身心是必要的；那麼我奉勸諸位即日開始練練瑜珈術吧。練瑜珈需要耐心；練詩需要恒心——我說，「瑜珈」與「詩」兩者之間，有着緊密的關聯，未知諸位同意否？

——張彥勳

笠詩社

村野四郎詩論「現代詩的精神」

怎樣欣賞現代詩

桓夫譯

※詩的構成

常聽到一般人說，現代詩的本質很難解，令人無法欣賞現代詩的作品。但是仔細一想，不祗是現代詩，要瞭解或欣賞所有的藝術本身便是很不容易的。因爲一切的藝術都不是由所謂常識的意識層所產生的。那是必須突破誰都能够瞭解的通俗的意識層，而深入其下層底意識世界的表現。

娛樂或趣味等都不過是翻弄了常識的階層，表現從此產生的日常心理上的波紋而已，因此不會不被人瞭解。

至於遺忘了詩與那些娛樂性應有的差別，以躺着也該聽得懂那樣草率的觀念來論詩的難懂，根本就是讀者本身有其本質上的錯誤，那顯然不成爲問題。無論是詩，其他所有的藝術也是一樣，若要瞭解就必須覺悟到對于瞭解的某種抵抗。換句話說，應該事先知道若不傾注相當程度的精神努力，便不會得到瞭解的道理。而藝術對欣賞者要求那些精神的努力，亦則才有其藝術價値的原因，因爲尋求瞭解藝術，是等於探求自已。

如前述，詩的任務並非表現被稱爲常識的，晒着陽光的意識底上層。却是意圖表現到陽光晒不到的下層意識，則表現到無目的的內面世界，可以說是要表現人的全部的行爲。可是那些，所謂下層意識的世界，在一般的認識裡，被視爲今日的現象毫無關聯，而只含有早晚會與之發生關聯的可能性埋沒着。詩人的直感就是捕捉這種世界，勇敢地把它暴露於表現的光明處。

如此詩人的行爲，像是先驅也像是預言性的，或被一般視爲毫無根源的瘋狂。但是以詩人來說，那些並非預言亦非狂氣，却是極爲平常的現實。

這種詩人所意識的世界，忽然遇到外界的變遷，而在現象上與外界連結的時候，曾經被認爲詩人狂氣的行爲，始能以現實的姿勢迫切地訴說於一般人心上，這是常有的事。

路易斯・曼佛特對于自無意識世界的最深暗處，從事創作的超現實派作品，擧一個例子說：「我回憶到三十年代初被描繪的劉爾沙的繪畫中，看到被吹散的風景和毀壞了的工場，一瞬間我自己有了很不安的預感，那些繪畫在其他超現實派的藝術出現，成爲被切斷了頭顱與手足的人的型態，似乎要使人心習慣於令人嘔吐的希特勒的死底收容所的恐怖，要人心準備去迎接將來臨的戰爭。」如此一般人亦已進入那種時機，那麽曾經是詩人的狂氣就已不存在了。而這些並非僅限於超現實派的人們的工作。所有據於直覺捕捉人類一切的詩人的工作，常是無論大小都會廣泛地被施行的現象，且不限於關聯戰爭的預感而已。

不過，這種詩人的意識底世界的表現，以單純的常識性感覺或論理來看，確實不會那麽容易瞭解的。

然而，要說由于突發事件，始忽然把被視爲不可能的詩人的世界拖出於光明處，寧可說是由于時代的推移擴大了的一般人的意識，始把那些收入一般所能瞭解的範圍內的場合較多吧。

雖說現代詩難懂，但若與那些抽象繪畫或非形象繪畫來比較，在欣賞上的困難是毫不足爲問題的。那是因爲詩所用的工具係我們日常生活親密的語言所組成，語言均具有某種的意義，所以在那些意義裡可以找到無數能予瞭解的頭緒，反而像繪畫或彫刻那樣的造型藝術就全然缺乏那些條件。但是像那樣難解的抽象繪畫也都不經過半世紀的時間便被消化了。今日我們可以在百貨店的包裝紙或婦人們的衣裳看到那些描繪。就是曾經是前衛藝術的美意識，在不知不覺之中已滲透入大衆的生活裡了。

總之，不限於詩，所有的藝術若非創造人類的嶄新感性與知性的歷史是無意義的。但這並不是完全肯定那些可以不被其產生的時代所瞭解。不然，感性或知性的歷史何以形成呢。

祇是說，僅依靠時代的常識那樣習慣性的意識，是不容易瞭解的。欣賞藝術便是一種藝術參加，等於參加了藝術家的夥伴，所以必要有某種精神上的用意是理所當然的。

「詩人的歷史性的努力是使今日完全異於昨日的工作。所以讀者也該付出與詩人同樣的歷史性的努力。讀者應該容納詩人的創造性底困難做爲自己的批判性底困難。」勞拉・萊汀也那麽說過。眞正欣賞詩的讀者是必需有如此決意的。

若以聽娛樂的相聲或看演戲那樣輕鬆的心情來接觸詩，那麽詩除了難懂和無聊以外就沒甚麽可給與讀者了。詩人絕非讀者的傭人呢。

※現代詩難懂的原因

然而詩確屬難懂，與小說或戲曲比較，事實上絕非是容易的文學。這是詩文學的宿命，而這宿命是胚胎在其成立的條件裡。畢竟詩是被壓縮，被凝縮的文學。於是其表現不得不比說明性、敍述性的較爲暗示性、飛躍性。且亦因此構成作品的各種語言，便被賦有非常大而複雜的意義加以重壓，遂造成詩文學一般共通的難解性。

可是，使這種詩本來的難解性一層地擴大更加深的今日現代詩，其難解性是如何產生的呢。或許由于考察知道其難懂的由來，才是解釋和欣賞現代詩最適切的捷徑吧。

那第一的原因是被視爲象徵主義的所爲。象徵主義是十九世紀末，詳細地說是一八八五年時候發生在法國，於一八九〇年時候達到最高潮，而終焉於廿世紀初的文學運動。但這種詩性思考，此後便成爲文學上的遺產一直留到今日的詩裡，對詩的想法或詩的技法上形成了今日詩的一性格。雖然象徵主義的運動已熄，但可以說象徵主義的精神仍然遺傳在今日的詩文學裡。如果僅接觸過比較前時代的詩作品的人，當看到愛倫•坡、藍波、波特萊爾、瑪拉美等被視爲象徵主義的巨頭，那些充滿着極爲複雜又朦朧的迷路的作品時，誰都會感到不知所爲了吧。

原來，象徵主義是爲了逃避近代文明激烈的混亂或刺戟，遁囿於自己的特殊世界，保護自己的靈魂而產生的。可以說是個人主義最典型的文學上表現的現象。

美國評論家E•威爾遜對于象徵主義給予詩的影響，相當適確地說。

「把現代詩從浪漫主義限定爲個人上的感覺與情緒，是象徵主義的傾向，他們把詩當做詩人極端的個人上關心事。讓詩成爲完全個人上的幻想性形象的媒介物。遂造成詩不能傳達給讀者的最大原因。」

這樣忽略了把詩傳達給一般讀者的關心，除了這種傾向的產生以外，並有繼於這個時代新發生的表現派或達達主義的表現方法，使其更加利害。這種藝術主義反逆了原來的藝術是從接受外界的感受刺激來寫作的方法，而改爲採用由內部向外界表現的寫作方法。因係極端的主觀性個人主義的藝術運動，於是其所描繪出來的心象或論理的表現方法等都頗爲極端而出人意料的。且由于這些文學運動中產生出來的超現實主義，更完全破壞了通常生活的習慣性連想，就各個人的潛在意識產生的夢，做爲其表現對象的詩性思考與詩法的唯一主題，遂使現代詩具備未曾有過的複雜和主觀性的意識及奇異的表現方式來了。

超現實主義係於一九一九年，依據法國詩人安特烈•普魯東的「超現實主義宣言」開始出發，聚集阿拉貢、雅克布、蘇波、易普耳等前衛詩人，一段時期以新詩精神運動給與歐洲詩壇一大衝擊。在日本，於一九二八、九年間被春山行夫爲中心的季刊「詩與詩論」介紹了之後，這種新詩精神的方法與思考便廣泛地浸潤於年輕詩人之間，招來日本詩史上的昭和革命。

普魯東又在一九二九年發表了「超現實主義第二宣言」，但實際上這個文學運動是於一九二〇年被視爲已告終焉。不過這個運動留在近代文學上的遺產，正如摩利斯・布蘭舒說：「超現實主義已消滅了。已不能指其中心的地方，但是到處都有其存在。那已成爲文學上光輝的執拗的幽魂。」尤其融化在現代繪畫與藝術上思考和表現的方法上，成爲除不掉而頑強的審美上底一性格，各以某種程度纏住在世界的一切詩的作品。

原來，詩的欣賞並不僅在論理上瞭解詩中所述的思想。如果僅止於此，詩就無其存在的必要。眞正詩的欣賞的應在尋味其所表現的思想或感情是被置於何種的狀態。換句話說，就是感應那些思想或感情如何被用美的尺度，還元於「感應的世界」。

因此要眞正欣賞現代詩，似乎有必要充分瞭解給與今日現代詩如此形狀的歷史性文學運動的諸性格。

※現代詩的性格

現代詩於歷史上所承受的遺傳諸性格，第一就是象徵主義的朦朧性，不予直接指示對象的本體，借其他事物描繪其狀況類似推想其氣氛意圖暗示對象。即直接記述的忌避。第二就是表現主義、達達主義極端的個人內在叫喚的表現。第三就是超現實主義的拒絕日常常識性的連想和潛在意識上心象的連結方法。

這些諸性格多少被採入現代詩的詩性思考與表現方法上，致使詩成爲複雜而爲個人上意識的場所。

這些諸性格是近代這時代的環境所必然要求的文學表現。換句話說，若不用這種方法便無法表現生活在這新時代的自己。

而產生這種諸性格的根源，都由于順沿心理分析學線上，對于近代自我意識的覺醒而來的。

例如，詩人感到悲哀時，已不像從前那樣單純地露出悲哀的情緒。祗沈醉在那樣的氣氛不能算是完全表現了自己。若不把悲哀的意識瞬即用銳敏的自意識分析而確認自己，便不移入表現。就是必需經過分析的工作中動員所有的知性底近代精神。

總之，詩人若不如此理智和覺醒，就無法對抗新時代的狂氣和混亂了。

於是，祗依照曖昧的情緒排泄，那樣前時代的舊抒情詩已無存在的餘地。這僅從外界觀察，便可確認在詩裡浸透了較多量的知性已代替了抒情性。

C・D・路易斯對于這種現代詩裡舊抒情主題的衰退說：「在今日曾使吟遊詩人或小曲作家橫行的文化已消滅。」

就是說，現代詩的方法不是採用像舊抒情詩的作品那樣任其流露無意義的情感，而改用知性（亦可以說是批判性意識）予以一度對照之後，再創造一新的情緒世界的方法。從此，由「表現甚麼」變爲「如何表現」，產生了現代詩重要的一性格。

而參加這種創造過程的知性作用，則使現代詩成爲與從來的詩不同的複雜的論理性。

不過這種知性作用的批判論理，當然不能僅以論理本身來參加詩。在此論理是追求如艾略所說的「客觀性相關物」，把它還元於客觀性心象，以「感應的事象」始予參加詩的美學裡。可以說，思想是採取某種可視性心象的型狀，出現在詩裡的戲曲。

因此，詩裡的形象是平常同時冠於二個愛義，在讀者之前演着審美性的戲劇。

現代詩裡的修辭法，大多是暗喻擔任非常重要的角色，那是因爲這個比喻爲了這種思想的變身，負有頂大效果的任務。

※思想的戲劇化

現代詩有其世界觀或姿態不同的各種流派。但若能充分瞭解上述現代詩一般的構成原理來接觸現代詩，或以爲相當難懂的作品也大體可以找出一些瞭解的頭緒。

如前述現代詩的重要性格，是在現代性自我意識的確立，所以若嚴格地說，一般之所謂現代詩，例如北原白秋或其以前的詩人的作品有些是不適於稱爲現代詩的。而以今日新詩表層的感受性來欣賞那些作品，已不必任何說明亦無感到困難的了。

在日本詩史上，最初展示眞正現代詩底原型的詩人，也許是高村光太郎等人吧。在自我意識的情形或詩法方面也都可以這麽斷定。

玆列舉成爲光太郎的紀念性作品，亦爲日本現代詩的紀念性作品，那首著名的詩「路程」來考察吧。

路程

在我前面沒有路
在我後面路已造成
啊啊　自然呵
父親
使我能予自立的偉大父親
不要放棄我守護我吧
不斷地充塡父親的氣魄給我吧
爲了這條遙遠的路程
爲了這條遙遠的路程

這一首是光太郎自年輕時的頹廢夢裡覺醒於新的自我而站起來的作品，已無舊時代的情緒陶醉，在禁欲感情的世界裡伸展着理智性意志的鐵骨。這首作品的美，現代詩特殊的雅趣，並非站在人生路程之前一個年輕人的清純而堅強的意志。却是表現站在遙遠的路程之前的一個人，似乎能自立的赤脚的青年，還覺得不依靠什麽仍不敢前進而操心，且以清純又謙讓的姿勢含着切實腔調的自白，以顯明的心象戲劇化了的這一點吧。

作者的知性給讀者所感到的不是講道理，而是被造型爲戲劇化了的，可看到的顯明的現代詩性格。雖在最後反復的二聯，其聲調或姿勢尚留着頗重的浪漫主義抒情性的餘韻，但以現代詩及他自己的作品來說，均是屬於初期的，似有萬不得已的地方。

其次再列舉與光太郎同時，在大正期的詩於內在或形式上，都使其確立了現代詩性格的萩原朔太郎的短詩一首爲例吧。

蛙之死

青蛙被殺死了
孩子們環繞着舉手
大家一起
把可愛
而染血的手舉起來了
月亮升起
　在帽子下有臉孔

這首詩也沒有曖昧的忘我抒情。黃昏的一情緒，由于激烈的自意識被分解了，詩裡的對象有如被刺痛那麽露出了明確形象。

，而那些形象是新的，創出一點點光景的心象的戲曲。加之這可憐的「屠殺場」的戲劇，在其背後雙重地映射着使讀者充分感受世界的悽慘或喚起人類命運裡的原罪意識那樣底意義的世界。

這就是把作者的批判性知覺托於描繪出來的心象裡，或可以說批評是被還元在能感受的心象裡了。

如此光太郎或朔太郎的詩是現代詩的先驅作品，所以還很簡單而素撲。但其後三十年來，接受外界條件激烈的變化以及爲了對應這種外界的現代詩人的意識，使他們所寫作品的內部構造一層地複雜化了。

詩係「思想的情緒性等價物」是艾略特詩論中有名的一句迷人心魂的話。但如何把思想換置於詩的情緒，這一點，無論今日左翼的意識詩或近代主義的詩，如果是屬于現代詩，無視這些原理就不能形成的。

屢次看非常說教性的意識詩裡有極爲拙劣的作品，便是在其還元的操作中缺乏了審美的知覺之緣故吧。

這種現代詩的性格，不僅限於日本詩，是共通於世界詩的最大性格，於是，若離開這個要點，現代詩的欣賞或瞭解就困難了。

艾略特受諾貝爾獎金的作品「荒地」是以難懂出名的現代詩。但也不過是極端且精密地實踐過他在以前所寫的詩觀的作品而已。他給荒廢的歐洲文明放下銳利的文明批評的照明灯。可是那些批評並不是以論理，却用連續描出的各種心象，換句話說是用諾大的暗喩的方法寫成的。那些心象的審美上底效果，是據于超現實主義的，空間上或時間上予以切斷或連結那種特殊心象的甦生詩法，始得到無比的精彩。

無論如何，被稱爲心象（image）的文學的現代詩，並非單以繪畫性心象的羅列，而是成立在如上述那些複雜事象的變身心象的美學上。

因此，以知性或感覺上具有感受這種心象的能力，才是欣賞現代詩最重要的條件。

感受詩語的韻律或意義所創造的心象的美學，透過那些「也能感覺思想」。這就是欣賞現代詩的方法吧。

法國詩史（上）

——在達達・超現實主義的潮流中——

安東次男作
葉　笛譯

「爲了要了解達達派怎樣產生，我們一定要一方面想像在第一次大戰中瑞士所表現的那種在牢獄裡，一群青年們所有的精神狀態，他方面，要想像到這個時代的藝術以及文學的理智的水準。不錯，戰爭早晚總是要結束的，但，在那裡，我們却又看見別的戰爭。這一切事情，如今將在所謂歷史之名下，差不多要被忘記了。但，在一九一六——一七這年代裡，戰爭開始膠住，事實上，何時能結束，是誰也不能知道的。尤其對於我和我的朋友們，從遠處眼看着這個戰爭、將不可收拾地擴展下去時，看到被扭曲的比例跡象時，更是如此。就這樣地，從那裡產生了無法忍受的情緒和反抗。我們斷然地反對戰爭，可是，却不因此掉入空想的和平主義的安逸的陷阱。因爲，我們深知除了斬草除根，無法消滅戰爭。要活下去的焦燥是大的，而厭惡的情緒不但指向所謂近代文明這東西的所有的形態，及其基礎，甚至對倫理或語言，亦復如此。當然，反抗是要以變態啦，無條理等形式取代向來的審美的諸價値的。」這是後來回憶當時的運動時托里斯旦・查阿拉【譯註 Tristan Tzara，一八九六——，羅馬尼亞系的猶太人。在瑞士的 Zürich遊學中第一次大戰勃發時，他號召在亡命那裡的年輕的詩人、藝術家，發起以破壞一切既成的倫理、哲學、宗教、藝術、倫理、社會秩序爲目標的達達運動。他在那裡發表的幾篇達達派宣言，給予歐洲、美國各地同世代的詩人或藝術家以決定性的影響。」（由『里布蒙—忒塞寧的廣播對談。』一九五〇年）所說的，它充分顯示了達達的產生和精神的根據。

據說達達的運動是一九一六年二月八日，在瑞士的 Zürich 的咖啡室露臺，碰巧和德國朋友畫家，兼彫刻家漢斯・阿爾的羅馬尼亞生的詩人查阿拉，從一本拉路斯法語辭典裡看上偶然發見的 dada（童語，意謂「馬馬」的擬音語）的無意義而命名的。當時，阿爾布是二十九歲，而查阿拉還是個二十歲的青年。是時，大戰將迎接第二年，戰爭步入膠着狀態中，同時，不多久，以 Yerdun, Somme之戰爲轉機，而同盟國的勝利約摸已成爲決定性的所謂前夜。中立國瑞士，自然由於躲戰火的各國人士而熱鬧異常。尤其藝術家、學者、亡命的革命家等的入國是引人注目的。羅曼羅蘭、列寧、佛洛依德等也都在這裡。在這種氣氛中，青年們跨越人種和國籍急速地增加親善的程度，將反抗和探求的態度拉在一起是極其自然的。查阿拉和朋友們，馬上聚集在德國的亡命詩人浮哥・巴爾經營的酒店舉行示威性集會，而且，一方面在五月十五日，以這酒店之名刊小冊子「Cabaret Voltaire」。成爲這次刊行的中心的，有查阿拉、阿爾布、理耶兒特・希優先貝克之外，尙有阿保里奈兒、畢卡索、沙昂德拉爾、摩治里阿尼、康定斯基、瑪里湟蒂等成爲近代藝術各部門的先驅的詩人，畫家們遠署在一起，是頗有興味的。這樣地，最先產生的就是查阿拉的「安智比林氏最初的天上的冒險」的詩劇風的鬧劇，正如查阿拉所說一般地，這是一種對近代文明的 degoût（厭惡）爆發出來的表現。它把很多擬音語加上巧妙的押韻的俏皮話獲得了諷刺的效果。雖則如此，這個作品已有相當的抒情的，倫理的東西，這一點，不但，在追究查阿拉個人的作風上，即在想到達達，超現實主義運動本身以後到達的一頂點，例如查阿拉的『獨語』（一九五〇年）啦，布魯東的『Ode ã Charles Fourier』（一九四七年）時，是有其不可忽視之處的。在破壞和悖德結合在一起的反面，抒情性和倫理性不可分離地結合在一起，是達達，超現實主義運動共同的一特徵，可是說來，達達在運動這方面，把它表現得更強。這種情況，在我們想到超現實主義比破壞更著重新秩序的建立爲鵠的，而達達揭着以當前的破壞爲目標的運動的時候，當免不了奇異之感的，但事實却如此。這大概是由於查阿拉和布魯東兩個運動指導者的性格使然，也是因超現實主義運動，不像達達一般地直接的在戰爭漩渦中產生，而以戰後的實驗之形態走入運動的緣故吧。其中或許有着對青春的絕望的若干姿勢之差異的。查阿拉在一九四七年以『超現實主義和戰後』爲題，於 Sorbonne 大學（譯大學之一部。亦爲巴黎大學之別稱）舉行的公開演講時（這個演講是第二次世界大戰以來，接近共產主義的查阿拉非難超現實主義的非社會性的）說：「達達是從嚴肅的倫理的要求，欲到達所謂某種倫理的絕對者的無法溫和的意志產生出來的」這種說法委實有一種不能一口咬定它是後來加上的牽強附會的理由。

到一九一七年時，查阿拉的詩語呈現出一種扯開來亂雜地投入一個容器的果實似的面貌。造語多起來。動詞或冠詞的省略尤其顯然。差不多語言本來該具有的意義傳達的機能被漠視了。可是，相反地，一個個語言却各擁有其獨立的小宇宙，而從那裏面，却不可思議地有爽然的抒情，會把一個人類的氣息的溫度傳達過來。在『二十五篇詩』（一九一六——一九一八年）這些語言小宇宙，雖然尙未達到集合起來表示更大的一宇宙之構造，却可充分看出以後的『近似的人間』（一九二八——三〇年）的，向那可稱爲壯大的宇宙哲學世界的萌芽。查阿拉雖不像布魯東似地對佛洛伊德的精神分析學有特別關心的痕跡，但，從『二十五篇』到『近似的人間』的手法，却遠比布魯東們的幾個實驗更令人感覺其爲自動記述的，並且，它在傳達一個人類的異乎尋常的鮮活的精神的生理，在這一點上，是叫我們震驚的。同時，在『近似的人間』寫成的三十年代末，還是超現實主義者們尙一手拿着佛洛伊德的書籍進行着方法的模索時代，不論是『磁場』（註：Les champs magnétiques！書名，布魯東與蘇波合著的詩集，以自動記述法的實驗寫成的作品），不論是『處女懷孕』（註：L'Immaculèe Conception.，書名，布魯東與艾呂愛爾合著的詩集）也好，一般說來，只要想到它仍遠離作品的有秩序的完成仍遠時，這種感覺就更深刻了。筆者認爲當時堪與查阿拉的『近似的人間』一比的，只有羅貝爾・蒂斯諾斯（譯註：Robert Desnos，一九〇〇年生於巴黎。一九四五年六月死於捷克的集中營。爲第二次世界大戰納粹暴行的犧牲者之一。）的『肉體和幸福』（譯註：書名，Corps ET BIENS.收於黑暗一詩集中）中的幾首詩篇，或可見於『The Night of Loveless Nighes』（譯註：同爲R. Desnos的詩集。），艾呂愛爾（註：Paul Eluard，一八九五年生於巴黎近郊，一九五二年，因狹心症而死亡。）的『苦惱的首都』見於『愛即詩』的一冊詩集的世界，（不是個別的詩篇）以及Antonin Artaud的『神經之秤』等寥寥可數的詩集而已。（此外Raymond Roussel的『續・阿非利加的印象』是必須算進去的，但，正確地說它不能說是超現實主義作品。）

他方面查阿拉在同年和阿保利奈爾通信，也和Pierre Everdy所創立的立體主義者們的雜誌『南北』（Nord-Sud (1917-18)（不過，立體派的全盛期已於一九一四年結束）或畢愛爾・阿兒貝兒比羅的『Sic』（一九一六——一九）等積極地交流着。但，還沒有和巴黎的布魯東們接觸。查阿拉由於承認，破壞舊秩序的一切東西，且由於不相信任何東西的達達本來的類同的立場，對於這些雜誌不惜助一臂之力，但，他方面；他和當時的新藝術運動的立體派，野獸派等對抗着。這點，他在晚年對超現實主義採取的他的立場，可說一貫而相同的。當時的藝術家，詩人們的交流地圖，從這兒呈現的微妙的複雜性。阿保利奈兒或Everdy，對於年青的查阿拉或布魯東不啻是可敬的前輩，在某種意義上，也是後援人。可是，這些年青的詩人們，對於阿保利奈兒和Everdy他們的交際的氣氛，彷彿是全不關心的。而布魯東等和查阿拉他們，還是沒有過交涉的。他方面，布魯東和一個啓示他以後自己做爲詩人的天職的男人：傑克・窪修（一八九六——一九一九年）爲了humeur noire（憂鬱・黑色的詼諧）誕生出來，而在大戰結束的翌年，僅遺下一束潦草的信，實行可能是毫無目的的自殺的奇妙的男人，在一九一六年有過戲劇性的會面。這個傑克・窪修是個把阿保利奈兒嗤之以鼻的人。也是要把阿保利奈兒自詡爲「超現實」懷着自信上演的戲劇『蒂烈西亞的乳房』（一九一七年）的舞臺搗得七零八落的人。在這種氣氛中，阿保利奈爾於一九一七年十一月在「維由哥倫比愛座」著名的演講「新精神和詩人們」裡，彷彿預感到自己的角色將成爲過去似地傾訴了秩序，良識和經驗，於翌年——一九一八年十一月以那戲劇性的死裝飾了他的一生。其間，布魯東一夥人正準備着新文學運動的出發，在一九一九年三月以布魯東、阿拉貢、蘇波爲負責人創刊了雜誌『文學』（這個題名是由梵樂希所提的，而他們把它使用爲反語。）（第一期到一九二一年八月。第二期由布魯東獨自編輯從一九二二年三月到一九二四年六月。）不過，它在創刊號上揭載了紀德的『地糧』的一部分，和梵樂希的『圓柱讚歌』。它和平行着同時期展開着的達達運動，例如一九一七年舉行的阿爾布、奇利哥、埃倫斯德、康定斯基、克雷、克哥修加、馬爾克、摩治利埃寧等的「畫廊達達」，一比較即可知道巴黎的布魯東一夥人是更其文學的。尤其在Zürich的達達派在此一時期已經有意識地把眼光貫注於抽象美術或表現主義的事情，在近代藝術的歷史中，是可予以很高的評價的。當時，在巴黎要求和查阿拉的行動同其性質的，有前述的窪修，和阿沙・克烈易凡，本名浮埃比安・羅尹德（一八八七——一九二〇年），生於羅桑的英國系美國人，他自稱爲奧斯卡・王爾德之甥，他是拳擊家兼詩人而是個很獸性的批評家，旺盛地談論不止，且舞蹈的奇妙的男人。主宰着雜誌『眼前』（一九一二——一五），特輯安式班丹展，遺下數篇極其男性的通行者的詩，於一九二〇年在墨西哥海岸神秘地失踪的男子的行爲外，如欲再舉出的話，便只有把色彩和諧謔帶入近代音樂的艾力克・沙蒂而已。

但在他方面，雖爲不規則的，機關雜誌『達達』也在這一年（一九一七年）出版了二號，他們在這裡。也想從繪畫、音樂、語言等多方面，把新藝術的可能性引導出來。繼而翌年——一九一八年，查阿拉發表了包含「達達並不意味着任何東西」的著名的標語的『宣言書，達達一九一八』（查阿拉的宣言書，到以後一九二〇年共出七回）。這一年，在運動上，有一件必須大書特書的：就是法蘭西斯・比卡比亞從紐約移來 Zürich 的事情。比卡比亞是西班牙人的畫家，他和一九一五年前後移往紐約的法國人畫家馬爾塞兒・丟香、美國人的照像家曼・烈易等共同據於阿兒佛萊特・斯帝克力子的工作室『二九一』比 Zürich 的運動先進一步，不約而同地發起了運動，他在一九一六年末赴 Barcelona，在那兒，仍出刊雜『二九一』推行着運動。隨後，他再度返回紐約，又於一九一八年再渡歐洲，便在 Zürich 和查阿拉一夥人的運動合流了。就這樣地『達達』第三號又重把比卡比亞的，以及由他帶來的丟香和『二九一』的工作經驗收進去而刊了出來。同時在這時期，達達運動才有了傳播各地的基礎。譬如由希優先貝克在柏林（一九一八年），阿爾布和埃倫斯特在 Köln（一九一八年）克爾特・修維塔斯在 Hannover（一九一九年）發起的運動等便是。其中修維塔斯的運動是孤立着和查阿拉們對抗的，其他則和 Sürich 的運動滙合了。

查阿拉的『宣言』及『達達』三號的成果，是一九一九年終於把 Zürich 的運動和巴黎連結的事做成功。已經（自然有幾分躊躇地）協助『達達』第三號的雜誌『文學』的一群在第四、五合刊號（叫做『安特羅紀・達達』）就決定和查阿拉打上交涉了。同時，查阿拉也在『文學』第二號携其詩篇『梅孫・浮烈尹克』軒昂地登了場。這篇光輝燦爛的作品，也許雖然對查阿拉本身並無特別和向來的作品相異的手法，可是其純粹理想的激烈，確是阿保利奈兒死後最初的可紀念的作品。正如普羅米修斯的火似的。隨後查阿拉在同年末到了巴黎，以後 Zürich 的運動就移到了巴黎。

達達在巴黎自然以雜誌『文學』爲中心而展開，此時此地查阿拉的地位，儘管有幾件軒然大波的誹謗，可是做爲一個所謂目擊者，一種局外者，這時仍是值得注目的。這一時期的活動值得一顧的，就是和前述的『文學』併行着獨自出刊了『比由兒丹・達達』（『達達』第六號）『達達・佛奧奴』、『食人種』（比卡比亞主編）等雜誌，和幾項文藝活動和前衛的美術展，尤其捲起空前的誹謗的『孚埃斯蒂維兒・達達』的活動（一九二〇年），及其翌年以模擬裁判形式擧行的摩理斯・巴列斯的告發，做爲傳導布魯東們和查阿拉或比卡比亞的微妙的對立是極其重要的。事實上，比卡比亞也以這時期爲契機離開查阿拉，而運動便逐漸地衰微了。而在一九二二年終於確認達達是「精神的一狀態」（當然查阿拉是否確認是頗值置疑的），大致上做爲一運動結束它光榮的使命了。所謂『巴黎大會』，正式被稱爲『決定綱領和擁護近代精神的國際會議』就是。這個會議（籌備委員長布魯東、委員羅貝兒・式羅湼、弗埃爾南・烈治埃、奧珊芳、吉安・坡蘭、羅却・維持萊克）正如布魯東們所憂慮的，遭遇到達達主義者們，尤其是查阿拉斷然的反對，事實上終於開不成了會，這時對布魯東武斷的作爲抗議的人們中有艾呂愛兒、理布門・德塞寧等，也雜着稍遲才參加『文學』運動的人們。抗議在表面上像是對會議的處理方式而來的，實際上，却是關於近代精神的規定的方法的意見的對立。我們不能不說：這時已有超現實主義運動的危機和地方主義的出現，以及一種保守性存在的徵兆。附帶的說，阿拉貢雖然不是籌備委員，但，擁護了布魯東。彈劾者方面，除上述的查阿拉一夥人外，還有曼·列列，埃理克·沙帝，阿兒布，潘治曼·佩雷，傑克·理哥，蒂奧特兒·弗蘭克爾，保羅·蒂爾美，薩金，美治安吉埃等人。也有高克多或拉第克等人。比卡比亞和蘇波沒有公開反對。後來查阿拉，理布門，忒塞寧，沙帝等人，同時，這次加上蘇波，因要消滅令人作嘔的「巴里大會」的愁悶，雖然發表諷刺的鬧劇『有髭的心臟』攻擊布魯東一夥人，可是，時代已在要求新秩序的再建立。同時，『文學』也結束由共同編輯的第一期的工作，改由布魯東個人編輯的第二期刊行。並在一九二四年，發表了布魯東著名的「超現實主義第一宣言」。

超現實 Surrealiste這一句話，雖是一九一七年阿保里奈兒（Apollinaire）上演『蒂烈治亞的乳房』時喊出的，可是布魯東所說的超現實主義無寧是接近十九世紀浪漫派詩人奈兒伏奧兒在其作品『火的女郎』的刊頭「給亞歷山大·仲馬的獻辭」中說的，德國派哲學的超自然的 Super-naturalist 這句意指人類的夢想狀態的意義的在『宣言』中布魯東所定義的超現實主義，如下：「純粹地以心靈的自動現象為手法，不論我們用口頭或者筆記，或者用其他任何的方法，它是具有表現思考的眞正工作的用意的。它是不受理性的任何統禦，也由審美乃至道德的任何顧忌避免的，思考照直的記錄。」又同時，據布魯東和艾呂愛爾共編的「超現實主義辭典」，從各方面可推敲出超現實主義是：有一種要廢棄由於生與死，現實與空想，過去與未來，傳達可能的與不可能的。高與低互為矛盾才被知覺的精神存在着的。對超現實主義的活動。除了希望確定這一點之外，欲求其他任何動機是枉然的（布魯東）。超現實主義的惡德，就是要使之痲痺的心象的，不規則且發燒的使用（阿拉貢）。是認識的工具，也是征服和防禦的雙方的手段的超現實主義，要把人類的深層意識暴露於光天化日之下，且要為減少存在於人類間之差異而工作的（艾呂愛爾）。這些定義由於運動者各人，而有相當纖細的差異，若按後來這運動的發展看，這自然是無可奈何的，不過，在這裡面布魯東的定義（引自『一九三○年的第二宣言』）尤其他所說的「精神的某一點」，可說最能把這運動的發生要點傳達得鮮明的。同時，這一點也是運動進展過程中可預期到的分裂。超現實主義雖然在完全停止人類常識的判斷這一點上和達達結合，可是要用有意識地除去反省方式在夢與覺醒的中間狀態追求它，便和以觸覺的反應求它的達達對立了。況且，進而想在其狀態探究絕對的至上點時，便和達達的理智的類似完全分了家。布魯東在以後，不得不把達達規定為「精神的一狀態」，不是沒理由的。這種事情，由直接地被投入戰爭的不安和絕望裡的早熟的無政府主義者，和縱然是在戰後被偽裝的和平中走向文學的年輕的精神病醫端正的態度的差異，可得到說明，同時，從雜誌『文學』最初的出發點的性格，也可窺其一斑。我們無庸費言紀德的『地糧』第一卷，梵樂希的『圓柱讚歌』，是多麼地輝耀着無陰翳的希望，而且它是因為少許過剩的抒情性和少許不足的倫理性而平衡着作品。只要我們想到；當布魯東一夥人比之對紀德，梵樂希或阿保里奈兒，更以敬愛之情接近着的 Pirre everdy 所說下述的：『心象是精神純粹的創造。心象不因任何比較而誕生，而是由於將多少相隔離的兩個實在拉近時誕生的。被拉近的實在的關係，愈遙遠且適切，心象愈強烈，愈有深一層的感動力量和詩的現實。』（『南北』一九一八年三月號），這種給詩以立體的秩序爲一貫心願的詩人的話，想到當時，他們怎樣地感動着接受它的時候，大概他們作爲詩人的出發點是可分明的。從布魯東和蘇波嘗試『磁場』（一九一九——二〇年）的自動記述（我們已說過艾力克・沙麋在一九一三年已經試驗過 Description automatique，查阿拉的『三十五篇詩』在實質上也用同樣手法。只是他們沒有「除去反省」的精神分析學的實驗意識而已。）狀況起，我們無法摒棄這些事實。除掉原來置身於超現實主義運動即有不合時宜之感的蘇波，談到布魯東從『磁場』向『融化的魚』（一九二四年）的抒情的均衡移行，甚至到達一九四七年的『Ode à Charles Fourier』的，近代詩從未如此地輝耀着純粹無償性的境界之間的事情，是決不能單從他那作爲運動者的嚴謹的樣子說明得了的。筆者認爲布魯東在『Ode à Charles Fourier』裡，可說因其爲空想的，所以反而從那在當時相當現實的傅利葉的世界，完全地證明了這位詩人是個異端，也因此則超現實主義到達的最高峰之一，作爲布魯東的作品除此之外，畢竟只是一種實驗而已。倒是由於『納吉耶』（一九二八年）『通底器』（一九三二年）『發瘋的愛』（一九三七年）『秘方一七』（一九四五年）等被視爲他的詩自傳的一連作品，這個狷介的現代人變成了偉大的存在。解開這些秘密的鑰匙，筆者以爲在於他說的「精神的某一點」，雖然大大的在破壞與均衡之間搖擺着，結果却由那對於可驚的堅韌的均衡的意志所支撐着，而在那裡誕生了第二的抒情的，有秩序的性格。

笠下影㉖

曠中玉

詩言志這一界示，可說恒久彌新，當然，此志應非狹義的載道，而是含容着大理想的嚮往與追求。

儘管詩人可狂可狷，然如虛僞浮誇，則其作品縱然綺麗或艱深，識者自能揭露其裝飾，自亦難與時間作長形的抗衡，因爲它非眞性情的湧凝。

穩實而不泥滯，新穎而不立異，曩昔如此，將來我也不會有所變異。

Ⅰ作品

地塹

沸揚着熱望的白晝，又自我的行程上悄斂了
陷落的陡壁狹長間，有如霜的喟息蕩着
而心蕊不滅，我不是日暮昏瞶的旅者
揚鞭的孤線中，恒展現着綠色平原的風景

荒野

啓程時配上的大麗花，已憔悴於寂寞的心上
而傍晚的荒野，每天，冷雨凄迷了我的遠眺
何處有蹈厲精神的溫情呢
我渴望着那如少女之眼波，洋洋地酒字旗

祭

在西方　在西方的故鄉
夾在朝夕間焚着的
母親們的心
——擁抱遠遊人孤苦的死亡
——擁抱又昇自死亡的甦生
投長長的白髮　向烟雨蔓草的天涯
向葵花垂首的方向　向異鄉的西方
許多浪人在侷限的天空下
疲倦地踩踏着
踩踏着他們濃重的身影
且焚以串串長的希望
且焚以骨灰

落寞的湖

儘管去懷疑吧，湖
而生命的日曆是已經宣示了
這時，正是最最寒冽的冬令
你企盼的人兒，遙遙地，正蹀躞于風雪之域外

通往你微微蕩閃的心地之幽徑
積滿了落葉，只有細小的青蛇蠕蠕地滑來滑去
它潛行不息是爲覓取溫暖呵，這瑟縮的徘徊者
但它不能蟄居你心的穴處，因爲那兒太寂寞

而在這漫漫灰白的日子，凋零的季節
在一群心神恍惚的病了的浮雲，飄過的湖心
却仍搖曳朵不凋的白色睡蓮
暗暗地，吐露着如不可攀摘的愛之芬芳

山居

山居的光陰是呆滯的
陰陰籠覆的葉叢，隔蔽了愛的陽光
峰壁峻嶮的面孔，凍斷了爛漫的萌動
窗外，極目是濃濃的青影
沉落的夢，恍如無光無色的遠古
飄逸的遐思遂亦淒迷了，像淒迷的月色

悵

——二十餘年成一夢，此身雖在堪驚

歲月西轉。在萬級下的夕暮
那人如石 作擁抱狀睡着
枕着一羽翅 一枚蝶的標本
枕着流落遠方的夢幻

似有人昇自浪花 喃喃泣訴
泣訴給小小戀人美滿的情書
給門前那棵樹的銘刻
少年啊 你還要描繪遠景不

歲月西轉 惆悵層層高疊
影立惆悵上 不見你不見我
惟見玫瑰花瓣瓣瓣萎落
洒落的顆顆冷凝的青春
依然是春秋佳日 歡情繽紛
而他默坐逝水上 看雲來去

Ⅱ 詩的位置

詩人覃子豪於「藍星週刊」一週年紀念寫的「群星光

耀詩壇」一文中（註1），提到曠中玉的詩時，曾經這樣地說過：「他是一個軍人，函校詩歌班優秀的學生，最初頗受陳腔濫調的影響，後來發覺詩的新境界和寫詩的新方法，進步甚速。其詩深刻有味，形象新鮮。他的詩，多數是表現他悲憤的心情……。」

從他早期的「琴絃集」（註2），他已逐漸地在塑造着他一已獨特的風格與表現方法，從稚拙到成熟，他不斷地在寫作着，不停地在歌詠着，由於風格上過份的統一，使他的詩，在形式上，稍爲整潔而嚴峻了些，缺乏一種流動性的韻緻。

但他的確是一個渴望眞正有所創造的詩人，不論詩壇是如何地受着各種詩風流派的衝激，他一直沒有想去作一個亞流的念頭，他只是把握着自己生命的體驗來寫詩。在「藍星週刊」前半期的系列中，他可說是一位默默地拓寬着自己底詩域的墾荒者。

（註1）見民國四十四年六月十六日公論報「藍星週刊」第五十三期。

（註2）見民國四十四、五年間，公論報「藍星週刊」第七十八、八十三、八十九、九十二等期。

Ⅲ 詩的特徵

一個飄泊異域的流浪者；有不盡的鄉愁，有悵惘的憶念，有落寞的淒滄；恰巧如果他也是一位詩人，則他便能把他的情思譜入詩章。流落天涯海角；「許多浪人在侷限的天空下　疲倦蹂踏着　蹂踏着他們濃重的身影」；這是我們這一代中國人的沉重的影子，難怪「祭」（註1）一詩發表以後，曾經使詩人沙牧想大哭一場（註2），眞眞刺傷了我們詩人的心噢！

詩，是要把經驗的眞創造爲表現的眞，因此，詩人所歌詠的經驗，雖爲一已底經驗，但也要成爲共同的經驗，有而且只有成爲共同的經驗時，詩的眞摯性便能活現其間，「寫實」與「理想」在此便非平行線的對立了。曠中玉的詩，在憂鬱中充溢着堅毅的信念；如「我不是日暮昏瞶的旅者」，如「何處有蹈厲精神的溫情呢」；詩人彷彿是在徬徨中追求着希望的明天，遙遠的前程。所謂「詩言志」，誠非虛語。

（註1）「祭」原發表於民國五十二年七月「葡萄園」詩季刊第五期。

（註2）參閱民國五十二年十月「葡萄園」詩季刊第六期沙牧作「葡萄園詩品」

Ⅳ 結語

詩創造了語言，抑或語言創造了詩呢？這能不能跟鷄生蛋，或蛋生鷄作個比擬呢？我們可說詩的精神是原動力，詩的構成是結晶品。詩的語言，在結晶品中閃閃發光，但不要被修飾掩蓋了詩的天生麗質，猶如一個美麗的少女，因美容術的不良，單眼割爲雙眼皮，反而毀了她眞正的麗容一樣地可悲呢！

笠下影㉗

張效愚

自信是決定詩人氣質的基本要素，詩人氣質與英雄氣質同出一轍，一個欲求改造現實生活的詩人，其靈魂則經常處於戰鬥之中，我的終極目標是對錯誤和愚蠢的最後反抗，以及忍受罪惡可能加予他的一切痛苦，即使是遭受冷酷的誹謗與輕鄙的藐視也不爲所動，他所嘲笑的對象是現實生活的渺小，渺小得令許多人失去自信。

總之，生命不是辯證術，處於今天的時代中，那些好聽的和不好聽的話對我們都無所俾益，更何況是浮泛的刀光劍影？在這種不知其理爲何物的現實社會裡，我們除了埋着頭搬磚塊堆砌一個理想的殿堂供諸於世之外，還有其他什麼好值得計較的呢？

I 作品

鷄毛店

——西南行腿追憶之一

夜挑逗着我疲憊的腿，
黝黑的羊腸小道震懾着浪子的心，
駝巴鹽的驢子早在嘆氣了……
踟躕着，一如暮靄的浮雲。
站在掛着紅燈籠的簷下，
輕扣着緊閉的柴扉。
「多不湊巧啊！」滿嘴鬍髭的店主抱怨
我的遲到。

門閤上了，未晚先投……在風中搖曳。
（這大概是風的傑作。）
也啓示我露宿的命運。

在簷下，我以蝸牛之姿，
沉酣在氂毯的暖意裏，
醒來，我慶幸沒有受臭蟲的攻擊。

無風的下午

一枝含羞的茉花微抬着頭，
一隻惆悵的蜘蛛架起了第一根生命線，
一朵雲遊向海平面以下去了，
既說是爲遲遲不來的烏魚捎書。

懸掛在十二點上空（註）的太陽低低的，
欲睡不睡的，搖搖欲墜，
像是喝了過量的五加皮，
難怪牧羊的女孩嗔怪他臉紅就不熱情。

在餘暉裡，我看見一隊螞蟻，
荷以歸去的信心，從寄寓的洞裡出來，
走在幾匹瘦騾子的前頭。

註：基於戰術運用，陣地四週之方向，概以時鐘法標之，
此云十二點上空，乃西方也。

雷達

一頂縷空花帽，從沒戴正過，
而且老是那樣地時左時右。
乃至於三百六十度，都不合意，
他呀！十足地表現出太保神韻。
藍色的眸子呈放射性的，
死釘着狩獵物，從不怕人家罵他死相。
如果以道德眼光估價，
足令你嘆息人心不古。
但是他喲！生活雖然浪漫，
而工作時的態度却相當地認眞哩！

小鎭戲院所見

這是天堂
所有的生物不喜歡折花的手
原始復活
現代的吉他勾引出夏娃
誰曰不宜
老花眼鏡印在熟透的禁果上
導演在笑
笑警察吃不完時間
春天苦短
剩餘的足够揮一個世紀
比較巴黎
外國的月亮並不圓

II 詩的位置

「我不是瘋子
我走過的路蔪尚從未走過：
我親歷渴裂的田壠上鼬鼠逃荒的行列，
我眼見瘴癘婆去村落出賣死亡，
我耳聞餓殍於道旁吟出他最後的一聲，
我鼻觸食屍鳥剝啄出的血腥。
我編造的藍圖不是如此，
即使它供你們宴後的訕笑。」（註）

一個詩人，在流浪的行列中，親歷着時代的苦難。像詩人屈原不但是古代中國的先知，而且是照耀着現代的詩人；詩人張效愚該是有所感而發的罷！

寫詩，在過去，曾經是被當作追求功名利祿的事，同時也是被當作兒女風雅的玩意；但在今天，寫詩，仍然不能完全去掉這種陋習。

在詩人覃子豪的影響之下，許多詩人脫穎而出，張效愚便是其中傑出的一位，他從早期的「藍星週刊」，一直幸勤地寫作着，他寫詩，却是有着不得不發洩的內心的苦悶，且以詩來平衡自己生活的波浪，以詩來激勵自己理想的追求。

（註）見民國五十三年六月十七日民聲日報紀念詩人節專號張效愚作「屈原」一詩。

III 詩的特徵

粗獷是軍人的特色，細膩却是詩人的本色，粗中帶細，正是軍中詩人令人欣賞的一面。那種帶有原始性的粗獷，往往是涵蘊着一種剛毅的呼聲，一種生命的吶喊。張效愚的詩，便充份流露了這種特徵，他寫詩，頗具英雄色彩，是一條硬漢，不願被世俗所迷醉的反抗的聲音。既使是在西南行腿的追憶，在馬祖前線的軍旅，他仍然不失其赤子之心。

諷刺該是出於一種不甘被鄉愿所束縛的生命的撞擊；「如果說眞理是一隻善良的白兔，維護眞理的將是豺狼虎豹」；張效愚在「雷達」前的嘲諷，在「小鎭戲院所見」的坦白自語，甚至在哈哈鏡中的自剖，都顯示了他誠摯的幽默，我們不妨套一句四川話說：「硬是要得」！

也許是過份的修飾，便會顯出一種矯揉造作；而修飾不夠，却也難免有些美中不足的感覺，如何做到風韻天然，而又風華絕代，個中甘苦，只有詩人心裡明白。

IV 結語

寫詩，如不能面對着現實，並且放棄陳腔濫調的承襲，詩人自己無眞實的感受，自無法赢得鑑賞者的共鳴。寫詩，不只是爲了止於兒女私情，而是有着更遠大的理想，因此，詩人必須作更充實自己內在的生命而奮鬥，現代詩該不是詩人在象牙之塔裡的蒼白的囈語罷！

蛙鳴

——給杜國清

林煥彰

枇杷樹走了。他到瑞士去。

我們不會說什麼再見，或一般人認為吉利的，而我們竟感覺到俗不可耐的話；也不會到機場去送別。像你走那次一樣，我們只在彼此的心底寫詩，而寫詩就是我們的一切。

那晚，「欣欣」的夜，是黃酒色的，而且又是溫過的，使氣溫六度的十二月的臺北也溫暖了起來。我坐在枇杷樹的左邊，我竟想起我應該是什麼樹？的確，無論站着或坐着，我都比他矮了一點。但我還是一七二的。像我這樣的身高，你說我又該當是什麼樣的樹好？

吳，那位有其可以做「公公」的年紀的詩人，正坐在枇杷樹的對面，而黃酒瓶不高不矮的蹲立在桌面遮擋着他的臉，他開始說話：「從瑞士到巴黎或到羅馬，可以好好的玩，但要小心，別受騙了。」這是對枇杷樹說的話。然後對我們也說了一些很十八歲的也很羅曼克的「黑咖啡」，可惜，不能在這裡告訴你。不，也許，那次天儀結婚時，宴會後的「餘興」節目裡，你便是這故事裡的主角。而何以你現在竟然對於那些道地「斯脫立卜」會「羞羞」的？許是一種詩的改變，或日本有着降霜落雪的季節，使你看了那個會有像自己沒有穿着衣服而受冷的感覺？談起了這些，那大安溪畔的年青的少尉和枇杷樹，總會對你懷念不已的。就像你的「島與湖」那樣啊！總教我們想起了很多很多的聯想。

旋轉桌不知轉過了多少回，我已經找不着那個你最喜愛的雞頭和雞屁股了，就是那對不能飛的翅膀也不知飛到哪裡去了啊，還有我最最愛嚼的那雙雞脚爪仔也給陳搶先抓了去。好在，這晚那溫過了的，可以把氣溫六度的十二月的臺北溫暖了起來的黃酒，還是屬于吳和我的。而明河總是羞答答的，即使他在告訴我們，靜雲「生命的註脚」出版了的消息時，也是一樣的緋紅着男孩子少有的蘋菓臉。也許，他還是「處男」的吧！

騰輝說他是不愛喝酒的，但有時也很想讓酒來喝喝他。我也時常會有這樣的念頭。雖然，我還不是酒瓶或什麼的，却也很想拿自己去裝酒。有一次，不知為了什麼，大概是為着牙齒咬了舌頭的不愉快事吧！我竟自己獨個兒放蕩放蕩的，去到中華路「鴨肉扁」那裡裝了一瓶小高粱，和嚼了一支鴨脚。然而，還是沒有醉的，除了嘴唇有些微麻辣外，竟然還會有李白藉以寫詩的那種飄飄然的感覺。

突然，吳邀我喝酒來。我說要乾。就這樣，我倆把那最後的一瓶黃酒給喝完了。走出情調極為美好的「欣欣」之後，我們就想起要為那一半找回來的夜「黑咖啡」一番。但走過中山北路之後，我們還是習慣地走回到華蔭街那間屬于詩人們的「屋頂間」去。去聊詩，去聊了很多日本以及很多個瑞士，還有很多女人和酒。獨獨談起了中國啊！我們就有要哭的感覺。我們的文學，我們的音樂，我們的繪畫和我們的詩，甚至我們的民謠哦！都因為我們的「古老」而遠離了我們？中國，中國，中國……？一百個呼喚的中國啊！我們怎不該有「哭」的感覺？

一九六七、一、廿八寫在南港。

黃昏的記錄

詹冰

時間的快車上
我從車窗探首

夕陽發射紅色的光波
射入我的瞳孔 腦髓

現在 我是速度
$V = Vo + at$.

風景在滑動
樹木在轉身

房屋和人物
中毒而變黑
（但 誰都不驚奇呀）

鴿子以四隻翅膀
在飛翔 在轉向

天在降低
山在跑遠

啊 現在我是動能
$K. E. = {}^{1}/_{2} m V^2$
（美極了 物理公式！）

萊茵河詩輯

楓堤

萊茵河（Rhein）

萊茵河，細細的長流
卡蘭達山在你之上，你歌詠着
卡蘭達山在你之下，你歌詠着
從雪封的山的故鄉，到雪封的牧原

中國的青年來到你的身傍
也成了一條忘情的支流
穿過榕樹林間，靜靜地歌詠着
細細的不盡的長流

（註）卡蘭達山（Calanda），在 Chur 市對面聳立，萊茵河依傍而流。此萊茵河上流經 Liechtenstein 小王國後，入 Bodensee.。

阿洛莎（Arosa）

阿洛莎，彩色的雪的家鄉
滑雪的投影在沉澱池的天空
自適自如的鷹鷲的戛鳴

從榕樹上滴落的時間
落在驛馬車的紅纓上
紅顏的公主啊
歷史比妳姣美的手還要冷寒

思念北方的過客
我的靈魂綻開一朵百合
在白色號角的山頂閃熠

（註）阿洛莎，在 Chur 南方，為冬季滑雪勝地，各國貴族、富豪在此留戀忘返。白色號角（Weisshorn）海拔 2653m 有空中纜車直上山頂。

華都茲古堡（Schlop Vaduz）

你斑剝的面貌，已是一尊神像了
被歷史封閉的塔影下
輝煌的現代在滋長
我繞着你，丈量日晷軌跡
自覺已是空中的蒼鷹
在阿爾卑斯山麓洗鍊羽翼

不，或許就是萊茵河畔的一支民歌
在果樹園中繚繞
偶爾流傳入定情的月夜

（註）Schlop Vaduz 在小王國 Liechtenstein 首都 Vaduz 的山頂，臨崖，崖下便是街市。現為國王 Franz Josef II的私邸。萊茵河流經 Vaduz，河畔有豐繞的果樹園，此地人民豐衣足食，市街上，古代與現代建築雜陳，均甚氣派。

過火

吳瀛濤

過火。
過刀梯。
及原始的舞劍。
一手揮令旗。
口念衆神明的名字。

伴以低沉的羅鼓聲。
沙崙。
二三十戸的漁村。
一間古老的祖師廟。
老人和村婦純樸的表情。
年青人裸足。背小小的神像。

祭典已開始。
神已降臨。
童乩爲首。成群過熊熱的火。
攀於五丈多高的刀梯。
足踏刄上的護符。

爬進去。再爬下來。
脚有一點微抖。

天高高。
低沈的鑼鼓聲。
海遙遙。

他們並非異端。
他們信仰他們的神。
他們的神顯現於他們的身上。
幾百年來如此。
他們的祖先。
他們。

車禍

吳建堂

是否上天堂抑或陷地獄
這不是應受的罪罰吧
你已不在人間
留下破爛的房子和幼昧的孩子們
你已不在人間……

螢窗雪案、臥薪嘗膽
你携我手過着消遙的生活
在花開鳥啼的陽明山
在聖誕禮物的衡陽路
回憶有如汪流的眼淚……

我恨無情可惡的司機
在那麽多的車禍裡
爲甚麽偏要碰到你

造成如此不幸？
啊！叫我如何活下去……
該怎麽辦！該怎麽辦！
哭嘆着、喘哭着
　她一直叩頭踏脚
而我，這個被遺忘的出診醫師
無用武之地，只呆站着。

票亭間的詩人

林煥彰

　臺肥六廠對面是郵政局
　我在其間　坐囚於一票亭
　我犯了什麽罪
　豈僅僅爲了那幾個臭錢

九荒
南港至臺北東站
票價三元

　臺北

哦　一百大鈔
我該找你多少
五十的一張十元四張五元的二張
這樣可以吧
　錯了
那太麻煩了　錯了又有什麽關係
反正我有零你有一百
還是不少嚒
　不　我再給你一張五塊的
那我又得找你
這不太麻煩了嗎
我五個鎳幣給你好啦
　不不　我還是要三塊錢給你
那太好了　太好了
你給我三塊
九荒

南港至臺北東站
票價三元

註：九荒是南港至臺北東站的車票代號，我覺得其用意比我們寫的現代詩還要「達達」，故籍以寫成詩。一九六七、一、廿五、寫在南港。

晚秋所記

林錫嘉

——植物園組曲之四

（昨日再入旋轉門去焚葬白夏。且躺在一大片枯黃的葉子上，聽秋述說一個美麗的故事。那只流傳於詩人之間的。）

好深遠的秋都瘦了
胸間的生命就顫動
有一種慾望正伸手環抱
滾進斷垣後的皮球
秋深，梵谷潑落了的油彩
深深地崁在遠遠的灰空下
一個患病者盯盯窺覗
只見崩雲
西天本就是多變的世界
任石屋斑剝
任雲崩落
那把心靈的血潑向
梵谷的油彩上的
任其流盪擴散的
終在此季分娩
那塊深黑傾塌向我
實在不在乎壓下整個夜的重量
俟東邊淡黃黃的探照燈亮起
穿過花廊，就見
兩片楓葉就埋葬一季秋瘦了

十字路口

鄭烱明

狂歡後
被人遺忘的一個
焦點
一顆戀人
的痣

紅黃綠在爭辯
剪刀
石頭
布
的輪換
一列列
一列列的騷動
亮了。

出診

鄭烱明

我是罪犯，人說，今晚將有一老人在我手中睡去。

寒夜。貧民區的一間茅屋正在進行凍結空氣。老人欠奶水的臉別過去，對着一隻破杯發怔，雙手緊握住椅把，像握住兒子的手。因此，我也伸手過去摸着他晒裂的額際，一如摸着父親的那樣眞實。

管壁傳來他最動人的呼喚，我的體溫流過去了。當他說完誰擄走他，他便歸於誰之後，他眞的睡去，安祥地睡去。而我在想，誰曉得誰是誰呢？

我退出，緩緩地，緩緩地含着淚退出，像是來送別的。

園丁

謝秀宗

在這偌大的曠野裡
栽下了無數的幼苗
——不停地澆水
——不停地施肥
日日在盼望那希望的胚芽
成長、茁壯、健碩起來
雖然歷盡經年的風霜雨打
但那傳統已遺留下來
你一個播種者
「有教無類」的美德
刻刻循環在你底血液
那菓園裡枝葉炫綠與否
那菓子垂實與否
辛勤的園丁啊
你祇有不停地耕耘

你祇有不停地輸灌
永遠不去瞻望
那收獲的多寡

逃學

麥克風賣弄着隔壁村的布袋戲
越過田野　越過校園　鼓動着
心谷的迴蕩　醞釀着眼神的無視
　手上的脚色扮裝籐鞭的頻律
活動的布景換幕黑板的齣戲
突然　注意力的出軌　魚餌般的欲逐
窗外遼濶的誘惑
一空心獄的解放　一程冒險的逃竄

戲　開演了
沒頭沒腦的興奮
飢餓的臉上爬動陣陣的滿足
無我的境界演出專注的熱場
然而　阿牛伯的烟槍必須迴避
　阿花嫂的斜眼必須躲開

　肩上刺眼的
書包　忽然沈重起來
啊　散場了
空寂的戲臺冷落了一條小小的
身影　愰着一陣晚風的猶豫

山下的燈火已在招喚空擋的胃囊
遠處　昏黯的燈光下
　同學們在繼續製造眼鏡
星星是否仍告知一片安祥而和平的夜

岩上

橋

明台

望着一座座橋
我告訴自己「橋只能是媒介」

偶然的架設
築起黃金的橋樑
彼岸的叩訪本是冒險的遊戲
迴響的音訊本是奢求的期待
而　橋成爲一種引渡

第一座的敷設
構建長途旅程的觀望
需要耐心
第二座的奠基
成爲揚帆出發的快慰
需要細心

橋遂完成兩岸的聯結
橋遂承擔負荷的沈重
一座座地
橋呈現圓滿

夜屍體的生命

林白楚

在許多夜的屍體裡 他突然
被找到。當時間還在剛果河瀏覽
那些猴子以及星子們
脚跛著。戰爭的流彈 從越南哨過他的
耳畔。他把良久良久以來夢裡折存的陽光揑成
拐杖。跛着脚。
　　　跛着脚。
他憤怒那些困頓他形動的壓力
他無力的臂膀把空拳打在眞空裡。他的手臂
不再是鬪蠻牛的胳膊
眼角下 草咧著嘴，躺在風裡笑

許久許久以來。也許就是昨天。也許就是昨夜。
笑 在把錦被裹得緊緊的女人的胸肌綻開
在他的鋼盔帽綻開
從準星瞄過去

他依稀記得那些夜。把砲彈撕成元宵火花
的那些夜。機槍笑成街角那蕩婦的那些夜。
使他興奮得非到小旅館去
找女人的那些夜。

陡然，他的手抓向那藍得像海的虛無。
舌尖滾燙。憤怒的他
腰間的刺刀擲向藍藍的虛無
企圖割下一塊藍成一潭水

四周的屍體仍堆成好幾個夜。他是

那些屍體內唯一被找到的生存者。雖然
絕望與夫現實又在弑殺他的生命

變調的海

辛牧

第二首

你勢必被逼爲浪子
因爲你已是浪子並且必然是浪子
想家而無家且處處爲家
因爲沒有人了解
芒鞋的悽苦，因爲沒有人了解
饔的苦悶，缽的悲哀與夫
脈管中奔的蒺藜
你勢必成爲銅鼓與木魚
成爲衆多無聊的聲響
你勢必成爲繭中之蛹抑蛹中之繭？
如果你是那條燃燒的河流
石像之無視，無視之茫然
喔，如果你是裂鏡中的臉孔
盲瞳中的眼睛
眼睛中的火焰
成長中的枯槁
枯槁中的腐朽
腐朽中的向日葵以及向日葵中之天竺葵
天竺葵之無奈以及
無奈中之一無所有

上古在現代現代在上古

喔，至於那海喲

管妳相信不相信

戰天儒

晚上我總是用心臟走路　用鼻子當眼睛赴妳的約會
妳不相信
面向妳　我是蹲伏在妳勻稱皙白的小腿邊　一隻委曲的獸
我說我常打勝戰
妳不相信
我敢打賭　米開蘭基羅是先和宮廷女做愛　才爬上教殿描
裸體畫的
妳不相信

妳不相信
我會暴跳起來並且
踩死一隻螞蟻
我會用眼睛燒出一柱火　把妳熔掉並且
用毛茸茸的雙臂把妳的纖腰
勒斷
妳還是不相信　我則
我則——
明天一定是晴天
陽光普照

撲克的機緣

龔顯宗

7桃——A桃
7梅——A梅
何其長又短的距離！
甩掉永恒的惆悵，
握住一瞬的喜樂。
妳擲出2桃，
我拋出血紅心的A桃，
然後並排梅花二朵！

有一種人

——都市組曲詩之一

姚家俊

四方形臃腫散放深淵邪惡的光
組成不眠夜的意象
——你是哈麗，她是瑪莉，嗳嗳
而疑懼的眼中何嘗沒有自負？
女孩子們的作態幼稚且虛僞得令我作嘔
吮吸每一口粗獷　在你
竟也都成爲醜陋的生命，正在進行
你以光榮，你以愛的淚命我伏倒
——誰是我的手？
誰又是你的手？

作品欣賞

詩的預演感想錄

趙天儀

當作品尚未付印以前，用手抄的方式傳閱及評選，固然，有某些嚴格的意味；然而，由於詩的形式不够顯著，詩的焦距不够凝聚，作品的優點極容易被忽略，而以主觀的印象分數來評分。

「**黃昏的記錄**」是一種寫實的活動寫眞，意象是透明而躍動着的；「天在降低 山在跑遠」是久居山鎭裡的詩人所體驗的微妙的感覺，詹氷已在追求新的契機哩！

「**萊茵河詩輯**」三首，有點異國情調，惜意象不够密集，在「萊茵河」中，他詠唱着「中國的青年來到你的身傍也成了一條忘情的支流」；這種物我合一的默契，頗具韻味，楓堤的詩在躍進中。

「**過火**」是一種民間風俗的寫照，在客觀性的表現中，頗有幾道功力，例如「天高高海遙遙」極爲傳神；吳老加油！

「**十字路口**」的意象頗鮮明，例如「一顆戀人的痣」，頗令人難忘。鄭烱明平實而缺乏奇異的感受。

「**橋**」有些說明的氣味，而且也有些對偶性，明臺要走自己搭設的橋，才會呈現詩的彼岸。

「**夜屍體的生命**」與「在不該有風的下午」兩首，是具有時代意識的感受性，但沒有加深自我的體驗，有些描述確實逼眞，可惜凝聚性不够強。林白楚是有潛在力的，但還需要自我節制與磨鍊。

這一期的作品，我對上述六位的作品較感興趣，我希望能佔在相互主觀的鑑賞底基準上，但仍然免不了吹毛求疵與過份主觀。吳瀛濤的作品，我常常是給低分的，此次並非客氣，而是他也不甘落後，力求進步，故深願共同勉勵。詩作品的評選，就好像一種藝術表現的預演，然後把預演的印像記錄下來作爲參考。

作品的感想

葉笛

〔A〕**黃昏的記錄：**

詹氷的詩有它的「Cosmic」。黃昏的記錄正是它的註解，景與「自我」結合在簡潔的形式中，一如他所欣賞的物理公式的美。

房屋和人物
中毒而變黑

兩行詩烘出了黃昏的變調，那兒有動的變化，

（但，誰都不驚奇呀）

這一行却點破人類習性靜止不變的典型。動與靜形成他的詩底獨特的均衡。

〔B〕**車禍**

從生活中得到營養的詩，其面貌是很平凡的。但，最難得的詩却植根在這種平凡中。車禍這首詩有一種對生命無能爲力的人類的悲哀。

〔C〕**萊茵河詩輯**

這一連詩輯有異鄉人的（Home sick）和新奇的探求，以楓堤一向比較冷寂的詩來看，多了一些血液，多了一些激情淨化後的溫婉的抒情之淺流。

〔D〕**票亭間的詩人**

一種凝定的冷視，一種含嘲的自我虐待與剖視，是理智的，也是抒情的。這是在生命的泥濘中冷眼旁觀自己的詩人的獨語。有現代人的複雜的面貌。

〔E〕**過火**

這是一首親切，純樸不施粉白的詩。詩人帶着溫和的諧謔和自家談着話。它給予人的印象；像嵌在小畫框中的玲瓏的風俗畫。

〔F〕**晚秋所記**

錯綜的感性滲揉凝視中織成一面網。我能感覺到一種不安定的心靈在靜美的晚秋裡的心跳。唯其如此，更能觸及生命的迷漠。

同人作品合評

日期：五六年三月二十六日
地點：苗栗鎮羅浪宅
出席：詹冰　桓夫　林亨泰　錦連　羅浪　杜潘芳格　鄭烱明
張彥勳（紀錄）

桓夫：林亨泰提議同仁作品的重視以及提高同仁作品的水準，合評應該針對同仁作品作詳細的觀察與批評，這一點我想大家都會贊同的。而林亨泰輪值這一期作品的評選，現在就請他主持合評吧。

林亨泰：這一期詹冰作品「黃昏的記錄」恰與吳建堂的「車禍」成一對比。詹冰作品給我的印象正如絹帛上的風景，有間接的感覺；而吳建堂作品却非常眞摯直截。若說詹冰的詩是藥理的，那麽吳建堂的詩則是臨床的了（詹是藥劑師，吳是醫師）。詹冰說：「美極了，物理公式！」就他而言，便是如此間接抽象出來的。吳建堂說：「啊！叫我如何活下去……」乃直接表示了人生的痛苦。這兩種不同的表現方法便是說明詩的兩種方向，而與詩之好歹是無關的。

桓夫：有人說詹冰的作品才是詩，吳建堂的便不是。那麽就由現在林亨泰說的兩種表現方式來說，我認爲二者的作品都能稱爲詩。只是比較起來，詹冰的較含蓄，而吳氏的較直接而已。

錦連：人們往往偏重技巧一項作爲詩的尺度，僅依此觀點來論吳氏的詩，也許他的技巧似較舊一點，但若說它非詩，我想這便是一個問題。

林亨泰：換句話說，吳氏的方法直截了當，有缺乏含蓄的毛病；但詹氏的間接表現也並非無缺點，假若長此以往，便會脫離生活的。

錦連：照這樣，就是游離生活了？

林亨泰：假使詩不以日常生活做前提的話，詹冰的路線有一天會脫離生活的，但吳氏的詩也只是站在出發點，故吳氏應以詹冰的表現方法做參考，而詹冰亦應回頭反顧原點，才不致於迷失方向。

桓夫：那麽這些結論就是說詩雖是寫本身的生活體驗，但絕不能惰性的僅限於生活方面，應有打破習慣性的東西，詩才有存在，才有新的方向。

錦連：這論點並不甚希罕。

林亨泰：話雖簡單，做起來倒很困難。所謂「哥倫布的蛋」與此類似吧。

桓夫：杜潘芳格女士說：這些物理公式她不了解，然而讀至最後一句「美極了，物理公式！」一便稱讚其美。

杜潘芳格：我對這樣的公式只覺得很美麗。後來我想人的感情不能像這樣的公式整整齊齊規規矩矩，來區劃、計算、預測。若將這種公式搬上日常生活和工作，那麼現在社會上的那些很多馬馬虎虎的事情也會消滅了。

詹　冰：此種詩中含有公式的詩，有人寫過嗎？

桓　夫：大概沒有。

詹　冰：這也是一種嘗試。

錦　連：我每次都感覺到林亨泰對於詩的看法其着眼點確有獨到的地方，這點很使我欽佩。我們詩壇目前正缺少這類批評者。我認爲都有常套的惰性，乃是由於本身經常不用功或思索不够所致的吧。

桓　夫：或許並非不用功的緣故吧，我想與本身的氣質有關。

錦　連：不，這不是氣質問題。

桓　夫：關於氣質，同是寫詩的人，也個個不同，我說氣質是憑你如何用功也難予得到的那一種氣質。

錦　連：如果把它硬稱爲氣質，未免是一種羅曼蒂克的看法，還是不用功的關係。

羅　浪：我想是主觀與客觀之差別吧，詩不能單以一種語句來確定。

錦　連：我們應該對新的東西要有一種驚駭。

羅　浪：詹冰的詩有靜止中的飛躍的動態和生活的喜悅。如果說詹冰的詩是對生活的鑑賞，那麼吳氏的詩就是對生活的體驗。

桓　夫：有關詹吳二氏的詩評到此，下面討論林錫嘉的作品。

林亨泰：就詩的語言來說，林錫嘉的詩比前面兩篇多彩得多，這是屬於畫家彩色的喜悅，只怕詩至喜悅中會被隱沒或消失。這首詩似乎僅以作者的知識寫出來的感覺。詩的墮落便是語言的墮落，所以作者必需恢復詩的原點——要知道語言美非詩美。

詹　冰：前兩者所受教育不同，中文不甚流利，故使用語言很節省，而林錫嘉自小受中文教育，對語言的使用很慷慨。這就是林亨泰所說的「語言的浪費」了。

桓　夫：一般說：「詩是語言的藝術」，那麼有豐富的語言，詩應是較好的，就這點如何解釋？

林亨泰：那是因爲詩中有比語言更重要的東西——則是詩素，或詩的精神等。

錦　連：你是不是自已對語言的運用不會那麼流利才說不服氣的話？

林亨泰：不是。詩要先談它的精神，然後方始談到語言。即使缺乏之詩的精神，不如不寫。這畢竟是與散文不同的。

錦　連：散文只能達意就行了。

桓　夫：好，那麼來談談楓堤的作品吧。因時間關係，請扼要的提一提。

（詹冰因時間的關係，先行告辭）

林亨泰：由他這首詩，可以看出遊客的心情勝過詩的精神。這也難怪囉，他現在旅居海外，目前可能僅有這份心情罷了。

羅　浪：關於萊茵河的詩，曾經有不少人寫過，他能親到此地發現詩，已經很難得了。

桓　夫：林煥彰的詩如何？

林亨泰：這是一首 nan-sense 的詩，就以無意義而言，就是此詩的意義。

桓　夫：那麼下面吳瀛濤這首「過火」怎樣？

林亨泰：這是一篇民俗中的有點偏執的景象；就以詩的眼光來說，沒有令人感動的地方。

錦　連：報導性過重。

林亨泰：除知道這種偏執性外，不能使人得到什麼。

錦　連：這樣批評，會不會太「過火」呢。

桓　夫：其次談到鄭烱明的詩。他有三首，以「出診」作討論的中心好啦。

林亨泰：作者似乎努力着要表現什麼，但讀至最後，仍看不出他究竟要表現的是什麼。可能他重要表現出異於別人的什麼，就這點而言是可取的；不過，就以無法令人看出什麼這一點來說，是失敗的。

桓　夫：此詩與吳建堂的題材類似，這種詩有做人的崇高之處。

錦　連：我認爲此詩只限於實際的描寫，而缺乏新的心象。

林亨泰：直到剛才經桓夫解釋，我才明白。（因原先我沒有去看題目）這首詩的描繪對題目很忠實。但題目事實並非甚重要的，有人先定題目然後才寫詩，那樣寫法我想不是一首眞正的詩。

鄭烱明：可是如果詩與題目配合得好，豈不更能生動嗎？

林亨泰：題目似也可以符號來替代。由此看，作者似乎過于依賴題目。

桓　夫：根據題目寫詩，就受到限制缺乏詩的飛躍，並且容易墜入非眞正的感受僅以智識寫詩的現象。

錦　連：只能看出故事；但故事也得令其詩化才行啊！

桓　夫：謝秀宗的「園丁」如何？

林亨泰：這亦是一首太忠實於題目的詩。裡面的表現，只限於題目的發展。

錦　連：只有題目的說明，這種詩還不够深刻。

林亨泰：詩人應打破這種通俗的聯想，創造出自己的飛躍的新意才好。

桓　夫：只靠通俗的感想，並不能寫出眞正的好詩。

錦　連：正如艾略特說的：「詩的思想有如玫瑰般的馥郁」，這是非常重要的，我們應靠新的心象來創作。

桓　夫：最後來討論岩上的「逃學」。

林亨泰：這也是一首對於題目描寫出來的作品而已。

錦　連：這就是通俗的聯想作用了。我想，逃學可能是指生活上的逃，但作者却沒有表現出來。

桓　夫：只描寫故事，已不新鮮。在故事裡，應有詩素，我們正缺少這樣的詩。

林亨泰：總而言之：前面幾首詩無法令人感動的主要原因，並不在語言上的缺點（其實這幾首在語言上的技巧是足够的），而是在時間上的處理限於平板，令人看了有如讀散文般的不耐煩。新的詩，應該利用時間上的過程，相互交疊來描寫它才是。

桓　夫：謝謝大家！

（散會）

序曲

PRELUDES

T.S.艾略特

沙白譯

I

冬夕寂寂
廳廊燔肉香漬撲鼻。
六點時。
煙霧濛濛的日子將熄。
而今，狂風驟雨
濕披你足緣的
枯葉汚屑
和空樓外的報紙；
狂風吹擊
破窗和煙囪，
孤寂的出租車馬，頓足呼呼而馳
燈光閃閃於此。

II

黎明蘇醒於
微微酸敗的啤酒氣味裡
走過滿街足跡泥濘的
鋸屑蹂躪的小街
到了晨咖啡廳桌上。
另一場假面舞會
此時復始，
人們想着千百個手指
投射的黑色魔影
在裝飾繁目的舞廳裡。

III

你由床上拋下毛氈，
你意亂捶背，伏床；
在此深夜，假寐，頓悟
你本是一個精靈
由千百卑鄙形像構成；
牠們搖幌於天花板上。
當萬象復元
燈光幌耀于百葉窗間
你也聽見麻雀在屋簷水槽吱叫，
你會觸生幻覺
覺得這條街甚不可思議；
你獨坐床緣，
由你的髮鬈曲報紙，
或以一雙泥污的手掌
抱住一雙黃色的足底

IIII

他的靈魂緊張于青天
消失于一街區，
或爲堅定的雙足蹂躪
于四點，五點和六點時；
而短方指彈的笛子，以及
晚報和眼睛
確實告訴了我們某些確實的事情，
黑街的良心
懶于去想像這個世界。

我爲鬈曲于這些想像中的幻想感動
且盤旋着：
一種極優雅，痛苦的
事物之意想

以手拂拭你的嘴唇，且笑笑；
地球運行着，如古式的女人們
聚集刺激的燃料于空屋裡。

里爾克詩選　三、新詩集，別卷（二）

李魁賢譯

紅鶴　巴黎植物園

有如佛拉龔納的鏡中形象
各吝嗇於藕白與姻紅的色彩，
好像要向你揭露一般的，
談起他的女友的韻事：

她依然在安眠。她們踏上
翠綠的草叢，佇立，以薔薇色的高蹻
輕易地繞轉，相依着綻放，
好像一座花壇，比芙萊妮更嫵媚地
誘惑自己；直到她們俯頸伸入
墨黑與蘋菓紅隱蔽的溫柔中，
把她們灰白的眼睛藏匿

霎時，妒羨的悲鳴穿出鳥房；
她們在驚愕中伸長脖頸
零星地對着虛幻的天空嘶喊。

【譯記】根據麥金塔爾（C. F. Mac Intyre）的敍述：「……有十幾隻紅鶴棲居在連着水池的半畝草地，並無里爾克所說的鳥房。這些紅鶴，以稍具秩序的方舞步伐行走，姿勢並不美，時時拍翼且鳴叫，但似乎以此自娛，並不想振翅飛翔也許已慣於囚禁生活，或根本在此出生，自由自在；也可能是水池內娛人的海豹令牠們滿足。由於這種實際體驗，使我讀此詩時，絲毫沒有痛苦的感覺。或許這就是詩的眞正的功能吧！讓漠然的事物比眞實來得更有力量。」

佛拉龔納（Jean Honore Fragonard,1732~1806）法國畫家。芙萊妮（Phrgne）是第四世紀時，雅典的名妓。

孤獨者

不：一座橋該矗立在我的心上
而我自己停置在塔的邊緣：
此處別無其他，只有痛苦
和不可言宣的情愫，只有世界

單單只有一件過份龐大的事物，
暗淡了下去然後又重現光明，
只有一張最後的渴慕的回答，
逐入永不安寧的境界之中，

只有一張石質的絕頂的臉龐，
顯示出了內心深處的重載，
逼迫着默然寂滅的距離，
臻于日愈幸福的存在。

【譯記】里爾克在此所追求的，實是一種超越人間苦難的境地。人類掙扎的結果，不是落人迷亂的虛無，便是踏實的境界。

艾略特詩選

杜國清譯

一切不正當底混合 (Mélange Adultére de Tout)

在美國，教授；
在美國，新聞記者；
若要跟隨我
請誇大步流着汗來吧。
在約克州，演講者；
在倫敦，小銀行家，
足够地支付給我底頭吧。
在巴黎，我就戴上
蠻不在乎的黑盔。
在德國，哲學者
受登山生活大氣
高揚的刺戟
我隨着啷啦啦啦的音調
從大馬色到奧馬哈
不斷地到處流浪。
我在非洲底綠草地
穿起長頸鹿底皮
慶祝我底生日。
我那亡骸底紀念碑
將建在東非洲灼熱的沙灘上吧。

蜜　月 (Lune de Miel)

他們訪問了尼德蘭低地，他們回到高地國；
但是有一夏夜，來到拉威那，
寬綽的兩張被子間，有兩百隻臭蟲；
夏天的汗，以及雌狗強烈的體臭。
他們仰臥地睡着，伸開柔軟的
四隻脚底膝蓋，因蟲咬傷而發腫。
爲了更方便於抓癢而掀開被子。
離此不到一里格有古羅馬底會堂建築
因杜頭上隨風旋動的葉飾那些愛好者
而知名的 Saint Apollinaire En Classe.

然後他們乘坐八點鐘的火車
以延長此時的悲慘，從巴都瓦到米蘭
那裡有「最後的晚餐」和便宜的餐館。
他考慮到小費，而且做了收支差額帳。
他們想到瑞士看看，且橫過法國。
而冷嚴禁慾的 Saint Apollinaire，
被變更了用途的神底舊工廠，現在仍然
在崩塌的石堆裡，保持着正確的拜山丁形式。

論「十二月的絕響」

劉金田

當我讀完「十二月的絕響」第一首時，我感到林綠的詩充滿了悲劇的精神，且含有很大的譏諷性。

林綠在自序裡說「凋零了廿五季」，在我看來，廿五季並沒有凋零，至少他留下了「十二月的絕響」。一束被壓扁了的情感，使他塑造出一個永恒的美麗的「你」，這個「你」也就是絕詩中的 Pallas。

在詩人的心目中，Pallas 本身就有詩的韻味，這種韻味，只有詩人和音樂家能夠把它提升，能夠賦予一種脫俗的超越本體的美，如果欣賞者用手撫摸或採摘，那種情形便完全不一樣了。當實體握在自己的手裡時，「脫俗」將被自己的手揑碎。實是無止境的，它乃建立在超越本體的意義上。

純粹的超然很困難，純粹的超然底「有」的存在是不可觸及的具象。顯然的，林綠曾經有過「灌溉」「我們最熟悉的一種花朵」底思潮，但這種思潮也僅僅止於思潮而已；否則，譜出來的不再是「十二月的絕響」。

林綠說：「年齡發光有什麽用呢？」是的發光的年齡沒有用。但是，林綠却寫下了他發光的年齡底抑鬱，這種抑鬱是在情感的海洋潮來潮去的，他想停泊，他想把纜繩繫在碼頭的鐵樁上，然而，避風港却那樣遙遠，那樣不可信賴，於是他寫下：

那悶鬱總是來去無蹤
似不可駕馭的風
我該如何埋葬
這等待和焦慮

詩人能埋葬他的悶鬱嗎？不！這只是悶鬱中的一種矛盾。這種矛盾是「絕」詩中的泉源，串聯「絕」詩之珠的正是「等待」和「焦慮」的絨線。

顯然的，「絕」詩自始至終投影在「你」上，詩人用他的熱流釀出詩的語言（本文不討論作者詩的語言問題），給「你」塗上濃濃的色彩，這色彩如同畫家筆下的畫。然而，故事一開始就帶着幾分激動的悶鬱，悶鬱在「絕」詩中像攝影機，隨着戲劇的開展幌幌移動。

你細步款款已是很嘆息的事了
霧已滲灰白的血
你雙目却豪飲着惴弱的苦汁

「嘆息」是無濟於事的，「嘆息是擠不出眼淚來的」，但却能擠出詩來。在擠不出眼淚之餘，詩人寫下了：

我的手很疲乏啊
推不開重重的窄門
在熟讀了你的典雅之後

我的悽楚遂該片片碎斃
「悽楚」碎斃了嗎?沒有,完全
沒有!因爲詩人碎斃不了悽楚,因爲
詩推不開那扇窄門,因爲——
蒼白的白晝與黑的發霉的夜晚
同樣不能鑲在框裡
同樣是屬于流淚的風的
沒有笑也有淚
笑是有的。笑——
笑着臉將一天的可愛踩扁在脚
底

我們不難想像這種笑含有多少苦澀,也許當詩人流露着這種苦笑時,他的脚步正踏在那個沒有風景的四角亭,夢溪伴着他眺望夕陽的餘暉。在那種情景之下,他是屬于流淚的風的

苦笑之後是寂寞,寂寞可以使人窒息,在寂寞中伴着詩人的是Dionysus。

我的約會在時間空間之外
我的約會躑躅在你的睫毛內
當我舉杯,你在杯內
我的寂寞,也在杯內

然而,詩人也企圖用寂寞殺死寂寞,給「你」嵌進一片陽光。但這種企圖並沒有出現「柳暗花明又一村」。

怎樣在你的心靈嵌進一片陽光
正如怎樣將我的寂寞提煉
並使之發光一樣成爲一種難題

悶鬱的疊積是悲悽,當我們讀完「絕」詩之後,覺得林綠想用他的拳頭去擊碎旭日的初升。然而,他碎擊的不是旭日,而是一個夢。當他擊碎那個夢時,他回歸到詩人的自我,像舞臺的演員洗去鉛粉。於是他寫下:

春天的掌聲終將殞落在嚴冬裡
墓誌該刻上怎樣的字句
才能展示一個葬禮的悲劇

「絕」詩是悲劇嗎?不,詩人展示給我們的是一個被美化了的「你」,以「你」爲基點畫一個圓圈,站在圓圈線上的任何一點都可以窺視到被美化的「你」。同樣的,不論太陽初升或西墜,不論月盈月缺,不論斗室的燈或明或暗,「你」均投影於圓圈線上。那個影子是幌動的,無法度量,無法投以測錘,於是構成了「十二月的絕響」,於是出現秋歌:

這樣的步伐也是許多步伐中的
一種
在岔口,便選擇以爲是康莊的
大道
而當荆棘殘酷地刺出了疼痛的
血
猛然的回首,已是秋歌盈耳

歌德說:「我在自己的詩中從未有所假作。凡我不曾經驗過,不受過痛癢,不使我苦惱過的東西,我沒有做過詩,也沒有說過。當我戀愛的時候,我只做了戀愛詩。」

詩人的可貴就在這裡,所有的詩人都爲自己的輸詩血,林綠也不例外

民謠詩話(二)

吳瀛濤

五

民謠的散唱，有時候形成互唱的所謂「相褒」，即為雙方的問答歌唱，由男女相褒或兩女中假定一人作男唱和。此種相褒，比一個人的散唱，其歌唱的氣氛更濃，可稱為最適合於山歌的歌唱形式。採取互唱的歌唱形式，我們於西洋的歌劇（Opera）能聽見，也於現代的流行歌唱中有一男一女互唱的，不過本省民謠山歌的互唱，不但比之毫無遜色，且更有優異的表現。此因由於山歌互唱的內容更廣汎，其唱詞的表達也極豐富奧妙之故。

相褒進而為歌戲形式者，即為「採茶戲」。採茶戲，由長於口才的角色，如小丑、潑婦等一男一女合演，原以唱情歌說情話為主，後來揷進一串無稽的說白笑話之類，由是唱詞既不呆板，則臨機應變之，恰如相聲帶了滑稽的成份。

類似採茶戲，另有「車鼓戲」，則純為滑稽的小歌劇，據說脫胎於「花鼓戲」，按「車」又稱「撐渡」，內容均以男女的私情為題材，由此，唱歌淫亂，表演猥褻，曾以有傷風化被禁。此類車鼓，如「桃花過渡」，現時尚傳一般民間，迎神賽會的遊行中，常看見在地面上或在人肩上邊唱邊演。

六

上述民謠的互唱，由樸素純情的訴唱而至時而唱及似乎有傷風化的那種男女間的形形色色，且唱得有聲有色，無微不至，其所唱多用機微的雙關語予以影射某種不便明言的事物，妙則在此，而這種雙關語一類（也包含一些民間常用的歇後語，俗語之類）的巧妙的驅使，當解為民間文學的一大特徵。在這些俗語、歇後語、雙關語所表現的，正是一個民族的「生活的智慧」。我們通過這些豐潤的語彙（Vocabulary），才能發掘我們生活文化的傳統（Tradition）。在這一點，民謠的存在價值是甚重要的，由此我們雖是最簡單的一首民謠，也不便輕易忽視，甚至它有點淫亂猥褻，寧可我們應要更進一步地去考究其根源。

七

民謠新表現的是一種天衣無縫的，富有原始色彩的「歌本身、詩本身」，也即為「心靈本身、人間本身」。這是由於詩的觀點最需要強調的。可以說，民謠是最大衆化的歌，大衆化的詩，不僅如此，它既然產生於民間，甚至可以說是「大衆的歌、大衆的詩」，也即為民衆化以前的「民衆的歌、民衆的詩」。它的存在及其意義，當可以我國詩經的古風比擬吧。

八

至於散唱（任意即興的單唱）、互唱（問答式的互唱）以外，另有由專人的述唱。述唱的內容多爲歷史故事的唱述，即爲古代、中世紀的口碑、譚歌（Ballard）之類，其歌唱者則類似行吟歌者。此行專事歌唱者，民間稱「歌仔先」或「念歌的」，通常以自編自念以賣唱爲業，往時常見其在街頭巷尾、鄉村市集、廟庭空地等處爲唱，到時雖不萬人空巷，也定有一場好歌可聽，不失爲大衆最親近的追遣之一。

唱者所編的歌詞則印有「歌仔簿」，一本薄薄的，不過幾頁而已，頒售聽衆每本也不過幾分錢，而往昔民衆的教育尚未普遍，文盲者多，「聽念歌、念歌仔簿」自然而然地有助於「念歌識字」，也可以說是一擧兩得，何樂而不爲，民衆借此增加其多方面的智識，昔日的民謠諒爲最有力的工具，從這一點看，它也正符合今日所標榜的大衆傳播（Mass Comminucation）。

九

由上所觀，我們已能明白民謠所具有的多方面的因素。它是歌，也是詩，似乎會給我們某種寶貴的啓示。

我說民謠爲我們的文學的古典，其意在此。它呈示給我們一種詩的關鍵（Key-Point），而從通過民謠達到詩的路線再一次回顧民謠的工作是相當繁雜龐大的，筆者素覺此種工作的艱巨而遲遲不前，幸望各方人士，在這一方面能有進一層的探討。

詩壇漣漪

※由臺大海洋詩社與大學新聞社等聯合擧辦的「現代詩朗誦會」，參加朗誦者有鄭培凱、李壯源、葉曼沙、柯美雲（Sister Michele）、黃德偉、夏菁、周夢蝶、紀弦、余光中、趙天儀、張健、林綠、鄭愁予、陳慧樺、蘇凌、古月、辛鬱等。秦松、羅行等亦出席。

※三月七日晚上在臺北市國軍文藝活動中心藝術廳，由「南北笛詩社」主持詩人楊喚逝世十三週年與覃子豪生辰祭的追思會。

※民國五十六年二月，「海洋詩刊」第六卷第四期出版。

※李魁賢譯「里爾克詩及書簡」；包括第一卷詩選，有「形象集」、「新詩集」「新詩集．別卷」的選譯，以及「致青年詩人書簡」。列入商務印書館人人文庫二四四。

※中國青年詩人聯誼會叢書，近出版白浪萍的「白鷗書」與方艮的「朝陽」兩詩集。

※吳晟詩集「飄搖裏」，石瑛詩集「青葉集」，梁雲坡詩集「射手」以及王映湘詩集「醒靈集」均已出版。

※第二屆現代藝術季；自三月卅一日起到四月二日止，假臺北市羅斯福路三段耕莘文教院擧行，參加展出有詩、畫與散文；第一晚是作家座談會，第二晚是讀者與作家座談會，第三晚是詩朗誦與芭蕾舞的晚會。

本社消息

※「笠」出版已滿三週年，預定五月二十八日在中部召開年會，研討過去決策將來，以期邁進文化復興的大道。

※日本靜岡縣詩人協會及該縣中央圖書館現代詩文庫主持人高橋喜久晴先生，於去年三月在該地舉辦的「早春的詩祭」，展出我國現代詩作品以來，對于我國現代詩活動甚爲重視，決定於本四月廿四日來臺考察現代詩及讀書指導的活動實況。

※高橋喜久晴詩集「溫柔的忠告」一書，描繪生底恐怖的空間，且具直接觸發讀者心裡的光輝，已由陳千武譯成中文，每冊六十多頁，優待本刊讀者酌收成本費四元，可以小額郵票向本社經理部索取。

※本社日本翻譯小組選譯「中國現代詩選」工作目前進展情形如左：

詹冰翻譯鍾鼎文、李莎、覃子豪、胡品清、余光中、夏菁、朶思、彭捷、張效愚、七等生、岩上、謝秀宗等人作品。

羅浪翻譯周夢蝶、葉維廉、王憲陽、吳宏一等人作品。

張彥勳翻譯紀弦、楊喚、薛柏谷、林泠、羅行、靜雲、鄭愁予、敻虹，鄭烱明等人作品。

錦連翻譯商禽、季紅、瘂弦、辛鬱、秀陶、蔡淇津、古貝等人作品。

徐和隣翻譯林煥彰、林錫嘉等人作品。

桓夫翻譯白萩、沙牧、羅門、蓉子、楓堤、趙天儀、杜國清、帆影、喬林、林宗源、羅明河、白浪萍、綠蒂、明臺等人作品。

葉笛、吳瀛濤、林亨泰翻譯作品未定。而「中國現代詩解說」一文由林亨泰負責撰述。

其他黃騰輝、黃荷生、黃靈芝、吳建堂、杜潘芳格、洪文惠、李篤恭以及譯者本身之作品，均自行翻譯後逕送日文小組彙辦。至尙有未被列入翻譯之詩友作品係因本社缺乏資料，敬希各地詩友自與上述譯者接洽供給資料。

這次翻譯工作定於四月底以前完稿，預定秋天出版。

※省籍老一輩詩人史民即吳新榮先生於三月廿六日由其故鄉佳里鎮上臺北探親，當晚十一時在旅社不幸因心臟病發逝世。先生係佳里鎮名醫，早於日據時代在「臺灣文學」等雜誌發表自由詩。光復後任臺南縣文獻會編纂「南瀛文獻」。前與本刊寫「新詩與我」。留有『震瀛詩稿』三卷由本社同仁吳瀛濤整理中，是本省重要詩史資料之一。臺灣文化界於三月廿八日下午四時在臺北殯儀館舉行告別式，特此報導並表示哀悼。

※本社同仁白萩因其本身工作繁忙，斷絕一切音訊月餘，因之「光復後臺灣詩壇的發展與檢討——淵源、流變、展望」一篇及與桓夫對談「詩的基本質素」續篇均暫停刊出，敬希讀者諒察。

詩壇散步

●柳文哲●

飄搖裏　吳晟
白鷗書　白浪萍
青葉集　石瑛
遺忘之歌　謝秀宗

飄搖裏

吳晟著
中國書局
55年12月出版

記得去年暑假，在彰化的小聚，林亨泰先生跟筆者談及優秀的新銳詩人時，亨泰先生問過我：「有一位叫做吳晟的作品，你可曾留意過？」自此，我便開始留意吳晟的作品來了。

而今，吳晟的第一詩集「飄搖裏」，的確，也給我帶來了在微微激動着的飄搖裏。作者在他的「後記」中，那麼坦白地自訴着：『我不是一個「好學生」』的時候，頗能引起我的共鳴。

我們今日的教育，因爲太過份注重平頭點的假平等的緣故，而忽略了站在立足點的眞平等。因此，尤其是在中學時代，常有特殊的文學、藝術底才能者，由於不能適應數理方面的功課，也就被列爲不良學生。林語堂先生在「無所不談」一書中，認爲數理不好，就饒了吧！眞的，一個健全的社會，一個康樂的國家，不但需要長期發展科學，而且更需要長期發展文學、藝術，以及其他有利於人類幸福的事業啊！

詩是我們人類發展最早的純粹藝術之一，而今，我們更有賴於詩來啓廸我們的智慧，來淨化我們的俗氣，讓我們在紛擾的現代社會中，把握住人性的純眞、至善與幽美！

在「錯誤的」一詩裏，作者這樣地歌詠着：

「也企望美好的歸宿
也企望滌盡滿眼滿臉的泥濘
但我屬於崎嶇的路
——我不屬於我自己」

這是誰的罪過呢？在幼小的心靈上，就負荷着這樣沈重的擔子，走着這樣艱辛的途徑。使我聯想着我們這一代的青少年，爲了升學的階梯，違背着自己的心願，走着與願違，而且又被認爲是錯誤的「崎嶇復崎嶇」的路。

顯然地，作者不是憤怒的少年，也不是反抗的叛徒，雖然，他也嚐到了一種靈魂的流浪底滋味，一種對於自己存在的陌生底異鄉人的感受。在「漠」一詩中寫着：

「所有的燈光，都亮起了繁華
亮起群鍵的跳躍
你投入，是一枚沈寂
一枚恁地不和諧的孤零」

這種早熟的悲哀，也就是像作者在那種苦悶的日子裡，才能眞切地體味得到的！當然，在那時候，他也要引「渡」自己：

「自你迤邐而去的足印之中
必有一虹，昻然升起
昻然擧起滿空晴碧」

整個集子裡，作者完全是在對生命的控訴與意志的探問，他在中學時代，居然已經能够瞭解到自己心靈的創傷，而毅然地尋覓着：

「未知的生命啊，告訴我
我尋訪的脚步，該踏向何處？」（黑色的）

我想，作者已經從「飄搖裏」掙扎出來了，當然，在詩的創造上，也是一條「崎嶇復崎嶇」的路，從他對自己生命的投影上看來，他已經不再是交白卷的人！我認爲與其在考場上獲得眞正的勝利。就詩論詩，作者的詩，不能說已十分成熟，即尚未擺脫受影響的霧氣，然而，他已自重重的迷霧中，試探着自己的方向，這正是一個好的開始。

白鷗書

白浪萍著
中國青年詩人聯誼會
56年1月

寫詩，能瞭解自己的短處，却又跳不出自己的弱點，這是一件很令人唏噓不已的事。作者在「後記」中自白着：「詩，我想是爲自己而寫的，而不是爲了別人，十年了，從早期的學習詩作，直至如今，我仍囿限於渺小而沒矯情；獨來獨去的自我世界。走不進「現代」，即是我的悲哀，我在想，也許那就是所謂婉約的詩情，古典的，舊時的，蒼白的自憐，感傷的自我主義吧！」

如果作者沒有違背自己的感受，而去逢迎所謂現代詩的潮流，並非就沒有資格去走進現代啊！等潮退的時候，是誰眞正留下了足跡，是誰已被淹了呢？我們是否寫出了眞正的詩呢？這都是還待時間來批判與印證。

作者的詩，很想製造一種抒情的氣氛，但因透明的意象不多，往往使他的抒情留下迷濛的感覺，而詩的意味也就隨着單薄。我認爲像下列的句子；較爲出色，較能給人留下難忘的印象，也許詩便是要留下幾份給人回味的緣故。

「而野店的燈點着
徒然來去：來去的馬蹄全失落在
荒路的盡處（春夜）

「潮去
留着一些迷失的天鵝星般的馬蹄花
空望着一片淚光
一隻傷心的眼瞳。（落潮）

就作者的詩齡來說，他從「藍星週刊」的中期，便已開始寫作了，也許他喜歡那種獨個的自語，他的風格依然如昔，那種淡淡的抒情味兒也依然如故，沒有因受制現代的潮流底衝激，而引起了太大的變化。

但依作者所分的四輯：「青色的草原」、「鷗語港邊」、「雨港的旅情」以及「薔薇季節」；這部集子，是他歷年來寫作的總結，我們希望他能繼續跨過他所未開拓的途徑，而且勇敢些！

青葉集　石英著

作家叢書
56年2月出版

在作者的第一集子「新春曲」（註）中，有一首「詩」是這樣的：

「詩是每個夕陽底餘輝裏，
叢林深處的歌唱。
詩是月白風清的夜裏，
遊子歷盟的風霜。
詩是海上歸去的白帆裏，
滿載着的希望。
詩啊：是我青春失去的夢裏，
遺下的美麗的幻想。」

這種詩觀，可以說是初學寫詩的人底夢想。作者經過了「摘星集」底探求，慢慢地再尋求着「青葉集」底微微閃光的詩情。誠然，他還是沒脫離散文化的意味，但，已較能把握詩素了。例如：

「靜靜的傾聽時間的回音
綠葉裹着陽光。這裡是春」（春之約）

「太陽感情的躺在廊外
他的笑是火熱的
玫瑰開着，在暮雲後」（夏日一題）

「蒼老的森林浮出赤貧的晚景」(秋的獨白)

這些句子就較他以前的作品形象化得多了，不過，我想作者還太沾戀着形式的固定性和辭藻的華麗性，這樣，反而是會失去詩底眞髓的！所謂詩的正道，是在不落俗套，探求心靈的波動；所謂詩的眞蹄，是在不落言詮，追求精神的默契；前者是在文字的層界，後者是在精神的層界。所以，作者應再求進一步，自由些，灑脫些，去捕捉純粹的詩，正如醞釀精純的酒一樣地，需要多一點的時間來釀造。

(註)余其濂的詩集「青空草」，張效愚的詩集「鼓平」，張冠英(即石瑛)的詩集「新春曲」；合名為「青空草」，由空軍總司令部政治部編印。

遺忘之歌

謝秀宗著
笠叢書
56年2月出版

「遺忘之歌」該是作者歌唱昔日的戀情的失落的夢幻吧！且看他那一首題為「愛」的小詩：

「因矛盾，所以益加追探
因甜密，所以自覺存在
因痛苦，所以希冀祈求
懸着苦樂兩極
在時間的去來裡幌動
廻旋在整整的一生中」

我覺得作品的詩，雖有些抒情兒，但不耐咀嚼；因此，我仔細地推敲，歸納出三點，擬跟作者研究與檢討：

一、感情氣氛過濃：整個集子，好像是烏雲蓋住太陽，不易透露作者明朗的微笑或心靈的溫暖，沈湎在迷戀裡

二、意象不够透明：舉個例子，倘若我讀過楊喚的那一首快板的「我是忙碌」，則再讀到作者這一首平板的「我是忙碌的」時，就會感到意象不够透明。這種散文性的說明，給我的印象眞模糊，眞的會被遺忘哪！危險噢！

三、語言洗鍊不淨：有些作者所杜撰的語法以及艱澀的文言，帶來了曖昧不淨的感覺，我想詩的語言愈貼近新鮮的口語會愈流暢愈生動呢！

簡言之：作者如果能避免上述缺點，則所謂「感覺的贈品」，就不難在孤寂的角落裡閃閃發光了！

(上接50頁)

一個人在一生中的確應該找出他應該行走的道路，路找好或找到了，再找尋目標與理想，然後要有勇氣、耐心、邁開大步向前走出去，不要回頭顧望，不要徬徨徘徊。前面就有光明的成功等待着你的。

雨季詩畫展我們這一群年青的詩人與畫家懇切熱誠地歡迎您們蒞臨觀賞，同時仰望接受前輩先進們的寶貴批評

是的，我們將在大門口恭候您們的光臨。謝謝！謝謝！

「雨季詩畫展」一些話

——蘭陽平原上首次現代雨季詩畫展

■羅明河

時間：5月4·5日 宜蘭縣府大禮堂●
地點：5月10·11日 礁溪鄉農會●
5月6·7日 羅東鎮農會二樓
5月13·14日 蘇澳鎮民衆服務站

雨季詩畫展。

這是多麽富有詩情畫意且非常親切的名字哦！

這是由一群宜蘭籍的熱愛文學藝術、富有現代創作精神的年輕詩人和畫家們，在五四文藝節爲響應中華文化復興運動，特別舉辦一項令人驚訝的（至少在宜蘭是如此）「雨季詩畫展」。

此次雨季詩畫展，由我負責企劃，以及詩人和畫家自己主辦，承受中國青年寫作協會宜蘭分會、青年雜誌社、笠詩社、羅東、礁溪青年團務輔導會、蘇澳後備軍人小組等聯合贊助，在一向被認爲文藝沙漠的蘭陽舉起了衆多向上的仙人掌。

參加展出的有詩人舒凡、藍菁、林煥彰、喬林、靜雲、辛牧、吳敏顯、江淳一、潘秀明、蘇丹、吳柳彬、羅明河等，畫家有簡滄榕、何福祥、謝松筠、邱錦益、藍清輝、江宏岷、吳忠雄、江義雄、周威權、李基春、林清介、潘秀三、羅碧芬等，我們純粹爲愛好文學藝術而自掏腰包來共同策劃這件事。

我們相信，寫詩，就是我們的生活；繪畫，就是我們的生命。

現在把煩惱和苦悶拋開，讓我們同寫詩和繪畫來戀愛。我們要去尋一份屬於我們自己的純眞與自我，努力開拓我們心嚮儀往的世界。

我們並不與一般人認爲：現在我們所處在這熙熙攘攘而又煩雜的社會中，就感覺這是一個苦悶的時代，也是迷失茫然的時代，即使是苦悶或者迷失茫然的話，我們也要有那種似乎擁有許許多多的什麽的感覺。即使眞的一無所有，我們也要爲我們自己去開創。從這裡看過去是一排排的街道就是那般刻板單調無聊，從那邊望過來仍又是一絲絲風也沒有吹起，只有令人汗濁嘔吐的濃烟掩遮天空。但是我們要努力征服、努力克服、努力啓發創作。不要常以爲我們的生命是空白，我們的生活是貧血的。因爲我們知道：所有藝術創作都是苦悶的象徵，我們必須去超越。

不要埋怨不要嘆息我們生長在這迷失、可憐、悲哀的年代，心裏頭想大家都不關心我們，尤其是我們年輕人，認爲我們往何處去？那裡？去幹些什麽？去作些什麽？我們必須這樣那樣做嗎？我們要不要嗎？一連串壓迫湧擠的問題摧殘着我們。

其實現在就讓我們跟他們一塊兒去，掙扎出這重重傳統思想束縛。我們就可以在迷失中尋回眞理和自我。那時我們就可以知道我們眞正的自己。

（下轉49頁）

本社經理部啓事

「笠」爲純詩刊，與一般商業雜誌不同，難能在利益爲主的商業書店零售。僅依賴直接訂戶的增加存續發展。

敬希愛護本誌的作讀者予以協力贊助，參加長期訂戶，可減輕全年書費及函購叢書得享七折優待，並將邀請參加本社舉辦之各項詩的活動。

全年份六期，僅收訂閱費新臺幣三十元，請利用郵政劃撥中字第二一九七六號陳武雄帳戶，免付郵資，各地郵局均可辦理。

凡介紹訂戶每滿三戶，贈送「笠」叢書一冊。

又志願參加本社同仁者，請來函接洽。

■本刊力行嚴肅、公正、深刻之批判精神，園地絕對公開，歡迎投稿。

■請嚴守截稿日期：詩創作於出版前月五日，其他稿件二十日。

■每逢二、四、六、八、十、十二月十五日出版。

■編輯部：創作稿寄：南港鎮南港路一段三〇巷二六號
理論及其他寄：臺中縣豐原鎮忠孝街豐圳巷一四號

笠雙月詩刊
第十八期
民國五十三年六月十五日創刊
民國五十六年四月十五日出版
出版者：笠詩刊社
發行人：黃騰輝
社址：臺北市新生北路一段廿九號四樓
資料室：彰化市中山里中山莊五十二號之七
編輯部 經理部：臺中縣豐原鎮忠孝街豐圳巷十四號
定價：訂閱全年新臺幣三十元
訂閱半年新臺幣十五元
郵政劃撥中字第二一九七六號 **陳茂雄帳戶**

中華民國內政部登記內版臺誌字第二〇九〇號
中華郵政字第二〇〇七號執照登記為第一類新聞紙

笠叢書目錄

I 已出版者（每冊十二元，訂戶七折）

②	白萩著	風的薔薇	（詩集）
③	杜國清著	島與湖	（詩集）
④	林宗源著	力的建築	（詩集）
⑤	吳瀛濤著	瞑想詩集	（詩集）
⑥	桓夫著	不眠的眼	（詩集）
⑦	詹冰著	綠血球	（詩集）
⑧	趙天儀著	大安溪畔	（詩集）
⑨	蔡淇津著	秋之歌	（詩集）
⑩	陳千武譯	日本現代詩選	（譯詩）
⑪	趙天儀著	美學引論㈠	（理論）
⑭	林煥彰著	牧雲初集	（詩集）
⑱	楓堤著	南港詩抄	（詩集）
⑳	靜雲著	生命的註脚	（詩集）
㉒	謝秀宗著	遺忘之歌	（詩集）
㉓	林泉著	窗內的建築	（詩集）

II 預定出版者（每冊十二元，預約八元）

①	林亨泰著	攸里西斯的弓	（鑑賞）
⑫	白萩著	以白晝死去	（詩集）
⑬	林宗源著	醉影集	（詩集）
⑮	吳瀛濤著	陽光詩集	（詩集）
⑯	喬林著	象徵集	（詩集）
⑰	葉笛著	拾穗集	（詩集）
⑲	鄭仰貴著	蝴蝶結	（詩集）

目錄

封面設計：簡滄榕

藥與詩

詹冰

人類在直接採用野生的草根木皮爲藥的時代，詩人也直接歌唱他們的喜怒哀樂爲詩。

現代的藥品是由草根木皮抽出藥分，再經過提煉，濃縮，結晶而製出的。
現代的詩也是由喜怒哀樂抽出詩素，再經過提煉，濃縮，結晶而作出的。
要發明一種良藥，藥劑師應不斷地做實驗，實驗，實驗……。
要創作一首好詩，詩人也應不斷地做實驗，實驗，實驗……。

日新月異，藥是隨時代而進步。
日就月將，詩也隨時代而前進。
因此，我們決不能限制藥的界限。
同理，我們也不能界說詩的範圍。

藥，可治療人類的身體。
詩，可淨化人類的精神。
無藥，人類就滅亡。
無詩，亦然！

萊茵河詩輯（續）

楓堤

冰上

冰上綻開一朵鳶色茉莉
嫣然的紅顏，瞬間、
在水晶池裡化成撩亂的花序
重叠的影子
是一組層層裹住的複瓣

啊，少女就是詩的學生
溫柔的手足
投射着永恒的旋律

雪夜

Chur

聖馬丁教堂的裡裡外外
天使的翅翼
各色的玫瑰花瓣

從黑夜中傳來豎琴的音符
爆開四射的烟花
滿天旋轉翻騰的彩球
鐘樓頂尖的榮光

跪在窗口的孩童的眼神
凝視着寂靜的街道
和諧的脚步

教堂墓園

Kathedrale, Chur

是誰引導我來到此地
和你對晤，享受你週遭的寧靜

早春的陽光，聖樂的歌聲
是川流不息的噴泉，灑落在
你企圖捕捉的手掌上。
父母不朽的愛心，又點燃兩支紅紅的燭光
天使幼嫩的翅膀在你的碑石上
閃現出 Reto, 1961-1962的字樣
玫瑰、黃菊以及紫羅蘭的遊伴
環繞在你的身旁。

啊，你的生命已然永存
在歌聲與笑語的年紀。
我可以用你初學的母語同你把晤，
啊，我也已然死過
但却不能和你同在
永死的國度。

鳥類在林間舉行盛會

林宗源

鳥類在林間舉行盛會
爲了那些總要開花的問題
爲了那些總要結果的問題

請看兀鷹最不遵守時間
猫頭鷹總是瞌睡
白頭吉仔總是誇大自己的白帽
烏鴉總要做無用的抗議
那些應該開花的種子
那些應該結果的果樹
被多數的厝角鳥仔頑皮地否決了

有什麼權力讓主席行使
我是被選出維持會場的
不曾賦予特權的人類
只有請群花以及衆果實

讓鳥類質問力的因果
那些寂寞又寂寞的問題

在鳥類不再討論的時候
我只有面向旁聽席的自然
請日發表，請月記錄
那至高的力的創造
是建築在奇異的意念
用高溫的血繪畫的

火和海

『有兩種不能凝視的東西——太陽和死亡！』

葉笛

1

血管中
呼嘯的炮彈
心臟中
爆炸的炮彈
大腦中
凝固了的炮彈的哄笑

耳膜變成薄的雲母
頭顱失去重量
變成連接死亡爲一直線的
兩點的一黑點

2

在八月
大陽墜落……

樹和樹和樹們
燒焦了綠色捲毛
落葉無聲

紛紛　紛紛

當大炮閉住血口
廟宇中
祭司們和猶太
爭吵着「血價」
藍藍的藍天
閉目入定
在島和海上
在海和島上

3

砂丘連緜着砂丘
矮樹和壕嶄環繞碉堡
充血的眼默望着
墜落一千次的太陽
在時間之流砂中
硝煙和鋼片消失
摧折了大樹

沒入白晝巨大的黑夜裡
而在碉堡湫隘的子宮裡
我緊握住「現在」——
一把流動的砂
啜泣著的砂

4

莎樂美端在銀盤上的
約翰染血的頭顱
投影於發紅的不眠之眼
踏過千百次死亡
輕輕地呼喚自己
猛地一醒——
哦，一雙黑色的巨掌
叩開碉堡空洞的門

5

失去晝和夜
變成地洞中陰性的植物
觸鬚長長
骨頭軟軟
我是一面網狀神經
在我之外
炮彈在葉脈中謀反……
「報告」一等兵說
「幹嗎？」
「我要到外面……」
那中士班長綳着臉說。
「你個糊塗蟲
要拉屎不戴鋼盔！」
噢，戰神
你怎能叫鋼盔保證一個存在?!

6

炮彈像罵街的潑婦
在地洞上搥胸踹足
地洞中的黑暗愕然驚立
殭死在顫慄中，……
而那自動步槍手拍大腿說
「媽的，這種震響
眞像那個騷婊子
那天和我在竹牀上
弄出來的……」
而「時間」癱瘓的肉體
掉落在我的髮叢中
一隻土撥鼠
竄進鋼盔下
窺視着洞外的藍天

〔後記〕這些詩是我在金門八・二三炮戰下的Sketch的一部分。

夜談三則

喬林

1

當大地走到沒有燈火沒有人語的地方，便把我高擧起
來，用衣服上的光證明我是唯一的大地
我的嘴便笑裂作潭狀，引誘星子前來汲水

2

當警衛的燈排護送着路上街看戲，我便把渾圓渾圓的
月亮高擧起來，讓路找不到街街找不到路
我的嘴便笑裂作爆炸狀，引誘星子驚慌逃亡

3

當黑暗露宿在野地我不眠如其心臟，征塵及戰爭便猫
式的以定靜的鎗眼虎視緊張
我的嘴便笑裂作創口狀，引誘星子前來療傷

山——杜潘芳格

墳墓的視線直打顚了遙遠的山巒
深深，披着濃藍色的絨衣，山峰不動
猶如白雲，陰霧的水滴，多麽寒冷呀
「過去」就是絕對的不回來麽。
墓底眼。
打穿遠峰的那些眼
誰也不敢踐約「未來」哩
　正如不敢誓約「神」。
站在天、地的接線上，
面向遙遠的山，墓底眼
切切實實地，喊着
「憶——乎，我要知道呵。」

弄璋之喜——吳建堂

房裡呻吟的是誰？
屋外愁悶的是誰？
曾經學堂裡並肩勉勵！
曾經月光下嬉談人生！
結下愛的珍珠!!
珍珠將伴下生產的疼苦，
陣痛却帶來家庭的溫暖，
她在床上，
他在窗外，
他們的第二代，已經進入分娩第三期！
他閉目祈禱，
她咬牙，再加腹壓，
呱呱一聲，歡迎麒麟兒。
醫師說眉目像他，
護士稱鼻嘴如她。

不是垂釣

岩上

時間擺布一張網
誰敢在此中逍遙
豬划着閒情
鰓呑吐着無知
在匆匆裡透視我的慾火
面對着逝者
且立一個傲慢
揣出去
抛物線・餌
抛物線　誘
直到你品嚐用鼻子呼吸的滋味

保齡球之變奏

林錫嘉

渾圓的
扔過來兇猛的滾動
以三隻無瞳仁的空眼竊笑
就撞着了我內里的世界

渾圓的意志爬過的
時間的脚步踩過的
路筆直地伸長成一往上引昇的光

盼望自己成爲山
成爲樹
無視風刈雨踩
任它錘擊也錘擊不出一點憤怒來
袒裸着胸
讓他們滾落一串串即將成長的煩燥

倘若渾圓能輾碎憂悶
且讓孤寂的生命昇華爲豐盈的典麗世界
（我願換位，陽光下，我是被撞擊的目標。詩人不被痛苦衝擊，生命無法鍛燒成一尊完美的雕像。走過彈雨，走過省悟的自殺；生命在受創的傷口所淌出的血中紅盈。）

仍是擲過來一團渾圓的震顫
把分秒任其瘋狂地在光亮的道上奔馳
而那只不過是射不出光芒的瞳孔啊
如此喧噪且紛擾的衝擊過來
我仍要昂揚佇立

後記：一九六七年四月廿二日，歡迎日本詩人高橋喜久晴先生訪臺，在臺北榮星保齡球館共進午餐。見一老者擲出一球，滑過時間的軌道，猛猛地把那群「人」撞倒。心好痛楚啊！想及自己多麼像那群「人」的脆弱，雖然內心的反抗堅強着。成此詩爲記。

鴿吟

——不要玩 不要玩

林煥彰

I

一組滿載着錯誤的軍車隊急急馳過 馳過那個山后 砰然
的巨響就錯落在我耳朵的廳堂 一如新春時那些孩子在我
家門口爆燃的炮竹 我曾不惜違拗他們的本性而禁止他們
說 不要玩 不要玩
想及我極爲憤怒的臉孔被那些孩子扭曲碎裂在我妻美麗的
臉龐的鏡子前 我就茫然了

曾幾何時 木屐敲響黃昏的小鎮 從街頭走向街尾 那時
我們正在晚餐 爸說 今晚的菜還不壞呢 我便多吃了
一碗

II

夜來 我想我們需要一盞燈 因此燈就在我們心的暗室裡
點燃 而我們也就這樣的白天了
血在脈管里黃河 血在脈管里長江 我是大漢 我是中華
民族 錦繡的大地是我們美麗的圖騰 銘刻在我們心的海
棠葉里

III

那種季節 我們曾經飄過葉 那種季節 我們曾經飄過雪
我們秋過 我們冷過 那麼多的季節
那麼多的季節

墓前——明台

——悼念祖父逝世二週年

冷硬地
石碑是一道阻隔
祢屏拒我於遠遠

立於此
猶循流體內
供給我 以延綿不絕的糧
祢的血液依然

獨獨地聽不見
脈搏跳躍的聲息
可怕地
祢已緘默久久

呼喊永遠迴響以空寂
泣血呵
祢安息的解脫
乃是我的永恒遺失

愛的日記

鄭烱明

祖母的告別式裏
黑衣人輕快地跳著
浪漫的舞蹈

於是糢糊的身影不斷旋轉
離心出蕭條的秋

落葉沒收我底青春
一言不發地離去
那禿枝是我
自高處觀測風的動向
雲的回歸

我疲憊的眼笑了
少年的情絲
被扭成一團脫不掉的生命的結

一九六七年四月

與妳共舞

吳順良

中國夜，調色版的幕紗
掀起了滿園的繽紛
狩獵季，自四方驚遇呼喚
假日就這樣在唇上綻開

一些圓圓的暈眩
以及鐘形的步式踩出方位
所有的花瓣交錯在鬢里
杯里的藍影浮起唐代的聯想

柔滑的纖手握住半面的夕陽
灯淺時，像妳的眉際
那解人復不解人的苞蕾
集千年醺於相對的一瞬

當鞋底踏碎了永恆
焚去日月於俯仰之間
遺落在我掌中的一抹餘音
將是百年後悠然的迴嚮……

墓——清涼

——賢愚千載知誰是
滿眼蓬蒿共一坵

波浪擎起座座的標誌
遺落在蒼鬱的荒野里
任由樹木並列膜拜
化爲晨露，滋潤花草

骰子滾過，仰面肯定
不管是誰，周圍十方尺
珍藏着偉大與渺小的答案

錫箔托高幾度遠空
人影幢幢連接無邊的歸路
彌陀寺的暮鼓晨鐘呀
山林常青，八掌溪長西……

滿眼雲烟，匆促如許
那一席之地？面對何方？
或有另一張陌生的臉孔成熟

下吧！雨們

林白楚

下吧！雨們。下吧！
我父神聖潔憐憫的淚珠。下吧！
滌盡我骯髒的身，雨們
下吧！以我父神偉大的聖名

我身虛弱，昨晚有一場戰役
在我鋼劍遙指的方向
我沈痛甦醒的鄉土，下吧！雨們
春天才來臨，在我鋼劍遙指的方向
春天，淌著我隣里父兄的血

去年的戰火，早就煮沸了雪
三叉河口的凌汛以後
鄉土啊！我沈痛甦醒的鄉土
龜裂！龜裂！昨晚有一場戰役
淌著我隣里父兄的血

下吧！下吧！雨們
春天每一朵鮮艷的紅花
都在吮取我父神的淚，以及
我身上的血，春天
每一朵鮮艷的紅花
尤其是深淵底下
四周長滿青苔的那朵
——每一個愛情都有一個戰爭
一把企手可及的劍

晨之死

白沙堤

倘若黎明蛻自百葉窗的眨眼
倘若醒覺是一種對死的恐懼
倘若知曉昨晚的睡姿不同於此時
晨，該是一具悲劇的漏斗

一翻身，你便要逼死停留的霧
在第幾次的變形脫皮，猛然
直覺有隻白色十字硬是貼近你
（屋頂碑石的叫春貓，搖吶著不死的風）

這些，够你哭上個閻王不上殿的
晨

晌午

戰天儒

晌午　寂寂　晌午
北半球的天空　晌午
（小弟弟說公雞和母雞在打架）

異教徒　念你的娘　那建築
很歌德　很壙　晌午
天堂太遠　　晌午
塔尖太瘦　不能支持
天堂不能支持
經期式的思鄉症

晌午　血色的湄公河很天眞
晌午　上游三個孩子在檢彈片
晌午　下游四個女士著在淘米
晌午　五角大厦冒著雪茄煙

午寐的蔚藍海岸　晌午
沙灘美女比基尼　晌午
寂寂，
（小弟弟說公雞和母雞在打架）

安平

施善繼

亮了三世紀那牙舊月仍是你的
熱蘭遮城
四季水流皆自你頰邊迤邐向西
而運河而輪渡而影子
確不會在心中傾圮的一闋記憶

三門砲蹲在碑石仍新的左側
雄糾糾且昂立着軍裝局
感激已睡遠的年代
盛夏如是繁衍着億萬的子孫

我們仍以恆常的瞳孔眺望

丁未年三月初四

大了

陳世英

你大了 大得够
把笑拉得平平的
哭亦不忘帶上假面
童年只不過是張
再也無法洗出相來的底片，
兒時相伴的童心竟衰老得
步伐總不能一致
突出的眼球已扭曲得 無法
將人集中在網膜的一個焦點上
烙在心中一個個夢
都被現實啃得只剩骷髏
唯愛情被修飾得像一尊女神
杯子還未盛酒 就醉了

嘉南平原

謝秀宗

靜謐的蒼綠的稻田
迤邐在我底眼簾
四月的原野
盎滿了新生
我怔怔瞭望那農莊
那裸裎耕耘的農夫
以及蒙面的揷秧女

靜謐的淡藍的蒼穹，
成群的飛鷗掠過
振翅抖擻招姿遠方
朝向那廣濶的世界遠揚而去
那年青的詩人喲
別愕住了，應該迎上前去

靜謐的嘉南圳水流
你底圳水所及
他們便充實了無限的毅力
看那蒼綠的稻禾
以及不停地施肥，噴藥
將預期到那稻穗的豐收

靜謐的嘉南平原
你是臺灣的穀倉
在此你也綠化了廣濶的視界
當我那露夜的金馬車穿過後
你那蒼綠的感覺仍殘存在我眼的曠野

摘星

周文輝

乘着象牙船
突破夜海
狂風巨浪在艙外咆哮
古代平穩的航線不復被記憶

我，獨坐船艙
燃亮船上所有的燭光
讓恐怖慢慢燃盡

雖八月是結菓的季節
但我願放棄豐收的誘惑
到遙遠的地方去探險

雖山崗上有她盼望的眼
但我願到涯角
摘顆星貼在妳胸前

於是，我孤獨的旅行
向着妳所愛的星漫無止境的航去
終而迷失了方向

稿約

一、本刊園地絕對公開。
二、本刊力行嚴肅、公正、深刻之批評精神。
三、本刊歡迎下列稿件：
富有創造性的詩作品。
精闢的詩論及有關詩的隨筆。
深刻、公正、中肯的詩或詩書評釋。
海外的詩、詩論譯介及詩訊。
詩人研究介紹及詩書簡。
詩活動報導及詩書出版消息。
四、本刊每逢雙月十五日出版。截稿日期：詩創作每單月之十日，其他稿件二十日。
五、來稿請寄「豐原鎮忠孝街豐圳巷十四號」本刊編輯部收。

本期作品欣賞●作品欣賞

喬林的作品

錦連

雪

使太郎入睡，太郎的屋頂上降積着雪。
使次郎入睡，次郎的屋頂上降積着雪。

這是日本詩人三好達治的一首在日本相當膾炙人口的作品。

由於所驅使的語彙過於簡述，而大多數讀者如果認為它是非常幼稚或未成熟的話，我們便不會去怪他們，因為他們所需要的不外是一些故事性或一些所謂「詩語」而已。

但是同樣的情形也在詩人方面發生的話，我們就不得不懷疑他的眼光——他對於詩的繪畫性的認識了。這種簡素而訴於視覺的詩，我們可以在喬林的早期作品「狩獵」一首找到。

花鹿矢跑過去。泰耶魯的兒子矢跑過去。黑瘦的高山狗矢跑過去。泰耶魯的兒子矢跑過去。

我是一靜觀的松樹。

花鹿慌奔過來。泰耶魯的兒子慌奔過來。黑瘦的高山狗慌奔過來。泰耶魯的兒子慌奔過來。

松樹凝覷着我。

（本省籍作家作品選集）

據們所知，顯然喬林從未受到日本詩的影響，但這一期的「夜談三則」即是這一系列的作品。

詩倒底是一種藝術，藝術的成立需靠按配。不講究按配，便是素材的羅列而已，而素材的按配有賴於選擇，選擇的工作即要求詩人去作非常非常困難的自我抑制或自我犧牲。

喬林的「夜談三則」與其說是思想性，倒不如說是繪畫性來得較濃。毫無疑問的，這是出自他的謹慎的按配。

作品的感想

陳千武

※**周文輝**的「摘星」，難予找出詩的焦點。

※**白沙堤**的「晨之死」，衹有一行「醒覺是一種對死的恐懼」含意不錯，但沒有發展的詩意，前後意象散亂。

※**愈之**的「沒有性慾的午后」，衹描繪了性慾的表皮，缺乏詩性的快感。

※**碧樓**的「當夜來我們苦悶」，在「古老的瓶子裡」裝的漆黑太多，成爲一篇散文。

※**馬兆凱**的「晨」，仍然表現魚肚色的黎明與露珠，不新鮮。

※**林白瑩**的「下吧！雨們」有新鮮的感受，令人感到痛苦的雨血。惟像「去年的戰火，早就煮沸了雪」，這種發想是否有所必需而創造？詩句有點刺目。精神的表現也要受完美的薰陶吧！

※**戰天儒**的「晌午」，有如阿哥哥式的詩句的跳躍，有些搖幌的輕佻的姿勢，會感覺初是新鮮，次是平凡，再來是厭煩。這些詩語確實很現代。但該不該注意思想的芬芳？

※**陳世英**的「大丁」一詩，大的頗有道理，頗有趣。

作者所抓到的詩的題材雖然不怎麽突出，但有其獨自的角度與觀點，表現得迫眞，令人得到不同尋常的快感。

※**施善繼**的「安平」，描繪風景的手法高明，似較現代而富於變化。但仔細一看，衹止於古蹟勝地的介紹而已，沒什麽引起讀者感動的內容。

※**謝秀宗**的「嘉南平原」，描寫情景很精緻，但忽略了詩人內部的世界，失去詩的眞實。

※**岩上**的詩法本來就頗爲堅實。這一首「不是垂釣」却在他那堅實的詩手法上建立了一種新的型態。簡潔地表現一則小小世界的對立「無知」與「傲慢」及「抛物線」的「餌」和「誘」，有其奧妙的「滋味」。

※**清涼**的「墓」，題材不錯。「不管是誰，周圍十方尺珍藏着偉大與渺小的答案」，這一句是這首詩的中心，且已表現了墓的一切。其餘清淡的描寫只是一種描寫。「化爲晨露，……」「骰子滾過，……」等四言絕句的寫法，過於固定的形式，是否能盡情表現出現代複雜無常的情緒呢？不無疑問。

※**吳順良**的「與妳共舞」，用優美的形容，優美的詩

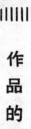

語，寫出優美的意境，無一點破綻。一般的觀念似乎喜歡這種優美，而感到這樣才有詩的味道。這在從前某一個年代也許是對的。不過，這種幻惑性的淡淡的抒情，却在現代人的感覺裡，會被視爲作者的態度過於客觀，好像在說風涼話。例如「杯裡的藍影浮起唐代的聯想」「集千年醺於相對的一瞬」「將是百年後悠然的廻響……」，這些都是爲了形容而形容的佳詞，與我們的現實切身的現代感受，離譜太遠。這就是眞正悠然『吟詩』的味道吧。

※**明　台**的「墓前」一首，詩性的表現有些平凡，然而以平凡的詩的思考整理出來的詩的結構仍很不錯。但有時符合某類詩法則的詩的結構，會缺乏獨創的飛躍，這是應該提醒的。這一首之可取的地方是出於實感的體驗。

※**鄭烱明**的「愛的日記」的作風有異於他過去的作品，看得出作者想脫出過去的單純的詩型，意圖開闢新的意境，這是追求詩所必須的徑路。但所謂象徵的詩，若作者的手法不熟練，容易墮於曖昧，心象不明的弊病。這一首詩心象的表現尙感不太顯明。

※**杜潘芳格**的「山」是一種永恒或神秘的象徵，她以「墓底眼」，能予預測的未來的眼睛，探視永恒或尊嚴的「神」，喊着「我要知道」。要知道什麽，那不是問題。只知道「過去」是絕對不回來的，「未來」是誰都不敢約的。那麽就祇有「現在」。而「現在」又似一無可奈何，無法動作的「墓底眼」，這種人生多麽「寒冷」呀。

※**林錫嘉**借「保齡球之變奏」，寫成自己內部的世界，不屈不撓的意念，無一點漏洞。詩的發展也相當堅實正確。是一首明朗的詩。

※**吳建堂**的「弄璋之喜」是赤裸裸的人生生活的一則。有如他的『和歌』不使用比喩的技巧，直截了當地挖掘人生的某一部門。很多人喜歡以表現技巧做爲詩好壞的標準來理論之時，他却不顧慮被人認爲是詩的法則那些，而以那些鏈子來拘束自己寫詩。這種熱誠與豪氣的發展是値得重視的。（按作者已出版『和歌』集「すてと共に」「老い母ありて」二冊，頗獲好評。）

※**林宗源**常以奇特的角度去描繪人生的奧妙。「鳥類在林間擧行盛會」又是類似的傑作。正如他在詩的最后二行也說「建築在奇異的意念，用高溫的血繪畫」的詩。他寫詩好像在「平凡」與「非凡」的銜接線上險而走入「非凡」這邊來。也許，這是他的詩有其魅力的地方吧。

※**林煥彰**的詩的用語很靈活，唸起來有如鴿鳥悲戚的鳴叫聲。「鴿吟」的抒情並不錯，像這一首，單以詩語言的新鮮與靈活也可令人得到讀詩的快感。不過思考的散彈留給讀者的印象，可能比思想的焦點所燒焦了的傷痕留給讀者的記憶較淡薄。

※**喬　林**的「夜談三則」很有趣。有趣的並不是「土地走」「燈排護送着路」「黑暗露宿在野地」那些詞句的倒置方法，而是表現夜本身的心象成功。雖然以「嘴笑裂

作潭狀、作爆炸狀、作創口狀」與「引誘星子汲水，驚慌逃去，來療傷」等，似乎故意按配的複誦對句，但反過來想，也許這樣才把夜一層層表現地更顯明深沉。

※**葉 笛**的「火和海」，副題是一種反語。事實，他不是一開始就在「血管中呼嘯的炮彈」裡，以詩人戰士的冷靜姿勢凝視着「連接死亡的一黑點」和「太陽的墜落」嗎。曾經歷盡戰場風雲的人，必會對這首詩表現的眞實感有切身的共鳴的。像詩人在「時間的流砂中，緊握住『現在』——」比擬「一把流動的砂，啜泣着的砂」，這種心境多麼令人顯得渺小的生命，借自動步槍手的話指出人性的存在。作者說這是從舊作整理出來的，但似乎比他的舊作成熟多了。

※「萊茵河詩輯」是**楓 堤**旅瑞士的速寫。「氷上」和「雪夜」是優美的花瓣。楓堤創造的詩語，有躍動的生命的現代美。這是他幾年來苦悶、掙扎、修鍊的成果。「教堂墓園」一首是緊湊、謳歌生命的佳作。「陽光和歌聲川流不息的噴泉灑落在你企圖捕捉的手掌上」「我也已然死過，但却不能和你同在永死的國度」等所捕捉的意象鮮活，令人欣賞無厭。

編者按：

本期詩創作共收七十多篇，經過初選及複選後採取二十三篇，但因篇幅關係僅刊二十篇，未致刊出作品亦均水準以上，且或可以說與另一方面的詩風有勝無遜，只因篇幅有限而割愛，特向作者道萬分歉意。

法國詩史（下）

——在達達、超現實主義的潮流中

安東次男作
葉　笛譯

那且不說，超現實主義由於受佛洛伊特的：人類是因太陽之光而幽微地被照到表面的無意識的質量，這種說法的啓示，而執拗地對深部意識從事挖掘的。當然那裡就有所謂夢 rêve 啦，幻覺 hallucination 啦，孤獨 solitude 啦，不可思議 merveille 啦，瘋狂 folie 等等，被剝奪從來使用着的習慣的意義，而由精神分析學的見地嶄新的被照出來。繼而，他們又給予 d'epaysement（移住，轉置），simulation（擬裝，假病）等詞句以特別的意義。雖然作爲超現實主義繪畫的基本手法，尤其前者是屢次被馬克斯・埃倫斯特等所援用的，（羅特列亞門的著名的詞句：「好像縫紉機和雨傘在解剖臺上，不期地相遇着似地美麗」的例子是他們喜歡談的。）可是，在詩的領域裡，却不出實驗的範圍。(A)它與其作爲手法，無寧作爲作者的精神的狀態時有更重要的意義。這一點，好像布列維爾，或克累的，由極其日常的世界的設定出發，又從那裡巧妙地脫出的一種變戲法的世界，像是顯示着一種完成。用 depaysement（擬裝，假病）的手法留下最值得注目的，且靈妙的作品的，恐怕就是在所謂超現實主義者之外的人。列門・盧塞兒即其一例。自然，他從未使用過depaysement這句話，也不特別對超現實主義者的手法表示過關心，對於一個詞，一個語言擁有的多義性像他一樣敏感，而表示執拗的興趣的，另外就只有寫『非涅甘斯・維克』的詹姆斯・喬易斯，以及和他們恰好從反方向，即由意義的多樣性出發，而達到它們的共同面貌的愚昧的阿爾佛萊特・吉利吧。（喬易斯的『非涅甘斯・維克』起初連載於尤眞・喬拉斯編輯的『特蘭西鍾』雜誌，這本雜誌曾多量介紹超現實主義運動者的作品，這是件有趣的事。盧塞兒的作品也曾被介紹過）。語言從沒有像被盧塞兒和喬易斯兩人一般地支解開來，而又化爲一種物（誠然盧塞兒曾完成了把它再構成爲金字塔型的壯大的建築物的，前所未有的實驗）。至於simulation（擬裝，假病）的實驗作品，可以舉布魯東、艾呂愛兒的『處女懷胎』（一九三〇年）。

我們不能不注意這些由超現實主義予以照明的各種精神狀態的根底。(B)共同地有一個重要的要素起着作用。即是諧謔humeur 這東西。諧謔就是對現實的壓迫要變成無關心，或者故作不關心的，它自然就是〔乾的〕sec，〔黑的〕noir，內部意識。超現實主義者們與其說，原來就有的，無寧說有意識地要造出這種狀態，而想從那裡看出世界的價值的轉換的。這點，特別在前面所述的傑克•窪修給予他們的，尤其給予布魯東的影響最大。我們說它的理論得自佛洛伊德，而直接地受教於窪修，並不過言。

超現實主義的自動記述的（語言的遊戲）給我們留下的大遺產之一，即是愛（eroticism）與死的問題。我們不能以爲這個問題是單僅止作爲解決被禁止的欲情的一般性方法存在於他們的念頭裡的。舉Robert Desnos的『沒有愛的夜夜之夜晚』（譯註：指The Night of Loveless Nights），或艾呂愛兒（Paul Eluard 1895-1952）的『愛即詩』（譯註：L'amour La Poesie 1929年）爲例吧。就前者來說，以押韻和亞歷山大體而成的詩句，在超現實主義頗爲稀有的這種（語言的遊戲），能如此地暴露人類的深部意識的例子是絕無僅有的。關於後者來說，一個人的倫理變相，通過性的探求，以這種自動記述來完成的例子，可說是未曾有過的。再談一個，關於死的問題，我們可以舉 Antonin Artaud（譯註：1896—1948）和傑克•理戈爲例。前者是由於毫無苛責地把存在於自己內部的創造行爲引導出來，後者是由於對人生的得失徹底地不關心，而恰如其分地正確地進行了內部崩潰的行爲，所以，不論任何情況，只有死才是生的證據，才作爲唯一的作品存留下來的最爲象徵的例子。兩人都在創造行爲的，或無關心的行爲的周圍，執拗地逡巡着，可是，終於永遠未曾到達了目的。只是僅留下了光榮的〔遊戲〕（如果能允許這麼說的話）。同樣的事情，對於和他們置身於同一運動的盧湼•克爾維兒，窪修或傑利。克列凡，甚至對藍波等的達達，超現實主義的先驅者們，或大或小，亦復如此，就是在超現實主義後期居於其周圍的路湼•篤馬兒，或吉爾貝兒＝盧崑特也是如此，在這種情形，臨床的死是自殺或自然死，是不成問題的。

看這些例子，在超現實主義裡愛與死的意義，偶爾在每個圖式之極上浮了出來，但，說來：這是對所有超現實主義者們，甚至在他們的周遭對這個運動無法不關心的同時代所有的詩人們的共同的問題。例如：「現代人揭露了無意識及其構造，而在那裡，發見了 Eros（譯註：①希臘神話的戀神之神，②柏拉圖所說的哲學的「愛」）的衝動和死的衝動成爲一體結合着」這句皮埃•吉安•邱維（

譯註：Pierre Jean Jouve 1887—）所說的話（『血的汗』序言，一九三三），就是對這一點最美妙的證言。如果沒有思過這些事情，我們倒底是不能了解超現實主義者們在後來，作爲詩人而接近革命（不論那是 Communism 或者是 Trotskiism）〔譯註：俄國革命家托洛茨基主義，與斯大林主義對立〕的活的理由的。換言之，我們可以說：他們是作爲（遊戲）過程，而不是作爲觀念觸到了極限的狀況，所以生存下來的人們才不得不接近革命的。這和他們的某人想以同一次元把馬克斯，佛洛伊德和藍波網羅在一起的事是沒有直接關係的。這一點，天主教詩人邱維下面的話，可以把生的最低條件顯示給我們。「在某種意義上，因詩即是死者，所以才成爲要活下去的偉大的 Eros 的生命本身。我不相信，有所謂在無意識的過程中選擇死骸而釘着釘子的詩。而由死骸發動的革命和行動也是不會有的」（『血的汗』序言）。

超現實主義一向被人由其否定的一面，破壞的一面給予照明，可是，倒不如像這種由極限狀況的恢復，來看他們的（語言的遊戲）卓越的意義。筆者說的意思：並不是要把青年的力量或年輕的一般在那裡看出來。無寧是比自動記述的各種試驗更現實的發見，照他們的講法，就是（出其不意的驚駭）S'urprise。超現實主義帶給現代藝術的是由於遠離現實而更接近現實的精神。即令它像摩理斯•布朗蕭說的：「自動記述是對反省與言語的鬪爭的武器。它要汚辱人類的傲慢的程度，尤其對於傳統文化給與人類的形式的傲慢。但，實際上，它自己即是對某種認識式的過分的憧憬，而予語言以無限制的信用的」（『火焰的角色』）。

現在爲了參考寫出超現實主義主要運動者的活動時期如下：布魯東（一九一九年——），阿拉貢（一九一九——三二年），蘇波（一九一九——二七年），佩列 Péret（一九二〇年——），艾呂愛兒（一九二一——三九年），愛倫斯特（一九二一——五五年），忒斯諾斯（一九二一——三九），克兒維爾（一九二二——三五年歿），米羅（一九二三——三〇年），馬遜（一九二三——二八年），阿爾特 Antonin Artaud（一九二四——二七年），奈維兒（一九二四——二九年）馬克力特（一九二四——ca四〇年）阿兒布（一九二五——ca三〇年），布列維兒 Jacques Prevert（一九二五——二九年）丹吉（一九二五——五五歿）修耶兒（一九二九——三六年）塔理（一九二九——三四年ca），捷克美蒂（一九三〇——ca四七年）等（括弧內是自參加運動到脫離的年代，乃至相當於其活動的）。布魯東的『宣言』出刊的一九二四年，機關雜誌『超現實主義革命』（到二九年共出十二冊）由皮爾，奈維兒和佩烈主持而發刊，忒斯諾斯的『爲了服喪之喪』（一九二四年），阿拉貢的『巴黎的農夫』，阿兒特的『神經之秤』（以上一九二五年）阿拉貢的『永久運動』

，艾呂愛兒的『苦惱的首都』（以上一九二六年），忒斯諾斯的『黑暗』（一九二七年）阿拉貢的『文體論』，布魯東的『超現實主義與繪畫』，『奈吉耶』（以上一九二八年），艾呂愛兒的『愛即詩』（一九二九年）等，在今日已被視爲運動的古典作品陸續地被出刊，但，另一方面，在這期間，政治上受蘇聯有托洛茨基的放逐，在法蘭西國內受巴爾比尤斯等（譯註：Henri Barbusse 1873—1935法國詩人，提倡反戰和平運動）的『克拉兒特運動』（譯註：Barbusse 等人於第一次世界大戰後倡導的世界和平運動，加拉兒特「Clarte」意爲光明，其名來自巴爾比尤斯於一九一九年出版之小說）的影響，他們之中才開始出現，對於由自動記述而來的造型的表現，以及對於運動的社會規劃態度發生疑問的人。首先以機關雜誌負責人奈維兒和布魯東對立爲始，從運動脫退的人接踵而來，這是由前面記述的活動一覽即可知道的。在這種狀況下，布魯東一九三〇年寫了『第二宣言』，又重新發刊『服務革命的超現實主義』（一九三〇——三三年共出六冊）來對抗它。在政治上，他從這時起斬釘截鐵地採取了托洛茨基的（永久革命）的道路。同時盧涅•霞爾，塔理，捷克美蒂，喬兒吉•由涅，都敏凱斯，維蘭泰奴•尤戈等人，新加入了運動。當然，這些詩人，畫家們在和馬克斯主義劃一條線的地方，是有共同的性格的。他方面，和這相對照的，便是阿拉貢出席於同年在 Kharkov（譯註：蘇聯烏克蘭共和國的工業都市）舉開的『革命作家會議』，翌三一年發表『超現實主義和革命的將來』的論文，又以長詩『赤色戰線』走向共產主義之路。三一年又由保羅•維安＝克周利埃創立了『革命的作家•藝術家聯盟』，有很多超現實主義者參加，這兩個事件可以說：有一種給運動的分裂標上最後終止符之觀。它又以一九三六年以降的西班牙內亂爲契機，把艾呂愛兒和霞爾一般的忠實的運動者，也引到人民陣線那邊去了。這次大戰中（譯註：指第二次世界大戰）他們大部分，包括不是直接運動者的詩人們在內，起而加入對納粹的反抗運動的事情，便是在這種時代的展望中早已築造成的。

雖然，認爲超現實主義運動，其盛期終於三〇年代過半，但，由於看法，可說從沒有像這樣長期繼續着的文學，藝術上的運動。『服務革命的超現實主義』廢刊後，雖不是正式的機關雜誌，『密諾投兒』（一九三三年創刊）却接上了運動（從三號起），從那時起法蘭西國內參加這個運動的人又漸漸多起來。正如摩理斯•奈都指出的：再沒有像這個運動一般地由少數的精華們的推展而通過全世界展開過的運動了。運動在第二次大戰中，因布魯東們移住美國而一時有衰微之觀，但，戰後又以巴黎爲中心，加上新人塞桔兒，古拉克，夏沙兒，海斯拉，特維伊恩，拉比克，路布香斯基等而有活潑起來的氣勢。超現實主義在美術、電影、演劇等方面開拓新形式的革命倒是比詩作品有其更大的評價的，但，此地不贅言。

再沒有比二十世紀法蘭西現代詩，詩在夢與現實，沉默與雄辯，透明與不透明，不動與動，堅固與脆弱，緊張與弛緩，歡悅與苦惱，秩序與正義，要之，在均衡與破壞之間，有過這麼大的擺動的。這些雖然未必正確地結着平行的對應關係，但，基本上，可作如是之觀。而在這兩極間搖撼着，詩就像被波浪捲動着的一顆顆石頭在時間之下獲得那種堅固性似地，獲得了語言自身的物質的堅固性，我們可想像結果它是由動走向不動，由破壞走向均衡，而規定了自己的位置。而支持它的，便是戰爭的事件和達達，超現實主義的運動。無可諱言地它不是作爲一現象的戰爭。而是包含着戰爭的過去，現在，將來的持續性的像貌的（我想在這裡回想最初引用的查阿拉的話，不是徒勞無益的吧）。大概他們在這個戰爭的(過去・現在・未來)之中不得不看出，十九世紀的決定論的最後而又最大的相貌，才又冒着所謂超現實主義的新的又一個決定論之危險挑戰的。那時即算他們在文學上擁有一種成熟，不是不可思議的。從一九三〇年代後半到這次大戰後，法國現代詩所顯示的幾種成就便是如此。例如路維爾蒂Pierre Everdy的『古鐵』，桑・約翰・佩爾斯的『流謫』，密修Henri Michaux 的『試鍊——趕惡魔』，修佩兒維耶路的『誕生』，Jean Jouve的『證人』，Tristan Tazra的『獨語』，Paul Eluard的『詩的大道小徑』，René Char的『激怒與神秘』，再拿 Louis Aragon 最近的，副標題爲Poe'me（詩篇）的詩集『愛露莎之瞳』（譯註：Les Yeux d'Elsa，一九四二年初版；此詩集的各篇是從一九四〇年十二月至四二年二月之間，爲時一年三個月之間寫的。爲法國投降後的虛脫狀態到抵抗的精神萌起時的作品）爲例吧。這裡，除了路維爾蒂的，和 Jean Jouve 的一部分之外，都是一九四〇年以降的詩作，這些作品含孕的成熟，便是不用語言的媒介而想直接向生命的根源，或向宇宙的絕對性，觸及的持續而根深蒂固的欲求，而這種欲求在這半個世紀裡使詩人們造成了一種壯大而獨自的內面的宇宙哲學乃至方法。這些宇宙學或者神話學，不啻在各個詩人們的內部形成牢不可拔的一世界，更和外部世界均衡着，時而呈現要吞盡它似的激烈純粹的情意的光輝。可是它並不需要像桑・約翰・佩爾斯，Pierre Jean Jouve，或者像 Aragon似地雄辯爲條件的。如同 Michaux 一般地，從緊張和弛緩的一絲間隙裡宛若迢遙的遠方乾的萌芽似地出現的情形也好，或者像Pierre Everdy似地，直以相同的姿勢和物象對座而至於自己要消失於微視之世界也無不可。這種事情，不必說在法國，就是在世界的詩底歷史上也是未曾有的。

而且或多或少地，這些情意的原型，或者縮圖等在resistance（譯註：抵抗，抵抗運動，第二次大戰中，法國文學者對德國的抵抗運動爲其開端。）的詩中是隨處可見的，戰後的年輕的詩人們愛曼紐埃兒，更年輕的比修愛得（譯註：Henri Pichette，一九二四年生，超現實主義的後裔，他說：「詩是對習慣的弔喪的禮砲」，其詩富有抒情的爆發的才能），朋奴皇（譯註：Yres Eonnefoy，一九二三年生，已出兩本詩集，『都維的動與不動』〔一九五三〕和『昨天支配了沙漠』〔一九五八〕）等人也是一樣的。就吉安・卡斯的『在單身牢房制作的三十三首十四行詩』來說，在那無光的時代裡，以 Sonnet 的近代抒情詩宿命的（因其如所以吃虧）形式寫的，並且就算到那時從未有作詩的經驗而突然變爲詩歌的作品也好，都是一樣的。問題不是由自由詩抑或定型詩，亞歷山大體抑或奧克多施拉布，這種單純的形式論產生的。所有的形式將被援引。同時，所有的形式亦將被摒棄。Desnos 的『沒有愛的夜夜之夜晚』，或者從Aragon『斷腸』到『法蘭西的蒂阿奴』等在德軍佔領下的作品的形式的古典性，乍見之下像是被擱在互相背離的狀況下的，可是對於精神危機的詩人內部的闘爭這一點，却給我們詮釋着它實在是在同一狀況下的〔語言的遊戲〕。前面所述的 Aragon的詩集『愛露莎』（一九五九年），就是將它更自由地（隨着詩想的流動，巧妙地選擇了自由詩與定型詩），作爲多起伏的精神的交響樂讓我們聆聽的最新的例子，結果在這兒，由破壞走向均衡，而且是走向不可抓握的均衡的，現代詩的確然不移的步子是不變的。它同時和阿保里奈兒在一九一九年的，在『新精神與詩人們』所傾訴的問題是互相連繫着的。

笠下影㉘

金軍

紅葉

紅葉
像文字在飛……
落在
被寒冷吹白了的雪紙上
是一首血的詩
是一篇反抗的宣言
向黑暗的平野癡望

I 作品

冬夜（一）

冬夜
又濃黑
又漫長
我睡在
寒冷的稻草鋪上
夜半
我驚醒起來
推開了窗門

冬夜（二）

原來
那驚動我的
是天邊而來的
春天的脚步聲響……
夜行人
在我的窗外走過
隣村的狗
用惡毒的聲音狂吠着

我快爬起來
打開窗門一望
大地給黑暗堆滿了

我要在冬夜里
燃燒起一把野火

照亮
夜行人的前路
怕他們在黑暗中跌倒……

這沙漠

一望無邊
這世界
這沙漠……

那有綠色的樹
那有發光的河

這裏的駱駝
就像是花朵
那駝鈴響着
彷彿唱着寂寞的歌

而風這多事者
把寂寞傳給我
又傳給我的駱駝

我默然地走着
像駱駝

我馱着希望
走在這世界
走在這沙漠

I 詩的位置

在二十世紀四十年代與五十年代之間的中國，歷經了對日抗戰，以及剿匪，以及大動亂。中國詩人，一面體驗着離亂的痛苦，一面期望國家的復興。在民國三十九年九月，詩人金軍出版了他個人的第二詩集「歌北方」（註）正是一種希望的象徵，他憶念着家鄉的浩刼，而且荷鎗馳騁於戰鬪的行列。那時期，臺灣成爲民族復興的基地，同時也帶來了詩的火種。所謂播種時期的詩壇，該是指「新詩週刊」的前期，包括「火炬」、「寶島文藝」、「海島文藝」、「半月文藝」、「野風」等文藝刊物出現的時期。當時出現的詩人；有金軍、葛賢寧、鍾鼎文、紀弦、覃子豪、李莎、明秋水、張自英、彭邦楨、童華、鍾雷、上官予、鄧禹平、王岩、亞汀、沙牧、童鍾晉、張秀亞、蓉子、辛魚等等；後來轉寫小說的有墨人、潘壘、楊念慈、楚卿、公孫嬿、古之紅等等。

播種時期的特色，固然在藝術技巧方面較為素樸，但那種戰鬪意志的蓬勃，却使詩壇充滿了朝氣。詩人金軍的作品，在那時期出現，已具自由詩的風味，因此，我們把他歸入「自由詩的行列」，此乃鑑於後來詩壇所謂「格律詩」的復辟底一種對照，我們認為自由詩乃是走向現代詩的一種伏筆，也可以說是一種雛型。

(註)詩人金軍在民國三十八年於上海出版第一詩集「碑」，在民國三十九年九月於臺灣由詩木文藝社出版第二詩集「歌北方」。

Ⅲ 詩的特徵

詩人金軍成長於中國北方的農村，又參加革命戰鬪的行列，他不但是個愛者，而且也是個戰士；他愛苦難的國家，他惦念受難的田園，他「在軍營中工作 不是為了你也不是為我」；他要為更遠大的理想而奮鬪。

金軍說：「我的詩，是我痛苦以後擠出來的痛苦，而不是詩，而是痛苦。」倘若詩人是用生命的心血來寫詩的話，則可以避免無病呻吟，以及標語口號。像「這沙漠」一詩所象徵的堅毅的精神，表現了他奮鬪的人生觀，蒼勁而活潑。

也許就詩的技巧來說，還是一種羅曼的表現；但我們從他那種真摯而自然的節奏裡，可以聞到一種泥土的氣息，一種自由的情操，一種理想的寄託。

Ⅵ 結語

詩，是要植根於生活的土壤裡，默默地播下種子，且辛勤地灌溉。新詩，從自由詩朝向現代詩的過程中，我們對於那些真正的播種者，那些只問耕耘的無名英雄，感到非常的景仰與欽佩，對於那些紀念性的作品，決不是以所謂名氣來衡量，更不是以所謂前衛來互相標榜的。歷史，是不可以用自我中心來自欺欺人的；詩史的研究，何嘗不同呢？

楓堤

生活，對於我，是難於預見和判斷的命運的挑戰；無論如何，是血淋淋的現實。它可能是一個幽深的陷阱，一段擺盪的走索，但也可能是一口甘冽的泉井，一粒飽滿的菓實。它擊發我的情感，使我不得不依靠詩，把它剖白出來，且因而得以自我觀照。

實際上，詩，就是這麽一回事。不需要什麽宣言，也不必喊出口號。生活，就是我的詩；詩，就是我的生活。

I 作品

值夜班的工程師

夜，掙扎着
彤色的眼睛
徘徊在遠方的展望
青草地上
揚着蹄子的小羊呢
四周盡是水泥地
粗糙得像腐蝕試驗過的樣片
灰濛濛的水泥地
禁止踐踏
而又禁止僭越
而又禁止吸烟
夜，掙扎，掙扎着

在十六角的塔下
值夜的工程師
用濾斗似的眼睛
過濾着顫聲的夜

誕生

——給棻兒

從濃密的叢林的缺口
展出一片廣漠的世界

疏落茫茫的草原
在鼠灰的空中，淩亂揮舞的
是一再逝去而又依然閃熠的星光
如果初試的啼聲是一種訊號
三十年岩層的盤踞，業已飽滿
而妳的枝葉仍必須
在風的波浪中
穿出，抉擇一個方向
為了翱翔，仍須忍受掉落羽毛的驚惶
當白羽徐徐飄落的時刻
在初露曙光的清醒中
陳列出一面旗幟的招展

塔

黃昏的時刻已到
樹林把一片入暮的蒼茫
投落在塔的遠方
用你軟軟的手去探測水的根源
那消息是在水鏡的背面
好似一閉鎖的錦匣
難予預測的季節的幽徑
就好似那蒼茫封住的塔
永恒的生命在此靜立
就好似，啊，終究在深邃的根源
樹木擧起，指向入暮的天空
殘暉呼嘯而去
蒼茫落在你的跟前
你的影子呵，必定要長大
你探測的軟軟的手呵
必定也要塑造一座孤立的塔

Ⅱ 詩的位置

早在「野風」的中期，田湜主編該刊的時候，楓堤已經是不太陌生的作者了。他喜歡在一種情趣與一種意象之間尋找詩的醞釀工夫，起初當然稍為酸澀，但慢慢地也就甜美而芳香四溢了。

正當詩壇各立門戶，現代詩遭遇冷落之際，「笠」詩誌的創刊，不啻是一種強心針。該刊一面力求詩壇門戶的開放，一面鼓舞年輕的一代起來創造。就在此時，楓堤也參加了「笠」的行列（註），不輕言虛無，不賣弄技巧，而是打從生活的本位出發，有一份怎樣的感受就有一份怎樣的表現，純樸而眞摯。

「笠」的行列，除了「跨越語言的一代」以外，便是「年輕繼起的一代」；但在「笠」崛起的時候，已經都不怎麼年輕了。有些在「現代詩」、「藍星」、「南北笛」、「創世紀」等有過表現的，諸如白萩、黃荷生等，我們不擬再談，現在我們以「笠」爲核心而成熟起來的詩人，如楓堤、林宗源、趙天儀、杜國清、喬林、林煥彰、林錫嘉、鄭烱明等爲研究的對象。

（參閱）楓堤第三詩集「南港詩抄」的「後記」。

Ⅲ 詩的特徵

一種詩的情趣可以使人回味良久，一種詩的意象可以令人閃爍發光，詩，往往是在一刹那的情境中觸發，經過心靈鍾錬的功夫，而變成詩的構成；詩的語言只是表現的工具，但詩人善於用此工具時，便能創造其一己獨特的風格。

乍看之下，楓堤的詩，在語言方面，彷彿有些婉約，有些柔和，然而，吟味細讀以後，就覺得婉約中有些率直，柔和中有種硬朗，乾淨而俐落。楓堤早期的一些作品，戲劇性不够鮮明，在明麗中缺乏某些流動性的韻味；但他近期的一些作品，就強烈了許多，詩情跟着濃厚，詩趣也隨着異樣的變化多端，富於機智的表現。對於這樣有潛在力的詩人，又肯下功夫努力，其前途是不可限量的。

楓堤的詩，是較爲晚熟的，但晚熟得非常可愛，正如陳年的好酒一樣，不怕歲月的流轉，愈久愈芬芳。

Ⅳ 結語

自從楓堤接觸了一些德國詩以後，他便孜孜不倦地勤讀，並且也嘗試翻譯里爾克以及其他詩人的作品，這種認眞學習的精神，就作爲詩人而言，本來是一件非常平凡的事。可是，放眼看看我們今日的詩壇，那些儘想過過詩人的癮，而不想在詩本身中下一番苦功的擬似的詩人，多如過江之鯽時，我們就不得不想到楓堤這種精神的可貴了，爲什麼詩人方思的話，會使楓堤奉爲寫詩的座右銘，如果瞭解個中底細，就不言而喻了。

河上祭

——給「笠」同仁

杜國淸

既然這樣，我走了。就在下定決心那天，開始下雨。假如雨水都是淚水，淚水都鹹得像海水。那時臺北和基隆港口有着風暴，我逃到高雄，坐在愛河邊兒沈思。在那連陰雨的午后，愛河裡漂流着一條死狗。

風在水原上趕着白羊群。
風是踏浮木的頑童。
我是追風的亡命者。

六月那溫柔柔的夜。神戶躺在那兒；船是床邊兒的綉花鞋。上來吧。幾次從摩耶山上眺望：那海喲。

到箕面的時候，在那霧氣瀰漫的黃昏，溯着河谷，聽着水聲，找到山上的瀑布。紅葉落了。在那清溪的水流中載浮一葉輕舟。紅葉落了。在那濕泥泥的山路上埋葬一葉變態的晚霞。（戀是多角型的嗎？）。當我在霧谷裡迷失，悔恨從楓樹上掉落下來，眼前是異國滿山紅葉。

下雪。那是聖誕卡上的風景。雪是那個老人的鬍子。雪壓在樹枝上，輕輕地。雪墊在草床上，軟軟地。雪是冷酷的讓我們在靜夜裡彼此依存一點兒溫暖。雪在髮上築巢。雪是無情的淚水，從眼邊兒流下。血流着。雪是血，是罪，是誰，是水，是罪……。

冬天早晨，口裡吹着銀色無聲的喇叭。

穿着和服，掛着純白羊毛的披肩，從地下街的人群中靜靜地走過。吸一口她們吐出來的空氣吧。

地下鐵的月台上，那些罐頭裡倒出來的鹹魚頭！

金閣寺。大阪城。巴士上的車掌小姐說什麽左邊兒「摸她」（motor）右邊兒「窩癩」（alright），前邊兒「新鍋媽急」（信號待）！金閣寺上的風向鷄，你說些什麽呢？坐在水池邊兒的她說：那是鯉魚，來吧，我的戀。小夜奈良。再見。

那麽，去看「死脫麗譜、羞」吧。河有兩岸。兩山之間叫做谷。桃花源記。總在禮拜六的晚上失眠，在西洋式或日本式的房間裡喝一瓶安賜百樂。

談談艾略特吧。艾略特的詩裡沒有脫衣舞。（難道他沒看過？）每次從那河邊兒經過，總定下脚步想想，那不是漂流着空瓶、煙蒂、手絹兒的泰晤士河，也不是咱們那條愛河。（愛河！愛河！在那連陰雨的午后，愛河裡漂流着一條死狗！）我常坐在那河邊兒的柳樹下，幻想普魯佛洛克微禿的頭從河上漂來，讓我在他那禿頂的地方寫下一篇祭文，請他帶去拜訪爲我失身的河女——。

河上無水。

一九六七、五、二七

自剖

鄭炯明

像我這樣個性，這樣年齡的人，我想，寫詩不是一件什麼值得誇耀的事吧。

所謂暴風雨前夕的平靜，目前我正面臨類似的情況，也即是起步前難挨的剎那。安逸幸福的生活與少年特有的夢幻，促使過度負荷的心靈勉強行走，隨着聲音，透過微妙的空間，尋求詩的所在。

自然界事物的完成，有很多非我們的智慧所能解釋，我們的肉體在此力量中，正如海濱一顆沙粒的渺小。我也曾渺小過，那股衝破籠子的強烈欲望，我爲之躍躍欲試。我的形象成了沉默的穀子，那樣頑固地被置在一邊。我的快樂是輕微的，就這輕微，我已滿足，帶著上一代被蹂躪的殘留的苦痛。

現實與理想的矛盾，我的筆便落於其間的細縫裏，不放過任何暴露我們眞正隱哀的機會。這個概念一直引導我走向遙遠的旅程。仍然有人沉惑在詩的「空間迷陣」（spatial maze）裏，如此只有以毀滅來結束詩人的歷史。

詩的外衣是多麼虛僞，往往諂媚欣賞者的眼光，遮蔽詩的本質。晦澀原是詩的特徵之一，個人對事物印象無法雷同，唯一可靠的是挖掘引起我們生存顫抖的背後實體。

有一段時期，我差不多爲醫院吞噬，因我無看過比它更直接觸動的顯示，我冰冷的體要爆裂了。隨後患者將神秘塑成我的想像，不幸中，他的笑便是花開，一束插於瓶上的靜物哀愁。「先生，打一針讓我死吧。」這是初步注射的由來，我的童年只留下幾滴殘液。我不相信今晚的出診，巨大的冲浪迎來，我再站立不穩，我要退出，去烘熱的石灰窰邊，觀看苦力含淚的肌肉向熱的中心跳動，那些石塊都是飢餓的孩子。我只能用這些字眼描繪早期的我的狹小世界。

不必說一定要乘這條船到達彼岸，當人多時，我們可以等候下班，學黃昏稻田裏稻草人的無止等待，即能發現詩的絡脈已經清楚地閃爍眼前。我感到安慰，不止從詩中探索生命的奧秘，更實際的，我習得怎樣生活在複雜的社會巨流裏，施展自然的生存手段。

中國的詩究竟到那裏去了？躲在傳統的足下不能喘息，被部份天眞的人裝到烏煙瘴氣的瓶內，抑是詩主動的遺棄了我們？這是荒唐的啊。今日大多數的批評等於恭維，評者在詩中嚼到骨頭說是香肉，或許也有不知骨頭爲何物的人不少吧。

命運的徬徨瀰漫殖民地的重擔早從我們的身上卸除，我很感動人們爲生存而遭受阻碍所流露的純眞情感，一個學醫的人無珍視它，並且殘忍地割除毒瘤。我突然覺得充實許多，此項感覺能維持多久，直至我的詩源枯竭，或者自身進入另一世界？每個人有他自己的觀點，生活不過在修正這個觀點而已；方向的偏差，足以令我們走入歧途。

對我而言，寫詩不是一件什麼值得誇耀的事，我只是將整個的我投入其中，去分享短暫的生命的喜悅吧了。

一九六七年四月七日

二林對談

詹冰所使用的詩的語言

時間：56年5月14日17時50分至18時5分
地點：臺北至南港的火車上

林錫嘉：最近我有個計劃，而且已收集了一些資料，想從詹冰的詩來研究他所使用的詩的語言。詩的語言也關係着現在一般讀者的所謂詩的難懂問題。像他一向所用的化學專有名詞、物理公式，這種是否也可稱爲詩的語言？這該研究研究。

林煥彰：語言沒有所謂詩或非詩的語言，即使有也要經過詩人表現以後才成爲詩的語言，也就是說詩的語言不是既成的。即如某詩人的一句詩句，放在他的那首詩里是詩的，但把它抽出來或安排在其他地方，就不一定能成爲詩的語言了。

林錫嘉：這就是英國詩人柯洛雷奇說的：「詩是把最好的語字安排在最適當的位置。」而詹冰自己也說：「我的詩可以說是一種知性的活動。」又說：「詩人該習得現代各部門的學識和教養，傾注其所有的知性來寫詩。」這已說明了他自己的詩了。

林煥彰：哼，就是。所以我想任何語言都有可能被組成爲詩，比如「石頭」這樣的東西，你若能賦予它詩的生命，它就成爲詩；這樣像詹冰所用的物理公式和化學名詞當然也可算作詩的。問題只在於詩人是否能把它詩化。

林錫嘉：如果這樣，詩不就成爲一種學問？只有少數人才能了解。而不懂那些物理、化學的人就無法欣賞了。

林煥彰：詩發展到純詩的階段，就成爲一種學問，嚴格地說也就只有少數人才能了解。

林錫嘉：這樣的話，我們就似乎無法返回到唐代那種所謂老幼婦孺都能吟哦而被譽「詩的民族」的情景了！

林煥彰：這可說不定，可能二十年或更長的時日以後，一般人對於化學、物理的知識更爲普遍了解以後，對這種詩的欣賞可能就會引起廣泛的興趣。比如早在一世紀前，當時的前衛繪畫都爲一般人所排拒，然而今天却在不知不覺中被應用在我們的日常生活裡。總之，詩人和藝術家都是走在時代之前的。

林錫嘉：而以現代藝術創作的欣賞的局限來說，劉國松的畫就是個例子，他的畫在我們這裡就有很多人無法欣賞，但到美國却非常吃香。

林煥彰：這個情形，就如詩一樣，各人有各人的讀者，他的畫能在美國受到禮遇，是他所用的水墨是中國的，而美國人就是喜歡他們所沒有的，眞正講起來，他們也並不一定懂得了才買他的畫。

林錫嘉：你這樣講就對了，各人有各人的讀者，如果某一些讀者，他們的生活體驗，思想傾向和所持的詩觀與某一詩人所表現的詩很接近，那麼他就會喜歡那個詩人的詩。像詹冰的「黃昏的記錄」，那些物理公式是「美極了」。公式被安排在最適當的位置，他給予人的感動當然遠比用一長串冗長文字的解釋強得多。況且公式本身也是一種美（公式本身雖是一種美，但並不等於詩。）

林煥彰：是的，假使對物理、化學這方面有所認識的人，無疑他就能欣賞詹冰的詩。雖說各人有各人的讀者，但詩依然有個最高標準存在。

林錫嘉：這樣說來，詹冰的這些公式，化學名詞，我們可以把它稱爲詩的語言，當然有些沒有詩化的公式之類的，我們就不能把它稱爲詩的語言。

林煥彰：例如他的：

　理想的夫婦
不是1＋1＝2
而是1×1＝1
（理想的夫婦）

於是
早晨的Poesie
好像CO_2的氣泡
向着雲的世界上昇（液體的早晨）

像這些數學公式和化學名詞，被安排在適當的位置就不再是本來的名詞了，且已成爲一種詩。

林錫嘉：這樣，我們得了個結論任何語字甚或符號都可以用來寫詩，大概已沒有異議了！

林煥彰：南港到了，下車吧。

艾略特的詩

杜國淸譯

河馬（The Hippopotamus）

你們唸了這書信便交給洛底嘉的教會，叫他們也唸。

背脊寬大的河馬
匍伏在泥淖裡休息；
雖然看來很頑健
只是血肉之軀而已。

虛弱的血肉之軀
容易感受神經震盪；
但奠基磐石上的
眞理教會絕不衰亡。

河馬纖弱的脚步
追求物質或有差錯；
但眞理教會不必
動身就可收集利額。

河馬永遠採不到
在芒果樹上的芒果
海外的桃子石榴
却使教會精神振作。

河馬一到交尾期
發出奇妙的嘶啞聲；
每禮拜我們聽到
與神一體教會歡騰。

河馬在白天睡覺
晚上出去尋索獵物；
神工作不可思議——
教會能夠邊睡邊吃。

我看到河馬舉翼

從潮濕的草原起飛；
天使圍着他高唱
那讚美上帝的聖樂。

天使伸手抱起他
羔羊以血將他洗淨；
擠身在聖者群中
他彈着黃金底豎琴。

他將被洗得雪白，
被殉教的處女吻撫；
但眞理教會仍舊
籠罩着下界的瘴霧。

題辭引自歌羅西書四章十六節。

不朽底呢喃（Whispers of Immortality）

韋伯斯特快被死神刼走
皮下頭骨都看到了；
沒胸部的動物在地底下
後仰露出無唇的笑。

不是眼珠是水仙底球根
在眼窩裡凝然瞪眼！
他知道思想不放縱情慾
纏在死板的手脚間。

我想唐恩也是這一夥人
他認爲沒代替感覺，
可以把握抓住和突穿的；
超出了經驗底瞭解，

他知道骸骨底發寒顫抖
以及那骨髓底痛苦；
任何對肉體的接觸不能
使骨頭底熱病解止。

……………

格麗斯金：露西亞美人
勾出眼圈美更顯着；
沒有胸衣的胸脯有意給人
幻想氣胎般的幸福。

施展猫所慣用的狡計

這隻蹲伏的巴西虎
追捕驚慌奔跑的小猴；
格麗斯金有間小屋；

膚色光潤潤的巴西虎
從不在幽黯的密林
分別播弄猫那種氣味
像廳間的格麗斯金。

甚至抽象的實體也在
她底魅力四週繞轉；
我們在枯肋間匍匐的
命運使形上學溫暖。

韋伯斯特（John Webster 1580?-1625?）與唐恩（John Donne 1573-1631）：對艾略特具有相當影響的十七世紀英國文學者。唐恩為玄學派（metaphysical）有名的詩人。

里爾克的詩

形象集（三首）

李魁賢譯

柱形雕像之歌

是誰，誰如此愛顧我，使他
拋棄了他可愛的生命？
倘若有人為我沉溺於海中，
那麼我就從石質回歸
於生命，於生命中贖回。

我多麼渴望着股股的血液；
石塊是多麼沉寂。
我夢想着生命：生命多美好。
沒有人有此毅力
使我甦醒？

而我將有一回存在於生命中，
生命給我全幅的金裝，——
…………
那麼我將獨自
飲泣，飲泣着我的石質。
我的血液對我有何助益，倘若它成熟如酒？

它可以自海中，不向那
最愛我的人號哭。

新娘

喊我，情人，大聲喊我！
別讓你的新娘長久站在窗口。
在古老的篠懸木蔭道
黃昏已不再守衛了：
那是空無一片。

而倘若你來，不用你的聲音
把我囚禁在夜晚的房中，
那麼我必須擺脫我的手掌
走入深藍的園中
向前……。

沉寂

你聽，情人，我舉起雙手——
你聽：沙沙作響……
寂寞人的手勢不能
從很多的事物來諦聽嗎？

你聽，情人，我垂閉了眼簾
而這甚至對你也是太喧囂了。
你聽，情人，我再度舉起……
……可是爲何你不在此地。

我最細小的動作的印象
明顯可見地留在絲樣的沉寂裡；
最卑微的激動也不滅地印在
渴念的遠方的幃幕上。
在我的呼吸裡
星群升起又沉落。
芳香的飲料就近我的唇邊，
而我認得出離去的
天使的手腕。
只有我所想念的：你
我怎麼也看不見。

中桐雅夫的詩

陳千武譯

戰爭

沾黏砂塵的人頭，
無限伸長的紅系，
將熔解的金屬，睇睇的眼，
半裸女人，
在世界的末端，
我好像看過了那些。

暴飛的橡樹葉，
我們拼命地奔走，
我們瘋癲了，
右手的食指反逆我底意志忽而抽彎，
你的身姿消逝了，
我已殺死了你。

連結我底手指和你底心臟的小鉛塊，
小牙齒、小脚足，一切小小的東西，
在世界的末端，
我好像看過了那些。

可是，比塔！
你爲什麼向這個殺死了你的我微笑着呢，
從遙遠的地方，
像麥芽般軟軟地搖搖着，
却又躊躇着接近來的朋友啊，
不管你是亨利，
或叫着路巴徒，我不知道，
但，你爲什麼不向這個殺死了朋友的我追求罪咎呢。

我終於回來了，
曾經戀想的美麗國家，
我的軍靴仍然沾汚泥土，
現在，雖踏着東京的毀壞了的舖道，
但你在何處咳嗽着呢，
在何處舐嚐着血的牛奶酥呢。

可是，也許看得見吧，
殺死了朋友的男人，
在世界的末端，像地鼠那樣匍匐在地上的可憐相。
而且，你也許會了解的，
死不了，仍繼續活着，
是比死還痛苦的呵。

新年前夜的詩

最後之夜
嚮往最初之日的黑暗的時間
和靜靜下降的雪
和遠方的野獸們同在的夜
不鮮明的東西
在冰冷而可憐的一切的物象裡
被塑型的這種夜

小小的不幸叩着窗玻璃
人的眼閃爍灰的悲哀
最後之歌掩飾地上
在黑暗裡
聖的瞬間逐漸接近來
死和生重疊着的那個瞬間
「時」裡的那小小的點
襲擊我們以前
有甚麼留給我們應該做的事嗎

哦哦　那聖的瞬間
我們祇是被暗示
所有偉大的言語都被講盡
生的約束也不過是死的約束的變形而已
哦哦　那聖的瞬間
從向明天打開的門扉
一切的未來流進來
房裡就閃耀着水晶和黑暗的光

哦哦　那聖的瞬間
我遺忘　我被遺忘
像死屍沉入墓裡
我沉入我自己的內裡
沉入我細小而深長的海峽
沉入我黑暗的明天

少女

敵人也忘了妳
岩石也忘了妳
天空也忘了妳的血
然而妳還沒衰老
岩石和天空都不會讓妳衰老
忘了妳，在永恒裡
把妳的年齡壓住着
而假使我們
能把從枝梢蒂落的花挽回原位
也毫無方法幫助妳呢

（中桐簡歷請閱『笠』十四期）

日本戰後詩史（一）

高橋喜久晴

一般認爲日本的詩的世界於一九四五年終戰同時經了一次重大的變遷。但我却不那麽想。當然，所謂精神的歷史，雖會被外界事情的變化影響，受到文化諸現象的暫時性變遷；可是一個國家民族的傳統以及風土上堅強的血流，是無法使其急激地停流或改變的。尤其與傳統有密切連繫而根源於精神的詩，這個文化是比較其他更甚。在日本的場合，給予日本近代以後的詩，似乎受昭和初期抬頭的超現實主義運動的介紹，及其潮流的技巧與思想上的影響較大。例如一般所傳，承受日本抒情詩正統的「四季派」（丸山薰、三好達治等）的抒情質素，即到今日仍在日本現代詩裡留有深刻的影子。因此，可以說一九四六年以前的詩仍然就是戰前（昭和十年前後）的詩壇的延續。而至一九四六年夏季，由于鮎川信夫、黑田三郎、中桐雅夫、北村太郎等集團的「荒地」出現，始能稱爲戰後的開始吧。不過以詳細的分析來論，這個集團的出現也僅爲了對抗日本的抒情而出現的型態而已。

我想據於日本的抒情——這種觀點爲中心暫做觀察日本戰後的詩的歷史。因祗是追溯時間，申述詩人的業績或集團的動態，即感到無甚意義。所以我要以個人的看法去追求歷史的意義。然而可惜的是，我實在沒有充裕的時間來寫十分充滿我這種意圖的分析性文章。不過爲了『笠』我可儘量努力以赴。或有時也難免僅提及事實列述一時期集團的問題而已。對這一點即請寬恕寬恕吧。

(1) 終戰之後

於一九四五年八月十五日爲契機，進入我內部的一種奇妙的朗爽情緒，至今仍在我心裡留着一則鮮新的記憶。剛好是我四十年人生的一半在那時終了，這才更使我感慨萬千。這種奇妙的朗爽情緒是什麽呢？對于「從此以後我該走向何方去？」這一個答案的不明，就是不明白今日爲何活着的問題有所關聯的。雖然如此，總之我已經把握住能夠期待的「以自己的意志走自己的路」的時間了。而「不知道該走的方向，却竟持有自己的時間」。像這種空洞的自由——這就是我所稱的奇妙的朗爽情緒。

詩的世界不也與這種情形同樣嗎？

這一年，我最初看到的詩雜誌就是「詩研究」的最後一期。原來預定八月十五日以前出版的，但竟拖至八月十五日以後才發行。且把混亂的雜誌的狀態照樣拿出來。那就是與我所感到的奇妙的朗爽情緒一樣的混亂。這本「詩研究」在日本能信賴的詩史也沒有記載着。我接到這本資料時的印象能夠記憶到今天的原因，就是我本身那個時候正從「短歌」的世界跳出來，開始走向現代詩的時期之故。

繼之在九州有一本「FOU」詩誌於十月創刊。那是追求詩的藝術性與社會性問題的，戰後頭一次最具純粹性的詩誌。那些嶄新的編輯方法，使我這個莊稼人感到無限的幻惑着迷。在這十月到十一月之間，像「文藝」「新潮」「文藝春秋」等現在仍站在日本文學界、文化界具有偉大力量的文藝綜合雜誌也都依序地出版或復刊，這是可供參考的。而這一年，就是毛利斯・納陀的「超現實主義的歷史」一書在法國出刊，又是波爾・梵樂希逝世的一年呢。

高橋喜久晴對『詩學』上中國詩人作品的評論

葉笛筆錄

■林亨泰的作品（請閱「笠」第四期的「笠下影」）

「二倍距離」很有趣，以誕生與死亡兩極端的問題爲題材，「那樹這樹」（請參閱中文詩）有一種照應（Correspondence），最後兩行以二倍距離結束，即誕生愈遠，死亦愈遠，而以死與誕生有兩倍距離表現 tension。第一段很緊湊。但，第二段較爲鬆弛，是敗筆。

影、住宅、風景一、風景二，這些詩的作品，作者彷彿太相信語言的能力。因之流於獨斷，不過，也許，這是因爲中文日譯時造成的絕崖溝壑使然的吧。

我說他過份相信自己驅使語言的能力，是從語言的力學上的計算看來。這幾首詩並未取得語言的 Balance 之故。

■吳瀛濤的作品（請閱笠詩叢之五「瞑想詩集」）

「七月的精神」是一首尚可取的詩，因有新鮮的感受。與日本詩誌「四季」的傾向頗爲類同。

「瞑想者」「這首詩太觀念化，沒有 image的自我繁殖，譬如第一行和最末的寂寞流於說明。

■錦連的作品（請閱「笠」第六期作品）

「挖掘」是我比較喜歡的詩。詩人在尋覓流於自己胎內的民族的始源，例如第三行確能表現民族的苦悶。第二段比吳瀛濤的觀念化，實在高明得多。它很能形而上學的（metaphysical）激動讀者。

■詹冰的作品（請閱「笠」叢書之七「綠血球」）

詹冰的詩是以「感覺」來構築詩的世界的。所以詩意鮮明，容易爲人所接受。

■桓夫的作品（請閱「笠」叢書之六「不眠的眼」）

西脇順三郎曾說過：「寫詩要把無聊的現實世界稍予轉化」（大意如此）因爲經過詩人轉化的世界已不是現實主義的東西，而是超自然的。

桓夫的「殺風景」一篇就有這種經過轉化而顯形於像

片上的過程，因之含蘊着趣味。這種傾向不是很新的。但，這却不是問題，問題在乎有沒有詩的現實。「咀嚼」一篇第一行至三行，乍看之下彷彿是過於說明的，但，這種敍述也只有他才能做到的，因那裡有豐富的批判的精神。

■趙天儀的作品（請閱「笠」叢書之八「大安溪畔」）

「墜落的乳燕」一篇意欲着要表現 metaphysical 的東西。但，不太成功。好像對現實的姿勢不够凌厲，說不定是翻譯使然的吧。

■喬林的作品（請閱「笠」第十二期作品）

「破鞋」有一種內在的民族的苦惱（對談的結果了解的）第一和第四段不錯。但，第二、三段過於獨斷，語言的傳達和造形不平衡。

■沙牧的作品（請閱沙牧著「雪地」）

「歷史的假面」一詩，作風和我的作風可謂遙遙相對，但，很令我欣賞，這是矛盾的。也就是這種矛盾讀詩的快樂才豐富。原詩的語言，感受也許更美妙。而像這種詩的翻譯，最好由幾個合作翻譯，然後，可能更會接近原詩的眞髓。

■林宗源的作品（請閱「笠」叢書之四「力的建築」）

「旅社」主題似乎不太熟，因其觀念仍僅停滯於觀念。也許，他用對話式寫，可能是表現主題時更方便吧。

■白萩的作品（請閱「笠」叢書之二「風的薔薇」）

白萩的幾首詩是實在論的作品。對於思想的形象化是成功的。但「Arm Chair」的第二段捕捉的意象，不能給日本人以明確的瞭解。我不知「窗」一篇是否容易翻譯。如白萩兄能多看村野四郎和高野喜久雄的中期作品，當更能一開心眼。我希望他有更高的「冷澈」的東西。

■楓堤的作品（請閱楓堤第二詩集「枇杷樹」）

我認爲他用感覺把握着生與死。並且是以東洋人的態度把握着生與死的。是不是翻譯的關係呢。有些不能一下子打動人的心弦。似乎未達到成熟的程度。原詩可能是更清新的吧。

■讀後想到的幾點建議：

A詩的翻譯最好以能融合貫通中日文的人來擔任。

B互相了解的幾個人做譯者共同翻譯。

C大部分詩人的水準比想像的高，這些人在日本出版詩集是毫無遜色的。

D最好能和在日本的專攻文學者連絡，並時常舉行作品研究。以期提高詩的創作。

（上述作品均由本社日文小組翻譯成日文發表於日本最大詩誌「詩學」一九六六年八月號）

給笠詩社同人

高橋喜久晴

我這次來臺訪問，幸蒙陳千武氏和各地的同人以及文學關係的各位先生懇親的招待，令我深甚感激，特此虔誠道謝。尤其，比這些更令我感到興奮的是，我親自能見聞並體驗到住在臺灣的現代詩人們，付給詩文學的熱情與努力，竟較我們日本的現代詩人毫無遜色。好久，我在日本也未會嘗過像這兩個禮拜之間那麽熱烈地談過詩的問題了。這些時間使我遺忘身在臺灣，而一心沉入於詩創作裡互相交歡喜悅的同志心靈之中，迄今仍使我一直想念着很多很多說不盡的詩的問題。例如，現在我最關心在評論與創作上的追求——這也正是世界的年輕現代詩人們最關心的目標——「事物與語言」的問題。詳細即請看看拙著「宗教與文學」一書裡的「事物、語言、思想」一文吧。這就是說「某種事物，我們所要追求的主題（theme）是由于語言的發見，語言的出現，才被觸發以現存在的形象浮顯出來」。比方說，正在不明白自己要追求甚麽，要寫甚麽的混沌狀態裡，忽然由于閃出在我們腦海裡的一行詩句，使我們能從混沌中抓到我們眞正需要的主題浮顯出來。對于這種過程以及方法，我本想更進一步和大家討論。不過這是相當困難的問題。倘若今後我能永住在臺灣和大家一起討論也無法找到完全的解答的。反之，這個問題似乎是今後我們追求詩的一個重要課題。因此，必須超越時間與距離的約束來不斷地研究互相交換報告吧。

我本身，借陳千武氏的話來說，已經是笠詩誌的日本特派員了。因而，已有在本誌今後每期寫報告的義務，我會認眞履行這一義務的。又在日本的「詩學」以及其他的雜誌、報紙，我也會繼續報導「笠」的詩人們活動的情形，將過去未被熟悉的你們的活動狀況介紹給日本的詩人們。

最後，再次深甚感謝你們的好意，並祈望今後更好的活躍。在旅行中，陪我的人被視爲是日本人，而我却被誤認爲臺灣人，如此，我好像已融化成臺灣人了。

我喜愛的臺灣，再見，我相信一定還有機會來訪問的。

於五月五日，日本的兒童節日誌。

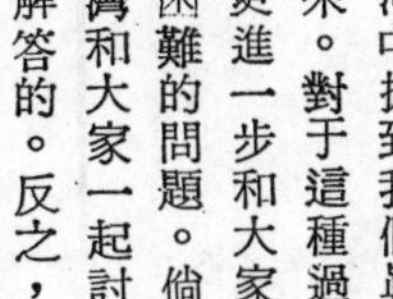

村野四郎詩論「現代詩的精神」

詩與自由

桓夫譯

詩的純粹與自由

詩這個東西似乎越思考越會遠離其本質，更加精密的思考就好像會眞得離開了詩性的世界。

然而，這却是詩的本質所造成的緣故。艾略特也說過，詩定義的歷史是誤謬與不正確的歷史。梵樂希也許是最精緻地思維過那些誤謬的一位，因爲他是正派的詩人，對於這些事的空虛必定親自體驗過。

里爾克說：所謂詩作，就是語言未曾浸蝕的密室的作業。但若把這種作業用以語言來規定或說明，那是最最徒然的。就梵樂希來說，他的詩也絕非從他那精密的論理機構產生出來的。那些詩論，似乎等於梵樂希一詩人的作品做考證的整理一樣，在心理學的領域或可成爲「學」，却無法從此抽出一行詩句來。

要決定詩是甚麼，無比這種努力更枉費的努力。若對詩有所理論，那祇是爲自己的詩創造過程在理論上整理的程序，極易墮於私小說性的論述而已。因此，我要討論詩，當然也覺悟到上述的空費；但現在，我却對T・E・休謨的 Speculations 裡的詩的思考感到最有鮮活的律動。也許，因我的詩本身好像可依據他的思考最親切地被論證的緣故吧。

休謨說：人從類型的意識脫出，能直接看到實在的地方才有詩的發祥。假使今日這個世界變成誰都能看得到實在的話，詩人這種特殊的人就不會存在了。

然而，事實，在這個現代是無法碰到那種特殊的世界，所以才有詩人的存在。事實，處於生的便宜性強迫人於假眠狀態的今日，怎樣人性的驚愕和興奮也不可能經驗。

如果有，那祇是類型的驚愕和興奮而已。我們都被迫習慣於類型性的喜悅或類型性的悲哀而生活着。

而且文明越昂進，這種類型化也會越增進。如此現代的極限狀況，不久會現出人的完全疏外和「忘却存在的夜」（海德格）。

詩就是可稱爲脫出這種假眠之夜的企圖。詩的喜悅也是在這種狀況裡窺見事物眞相的昂奮，等於人在實存的始源裡，一瞬被解放的快感。好像是「自由的抖擻」那樣的感覺。

「眞理的本質是自由」，這是海德格所力說的話。眞正詩性昂奮的本質，不外就是解放在這種眞理的依得爾（Äther）氣圈裡得到原始性的喜悅。這種解放感正如前段所述的艾略特的告白一樣，企圖向自由脫出的鬪爭，事先從語言的「發問」而開始詩的行爲。而這種挑戰的對象不僅限於外部的世界，也必須面向內部的世界挑戰才對。因爲發問的語言不外就是容易銹腐，亦容易被隱蔽的認識而已。

這樣，詩人的鬪爭，不得不更向內部的深處，無限制地繼續下去。終於會降落到無法被支配或無法被束縛的語言的世界去。這種無法被支配的語言，就是等於前段海德格所說的「叫做高貴存立者的名稱，始源的語言」。

這種無支配者的次元，就是我要說明的詩性 anarchi 的世界。

語言上的無支配是與精神上的無支配同義語。但因每一句語言都具備了意義的小宇宙，所以向它要求完全的無支配是不可能的。這對精神來說也是一樣。然而，問題却在想極限的向這種狀態接近的地方有其重大的意義。

這種無法被任何事物支配的語言空間，是與梵樂希所說的純粹詩的世界相同。他對於這種世界如此說。

「我所稱的純粹詩是等於物理學者的純粹水，是達不到的一個目標。但純粹詩的眞的意義，不外就是是純粹努力接近於理想的狀態而已。純粹的概念就是難予捕捉的一型態的概念，就是詩人的慾望或努力或力的理想的極限」

由梵樂希所提出的純粹詩的問題，終被安利・布烈蒙或H・W・嘎妻等人的提倡走入詩與音樂的問題方面去。但梵樂希的純粹詩以及絕對詩的理念，就是等於在這裡所說的 anarchism 的世界吧。

無論如何，向這種純粹詩的語言空間的接近，顯然僅以單純的修辭是無法達到的。向詩的路程就是向自由的努力的路程。

克佛利特・朴恩說「詩對是被押在無所謂現實的價值喪失的世界裡人精神最後的刻印」。這種價值喪失的世界是等於前段所述脫我的實存的次元。是停止判斷的領域，否定萬物的次元。這種意義否定的精神，由於現實的虛無化，而與獲取絕對的自由及超絕美的超現實主義的理念有其共通的地方。這一派的領袖安特烈・布爾東也說過「對自由的無限制的愛」。但可以說，超現實主義者們，若熱烈地渴望人絕對的自由時，必須也該站在那樣超現實的絕對否定的極點呢。

虛無主義的根據

虛無主義的精神是價值否定的精神，在詩上，說絕對自由的路交接於虛無主義的路是當然的吧。

對於詩達到究極的次元的經過，朴恩說過：

「在虛無主義之後以最後的型態殘存的事象，就是把自我予以永恆 style 化了的詩的型態。」

我們在現代仍不例外地可發現在優異的詩人中有某種虛無主義的要素。那是詩人在無意識也面向着究極的次元的證據。雖然現在本身確實含有許多不得不絕望的條件，但另一方面，在本質上，如不通過所謂徹底取掉「人性」體溫的這些凍冷的世界，他們就不能把自己以永恒的 style 定影下來吧。

虛無主義，是非詩的究極而是路程。不，似乎可以說是出發點。而且，那是超越時代的詩人所要負起的條件吧。

例如芭蕉的風雅之道，我想也許是這種詩人的路程。我們在今天，把他不斷冀求的停止判斷（因此他是個旅人），尤其向靜力學上的世界的路程和這種絕對自由的詩人的命運併以思考時，似可瞭解他那自開始就決意「流浪」的那種虛無主義性的旅人的姿勢，感到以鮮明的 image還元在現代詩人的面前。

不僅限於芭蕉，任何時代都是一樣。朴恩做為最後命題的那些「抒情的自我」也豎立在這否定的世界裡的一種語言的構築物。詩人西脇順三郎的「玄」的世界，也不外就是把一切現世的既成諸概念予以虛無化了的，完全無支配的人工世界而已。

無論如何，如此詩人在求道的過程上，所「實感」的事物已不能成為詩的內容。芭蕉也不例外。他的「深奧的小徑」絕不是自然的報告文學。那是冀求純粹的幻想的旅行，其詩性現實並非在自然本身，而是在映照自然的心眼這一方面。

平常不回到詩的根源去思考詩的人，往往會把這種否定「實物世界」的詩人的精神姿勢，誤認為陰畫版的衰退的形式。但事實無比這種姿勢更積極尖銳的，在這姿勢裡確有不間斷的隱微的葛藤環繞絕對的悲願而繼續着。

如果說詩是葛藤的精神戲曲，那麼沒有比較這種更能喚起永恒性戰慄的戲曲了吧。海德格也說過「挑撥存在的陰蔽的鬪爭，是人類最根源的鬪爭。」（以下略）

●●● 詩壇消息 ●●●

△五月廿八日「笠」同人在彰化市慈濟寺優美的環境裡開年會。因同人分散全省各地，北部由趙天儀、吳建堂，南部由葉笛代表參加。會由林亨泰主持，對「笠」編輯、發行等均有所改善方法之決定。

△日詩人高橋喜久晴於四月廿二日來華訪問。廿四日在臺北接受各詩社歡迎茶會，廿九日在臺中參加中國文協分會歡迎座談會，五月二日在臺南接受中國青年詩人聯誼會盛大歡迎會，五月五日搭日航機返國。他說願為中、日詩的交流而努力。

△詩人羅明河負責企劃主辦的「蘭雨詩畫展」於五四文藝節一連數天在礁溪、宜蘭、羅東、蘇澳各地展出。參加展出作品的詩人、畫家均係蘭陽地方出身的熱愛藝術青年。詩畫的精彩、展覽規模之大，比較去年三月由笠詩誌、現代文學、劇場、幼獅文藝等聯合在臺北西門街創辦的「現代詩展」並無遜色，是極成功的一次詩畫展。（幼獅文藝六月號寫作會刊青年雜誌八十五、八十六期皆有專輯介紹）。

△高青文粹雜誌社主辦的青年藝術創作欣賞會，由詩人沉冬主持，於五月四日在高雄鳳鳴電臺內舉行。有李國初版畫展、許常惠作品欣賞，現代詩朗誦計有紀弦、楓堤、朶思、桓夫、胡品清、白荻、姚家俊、張默、林冷、喬林、沉冬、瘂弦、羅行等人作品，並有現代藝術座談會等，給南臺灣所有熱愛文學藝術青年共享美麗、純眞與狂喜的一夜。

△方艮詩集「朝陽」已由中國青年詩人聯誼會出版，內分三輯，第一輯少年行、第二輯觸覺之死、第三輯朝陽集，詩七十一首，詩藻鮮美，設計艷麗，每冊十元，請向臺南市小東路湯山新村四〇八號作者函購。

△洛夫詩集第三種「外外集」已出版。洛夫繼「石室之死亡」後，近將其久已計劃出版之「外外集」數十首編印問世。該詩集由創世紀詩社發行，裝幀精美，每冊售價拾元，僅印五百冊，欲購者請逕向臺北內湖影劇五村一一八號創世紀詩社函購。（作者本人現出征越南，各友好之贈書須俟十一月返國後再行補寄，特此聲明，請勿誤會。）

△姚家俊詩集「陽光之外」已出版。內有精選作品二十七首，共七十餘頁，以七十磅模造紙精印，裝飾典雅，封面由名畫家顧重光精心設計，色彩鮮明極富詩趣，歡迎逕向臺北縣永和鎮秀朗路二段八號作者函購，每冊十元。

△楓堤旅瑞士數月，已於五月一日返國，正在忙於處理積壓事務。

△林亨泰經過一段較長時間的「懸崖悲劇」之後，業已移轉新居，得到安靜的環境，將可專心於寫作。

本社社址遷移啓事

自本期起本社社址、資料室、編輯部、經理部分別變更如左，今後一切有關之業務函件，請逕寄新址。

●社　址：臺北市忠孝路二段二五一巷十弄九號樓下

●資料室：彰化市華陽里南郭路一巷十號

●編輯部：豐原鎮忠孝街豐圳巷十四號

●經理部：南港鎮南港路一段三十巷二十六號

編輯後記

時間給我們按配這一期是「笠」第四年的出發，這非奇異的事。無需慶祝，也無需宣傳。一期過一期，這樣發刊出去。我們不叫苦、不灰心。祇是偶而想到我們這種做法的意義，問問自己，有甚麼羈縻我們這樣做。於是我們翻看「笠」創刊號的啓事：「所謂屬於這個時代的詩是什麽呢？換句話說，這個時代有了怎樣的詩呢？其位置如何？其特徵又如何？這種檢討與整理的工作，在保存民族文化與幫助讀者之鑑賞方面都是非常重要而且必須的，可是却是很少有人肯從事這一工作。本誌有鑒及此，遂不顧自身能力之微薄，毅然地起來從事這件工作。」而這件艱難的工作，由于二十幾位同人的團結維持以及熱心人士的支持，就這樣繼續下來而將發展下去。幸而，「笠」最近頗受各界重視，訂戶一直在增加，殊於海外文學界亦逐漸重視這本薄薄在寶島成長的中國「笠」，像美國哥大等大學來函訂閱六年、三年等，均令我們感到興奮。

詩要求新，「笠」也不斷地在求新，極力避免惰性固定化。我們所追求的新並非外殼形式的新，而是內容精神的新。同樣，我們對詩創作也重視內容精神，予以形式配合內容。據於這種觀點我們所選出的詩，與前一時期流行過的舊詩詞翻版或只求外觀美的形式詩，顯然有所不同。因僅具形式的詩，不接受時代的考驗，亦即不可能創造時代。

本期起連載「日本戰後詩史」，係高橋先生回國後在百忙中寫成用航空寄到的。特此申謝。

笠叢書

② 風的薔薇　白萩詩集

③ 島與湖　杜國清詩集

④ 力的建築　林宗源詩集

⑤ 瞑想詩集　吳瀛濤詩集

⑥ 不眠的眼　桓夫詩集

⑧ 大安溪畔　趙天儀詩集

每冊十二元・歡迎函購・訂戶七折優待

⑨ 秋之歌　蔡淇津詩集

⑱ 南港詩抄　楓堤詩集

⑭ 牧雲初集　林煥彰詩集

⑳ 生命的註脚　靜雲詩集

㉒ 遺忘之歌　謝秀宗詩集

㉓ 窗內的建築　林泉詩集

中華民國內政部登記內版臺誌字第二〇九〇號
中華郵政臺字第二〇〇七號執照登記爲第一類新聞紙

笠叢書預定出版

笠雙月詩刊　第十九期

民國五十三年六月十五日創刊
民國五十六年六月十五日出版

出版社：笠詩刊社
發行人：黃騰輝
社址：臺北市忠孝路二段二五一巷十弄九號樓下
資料室：彰化市華陽里南郭路一巷十號
編輯部：臺中縣豐原鎮忠孝街豐圳巷十四號
經理部：臺北縣南港鎮南港路一段三十巷廿六號

每冊新臺幣　六元
定價：日幣六十元　港幣二元
非幣　一元　美金二角

訂閱全年六期新臺幣三十元・半年新臺幣十五元

●郵政劃撥第五五七四號林煥彰帳戶
及中字第二一九七六號陳武雄帳戶

笠

詩刊

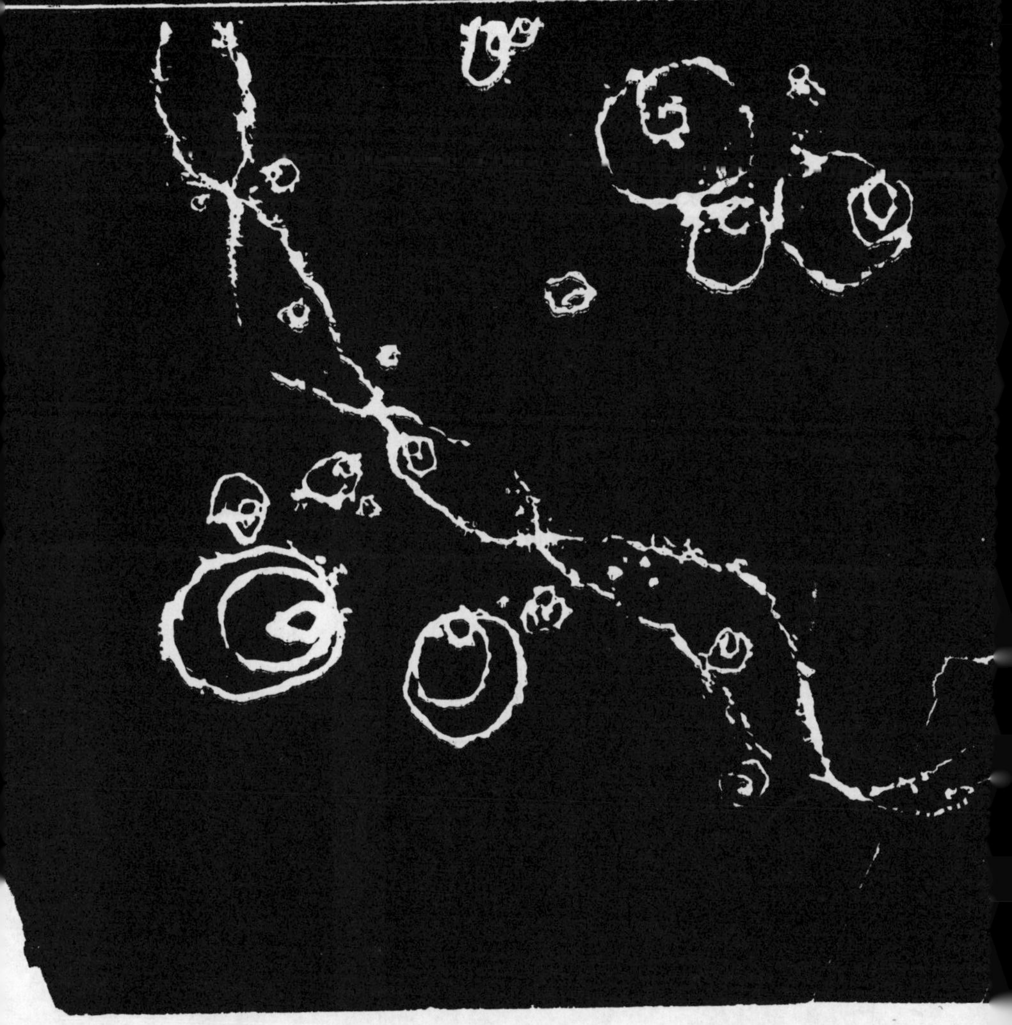

目　錄

封面設計：Chen Huei Dong

笠

20

詩與愛情

趙天儀

當我開始嚐到戀愛底痛苦的時候，也正是我開始嘗試寫詩的時候。詩與愛情，眞像一對雙包胎啊！

自從我愉愉地喜歡了詩以後，詩便給我以無限的愛底啓示，只是起初，我只配單相思，就像我的初戀一樣地幼稚，那些未成熟的所謂詩，是多麽地缺乏詩味呀！漸漸地，我接近了詩的邊緣，我不自卑，也不自大，我底苦戀，是誠摯而單純的。

而愛情呢？從童稚的友愛到青春的戀愛，因隨着年齡的增加，我感受到靈肉和諧的眞諦。我想，與其是做一個僞君子或一個假紳士，倒不如還我原始的純眞的面目。愛情彷彿是流沙的處境，使我愈陷愈深，以致於痛苦而不能自拔……

如果說愛情是詩的靈泉，那麽，詩是愛情的昇華了！我愛詩，我崇敬愛情，因爲兩者都表現了人性的純眞，也許我得不到愛，寫不出詩，但在追求的過程中，我的確有過美感經驗，只要我眞正地經驗過，我想就不會虛度此一生哩！

笠詩社

◇林煥彰

票亭間詩輯

九荒

一只軍鞋就如此破落在牆角

那是大戰以後的事　牆是臉譜　斑駁着我們的顏面　青苔如血　猶爲我們的死而活着　（砲口圓圓）整個下午我便如此對它怔住

想爲我們的呼吸尋找鼻子　我即鎮日坐在我的耳朵里　但有誰願意告訴我　關於越南湄公河及其三角洲

墳上加墳已非違章　此乃二次大戰以後新的建築　我很想在我的墓上開一小小的窗　但已爲昨日來自越南渡假的盟友築起別墅

不樂就有不樂的那種樣子　常使我坐在我的眼中憤怒

（烽火連連）　一只軍鞋就如此破落在牆角

◇詹冰

二十支的試管

試管是實驗者的第三隻手

試管中有分子的合唱

試管中有離子的舞蹈

試管中有苦惱的霧狀氣體

試管中有血淚的飽和溶液

試管中有星座的天空夜景

試管中有帶電的花朶

試管中有蜜甜的果實

試管中有芳香的詩篇

摩托車

◇桓　夫

跨上摩托車　帶着太陽鏡
放大摩登的標誌　用乳房撥開速率
她底黑髮拉長了風
活潑的心悸搖落鳳凰木的血花一朵黏在胸襟的別針
遂駛入黃昏糟亂的繁華
電桿與線條
亭仔脚與林立的牌照
車與人　昏昏旋轉一陣的碎影
碎影的游離而吻合
吻合而游離的碎影
爲了在樓厦深谷捕捉青春的回響
她把摩托車停駐莉娜女內衣店前把視線
投向櫥窗的假乳罩堆上
一瞬　美麗的落日
嘎地反映在她的側臉
刼去一長長、哀愁的距離……

試管中有麗美的定律
試管中有煉金術者的綺夢
試管中有沸點冰點的感情
試管中有溶解的悲哀
試管中有懸浮的寂寞
試管中有悔恨的沈澱
試管中有銀色的問號
試管中有金色的明天
試管中有靈魂的化學變化
試管中有眞理的透明結晶
試管上我發見了神的指紋

乾旱的天氣

◎林宗源

好開心的太陽
臉紅紅地望着
田地張開嬰兒的嘴

好傷心的魚類
倔強地掙扎在溫度溫度的隙縫
瘦瘦地憔悴的心喲！
絕不乞求烏雲的眼淚

開心的太陽
臉更紅了
唱着：蹂躪進行曲的歌

太陽好開心啊！
一日
一日

華陀搖頭

◎吳建堂

「那裡不舒服？」不答。
「頭疼？ 肚子疼？」默默地。
「咳嗽嗎？ 拉肚子嗎？」像啞巴。
「你不是來看病嗎？」「我是來看醫生的！」
「那就告訴我病情吧！」「你不是一看就曉得了呢？」
華陀再世！也許會苦笑哩！
「你是醫生嗎？給我看看是什麼病？」
醫師默默摸脈打打聽聽！
「吃什麼藥？打什麼針？」「給我看看是不是消炎片，是
不是配尼西林？」
「你這個針頭煮過沒有？打的好疼啊！」
「多少？」
「開玩笑！一針配尼西林本錢多少？你也要三十塊！」
「你們醫師常常敲病人的竹槓！」
「好吧！算了。給你三十元，但你要包醫，不好我就來找
你囉！」
華陀在此，我想也會搖搖頭！！

◎陳秀喜

近作二題

1. 思春期

神 傑作最成功的季節
透明全盲的瞳中
天使和魔鬼一樣可愛
海賊和王子一樣可愛
最馴良的動物
自己恨不得跳入捕獲者的心
於是便利捕獲的好機會
千古不變

2. 愛的鞭

祝妳定婚的花籃 彎曲的籐條
曾插滿美麗的花
如今花凋謝了 花籃蒙一層灰塵
我以顫抖的雙手
剝去捲貼籐條的銀箔紙
裸籐條弄直劈成三尺的家法

慈愛及責已
愛與怨 滿懷沸騰
最小的女兒啊
妳可知道「母愛如海」的比喻
無須我說「如何地愛妳」
妳該知道「逆女」的態度
必須我來教訓
自從妳未成熟的十八歲 曲解了母愛 自由 民主
忘却了東方美德是「孝」行
不願讓妳背着「不孝順的女兒」的名出嫁
儘管妳認爲我是老朽的思想
以野蠻的行爲 鞭打妳
當鞭打下的刹那
疼極的心流淚
求神賜助汝 反省 覺悟的一念
愛的鞭喚妳 重回母親的懷抱哭泣

五月十四日母親節

父親的遺產

◎鄭炯明

滑稽的玩笑
刻在父親嚴肅的臉上
滙成一彎溪流
淙淙地流着被蹂躪過的血液

無神的目光暴張
孩子們堆砌的
碉堡狀的積木夢幻
糾葛着昔日斯殺陣地的形象
遠了　遠了

不要悲傷啊
父親　我槍內的子彈
是用你給我的一顆赤紅的心
去射發的　父親

一九六四年四月六日

◎岩上

四月的眸瞳是敏銳的
大地已經暖和了
驀然感知那戰慄的擁抱
　是斷崖的落失

一爻鳥的高飛
　載一顆心情是什麼樣的變卦

總要有千萬個理由　終歸無言
　那秋波　那膚肌　那輭輭的起伏
　那髮鬓的柔情……
竟然凝固一個終止

仰春日欲泣無淚
原是繁花季節

玫瑰

◇謝秀宗

玫瑰植在我底心園
在焦渴的心，蠻荒的原始荒地
妳如雨，沐我渾身沁涼
在嬌陽炎熾晒紅的肌膚

妳是玫瑰，是及時雨
塡補了我心裡的藍藍
如浸我在寒洌的泉裡
閃現那鍾情的淑女

妳是玫瑰，我心上的花朵
綴串成蜘蛛的網絲
燃燒了我愛戀底火
使我縛在繭裡

玫瑰、玫瑰、妳別走
那美麗的塔正迎接着我們

禪立着如寓着情愁
哀悼着別離的愛侶

憶及，餘音便纏繞在耳際
遠遠近近如吶喊的
今夜又使我失眠了
玫瑰妳又輕叩着我理智的窄門

於是我凝望
妳歸去迢遙的路
那輕輕的落瓣
也如在嘆息我這歌者

雖然遠遠仍飛飄玫瑰底花瓣
但是荒蕪的找不出住處
那年靑狂狷的詩人
祇有每天默念着，玫瑰我愛

女字旁右邊的男人

◇莊金國

念着妳的時候
總是迴避遠遠地
讓思緒錯亂成團
成一綑沒有條理的情愫

拈花的手，偶爾記取
最後的叮嚀
而惹草的足踝却已停滯
玫瑰底溫柔的感觸中

啊妳！一個最具魅力
不善僞飾高貴風韻
的更其生動的女子
妳的眼波即將搖落那
吻在愛之外的愛的誓痕

生疏妳，遙望妳
妳竟然失足長久的
陷得令人心鬱。

等妳夢後醒來，隱在
女字旁右邊的那個男人
單純的眼光亦不再回視
他底繁複的自己。

夏日詩抄

◇戰天儒

他們竟在伊甸園外敲打着七月的戰鼓

引滿弓疾射蒼穹那輪孤暴
七月該是喋血季
當伯利恒衆星殞落
便去黑色的山后檢閱
決定誰應在夜間選擇火葬

設使　其有百分之百的絕望
我也願意去等待或垂涎
那株高懸着一顆青澀的木瓜果

誘惑以十七少女的小胸
如何我們仰望　天國總是太遠
都市死亡時
我們還聽到嬰童斷臍的哭聲
但也許那是一首輓歌
你我都在命紋掌上
所有的頹喪與哀求都無知覺

晌午刻　傳來實驗室的噩訊
證實母親也無法哄息核子們的憤怒
——這夏日　他們竟在伊甸園外
敲打着七月的戰鼓

斷頭鳥

◎沙　白

一隻鴿子掠過三更的夏空
以流浪口哨呼嘯而過
褐披衣的雄姿
高立於埃佛勒斯峯頂
——向生命抗命
　向生命索價
　　夜以強黑來
　　夜以銳黑去

廿世紀不是睡眠的世紀
我們的細胞突變了
有些衰竭，有些化癌
也懶於重提世俗的「關係」名詞
我們的體液很不自然地奔流
爲許多名詞砥柱
爲許多黑白濃染
喔！爲E／M顯現了
而我懶於爲它命名
免得像愛因斯坦的 $E=mc^2$ 一樣
令我們再度失眠

廿世紀的人們喲！
　沒有孤湖上的別墅
　沒有一尊孤靜的神像
我們太任性、太濶綽
　太浪費、太揮霍
　竟把生命交給盲目而妄拍的翅膀
我們是聾者
我們是無頭的夜飛鳥

少女

◇明 臺

與汚濁的呼吸並存
妳的純潔
罩在矇朧的光圈下喘息

被淹沒於一片湧來的黑潮
妳眸子的澄清
有一種不沉淪的羞澀的抖顫

啜飲不加糖的咖啡
涉渡陰霾的里程
推開一扇門隔着長長的距離
我的世界消失在妳的世界
而妳的世界會被摒棄
會被遺忘在我的世界

祇是
妳幽怨的眸子
顯着一則未被遺忘的羞澀哪

七月小吟

——寫給那海

◇吳夏暉

七月 那海是愛藍的
油畫家 總喜歡在湖上寫秋
或在芒果樹下記取一些日子
記一朵朵飃落的雲

在南方 七月是回憶季
拾不完詩的片片
總因秋底撩起驅散
我就無法把日子串成一首戀歌

而妳 祇會默默地走過小河
踏季外的雨痕 偶而
數着那瘦了的星

唱着七月 回憶着七月的果
愛藍的那海 以及海上的雁

喜悅

藍楓

岩石巖巖
金身坐起凝重
負火日
負箭雨
以聖人之志莊嚴宇宙
自化的聲音切切
切切而喜悅

棕櫚直直
柔臂拂亂雲絮
搖清風
搖月色
以眞人之思訴諧宇宙
自化的聲音潺潺
潺潺而喜悅

猇疾的季候風亂起
繽紛以光彩
繽紛以音色
黑酒甕歪歪斜斜醉倒在五線譜上
沈重的手把生命點抹
點抹在宣紙上
掛在歷史的光流裏

一輪夕陽
沐浴在水之湄
柔竿點皺一河濮水
打開書本
閃亮一片光明
永恒的靈魂升起
注入我的生命

我低喚一聲
醒來
喜悅

◇異 軍

流淚的年輪

最好作爲希治閣影片插曲，炮聲
我的第廿個春就瑟縮裡面
飲日飲月飲星的光。晝夜
以卡賓槍喊吶存在
圓頭的笨重的鞋𠱄過山山
總想及那朵無季節綻放的血花

◇姚 家 俊

五 月

五月，心靈的窗以沉默感動我
音樂的夢韻嬝嬝依舊，那時
我們走出年代，穿過夜
我們很快樂，也很哀傷
灑滿天閃爍的星光，夢裡柔柔的呼喚
讀你眸中蕩笑的落寞
無數個影子壓我，靜默中
灼然雕塑你修美的倩影
啊漠英
我們是製造痛苦的囚徒
讓我們一齊向天祈禱
是五月，是擠碎了昔日火焰的五月
這世界棲息於我心靈，一個姿勢
立着。那就是五月了

◇吳 重 慶

夜 行

悠長的白線於接近之後遽然離去
夜，以一片殘酷的情緒，一次又一次地捏緊喉頭再鬆去
在愈形昏沈的夜空裏，所有的形體都屏息，彷彿欲於瞬眼
間，將他的肉軀噬滅
終剩孤頹的幽魂做着無謂的等速運動

而宇宙，以難產的醜姿，自死亡的焦點向外窺覗：
朵朵底驚惶綻發於深黑的各個胩角
且就此走着，搖幌着靈影，讓阿哥哥鞋踩出失血的履跡
而吸一口滿是細菌的氣息，或無可奈何地抽根煙，去點
燃一個欲吶喊的火種
喊道：我是人，我是人，我也是人呀！
但是一切都默待：休止，永不一語底休止
也抗拒。休止，永不一語底休止
於難產的羊水中，他仍要活着

◇簡安良

潮來舟

海的墓園　寂寂
在朝雲底荒草晨霧底藤蔓內裡
海嘯前刻　週遭碣碑般地靜默
風笛嗚咽　循殉葬者底路
駛往史前海呀　舟楫
擊斃冷漠以外之感　于垂死前剎那
悲哀懊悔與空漠時空
作一西西佛底搏鬪……
一種荒謬底超越　苦痛底逸樂
雖僅瞬間，却何其悠遠啊——
——海的墓園　寂寂……

◇西　丁

想像

想像中間有一個人的步伐
近了又遠了
想像中間有一個微笑之渦
蕩漾而又收歛了
於是，想像也衰竭
也轉眼即逝去

作品合評

白萩・林宗源・鄭烱明・莊金國・葉笛（記錄）

作品：五月　作者：姚家俊

白　萩：意念似乎不太成熟，是純粹寫五月，或把五月做為戀人的象徵呢，不清楚。

鄭烱明：有一點虛浮，在用語上有些纏綿的韻味。

林宗源：好像是浪漫主義的作品，但缺乏情感的眞摯性。

莊金國：末段與前兩段有點間斷，故感覺牽強。

作品：想像　作者：西丁

鄭烱明：讀後印象，也轉眼即逝。

莊金國：作品平易，表現手法雖陳舊，但仍有可取的地方

白　萩：作品雖然寫的是愛情，寫法約屬於民國四十年左右的手法，淺白，但，說起來，還比五月令人感動，這點可證明詩的眞摯性比技巧更重要。

林宗源：淺白的詩，只要其詩的質素是純的，自然不失其為好詩，「想像」雖不是絕妙的詩，但，不賣弄技巧。

葉　笛：詩的晦澀的原因大約有兩個原因：一是由於詩人所採用的手法，譬如象徵主義的暗喻，超現實主義的自動記述，聯想的切斷等，另外是由於詩人蘊釀在心中的意象，乃至意念含混。我以為淺白的詩及晦澀的詩並不是分析一首詩的良窳的尺寸，正如散文是淺顯流暢的，但，不是詩，沒有詩的質素及叫人感動的表現手法，對於詩來說是不夠格的。

作品：七月小吟　作者：吳夏暉

鄭烱明：流行調的作品，彷彿在歌頌什麼，且注重文句的美，但，現代詩並非只注重語句之美而應注重詩質。

莊金國：句法模仿的多，如「瘦了的星」是林煥彰的句法，也多少有綠蒂的句法。

白　萩：和五月差不多，意念不清晰，像觀光飯店的菜，看起來很豐美，但，却常是剩菜的總和。

葉　笛：白萩的比喻令人噴飯。但，言歸正傳，我認為這

首詩的語言是玲瓏，在驅使語言上，有相當的能力是無可否認的，可是一如鄭烱明說的，現代詩不只要求句子的美，那麼，我想到一個問題，到底從現代詩裡，我們要求什麼？我個人的看法是除了語言的建築架構給予人的美感之外，一首現代詩應該有令人感觸的深沉的情感和思想，一種把人們從平庸凡俗的感情或思想觀念提昇起來的東西。否則，我們只要讀流行歌的歌詞已够了。

作品：夜行　作者：吳重慶

白　萩：太散，未能捕捉形象，而表現的形象與主題無關

鄭烱明：對於意象的塑造很賣力，但，不很成功。

葉　笛：有些句子！如：「在愈形昏沉的夜空裡，所有的形體都屏息，彷彿欲於瞬眼間，將他的肉軀噬滅」表現的方法不落窠臼可取，感覺也很尖銳，但，後面兩段似乎太散文化。

作品：流淚的年輪　作者：異軍

白　萩：我們若能了解越南的時代背影，而後再讀這首詩便很能受感動。

鄭烱明：令人生起許多感觸，在不能受到完整的祖國文化的環境下能寄此詩，實在難得。

莊金國：稍有定型，每段兩行，分三段，是否恰好是最能表現其內容的形式？

葉　笛：我自己認為這是一首好詩，從語言的錘鍊上，形象的塑造均相當成功。但，讀完這首詩，我感覺世界的殘酷：例如「炮聲，我的第廿個春就萎縮裡面，」這殘酷的戰爭使青年人的悲哀開花得太早，為什麼要叫一個年青人：「總想及那朵無季節綻放的血花」呢？如果戰爭是仁慈的，我們可以歌頌戰爭，但，一個戰爭緊接另一個戰爭，整個世界，每一角落，「晝夜，以卡賓槍喊吶存在」這似乎是當前世界的寫照，「流淚的年輪」把許多內容壓縮，在短小的形式裡，故其思想有一種會呼吸和控訴的力量。

作品：潮來舟　作者：簡安良

白　萩：「潮來舟」這題目很怪。

莊金國：什麼「底」，……「底」，「底」的用法多。

作品：二十支的試管　作者：詹冰

鄭烱明：能把自己所看的實在與幻想聯在一起是特點，此詩雖有說明的味道，但，把電比喻為花，把沉澱比喻為悔恨，這些是很微妙的。

莊金國：用理化實驗的名詞來形容，有一種對比的美。

白　萩：詹冰很能從生活中提鍊詩趣，但，我更喜歡看他寫理化實驗室以外的詩。

葉笛

作品欣賞

A 二十支的試管

如同白萩說的，詹氷一向很能從一般人認為不詩意的理化實驗中去實驗自己的詩。二十支的試管，恰好二十行，每一行是一種觀念和情感的實驗，不多不少正如二十種實驗。其比喻皆屬明喻，淺白而有詩意。可謂匠心獨運。令人感到詹氷寫詩是具有冷靜的耐心的，這一種詩確實獨樹一幟。

B 摩托車

「摩」篇在意境及語言的驅使方面，可以看出用心的斧痕：「用乳房撥開速率」其實是速率要撥開乳房的相反的寫法，「她底黑髮拉長了風」寫法也是一樣，用字很白而簡單，形象却很鮮活，而最絕的是這位「用乳房撥開速率」的女人却在女內衣店前把視線投向假乳罩堆上時：「一瞬 美麗的落日，嘎地反映在她的側臉， 刼去一長長哀愁的距離……」這種對照的寫法是桓夫含笑的詼諧，帶着一絲絲對現代人趕時髦，刻意追求人工美的暗嘲，很能把握住現代人心裡的陰影而用形象把它塑造在讀者的眼前，乍讀之下，彷彿是溫情的玩笑，但，其思想却是深刻地叫人沉思的。

C 愛的鞭

是一首溫愛的詩。對於十八歲的少女的關懷可謂無微不至，有慈愛，有隱憂，也有祝福。我覺得中段的句子如果少一些直敍式的說教，而用暗喻寫出來，就會更成功。

D 九荒

「九荒」一詩，無論在技巧及思想上都是成熟的。由一隻牆角的軍鞋引起牆的臉譜的形象，引入越南湄公河及其三角洲，（其實是想及戰爭不息炮火和殺戮）再走進墳墓的新建築（其實是談死亡的形象）然後使詩人坐在「我的眼中憤怒」然後，軍鞋又呈現於牆角，其手法類似電影的蒙太奇的手法。其意識的流動暗流於形象背後，引人思想。但，我想懶惰的讀者（我是說看通俗小說似的新詩的不用思想的人）是會迷惑的。另外，我想九荒在語言的力學上（語言對於詩人永遠是不 休止的挑戰）是緊密而堅實的。

詩——這負責的形式

◇林亨泰

……。事實上，人類既然具有一個終必腐朽的肉體，以及長日煩惱的精神，那麼，因此而流露出來的弱點之所以能成爲詩的強度是無可置疑的，因爲詩人具有的弱點與苦難是牽連着全體人類之弱點與苦難的，這不但能構成詩的強度，該也是能打動讀者的心弦的，除非是淺薄的人或僞善者，我們實在不忍心把這種對「眞摯性」作獻身的、忘我無私的努力，直叫做「虛無的傾向」或「神經質的叫喊」，對於人類缺點的探求，他近乎自虐地針對着自己，何況他又使用了「詩」這種對人類精神負責的形式，如果我要說昔日的「英雄」「聖人」之類也不過如此，相信不會言之過分的。……

——摘自「攸里西斯的弓」第二章

現代詩的鑑賞　第一輯　『攸里西斯的弓』

目次

笠下影 ㉚

李莎

詩，是正義的宣言，是時代精神的反映，詩人，是自由之聲的傳播者。

不朽的詩，多半產生在苦難的年代裡，千古留名的詩人，多半是那個時代受難者的化身。

認眞生活的詩人，才能產生好的創作，他，情感的奔放，永遠像一支活潑的流泉……

I 作品

海戀

說海是無休止符的音樂
說海上有多瑙河的夢
說海是哺育自由的搖床呵

少年時
我的狂熱有如春汎
勇敢地在風濤驚險的大海航行

老年時
我願築小屋于燈塔之旁
替它分擔一份憂心
讓焦灼與夜守着恐怖
祝禱航海者的平安……

安息吧，人類的先知

你倒下了……
在我們隊伍的前列
在最後痛苦的微笑里
安息吧，人類的先知

我們不寫輓歌
也不爲你慟哭
而用詩和歷史
——不凋的花
來祭獻你呵

人類意志的殉道者
血染紅的十字架
將使我們下一代
永遠快樂而自由……

心園・枯葉

我獨自徘徊，爲了尋夢的眼睛

——陳斐娜

感覺 No.1

回音。即使像落葉下降
那麽輕輕，亦能感知它的迴盪
將會令我底心震顫！

感覺 No.2

一根髮絲——柔柔地
當它與痛苦之籐絞成一個結
刹那間記憶死去。

感覺 No.3

回憶似小鹿留下的麝香味
却又像杯中溢出的白蘭地味
抑或是滲了冰的檸檬味？

附記：在這抑鬱的日子裡，我底心病着。「爲了取悅於令我痛苦的人，我不試圖醫治我底創傷。」（龔舒夫人詩句）——而這幾首小詩，祇不過是荒蕪的心園檢拾的幾片枯葉……啊，有誰會記取最初？再一次，以夢樣輕柔、夢樣朦朧的聲音對我說：「誰能從我底眼裡看出悲哀！」

人性的頌歌

給與殘暴者
以清醒的刺激
而使他們在
痛苦的懺悔中
感動得落淚的
是可愛的人性的芬芳
値得讚美啊
珍貴的啓示的花菓
讓詩人歌頌啊
偉大的人性之光
與永恆眞理同在

Ⅱ　詩的位置

在自由中國播種時期的詩壇，詩人李莎也曾經扮演了一個角色，他的詩，是將個人的體驗溶化現實的感受，兼顧着詩的藝術性與戰鬥性。從大陸時期到島上時期（註1），李莎該是屬於「自由詩的行列」底系譜，但這並不抹殺他加盟「現代派」的那一段詩歷。

我們最感興趣的，該是李莎早期的作品，也就是指他在島上時期的初期作品而言的。儘管說，詩壇是怎樣地風雲變化着，歐風美雨是怎樣地湧進着，要追溯我們今日現代詩的淵源，所謂「自由詩」與「格律詩」的對決，是不能遺忘的。而李莎一直只是默默地寫作着，顯示了他是一位自由詩的歌者。

（註1）李莎在大陸時期的詩集有「太陽與旗」和「驪歌」，在島上時期的詩集有「帶怒的歌」、「琴」以及未出版的集子。

Ⅲ　詩的特徵

在氣質上，詩人李莎帶有田園詩人的風味，單純憂鬱的筆觸，在離亂的年代裡，帶怒而歌唱着沸騰的歲月。李莎來臺初期的詩，有一種寫實的傾向，並且滲入了理想的色彩，例如已故的詩人楊喚便略受過他的影響。

可是，當我們的詩壇朝向現代化之後，尤其是因詩壇各以派鳴，且新人輩出，李莎似乎反而放棄了早期的風格，開始寫起情詩來了，而他的情詩，是比較缺乏意象的襯托，帶有羅曼的精神，這使我們不得不懷念起李莎早期的那種朝氣；像「安息吧，人類的先知」那種歷史的使命感已經失落了！例如：他的近作，一首短詩：

「回憶似小鹿留下的麝香味
却又像杯中溢出的白蘭地味
抑或是滲入了冰的檸檬味？」（感覺 No.3）

這樣細膩的作品，好像逐漸地帶有象徵的意味，而「人性的頌歌」底羅曼主義的人道精神彷彿也被忘懷哩！

Ⅳ　結語

對於時代精神的反映，詩人有着不可推卸的責任。詩人李莎曾說：「詩人，必須忠實於自己詩藝術的良心，忠實於偉大的反奴役的時代和眞理的鬪爭。」（註1）一個詩人，固然要深化詩的藝術性，同時也要拓寬詩的領域；曾經輕微地扣緊時代的聲音，一如詩人李莎，在現代詩潮的激流中，不可迷失了自己。我們認爲加強個人的感受性，加深生活的藝術性，該是寫詩以前不可或缺的必要條件呵。

（註1）見民國四十年七月詩木文藝社出版的李莎詩集「帶怒的歌」中「詩與詩人」短論。

林宗源

我的詩

㈠我的詩，產自樟腦樹的濃蔭，用筆與血漿繪畫的詩，在尋找一顆巨圓，足以容納一串怒吼、哀怨、失望……的音符。

㈡倘若拳擊是詩，我是以一個突然的意念，給予光與電，用來完成一場有趣的拳擊。

為了美妙的一拳，我是以粗壯的手，以口語為手套，以最快，最平凡的姿勢，向人生的臉，直接地擊出，好像不平凡，又有點滑稽的一拳。

I 作品

清早，我向愛情說：

清早，我向愛情說：
我要一斤白菜
我要一斤豬肉
以及辣椒，以及醋
排在菜市仔的食料
在出價之下成交了

中午，我向愛情說：
給我一杯青草茶
給我一杯蓮藕茶
排在路邊的飲食攤
不用付出大頭銀

晚上，我向愛情說：
請你給我一件白襯衣
請你給我一條花格式的長褲
排在商場的百貨店
要開出支票

泡一杯最濃的咖啡

泡一杯最濃的咖啡
讓我在黑色的咖啡室

室內瀰漫了香烟的情調
有輕輕的以及緊張的爵士樂
以及販賣着色彩、體香、聲調的
室裏充滿了害羞一樣的夜

抱一個玩具，說些花語
那是必然的，年齡坐在金錢的乳峯
每一個銅錢，會使玩具更像玩具
每一條金鍊仔，使玩具變成仙女了

給我一杯最濃的咖啡
享受似仙女的，似害羞一樣的夜

南風，熱滾滾的南風

南風，熱滾滾的南風
吹來，吹來香貢貢的稻香

孩子：冬眠的日子太長
　苗床的日子太短
北風，冷枝枝的北風
吹來，笑嘻嘻的霜
孩子：我造了一排排的竹林
　灌入一重軟燒燒的水
西風，惡克克的西風
綠葉，勇克克地像一波一波的浪
孩子：你無聲地輕奏生命的樂譜
　面向我的世界
　我怕衝過的火箭
怕衝來的呼吸笑碎我的耳膜
東風，燒滾滾的東風
稻穗，吹來香貢貢的氣息
孩子：你成熟了
　我也黃了

Ⅱ 詩的位置

從「藍星週刊」到「現代詩」，林宗源早期的作品，是未成熟的，他寫詩眞正的成熟，是在「笠」詩誌創刊前後的時期。林宗源在寄給趙天儀的書簡（註1）中說：『我是默默地寫自己的詩，到「力的建築」，我才確立了自己的風格，從黑板一首起，我才打破了已往對形式的觀念。詩的形式在表現前是沒有所謂形式的，它只是一種心理的慣性，一種思維的秩序罷了。我們要打破這種思維的秩序，使詩的形式不死板而多樣化，使形式成爲詩的生命的一部份。』詩人林宗源以他的詩觀創造了一己獨特的風格，用詩人的慧眼來觀照萬象，然後，取得詩的形式來表現，他是「笠」的行列中，最有他自己底特色的，不論是詩的題材、詩的語言、或詩的形式，都是與衆不同的，因此，歸入「笠」的行列，也是較有泥巴味兒的一位。

（註1）56年7月20日林宗源寄趙天儀的書簡，討論詩所說的話語。

Ⅲ 詩的特徵

林宗源的詩底特色有二：一是詩的生活化；從最平凡處着眼，消化日常生活的體驗，因此，詩的題材俯拾即是；例如：「旅社」、「咖啡室」、「菜市仔」都能激發他的詩興。二是詩的口語化；他大膽地混合使用着國語與臺語，臺語的形容詞，例如：「熱滾滾的」、「香貢貢的」、「冷枝枝的」……都是相當鮮活的口語，幾乎都是國語所缺乏的部份。當然，讀慣了綺詞麗語唐詩宋詞的讀者，不習慣於這種口語，其實這種口語是更能加強詩的表現的。林宗源說：『我們爲什麽不從生活中對事物所形成的思維的秩序，做爲詩的形式呢？』（註1）詩是精神的秩序底創造，因此，詩也是生活的秩序底重整，林宗源不是書齋中的詩人，而是十字街頭裡的衆生之一，他能思考衆生相的人生，用幽默的口吻，詼諧的筆調，以及誠摯的批評，揮出他美妙的拳術。

（註1）同56年7月20日林宗源寄趙天儀的書簡。

Ⅳ 結語

詩人林宗源是眞正活在今日的覺者，他抛掉昨日的包袱，他計算明日的旅程，他坐鎭着旅社——一種世界的舞臺。當林宗源只是平易地雜揉着國語與臺語，在默默地記錄着他這些活潑潑的經驗時，我們該瞭解它才是永恆底藝術的靈泉，那些懷古的，那些僞現代的，都不足爲訓，詩人與騙子，只是一牆之隔而已。

◇三林對談——

談談鄉土藝術

時間：五十六年七月三十日

地點：南港

林煥彰：我們這種「對談」原先並沒有什麼計劃，只是一種偶然。最近桓夫來信提及我們的「對談」，說這樣很有意思，我想我們也可以這樣繼續這種「閒聊」。請注意我這裡所說的「閒聊」，因為事情一落入計劃或安排，做來就不自然。一如沙灘上的一種爬蟹，（我們叫牠「寄生」）鑽入牠以為可以「寄生」的空殼裡，就得馱負着它走。我的意思是，我們還是隨便一點，想什麼就說什麼。

林錫嘉：最近我再讀惠特曼的「草葉集」，這次讀來心頭却感到非常沉重。近五、六年中國的新詩已有相當進步，可是就沒有發現一部詩集有「草葉集」這麼樣偉大的作品（我的着眼點在他的民族意識的價值上），我感到很悲哀。我想，我們來談談有關「民族意識」的一些事也許很有意義。

林煥彰：我們這文壇還有很多人總是誤解或根本就是偏見（最近我還在某一詩刊看到這一類的文章，自以為是「老牌」「權威」的），對於今天我們所寫的詩總指責是西洋的東西。不可否認的，自五四以來，我國因為受西洋文學新思潮的衝激的影響，始有現今發展出來的「現代文學」。起初難免有些近乎翻譯過來的東西，但這幾年來，我們的文壇已有新的氣息，純為我們自己的心靈所產出的作品。

林錫嘉：還是很少有「自己」的存在（我該說明，我不是守「傳統」奴）。過去一段時間我們受西洋藝術新思潮的影響，然而在技巧已趨成熟的現在，我們該發現作品中沒有「自己」是多麼可怕、可哀。近日，音樂家許常惠、史惟亮，他們組成民謠搜集隊的動機，我們會發現這些藝術家已經感到目前我們民族藝術的沒落。

林煥彰：這事情的發展絕不是從今天開始，只是最近較顯著的付諸於行動而已。但這種民謠的收集工作，只能看做是一種欲找回已失去了的「自己」而步入「現代」的開始。我們不能滿足於這種「原始自我」的尋找，雖然，這在今天也是很重要的，但我們還是要早有準備，藉此以表現我們「這時代的自己」。

林錫嘉：我發現「鄉土藝術」也有它的時代性，「鄉土」不是指「鄉村」更不是指「古老」的意思，它是表現民族意識的藝術。我們今天欣賞前人的鄉土藝術，現在我們也應該創作現時代的鄉土藝術。

這構成重要的連綿不斷的「文學史」，怎麽可以拿沒有民族意識的文學藝術來塡空白呢。

林煥彰：有這種民族自覺的意識，誠是可喜。但發展民族精神或鄉土藝術，並不能僅止於表面的模寫（諸如廟宇、賽會……那種外在的事象），而應是一種掘寶式的向我們的精神地層去探求才對。

林錫嘉：我們要發展民族藝術，務必從有着濃厚的「民族意識」的「鄉土藝術」着手，它不僅包含諸如有形的廟宇，馬祖出巡，民間戲的表現，而且更包含着對國家民族鄉土家園的愛。像桓夫的「網」「童年的詩」「祈禱」……等詩都是屬於後者的佳作。

林煥彰：記得有一次旅菲作家施穎洲寫信給楓堤說：「笠詩刊的作品特別給人一種『親切感』，大意如此）」。這也可以證明我們今天的「詩」已經是有我們自已的精神，不再是自由詩的前期的那種西洋詩的抄襲。對於這種「民族的懷念」越是深沉，藉文學藝術的形式表現出來，也就越能激發我們的民族意識的覺醒，也就越能夠完成我們「自已」。

林錫嘉：但是現在有一群詩人，由於他們受的是西洋文學的教育，因此受其影響頗深。在他們的創作裡，我們竟然找不到他自已的影子，很像翻譯詩。這是我們應該警惕的事。

林煥彰：這是「民族意識」的喪失。與其所受的教育有關，因為他們從小僑居或生在國外，對於祖國自然成為一道隔膜。這決不是「語言」的問題，而是「精神」的問題。

林錫嘉：過去，不論中外的詩人，他們的詩之所以偉大不朽，可以說大部份是決定在他們所表現他那個時代，國家民族的鄉土精神，白居易、陸游、惠特曼、梅龍尼士等詩人，他們的詩使自己偉大不朽，也使他們的國家的詩偉大不朽。

林煥彰：因此，一個詩人或藝術家，只要忠實於其所處的時代（生活）及其民族精神，自能表現「自我」而屹立於藝術的領域裡。

林錫嘉：最後我還要補充一點，那是關於「鄉土藝術」的教育功用。或許沒有人注意到這一點，但其重要性是不容我們忽視的。如果中國的藝術家們能好好利用文字、音符、色彩來詮釋我們自己國家鄉土的優美、可愛以及値得驕傲的藝術成就，那溫馨的親切的家園將使大家得到一種無形的但却極滿足的慰藉。因而天長日久，人們將會感到家鄉的音容是那樣珍貴而愼為珍惜。這樣或許會減少把古跡藝術品整修得面目全非的事，或迷醉於某一新宗教就嚷着要廢除馬祖誕辰的民間藝術的表演。此一教育功用希望大家不要忽視，而平白使一些鄉土藝術淪於滅亡。

詩壇散步

柳文哲

詩壇散步，只是我讀詩劄記的一種，主要的是以自由中國的詩壇，包括臺灣及海外所出版的中文詩集爲鑑賞的對象，以一種書評的方式來報導。

一、「詩集點滴」：只是一種點點滴滴的短評。

二、「詩集漣漪」：該是一種重點式的說明性的評論，好像記錄着一陣漣漪的波紋一樣。

我們如果說「對象批評」是指鑑賞者對作品底第一層次的批評，則「後設批評」該是指批評者對第一層次的批評底再批評，因此，我們說「後設批評」是批評的批評；一個眞正的批評，乃是要預設批評的方法底自覺，批評的精神底建設，以及批評者底品性的崇高。

詩集點滴

雛菊　陳敏華著　葡萄園詩叢　56年1月出版

一部抒情的小品；「珊瑚」、「珍珠」與「葡萄酒」三首較爲凝鍊，「印書館」一首則有現實的苦悶底反映。如果作者想「在沉痛中尋求解脫，傭俗中尋求超越」（後記）；似乎得在詩質的純厚上再繼續探索下去。

奔向　劉建化著　葡萄園詩叢　55年7月出版

一部詩壇交際的備忘錄；除了記載一些詩人的名單以外，恐怕所剩無幾了！作者再度奔向危險的懸崖，也許是剎車不靈的緣故罷。交際的記載往往是詩味稀薄的，不知作者讀了季紅的「詩之諸貌」以後，有何反省？

金門・馬祖　葉日松著　文林周刊社　56年6月出版

也許我們該可以頒給葉日松先生一個出版詩集的「最佳勇氣獎」了！他在這部「再版後記」上，提到他十九歲時的處女作說：「雖然這些幼稚的作品，連自己讀來都會臉紅」；但他居然臉紅地再把它推出來了，噫，是何言哉！

陽光之外　姚家俊著　星座詩叢　56年5月4日出版

在「自序」上，作者有一段話說：「太多的裝飾是一種虛僞，許多人就在假面舞會中跳舞。我要看看自己清楚的面孔，就是貧血和病，也是我的眞實性。我是我，永遠沒有定義，我常在懷疑中，我要否定我一切的作品，我喜歡永遠做一個新來的人。」這段話頗令人玩味，作者好像有點語意底詭論的味道！

這部集子的作品，是頗爲觀念化的，缺乏意象的烘托。寫詩，一開始就要走對了路，幼稚一點無妨，不然的話，既使是標榜現代，也將永遠立足於「陽光之外」啊！

青春之歌　嘉揚著　55年1月出版

這是一部竹板歌、民歌、舊詩詞以及所謂的「新詩」底大雜燴！他的詩觀是頗有問題的，和余光中先生論詩的觀點，頗多自我炫耀，又是一個裸體的國王！（參閱安徒生童話「國王的新衣」）集中多半是歌，我們希望作者從五四再繼續讀下去。

當綠滿郊野時　米若路著　葡萄園詩叢　56年3月出版

漫畫的插圖，活頁的裝訂，是一部頗為女性化的袖珍詩集。「憂鬱」流露着一種淡淡的哀愁，「夏之寐」交織着一種音色的感應，而「都市的黑煙」則充滿了一些對現代都會的批評與諷刺，相當中肯。祇是整個集子還詩思薄弱，彷彿尚未完全成熟的青果一樣，有些生嫩，似乎需要更詩化的表現，不然，只有散文化的氣息而已。

詩集漣漪

秋池畔

張秀亞著
光啓出版社
55年12月出版

說張秀亞女士是一位散文家，倒不如說她是一位詩人；可是，她的詩，却較近於散文的意味；而她的散文，有時却頗富於詩想呢！

「秋池畔」便是「水上琴聲」的增訂再版，以「陽光」、「憶什剎海」與「自己的歌」三首較結實而突出，沒有太多感傷的氣氛。她的詩，該是屬於抒情的自由詩那一類型的，她喜歡以個人的生活為線索，因此，時而哀怨，時而淒愴。婚姻上的悲劇，使她心碎地潦倒過，同時也使她堅強地面對着現實而奮鬥過。

且看她「自己的歌」，這樣地詠嘆着：

「宇宙，人生，是矛盾加諧謔的總和
充滿了光與影的遊戲，日與夜的追逐
在那琥珀色的杯子裏我看見了葡萄藤蔓
也看到了酒神巴丘士的苦臉
一支席勒的歡樂歌頌呵
却繚繞着悲多汶第九交響曲的悲愴」

她是以「詩的精神來處理生活」（註1）的，這一首詩的末節該是她底人生觀的寫照，因她太接近了詩的純眞，而現實世界的確也太殘酷了些，既使對人生有那麼熱忱的作者，也不能愜意地唱出歡樂的頌歌，而是淒涼地歌詠生命的哀歌。一個詩人，有藝術的才情，又有哲學的智慧，詩的精神世界便需要更多的耐心來開拓，張秀亞女士的詩，有些難免也是流於情感的告白，我們希望有着更耐咀嚼的東西。

（註1）參閱「秋池畔」作者的後記。

衣缽

鄭愁予著
商務印書館
55年10月出版

時光易逝，曾經令人着迷的鄭愁予，已入中年了！雖然風韻不減當年，但已有美人遲暮之感哩！「夢土上」的餘音，那種邊塞的情調還依稀可尋，祇是做為一個讀者的筆者，已經不能滿足了。

「衣缽」共收錄「衣缽集」、「大韓集」、「燕雲集」與「想望集」四輯。「大韓集」和「燕雲集」，除了詞藻的堆砌，詩的明麗性已不可多得哩！「召魂」一詩，是為楊喚十年祭而作，意象明淨；「想望」是舊作中最使人憶念「邊塞組曲」的一首，節奏輕快，頗有鄉國的繫念。一個詩人，如何在中年以後，仍然能保持相當的敏感，甚至更銳厲呢？詩的體驗，除了珍惜自己的經驗，還得擴充自己的經驗，因此，詩學的研究，也許是詩人在中年以後相當重要的課題之一吧！

詩人白萩曾經告訴筆者，略謂：「就詩論詩，我是一點兒也不馬虎的……十幾年來，我也沒多大的進步啊！」不可否認的，我們今日的詩壇，比之十年前的詩壇，有許多令人感嘆的，不祇是新人有沒有更傑出的問題，而是舊人有沒有更長進的問題呢？

牧雲初集

林煥彰著
笠叢書
56年2月出版

顧名思義，就知道這是作者的第一部詩集，所謂「沒有本錢要做生意」（註1），在這個年頭，的確不是簡單的事。但我們引伸它的意義，就不只是「寫不通散文，想寫詩」（註2）的意義而已。一個寫作者的本錢，是包括多方面的，除了語文的修養以外，還有生活各方面的體驗與涵養啊！

一個克苦奮鬪的年輕人，不論是從事那一方面有意義的工作，都應給予適當的鼓勵和鞭策，批評不是苛求，也不是捧場，而是互相研究，互相砥礪。這一部集子分爲「十月的紅露酒」與「第五季」兩輯；可是，兩輯的風格差不多，因此，我認爲與其分輯地討論，倒不如分形式的討論。作者的作品，可簡單地分爲：一是抒情的自由詩，一是抒情的散文詩，前者較完整的，有「十月的紅露酒」、「不題」與「生命列車」；後者較突出的，有「五月」、「第五季」、「那漢子」以及「死之書」等等。作者在詩的語言方面，有些還稍生硬，好像水份不足的果實一般，那是很容易觀念化的。下例兩點，也許可供作者參考，且讓我嘗試分析一下：

一、意象的透明：時下流行的所謂現代詩，往往以意象新奇炫耀，其實常常不是語焉不詳，就是曖昧糢糊，我們該給予意象以透明的結晶。作者的詩，有這樣的例子：

「北斗星下的夜色很柔和，清晰地
照着電線如一組五線譜」（詩人日記）

把電線比喻爲五線譜，原不是作者的獨創，可是，經過他適當地安排以後，就派上了用場，構成了一種新鮮的意象。

二、形式的新穎：作者那些抒情的散文詩，我姑且用散文詩一詞，也許作者跟我一樣，對於散文詩的界說還不十分明瞭，然而，我是說他那些散文詩，較有他自己所豎立的風格，好像有一種創造形式的企圖，在這一方面不妨參考一下林宗源的作品和看法。

簡言之：作者在近幾年來出現的新進詩人群中，是相當肯埋頭學習的一位，願他能繼續努力，寫出更成熟的作品來，但不要造作，不要太脫離自己的體驗，方能令人感動，因爲詩是詩人心血的吐露，不是無病呻吟的啊！

（註1）（註2）請參閱林煥彰著「牧雲初集」的「後記」。

評管管及其最近作品

鄭烱明

文學的批評態度必須具備二個條件，眞實與嚴肅。在批評尚未十分發達的臺灣，自然很難得有令人滿意的批評文章出現，不是過份的恭維就是過份的謾駡，以致造成目前國內文壇的畸型現象，這實在也是形成詩之被誤解的因素之一。

做為一個職業軍人兼詩人的管管，我很願意對他的作品做一番剖析，也許是他獨特的風格引起我的注意，事實上，我知道現階段初習詩寫作的青年人，有不少顯係受他的影響，我們姑且勿論此影響是好是壞，因為模仿是不可能避免的常態，只要以此去確立屬於自己的方向，則是無關緊要的。

戰爭是殘酷的，然而却給管管帶來了最刺激與最眞實的生活體驗。從他的作品，我們可以嗅出一個離鄉背井的浪人的苦悶，如果你了解管管，那麼你便了解那些為主義而奮鬥站在第一線的勇士們的心情，這是中國的悲劇，也是管管內心的吶喊。身置自由與奴役，民主與極權的交叉點，我想，管管應有無窮的鄉愁的呼喚，雖然現代人對家的觀念日漸淡薄，可是詩人是敏感的啊，因此，管管在「弟弟之國」中寫着：

「城外。春。梨花一頁祭文一頁祭文的隨風漂泊，漂泊，一圍又一圈美麗的旋渦；漂泊着一種鄉愁」

管管的作品有一種很明顯的趨向，就是企圖以弟弟的天眞坦露疆場上那種粗獷中帶細膩，憂悶中帶自慰的情緒，甚至中年人旺盛的 Sex 意識，這和日本流浪畫家「山下 清」有其類似的表現，不過「山下 清」是先天的，他的畫與他的文筆眞得使人感到親切。管管由於使用技巧與用語的特殊，單就詩的觀點而論，它的效果如何是值得研究的。不錯，誠如辛鬱所說「他是一個不矯揉做作的人」，但我不同意他對管管最後的評語「管管，將是我們這一世代最出色的詩人。」（語見創世紀第二十七期）

情感是創作的原動力，管管確實有滿腔的時代感受，然而這並不表示作品的價值。從意象的浮現到凝固有一段不算短的距離，況且，管管的詩有不少值得討論的地方。我且列舉於后：

一、關於詩的素質問題：管管的詩常常即由冗長的敍述所組成，再加上意象的紛雜不一，更容易形成詩的鬆懈和沉滯，換句話說，缺乏詩的素質。這是嚴重的問題，不知管管自己有沒有察覺到，詩一旦失去詩的素質來支持，那是非常脆弱的。如果我們不耐心去讀管管的作品，我們會感到相當的吃力，譬如他最近發表的幾首都是如此。

當一個詩人的作品被貼上了「註冊商標」的時候，當一個詩人的作品被申請了「十年專利」的時候，是不是意味着一種危險信號的點燃，抑是意味着一種創作上的成功？這是耐人尋味的一件事，不過我們很清楚，如果管管能多寫些像下面的詩句，將會令人更加激賞。

「一枚砲彈出了 夜就有了眼睛」（把螢抹在臉上的傢伙　藍星季刊第二號）

「昨夜。月亮被刺刀削去一半之後。我趁朦朧。爲友朋之泉種上一株小小罌粟」（三朶紅色的罌粟花　創世紀二十一期）

「可是，有個人把一條小街踏成寬寬的
　又在一條大街踩成窄窄的　　而且還踩進去一部月亮」

（見創世紀二十五期，星期六的白星期天的黑。）

「向南坐着是剛剛從煙管裡爬起來的太陽」（那麼個人在那個公園裡那麼個椅子上　創世紀二十六期）

在以創世紀爲中心活動的諸詩人當中，我以爲和管管血親最近的莫過於梅新了，其次爲沙牧和沈甸。大概梅新和管管有着相同的詩觀吧，所以無論所採用的技巧和表現方式有多樣的雷同處。

二、關於詩的語言問題：管管寫詩，也寫散文，偶爾還可讀到他的小說。照理說，他對語言的使用應有所選擇才對，事實不然，他是太隨便與太浪費了。

散文詩標不標點是另外一個問題，有人爲此爭執過，主張應予分開或標點，而我們不能不明白，倘若一首詩呈現在讀者面前時，便使他產生厭倦的心理，那無疑失去共鳴的對象了。在「花拿著的人」一詩中，管管一口氣寫下四十二字做爲一行，「將軍與小孩」則是一整段，我很擔心這種寫法能維持多久，爲了表現詩想的氣魄與連結，不得不如此嗎？要是管管以實驗的態度來處理此項創作的試探，我們也無可厚非，可是一個聰明的詩人，他是懂得再度出發的，爲了自己，也爲了詩本身。

坦率與憨直使管管的詩充滿軍人的氣息，似乎他心中想些什麼便記下什麼，是故，他的詩顯得較爲淺現，而且他的詩的含蓄異於別人，初讀時給人有新鮮的感覺，這點是可取的，但他有時候是太注意表露粗線條的眞了。也許管管一開始便走錯了方向，過份的純稚限制了他的才能，我總覺得管管的詩應當不止於此。

「他媽的」已成爲管管詩中的口頭禪，這三個字經常出現於他的詩作，還博得了一些外來的回音。像小說家描寫性愛一樣，只要作者認爲必須這麼做就這麼做吧。管管像一隻奔馳的野馬，放縱地做自己喜歡做的事，我們隱約可以看到鄉愁與性意識的反射，當然，多少它是變了形的。

我比較喜歡他的一首「少女」（見創世紀二十五期）。

「夜夜那個披着長頭髮的小女孩在伊的那個木板板做的樓臺上仰着小臉望天空。
就見那一天，路人都看見的，我也看見的。
　每個星星都伸着一隻小手
　每隻小手都拉着一根頭髮
就那麼悄悄的把個少女拉走啦。」

這種抒情的小調在管管說來是罕見的，也就因爲這樣，我才愈覺得它的可愛。

三、關於詩的幽默性問題：什麼是詩的幽默？進一步說便是詩的喜悅吧。管管的詩有幽默感嗎？有是有，但是太少了，詩的幽默性不是如此，所以管管處處努力於注射詩的幽默感，結果顯然不很成功，像「太陽」（創世紀二十三期）中，幾瀕於囈語的泛濫。

「絕對沒有搞錯時間！」
那鑲金牙的小子又在吹上課號
可不像打仗似的
「絕對沒有搞錯時間！」
你們他媽的知不知道老子
昨晚陪處長太太打了一宿的牌

我們很希望管管再創造出「我看見一些野孩子在我們隔壁的白菊花上頑皮」（住在大兵隔壁的菊花）的句子。詩絕對不是文字積木，詩的喜悅更不是羅列一些別人不敢說的，或是一些奇異的意象便可產生的玩意。詩的喜悅乃要向詩人的精神律動探求，再以高度的技巧做爲工具，方可獲得的珍貴產品。試看羅浪的一首「吊橋」。

「古老的吊橋
像挑着擔子叫賣的老人
有穿着紅裙讓風打滾的，
少女騎着單車踏過了。
橋寂寞地在咳嗽……」

這是一首具濃厚幽默性的詩，它給我們的餘音不僅限於「橋的咳嗽」而已，而是另外有更令人我們回味的詩的喜悅。

無可否認，「管管流」的冷鋒會使年輕一輩的感冒過，有的痊癒了，有的竟一病不起。對於初學者我們不要期望太高，他有權利選擇他愛好的某人作品做爲前進的起跳板，甚至，以崇拜偶像的方式來對待，然而悲哀的是，蓄意的模仿竟被誤成前衛的創造。看到現代雜誌的林鋒雄詩展使我想起這些。

管管需要再出發嗎？看完管管的作品，我不禁提出這個問題。所謂「再出發」不是指狹義的搬出一些新花樣而言，它必須重新對自己再認識與再肯定，並對現代詩的精神有所領悟，否則，還不是依樣畫葫蘆。記得黃荷生說過：「我再寫詩，當不會是這個面目。」杜國清也在「島與湖」的自序說：「我要寫的詩必與古人的，乃至自己的任何一首完全不同。」管管呢？我要說，至少創作方向的修正也是一種辦法啊！

一九六七年七月于高雄

里爾克的詩 ◇李魁賢譯

形象集

音樂

你奏什麼，孩子？走過公園
多少步伐，耳語的吩咐。
你奏什麼，孩子？看你的心靈
絆於管笛的木柱。

你誘她什麼？音調有如牢獄，
她在裡面躭留且貯存，
強壯的是你的生命，而你的歌更強壯，
嗚咽地依循着你的渴念。——
給她一次沉默，心靈遲緩地
返歸於充溢與富足，
她生活、茁長、拓廣與聰慧於其間，
在你強迫她進入你柔弱的演奏之前。

她已多麼黯然地拍擊着雙翼：
你將變成夢想者，揮霍着她的飛翔，
使她的翅膀，因歌聲而碾碎，
倘若我將樂於向她呼喚，
她也不再携過我的城牆。

守護神

你是鳥兒，振翅飛來，
當我夜裡甦醒且呼喚。
我只能力竭地呼喚，因爲你的名字
有如一處深淵，在千夜底埋葬。
你是蔭影，我在蔭下長眠，
且在每個夢裡思索你的本源，——
你是圖畫，而我就是畫框，
以燦爛的浮雕把你補全。

如何稱呼你？啊，我的唇痲痺。
你是發源，長流而壯大，
我遲緩而焦慮地祝禱，
羞怯地完成你的美麗。

你常把我從黝暗的休息中攫取，
當睡眠對我有如墳墓展現，
且有如遺失以及流逝者，——
你從心的昏蝕中把我高擧
且欲把我扯升到一切的樓塔上
有如猩紅的旗幟，有如幃幔。

你！神奇的你談吐有如淵博者
且人間的你有如旋律者
且玫瑰的你：意外者
都熱烈地在你的眼中完成——
你亡故者，何時再能稱呼你，
自那第七且是最終的日子
依然常時光輝，位在你的翅翼的
拍擊上，失落……
你吩咐我，要我發問？

殉道女

殉道者是她。有如重重的跌跤
一口氣
大斧斬過她短暫的童年，
細緻的紅環掛在
她的項際，是第一次的裝飾，
她以陌生的笑容接受，
可是只有羞辱地容忍。
而倘若她入睡，她的妹子必定
（還是孩子氣的她，被石塊
打破頭額，用傷口做裝飾）
以堅實的臂膀環抱着她的脖頸，
且經常在夢中懇求着別的：強者，更強。
而且好幾次跌落入孩童中，
把那被石塊弄成圖像的頭額
藏在柔軟的夜幕的縐摺裡，
被妹子的呼吸明亮地擧起，
漲滿如帆，因風而生活。

此其時，因她們是神聖
安靜的少婦與蒼白的孩童。

她有如再度面臨着一切憂傷
且熟睡的臂膀且無榮耀，
且她的靈魂有如潔白的絲絹，
且二者因同一的渴望而抖顫，
且在她英雄本色前而恐慌。

而你能想像：當她們從床上
起身，在下一次的晨光裡
且，跟那同樣夢幻的臉龐，
小巷來到狹小的城市——
在她們之後無人驚異，
靠成排的街屋無窗戶叮噹響，
婦女羣中無人竊竊私語，
羣童中也無人喧嚷。
她們着汗衫步過寂靜
（淺淺的縐摺黯然無光澤）
如此陌生，且無人感到訝異，
如此的堅定，可是沒有花環。

艾略特先生星期日早上的禮拜
(Mr. Eliot's Sunday Morning Service)

看哪，看哪，主人，這裡來了兩條宗教上的毛蟲。

「馬爾他島底猶太人」

滋生不絕的
神底精明的商人們
匆匆掠過玻璃窗前。
太初有道。

太初有道。
「太一」底二度妊娠，
時序遞遭因而
產生無氣力的「始原」。

阮博理安派底畫家
在石膏底地上畫着
受洗禮的神底後光。
荒野裂痕顯出灰色
但透過薄白的水面
雙足無瑕依然照映
畫家在那上方題註
「天父與聖靈」。

……

走近懺悔底林蔭路
穿着黑服的長老們；
滿臉紅疱的年輕人
緊握着贖罪的小錢。

六翼天使凝視着眼
支撐着懺悔底天門
門下隱隱幽幽燒着
信心虔誠者底靈魂。

腹部毛茸茸的蜜蜂
沿着花園墻壁飛進
雄蕊與雌蕊底花間，
兩性者幸福的使命。

史威尼將屁股移動
不斷地攪盪洗澡水。
精微學派先生們
是多議論而且博學。

這首詩藉喻「宗教」與「毛蟲」間之關係，諷刺現代教會之墮落。異端像二妊娠的「始原」一樣滋生不絕；太初之道是無氣力的，受着物質文明的商人漠視和冷落；如今小錢可以贖罪，神底榮光殘留在教堂底壁畫上吧了。兩性者暗示僕僕於上帝與人類之間的耶穌。

史威尼潑弄洗澡水諷刺「洗禮」底儀式。

阮博理安派畫家（Umbrian School），Nicoló da Foligno所創，盛行十五、六世紀。

吉本隆明的詩 ◎陳千武譯

淚將乾涸

從今起 我們不哭
為了這個世界 已經不像昨天
那麼美 於是
收集如針的語言 把傷心的
事件 從生活裡找出來
串刺
祇要我們的生活存在 就像在抽屜裡
拿出一支針一樣 從心的傷痕
把一則倫理 就等於
把有用的武器抓出來
在陰濕的貧民街腐朽了的屋簷下
獨自或跟少女
走過的時候 我們
殘酷地 隱藏着我們
的武器 以淚的替身
從胸脯中間
那玫瑰色的私立鐵路車票
顯出被揉皺了的形象
我們給我們 或給少女
看看那張票 而說
到遙遠的地方去吧
到遙遠的地方去吧 我們所愛的人啊
把嫉妒和嫉妒連串起來
也不會從我們窮盡了的生活
產生轟動的戀愛故事呵
我們由于你
你由于我們 祇能
組織屈辱而已
必須如此

（吉本隆明簡歷請閱『笠』第十二期）

詩集合評會

作品：吳瀛濤詩集「瞑想詩集」
　　　桓　夫詩集「不眠的眼」
時間：56年7月22日晚上八點半
地點：黃騰輝宅
出席：吳瀛濤、吳建堂、陳秀喜、林煥彰、黃騰輝、藍　楓、趙天儀、（記錄）

吳瀛濤：對詩集的合評，這是第一次，也許以後這種方式可以繼續下去，不論是笠叢書或其他出版社所出版的詩集，都可以拿來討論，除了「詩壇散步」那一欄以外，我們可對詩集再加以精讀，並且提出來討論，也許由於詩集的合評，能促進批評的精益求精，而趨於更完善的境地。

吳建堂：我對於詩的研究，時間還短，因此，要來批評他人的詩集時，恐怕還有些消化不够的地方。當我接到吳瀛濤和桓夫兩先生的詩集以後，就拜讀了一下，目前因爲要參加合評，所以，我都再重讀了。也許是因吳先生和我都參加了短歌會，而他的短歌底作品有一種憂鬱感，無形中也影響了我讀他的詩集。他這種憂愁的詩作，我頗能同感，對於某些題材似乎應明朗些的作品，他也有一種憂鬱感，例如：「陽光」、「海的招待」、「我唱我的歌」等幾首，便是好例子。桓夫的作品，爲了克服語言上的困難，跟杜國清互相研究過，所以，他的作品有點合作的痕跡，因他刻意地追求，起初也許稍爲幼稚些，漸漸地，由於他能忠實地把握住生活中的感受，因此，表現得很有力量。

最近有一個晚上，吳濁流先生打電話給我，說十九期的「笠」，有二林對談，現在天氣嚴熱，咱們也來個二吳對談吧！他說：「笠」開始幾期，也許作者們都年齡稍大些，雖然有意現代化，但有些不能使人明瞭的地方，而最近幾期却較有進步。

陳秀喜：「笠」的同仁，多半出過詩集，而我呢？只是剛剛想爬進來做一個忠實的讀者，吳先生的作品，我覺得品質很好，當然，在語言的表達上，稍有不足，這是因沒有一直使用中文者的困難吧！而桓夫的作品，在語言的功夫方面，似乎顯得較強。

藍　楓：吳瀛濤的詩是以散文的句子爲主的，以幾句散文的句子而構成一個意象，因此，很有溫柔敦厚的味道，必須要慢慢細嚼才可以領略。這種寫法很容易流於死板的散文，事實上，在詩集中很多詩就犯了這種毛病，如「美麗島」等。

我想詩人也知道這一點，在「凝視二章」中就企圖作詩的排列，求詩的流動性，但據我看來，他這種企圖是失敗了。在這兩首詩中，我們可以看見排列的死板，如規定節拍般的死板，反而影響了詩的密度，全首詩的詩思就只有兩句：

「思想的凝視，情感的溫度。」

我最喜歡的，就是那首「瞑想者」：

第一段給人一個立體的雕刻的藝術感覺，尤其是那一句「風雨雕塑了他的骨骼」實在達到眞善美的境界，表示詩人是經過風雨的雕塑的。第二段有很深的哲思，表示人的永恆性，第三段是醒的必然，第四段是描寫醒，陽光盡被吸取在他的內奧，多麽光明而有生機。末段是重入瞑想。

這首詩實在很好，如果我們精益求精，却發現仍有敗筆。詩的境界應該是高潔的，指出可走的方向，詩人瞑想而醒，達到了「雙眼瞪向蒼穹，陽光盡被吸在他的內奧」的境界，應該是恬靜的，愉快的，不應該寂寞，所以他的第一句「何其寂寞」以及最後一句「於虛無之中」所表現的悲傷是與全詩不調和的。這首詩很有意象，很有哲思，充分表現了詩人內心的世界，詩人應該向這個方向努力。

至於桓夫的詩，是植根於歷史的責任感上，尤其是植根於近代中國的厄亂上。

我現在根據詩集中幾首明朗的詩作一簡短的批評：

這幾首詩都以事實爲基礎而開拓比歷史較高一層的詩的境界，而間或雜以意識的飛躍而顯得很有詩境。

譬如「網」中的第三、四段都是事實的平面的，「童年的詩」本身就可以作歷史看，「禱告」和「咀嚼」二詩都把握了中國的歷史與中國人的特質而寫。但這些詩都不全是死板的敍述，而是跳躍的，活潑的，如「花鮮紅，花誘惑 被誘成多角型的網啊」「違反的記錄 被貼在教壇的壁上 記錄着悲哀 養成賢明的愚人的悲哀喲」「新舊石器史蹟以前，脫衣舞孃頂愛幕倣的，那些神話裏的」「在近代史上，竟吃起自己的散慢來了」，這些都是很妥貼的意象的飛躍。

因此，桓夫的詩，不會像「純詩」那樣虛無，又不會純寫實的乏味，讀了他的詩，一方面可以得到詩的美的享受，一方面又震撼着我們的心，深深地感到曾在日據時代受日本教育的人的悲哀。

林煥彰：爲了準備這次「合評」，我特地找出吳先生早年出版的「生活詩集」來細讀一遍，並與「瞑想詩集」作一對照，覺得有很多詩作是雷同的。他這樣地不能突破那種既定的「詩路」是很危險的。然而，作爲一個「跨越言語的一代」的詩人能不斷地在這文字的困境里掙扎、克服的那種精神，實在是值得我們先向他致敬的。

「詩人日記五十一章」第四十章，他這樣告白式的寫着「我走我的路我寫我的詩　我有我的世界　我有我的世紀」。準此，我們應該依他的「世紀」來談他的詩較爲公允。他是「跨越語言的一代」，且是年紀較長的詩人。這點我們必須在談他的詩之前，先給他一個適當的位置。不過，談詩，我們還是要依着「詩質」的有無來評斷，至於其詩的精神「世界」爲何，我們也當不能僅依「現代」的詩觀來吹求。

吳先生的「瞑想詩集」似乎可以「詩人日記五十一章」來作抽樣的予以展示。我覺得這是該集的重要部份。在這詩集裡，除了這一輯詩及「瞑想者」，「凝視二章」、「我是這裡的陌生人」、「失眠之歌」、「海的招待」、「給瑪琍的戀歌」之外，實在有着太多的（單調、說明與概念化的）詩的失落。同時，以上所擧除了「凝視二章」與「失眠之歌」有着相同的表現，企圖製造一種律動的音樂效果外，其餘也都可在「詩人日記」裡獲得。

詩是語言文學的藝術，也即意味着寫詩須藉語言符號爲工具；或說，語言文字是詩人用以購買「詩」的錢幣。對於「跨越語言的一代」的貧於這種窮困的境地，而又都能不斷的掙扎的苦悶精神，每每令我寄予無上的敬意。在桓夫的詩裡，我們依然可以清晰的看到詩人爲了使用新的工具（相對於其由日文寫作而言），所留下的纍纍傷痕（當然也有些詩作用語甚爲「飛躍」，而達到了驅策文字的最高度的「靈活」。既使一開始就受本國文字訓練的青年詩人也會自嘆不如。但這畢竟是一種「詩來寫他」的神筆。）叫我們感到像一個莊稼人初嚐用老虎鉗而被咬住的那種痛苦的情形。不過，詩除了善用技巧表現以外，還可以用詩的本質來取勝。桓夫的詩就有這樣的好處。因此，我們談「不眠的眼」，可拿「午前一時的感覺」、「網」、「童年的詩」、「信鴿」、「咀嚼」、「女人胸脯的兩隻小鳥」等來探討他的詩的內涵。

而「網」一詩第四行的「傳統」一詞，有人認爲用得不妥，關於這點，我想就不同的角度來談一談。其實，這「傳統」兩字用在這裡，簡直有不可替代的貼切。「掉下來一條條蜘蛛絲撒下長長長長的**傳統**繫吊的蜘蛛似種子、你我、傀儡——絲織繽紛的世網」、「網搖晃，咱們就搖晃網破碎，咱們就修築。」網本來是蜘蛛織的，但這裡是「倒置」，是象徵。「蜘蛛」是死的，「你我」都一樣，爲「傳統的網」所操縱，一如「傀儡」，使這「世界從此動亂，人間從此擾攘」，而「網搖晃，咱們就搖晃」，而「網破碎，咱們就修築」。哦！生命啊，這是一種多麼悲哀與無奈。

黃騰輝：我跟諸位在一起的時候，有一種快樂，那就是可以不談金錢！（大家笑）聽大家讀後的感想，對於我來欣賞這兩本詩集，一定很有幫助。

吳瀛濤：桓夫的作品，在現代詩中，是我們比較少見的世界，令我們回憶起過去，這種反映時代以及歷史的詩，在目前我們的詩壇是很少見的，他的詩，在現代詩的方向上，走的很不錯，例如「咀嚼」等代表作，頗能把握現代詩的詩質。

趙天儀：這兩本詩集，我在「詩壇散步」一欄中，已大略地談了些，因爲兩位作者的詩，我都很熟，因爲太熟了也就難免過份的主觀，但我很想客觀些。我們欣賞詩的角度，好比是調整照像機的焦距，要能適當地把握住作品的精髓。

吳瀛濤先生是一位頗忠實於他的生活的詩人，因其忠實於生活，他的詩，除了他自己的體驗以外，似乎還缺乏什麼？照說他會受日本現代詩某種程度的影響，可是，我覺得影響不大，畢竟他還是一個中國詩人的緣故罷！然而，要充實自己的創作，消化別人的經驗，觀摩他人的技巧也是不可或缺的。

桓夫的詩，較有年輕人的衝勁，記得留日詩人杜國清曾比較桓夫和我的所謂鄉土色彩，他說桓夫的鄉土色彩是精神的，而我的只是形式的羅列而已。誠然，杜國清的話，相當中肯，桓夫的詩，透過了歷史的側面，通過了時代的解剖，顯得頗具現實的意識底批評，這一點，詩人能勇敢地挖掘現實的地層面，確實是值得我們較年輕的一代來學習的。

這篇座談紀錄是大學生對現代詩的看法和瞭解，這只是第一次，他們將還有第二次、第三次……它提出一項佐證，他們相信現代詩的價值是不該被抹殺的。

■探討詩人的精神領域■

談桓夫著「不眠的眼」（笠叢書之六）

時間：五十六年五月二十一日上午九時半

地點：華岡 後花園的青草地上

人物：蔣　勳（史學二）龔顯宗（中文二）鐘友聯（哲學二）
張曼君（戲劇一）張寧安（編採二）許少玲（哲學二）
陳燈逢（編採二）卓照明（礦　冶）林清元（日文一）
楊邵華（教　育）鍾健智（中文二）黃桂枝（教　育）

記錄：陳明台（史學二）

序曲：朗誦「愛河」（林清元）

友聯：看完「不眠的眼」，我們可以明瞭作者是有所表現的，他的作品有其內心觀照的顯露，是深沉的。

明台：他的詩是植根於生活的，自心靈的深處去探索，去出發，因之，顯露出來冷靜的透視，而缺乏熱情的舖陳。

顯宗：讀桓夫的詩，可以發現他表現的題材有：感情、性、社會、諷刺、回憶等。他的詩是生活的反映。就抒寫感情的作品而言，他沒有很高的熱情却夠溫暖。抒寫性的作品，題材、格調均受日本詩的影響。至於他的諷刺詩並不刻薄，十分具有憐憫和同情心。

明台：我喜歡他的諷刺詩，它令人感到高度的刺戟快感。詩中對於人性的刻劃，通過其主觀的境遇而產生，令人感到其同情、悲憫的心情很豐富，對於人生的透視也很深入。

友聯：我認爲作者的詩是在冷靜而又清醒的狀態下寫出的，所以，我雖然也喜歡他的諷刺，並沒有感到什麼刺戟快感，他向世俗提出抗議，但他的表現却是溫和的，有時是柔弱的。譬如「蓮花」一詩，他譏諷世俗追求外在的虛榮「那小小的霓虹是我追逐的幻榮啊！若是霓虹息了，我的世界也就消逝。」最後他說出更可愛的話「只是讚美我這暫時潔白的花容，啊啊，請不要，請不要用那種眼色凝視我……」。「荷花」一詩也有同樣的表現。

少玲：我喜歡「荷花」一詩，作者似乎表現自卑感，且表現了向上追求的衝力。

顯宗：這詩很有對比的味道，但嫌平舖直敍。又，作者的詩中很多具日本味，但此詩却表現了中國風味。

寧安：這詩令人有出於汚泥而不染的感受。

曼君：作者還表現了一種奉獻，以及奉獻之後的快樂。

友聯：此詩有二種對比，比喻得很恰當。

蔣勳：我認爲最後二句「妳愛美，是盛開的淨白的荷花，我是藕，沉浸在汚濁的泥土裡。」是作者有意安排的。表現出來作者，安然於淡泊，不希冀於世俗的追求。

友聯：我們還可以發現他的詩有一個特徵：很富於人性。例如「旅愁」劃出了一個人生，「黃昏」調節感情，逃避狎近的眼光，「沉淪」、「春息」、「信鴿」都富於人性。

明台：作者以敏銳的感覺捉住了戲劇化人生的百態。他的詩極富戲劇性，因而使詩中的詩質很濃厚。

照明：是的，作者詩中富有戲劇性，如「信鴿」一首，對死亡看得很洒脫，戲劇化了。

顯宗：「信鴿」一首詩的表現是很沉痛的。

友聯：此詩描寫戰爭的恐懼，作者將死亡埋在密林的一隅，他只說「我底死忘記帶回來。」但給讀者的恐懼仍然存在。難得是他把這種題材處理得很瀟洒。

邵華：作者在後記裡說：「對於詩該怎樣寫這種化粧的詩我毫無考究」。我以爲桓夫的詩所以可貴，在於他不講求化粧，詩壇上正流行穿着美麗的外衣，但往往令人感到極其空洞，喪失了詩的本質。

清元：我很贊同他這種見解。

顯宗：可是，我們不能忽略本質與外在美須求並重，內容美，外表差是缺陷，文字的美還是不能完全忽視的，詩的淡粧有必要

蔣勳：小說或許可以不必化粧，詩的化粧確是必要的。

寧安：我以爲追求自然才是最重要的

少玲：我總以爲把握住詩的本質就可以了。

明台：對於句子的裝飾，他確是不夠嫻熟的，有些句子缺乏凝聚力，顯得散漫。

友聯：我覺得他的文字缺乏一種跳躍的感覺，可能是由於缺乏新詞彙的原因吧！

顯宗：是的，他駕馭文字的本領不夠熟鍊，但有幾首的文筆也不壞。如「愛河」、「荷花」。

蔣勳：也許因爲這個緣故，我較喜歡他的散文詩。譬如「咀嚼」一

詩，我十分欣賞。

顯宗：「咀嚼」一詩諷刺中國人的好吃，不爭氣，十分沉痛。

邵華：我以爲此詩作者提出對於咀嚼吸收知識的強烈慾望。

少玲：我讀此詩却有到處殺戮的感受，我想作者表現了世界的紛擾和自相殘殺。

桂枝：第二行的括弧中字句似可以去掉，它破壞了一種氣氛，第三段第一行表現汚濁很強烈。

蔣勳：這一首詩的用字很有意思，第二段有一種噁心的痛快感，最後一段顯示了主題，作者似乎表現對中國歷史傳統沿襲的一種叛逆。

友聯：我以爲作者有意表現一種墮落，像最後二行「在近代史上，竟起吃自己的散慢來了。」這似是畫龍點睛的表現。

曼君：我讀他的詩，感到深沉的壓迫力，有憤世嫉俗的氣概，但總感到缺乏美感。

蔣勳：「七月」一詩的前二句「少女們，閃露着嫩白的脚心，如花瓣，擁上晨曦的沙汀」是這本集子裡惟一令我感到美感的句子。「嫩白的脚心」是極佳的意象。

顯宗：作者很重視意象的創造與追求，他許多意象均甚新。

友聯：他的詩確未給人美感，雖然很能夠把握詩質，可惜缺乏語言的修飾。我以爲文字也是很重要的，若沒有熟鍊的文字往往破壞詩質的完整，文字是表現的工具，我們不可能做一個純詩人或不寫詩的詩人。但，桓夫的詩，如果我們多加回味，也有一種純樸的美。

照明：「旅愁」一詩，作者的文字很有修飾，但修飾不佳。而此詩作者描寫具體的東西，但給我們很多聯想。

顯宗：此詩後面第二節很好，表現了老站長的寂寞，以及不甘寂寞的心境，又寫出他的童心未泯。

少玲：「駛進擁擠的列車」一句表現在羣衆中的孤獨感。

友聯：悠閒和擁擠正表現寂寞，因之，這擁擠同樣可表現了現代人的寂寞和孤獨，現代人在羣衆和都市裡常感到一種孤獨的壓力。

邵華：我以爲此篇不該依字句去分析，作者寫出輪廓只是用來襯托「午前一時的感觸」，很好，搔到了癢處。但作者的創作路線很怪，如「故事」一首我不能了解作者的用意。

友聯：我想作者的精神是很沉悶的，許多表現「性」的詩，可能是他精神的發洩，在後記裡他說：「苦悶的壓力愈大對於詩的執念愈重，因此，我感到在詩裡才有我眞實底生活的愛和生，以及期待的完美的死，面對着一種不可抗力的苦悶掙扎，我必須活下去。」我想沒有比這段表白更眞實的了。

照明：「沉淪」一詩談及核戰的恐佈，作者將大事件縮小去看，很有悲鳴的味道。「鏡頭」一詩我以爲沒有詩味，似乎表達了作者很主觀的想法。

友聯：「沉淪」一詩表現得不够堅強，第一段表現得很委屈，最後又好像「逃避」了。「鏡頭」一詩的詩質幾等於零，我眞懷疑它給我們的感受是鏡頭而不是詩。

少玲：我以爲「沉淪」一詩缺乏曠達，不够超脫。

照明：最後一篇「春息」使用標點，和此集裡許多未使用標點的詩不同，但此篇的標點令我難以理解。

顯宗：我以爲標點可以幫助了解，是值得注意的。

友聯：還有一個問題，作者用英文單字作詩題如「monologue」以及在詩中穿插單字如「殺風景」。我以爲除了典故或音節，或日常用語以及有特殊表現外，最好不使用，否則會被認爲故意賣弄，像「七月」最後一句「南風投以紅薔薇Kiss……」這就用得很恰當。

明台：我想我們都感覺他的詩中最大的特徵「冷靜」，此一集中所有的詩差不多都具有很冷靜的觀點和自省。這一點大家認爲如何？

友聯：是的，桓夫大部份的詩是冷靜的，但並非冷靜就不能感動人，他的詩中常常表現出來對社會國家的一種愛情。比方說，「焦土」表現了一種同情，「童年的詩」他渴望說母親的語言。「紹」也表露了國家的意識。作爲現代詩人，桓夫是具有詩人的使命感的。

顯宗：作者的詩中常含有冷靜的透視，但在「笠」第九期，他的作品「曇花盛開在深夜」寫法就不同了，他有著強烈的熱情。另外在「詩，展望」中刊過的一首「笑」也很可愛。

寧安：我以爲好的詩應該能夠表現中年人的冷靜和青年人的熱情。

蔣勳：也許由於桓夫的詩顯現出來冷靜的凝聚，我們年青人是不會十分喜愛的，若較之杜國清先生的詩集「島與湖」那種熱情的作品，由於我個人的性情，我還是比較喜歡「島與湖」。

明台：但若就詩中的深度和廣度而言，桓夫的詩是很有其體驗深度的顯現和廣度的推展的。我想，在我們有其體驗和境遇之後必可以更加發現他詩中的長處。

友聯：總而言之，桓夫的詩在題材上而言是植根於生活的，在表現而言是具有其詩人銳敏的感性和冷靜的觀照的。而作爲一個現代詩人，我們可發現他詩人的使命和氣質是很充足的。

◇笠書簡

編輯先生：

我是生長在動盪不安，文化水準低落的越南，儘管如此，卻不減降我對文藝愛好的熱度，尤其最令我嚮往的現代詩。

現代詩在越南不大「流行」。不特這類書籍和理論缺乏，連各報章的文藝版都極少刊登介紹，令許多想學習現代詩的青年咸感失望。最近，我從剛由臺北返越的友人處，獲得貴詩刊的地址，眞歡喜極了！故今特寄上二十元臺幣（以郵票代款），想購買已出版的最近期的貴詩刊，望能儘早傳來，不勝感謝。

同時，隨信附上拙詩兩首，不過嘗試寫現代詩我還在初學階段，簡直談不上水準，希望多給修改，若僥倖錄用，請寄下發表的該期（書費在來款照扣）。

話太多，感謝你花很多寶貴時間看這信。祝

編安！

畢禧 敬上

五六・七・四

詩的問答

本刊爲應讀者的要求，特開闢『詩的問答（enquête）』一欄，自本期起逐期刊登。本期以，

A：您開始寫詩的動機？（輕鬆的）

B：論「發現新的詩語」（認眞的）

兩個問題，前經竭誠函請數位詩人惠賜答覆，除接到下列詩人寶貴的經驗論，及方艮函示『因本身工作殊忙，容下期撰述』，玆表示謝忱外，至鍾鼎文、紀弦、李莎、朱沉冬、綠蒂、姚家俊諸詩友，也許因工作繁忙或不願表示意見，均無回音。敬祈讀者原諒。

下期的問題爲：

A：您的筆名的由來？（輕鬆的短文）

B：您對對難懂的詩的看法？（認眞的精論）

歡迎詩友賜稿。

◇錦　連

一、開始寫詩的動機

回想起來，我對自己開始寫詩的動機沒有什麼明顯的記憶，也沒有値得懷念的事件，它是相當糢糊的。也許是少年時代的過剩的傷感，自憐、體弱、害羞、遠離家鄉等等——這一些加上當時的社會背景和風尙，遂使消極的患了嚴重失眠症的，有讀書癖的年靑人，不知不覺地誤入了寫詩的迷途。雖然這與偉大詩人的遭遇和輝煌多彩的經歷無可比擬，但我相信，與一般初學寫詩的人，其情形是大同小異的。因爲我是一個極爲平凡的人。

二、發現新的詩語

編者先生：我相信您絕不是認爲寫詩有什麼一種專用而方便的特殊語言，因而若不使用那種語言便不能成爲詩的前提之下，故意提出這個問題來使人困惑的吧？

事實上，從來根本沒有存在過所謂什麼「新的詩語」或「舊的詩語」。

詩並非內容或靈感的問題，而是語言的種種機能的問題。詩所使用的工具是文字，與其他藝術所用的工具截然不同，它也可以用來寫散文。散文必須求達意，但詩却需要通過語言去建立與實用毫無關係的一個精神的世界，一個新的秩序。所以它所講究的並不是表面的，通信用的那種語言，而是內面的語言的情緒機能，或者說是一般通信以外的機能。

我們讀一首詩時所受的反應，與其說是論理的，倒不如說是對生理機構發生迴響的一種直覺性的衝激。這種直覺性的，無須經過說明的衝激，我認爲是語言的機能經過

作者的銳敏而細心的探索之後，謹慎地被安排在一種「新的關係」之時，語言的意味，音感，廻響，強弱和表情所互相牽引反射而產生的。因此我們若是認爲語言並不是單面的，而有着多面性的機能之時，當詹氷說過的，寫詩的時候他必須對這一些機能加以「計算」的論法就不會覺得大驚小怪了。

當我們完成一首詩時所使用過的語言，頂多我們祇能對那一首是「新的詩語」，而寫另一首詩的時候，在第一首作品使用過的那些語句已被完全解體爲平常的語言而失去了「詩語」的作用。所以必須要從新出發去追求，發現語言的「新的機能」才行。

編者先生：您提出的題目是故意設下的一個巧妙而危險的陷阱，我願意把「發現新的詩語」硬改爲「發現語言的新的機能」來提出上述的解答。

最後我必須承認我祇懂得極少的語彙（vocabulary），因此我非珍惜它而來謹慎的使用不可。一方面對很多頗爲流暢的詩句，我的確始終有着一種驚嘆和惋惜的感覺。事實上它的一首詩，常常是足夠成爲我的好幾首詩的素材。

◇蓉子

我開始寫詩的動機：倘我說：「我開始寫詩的動機是爲了愛與美」，請別以爲我矯情。啊，十年、廿年或更早（因爲動機遠在行動之前），那時、還沒有「扭扭」，也沒有「阿哥哥」，一個如我這般的女孩子，總是穿寬寬、長長的裙子，文文靜靜的，除了日常的功課外（那時也還沒有所謂「惡補」），便沉浸在古典名著的閱讀裏，在那種安靜的氣氛內，似乎世上所有的愛與美，夢和詩全都圍攏了過來……也許其中最美的是詩，因爲它包含了愛與美以及我深沉的夢境——這大概就是觸發我開始寫詩的所謂「動機」吧！

此後無數歲月過去，冷酷的現實逼近，夢已凝不成形像，愛和美也似無存——唯詩留下。

◇彭捷

也算是動機：讀完小學五年級的那個暑假，那時候的暑假沒有補習，沒有過多的作業，我有的是自由自在的時間，正不知道怎樣去打發。

有一天去外婆家，在舅舅書桌上翻到一本氷心的繁星，我第一次看到新詩是怎麼樣的。拿起來囫圇的啃起來，不到半天就啃光了，只感到分行印出來的句子很清新可愛，比擠得密密麻麻的課本和故事易於下嚥。以後又找到徐志摩的，太戈爾的詩集，愈啃愈有味道。一天早晨起得特別早，我凝神窗外，看晨曦的天際，第一次發現自然的美和奇妙，讚美的意志從心底仆起，讀過的詩句都湧上來了。於是我模仿那分行的形式，寫下我的第一首詩。

那時候寫詩的動機，只是一個小女孩的好奇，因一時的衝動，由喜愛而作的模仿。

二十年是一段夠長的日子，在動亂的風暴裏掙扎，我幾乎迷失了自己。來到島上，找到一處避風港，面對絢麗的晚霞，不比晨曦遜色，而且更誘人，讚美的詩句又湧出來了。這一次不再是一個強說愁的小女孩，她已經成長了，不僅認識了詩的形式，更不斷的挖掘詩的特質。她不想戴桂冠，只想將行吟的足跡印在靜靜的海灘上。

◇西丁——給詩及詩生命進軍的伙伴

我的第一首詩薔薇用漣漣筆署，於抗日戰爭發生前七年的上海晨報副刊登出，此詩毀於抗戰，至今一句也背不上了，那時候不過初中二年級，但已讀了太多的文藝作品，且曾經過國文老師伍受眞先生（曾來臺任職中央信托局）的多方鼓勵，因此有這作品，偶然投寄上海晨報登了出來，那時欣喜萬狀，自然是一言難盡。但已不是我投稿的被登出第一次。

詩語言也是詩之表演的技術之一種，有嶄新的詩語才是詩之上乘的技術，才能得有力的傑作，一個忠實於寫詩的，和有志於創作詩篇的必須注意及之。

下面一詩不過偶然得之，也許是我一向忠實於着筆的關係，絕非刻意求工，說不定一下筆就是如此，因爲我之寫作，從來少有改來改去的那般費事，此詩登出以後，曾經得到好的評論，紀弦兄還曾特地爲我寄一明信片，給予頌揚一番。

這首詩全部照抄於后：

冬之晨

我愛冬天的夜裡，
在天將亮而沒有亮的時候，
這四下，是那般肅穆啊！
群鷄在報曉，
一聲低，一聲高，
此起彼落，
錯綜複雜的，
好像矗立於空中的層峰。
而我這時的心境，
也像浮雲一樣自由自在的，
漫游於一重重的山峰上面，
從此峰爬過了那峰。

這首詩曾被稱讚過的是第二小節，是『矗立於空中的層峰』，據紀弦兄說：

以『層峰』寫『群鷄報曉』，是上乘技巧，是嶄新的語言，可以見出功夫……

我那時得此評論，有些覺得受獎過份，但是正好用來作爲鼓舞，給我更多勉勵。

謝謝笠詩社要我寫這樣的一個短章，謝謝詩友們向我提出上列幾個問題，眞正是愧不敢當，起初接到通知時誠惶誠恐，繼而將此通知粘貼在房間牆壁上，留着做一次永久的紀念。

雖然五十二歲，只要有詩之伙伴常常給我溫暖，我會頓時變得年青起來，要說我之寫作，都還年青得很，成果還談不上，但我以此一生奉獻給詩！

莊金國

寫詩的動機：

有位詩人說：曾經我也不良少年過。

詩之能陶冶性情，甚至改變一個人的生活態度，在我看來，倒是千眞萬確的。

我曾爲個人與衆不同的命運憤慨，以致常找些刺激性的娛樂企圖麻醉自己。那時從來就不知如何面對現實，探討眞理的人生。

好一段不短的過渡時期畢竟熬過了。首先我沉醉於徐志摩的華麗世界。那些閃耀着奇異色彩的詩句。那些跳動着節奏音響的詩章，（雖則我已無意採用他底型式）。至今仍使我低迷吟廻，緬懷不已。

而後我開始摸索。試着學習別人的技巧，抒發心底悲歡情緒。

我覺得創作慾在逐漸減退，欣賞力却日愈提高。既不能滿足自己一貫的水準，也不喜歡詩刊上一系列的糢糊風格。

在還沒有走出正確的詩道之前，我寫詩的動機，該也只是一種大膽的對時代發出問號的意識罷了。

吳建堂

寫詩

微風誘發納涼之憩氛
圓月教你徘徊的滋味
時適爲秋節回顧每日廿四小時之悲喜交往
渤然湧起提筆之興趣
仿古人想要留下幾句美麗字眼
却不昧于平仄押韻等之古典詩則律
胡亂記下不三不四之散文調短詠
有人閱後竟說有諧謔之妙音
發現含蓄不少之諷刺味道
激起我自負認爲有展露情操之才華
有傳達心理感動之把握
這便是我開始寫作
就緒于作詩之契機！

杜潘芳格

一、我開始寫詩的動機是一種少女的夢。人既有生命的活動，就感到有創作的意欲。但寫小說、日記、書信並無法滿足我的創作慾。於是，我開始寫詩，追求人生的眞、善、美。

二、語言是人類所創造，隨時代的變遷與人類共存下來的。詩的創作是由于外界的現象與內在的精神複雜錯綜所構成。因此，在表現上必需尋找最逼眞適當的語言來編綴。何種語言始能說出內部的感動令人接受，而保持最高的純度。即新的詩語言的發現，是詩人必需認眞去考究的問題。

桓　夫

一、詩是一種抵抗

進入中學適値「颱風的年齡」時，看不慣社會的虛僞、形式的禮儀和差別，才開始探求詩，抵抗惰性，遂成爲我的慢性病。

二、語言與文字

在詩的場合，所用的工具「文字」是「語言」的替身，因而語言必需溶解在文字裡，構成詩至高的表現。原來，文字是祇爲了記錄語言被畫出來的一種標誌而已。但是在我國，文字本身異常的發達，被形象化，造成每一個字都被賦有特殊的意義。於是，文字可從語言脫離，成爲獨立的一型態而存在。這種文字的發達雖不能抹殺」語言，但一般對於文字的重視，逐漸習慣性地忽略了語言的活用。

所謂「詩是語言的藝術」；像外國的文字，祇表示語言，未具文字本身的意義的場合，這一句話是非常確實，容易令人瞭解的。可是在我國似乎會被誤稱爲「詩是文字的藝術」。因文字可與語言脫離，構成另一種型態之故。但事實上，仔細想一想就會知道「詩是文字的藝術」這一句話，不無異於詩的本質。第一文字本身是古人所創造賦與形象化和意義的一種既成藝術品。用前人所創造的文字，像積木式予以巧妙地組成詩；嚴格地說，那只是做人家所創造的再現行爲。而與「語言的藝術」那樣捕捉內心湧上來的語言創作的行爲，顯有本質上的不同。又文字是由知識所得，語言是由體驗所得。從這種事實看來，便不會說「詩是文字的藝術」了吧。詩是詩人在眞實的生活體驗出來的結晶，絕不只是知識的羅列，這是衆所周知的事。

旣然，詩是語言的藝術；那麼，一部份自誇爲偉大詩人所作的文字堆積作業，或點綴古詩詞的文言新詩，便不能視爲眞正的詩。這是極顯明的道理。尤其是把那些文言所寫的盛傳爲新古典主義的詩，豈不令人感到可笑。所謂新古典或甚麼主義的詩都應該是指其精神表現的作法，而非僅指外形上的遊戲。——我並不以爲用文言寫詩不好。但至少要注意文言與口語的精神活動該是有其分別的地方才對。例如在日本對文言與口語的分別即說「以文寫出來的語言爲文言體，以口講出來的語言爲口語體」。這種「以文寫出來」的「以文」，就是指依靠文字所思考的，屬于知識方面「寫文章」的意識之謂。他們所說的文言與口語的概念，亦即是文字與語言的概念，同樣有其共通的分別。

因此，我們要發現新的詩語，應該從語言（口語）的方面去發掘，才能寫出由眞實體驗抽出來的詩。

林宗源

編輯先生：你來信說；「詩的問題」每期請答的人不同，這一期特別請你回答，是因爲這兩個問題對你的詩來說一定有特殊的事，可以提出報告，像你用土語寫詩，這不是「新的詩語的發現」很顯明的例證嗎？。

哈哈！你該記得「笠」第七期，弟所寫「我是神」一首所得的評語吧！什麼太土啦，一種失敗的實驗啦，一半國語一半臺語不純粹，應對一國的語言之豐富負責等。而你竟說這是「新的詩語的發現」很顯明的例證。眞要命，不過，我想你當了解我的苦悶，以及很自然而然地形成這種傾向的原因吧！

幼年，有一天我到朋友的家玩小皮球，剛好延平詩社，那一批老前輩，在明友的家吟詩，我看到那些老頭子，每人帶來一本本詩的參考書，在一翻一抄一作，這時在我幼稚的心裡，曾經這樣地自語「詩是這樣地做成的嗎？」學古詩，我有一份翻參考書，記典的苦惱，我覺得太文，好像做文章，好像那些句子，不是從心裡跑出來似的，有一段距離，沒有很親切的情感似的。

加入中華文藝函授學校，又被覃子豪先生，所訂的詩的題目苦悶着，覺得走軌道式的詩的車次，沒有意思。

於是，我寫我的詩，投稿碰了一鼻子的灰，我還是寫我的詩，漸漸地我覺得只要把握詩的質素，忠實地把所感的寫出，就是詩，不管怎樣地寫，只要把握詩的質素，眞摰地表現出來，還是詩。

漸漸地我覺得詩的形式與語言，有重新建築的必要。詩的形式完成於表現後，在表現前是沒有所謂形式的。它可以說是一種思維的秩序罷了。所謂內容決定形式，試問：有了內容在表現時再尋找形式，是否會破壞聯想的動作，使一個單純的，或複雜的意念體系肢解？那是一定的，精神的活動，不是機械，何況機械有時也會發生毛病。

有了形式，再找內容塡上去，爲了適合即定的模式，而產生的內容，縛手縛脚，更不能賦予更大的自由，做到意識的抒寫。

形式，往往被人認爲是一種安排與運轉的手法，那是沒有涉及內含之前的事，其實涉及內容，爲心理的貫性，一種思維的秩序。

當感觸進入創作，爲什麽意念產生，而形式不能跟着形成呢？形式既然是心理的貫性，一種思維的秩序，我們爲什麽不利用，熟知的事物的外形、構造、演變的秩序，片斷或整體（基於內容，在創作時任由作者自由選擇）構成詩的形式呢？

我們知道，在自然界裡，由於個性，我們對喜愛的事物，必加以了解，由是不知不覺中，這些熟知的事物，在意識裡，構成一種思維的秩序，創作時，這種思維的秩序，自然而然地形成一種屬於自己的安排與運轉的手法。

詩，是用語言具象地表現其精神的活動。

刺激而感動而表現，莫不是語言活動的過程。

我開始寫詩，曾經追求意象的刻劃，創造所謂新鮮的意象，要這樣做，就必須去分析已有的詩，去發現人家的手法，創造人家還沒有寫出的意象。由此，我發現今天我們的詩，幾乎千遍一律，流於文縐縐的話，被文字取代言語，被幽美雅麗的文字所控制，這些句子是加工的，不是由心裡湧出的語言，總覺得有一段距離，不太有親切的感覺，反而使詩的生命——精神，逐漸枯竭。

從生活中，我發現小孩的口語，比起文縐縐的語言，更能使人感動，更有趣，更活潑，於是，我不再從現成的詩中，去吸取詩的語言。

於是，我嘗試着用最簡單的口語，組成意味深長、有趣、活潑，看起來很幼稚的語言，做爲詩的語言。詩的語言，不必追求典雅，也不可流於使人不忍一讀，只要把口語，組成有詩情詩意的語言就成。不管它是方言，或是專有名詞，都可以做爲詩的語言。

編輯先生：很抱歉，你所提出的兩個問題，要我輕鬆又認眞地談論，啊！我的個性就是這樣，即不輕鬆又認眞不了，像覃子豪先生所給我寫詩的題目一樣，請原諒我，這一支筆，永遠劃不出平行的線。

最後讓我告訴你，我開始寫詩是因病與一個女孩子的關係，到現在，就像吃上了鴉片，不寫不過癮。

至於寫詩，我是在一個突然的意念產生時，很快地寫成的，在感動的瞬間，從混沌的狀態裡突然浮顯出清朗的主題時完成。平時我想寫詩，往往愈寫愈亂。有些較爲滿意的詩，都是在感動的瞬間寫出的，所以談到動機，就不知道了，也不以爲寫詩，要有什麼動機。

吳瀛濤

一、開始寫詩的動機：

是在我的童年至青年那一段時期自然而然地早就醞釀的。早於童年時代，我已寫過了詩，可以說是兒童詩乃至童謠之類，發表於國民學校的校刊。我是一個道地的文學青年，比什麼都還愛好文學，你說這樣的年青人怎麼不去開始寫他心靈的寫照，我們稱爲「詩」的那種東西呢。

二、詩語與現代詩：

所謂「詩語」即係指稱對「詩」的表現所用的而且「很詩的」用語，這是很概念的一個字句，其實什麼是詩語，它並非指特定的「用語」，重要的是在詩裡所用的言語能不能「詩」這一點。

在於新詩的初階段的「自由詩」的場合，由某些詩人發現的某些具有獨特風格、獨特意義、獨特暗示的所謂「詩語」或者顯示了某種「詩」表現上的含義乃或其價值，但那些未甚脫離於文言的既成造句，雖然有點新穎、有點優異，仍是被現階段的「現代詩」陶汰了的。

現代詩不再去找狹義的詩語，那些是侷限的，多多少少炫學的，而最大的區別即是現代詩則係屬於完全口語，完全出自現代的意識，也可以說「詩」已並非「韻語的」而只屬於詩的女神的美麗的浪漫的表現，現代詩所爭取所求覓的世界儼然爲一項人類所面對的「全詩」「全人類」的表現。於是「詩語」的範圍也擴大了，它已不僅是成爲詩的小部份的「造作」，而是形成詩發展的重要因素，甚至有時候是詩的契機，構成整首詩的「詩本身」。

誠然，詩是精鍊的、飽和的言語，那麼讓我們不必僅拘泥於祇是停於發現詩語的地點上，現代詩課於我們的當在於詩語以前的「詩」本身吧。因此，我們倘要讀「詩語」別要忘記那是「詩」以後的問題；不待說「詩」有時候雖也會被「詩語」擊發，但那也許是與詩賦有同時性的，並不能視作步前於「詩」的問題吧。

村野四郎詩論◎桓夫譯

「現代詩的探究」

語言的本質

詩被稱爲語言的藝術。依此論法亦可以說音樂是音的藝術，繪畫就是色彩與線條的藝術。語言成爲「詩作」唯一的工具，等於繪畫或音樂的色或音，是完全同樣的道理。但其工具本身的機能或方法，即顯有本質上的差異了。

◎詩除「語言」以外未具表現的工具（素材）。

就是說，繪畫或音樂的工具本身並未具任何意義，但詩的工具即持有「意義」。換句話說，繪畫或音樂是用無意義的工具創造有藝術意義的一宇宙，而詩是形成在每一工具已經都具有意義的一小宇宙上。因有這種特點，詩創造的手續才極爲複雜。姑且不論音樂或造型美術的創造與詩創造的比較何爲困難，僅在詩的方法上須要付出完全不同的配慮，是據於這些原因。

據於這些工具本質上的差異，繪畫與寫詩的方法上便有完全不同的感受。因詩的造型不僅是感覺，必需對每一工具的小宇宙具配結合的論理；於是，若對色或音不關心的人即不會有成功的繪畫或音樂一樣，對語言不關心的人或愚鈍的人寫不出好詩也是理所當然的。事先必須在其根底上配慮到詩工具的語言方法，確與其他藝術的工具有其根本的差異。

却說，人無論誰都在每日日常生活中，無需關心而極習慣性地使用語言，做爲傳達意志或感情的實用工具。這種場合，語言持有的意義即極端地被單純化了。不，寧可越單純化越能在生活上成爲方便而理想的工具。一句語言僅持有一種意義時，其能率最可適用於生活之用。這種日常生活上的方便主義便在不知不覺中，把語言持有的複雜微妙的本質上性格使其單一化。就是說，祇在語言具有的機能底一面，由於習慣性的異常發達、偏差，遂使語言原有的複雜機能全都退化了。

一般初開始寫詩的人，最易錯誤的是對這種日常語言的使用，硬以那種機能不完全的語言，來處理非尋常的詩的特殊世界。

在本質上說，詩是異於散文或日常的通信，而表現普通一般的論理所不能表現的世界。即要表現隱蔽在通常的意識下難予捉摸的感情世界。不然，便不能完成企圖全面性從其根源捕捉人存在的意義的使命。因爲如此，即必須動員語言本來持有的，被視爲不可思議的神秘性的全機能。若僅用語言被通俗化了的機能的一面，不管你如何用心編排，也難予達成目的的。前在「詩的効用」一篇裡所述『詩人是語言的再創造者』的意義，在此亦可明瞭了吧。

梵樂希也說過「詩人的工作，是被賦與用這種日常用途與實用的一製品（語言），來創造例外的又非實用的，所謂詩的一特殊世界、事物的一秩序、關係的一體系。」一句語言在日常上，確實是給與普通一事物的符號而已。以這種實用化了的東西，要使其負起創造非實用的詩一特殊世界的任務，若以普通一般的使用法，確實無法達成目的是當然的。詩的語言與日常的語言，在語言本身並無差異，但必須瞭解語言所內含的機能領域上，有其一段的懸殊。

可以說，對語言機能的領域瞭解越深即係越優異的詩人。因爲那些瞭解的廣度與深度意味着詩人的表現力；所以說賦與詩人的工作最重要之一，就是探究語言的領域也不過份吧。忽略了這一點重要的問題，即無法創造優異的詩藝術。

語言持有的神秘上的特性，當予逐漸論述吧。不過，語言一詞在日本古代被稱爲『言靈』，係早已充分被認識了其神秘性的機能。然而過去寫詩的人並未以較嚴肅的態度論起這個問題，覺得有點不可解呢。

到了最近，才有從哲學或心理學的部門，策動語言的本質爲詩根源的問題而被提起的形跡。但仍然有些詩人蔑視語言的問題，說祇不過是技術論而已，或說「詩是態度」或「總之詩是內容」等語。可是，那些態度和內容也都是語言本身的問題，他們不知道無語言不成立的道理。所謂思想，這種思考行爲的根底，若不設置在看不到的語言機能上是不能成立的。

日本現代詩的歷史尚新，在詩人之間未曾舉行過像國外那些詩語的詩論性追求或熱心的論爭。當然不能與龐德或梵樂希那樣博學和深遠的洞察力予以比較，然而，全無像他們在詩論上所企畫的，對詩語言本質的熱心探求的紀錄。這一點，日本的詩人們經過明治、大正、昭和之間似過於徹底的樂觀，日本詩人被稱爲只是漠然自然發生性的詩人們而已，也無可辯解吧。

詩也是一種生產品。看看造成的作品，漠然說「能」或「不能打動人心」亦無甚麼好處。究竟爲什麼能打動人心？應該必須追求其機能的根源。例如嚐吃製成的麵包，漠然批評其好吃或不好吃，是不會提高麵包的品質。要提高麵包的品質，必須嚴密考究麵包的生成過程所不可缺的要件。在詩的場合，其生成過程的 mechanism（機械性作用、機能）是完全關係在語言的問題。

事先，就語言持有的不可思議的機能，即被視爲似神秘性的靈性來考察吧。單獨的語言、單語本身正如梵樂希所說是一種工具；由於實用而形成，供給萬人使用的共通工具，祇不過是指示事物的一種符號而已。比方說「狗」或「石頭」，那些符號是表徵萬人共通的一觀念，但一旦在文章裡，爲了某種目的被置於其他語言發生關係的地方，便隨其所在位置的情況，那扁平硬性的符號就突然變更了其意義，呈示複雜的樣子相互相連結而創出新的表象的世界。那是完全如獲得新的生命；這種現象的基因是一個語言與他方語言的接觸，使語言展示的事物，喚起各種過去經驗的記憶，是以符號超越一面化的意義的領域。於是，至此「狗」一語言，已不祗是抽象化了的一觀念，而成爲展示在某種經驗裡躍動的特定事物的語言，持有未曾展示過的意義。即變成搖動特定的形狀或陰翳或味道的心象的語言了。

這種現象，被稱爲象徵。這種作用就是被稱爲象徵的原型。

以詩人來說，這種語言的反應力，可成爲制御他們的死活那麼重大的問題是當然的。這種語言的反應力，確實是從對事物經驗的記憶產生出來的。被稱「詩是經驗」一語根源的意義就早胚胎於此。也許對存在有廣泛深長認識的經驗，才能增進詩語言底機能的唯一條件吧。

對存在深長的認識，是在詩裡以所謂論理這種知性形式顯現以前，會很微妙地，現出在這象徵所編織出來的直覺上的世界。

有時，一見似無任何說教意味的一篇抒情詩，會毫無理由地，比具有深邃且發揮論理的說教性的詩，更激動人心。這是我們平常經驗中屢次遇到的事。這種情形，是因論理可以簡單借用，但語言的本源性機能是無法借貸的緣故。詩神秘的魅力，其關鍵就在此。

◎語言的作用其二大要素是甚麼（情緒的機能和意義的機能）。

如上述語言的神秘作用，是由於二個機能的協助始能完成。那是稱爲「意義」的知上地指示性和謂之「音響」的情緒上地開示性。由這二大語言機能的要素的協助，語言便持有了近於無止境的世界。

艾略特對語言的二個機能的關係說「對語言『音響』的感覺，會滲透到單純的思想或意識等部份更遙遠的地方，沈淪於被遺忘了的遙遠過去的原始上，歸其根源，而具有帶回某種事象的機能。那些當然要透過「意義」被施行。」

就是說，語言是具有向着「意義」所指示的地方，誘導人進入超越通常意識的世界的機能。這種機能是由「意義」和「音響」的協助而完成。這樣，把語言在科學上的分折探求，從未被經驗過。但英國批評家I、A、李察德（Richards 1893—）於一九四二年立脚於現代心理學所寫的有名的評論集「文學批評的原理」裡，也一層精密地就心理學上解明了艾略特指示的語言二機能的方法。

李察德把語言的「音響」稱爲「情緒的機能」，與意義所示的知性機能分別，作以語言持有的態度的源泉。

則語言能給我們促進某種行動，便是這個情緒的機能，而非知上意義性機能。在此也有語言能搬運我們底歷史的不可思議的作用潛在着。這種想法和艾略特的想法相同。

語言並不僅指示事物的有無或眞僞的表象，而能進一步向人要求的是，這種情緒機能的「語言的態度」。詩之向人作用的精力，正是可視從這種機能的世界產生的。

不過也要考慮這種語言的態度，正是艾略特所說，需完全經過意義出現，有意義性機能的協力，這種神秘語言的作用始能完成。

若詩人有志成爲優異的作家，就不僅在語言表面上的意義，而必須體會意義裡的意義（情緒性機能）。即李察德所說的「意義的意義」才是絕對的條件。

最近日本詩人們也論過在詩裡心象的造型性和音樂性的問題，對這些問題當在後論及，但那些議論似乎都遠離了語言本源的機能，而偏於極通俗的形式論。有些詩人和批評家認爲現代詩貧困的原因，係現代詩人過於偏執心象的造型性而無視詩的音樂性。這種言論很顯明地可證明了他們尚未思考到，詩裡所有的心象若無語言眞正的音樂性（音響的機能）便無法造型，那是最根源的詩的原理和語言的原理。

最優異的詩的心象，是由最敏感的「語言的情緒性聽覺機能」的感覺始能造型的。

◎語言是所有修辭法以前就有的，而是認識的方法。

如此語言的音響與意義的作用，把似無限那樣遙遠而廣泛的人的歷史，帶來給今日的我們，更趨向促進其行動。但如前述，我們日常生活便宜主義，祇把語言用作一種通信的工具，不仔細考慮其複雜微妙的作用，却把那些作用大都擯棄於意識下。

詩人的工作正如路易斯所說，是解放被幽閉了的語言的生命，使其復活。

現在把這問題再進一步，就語言爲「詩的原理」那些根源上命題的理由，在「語言機能的喚起」和「存在」的關係，來加以思考吧。

一般人平常祇視語言是講、聽、寫的東西，而在這種想法上以修辭法的表現技術方法，做爲文學創作的重大關心事。可是事實從事文學的人，尤其詩人本身最重要的是，應該在修辭法以前的語言的問題。

或許有人會懷疑，在修辭法以前怎會有語言的問題？但是有的。語言在未被人聽或寫出以前，已經生起在人心中了。這是連結在詩上靈感的問題。說明白一點，例如牛頓看落下來的蘋果，發現了萬有引力的法則，但蘋果落下的現象絕不是牛頓才有的珍奇現象，是萬人共有的現象。而這現象却成爲牛頓一個人的靈感是什麼理由呢。同樣，對萬人生起的現象，成爲詩人特定的靈感，這種事實究竟意味着什麼？那是限於被準備在詩人的某種能力，換句話說是被隱蔽着的表現力。又說這種表現力就是被隱蔽着的語言，看不見和聽不見的機能的總量。

所以這種未現出外部的語言作用，才給與詩人決定唱什麽、如何寫的最重要任務。而那些作用即將關聯於作品裡出現的思想性。

再從這些事實應該知道的是，靈感以語言來捕捉，就是等於人意識了存在時已經在那兒有了語言之故。

這正是所謂「語言是存在的住所」（海德格）吧。海德格的這問話是在他的著作「森林之道」裡表現思想的熟語而有名的。但我們不通過語言即不能碰到存在，語言是把存在交給我們的唯一東西。例如我們正走過密林，來到泉水的旁邊，認知泉水之時，我們是據於「泉水」這句語言才認識它。看天空的一點，認知「啊、鳥」之時，我們是據於「鳥」這句話捕捉鳥的存在。在此，語言並未發出，雖未成話，但語言却悄悄地把存在交給了我們。就這樣，我們由於語言遇到存在，確認存在。海格德說，存在的領域是被限定在存在由語言現出的範圍內，又說，語言決定存在的領域。

例如，我們在黑暗裡拿一只燈光，照亮被黑暗隱蔽的世界，那麽存在就現出在光照亮了的地方，那是從「無」裡跳出來的存在相。但那面相貌却被限定在光的領域裡，要超越了那個領域便甚麽也顯不出來。所以小的光圈只能捕捉小存在的領域。

語言就是光，存在是由於語言所問及，始以存在現出在光亮處。不問及就等於無，連無的開明性也無。海德格說，語言是如此給與最初存在的名稱，那命名才把最初存在的名子指出其存在。

這樣能把存在的東西使其現出存在的語言，其本質被理解了之時，詩不是因用語言的紀錄工具被作成才成爲語言的藝術，而是語言保存有詩的根源上本質，才是在語言上發生詩，成爲語言的藝術。這種詩的原理也會被解明了。

這種文學上根源性問題的語言與認識的關係，是從哲學的世界嚴肅地究明出來的。而近代的醫學心理學也在語言和認識和行爲的關係，把語言的本質以各種的實驗來解明。尤其，被提出做爲最好的實驗路徑就是失語症。

失語症就是因外傷或各種病因被破壞大腦的某部份而發生的病情。如患了這種病，不但不能活用音聲的語言，且不能做出人公然的傳道表現。人行爲或生活也受影響，人的個性全體也起了變異。其最顯明的實驗，令失語症患者撞出不定方向的地方去。

據於這事實，我們會知道我們的意識是先由語言去確認，再接着進入行爲的。若失去了確認語言的機能時，就在意識和行爲之間，會發生頗大的差誤或障碍。

這種心理學上實驗的結果，好像給與語言爲生命的詩人們，對語言的想法或對語言使用方法的根底上，確實提供了重要的科學上依據。

◎活用語言的始源性機能。

如此語言機能的領域，不祇爲被講或被寫的符號，而是發生在我們意識的深處，都據於哲學上或科學上解明了。

不給語言的神秘作用付出深湛的配慮，僅把語言當做單純的符號稱謂物象而寫文章的人，絕不會寫出眞正的詩來。這一點我不知道其他有沒有像里爾克那樣深刻地直接面對這個問題考究的人。里爾克的詩，常像躊躇在黃昏的摸索。因他是對存在的指名有點害怕。令他躊躇畏怖，很顯明就是他對指證物象的異常配慮而起因的。他在詩裡也概嘆着指斥對這個問題毫無關心的人。

我懼怕人的語言
可是人人對萬事都很明白地說
此處有其起始，彼處有其終了
我憂慮的是他們的感覺和嘲笑的戲技
他們皆知道未來和過去
山對他們早已非奇異了
他們的花園和邸宅已隣近了神
我常距離着預防戒備
我好喜歡，聽物象的歌唱
你們觸及事物，事物便硬而緘默
你們都是，爲我殺死了事物

（摘自里爾克「舊詩集」）

里爾克在這首詩的第二段似乎說出最深刻的諷刺，而在最後段概嘆着以習慣性看存在的人，以習慣性處理語言的人都在自己要寫的詩裡殺死了事物。

對存在的關心越深，詩人就不敢輕易使用語言。對語言認識的廣度與深度，可以說完全證明了對存在認識的廣度與深度。

如此思考語言隱蔽的機能的世界，就知道一般所謂美文法或修辭法那些，祇把旣成的語言換來換去而予配列的「詩的構成法」是多麼空虛的做法呵。語言重大的任務，該在其以前完成了的。修辭法可以說是已經事過之後的符號的配列法而已。把事過之後的語言予以變換配列，想造出新的認識的領域，那是多麼不合理而且是反逆的行爲；不必說，那是徒費搜尋思考或感情的類型而已。

又我們常聽到初學寫詩的人嘆息着說「因我不知道語言，寫不出好詩。」但事實，他們在日常生活中不是浪費了很多多餘的語言嗎。爲什麼說不知道語言？也許他們是說不知道所謂詩語或文學上語言的數字吧。在本質上來說，無比所謂詩語更不詩性的語言。依照海德格的話那就是最沒有「保存詩的本質」的語言。因爲所謂詩語的慣用語能交給我們的並不是存在而是存在的死骸。

寫詩所必需的，絕不是詩語的詞彙，却是一個語言持有的意義的廣泛與深奧，即是語言所持有的正確意義性機能和豐富的情緒性機能的領域。如果，詩藝術是由於熟知較多語言的數量才能創造，那麼辭典編纂者該是最好的詩人了。事實不然。

對詩持有的語言的關心，不能像暗唸單語的受考學生那樣死背。要熟知深難的語言雖無不可，但比深難的語言較重要的，還是該要深湛了解我們在現實生活裡，日常所使用的平易語言應如何活用的方法吧。

用平凡的語言，表現超越平凡的日常上意識的世界，才有眞實的詩，才有眞實做詩的困難。

日本戰後詩史(二)

高橋喜久晴

在某方面決定日本戰後詩趨勢的「純粹詩」創刊於一九四六年三月，發行兼編輯爲福田律郎，主要同人有秋谷豐、小野連司、村武司等。而於同月，由平林敏彥、牧章造、鮎川信夫、田村隆一、三好豐一郎等合辦的「新詩派」也創刊了。

這兩本詩誌在互相交流之後，乃成爲後來的「荒地」集團。一九四六一、二月間，並有北園克衛、岩佐東一郎等現代主義詩人們所辦的「近代詩苑」，抒情詩人臼井喜之介所辦的「詩風土」，淺井十三郎等所辦的「現代詩」已陸續創刊，形成了日本戰後詩的出發點。尤其「現代詩」，因後由北川冬彥接辦編輯，遂變成既成詩人的牙城，每期刊載有力的作品，但無推展強有力的任何主張，可以說是屬於活力派的作風。

當時，我仍在寫短歌。有一天走過戰災後的靜岡市街時，在排着少數書籍的書店，偶然看到長方形的小册子，那是僅有一本的「純粹詩」(創刊號)。無意中把它買回來，遂成爲我從短歌轉向詩的機緣了。「現代詩是甚麼？」，在短歌的世界所不能表現的現代的課題，似乎內含在那本小册子裡。

「純粹詩」逐漸充實了內容。田村隆一、鮎川信夫、北村太郎等的作品，均強烈地搖憾了我的內部。迄今使我想到我的第一本詩集「陌生的魚」裡，前半大部份的作品，頗多受這時期的影響。

據於資料，僅由女性詩人所集辦的「女性詩」(中村千尾及其他)在四月發刊，而從中國歸來的池田克巳、上林猷夫等創辦的「花」也在六月創刊了。

代表日本現代詩世界的詩誌之一「詩學」的前身「Utopia」，以詩壇的公認雜誌爲目標而於此年九月出刊。同一時期超現實主義集團的「火之鳥」也在關西地方刊行。從此接觸超現實主義的印象是深刻的。

現代主義詩人的牙城「VOU」，網羅了西脇順三郎、北園克衛、村野四郎、安藤一郎、木原孝一、山中散生等著名的詩人，也在此年復刊了。但以後此誌的同人們即逐漸發揮其個性，各自組織獨立的詩派。又高野喜久雄和黑田三郎等，回顧「VOU」當時的作品，却深深反省那些作品的無意義——。我看到像那樣的文章時，就想到「」這本詩誌雖然當時走在最前衛最先端，而因此在各地發生亞流的幾個集團，直至二十年後的今日成爲這種分列的狀態，似極當然的結局。現在的「VOU」，好像僅由北園克衛本身的個性予以支持着這本雜誌而已。事實也沒有像北園克衛那樣追求過純粹語言的詩人。

一九四七年又是日本詩壇旺盛的時代。

像「日本未來派」「歷程」「詩學」「荒地」「地球」那些代表戰後詩壇的詩誌，相繼創刊。並刺激了年輕的詩人們。「日本未來派」「歷程」即對集團的主張不與定型的固執，僅集像「一隻狼」那麼強烈個性的詩人，具另一獨特的存在。「日本未來派」在二十年後的今日稍些失色了。但「歷程」仍然充溢着生氣的活動。而能加入此誌的同人，亦即被貼上優異詩人的標誌一樣，仍是一般所公認。

「歷程」的責任者草野心平，係現任日本現代詩人會的會長。平時喜歡穿和服，他那茫漠大方的風格，常使年輕詩人們齊集在其身邊。他是中國廣東大學出身，早就與中國的詩人們有深篤的交誼。

草野又被稱爲「青蛙詩人」，有很多以青蛙爲主題的作品。其代表性的詩集「第一階段」即戰前住在靜岡市的詩人杉山市五郎編輯印刷的。那本原稿是全用毛筆寫成的。他那題爲「生殖」一首有名的作品るるるるるる……」，即被收在這部原稿裡。前年，在靜岡市擧行的「日本現代詩展」，曾展出這部原稿而收到很多衆人的注目呢。

由T、S、艾略特的作品取名的集團及其詩誌「荒地」，是此後繼續十年以上，成爲日本年輕詩人們的一種偶像的存在。這羣同人們從「語言表現的思想，和經驗兩面而志向戰後詩的革命」所嚐試的實驗，給與日本現代詩頗大的影響。

詩集也陸續被出版過。主要的即有堀口大學的「冬心抄」，壺井繁治的「神僕營生的瑪利亞病院」，丸山薰的「水的精神」，「瀧上毛錢詩集」，高村光太郎的「暗愚小傳」，西脇順三郎的「旅人不回歸」「あむばるわりあ」，伊藤靜雄的「反響」，小野十三郎的「抒情詩集」，其他的有三十種的作品，有如在市面汜濫之感。在黑暗裡詩人的精神是反抗黑暗燃燒了詩。

此時，一般文壇對於現代詩的發言也相當活潑。而詩人這一方面，對社會性或文壇上的發言也相當熱烈。是現代詩參加社會活動逐漸被注目的一年。

在我的記憶裡，當時看到鮎川信夫發表有關T、E、休謨的（從「爐灰」裡）的一文時，我所感受的衝擊是很深刻的。休謨的實存性思考，感覺的深奧與新鮮性，給我瞭解到「現代」這一狀態的嚴肅。

又在這一年新創設的詩人獎；即有純粹詩獎，贈與田村隆一，而三好豐一郎即獲得了詩學獎。

詩壇消息

△今年繼英國詩人約翰・梅士菲爾（John Masefield 1878—1967）逝世以後，七月二十二日美國詩人卡爾・桑德堡（Carl Sandburg 1878—1967）亦相繼逝世，他們生即同年，死也同年。

△卡爾・桑德堡著「草原時代的林肯」（第一卷），謝叔斐譯，列入美國文庫，今日世界社出版，港幣三元。

△日本現代詩人高橋喜久晴詩集「溫柔的忠告」，已由詩人桓夫（陳千武）翻譯，笠詩社出版，特價四元。

△千呼萬喚始出來，詩人林亨泰的精心近著「攸里西斯的弓」，即將出版。

△現執教於東海大學的劉文潭先生著「現代美學」一書，列入大學叢書，商務印書館出版。

△現臺灣大學執教的詩人張健著「中國文學散論」，列入人人文庫，商務印書館出版，定價八元。

△糜文開編著「印度文學欣賞」，列入三民文庫，三民書局出版，定價十五元。又其所譯「印度兩大史詩」，列入人人文庫，商務印書館出版，定價十六元。

△詩人紀弦新書，一爲紀弦自選詩，卷之三「檳榔樹甲集」，現代詩社出版，定價二十元。一爲「小園小品」散文集，列入人人文庫，商務印書館出版，定價八元。

△詩人余光中詩集「五陵少年」，列入文星叢刊，文星書店出版，定價十四元。

△中國文化學院法文系教授胡品清女士近著詩與散文合集「夢的船」，已由皇冠雜誌社出版。

△夔亭編著「英美詩選」，由文源書局出版，定價二十元。

△黃德偉詩集「火鳳凰的預言」，星座詩社出版，定價十元。古月詩集「追隨太陽步伐的人」，葡萄園詩社出版，定價十元。盧勝彥詩集「淡煙集」，綜合書局出版，定價六元。

△傅東華譯亞里斯多德「詩學」，密爾頓「失樂園」，柯羅齊「美學原論」，均列入人人文庫，由商務印書館出版。

△詩人戴望舒譯，提格亨著「比較文學論」，列入人人文庫，商務印書館出版。

△「南北笛」詩・散文季刊第三期，「創世紀」詩季刊第二十七期，「中國新詩」第八期均已出版。

△「歐洲雜誌」、「文學季刊」、「純文學」、「幼獅文藝」、「新文藝」、「青溪」、「現代文學」、「臺灣文藝」，等等均按期出版，這些均爲朝氣蓬勃的純文藝綜合雜誌。

△本年度（按爲五六年）詩人節慶祝大會，假中國之友社舉行，擬成立「中國新詩學會」的籌備會。該會頒獎給優秀詩人，有艾雷、楓堤、王憲陽、辛牧以及林綠五名。特別獎給詩人周夢蝶，詩壇特別服務獎給陳敏華與綠蒂。

△國立臺灣大學海洋詩社創刊十週年紀念，並出版第六卷第五期專刊慶祝。詩人夏菁應海洋詩社邀請於臺大演講「從一首詩出發」一文亦收入該期。

△刻已退休的師範大學教授梁實秋先生所譯「莎士比亞戲劇全集」三十七冊，業已出書，由遠東圖書公司出版，文藝界曾爲其翻譯成功舉行慶祝會。

△詩人李魁賢譯德國大詩人里爾克的「杜英諾悲歌」（Duineser Elegien），其第一悲歌已發表於復刊第二期的「東方雜誌」。

笠叢書

①攸里西斯的弓　林亨泰詩論

②風的薔薇　白萩詩集

③島與湖　杜國清詩集

④力的建築　林宗源詩集

⑤瞑想詩集　吳瀛濤詩集

⑥不眠的眼　桓夫詩集

⑦綠血球　詹氷詩集

⑧大安溪畔　趙天儀詩集

每冊十二元・歡迎函購・訂戶七折優待

⑨秋之歌　蔡淇津詩集

⑩日本現代詩選　陳千武譯詩集

⑪美學引論　趙天儀理論

⑭牧雲詩集　林煥彰詩集

⑱南港詩抄　楓堤詩集

⑳生命的註脚　靜雲詩集

㉒遺忘之歌　謝秀宗詩集

㉓窗內的建築　林泉詩集

預定出版叢書

以白畫死去……………白萩著

醉影集……………林宗源著

陽光詩集……………吳瀛濤著

象徵集……………林喬著

拾穗集……………葉笛著

蝴蝶集……………鄭仰貴著

笠存書

一—十二期每冊三元

十三—十八期每冊四元

郵政劃撥中字第二一九七六號陳武雄帳戶

詩已成為文學最後的堡壘。

在今日鉛字文化的氾濫，大衆化現象的浸透裡，看詩或寫詩，不外就是一種抵抗。

因此，「笠」詩刊的對象，仍然在不可能商業化的方面，與一般通俗的刊物，顯然有其不同的性格與任務。完全不依靠商業書店販賣的途徑，僅依賴直接訂戶的不斷增加而求存續發展。敬希愛護本誌的讀者參加長期訂戶。

中華民國內政部登記內版臺誌字第二〇九〇號
中華郵政臺字第二〇〇七號執照登記為第一類新聞紙

笠雙月詩刊　第二十期

民國五十三年六月十五日創刊
民國五十六年八月十五日出版

出版社：笠詩刊社
發行人：黃騰輝
社　址：臺北市忠孝路二段二五一巷十弄九號
資料室：彰化市華陽里南郭路一巷十號
編輯部：臺中縣豐原鎮忠孝街豐圳巷十四號
經理部：臺北縣南港鎮南港路一段三十巷廿六號

定　價：每冊新臺幣　六元
日幣六十元　港幣二元
菲幣　一元　美金二角

訂閱全年六期新臺幣三十元・半年新臺幣十五元

●郵政劃撥第五五七四號林煥彰帳戶
及中字第二一九七六號陳武雄帳戶

笠

詩刊

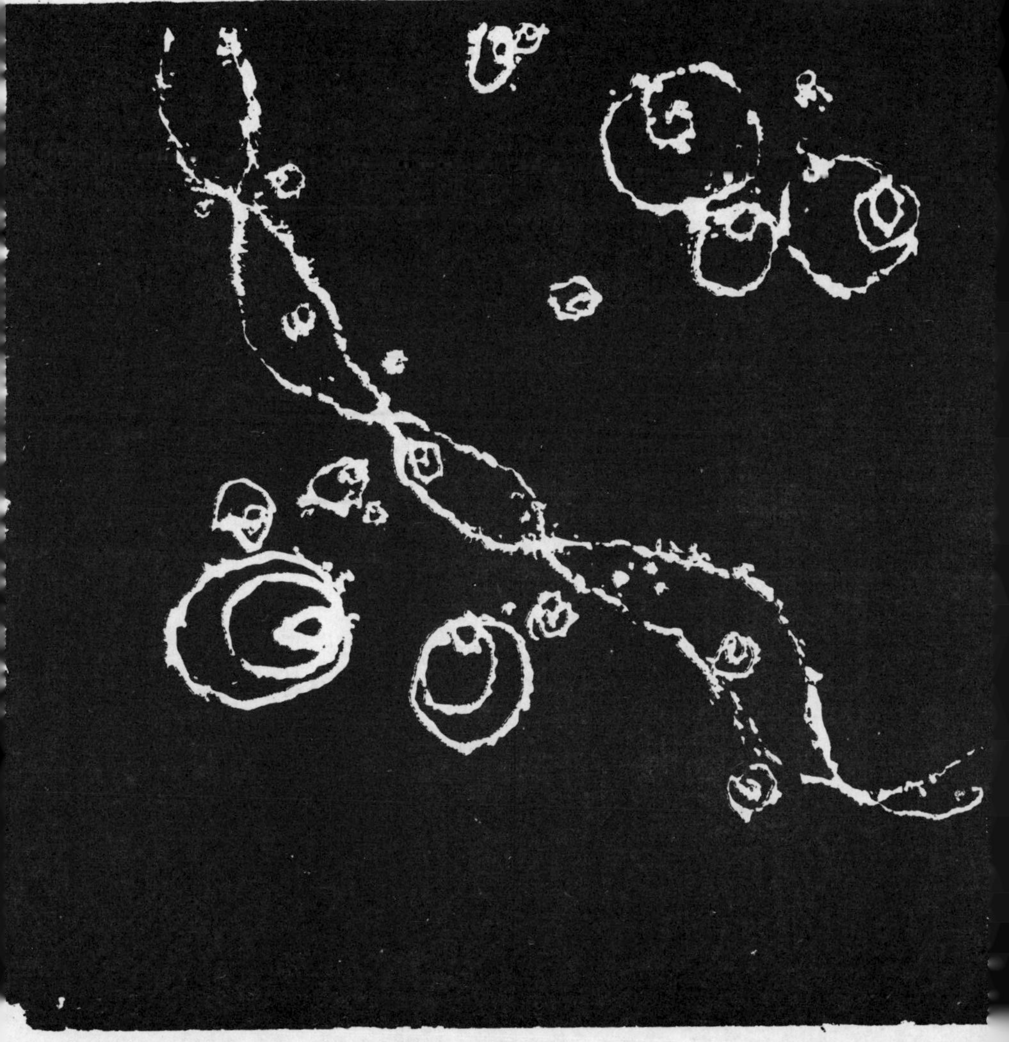

目錄

封面設計：Chen Huei Dong

歷史的、詩的

陳明台

I

歷史家的考證和解釋是爲了透視眞相。歷史的精神是求眞。

詩人的企圖是自「砂粒中觀宇宙，野花裡見天堂」窺見眞象，揭去虛僞的帳幕。詩的精神也是求眞。

史筆如同詩人的筆要批判，不止於善的一端且點破惡的一面。史家，詩人須嚴肅，忠實的面對自己、時代。

II

史記的偉大在於未歪曲史實。太史公保持了歷史的眞實性而沒有「溺於文辭」。這才是歷史的而兼文學的。

詩人的偉大在於以眞善美化人生，而不以美麗的、貧血的文字去灑滿天的空洞。這才是詩的而兼美的。

歷史須在不斷變進中證明人類的進化。陶醉於過去是無益的。創造這一時代偉大的歷史是我們的任務。

詩人須在不斷的追求中獲取自我的覺醒。因襲、模仿是無價值的。表現時代的、自已的律動是詩人的任務。

III

歷史的長流中，唯有好的典章制度，留傳下來。

時間的長流中，唯有好的詩，經得起考驗。

詩人啊！不要目空一切，趾高氣揚的自我標榜。

蓋棺之後才去論定吧！

◇ 鄭炯明

墓地的 Idea

我睡的地方
侷促在污穢的暗室
散播着難聞的體臭
無人抗議　忽地
失重量的陷入枯乾的井底
沒有人聽見
上方　親切的聲響

有時　像今夜
那聲音又在耳畔縈繞
算是奇蹟
仍然需要它
並且驚喜地吆着
襤褸的壁間
浮映恐怖的生存圖案
發愕了　莫名的絕望
蔓延至背後周遭的實體

我清楚的見到
墓地上的一株樹苗
在夕陽下
閃閃發出奇異的光

◇ 岩上

午息

時針夾住Ⅰ和Ⅱ
孕婦挺大鼓擺動而過
15　星期一　假期剛睡醒
33度　紅色的水銀柱
茶杯　沙漠的仙人掌植於體溫之上
啊　咽　呵　綠洲　玻璃墊
黑森林　蘊蘊冰涼的膚肌
眸柵緊閉　越過去　清澈的湖
跳進呀　多麼涼爽芬芳的喲　果香
酸梅　鹹的　咽　舐一舐唇外的荆棘
啊　咽
天花板下浪熱的電風扇

◇林煥彰◉票亭間詩輯

二 河

——致繆斯

Ⅰ

那個走起路來就老踢踏着憤怒 而抹一把鼻便如是輕易將一枚金箔貼在午后六點鐘的太陽上 而任誰看了都要說不可能的 鑲掛在他恆赤裸以對的一面白壁 與乎他便對那個山頭狂叫着

躍克 馬依斯 吾愛（註）

Ⅱ

在武昌街頭的一個拐彎處 一個講着外國話的外國人抓住他問路 像我們面對一個盲啞的星相家 而那個外國人倒很滿意的向他說聲 Thank you 而他反覺得有很多羞澀硬被堆疊在臉上 一如畫畫時那種刀割的筆觸

Ⅲ

倘若我們不使用外語和外文他就不是文盲和啞子

曾經爲了忍氣 他把自己的嘴唇咬破 而母親的血一開始便在他的體內流着 要不是爲了這個 那死該是個人最大的解脫

一九六七年 有人說他病了 你說他是什麼 繆斯哦

註：「躍克」、「馬依斯」是阿眉族語，
是「妳」、「很美」的意思。

◇施善繼

清 明

群山偃臥
趁未雨，請銘刻墓誌的沉默
在孱弱的黃泥路
風可見及飛走的砂石，髮髻
或你能覓出撐傘者底行徑
低音簫輪唱着梵白的輓歌
是青柳
是斜垂后莫名的餘韻
以一座橋徐徐地橫跨你
你底素描如虹形的天空

夜總會

龔顯宗

旋舞的池裏，
已回復本來面目，
當琴聲揚起，吉他吟唱。
扭扭舞　扭扭舞
阿哥哥　阿哥哥
女人們在大酒杯裏對舞。
（掌上飛燕成塵土）
你迷於迷你裙的短窄，
　胸低於低胸裝的顫抖。
O, my love!
痴痴的等，痴痴的等，
那女人說女人流着情人的眼淚，
但眼角藏着笑意，眉梢飛着愉悅。
唉，young love!
香檳美酒滿場飛
那女人唱着人生得意須盡歡；
委曲却掛在貧血的嘴唇
唉，young love!
搖滾樂高吼。
一襲黑紗褪去，
那女人在腰間摸解什麼……
呼吸在那個地帶埋葬。

老夫惑矣

戰天儒

——孟子曰其妻妾不羞也不相泣者幾希矣——

然吾在烈日下口吞一江黃水吐出一座大屯山觸知毛細孔如
何吹牛如何顯示貞節如何隨着退潮擱倒在阿卡貝灣上然後
又歸咎於命運
然吾在樓下如何口沫橫飛如何用口水洗去老鄉們午寐時間
的睡眠而又如何叩箭射下竹林外那倒楣幾千年的九日然後
又乘風歸去也
而她們絕不知吾

僅爲要
偷
偷
地
瞧
妳
一
眼

想着柵外的藍空

◇林錫嘉

雪白的手指重重困圍我熾熱而欲抓住藍空的雙手
我要擁抱妳啊！可愛的祖國的土地
即使眺望只成爲一種減少痛苦的諷刺
即使持槍且流着沸騰的血的手沒有休息
一出拳，就想擊碎那久久壓縮所形成僵化了的心，怎樣地
雨落不停
爲什麼聽不見和祥的鐘聲傳來？伸長頸子去連接凝望的距
離
望故鄉，而鐵柵內紅嘴的狼正在荒野狂嗥

「喂！朋友，打開門柵，像我擊碎那塊窗玻璃樣的憤
怒。縱使你沒有清脆的嗶然，而飛出的青鳥的振翼所鼓動
的音響，不就是和平的清音？」
溫馨怎樣被流浪
願望怎樣被失望
柵外啊！鐘聲快響起吧
響徹被敵人的槍彈劃破的深深的裂痕
終要爲看一次親切的飄雪而不停的奔進
彷彿日子都醞釀着母親慈祥的叮嚀
悲看黃沙滾動歷史，而因爲愛喲
我的淚將不再是痛苦，而成爲露珠的晶美
映現一塊藍空，一個太陽
此一世紀展的不是一朵玫瑰的胸脯
縱使老兵成爲塑像，擧槍成林
頰上母親的乳香淡逝
泥土也裂開渴望的嘴
就因此，獻上血肉之軀，獻上赤子之心
不能擁有一切，也該擁有一方藍天

◇ 羅莊

新生

再也不要陽光不要雨水
讓孤獨地埋藏生命的泉源

當黑夜襲擊我脆弱的情
我已覺出生命再生的日子

我多麼期待這樣的一天
可愛的生命勝過陽光雨水

◇ 藍楓

生命

一點靈光與一面靈鏡
交會於此，於此奇妙的空間
而理化的渣滓
融化成一片光芒

在黃昏　在清晨　在響午

我證實我曾來過
我來得如此錯誤
竟覺置身於七彩的圖案
鞋印們如一撒跳躍的銀幣
吸引我的瀏覽
我致敬以一獨特的手勢
我前進，鞋音琤琤而響

不知可有一愛生命的孩子
在遙遠的那端趕來
蹲着身子，於此陌生的海岸
用儀器探測我的軌跡
發現一列有鐵碼的鞋印
和一條刻有「喜悅」的鑰匙
然後皺皺眉然後笑笑然後趕他的路

被拋擲於原始
而向無窮走去
如一顆流星
一顆不會毀滅的流星
在湛藍的夜色溜過

◎謝秀宗

情之鍵

一、The Sense

仰首 仰首 仰首
凝望 凝望 凝望
企盼的眼
焦灼的心

游離如原子塵的
狂嘯的季候風
野馬奔騰在藍色的原野

年紀在微白
琴鍵也消隱的

鼓起勇氣揚步在人行道
外在的當量大於內涵
交織如一團焚人的洪流

顯微鏡分析不出
心臟窒息的
祇有帶淚
祇有心傷
誰也不知道
誰也不知道
怔忡 怔忡 怔忡
沉落 沉落 沉落

二、The Passion

在最性感的地帶
在最黑暗的角隅
在最齷齪的世界

你不知道
我也不知道
——許多疑雲
——許多幻想

那罪惡的汚手
怔忡地在黑中挺進

她哭着
你也木訥的

是理智的俘虜
或是 Passion 的結果

標語、自白

梵菴

我何罪　我何以
被判無期徒刑於
牆　於
僵死了的電桿
　未經審判

朋友們已無法掩飾他們貧血的蒼老
而臉上依舊覆着
面具
　以晨曦　以晚照的誘惑

人們走過
我赧然欲遁　欲遁於他們
茫然的讚美之外　欲遁於他們
漠然的蔑視之外　欲遁於他們
對色彩的觀感之外

於是　就愛上暴風　就戀上狂雨
就愛戀上狂風暴雨中的越獄

詩的纖維㈠

林閃

A・
灯
在煩擾的中心
搖愰

像疲倦的眼光
垂散着一些言語
欲吐無力

B・
千面的困惱
這一代所專利的
比黑夜還深

這黑夜
隔絕人們心與心的
比空洞的詞彙還暗

我知道，這世界
只有我一個曾是我

C．
溺於蓮池底的青年
伸出注滿了生命的
十指
在黑夜的水面撈抓
一尊者，面對着活生生的
死
苦悟

D．
在千千萬萬的密佈於
脚前的巷子口
我方醒悟，你也是人
啊！我們只能去愛
同一時代的人們

E．
死亡
大自然底父親
來到我身旁
你有一切，又
沒有一切
而無限溫慈
我知道
你底兒子就叫生命

給農曆五月十九夜之月

■陳秀喜

自憐的心不堪望妳
那次得到圓滿默許的啓示
我曾經伸手想要瞻仰妳
却而
妳藏在　光年　黑暗的天籟谷裡
更是覺得杳遠的距離
我低頭而歸
深怕衆星嗤笑的眼睛
自憐的心更不堪望妳
當我蹲踞在自憐的城裡
毫不曉得
妳推開了黑幕的群雲
整夜等待我的情意
妳的深情
我無法以　光年　衡量
妳已在我的心裡
……或人等我一整夜……

垃圾箱

趙天儀

老是腹部朝天仰臥着
任一切用過的、腐爛的、生銹的廢物
往我腹中投下來

那些舊報紙、衛生紙、草稿紙
那些糖菓屑、水菓皮、鉛筆灰
還有蒼蠅在跳輪舞
蛆蟲在匍伏前進

把　爛貨　交給我
把　死鼠屍　送給我
讓爛的更爛
讓腐朽的更腐朽
而曝曬不過是光合作用

每當凌晨　在我睡眼猶朦朧的傾刻
露水未消　草葉猶濕
清道夫竟爲我的慢性自殺
灌腸　且清掃
且取盡了腹中的一切廢物……

路過荷花池

鍾友聯

車穿陽光
路過荷花池
小山青綠　立於陽光之下
陽光之外有我們密密的步履
踏着落葉散步
該是酩酊的午後
我有荷花一季的苦悶
路過荷花池的時候
讓我輕輕握住妳的小手　親親
讓距離縮在我們的掌心
願化做一池清涼沐浴妳
消遙如荷花
如此夏日
只是希望會有一場雨
今年的夏天太嚇人
連流水也倉惶
渡過小橋

讓我們綴拾滿山的落葉
沿着虎山凹去　親親
讓我們醉在滿山的綠裡

就此躺下　等待黃昏
黃昏會像一匹馬來臨
莫要歸去　莫要歸去
倘若妳要回到那海岸　親親
記取我們路過荷花的夏日
讓我們的記憶裡有一塊黃昏的草原

■ 彭　捷

揑不圓的

展出的日期終於到了
作品匆匆上場
恨手藝太拙
嫌八千多個日子不够長

一天揑一把泥土
要塑一個屬於自己的地球儀
以圓月作模特兒
企求晶瑩的光華濾淨淡淡的陰影

合上塑貓塑狗的手指
向維納斯膜拜

模特兒很遙遠、很高
維納斯太抽象
觸覺的觸摸最眞實
世界囿於最柔的最滑的
心血浸潤過的土裏
辛勤的揑了一把又一把
耐性的塑了再塑
最細微的坎凹
逃不過指尖的敏感

揑過八千多把的泥土
渾圓的、亭亭的立起來
起繭的手指
在平滑的圓周上來回旅行

作品終於送到星河的藝廊展出了
燦燦的陽光普照
圓面反射着光芒
稜角躍動崢嶸的輪廓
山河顯露倔強的本色

火和海

■葉笛

「有兩種不能凝視的東西——太陽和死亡！」

A

哭腫眼的太陽
埋半個臉在海中
測量着死亡的溫度
烏鴉們千百次溫柔地歌唱

哦，仁慈的炮口
你頑固的啞默封閉什麼語言？
這是狂歡的瘋狂季節
怎能默然相對？

來喲，愛倫坡
別擔心你鬍鬚沾濕酒
我來和你擧瓶對影成三人
而我底「明天」將如何被肢解掩埋
在血祭瘋狂的季節裡？

B

「喂，燒燒肚子吧。」
揚着一瓶高粱遞來一支煙
那愛老酒的戰友說。

戰壕外炮彈跳着輪舞
戰壕內我們燃燒高粱

黃昏無恥地脫着粉紅色的胸衣
而流血的海扭曲着臉
而赤裸的黑色女神
從透明的瓶中走出來。

C

死亡的自由
曾把他抬起來拋向空中
而粉碎了他的頭顱
而那傢伙又從沒有時間的沙堆
站起身步履踉蹌的向我走來——
當我將如一朵曇花的燦爛時
但，我又忘記他底名字

那個把花圈夾在我底日記
曾以她的肉體燃亮我黑夜的戀人
又從遠海的水平線走過來
踏輾我痙攣的神經

當我從碉堡的槍眼瞄射回憶的游魚時
但，我已把她底名字遺忘

許多柔軟的肉體
將在信管的呵欠裡萎縮的夜
在我底睫毛下
那傢伙的頭顱
她顫動的乳房
驀地醒來
　醒來……

D

藍天在碉堡之上
　碉堡之外
　嶄壕・鐵絲網
　砂丘和海……
藍天
　碉堡
　嶄壕
　　鐵絲網和砂丘
　　　和海
殺風景的風景!!

而我是殺風景的風景中
唯一蠕動的生物
頂一頂鋼盔
我底名字寫在怒吼的
　　爆風上
哦，上帝，我和祢一樣
我們屬於沒有存在的
存在

貝葉之外

■ 李　莎

即使小小貝葉裡有大千世界
然而我不能以手、以眼
以我的心，置於它之上。
讓夏日飲盡自己的瘋狂
焚長髮於六月的火燄眼：
讓大海之裸展示朵朵浪的薔薇
於是在貝葉之外
在歌與歌的季節之外
猶覺得痛苦像火
我將如何去尋求安息！

■林宗源■近作二題

熱蘭遮城

匍伏在海邊睡覺的姑娘
膚色是那樣地蒼白
站不起來的脚背伏着巨大的血肉

熱蘭遮城再也聽不到
巨炮尋索獵物的歡呼
再也採不到人們的微笑
只好拾腐爛的果皮
餵飽虛弱的神經
只好振作精神起來畫眉
勾出滿眼燃燒着的情慾

爲了生活必須裸露胸脯任人採摘
你知道每一次肌肉的接觸
又必須硬把痛苦咬碎
而讓嘴角微露滿足的歡笑嘛？

抓緊泥土倒在海邊
沒有一間溫暖的房屋
就在海邊任人刼走貞操

赤嵌樓

每天，我從妳的面前走過，早已熱熟的臉，深深地釘在記憶，雖然，沒有招呼，我還是能够用心跳量出我們的愛情。

用不着向妳親近，用不着吻妳，妳的美，已深深地死在我的記憶——已死去的青春，以及還活的寂寞。

像守寡的小婦，日日夜夜，儘是情侶的倩影，引誘寂寞的心，抓癢抓癢愈癢的激情，閉起眼睛，依然活在眼睛的倩影啊！爲什麽不讀讀心裡的歷史，儘是肉麻的聲音，使寂寞不甘寂寞。

換上新衣也追不回已逝的往日，望着死去的荒地、大海，如今變成花園、半新半舊的都市，哦！妳的丈夫死了，那昔日還不是很現代的昔日。

妳願破碎地死去，去伴着妳的丈夫，訴說活在昔日，不得不忍受現代的日子，哦！我知道妳寧願寂寞地死去，決不願聽到踩碎寂寞的聲響。

每天，我從妳的面前走過，雖然，我們只用眼睛談情，我還是能够量出妳的心情，如一枚燒焦的煤碳。

吾輩癌也

吳建堂

最使死神感到驕傲的奴僕
將勳章掛在黑沉沉的天上
當我啃食掉一個生命
星空又多了一個勳章
呵！只要仰頭即可見我的光榮
　滿天閃耀。

生命，人類的生命
人啊！你愛惜你的生命
　我亦貪婪你的生命
生命是你的本質
你的生命却是我的糧食。
呵！不必爲我滯重的脚步戰慄
我看中了誰——
　不管貧富貴賤
　不分男女老幼
誰即是我的糧食。
呵！鮮活的各種器官的細胞
正合我不是素食主義者

我喜歡肺臟的細嫩
　我也愛肝臟的滋補
有時女性的乳房與子宮，我也愛
但我不是淫者
　我只是食客。

呵！當我看中你——
你的掙扎只證明你仍對
　原始的忠誠
親戚朋友的焦慮只顯現時
　倫理的影子。

安靜吧！生命的軀體！
我只吃你的肉體
　而絲毫不傷你的靈魂
拿到上天堂的帖子的，仍可上天堂
　下地獄的，仍要下獄
我才不吃你的信仰、名譽……之類的齷杮。

死神啊！我的主——
我將啃食掉自負的人類
換取所有的勳章
舖滿黑沉沉的天底
　而不留間隙
從此唯有白晝、而沒有黑夜！

樹

吳瀛濤

一塊長方的基石躺着
雙眼瞪仰天空
由額上伸彎的手支住圓屋頂
指間爬滿疎密的藤蘿
陽光射不進來
白天陷於陰影
基石有如一座墓

長久那樣一塊石躺着
雙眼仍穿望天上
一支支手且越過覆蓋的圓屋頂直伸至青藍的空間
地上煩雜的聲音摒息於耳朶之外

此刻星已被摘落在高攀的手中
發出鏗鏘的聲響光亮着
那塊緘默的石雖漸被埋沒也漸風化
一棵棵葱綠的樹却像舉高的手長此生根繁茂
滿園熟黃的果實且猶如被摘落的天之繁星

疑問號

詹冰

好像，我的身體就是個疑問號
　昨天的我？
　今天的我？
　明天的我？
好像，我的肉體裡有；
　太陽，彩虹，蘭花，仙人掌
　羔羊，猛虎，蝴蝶，三葉蟲
　蠟燭，錳鋼，乾冰，氧炔焰
　顏料，香皂，蜂蜜，抗生素
　樂器，天平，骰子，……
好像，我的每根神經都並聯在
　電子計算機
好像我的思想的雲中有一條
　龍
？

讀詩隨筆

楓堤

A.

陳秀喜：給農曆五月十九夜之月

境遇之不能獲得協調，使我們想起杜甫『贈衛八處士』詩中，「動如參與商」的句子。這一首詩把物象擬人化，讓讀者走入那惆悵的情境中去。我旳空等待，與妳的違約，反之，妳翩然而至，我却因自憐裹步，而緣慳一面，造成戲劇性的效果。「或人等我一整夜」，一種羞怯而又自怨自艾的形象，如在眼前。

B.

趙天儀：垃圾箱

幾乎天儀的每一首詩，都有對偶的詩句，現今寫詩的朋友當中，要算天儀最喜用、善用對偶句子的了。這一首詩，和天儀一向的風格一樣，也以對偶句來增加詩的情趣。例如：

那些舊報紙、衛生紙、草稿紙
那些糖菓屑、水菓皮、鉛筆灰

又如：

把　爛貨　交給我
把　死鼠屍　交給我

其實，我認爲「鼠屍」兩字就夠了，多了一「死」字，讀音很是拗口。還有：

露水未消，草葉猶濕

也是一個例子。我認爲，對偶句會使創作力衰退，除非能加以變化地運用。

天儀似時時不忘記自己的「人」的立場，因而常被囿於以人的成見的眼光去看事物，常使人與事物之間留下距離，也使得事物的生命，顯得不夠堅強。

C.

葉笛：火和海

這是我們這一代的詩，充滿了熱勁、與堅強的生命。在「死亡」完全「自由」的沙場，「我將如一朵曇花的燦爛」，且「把我底名字寫在怒吼的爆風上」。如果存在的眞諦，是在行動，在對自己的生命有所完成，則這一首詩，是非常存在的詩。

最近常談到一些詩，由於缺少眞實體驗，且懶於經營，徒讓一個意念或意象，在文字的市區裡徬徨寂寞。則葉笛的這一首詩很値得注目與細細咀嚼的。

很多意象，具有強勁的逼力，如：「黃昏無恥地脫着粉紅的胸衣」，「將在信管的呵欠裡萎縮的夜」，多麼令人感動。

作品合評

人員：巫永福　吳瀛濤　陳秀喜　黃騰輝　趙天儀　黃荷生　林煥彰　藍　楓　梵　菴　紀錄：楓　堤

時間：民國56年9月24日下午4時至6時

地點：臺北市忠孝路黃騰輝宅

※前　言

黃騰輝：在合評開始以前，我想藉這個機會，再略談合評會的任務。我認為，詩人可以分為三種：

①狹義的：只限於創作詩的作者，這是沒有疑問的。

②廣義的：從事對詩的評論、介紹，以及詩史的整理者，包括在內。

③最廣義的：對詩有興趣，能夠欣賞的人。因為當他欣賞詩的時候，能瞭解詩人的心靈活動，則其感受力，與詩人處於同等地位。

目前很多作品，作者與讀者之間的距離很大，作品的不明朗，和讀者的程度不夠，都是可能原因，我們無意要求作者寫得使大家都懂，因為詩中的語言，意象等等，都是文學中最前鋒者，詩人應不時地追求新創，而優秀的，首創的語言，往往對當時的讀者，是有距離的。所以參加合評，以及從事評介工作的人，是要在詩人與讀者之間，當做橋樑，使之連通，給予讀者啓發性的引導。所以我們應該時刻不要忘記，合評會的任務。

巫永福：批評者，要發揮橋樑的功能，應在各方面有良好的修養，對作品中表現的時代任務，應加以分析，對新的語言，給以闡釋，助初學者的瞭解。

本地對評論努力及專門研究者很少，通常都是根據一時閱讀的感受，而發表意見，沒有深刻的分析，同時受到其本身瞭解之深淺，好惡等之影響，故其評論，不一定是正確的，因而往往讀者與批評者的意見，不會一致。但在批評活動中，總有一些正確的意見，只要繼續下去，總會尋出一致的方向來，使作品因而發揮出這時代自己的精神，這是合評最有意義的所在。

吳瀛濤：詩，不外是給讀者，以人生之勇氣、喜悅、或安慰，原本就是很單純的。然而，目前喜愛詩，寫詩的人不少，但往往忘掉詩的效用，很希望大家能努力使詩恢復原為單純的面目。批評者應指出正確途徑，而作者也應認識詩的使命。

※標語・自白

吳建堂：（因故缺席，改提書面意見，由林煥彰代發言，下同）題目太舊陋，不太合適。

趙天儀：題目，對詩固有畫龍點睛的作用，但不一定要完全照通常的習慣。以這一首詩的題材來說，不但不陳舊，而且很新穎。能從日常所見，且常以為不易入詩的事物着手，詩的領域才會開濶。語言方面沒有什麼缺點，表現上很能集中焦點，是根據感受而表現的，不是用題目來寫詩，所以題目是沒有關係的。當然，題材影響詩，但詩不應受題材限制。

吳瀛濤：現代詩都在表現抵抗的時代精神。本詩第一節表現了強烈的抵抗，作者藉標語表現其思想。但在第三節，「赧然欲遁」於「茫然的讚美」、「漠然的蔑視」、「色彩的觀感」，和前面不能配合，只陳述了人對標語的態度而已，未免太淺白，應將抵抗的理由更深一層表現，否則只有停留在表面上。

巫永福：題目的新舊是沒有關係的。如果改為「標語的自白」，就有新鮮感，因為中間用點分開，就有陳舊的感覺。本詩的內容有不足之處，作者要說的話還多，但沒有完全表現出來。

黃騰輝：字句很簡潔。海報、招貼等（不限於標語），是常人很少注意去思考的，作者自擬標語而表現，已具有詩人的眼光。

巫永福：作者的標語自白，以物喻意，確有詩人的感受，只是表現不够深刻。

趙天儀：這一類的詩，容易流於說理，缺少情感，故有情味不足之感。但能從平凡處着手，是很難得的。

陳秀喜：這一首詩，使我們有：如果我們是標語，當亦如是之感，表現很眞，很高明，使人留下深刻印象，下次再遇到標語時，必定想再多看一眼。

藍　楓：詩的表現很有力量，是一首頗為成功的作品。（按：藍楓先生於會前即已提出書面意見，另外發表，請讀者參考。）

吳瀛濤：題材是很新穎的，總之，大家如由此方面多下功夫，對新題材的發現，必有很好收穫。

※詩的纖維(一)

吳建堂：各節的連關性是否差一點？

吳瀛濤：這是一種短章，或斷片的方式，本身不一定需要連繫性，但由此組合起來，則應有統一的氣氛。題目很好。短章易流於非詩的形態，故不很完整，欣賞這一類的詩，只要有氣氛，即已不錯。

林煥彰：全詩雖分五節，看似無連接線，暗示則仍統一。

趙天儀：我讀了幾次，到現在才若有所得。記得小時候，常到臺中公園釣魚蝦，結果常只撈到浮萍。這一首詩，想對生命，以纖維的細膩感去表現，結果卻落於纖弱，有如欲釣魚蝦，卻撈到浮萍一般。

巫永福：詩太注重形態，欠缺精神上的表現。雖有感於生命的渺茫輕飄，如纖維，欲表現其感想，卻被拘束於形態，故有表現不足之感。讀者要特別努力去閱讀，但獲得仍少，自然也就沒有深刻的感動

吳瀛濤：從「只有我一個人曾是我」，到「我方醒悟，你也是人」，以及「我們只能去愛同一時代的人們」，似乎是反逆的心情。思想的散漫，使詩如一把散沙。又「死之有無限溫慈」，這種說法，不能令人首肯，徒招讀者的不滿。林亨泰曾說：「詩是負責的形式」，希望大家多注意。還有「比空洞的詞彙還暗」，這種抽象的表現，更沒有探究的餘地。思想及體驗，如不加以整理，則短章的詩是很難寫的。

黃騰輝：如各節獨立，第一節題為「灯」，第二節「人的困惑」等等，表現都很不錯，但一組合起來，就缺少連繫性。

巫永福：作者有意表現生命的各層面，有如灯啦等等，這是有連繫的，只是表現不足，太散漫，除非注意

力很集中，否則不易瞭解。

林煥彰：全詩五節，如用五個角度去看同一主題。

趙天儀：短章形式，不連繫無所謂的，如太戈爾的詩，各詩都有情趣，仍會使人感動。

巫永福：連繫是要的，單獨似乎看不出來，但以總標題而言，要成爲整體，太戈爾的詩就是如此。這一首詩，總而言之，是心有餘而力不足。

陳秀喜：表現很模糊，不若「標語・自白」那樣強烈。

※路過荷花池

吳建堂：過於單調。

林煥彰：有同感，不够味，似乎很舊的詩。

黃騰輝：如像十年前的詩。

趙天儀：十年前照樣有很多好詩，我想這裡大家的意思並非指其水準，而是指表現法是舊的。詩貴能「出奇制勝」而又「平易近人」，這一首詩兩方面都未能配合，顯得通俗。

吳瀛濤：表現青春，是屬於人的生命及詩的生命，非僅限於談愛。不提男女愛情，仍然可能成爲青春文學。這一首詩描寫青春，男女經過荷花池的愛情鏡頭，未顯出難得的青春，沒有燃燒的生命，故顯得平凡，如歌德的詩，青春與自然配合，短短幾行，能使人有生命活躍的感覺。希望能多讀到一些青春的文學，不要流於俗氣、平淡。

趙天儀：談到詩人的想像問題，白萩的「呈獻」一詩中有這樣的詩句：

　朝露如晶瑩的鑽戒
　向草葉的纖指定情

這裡牽涉到詩時間與空間的問題，作者欲從荷花池去想像不同的時間與空間，一段的苦悶，二段希望落一場雨，三段跳到落葉，四段又是黃昏，沒有一主線可以串連起來，缺少扣環，不會使讀者集中注意力。詩的時間與空間的配合，才能顯出詩人的才氣。

吳瀛濤：落於散文的筆調，以散文的方式表現，不適用於詩。

巫永福：這一點，我的看法不一樣。用散文表現是沒有關係的，但應有深度，感覺要新穎，想像也要能配合，不能太離譜。這一首詩，就是因爲缺乏連貫性，讀起來雖然輕鬆，但並無深刻的感受，同樣是心有餘，力不足。

吳瀛濤：我剛才提到散文與詩牴觸的問題，主要在精神的不同。形式上當然是沒有關係的，現代詩都是以散文爲工具，但要立於詩的精神上。

巫永福：寫詩，要有詩的精神，當然無疑問的。詩，要以何種形態表現，都可以，但要嚴格要求的是，詩的本質。

捏不圓的

吳瀛濤：題目有趣，內容清新，讀時，能體驗到作者雕塑，捏泥土的確實感，而獲得快慰。

林煥彰：既然要捏屬於自己的東西，但又以月爲模特兒，是不太適當的。

巫永福：沒有關係，這只是表現方法的問題。

趙天儀：詩是非邏輯的……。

吳瀛濤：在第二節裡，「要塑一個屬於自己的地球儀」，句法很令人欣賞，作者的心情很愉快，所以詩也可愛。

藍　楓：我認爲表現法有問題，倒底要捏塑地球儀，或完美的人生？由不圓到圓，再到不圓，線索不易追尋。（按：詳細意見請見另文）

巫永福：作者表達的意向在那裡，有欠明瞭。

□藍楓

作品欣賞

我覺得此詩的表達有點問題。眞的要塑造一個地球儀嗎？還是要塑造一個完美的世界？即使是「擬人」「擬物」的交流融會，我仍覺有不解的地方。題目是捏不圓的，但第四段却說：「渾圓的，亭亭的立起來，起繭的手指，在平滑的圓周上來回旅行」，顯然是一矛盾；末段却又說：稜角躍動崢嶸的輪廓」，又是另一矛盾。如果說由不圓捏到圓但又終究有稜角，是題目捏不圓的意思，但全詩我尋不出它的線索與原因。如果末段「稜角躍動崢嶸的輪廓」改爲「稜角竟又崢嶸而出」，這就可以勉強成立了。

4. **路過荷花池**

這是一首抒情詩，很輕快，很歡樂，但意境略嫌平凡，沒有新的體驗。華茨華斯說：「一首詩始於喜悅而終於智慧」，我這裡所指體驗即此。

1. **標語・自白**

這是一首詠物的詩。凡是詠物，作者必有感於物，故詠物的要點，在於物我的共通。由題目「標語・自白」而不是「標語的自白」，我想作者是以起興爲主的。這詩一點也不晦澀，首段有存在主義所謂「被拋擲」的感覺，以後每段顯示出作者要尋求眞正的自我；在起興中，與起興物緊緊黏在一起，故此，是一首頗爲成功的詩。

2. **詩的纖維**

此一共有五首。我覺得很遺憾，就是一首比一首意象薄弱，一首比一首觀念化。此五條纖維都很有現代意識，充分表現出作者的體驗，我覺得作者很有學問。我最欣賞第一條纖維，意象，情調，思想都達到融一的境界，並且道出常人所不能道的。

3. **捏不圓的**

笠下影 ㉜

墨人

寫詩必先具有詩人氣質，其次纔是語言文字。如無詩人氣質而玩弄語言文字，結果所寫下的決不是詩。

新詩不能依附西洋，不能因襲中國的詩詞，但必須運用中國的語言文字，創造獨立的中國的新詩。

I 作品

水仙

在斑鳩的密密的巢穴中
一朵水仙在靜靜地開放
水仙在密密的黑色巢穴中
綻着兩朵雪白的花房
如粉蝶展開兩隻美麗的翅膀
靜靜地停落在黑色的巢穴之中
和水仙的長長的綠色的莖上

鵞鑾鼻

我來到這美麗的島的並不美麗的尖端
濛濛的細雨又一直伴我走到燈塔的面前
我正羨慕守塔關員的幽居情趣
他却向我訴說這兒大風大浪的驚險
太平洋的颱風十次有九次光臨這邊
巴士海峽的波濤個個都想躍上雲天
滿山斷樹殘枝正顯示着颱風的威力
海峽的萬噸油船宛如跳倫擺舞的水手那樣狂顛
守塔的關員問我是來看風還是看浪
我說我有一個夢失落在那海天一線之間

白髮吟

秋天的脚步爲何踏上綠色的高崗
是初次的冒失還是偶爾的徜徉
春天的原野爲何舖滿繁霜
是杜鵑花招妬還是百靈鳥太會歌唱
青春的銀鈴正在迎風震響
幾莖白髮却帶來過早的哀傷

秋訊

最後的一次颱風悻悻地掠過我們的海港
「瑪琍」小姐已經昂首遠颺
海峽像一個疲憊的縱慾者
現在十分安靜而無風浪
九月的天空像藍寶石一般閃亮
沒有一片雲影滑過這靜靜的長廊
習習的晚風已經展開她略帶寒意的翅膀
殷勤地造訪每一扇北向的門窗
妳，多情的女郎啊！
請再賜我一片紅葉欣賞
讓我完成一個美好的秋天的想像
在這寂寞的島上，在這寂寞的島上

海鷗

我是一個慣和風浪博鬪的水手
你是最愛揶揄海洋的海鷗
無論我的双桅船航行在那個經度和緯度
你總嘎嘎地翺翔在我的前後和左右
風和浪是船兒的轟轟的輪機的伴奏
你嘎嘎的歌聲則是我的噓噓的口哨的伴奏
無邊的寂寞常在我噓噓的口哨中悄悄地溜走
桀傲的海洋也常在你嘎嘎的歌聲中匍匐低頭
在浩瀚的海洋中我們的體積幾乎是同等的渺小
但我們的心胸却比深奧神秘的海洋更其不可測度
我黧黑的兩膂和你灰色的羽翼都具有無限的彈力
你和我都是征服藍色的海洋的甲級選手
現在我和我的船兒正陶醉地躺在這處女胸脯般的港口
你也剛收斂起你灰色的羽翼棲息在黑色的崖石上頭
啊！你什麼時候再展開你那具有無限彈力的羽翼？
和我一道去藍寶石的海洋上遨遊？

Ⅰ 詩的位置

「生命是短暫的，藝術是永恆的。」也許是這句箴言太熟悉了，反而易於忽略了它的精義。從時間的透視上來觀照與省察，一個詩人一輩子的努力，何嘗是輕而易擧的呢？由於二十多年瀝血的經驗，雖然因詩壇門戶之爭，使他從「作者」的身份悄悄地退役爲「讀者」的身份，他深知「新詩需要大天才」（註1），這種自知之明，該是做一個現代詩人最起碼的認識吧！在自由中國播種時期的詩壇，除以北部爲中心而活躍着的詩人群以外，當時中部有亞汀、沙牧，南部則有墨人、彭邦楨等等。在「自由詩的行列」中，墨人自有其造詣，他曾嘗試在其長篇小說「閃爍的星辰」（註2）中，塑造了詩人的典型的角色，且穿揷了在小說中賦予詩的間奏曲。簡言之，墨人的詩，是介於自由詩與格律詩之間的產品，同時也是從大陸帶來火種的幾位詩壇的先驅者之一。

（註1）見青年詩人聯誼會，五十六年六月十二日出版的「中國新詩」墨人作「新詩需要大天才」。

（註2）「閃爍的星辰」分一、二兩部，爲墨人帶有自傳性的第一部長篇小說，大業書店出版。

Ⅱ 詩的特徵

墨人的詩，是在散文的工具上，帶點兒韻文的氣息；他的政治性的戰鬪詩，該是充滿了對於時代的批評與諷刺；而他的自白性的抒情詩，則是洋溢着對於個人的激勵與感懷；前者熱烈而豪邁，後者穩健而明朗。由於他的創作方法，多半是平舖直敍的原故，在形像的烘托上，有些單調，而在節奏的暗示上，也有些依賴了韻脚；因此，使他的詩，常常是在最後的一、二行，才顯示了詩素的湧現與凝聚，這是頗爲危險的表現方式，如「我說我有一個夢失落在海天一線之間」、「幾莖白髮却帶來了過早的哀傷」等佳句（註1），都是在末了才以畫龍點睛的方式點出來的。也許寫實易陷於裸體的白描，羅曼易停於情感的素描；墨人嘗說：「詩固然需要含蓄，但是不能叫人猜謎。如其叫人猜謎，不如自己裸體。」不過，裸體的結果，應該是保留了詩的存在，而不是散文的濫殤。一言以蔽之，詩與生活是一體之兩面，詩的表現等於是生活的考驗，詩的隱與顯是因表現的需要、氣質的差異來決定的，而墨人似乎是較爲顯性的，而非全詩皆墨。

（註1）參閱墨人的詩「鷲鑾鼻」、「白髮吟」兩首。

Ⅲ 結語

詩的創作者，固然可以批評詩，難道詩的鑑賞者就不可以批評詩嗎？創作固然要眞摯，批評則更要眞摯。當然，墨人對詩的創作有其志趣，對詩的鑑賞有其偏好，對詩的批評亦有其異議，然而，只要是他的批評中肯，眞摯地期待着新詩的成器，那麽別忘了忠言逆耳，旁觀者清的古訓。墨人是即不盲目崇洋，也不拘泥於中國的傳統，而是寄於新詩以更遠大的期望的啊！

笠下影 ㉝

趙天儀

一陣颱風過境，海浪混濁，黑濤汹湧！一陣情感的風暴形成的時候，何嘗不是狂亂而迷離的呢？爲了衡量風暴的威力，爲了尋求風暴的詭秘行踪，我們將用一組符號，一套儀器，來偵察來探求其起伏的浪潮。

詩，是要表現情感，而不溺於情；是要啓廸思想，而不以辭害意。爲了表現情感的藝術，爲了啓廸的哲學，我將爲詩神服永恒的苦役，也許我缺乏詩人的天資，但我却有着犧牲的精神與篤實的情操，來追求詩的踪跡。

I 作品

給佛洛蓮絲

秋天的晴空下，流雲是旅行者
和靄地微笑的陽光輝耀着
啊，山崗依然翠綠，碧水依然明麗
爲何我們年青活潑的心，要長久地鎖在溫室裏

來吧！我們奔向叢林的小徑
來吧！我們跨過起伏的山嶺
讓我們相見而微笑吧
西風的口哨將不再是充滿了淒涼的音符
聽雲雀在山頂的雲霄裏呼喚
聽小魚在河心的漣漪中跳躍
這秋天裏的春天呵
讓我們不再是做編織夢幻的孩子

在原野上呼吸，在海岸上瞭望
一切的存在都是在生命的律動裡
來吧！佛洛蓮絲，我們激情的心胸躍動着
等晚霞揮別，候星月作證

來吧！那是難再的時光，那是眞情寄託的所在
啊，山崗依然翠綠，碧水依然明麗
我們奔過去吧！我們緊握着手
向着迎接我們的叢林，山嶺和湖畔

夜宿葡萄園

且邊玩撲克在圓桌上
且邊談別後的羅曼斯
我們已品嚐了各種的葡萄
酸得够味，甜得發香

那些異國的品種，那些主人的內行話
使我聽得出神，紫色的，綠色的
尼亞加拉的，讓我上了
一個晚上的菓樹學

每當葡萄成熟的季節
防蟲，消毒，以及在不設防的禁園
設一警戒的狼狗，以及在葡萄棚架上
設一些品種的記號

主人的豪興尚未結束
來客的睡意亦未深濃
夜已深，手心還握着撲克
芳鄰已入夢，我們還惦記着午後的品味

墜落的乳燕

一片橘黃色的雲
在雨後的晚空
在街上　樓房與樓房間
顯出一道光明

讓落日的餘暉保持着
最神采的一瞬
從樓頂的屋簷　突然
墜落　一隻啾啾地喘息着的乳燕

她振動着受傷的双翼
無力地收斂失神的眼睛
夜像是黑騎士
跨過落日的山頭
越過燕兒冷却了的遺體

我不禁仰空默視着
手握死神攫走了的乳燕
雲已不再是橘黃色的了
夜已不再是星斗閃爍的了
樓下的街上　正是夜市　正是燈光燦爛

Ⅱ 詩的位置

所謂新詩的現代化，醞釀了兩種傾向；一是自由詩的蛻變，一是現代詩的突變；前者是從自由的形式着手，且逐漸地重視詩素的新鮮；後者是從現代的意識着眼，強調知性，以及現代的表現方法；然而，眞正能够把握現代詩的精神者，却鳳毛麟角。正當現代詩壇因幾次論戰而處於最不景氣的時候，「笠」詩誌的崛起，不啻是給予詩壇的低潮帶來一陣陣的波峯與浪花，以「二刀流」的角色出現，且積極地從事詩壇的開拓與建設，在「笠的行列」之中，就有數位在活躍着，趙天儀只是其中之一。他在「藍星週刊」的中期，曾經曇花一現，因此，眞正受到詩壇的注視，該也是他的再出發，而幸逢「笠」成長的時候了。所謂自由詩最顯著的特色，便是在形式的順其自然；而所謂現代詩最強烈的企求，便是在精神的超越灑脫；這兩者都曾經影響了趙天儀的詩，同時在詩與哲學之間，也使他深深地領悟到：詩，該是獨立於哲學的一種創造性的藝術，而不是附庸。

Ⅲ 詩的特徵

詩人爲什麼需要寫詩呢？是否在幕後有一種隱隱地在驅使着的精神力量呢？如「給佛洛蓮絲」，是愛的寄託；如「夜宿葡萄園」，是自然與人間的對照；如「墜落的乳燕」，是生命底夭折的詠嘆！寫詩，爲愛情而謳歌也好，爲自然而吟詠也好，或爲生命而禮讚也好，總有其感受的表現的對象。倘若說有藝術家，才有藝術；則也可說有詩人，才有詩。一個寫作者難免也有其阿丘烈斯的踵（Heel of Achilles），詩人杜國清便摸到了他的踵，彷彿是騷到了癢處。杜國清說：『我看後的印象有三：一是缺乏意象，因此，表現上用了很多字句來敍述，結果：每首幾乎都很長。二是喜用對偶句法：詩若是表現生活的「感受」，是否「感受」本身具有對偶性，殊可懷疑；因此，勉強對偶反而有「做」的痕跡。三是所謂鄉土色彩，似乎只在字句或所列擧的事物上，不在精神上。這與桓夫的一些鄉土詩不太一樣吧？』（註1）

也許在詩的創造過程中，便是一種對觀念束縛底突圍的過程，而在突圍中，表現着詩的純粹性，沒有情感的渣滓，也沒有思想的枷鎖。趙天儀的作品，便朝着這個方向努力着。

（註1）指杜國清於趙天儀的作品剪貼上的批語，時爲五十四年三月二十日。

Ⅳ 結語

培養一個詩人的成熟，正如培養一棵樹的成長一樣。樹有其品種的差異，詩人也有其類型的差異；有聳入雲霄的高山大木，也有仰之可即的平野小樹，在詩壇上因小有成就而沾沾自喜者，往往是那些平野小樹。如何使一個詩人成器？那就要看如何百年樹人了！一面要有歷史的眼光，一面要有哲學的智慧，來突破自我中心的封鎖線，才能豎立文學的天路歷程。

◇問題和研究—陳明台、鄭烱明

關於詩的語言

時間：五十六年九月

方式：通信

鄭烱明：記得你曾說我倆是否能在書信上談談詩和什麼，這實在是不錯的想法。如此可以互相討論，並且發掘詩壇上存在的問題。「笠」第二十期我特別留心「詩的問答」欄裏桓夫的「語言與文字」，那是幾次在豐原談過的，現在我想有再提出來使大家注意的必要，在以前，我似乎沒有看過類似的論述，我們就以此爲中心討論吧。

首先，我們必須清楚文字和語言的關係，及由於文化歷史背景的不同所產生的文字功效的差異。不錯，詩不能不以文字爲工具，但它已是經語言做媒介表現詩人的精神世界的第二替身，這樣地講是無異議的。其次下面的觀念很重要，就是中國的文字超越於其他由字母組合而成的符號文字；它不但是象形且有會意等意義，換言之，其獨立性是存在的。於是，形成普遍對文字的過份重視，切斷了語言與文字的連關性。爲何說詩是語言的藝術而不說詩是文字的藝術？因爲語言最接近生活體驗最能流露情感啊。單純以驅使文字的本領寫詩是失敗的，你想這點有人確實明白嗎？桓夫的論述正好自然地指出目前空有外殼的詩的病症所在，寫詩不是寫論文啊。

陳明台：「語言與文字」這一篇論述值得我們探討。所謂「詩是語言的藝術」，該是一句由於含有原始的精神運作意義的語言，不同於人類賦于意義，當作代表的文字這一前提下而說的吧。本來語言與文字在根本上是有差距的，文字僅是被指定爲某種意義的代表而已。有活的語言產生在前才有死的文字產生在後，而若就詩的追求而言，是不受限制的活的，我們從事的是無限制的內在精神的探求，所以「詩是語言的藝術」不能當作「詩是文字的藝術」乃無可置疑的。

在外國，文字以字母、符號代表，語言可以單純的符號、字母表達，那麼上面兩句詩的解說似乎沒有多大差別了。而中國因方塊字太發達的結果，便有着不同的地位，例如哭和笑兩個字，即使不識字的中國人，也可由繪畫性的存在而感受兩種極端的情緒，想像到不同的表情，然而結果往往造成文字即語言的錯誤看法。事實上，「詩是語言的藝術」是不能說成「詩是文字的藝術」呀！那麼，寫詩若以文字的積木去從事豈不成爲「作」詩了。

鄭烱明：詩不是變幻術，有的作者不承認自己對詩的瞭解不够，徒然做知識的羅列，當讀者提出質詢時，便拿對方「看不懂」的論調做擋箭牌，或說寫詩的目的不一定是要讓他人感動，「我寫我的詩」，以便自我安慰，這太使人笑話了。我想你也看過許多「美麗」的詩，此乃詩語言的危機，大家一天不覺悟，中國的詩便一天不振作。

陳明台：那麼，我們如何以語言去寫詩呢？我以爲我們必須㈠對語言的機能有所考慮，詩不能以日常語言的意義機能去表現，亦即我們該尋求在意識深處產生的情緒上或態度上的機能表現，重視產生行爲的精神條件。㈡摒棄日常語言的慣性組合與運用修辭法的文字修飾，而以在日常平易語言中，找出活用語言的方法，去表現超越平凡的精神意識世界。(三)活用本國語言所獨具的 nuance ，創造新詩語，如口語、俚語的活用和發現。

鄭明娳：語言的問題即詩的根本問題，詩語的追踪與究論，對我們難予瞭解的神秘的感情內部是有啓發性的。關於語言的機能的領悟，我認爲不但要考慮且須做深一層的體認呢。我想不出一個忽視語言在詩中地位的詩作者，能寫出什麼好作品。在探測人類遠遠被隔閡起來情緒的意義上，若僅以通俗化的口語和應用智識法的修辭而組合成詩的話，是無聊不過的舉止吧。隱藏在語言背後的精神領域有待開發，只笨拙的使用習慣性的語言甚至堆砌的方式，產生的作品的詩質會有衰頹的現象。我同意你說的「我們須用本國語言所獨具的 nuance ，創造新的詩語」。因此那些以擁有如字典豐富的 Vocabulary 寫詩而自豪的人，應該覺悟了，是嗎？用平凡的語言去表現不平凡的玄妙意識動態，才是我們所要克服的障礙。爲什麼我們讀里爾克的詩便不由讚佩他對事物的洞察力和那種靜觀中圓滑的存在形象，許是他對詩、語言間的關係有最高階的體認之故。寫到這裡，我想起有人說從事文字創作的途徑前顧茫茫，其實這純係指大目標下的小原則的努力方向的惆悵而已。

陳明台：最近余光中先生寫了一首「或者所謂春天」，我們不妨以此詩語言的使用上爲例來研討。作者有意以口語來創作，但是此詩中口語的運用是失敗的。像：「所謂抗戰」、「所謂童年」、「所謂蜜月，並非不月蝕」等等，此種口語的使用不但造作不自然，而且淪於平凡的告白，無新鮮的意象。另外，作者使用的語言是平易的，但這種平易却缺乏感動的精神表現，只是一堆平凡文字的組合。例如：「說是這樣，四月來先通知鼻子」、「或者所謂教授不過是新來的講師變成」、「樓高四層，高過所有暮色」、「樓怕高書怕舊，舊書最怕有書籤」等，皆蹩扭怪異的文字魔術而已，文字也太浪費，說明又多而繁雜。以上原因令人感到詩質的薄弱，引不起感動，這是可惜的。那麼我們可以下一個結論了，「詩是語言的藝術」，同時我們要認清唯有與語言嚴肅的對決才是產生眞詩的條件，因之，除對語言實行抵抗外，不斷地追求新詩語，摒棄空乏之美文與文字羅列都是我們應有的自覺，也是應重視的觀念。

鄭明娳：余光中的「或」詩大致如你所言，而且我也感覺難產的樣子。詩觀的蛻變是詩人的一種考驗，詩人的暫時覺醒不等於成功。余光中開始注重語言的活性化值得稱道，可是寫出來的詩作却使人失望。由眞摯的體驗和絕對的感動寫成的詩才是好的作品，它是生活體驗和誠實感動「保密」的結果，就如同補藥的儲藏，一打開蓋子，我們便可嗅及奇異的芳香，「或」詩可說是擠出來的「酸奶汁」吧。

有關詩的語言之討論就到此結束，然而，我們所研究的不過是問題的整個支架，如想做全盤的認識，尚須再下一番功夫，這是要補充說明的。

日本戰後詩史(三)

高橋喜久晴

前期所報，獲得第一屆『詩學』詩人獎的三好豐一郎，其得獎的對象作品（在我記憶中）是「囚徒」，玆將詩介紹於后：

囚徒

清醒於三更　人影絕跡
狗驚慌地吠起　突而
想躍入一切睡眠的高度
所有耳朵藏入bed之中
bed在雲之中
爲孤獨顫慄着而狂奔的牙齒
陷於浮沉的絕望之聲　於
浮沉之間我遂從bed漸漸跌落
我底眼睛是穿入牆壁的雙穴
夢如燐光　凍於桌上
天有燃紅的星星
地上狗悲哀地吠着
（不知從何處　細微的廻響傳來）
我知道那些秘密
禁閉於我心牢裡的一匹狗吠着
不眠而蒼白的Vie的狗

迄今，再讀這一首詩，雖然其手法及主題似乎已不新鮮，但最初讀到這首詩時所得到的感動，跟年輕的朋友們談論過一個晚上的記憶仍然忘不了呢。喜歡寫稍微甘美的抒情和詠嘆的歌，却依然在一個時代的狀況裡摸索着的我們，向我們的精神，提示了絕望意義的衝擊就是這一首詩。以時代的囚徒找不到出口的絕望，尤其「不眠而蒼白的Vie的狗」的image，給戰中派詩人們（大約一九一六——一九二六出生的世代）受到強烈的印象。而這種精神的狀況繼續到一九五〇年有如殘滓似地留在我們之間。

※

一九四八年係諾貝爾文學獎授與T・S、艾略特之年，亦係保羅・愛留爾的「政治詩集」，路易・阿拉貢的「

新斷腸詩集」出刊之年。在日本，同樣是從戰前就活躍的壯年詩人們陸續發刊詩集之年。被稱爲「四季派」抒情詩人集團的一位詩人津村信夫的「再見、夏陽呵」也在此年十一月刊行。

堀口大學、丸山薰、北川冬彥、草野心平、村野四郎、菱山修三等也出版過頗有力量的詩集。但依然是『荒地』集團的活動給年輕詩人們較大的魅力。在注重於表現的超現實主義亞流作品作爲前衛的日本近代主義詩的氣流裡，意圖「意義的回復」的『荒地集團』的活動便是時代思潮的體驗者。因此日本的戰後詩可以說是『荒地』而開始出發的。代表『荒地』的詩論家鮎川信夫也在此年借新的綜合雜誌『近代文學』發表過『荒地』的立場。

下面一文是『荒地』一九四七年十二月號的編輯後記，係偶然找到的資料，特此舉出供爲參考。

「畏怕通俗是個人本身已墮於通俗之故。會不會被視爲通俗？爲了這種擔心，詩人們時常假裝着我是文化人，說我就是前衛派。波特黎爾的灑脫主義成爲精神高貴的側影，是過去十九世紀的社會被允許的事。而現在被叫做「詩人」這種稱謂已沒有魅力，與被叫做花匠或玻璃匠的稱呼毫無差異。那是像沙特所說的，詩人在旅社的登記簿上要寫職業時，一面感到自卑感一面仔細想一想再寫那樣，索性，我們該懷念處於無論何時遇到厄運、或禍害、或悲慘也都一心一意，能把它從詩的深處歌唱出來而忍耐渡過生涯的里爾克那樣的美性；只要把橫在我們眼前的詩或藝術，向其界限和脆弱上始能思考的我們自己的命運，咬緊嘴唇而已。不要畏怕我們會不會通俗。我們該要爲現實那樣儘其通俗、儘其俗氣、儘其傷感。掩蔽我們的眼睛，若不把我們所處的土地讓我們究明；那麼無論怎樣美麗的思想也都把它放棄，希望有這種決斷力才好。」（黑田三郎）。畢竟，一九四五年以前的詩人氣派，已被新的詩人們不置一顧了。在日常的次元裡，詩人決意活下去時，這一篇文章可以說就是成爲探詢那些日常意義的契機。

眞正要論『荒地』，或許費盡了這篇「日本戰後詩史」的全部紙張也寫不完的。當時（並一直到最近五、六年前）日本的著名詩誌都常常發表過『荒地』同人的發言。

「戰爭把我們的青春連根拔掉了。我們靠着絕望生活，依靠絕望殘生（中略）今日在這人口稠密的不毛之地，那些被強迫展開的花或人造花已不必存在。也許語言的花不比人造花那麼使我們興奮。我們已經對語言與語言僅持有連繫以外，沒有意義的語言的世界，感到厭煩了。」（鮎川信夫）這一節的意義與我在前面所述的「在詩底意義的回復」有所響應。對『荒地』的活動，此後也需要常常論及的。

一九四八年詩的事蹟中，還有必需記述的是村眞一郎、加藤周一、福永武彥（現轉爲小說家活躍中）等的 matinée Poetice 的工作。

反『荒地』集團顯示論理上一面的傾斜作風 matinée Poetice 集團是走入美學的形式與語言美的傾斜面。中村眞一郎說：「現在的日本語很紛亂（中略）在無視覺形象的、無特性的、無生命的單語的雜亂堆積下，被閉鎖在沉重、鬱悶的氣氛裡。」「從本世紀初被實踐過的日本語革命、國語體文章的建設，另一方面反使在寫文章的精神裡，逐漸減泯了爲意識性構成的注意力。（略）文章不是自然原來的身世，而必須使其成爲由一定的律動，一定的主題所表現的高度的舞蹈。」可以說這是他們集團代表性的意見。對文學致命的衰弱和國語絕望的混亂，他們選擇定型押韻詩做試驗性的作品。

頌歌(8)　**中村眞一郎**

洪水的夢流逝自遙遠的空中
黃昏像剛剛離脫的羽翼
般隻回歸黑海擾亂的情景
於帆翳下求眠閃亮的魚族

可是這些試驗性的詩，受到在詩上追求映像主義的詩人們全面性的攻擊。因 Matinée Poetice 的運動是在詩上恢復音樂性的一種，Matinée 集團的大部份詩人都是法國文學的專家，在日語與法語的對比構成其理論，因而其批判的角度也是各種各樣。這個運動似乎隨即消滅了。但在日本詩的世界投下了一些波紋，是無可否定的。

日本詩壇消息

■靜岡縣詩人會與神奈川縣的詩人們一年一度的聯誼會，今年爲第六屆會，於六月在沼津市海濱舉行，參加者四十名，對各項詩的問題討論及交換意見極爲熱誠。

■於日本詩的集團中，最保持其獨特風格的「歷程」社（草野心平主持）每年於暑假舉辦的「詩的教室」，今年在千葉開學，有一般詩的研究者及學生們參加極爲盛況。

■慶應大學名譽教授，而爲中世英文學世界性權威的日本文學者，且常被選入諾貝爾文學獎候補，現在逐漸被認爲日本神話存在的詩人，西脇順三郎講義自己作品的「西脇研究」，已經舉辦了第五次，講義內容刊登於每期「詩學」，受到日本詩壇的注目。例如第四次的講義作品是「馥郁的火夫」，他說「這是超越超現實主義詩論鼻祖安特烈·布爾墩以上的作品」。

■在靜岡市發行的趣味性月刊雜誌「東海路」，每月刊有詩人的作品。因限有季節性題材的緣故，所刊的作品不能說是優異的傑作，但該誌所發的稿費每篇二千元（約臺幣二二〇元）。像靜岡市的中級都市，在報紙刊登的詩是每篇三千元稿費。

■不限於靜岡市，全國的各縣單位，一到秋天即紛紛舉辦「藝術祭」。文學方面廣泛徵求詩、小說、短歌、俳句等作品，第一位獎金平常是八千元至一萬元。靜岡縣的藝術祭今年適逢第六屆，將有各部門新人出現。

■除了藝術祭之外，各都市並在這秋天紛紛開設文學、美術的特別學校。僅詩這方面，於人口四萬的都市即有三十名的學生參加受課。學校的經費均受縣市教育廳補助，對文化的向上可得到莫大的効果。

■每月在全國各地舉辦的詩人集會或詩展，無論其規模的大小，即有二百至三百單位。詩集或詩誌的刊行，如在中國也可看到的「詩學」或「現代詩手帖」所報告的數量那麼多。如果要在這消息上報告，事實無親自參加其集會，即無法獲得評價的標準。故今後這消息的報告就不得不限于筆者本身能得到的消息而已啦。這一點請讀者原諒吧。

詩的問答

本期的問題為：

A、您的筆名的由來？（輕鬆的短文）

B、您對難懂的詩的看法？（認眞的精論）

除在上期刊登問題公開徵稿，並另專函恭請數位詩人惠賜答覆，即接到下列詩人的寶貴經驗談，謹表示謝忱外，至朵思、紀弦、綠蒂、羅門、沙牧、帆影、辛牧等諸詩友，也許因工作繁忙或不願表示意見，均無回音，敬祈讀者原諒。下期的問題為：

A、您對本詩誌的意見或希望？（輕鬆的）

B、您最欣賞的我國現代詩作品一首，請抄錄作品全文及作者名字，並寫出欣賞觀感或對此詩的分析、評介等文章，全文限用六百字稿紙四張以內寫完。（認眞的）

歡迎一般詩友賜稿。

☒詹　冰

一、關於筆名

我出生時，父親就給我算命。聽說是缺「水」。所以本來我的筆名是想要為「詹水」。後來再想「水」字太平凡，再更改為「冰」。我的理想是要「冰」那樣冷靜的知性來寫詩。

二、關於「難懂的詩」

「難懂的詩」有兩種。一種是讀者難懂的詩。另一種是作者也難懂的詩。前者的罪在讀者，後者的罪在作者。前者的讀者要流汗爬上接受。後者的作者罪該面壁三年。

☒蜀　弓（張效愚）

人家都說「文如其人」，在我個人認為，名又何嘗不如是。就拿在下的名來說吧，眞可以十足地代表我自已，其他人要假借我這塊不響不亮的名牌，還眞得費一翻手脚呢。甭說別的，首先他得考慮他自已是否同我一樣的是生長在天府之國的四川，否則，他必須改籍，改籍是一樁麻煩透頂的事情，不但得上仰戶政人員的鼻息，更須下賴鄉人的支持，試問這種傻事其他省籍的人隨願意去幹。其次，就他本人自已來說，昂藏七尺之軀，是否被這個偉大時代的低氣壓所壓彎，彎得像一張欲求放矢而又無的弓。因為如此，蜀弓之名也就油然而生。

難懂的詩，有人把它誤解成為一種「拼字遊戲」。其實我認為「解鈴還須繫鈴人」，最好的辦法是多在詩刊上「解釋」或「評註」，多在朗誦會中「現身說法」，就拿拙作「十分鐘的空白」為例，如果善演戲的人表演出來，保險會使不少聽衆對詩發生興趣。

□楓　堤

筆名的由來

輪　盤

哦，晚安，你浸在夕暉底下的
一切大自然的弟兄們
我來了，推開心地的窄門，投問你
多壯麗喲，滾動的輪盤
那鮮紅色的葡萄美酒啊
愈顯其有千古醇味的芬芳
艷麗的綠色的晚會正開始
而我也是一位傑出的演員啊
歡樂的淚水在我臉上的運河航駛
從傍繞過的流溪唱着幽幽之歌
使我又想起遠別的妳來啦
和月夜椰影下的絮語……

收入創世紀詩社出版的「中國新詩選輯」裡的「輪盤」，一直未印在我的專集裡。這一首詩在民國四十五年發表時，我才開始使用楓堤的筆名。當時我很沉醉在大自然的懷抱中，「輪盤」可以說很適當地透露了我的感情。

我的童年，在大屯山山麓的一個鄉村裡長大，課餘，我便是一名牧童，和草埔以及相思林為伍。在我們厝後的小圳，水邊有一株百年的楓樹，樹幹傾斜，橫跨通路的上方，每次放牛或歸來，騎在牛背經過這裡時，總要俯身下來，才不致撞到那堅硬的楓樹，常常我會不自禁地拍一下那簡樸拙陋的樹殼，而為那永恆的生命力感到美，有時就想像自己是讓楓樹生長成百年古木的那塊土地，那水邊的堤岸。童年的景象一直在我的腦海中揮之不去，終於成了我寫詩的標記。

□藍　楓

A我的筆名的由來

大一的時候，老教授咿咿唔唔的唸講義聲推動着我的紅鉛筆在桌上亂塗，於是，我的筆名被彫刻成了。有一位筆友替我下駐脚說：其實，楓葉又何嘗是藍的呢！不過，這不要緊，因最不合邏輯的原理，往往是最高的邏輯，在詩人的眼中，似乎覺得什麼都是藍色的，不是嗎？

B我對難懂的詩看法

從「懂」看「難懂」的詩——在此，懂的內含有三個層次：一、懂表示懂得詩裏所述的事。二、懂表示從詩中獲得感受。三、懂表示讀者從詩中所得與作者藉詩所表現的合一。從第一層次着眼，讀者是採取了錯誤的態度，詩不一定表現事，它可能只是一態度而已。從第二層次着眼，難懂（甚至不懂）的產生普通是基於三原因：一、思想的隔閡，二、藝術形式的隔閡，三、作者表現的不完全。從第三層次看謬誤的產生，除第二層次可述的因素外，還須乘上欣賞法的不同，以繪畫為例，用自然主義的眼光來看立體主義，感受一定不同。而且，嚴格來說，存在先於本質，人是自我創造的，本來就不可能達到讀者與作者的合一，在此，我提出一意見，作者的註解有時是需要的。

□李　莎

我對難懂的詩的看法

——並舉例說明

一首難懂的詩，猶如一顆青菓，咀嚼過它的苦澀的人，始知甜美如橄欖味。

寫詩，如同處理生活一樣，作者有權利任憑己意去創作它（甚至故弄玄虛製造作品的神秘性）；當然，讀者亦有權利去探尋它的奧秘（向它要求赤裸裸的眞）。

一首詩猶如一個世界。我們欣賞難懂的詩，必須用心之耳去傾聽它的弦外之音，妙悟之後，始能發現它內在眞正的寶藏。

——試舉女詩人劉延湘作品「腫國」中的一段爲例：

在我底國，時間像弛鬆了的瞳孔
以趨於零無限慢的速度
匍行在沙漠中

無可諱言的：她是以性愛爲題材，但她欲表現的並非自我的情慾，而是「體貼入微」溶化自身於這瞬間捕捉的意象之中，然後再把感覺的眞，使之純然昇華，透過思想，以陰柔的細膩的象徵之手法表達於藝術上，顯示給我們的（意義）是：生命！在可愛的瞬間，雖曾擁有過，體驗過眞實的歡樂，但它，亦有虛無時的沉重之感！

……因而，我認爲一首難懂的詩，恰似一幅抽象畫，是諸種奇異色彩之組合，雖然不易瞭解，但它，總是有脈絡可尋的。詩的作者必須有這份耐心，培養自己對它的興趣，同時，多運用思考增強自己的鑑賞力。以心之目去注視一草、一木、一貝葉裡的詩的宇宙。（正如一位詩人所說的：「彷彿莊生之夢蝶，蝶我不能判分，里爾克之倚身於樹，會感受樹的脈搏。」）我們祇要能觀察入微，深切地去體味，亦能從現代詩人難懂的作品中，感受到他（她）們的呼吸，脈搏的跳躍，以及靈魂之顛巍與演變！

□羅　浪

一、我的筆名的由來

我有好遊的癖性，從年青時代，一直憧憬着流浪生活。遙遠的異鄉的河山，在呼喚流浪的人……

年青時曾在海邊寫過：

浪。海之子，死後葬我於海。
夕日西沉，月亮由東方昇起的
時刻，葬我於海。

二、對「難懂的詩」的看法

詩的難懂性，是發展的過程之中應該有的一種必然的現象，或許，模倣與剽竊所造成不正常的產品？在詩壇上逐漸增加的此一傾向，已經有人在重視把它提出來研討，我相信，這是一個很確切的課題。

我欣賞用自己的方向與創作精神，在認眞地嘗試的新銳手法。故作眩目，極盡奇脆爲能事的作品，我覺得厭惡與憂悶。

◇靜　雲

我的筆名

我用過的筆名中，以「靜雲」用得最多，尤其是詩作的發表我偏愛「靜雲」。我的個性向靜，喜愛幻想，做藍空白雲夢；十多年來這個筆名幾乎替代了我的眞名，或可以說我太認眞了，以爲寫作決不是一種消遣的工作，是具有生命意義，因此，我視筆名有如眞名，愛她有如我的榮譽。

眞的難懂？

除非是作者故意玩弄字句的排列，或新奇至難懂，我是會很用心地多讀兩三遍所謂「難懂的詩」。我想藉以追逐作者隱藏的詩意，探討作者表現之手法，來增加我對詩的認識與純情。

◇岩　上

筆名的數理

五十二年我在軍中服役，閒得無聊，開始寫詩，也偶爾翻看「姓名命運學」的書籍。發現姓名之凶吉與人的命運有多少的關係。自已多舛的命運印證了原名數理靈動的不吉，但原名授自父母所撰，且戶籍上也不易更改，就只好以詩的發表另取筆名。

在姓名學裡「十一」是穩健着實，平靜和順的吉數，「岩上」兩字剛好是十一筆劃，書寫比我原名省減了三十五筆劃，且我喜歡在岩石上眺望遙遠的海天，所以就取用了這個筆名。至於這個筆名是否能給我帶來好運，那是不得而知了，因爲姓名對於命運的影響力不是絕對的，且我對它的瞭解也只是皮毛而已。這種取名的方法實在有點兒「看命仔」的味道吧！

詩的難懂是詩人的悲哀

詩所使用的工具（文字）其本身是有意義的，但由文字所創作出來的「詩的語言」往往超脫了文字本來的意義，所以詩的表現與被瞭解之間，無形中有了距離而形成表現方式的難懂；至於將深奧的哲理思想深藏於詩中也會造成詩的內容的難懂。

但是我認爲：詩的難懂是可惜的；也是詩人的悲哀，因爲如果某詩作品原是上乘的，只因難懂而被誤解、非議、謾罵那是多麽不幸。因爲難懂的另一面是一些亂七八糟文字死屍的堆砌。

因此，如果我們承認懂是現代詩的必然現象，則我認爲詩人有必要對於引發詩作的動機、寫作的背景、過程與詩的主題加以說明，使讀者能進入詩的堂奧。這種說明非對詩作本身的解釋，而是提示了關於詩底瞭解的引路，至於詩的本身則要讀者自己去感悟了。

這種作法不但能幫助對詩的瞭解，且可使藉難懂爲庇護的僞詩無混水摸魚的機會，因其說明如能使我們豁然開朗，我們必當承認其難懂得有道理；相反，結結巴巴不能自圓其說，置人於「可感」之外，那必定是僞詩無疑了。

◇戰天儒

A我的筆名

我「極端」的反抗極端，我是年青人，因此我要「戰」，「天」是一切權威之上，那麽它註定要我這「儒」的搞臭。但是我開始抖了，老兄：「命運」這傢伙到底是長成個什麽樣兒的？你說。

我還記得那兩位女同學聯合對我的抗辯，爭到夜課後熄燈時，她們在黑暗的教室內瞪着雪花花的鏡片，幾乎同時吼起來：「你的反抗，你的成功，你的失敗，甚至你堅持着意志變造出的事實，一切都是命運！」

我好氣，大聲震破喉管的喊着：「妳們都是懦弱的！」但我在冒冷汗，老兄，要不要，這重嗶嗶的筆名實在頂不起，讓啦！

那多巧！差點給忘記，咱的旅非詩人戰塵先生，倒比我先戰起來，眞是德不孤，必有鄰了。

B 難懂、懈怠、僞詩

新詩在下面兩種情形中，才有難懂的問題。

一：讀者的懈怠；品詩的人，應有最基本的美學修養，摒棄所有已定型的概念和暴虐，靜心和氣的緩步陞進詩人建築，幽遠的華宮，而絕不能倚靠習慣的語言文法句型去領略一首詩，自然，某些人對於任何一首好詩都會認爲是難懂的。

二：詩人的懈怠；顯然每種語言必有其群衆的交通性，否則便非語言，而是呀呀自語，語言雖然是工具，然而並非詩的整體，詩人固思創造無限制的語言去表現詩，但儘管如何創造，也不能忘却語言的交通性和組織限制，否則詩質再濃密，也只限於詩人自身才能溝通，故詩人在運用語言時，倘使不努力於合理的組織語言，使有交通，則造成表現上的差距，那麽難懂的問題便要發生了。因此一首難懂的詩不一定是好詩，也不一定是壞詩，也不一定不是僞詩。

◎吳夏暉

我的筆名

夏暉，是我的「第二個名字」，照國人的說法，是我的號，加上一個吳字，就是我現在使用着的眞實姓名了；我有個「故名」，已在人們的記憶里埋沒，也逐漸叫自己遺忘了，詩友中，很少有人知道我的本名。

寫作，在我說來，仍在摸索中。六年前，我寫了第一篇小說，發表用的筆名是「尋雨夜人」，這個「人」很古怪吧？是的。也許就因它「怪」的關係，用了一次停三年，直至五十三年夏末，我寫了「雨夜的迷惑」詮釋自己的筆名，三年來，我一直以它寫小說（自然，我的小說很雜），發表時，仍以「尋雨夜人」四個字出現。

最近，因受到外界的某一種打擊，我有棄「尋雨夜人」而不用的意思，不過，曾在「新地」（南港出版）寫過「心語」的碧美姐屢次告我：最好不要改掉這個名字，你沒有想到？太多人都喜歡你這個「名字」。（這那裡算是名字？）

想到「尋雨夜人」，我就有了回憶，哦！六年了，那年，我第一次戀愛，她有一個很秋的名字，睫下經常濕漉漉的崁着沉默的日子，度過一季淡藍色的歲月，很不幸地，她在我們認識的這年聖誕夜離開人間，冷冷的冬夜，我的心是冰涼的，我再無法記起自己的名字了。

一整夜裡，用我的淚水寫成「友誼的惦念」（她我間的所謂戀愛，純潔得比過交友），臨時想起「尋雨夜人」作筆名，在「學生」發表了它，才留下一篇可讀的記憶。

雨，象徵「友誼」，夜，象徵迷茫。爲追取她遺下的碎夢，我三度迷失了自己，那時起，每逢落雨天，我的心直淒意，打赤足，不打傘，獨自在雨中，隔着一片白茫，遙對墓場，低首悲然暗泣，那首「馬撒永眠黃泉下」老歌遂在耳畔幽幽傳去，尤其在夜裡，我的感情就更顯得脆弱了。

爲驅走她的影子在我的記憶中，我開始學習寫詩，改用年輕的名字「夏暉」，冠之以吳。夏，象徵我的生命；暉，象徵生命的曙光。如此而已。

◎吳瀛濤

略談難懂的詩

1.原則上，我不贊成難懂的詩，但這並非絕對反對難懂的詩，因爲有些詩由其內容的深度難免難懂，由此也可以說，詩不妨難懂，問題就在於難懂是不是有其所必然的，乃或是在故弄玄虛的這種分別上。

2.把詩故意弄得難懂的人確實存在着，他們爲的是要把自己的詩的拙劣瞞蔽，且更進一步地借此難懂多少要裝成其之所以然現代詩的樣子，或者便乘於某種新異的派流之中，當然是騙人騙自己，害人害自己的，我們千萬要認出此類劣貨，不讓劣貨反而驅逐良貨，換句話說，我們該給此等用心不良的僞詩一個打擊，而去抹掉了這種在詩的分野甚不名譽又不應該它存在的難懂。

3.對另一種有其必然性的難懂，我們也可以把它解明分析，而不要僅僅讓它老是停在難懂的情況。難懂有深淺之別，有出於根源上的，有出於表面上的，雖然一概難言，我們的任務則在於如何使一首難懂的詩令更多的人能夠容易感受，在這一點謀求詩的解說，謀求詩向廣大大衆的浸潤，以便讀者對詩的親近，這麽樣逐步解除了由於詩的難懂作者讀者雙方遭遇的困擾。

4.由於根源上的詩高度的難懂既然不可避免，但進一步地說，在詩的表現上，作者應該多用心提高警覺，以免犯了多餘的難懂。我想這是作者可以做得到的，至少一部份人要捨棄認爲難懂纔像是現代詩的模樣那種莫須有的錯覺，而對難懂應有負責的眞摯，不然寧可用易懂的表現爲適，此因誰都知道，一首易懂的好詩其實是勝過一首難懂的壞詩呀。

5.寫詩，當然也和其他的藝術一樣要打好基礎，不可以一下子就亂抓亂塗亂寫而自鳴得意，如是表現出來的不外乎是似是而非的現代詩的怪物，畸形異狀，令人不敢領教。於是，我想在此提出一個警惕：「詩的難懂是可求而不可得的」。

稿約

一、本刊園地絕對公開。
二、本刊力行嚴肅、公正、深刻之批評精神。
三、本刊歡迎下列稿件：
▲富有創造性的詩作品。
▲精闢的詩論及有關詩的隨筆。
▲深刻、公正、中肯的詩或詩書評釋。
▲海外的詩、詩論譯介及詩訊。
▲詩人研究介紹及詩書簡。
▲詩活動報導及詩書出版消息。
四、本刊每逢雙月十五日出版。截稿日期：詩創作每單月之五日，其他稿件二十日。
五、本稿請寄「豐原鎭忠孝街豐圳巷十四號」本刊編輯部收。

■村野四郎詩論
■桓夫譯

「現代詩的探求」

現代詩應該難懂嗎

詩爲什麽會難懂?

前在「詩的語言」裡曾說過「詩的語言與生活語言」的分別，詩人總是不斷地被迫在日常通信用語和所謂詩的非實用語言兩個世界裡生活；而這兩種語言的使用法如前所述是完全相反的。詩人所瞭解所修得的詩語言的特性該越複雜越理想，反之，日常通信用語是越單純越適合其目的。

這樣住在兩種語言世界的詩人，有時會錯用其語言的地方而墮入混亂。例如我們偶而參加詩人的演講，聽到他們忽然會變成「口吃」現出一種窮態，或如患了「失語症」那樣感到發言很困難。這種情形無疑就是詩人對詩語言的忠實而起因的。對詩的語言如能忠實而純粹，遇到這種情形會越多。那是他們在演講詞裡，該使用通信用語的地方常會挿進詩語的緣故。畢竟，只應用單純的通信語言的這個場合，他們却想要創造新的意義，即在作詩工作上所修得的詩語言很多特性裡，去選擇通信用語單一的機能，因此在發言上躊躇而浪費了時間。

如此，詩人在一般日常生活上無意識裡，被染上了傳達機能的障害。

詩人的內部世界更趨複雜，思考的曲折或情緒的狀態亦隨之趨於複雜微妙，要表現的語言領域就更擴大。若不能擴大就不能完成其使命。因詩人想要以高踏的精神意圖保持特殊的詩世界，其詩語言的世界就必從一般通信用語的領域遠離而擴大，其先端便超越了一般社會通信的界限。

「詩人愈要求純粹，愈脫離大衆」艾略特曾經慨嘆過的根本問題亦在此。詩的難懂是詩的原理性現象，也是所謂詩本身自發生以來便被負有的命運。

雖說這是「所謂詩」原則上以及根源性的命運，但仔細思考今日現代詩的難懂性時，似乎必需再加考慮到其他各種附和的條件。

論及詩難懂的好或壞，就根源性來考慮時已無任何問題可論。尤其詩是藝術，假使能和一般娛樂明劃一線，這問題便會更趨分明。

因此我們需特別對這個問題考慮的是在今日現代詩所有的特殊難解性吧。

在語言的世界，本來，二個人心之間若無過去的類似性，便不會產生傳達的機能。可是，面對語言特性的現代詩人因其內在的急激膨脹或遍向，遂極端地喪失了其間的類似性，致造成現代詩難懂性的特徵。

而個人語言的機能的膨脹與變異（語言是意義的變化），當然該認爲是跟着時代推進的。某一時代的語言，到了次一時代便會減少其新鮮度與適應度，因而在此不斷地反復着看不見的緩慢的革命，使語言本身逐漸變化。

這種語言的變化，無論詩的語言或一般民衆的日常用語也都一樣，通常在這種場合，詩人與民衆的語言的世界是保持一定的距離，互持均衡而進行的，並不發生特異的隔絕問題。

可是現代的激變，在語言上僅給與對語言極度敏感的詩人的製作機能異常膨脹；致使破壞雙方互持均衡的事態來了。可以說這就是橫臥在現代詩難懂性根源的理由。

那麽，現代詩是採取何種經路使其機能膨脹，增進了兩者間的距離呢。適確地說，就是不得不使語言的機能有那樣的懸隔的，急激的內面變革的是甚麽呢？

有人說，現代詩的難懂是據於放棄一定形式所產生的韻律之故。這似乎也有點道理，在現象上來看好像是對的。但有關這個問題，要從外形上的問題來論，寧可從產生其外形上問題所根據的深處來探求，才能獲得充分的解明。

喪失抒情性的現代詩

其根源的第一，就是現代詩喪失了抒情性。或更正確地說，就是抒情的本質發生了重大的變革。原來，抒情的本質是毫無理由地流露出自己的感情。而這種生理性的表現，任何難懂性也不存在。比方說，金絲雀的歌是無任何難懂性的。

這種抒情性的喪失，不僅限於日本，在歐洲也是一樣。C・D・路易斯即在其『對詩的希望』裡說明了三方面的理由。

其一是由于詩裡現出的自意識作用，從前是被一個情緒性的氣氛所賦與的問題，依其狀態所產生的詩而簡易地被解決。但今日是由被訓練隨心理分析學的方面有所作用的自意識來解決。即變成自意識介於詩人的氣分與詩之間。在此，自然發生的情緒氣氛被分解，採用以主知的作用複雜地再組織了之後，才移入表現的方法。

第二是原來的所謂抒情詩是，詩人對于抒情詩本身的法則和自己感覺上的經驗以外，可以不負責任的形式；只排泄了自己的感情，就能達成目的的形式，在其背後，常有社會的無責任和放縱存在着。

可是在今日，有關自己的問題以外，必須面對着廣大的經驗世界的社會狀態裡，尤其感到這種社會常對自己要求某種態度的時代，那種無責任和放縱自然已不被允許了。

就是說，在今日，詩人要瞭解文明所教示的眞文化的意義，抵抗這個瘋狂的世界支持自己的正氣時，那些極端個人性的抒情詩，已成爲不被允許的奢侈品了。

第三個理由就是在今日，使吟遊詩人或歌詞作家有所流行的文化已消滅，詩已不需音樂的事實。

他這樣說明了原來簡易的抒情詩難得存在的理由。

如此現代詩放棄最能傳達的抒情性素質，代以取用傳達困難的思想性。如前述，由于自意識曾一度被分解的情緒，必須再被秩序化而重新組成。但當再組織時所被動員的知性，是不僅對詩的主題有客觀性的考察，而影響表現方法上的批評、諷刺、諧謔；由此集中了錯綜的各種知性精神，使作品一見即呈現了論理的集合體。而且必然使其還元藝術，更使用了複雜的直喩、暗喩的方法，以致產生出來的作品，已不能像從來的詩歌那樣簡易，只在感覺上隨即可給予讀者得到共感的東西了。

只用感覺可解決的詩，變成「思考」的之後再賦與「感覺」。這是使現代詩成爲難懂的最直接原因吧。

如上述，抒情性的喪失和思想性的過剩侵入，是使現代詩成爲難懂的最大原因，但事實不僅如此，應該尙有更具體的事實附加了其原因，是不能忽視的。

其最大的原因就是掩飾現代詩初期的象徵主義的道德。象徵主義在近代文明上爲個人主義典型的文學上表象，是一般所認定的。事實，處於激烈的混亂或紛糾刺戟的近代都市文明，詩人們爲了保衞其靈魂，不得不逃入其自己的特殊世界。

不錯，這就是造成他們高踏派孤立化的出發。E・威爾遜對胚胎於象徵主義的現代詩，其難懂的程度說：「使現代詩比浪漫主義更限定爲，有關個人上的感覺與情緒的是，象徵主義的傾向；他們視詩爲極端個人關心的事。可以說是造成詩難于傳達讀者的最大原因。」

迄今，現代詩仍把這樣象徵主義的道德，以遺傳性質承受在其性格的深處。而且還有繼之發生的表現主義、超現實主義加深了其難懂性。

表現主義是以詩人內部世界的突發性叫喊，爲作品的主題。因在隔絕通常論理的世界的地方，追求詩的世界，故以個人上的程度來說，並非象徵主義所可比較的。又於一九二〇年所發生的超現實主義，是隨着Freudism的精神分析或下層心理學的線上，埋沒在我們通常意識下的無意識的世界裡，追求「精神的最偉大自由」和「超絕的美學」，並在其表現手法上，採用了斷絕通常的意識關連的心象造型方法。

如此，從十九世紀以至二十世紀之間，減退傳達機能的詩，到了這個流派之後，在詩裡所有的日常論理，換句話說「詩的意義」完全被解放了。

超現實主義的這種詩性思考，如僅限於這個流派裡的事，那麼，於這種文學運動的終焉同時就會消失，問題便不會發生。但不管表現主義或超現實主義的產生，必有歷史性的必然性，深深關連於現代人的精神文化的流傳，當然，不是像一藝術家單純的觀念或偏狂性的現象那樣即刻消逝的。對于這一點毛利斯・布蘭舒說：「超現實主義的運動已經終了，不能再說在這裡在那兒了。但它的精神已變爲鬼魂，成爲所有現代藝術光輝的執念，被遺傳在作品裡。」事實如此。

事已至此，若現代詩要爲最嚴肅最純粹適應現代的要求時，其命運上已不能像昔日的詩那樣，具簡明而淺顯的性格了。今日的詩人如果是有良心的話，誰也不願做爲像明治時代的「孝女白菊之歌」那樣作者了吧。

難懂原因的探求

以上所述現代詩的命運，詩的社會性傳達機能的減退，換句話，對「詩的難懂」的論議，不祇在日本，而於二十年前就在外國屢次被論及。英國也認爲這是英詩的危機，而被多數的詩人和評論家討論過。但沒有一個人對于這個問題提出過明快的回答。

其中，C・D・路易斯即對這個困難的問題提出極其苦心的解決方法，說：「詩人，有詩人的自我和做人的殘餘自我，雙方不斷地鬪爭而存在。可是詩並非要排除其一方，却是要把雙方使其和解而調整，始能達到完全的狀態。而在那些相剋鬪爭裡，才有詩人魅惑性的工作。那些行爲是詩人做爲一個人，依據共同體裡的(愛)始可完成的。」

他的言論是想連結於曾爲社會主義詩人的他的思想上根據來解決的。不過詩人從事純粹藝術的一切衝動，是否如他所說可以愛一種圖式思考來處理呢？不無疑問。要表現以普通的傳達用語不可捉摸的，詩人內部深層模型的場合，又要採取一種全人性表現的場合，其實際語言上機能的困難，怎能以愛那樣被規定的意識可解決呢。詩並不由那樣便宜性的地方產生出來的。

前也說過，艾略特是認定「詩命運」的本質之後，表明了「儘量寫得淺明」，他這種想法較誠實可佩。因詩的難懂性，事實是無法可施的。讀到他的名作「荒地」就可瞭解此間的事情。他是儘量寫得淺明。但「荒地」是不很淺明。有位著名的日本歌人慨嘆說：「看『荒地』眞是不懂，表明過這是難懂，自己却不覺得不名譽」。這種慨嘆不限於這位歌人而已。

可是，正如這位歌人說，假使「荒地」是難懂的，但不會因此被認為是不好的作品，或決定對人類是無用的文學。如果，這種話是由一般讀者講出，那是無所謂；事實是關係現代的文學者所講出來的，却不能完全認為不覺得「不名譽」的事呢。

這些不限於艾略特的作品。例如龐德或里爾克或S・J・白路斯，較近的D・杜摩斯的諸作品等，歷史上橫臥在文學發展根底裡的名作，均不是誰都能簡單瞭解的。

艾略特本身也說過「我自己感到熱愛的作品，是一讀難懂其意義的詩。」這是從本質上來說，詩這種藝術並非如娛樂性的演藝那樣，僅在今日明日供大衆喜悅為唯一目的而創作的緣故。

如上述，現代詩的難懂性是歷史賦與詩的一種宿命，而現代詩，對現代要最忠實最純粹地追求現代的價值，就不得不成為難懂，是無可避免的事實。我們若冷靜考察今日現代詩的狀態時，今日大部份作品的難懂性，是否由于這種「無可避免的眞實」而產生出來的。眞有頗多會令人感到疑問。我們應該把問題的焦點集中在這一點來考究。

原來，不論任何詩人都無資格依靠這種表現的難懂性。因無可避免難懂才會難懂。不過如前所述，過去的象徵主義或超現實主義，深深遺傳入現代詩裡形成其一性格是事實。而那些以詩精神的主題被承受同時，並有多數詩人無意義的姿勢或型態也被承受，亦是造成現代詩無用的難懂性原因。

說具體一點，由象徵主義所承受的「朦朧的，以至表現不充分的就是詩」那樣錯誤的想法，和由超現實主義所繼承的「非論理性的，以至無意義的就是詩」這種淺薄的想法。

如此由錯誤的意識所產生的型態，以一種流行的形式在詩上出現，不知影響了多少現代詩成為無用的難懂。

這種難懂性，絕不是從「無可避免的眞實」產生出來的，大多場合，是想要適確地寫也寫不出來，為掩護自己技術的未熟，或由于怠惰心理而產生的。究竟，表現的未熟就是意味着認識的未成熟。因為他們所寫的朦朧不正確的作品本身裡，對詩的主題欠乏明瞭，又未具究極的意識之故。

而且，他們不但對于究極的意識未有把握，却裝着好像很有把握的姿勢或型態，祇在玩弄無根據的暗示和比喻。

讀者怎能從這種奇怪的作品瞭解甚麼呢。

優異的暗示或比喻，換句話說，具有良好根據的暗示或比喻是由其類似相，能予高揚作者的主題上認識；但從曖昧的類似相或喪失了類似相的比喻裡，讀者想要抓住甚麼是抓不到的。

屬于超現實主義亞流的今日大多數近代派的作品，也可適用這種說法。把自己不瞭解的，依然用不瞭解的表現，却期待讀者得到某種的反應，那樣無責任和狡猾性。並在其心裡，常準備着「漠然的，難予捉摸的就是詩」的意識或「高級的詩是普通俗人不會瞭解的」那樣為了隱蔽自己的無力較有利的理由。

雖未至如此極端的浮華輕佻，但這種意識，已多多少少成爲現代詩人的一種習性，徒使現代詩具有無用難懂，確是無可否定的。

眞正高級的詩，不得不難懂的，並無不可。但如上述，無內容的作品，僅模仿優異作品難懂的型態，可以說就是現代詩的現狀吧。

而且，像這種怠惰和無責任和狡猾產生出來的難懂文體，又似很容易成爲一種流行，影響詩的初學者以爲「難懂的文體就是現代詩的技術」那樣，灌輸錯誤的想法。在戰後這種傾向好像是特別多。

這可以說就是現代詩的重大病症，能否給一般大衆得到瞭解是另一回事，却關係着詩人個人的生命問題呢。

問題的解決，在於有無値得難懂性的內容

如上「詩的難懂性」是詩人無上的不名譽已不必說，但對原有的作品說能或不能瞭解的場合，是據於作品本身的素質，同時讀者方面的感受亦該成爲問題。前也說過，詩非娛樂而是藝術。要欣賞詩就是意味着一種藝術參加。所以詩讀者的期望也應該與娛樂有不同的準備才對。要眞正瞭解詩人的勞作，欣賞作品，也應該準備了不遜於作者的精神努力才是。

如有視詩爲通俗的書籍，一看就會得到樂趣，那樣想法的讀者，他們對詩難懂性的責難也應該改變。

極度凝縮語言的藝術，詩本來就是難懂的。除了這一根源的問題之外，其他無用的難懂性，如上述，應由詩人和讀者雙方的反省來解決。下面列擧的例是最近某一討論會結論的部份，特此引用做爲此文的結語吧。

村野四郎：對詩應不應該難懂的意見，有結論了沒有。

伊藤信吉：我不知道，在此所提出來的是，把難懂不能引起讀者的興趣的事，歸於詩未具魅力的原因。讀者指這些就是難懂——這是山本健吉的意見，這一點我很贊同。

鮎川信夫：關于魅力，我想各人各有其個人差吧。十五、六歲的時候看萩原朔太郎的詩深感興趣，但現在却感到平平無奇。或有時做着似有興趣的神情，但並不是從心裡感到愉快的。

壺井繁治：說起魅力，把修伯特或貝多芬送給喜歡在浴室裡唱謠曲的人也不會感到魅力的（笑）。

鮎川：是、是。

山本健吉：這是以有魅力的詩是難懂做爲前提說的，因一流的詩是難懂，所以在此所說的難並不是指那些高級的意義。

村野：難懂的好或壞的問題，艾略特他們也沒有表明過嚦。因有可避免的和不可避免的雙方面的問題。

山本：連西脇（順三郎）先生的詩，也經過了三十年才得到讀賣文學獎呢。（笑）

關于詩應否難懂的問題，似乎在這討論的話裡頗明確地被要約出來了。一流詩人的作品是難懂的，而且他們都持有以不得不被稱爲「詩人並不只是社會的公僕」那樣，近於悲壯的孤獨的覺悟；以單獨者的立場，向自己的內奧究明。如徒爲畏怕難懂性，詩人眞的工作是不會做成。而他們的詩若眞正是有價値的作品，總有一天會被人瞭解的。

總之，詩難懂性的問題是在其作品的內容，有無値得表現的難懂性來決定。絕非由于讀者的多寡而決定詩的價値。

「要讓一千個讀者只看一次，寧可被一個讀者看千次」，這是保羅•梵樂希所說値得玩味的話。

艾略特詩選譯

杜國清

夜鶯中的史威尼 (Sweeney Among the Nightingales)

哎呀，我遭到那致命的一擊啦！

猿脖‧史威尼伸開彎腿
臂膀伸垂地獰笑着，
沿着下巴頰斑馬底條紋
脹成長頸鹿底斑駁。

暴風雨來臨之夜的月暈
傾向普烈塔河西邊，
死神與烏鴉座漂巡天空
史威尼守着角型門。

陰鬱的獵戶和犬座罩着
面紗；靜退的海浪；
穿着西班牙肩衣的女人
想坐在史威尼腿上

却滑倒拉住桌上的餐巾
將咖啡杯倒翻過去，
她從地板上爬着站起來
拉緊褲子打着哈息；

穿着深褐色的沉默男人
趴臥在窗臺打哈息；
侍者帶來溫室葡萄香蕉
以及無花果，黃橘；

棕色衣的沉默脊椎動物
收縮且凝縮而退縮；
以兇殘的指爪攫取葡萄
原名雷賓諾的雷筷；

她和那位穿肩衣的婦人
有嫌疑事先已約好；
因此那眼神陰沈的男人
擧棋不定顯得疲勞，

走出房間，倚靠在窗外
向着裡面望望瞧瞧，
紫藤植物底枝椏圍繞着
露出了金牙齒的笑；

與主人在門口殷殷話別
那位不清楚的某人，
成群的夜鶯在附近唱着
「聖心底修道院」，
也在灑血的林間悲唱着
當亞加美濃大叫時，
讓夜鶯灑落的血淚沾污
僵硬的恥辱的壽布。

這首詩底題辭便是亞加美濃大叫的一聲，暗示傳說中夜鶯與亞加美濃底故事。

詩中一再暗示史威尼死亡底預兆；許多動作和姿態都具有人猿動物的聯想。

天文學上的名詞暗示時間、地點和預兆，以及神話故事之聯想。

角型門：死亡之門或淫逸之門，見伊尼亞德第六章。

樸實的詩素

——論趙天儀的詩

陳千武

在潛意識裡有着詩人的自覺，始能不斷地將操作語言的關心，運用於自己詩想的表達上。而詩的表達應該直接從精神的秩序和感受性的組織中伸展出來的。因自精神的秩序和感受性的組織伸展出來的語言才能構成具有其本質上的魅力。不然，我們何以如此被迷於詩的作品，而不喜歡跑到鬧街去聽聽江湖藝人吹噓的口吻？當然操作語言的手法不僅是屬于詩人的特技，但詩人創造出來的作品可使我們感受一種探索內部世界的意義。而處於現代社會，做一個詩人是爲了面對着精神的危機而想喚起正常的感覺才寫詩的吧。

「詩人在這世紀的頂峯，該播出何種聲音？我想嘗試一種自己的語言，來表達自己的心聲，而不迷失於這失落的一代。」

這是詩人趙天儀在他的第一本詩集『菓園的造訪』後記所敍述的一句話。既然他持有「想嘗試一種自己的語言」的自覺，則在他自己詩想的表達上特別意欲操作語言的完整性，事實上從他的詩集『菓園的造訪』及『大安溪畔』，讀者便不難領略到他所創造出來的詩的語言是優美，且有其自然發出的音響；例如音質、音量、節拍、和強弱高低的聽覺要素等混合形成的韻律美。

因他所運用的語言是優美、穩健的日常用語，確能切實令一般讀者容易感受其所要表達的詩意。而他所用的詩的手法雖不新奇，但其原始自然美的純樸和誠實的表現，加之含有濃郁的鄉土味，卻令人喜愛。

「我背着一身精緻的行囊
是朝陽用萬道金線
給我密密地縫繡的
像慈母的手中線
爲遠行的孩子縫上深深的愛念
人們說：我是天上的吉卜賽」

詩集『菓園的造訪』裡，較精彩而具有意象美的詩篇，該是「雲」一詩吧。「雲」一輯共七篇短詩。用比喻予以「暗示」的方法，簡潔地驅駛詩人的觀想，將其類似的一種心理狀態傳給讀者。他處理這種短詩的方法，比其他的長詩較精明。也許是短詩所具備的詩素較凝結的緣故吧。

他的詩，雖然不是據於很突出的詩想的擴張，但他描寫自然情景的技巧是清晰而迷人的。在「菓園的造訪」除了樸實眞純感情的詩以外，也有如「山鷹」一詩，開頭就寫出「沒嚐過囚籠禁錮的悲憤」，而敍述了山鷹飛翔、流亡的狀態之後，以諷刺的態度說：

「像一個瘋狂的侵略者的末日
像一個專制的暴君的下場
你，落得這樣地孤單、這樣地暴燥……」

顯然是具備了詩人聯想的自然發展和其有效的收場，發揮一貫性的想像力。

而想像力也反映着詩人的個性，有其極爲單純明快的張力，讓讀者容易接受。像「別了，小旗」「愛麗絲」「銀馬」「給佛洛蓮絲」「寒夜」「黑潮」等幾首據於現實的經驗加以想像力釀成的詩，都有獨特的故事性、戲劇性的內容和變化，給人以詩搬上舞臺的趣味。這種傾向的詩延續到『大安溪畔』一集裡也不例外，幾乎是佔據着大部份的篇幅，似乎形成了他寫詩的一貫作風。如少年時的回憶錄「冥想曲」或「生辰的懷念」「那日子，不曾遙遠」「大安溪畔」「那年颱風」「斑鳩的呼喚」「啊、曼利、你往何處去」「歸鄉曲」「小鎮紀行」「我將遠行」「圖書館的回憶」等等，都是對於每一現實的現象顧慮得很週到，能夠以其聯想配合經驗附予邏輯完成的詩。

大體說，趙天儀詩作的用意，雖然並未忽略「求心象的閃爍，但因較注重整首詩的意境，企圖把一首詩成爲完整無缺的藝術品，不讓其有些精神上或結構上的破綻，結果他大部份的詩，差不多都有規矩而具一般性的抒情美。

我應該強調說，趙天儀的詩在「大安溪畔」一集裡，已略呈露其改變作風的曙光。有些詩篇是值得讚許注目的。如「咖啡女郎」「垂釣」「下班以後」「扭扭舞」等等作品都具有現代的即物性或即興性的表現。有着迫切的眞實感的動盪，其獨特的觀想與自由的發展以及緊湊的程度均甚適確。或像「墜落的乳燕」對死有一種神秘性的感覺，或如「雨後的暮靄」「納涼會」等描寫眞實的情景均很巧妙，都可謂是佳構的作品。

追隨新流行的傾向的詩，不一定就是好詩。標榜前衛，而不知前衛的正途祇是亂鑽迷路的僞似的前衛詩人，看起來眞是可憐的。在詩的價値與評價基準極不安定的現在，像趙天儀的詩至少有其不被動搖的肯定價値。依他所處的哲學或美學或思想的環境來說，他那進步的思想或 avant-garde的精神是由於他的勤愼的知性不斷地加以過濾之後，才和他自己的體驗複合而編織成他自己的詩。他的詩是眞摯的。況且他是永恆地在「探索着更深沉更遼廣的世界」呢。（按：詩集『菓園的造訪』出版於五十一年十二月，『大安溪畔』出版於五十四年十月，列入笠叢書。）

評不善打扮的趙天儀

鄭炯明

刻正在臺大執教的詩人趙天儀是勤於創作的一位，他一方面埋頭從事哲學的研究工作，另一方面又努力於現代詩的批評與介紹，這對開拓未來的中國詩運有其不容忽略的價値存在。我堅決反對時下文壇的虛僞作風，長期的劣根性毒素將使我們永遠迷失自己。

在談趙天儀的詩以前，我們不妨先知曉他寫作的要目。㈠詩作品：①菓園的造訪②大安溪畔③最後的黃昏（此集尚未定稿）㈡詩評論：①笠下影（自鄭愁予起）②詩壇散步③現代詩鑑賞論。㈢其他：①美學引論②譯詩。或許我們能由繁富的思維更深一層的認識詩人幽玄的內貌，而達客觀批評基準體系建立的目的；故意閉着眼睛的讚美固然易令人生起疙瘩，一味橫着心坎的攻擊一樣不是榮耀的事。

哲學與詩雖然同是思想的花朶，但是在理性與感性的天平上，兩顆內涵差異的法碼間，趙天儀到底扮演的是怎樣的一個角色呢？靜止的理性乎，奔流的感性乎，的確這是難下肯定的，我們寧願多花時間去思考，也不願隨便用幾個意義窄狹的字眼去侷限詩人的世界，那麼我觀測趙天儀作品的立足點便根植在兩者微妙的連繫上，以此去做進一步的追踪和研討。

大概地說，「菓園的造訪」純粹是一本作者「自高中到大學那一段日子裡」（語見大安溪畔後記）有關大自然的歌頌和友情的讚歎，及讀書感動的寫眞，這點可從他選擇的詩的題材上看出。全書除「雲與潭」『拍攝我流浪的記錄 採集我浪漫的韻事 用天然色的底片放映着』具備詩味，「懷佛洛蓮絲」『當不幸的預言，像烏鴉的黑影掠過』意象鮮明和「白鯨」『把復仇掛在旗上……我們的帆，追向海鷗悲啼的行程』有氣魄外，餘皆無甚突出，甚有流於感傷的趨勢，如「友情的詩箋」、「別了，小旗」、「再見，親愛的朋友」等。我們毋須太苛責作者，我們可以想像得到十年前詩壇的大概情形，何況當時作者尙懷着編織夢幻的年齡。

到了「大安溪畔」，它雖然比「菓園的造訪」來得成熟，無論在技巧、意象的醞釀與感情的收斂上，但像「故鄉啊我爲你歌唱」、「冥想曲」、「修堤者」等仍處處留下「菓園的造訪」中強烈敍述性的痕跡，這正如在文明的二十世紀裏，還有許多落後的地方不知道穿衣服是一回事，所謂境界的提昇純淨性是艱難的，因此，詩人必須不斷地超越自己。

在「大安溪畔」三十二首作品裏，最出色的當推「藍色的熱帶魚」、「墜落的乳燕」、「杜鵑花」、「雨後的暮靄」、「陽光中的菓園」等五首。寫「小站的黃昏」寂寞的情調，可愛之至。目及「藍色的熱帶魚」的剔透心象，『我們竟是那樣地好奇 那樣地着迷，久久不忍離去』。「夜車線上」的『我靠在窗口 默數着時間的旋律 啊 到了』，詩人的心聲。乳燕『突然 墜落』『她振動着受傷的雙翼 無力地收斂失神的眼睛』，敏感的死前的一瞬，顯出詩人的悲慘的物象刺激。「那日子，不會遙遠」，是的，我要『用一串長長的吻，贏回你微笑的酒渦』。美麗的「距離」『彷彿都給我一種莫名的關懷』。及菓園中『黑色的蚊子在橘樹下巡迴』；在雨後，他也要問『一個未知的神』啊，使人沉思。

當我們期待趙天儀有着更成功表現的作品出現時，顯然我們並未得到滿意的答案。他依然不迷戀時髦，依然用着平凡的語言，描寫着鄉土幽情，流露出令人親切的詩風，這和激烈打着現代口號而事實並無走入的一批人恰好成爲明顯的對照。於是，「曬穀場」、「小茅屋的冬天」、「驪歌」一類的題材便被寫成詩了。然而我們應該注意趙天儀諸多作品中，存在的幾個問題。

首先，我要說的是，趙天儀的詩裏的語言缺乏有數的濃縮，以致造成詩素的薄弱，意象的模糊等毛病。一首好詩，它可由多方面的角度創造突出新鮮的意象，而結果這些創造的意象必需凝聚在焦點上，方有所表現。其次我要提出的是知性的問題，愛誠然是感情的推動器，可是詩人要知道怎樣過濾殘渣，避免盲目的抒情，身爲哲學者的趙天儀的作品竟有知性陰暗的現象，實在使我們擔心。若是過份的缺少主知的培育，如此我們得回到浪漫時期了。

趙天儀在「大安溪畔」的後記上說：「曾經有一位前輩詩人面告我：『你寫評論比寫詩好麼』！」就詩的評論而言，趙天儀由於受過嚴格的思想訓練，加以本身的努力和對文字的誠摯與謙遜，確是使我們敬佩。而詩也不是可以欺騙的，趙天儀還需要再現代一點，並且突破現在的囿困。

「一個從事藝術創作的工作者，却不一定不能客觀地研究藝術的理論。但是，當我看到詩，不顧邏輯的訓練，用寫詩的筆調，而談論着理論的時候；當我看到畫家，爲現代藝術的問題，而挺身出來爲現代畫辯論的時候；當我看到作曲家，爲了音樂教育的再啓蒙，而苦口婆心地談論着中國音樂往那裏去的時候；我眞盼望，有藝術界的第三者出現。」(引自「美學引論」後記)

我們盼望趙天儀成爲「藝術界的第三者」，和盼望他成爲一位「優秀的詩人」是同樣的迫切。

詩的原始感覺

陳明臺筆錄

九月廿八日同仁謝秀宗邀中部詩友遊員林。因是日是教師節，教師們必須參加慶祝會。參加者僅有謝秀宗、錦連、桓夫、鐘友聯、陳明台，而林亨泰參加師大同學會後才遲到。詹氷、張彥勳、岩上幾位優良教師及羅浪患眼疾，喬林、施善繼在軍中均未參加。一行到柳橋划船、照相並接受謝秀宗在一家開放冷氣的文化沙龍請吃午餐後去「玫瑰中心」看花。花並不新奇。令人感到新奇的却是能吃昆虫的「猪籠蘭」，形如一般的雜草，祗在莖上生出六、七個猪籠型的袋子，張開着蓋子等待昆虫飛進籠了裡時把它關閉。玫瑰花的艷美雖能誘人，但確實能令人感動的却是攫食的「猪籠草」。物象存在的價値眞是奇怪啊。

跟林亨泰一起來有三位同事，林松源、林勝憲、鄭邦雄都說對現代詩是外行。想來接近詩，聽聽詩話。本來我們預定在百果山上開「詩集合評會」，但看今天的出席情形，合評會像似吹了。不過一行在百果山，遊曉陽亭、水源地、看山景邊走邊談。下面是談話速記：

林亨泰：寫詩或讀詩久了，往往對詩產生痲痺的感覺。那種初次接觸詩的喜悅和快感也隨之消失了。我很渴望再度領受初讀詩的那份原始感覺。你們三位都說對詩外行。剛才林松源說：「很少接觸詩的人來談詩，聽聽詩話，可能很有趣。」我倒願意聽聽三位對詩的原始感覺。

林松源：我剛讀詩時，感覺零亂，而後漸漸領受到一股淸新的味道。

鄭邦雄：我認爲新詩的世界很廣濶，它的形式比舊詩多變化。

桓夫：我們且以趙天儀的詩集「大安溪畔」作討論對象如何？你們看看24頁的「墜落的乳燕」有什麽感覺？

林亨泰：對於這一首詩，除了詩本身之外，你們是否會引發另外的感受？而這種感受會不會有矇矓的感覺？

林松源：以此詩的表現形式而言，可說極完整。我以爲此詩有象徵意味，是否此詩欲表現作者某種心情？

林勝憲：可能是作者在描寫某一時刻的畫面或狀況？

鄭邦雄：趙天儀的詩我能够看得懂，也許由於我從前讀過類似的作品所致吧！

桓夫：趙天儀的詩本極樸素，初學或初讀詩的人看來較易了解。

謝秀宗：趙天儀的詩明朗可喜，走在現實主義的尖端，有可讀性的優點。「墜落的乳燕」一詩展露了他約婉綺麗的詩質，是令人感到朗朗順順的抒情詩。

鍾友聯：趙天儀的詩，大部份富於生活的情趣和田野的趣味，且文字平實，增加了詩的眞摯性，給人一種親切感，但嫌過於平舖直敍，不够深入，因之，往往令人感到僅止於如此而已。而他的詩容易被人接受，這一點却是成功的。

林亭泰：詩除了描寫某一種情景外，應當有所表現，若此詩只是從乳燕的描寫開始而又終於乳燕的描寫，則是失敗的作品。至於作者是否欲借此詩來表現某種心情，這只有作者本人可以解釋。我願意了解的是：你們是否以爲由於某種狀況確實有其存在，詩人才去表現此種情況？事實上，不至於如此湊巧吧！譬如恰巧有「乳燕的墜落」。對這一點你們是否有所懷疑？

林松源：就目前而言，不至有懷疑。我欣賞此詩所得到的感受，如同走在作者開闢的一條平坦暢通的路。不感覺困難。

林亭泰：這樣說，就較爲安心了。剛才，我的問題是由於懷疑初讀詩者，會不會由於完全對詩陌生感到阻礙，因而懷疑詩人的存在和詩的意義，才提出的。現在，依你的感覺，對詩持有的態度，可令人安心些。

錦連：這種不懷疑的態度，是否由於曾經在書本中讀到類似的作品，亦即智識上的關係而產生的呢？

林亭泰：恐怕不是吧！對詩的智識和了解反而會產生阻礙呢！譬如大學教授，對詩很有研究，遂往往產生其偏見，固執的認爲某一條路才是正確的。但是，詩創作的路有千條，每位詩人都開闢着不同的路呢！

桓夫：詩作者也往往會主觀的以爲某種是詩，以外都不是好詩，這種偏見確是大阻礙。

鄭邦雄：是的，我也有此種感覺。譬如說，我是學歷史的，往往對某些東西施以考據癖。例如對電影中出現的服飾加以歷史年代的求證，因而妨礙了對電影本身的欣賞。同樣的，某些智識上的推究，往往產生先入爲主的觀念而造成阻礙。欣賞詩也會有同樣的情況吧！

林亭泰：可是，糟糕的是：有些並不以此「智識」的阻礙爲阻礙，反而沾沾自喜。因之，智識愈高，偏見愈大，阻礙愈多，詩作品愈來愈差，使社會漸漸成爲非詩的社會。如你們所言，讀詩會由於陌生產生阻礙的情形，似乎是不存在。因之，所謂詩的大衆化也許可以實現，這樣，似乎可以放心些。

鄭邦雄：但是，事實上，我們讀某類的詩還是一點也不能了解，從前，我對詩抱着不懂而不看的態度，現在，我却抱着要了解詩的態度，往往，我不懂某首詩，但還是承認其有所表現。也許詩人的解釋或批評對詩讀者都會有所助益。

林松源：對於某些詩，我也是無法去領受，但趙天儀的作品却使我有優美感，而可以了解。

林亭泰：這麼說，我們還是不能放心呀！趙天儀的詩可以懂，別人的詩就不見得能懂，這該是一個問題吧！讀詩欲了解詩質當眞困難。這種屬於精神上的變化，是很難，很苦的。我們似乎可以得到一個結論：這個時代，一般而言，還是對詩無信心的時代呀！

詩壇散步

柳文哲

詩集點滴

追隨太陽步伐的人 古月著 葡萄園詩社 56年詩人節出版

這集子，第一輯是「獨身鈕」，第二輯是「四月・風信遲緩」，第三輯是「追隨太陽步伐的人」。雖分成三輯，但相差無幾。「序詩」表達了對於母愛的傾訴，「獨身鈕」與「黃昏獨步」那種淺出的表白，較易令人感受。我總覺得她的詩缺乏一氣呵成，意象有些過於晦暗，語言有些稍嫌生硬，也許我沒有張默那種慧眼，能窺出一股暖暖的青輝；僞詩是不因詮釋而生色，眞詩也是不因批評而埋沒的。

淡煙集 盧勝彥著 綜合書局 56年6月出版

一股淡淡的煙霧，作者似乎尙未窺探到詩境的奧秘，就像一般愛好詩的青年，徘徊在詩的牆外。如何從非詩的領域跨進眞詩的境地，作者應進一步去探求詩的精神動向，不要貪戀那些拾人牙慧的詞藻。

醒靈集 王映湘著 聯勤出版社 55年10月出版

也許作者在寫詩的過程中，缺乏更多的內省，使他一直停留在一種寫實的階段，全書五輯，都詩素淡簿，只有「雞」、「蚊」、「旱溪河」三首較有新鮮的意味；作者好像需要來一次脫胎換骨，多觀察，多靜思，吸取一點詩的靈氣，不然，老是停滯在白開水的味道，實在令人遺憾！

絃柱 沉冬著 現代詩社 55年2月出版

經過了寫實的習作，通過了立體的實驗，沉冬終於走上了玄學的途徑，但這種玄虛，却缺乏一種生命哲學底智慧爲根底，並且因爲語言的不够純淨與流暢，使他的詩，常常顯得生硬，難以捉摸。集中，我較欣賞「暮上・不朽的」、「安眠曲」、「淚的天使」、「茉莉」、以及「絃柱」等五首，當然，較他早期的幾本集子（註），已頗有躍進，雖說不願與「那一群」爲伍，但由於氣質使然吧，他也免不了南面稱王，而飄飄然哩！

（註）指他早期的詩集，例如「古城的嘆息」、「愛底頌讚」以及與羅英合著「玫瑰的上午」等。

詩集漣漪

窗內的建築

林　泉著
笠叢書
56年2月出版

非華詩壇曾經有過熱烈的活躍，而又歸於沉寂，非華詩人林泉的詩集，在祖國出版，也是一種交流的活動。唸化工的詩人林泉在這集子所表現的，便有一種近乎科學精神的篤實與哲學智慧的追求，他可說是一位從舊詩邁進新詩，從格律詩朝向自由詩，並且探求着現代詩的方向的詩人。

在這集子中，有以意象見長的簡鍊的抒情詩，有以情趣延伸的濃烈的散文詩；抒情詩，以那四行的「夜」，那立體的「鏡」，以及那矗立的「樹」三首，較爲完整。散文詩，則以「我們的故事」與「我們的陰影」最爲突出；前者感悟了時代與我們的關聯，後者顯示了世界與我們的默契。

我以爲作者雖然有着語言上的困惑，他的國語有些生硬，不够流暢的感覺，但由於他有着一顆成熟的詩的心靈，且又善於捕捉意象，表現意象，使他的詩，不致於因語言的障礙而失去透明的凝聚。詩的意象，好比是一顆顆的照明彈，在詩的黑夜中，突破了時空，劃出閃爍的剎那，且看作者所表現的佳例：

「在異方，我是
釘在廣夏椽上的一顆鐵釘」（巴石河畔）

「……誰能扭轉黑夜成爲白晝，我們就在就在顯影液裏，洞察世界的眞實。」（我們的陰影）

「暗夜裏我似自己的影子
消失於無光的空間
而在沉寂的孤獨中
我的言語乃星的閃爍……」（夜歌）

當然囉，作者也難免有些敍事性較多，而抒情性較少的地方，同時說明性也強於表現性，這是所有寫詩的人希望克服的。我認爲作者的風格尚未十分顯著，題材的領域也還待加以充實，稍爲加強音樂性的效果，也是必需的。

十二月的絕響

林　綠著
星座詩叢
55年12月出版

中國詩人以愛好杯中物聞名的；唐代有李白，現代有紀弦，加以他們都喜歡在詩中吟酒，而爲人所熟悉。而今，林綠也以酒鬼稱著，我想詩人愛好酒，是個人的嗜好問題，跟詩沒有必然的關聯吧！據我所知，詩人沙牧和桓夫也是嗜好杯中物的。詩人喝酒，愈喝祇是愈迷糊，甚而飄飄然，或酩酊大醉而已，寫詩，該是在他醉後清醒過來的事。

「十二月的絕響」整套的詩，共收錄二十首，在一個共同的象徵性的題目中，作者所欲表現的是什麽呢？從一個主題未顯處出發；然後，揭開主題，變奏主題；然後，又回歸於主題的隱藏。林綠的詩，好比一條緩慢的流動的溪流，他底詩的意象，彷彿是在途中的濃蔭下，那時顯時隱的穿透葉隙的陽光，有一種陰森的冷氣，一種潺潺的潛流。而他底詩的節奏，常有水草籠罩着，或卵石阻擋着，因而迂迴於同一角落，使他的詩，缺乏一氣呵成的緊湊，然而，也因而使他更富於靜觀，例如：

「游過了夜底陰森長廊
曙光仍未推開緊閉的紗窗
黃昏星亮後便急急閃來蒙面幽靈
還在冰涼的空氣中打着圈圈」（No.7）

「許多心靈垂死在豪華公寓內
許多幸福都需要冷氣
很少人會想到在夜裡上山
於是那些霧不僅冰冷
而且總是幽幽的」（No.16）

當然，林綠在星座詩社中，是較趨於現代底意念的，潤華的穩健樸實，翱翔的落拓不羈，淡瑩的秀氣盈溢，而林綠該是不着邊際的了！我們沒法子很確實地把握住他詩中的潛流，因爲他有些閃爍其詞，又有些流動有緻。

但願在不久的將來，星座諸君，在太平洋的彼岸群星會，且投回國內的詩壇，以定時的照明彈，以更閃亮的星光，以更明麗的詩章。

◎笠書簡

桓夫兄：

臺中別後忽忽已一星期，每次與兄晤面，總得到很多可貴的指導。此生對詩如有所成就的話，兄之循循善誘教誨之功不可沒。曾經在詩的門外，徘徊數年不得進展，自與「笠」接觸後，雖不敢說已進入堂奧，至少比以往領悟得更深遠些。

我最近看過李英豪的「批評的視覺」，他的最終觀點——詩沒有固定的本體，詩就是詩。這種看法和紀弦以前的看法一樣，但紀弦在五十四年出版的紀弦詩選序裡如此寫着：而詩乃人生之批評：讚美其所當讚美的，詛咒其所當詛咒的，愛其所當愛的，恨其所當恨，此之謂批評。這是否矛盾。我認爲詩是人生的批判，至少是一種靜觀，這樣詩的園地才能遼遠。

看了中國現代詩選內三首兄的傑作，（有三首曾讀過）想及兄多次談及對詩的看法在這裡是最好的證明，「故事」的表現手法就是兄常說的戲劇性吧！「咀嚼」是對時代之批判，「鼓手之歌」乃心靈之廻盪，我感到這兩首略有紀弦的詩風，不知是否正確；「雨中行」是平凡中不平凡的感受（拭去纒繞我煩惱的雨絲——）「烱肉的憂鬱」是現實的事物給與內在精神的透視。兄的詩已如此美好之呈現，對於它，我不敢批評，只有略表我的欣賞角度，不知是否正確，望請兄提示。

學校將結束校務較忙，接着將有一長期的假期，希望假中能有機會受教。　祝

近祺

弟　**岩　上**敬上

六月十八日

上期作品欣賞

◇莊金國

乾旱的天氣

讀過楊喚「風景」的，必覺此詩有點「楊」味。或許是他倆風格相似的緣故罷。這種童話詩的表現手法，在看慣某些超現代的「新」詩後，倒可調劑一下聯想驟然被切斷的心情呢！

華陀搖頭

詩，除了具備眞摯的寫作態度外，技巧的採用，該也是不容忽視的一環。此詩祇有說明，無純詩的表現。

一少女

「我的世界消失在妳的世界，妳的世界會被摒棄，會被遺忘在我的世界」。作者創造了如此奇特的「世界」，確實予人不同凡響的感覺。

如果能把捕捉的意象處理得更透明，相信詩中的妳必愈顯出不被遺忘的羞澀魅力。

玫瑰

作者對於文字的使用尙嫌思慮不夠。例如首節「蠻荒的原始荒地」一句就太過鬆散。而「在嬌陽炎熾晒紅的肌膚」更令人懷疑他的組句能力。

有人認為批評時最好不要苛求字句的是否準確。我的看法却是：一個詩作者若不精於鍊字鍊句，又怎能臻及鍊意的高境呢？

一九六四年四月六日

為什麼會在原是繁花季節的春日欲泣無淚呢？讀此詩得從後看起，才能領悟一些頭緒來。啊！「那秋波，那膚肌，那輭輭的起伏，那髮髮的柔情，竟然凝固一個終止」。不就道出了千萬個理由終歸無言的心事了嗎？

「載一顆心情是什麼樣的變卦」之一顆心情和變卦不太妥貼。「大地已經暖和了」與「四月的眸瞳是敏銳的」也患了不必要說明的說明。

喜悅

「喜悅」是一首結構嚴謹的好詩。從岩石的聖人之志，乃至棕櫚的眞人之思，季候風亂起，黑酒甕歪斜的現實描觸，可能都是作者生活的變化過程，畢竟他是清醒的，書本的無窮財源使他離開音色光彩的誘惑。題意警人。可喜可感。「金身坐起凝重」的金字是否為全之誤？

◇本社消息

△日本大阪詩人會同仁益田鼎氏於八月十日因公來臺，隨即至臺中訪問本社編輯部，與前輩作家張文環先生、林亨泰、錦連、陳千武等晤面，歡談中日文壇現況。於十三日回國後來信說「在貴地能見到思索的人，像林亨泰先生有如磨亮了的剃刀的臉，錦連先生的 Romanticist 的 Style，對於我是一種精神上的前進，祈望早日能看到各位詩兄的作品在日本出版……。」

△白萩經營廣告社，工作極忙，目前仍無法執筆寫稿。

△曾阻礙林亨泰著「攸里西斯的弓」付印的問題業已全部解決，現正開始印刷，可於十月中出版。

△葉笛由於國校已無需惡補，最近寫作甚勤。

△為紀念覃子豪逝世四週年，集前藍星詩社中堅詩人蜀弓、彭捷、向明、鄭林、楚風等五位作品的「五弦琴」將於十月中出版。敬希讀者期待。

△張默、洛夫、瘂弦已不滿足於「創世紀」，計劃另行籌辦「文學評論」雜誌，將於十二月創刊。

笠叢書

①攸里西斯的弓　林亨泰詩論
②風的薔薇　白萩詩集
③島與湖　杜國清詩集
④力的建築　林宗源詩集
⑤瞑想詩集　吳瀛濤詩集
⑥不眠的眼　桓夫詩集
⑦綠血球　詹冰詩集
⑧大安溪畔　趙天儀詩集

每册十二元・直接函購・七折優待

⑨秋之歌　蔡淇津詩集
⑩日本現代詩選　陳千武譯詩集
⑪美學引論　趙天儀理論
⑭牧雲詩集　林煥彰詩集
⑱南港詩抄　楓堤詩集
⑳生命的註脚　靜雲詩集
㉒遺忘之歌　謝秀宗詩集
㉔窗內的建築　林泉詩集

預定出版叢書

以白晝死去…………白萩著
醉影集…………林宗源著
陽光詩集…………吳瀛濤著
象徵集…………喬林著
拾穗集…………葉笛著
蝴蝶結…………鄭仰貴著

笠存書
一—十二期每册三元
十三—十九期每册四元
郵政劃撥中字第二一九七六號陳武雄帳戶

詩已成爲文學的最後堡壘。

在今日鉛字文化的氾濫，大衆化現象的浸透裡，看詩或寫詩，不外就是一種抵抗。

因此，「笠」詩刊的對象，仍然在不可能商業化的方面，與一般通俗的刋物，顯然有其不同的性格與任務。完全不依靠商業書店販賣的途徑，僅依賴直接訂戶的不斷增加而求繼續發展。敬希愛護本誌的讀者參加長期訂戶。

中華民國內政部登記內版臺誌字第二〇九〇號
中華郵政臺字第二〇〇七號執照登記爲第一類新聞紙

笠雙月詩刊 第二十一期

民國五十三年六月十五日創刊
民國五十六年十月十五日出版

出版社：笠詩刊社
發行人：黃騰輝
社　址：臺北市忠孝路二段二五一巷十弄九號
資料室：彰化市華陽里南郭路一巷十號
編輯部：臺中縣豐原鎮忠孝街豐圳巷十四號
經理部：臺北縣南港鎮南港路一段三十巷廿六號

定　價：每冊新臺幣六元
日幣六十元　港幣二元
菲幣　一元　美金二角

訂閱全年六期新臺幣三十元‧半年新臺幣十五元

●郵政劃撥第五五七四號林煥彰帳戶
及中字第二一九七六號陳武雄帳戶

詩刊22

笠22期目錄

封面設計：白　萩

中華民國新詩學會成立大會宣言

總統昭示我們：「從中國歷史上來探討，政治與社會發源於禮，文學與音樂發源於詩。」我國詩的發軔，爲時極早，根據古籍紀載，當在距今四千年以上的唐虞時代；較諸西洋詩的鼻祖荷馬，約早一千餘年。且我國自古以來，重視詩學，講求詩教，恆以詩運關係國運，詩風代表民風，孔子嘗謂「不學禮，無以立，不學詩，無以言」；勉勵弟子「何莫學夫詩」。

四千餘年來，我國歷代詩人嘔心瀝血，致力於詩的創作；每一時代，莫不具有豐碩的收穫，發出燦爛的光輝，成爲我偉大的中華文化最優美的精華和最珍貴的遺產。我國的詩在內涵上，係以民族精神爲其一脈相承的傳統；而體裁的遭變，風格的創新，却無代無之，旨在適應時代，求其通變，誠所謂「文律運周，日新其業，變則可久，通則不乏」；中國詩的傳統，乃至於中華文化的傳統，由於日新又新的不斷創造，不斷通變，乃能萬古常新的以迄今日的復興。

「李杜詩篇萬口傳，至今已覺不新鮮；江山代有才人出，各領風騷數百年」。早在兩百餘年前，清代詩人趙翼已爲中國詩的大變革與新機運，作下先知的預言。其後約一百年，又一清代詩人黃遵憲倡導「我手寫我口，古豈能拘牽」，爲後日的白話詩寫下了伏筆。迨至中華民國誕生，基於倫理、民主與科學的新思潮之滋長，終於展開爲「五四」新文學運動；而新詩在此運動中，顯然居於先鋒與主流的地位。

半個世紀以來，我國新詩由萌芽而成長，而成熟；在短短時日中，已經有了豐富的成果。而今日，在推行中華文化復興運動的現階段，如何充實中國新詩的學術基礎，如何提高中國新詩的創作水準，正是當代中國新詩人面臨着的課題，肩荷着的任務。基於此，我們創立本會，作爲中國新詩人研討詩學、倡行詩教的中心，以期促進中國詩運的發展而有裨中華文化的復興。

詩恆是個人的作業，但任何人莫不存在於一定的時間與一定的空間交叉所成的焦點。唯有把握這焦點，才能體認出詩運發展的正確方向。在時間性上，我們是現代人；在空間性上，我們是中國人。因而我們今日的新詩，應該是現代的，同時是中國的。作爲現代的新詩，自須具有時代精神，對於現代世界潮流，予以廣泛的接受。作爲中國的新詩，自須具有民族精神；對於中華傳統文化，加以充份的發揚。只有將民族精神與時代精神融會貫通，才能創造出既是中國的、又是現代的新詩；作爲時代的號角，喚起民族的靈魂，在反共復國的聖戰中，克盡中興鼓吹的神聖使命。

出發三響

白萩

母親

夕陽已斜斜。
一個年青的少婦站在那邊。
抱着一束玫瑰
露出胸前的奶子
『乖兒，乖兒
不要哭不要枯』
媽媽有的是奶汁
沒有嘴巴的玫瑰
一個年青的少婦站在那邊
『乖兒，乖兒』
潔白的奶子斑斑紅
沒有嘴巴却有刺。
抱着一束玫瑰
看着它在枯在死
『乖兒，乖兒』
空流着鮮血奶汁
媽媽被遺棄。
夕陽已斜斜。

琴

逢春是一個少年。
今年剛抽芽
又逢是一個春天
蹦蹦跳跳要歌唱
他來到一條路邊
『哈，這是一支好琴弦』
坐下來要歌唱
便抓着道路彈又彈。
前面的道路不哼聲
後面的道路不理睬
這樣的一直逢春逢夏逢秋逢冬
又逢到一個

歷史

阿火在屠牛
碰碰
一擊又一擊
利斧對着腦門
他的兒子在戰場
碰碰
一槍又一槍
『管他的兒子管他的娘』
血，鮮鮮活
一滴又一滴。
「阿火在屠牛！」
一擊又一擊
「阿火在屠牛!!」
一隻又一隻
「阿火在屠牛!!!」
一聲又一聲
『別叫
老子不聽
也不看』
於是阿火將鉞丟入血槽
不用聽
也不用看。

母親縫在我身上的一些小鈕扣

林煥彰

◎

◎

——我永遠含着童年那一顆糖。

①

夜撒下一把米
在我家天窗那塊玻璃上
餵飼屋頂一隻
鐵鷄

②

白天那隻母親怎樣越過馬路來
而又失望着走回去
——好幾個下午都如此
我思索着　該怎樣放一把米
在我右手那棵尤加利樹下
看它啄着一粒一粒的饑餓

③

把一條碎石子的小路搓了又搓
在我小時候住過的家門口
搓了又搓一條細長的繩子
我好想念我曾經玩過的陀螺

④

童年的夢是小時候的我
老自牛背上滑落

⑤

一匹蔭丹士林的天空
一支剪刀的燕子
在母親手搖的縫紉機旁

⑥

母親縫在我身上的一些小鈕扣
只因我小時候喜歡弄髒衣服
要常常換洗
便一顆顆被剝落　哦　童年
母親縫在我身上的一些小鈕扣

河床

林錫嘉

乾裂的偃臥
我渴望來自遠天的霖水
沒有伙伴同行啊
牽引兩岸 而岸臉跼跽
牧童驚惶箭過田埂，沒有牽牛
沒有來踢卵石的屁股
迎滿河鼙鼓的捶擊
我撫摸創傷的歷史的軀體
——祖先留下的榮耀的泥土啊
只剩一園荒蕪的冬天給驚嚇的眼瞳
咆哮的芒鞋走過
本是土匪兵狂妄的屠刀
或許已宰過那牛，那少年
且在我的胸膛嘲弄着血腥
且暴開黑臭的嘴說汚穢的話
於是，有港而無船
一彎彎的月眉船不再悠然投影
一切熟悉的背景和人物
遂被隔於黑霧籠罩的遠方

讓我身上每一根血管都曝晒於烈日
且滙聚成河，成爲不可遏止的洶湧洪流
傾覆芒鞋之舟

然後，根植笑語於兩岸如葉實結滿枝椏
然後舒展久僵而萎縮的脛骨
葉隙的陽光也溶入復活的魚鱗
乃見翡翠清流在我的胸膛流漾着耀眼的歷史

關於「河床」

寫此詩時，我的心是一直抓住五年前那段令人感動的日子。歐排長那對恐怖、殘忍以及對故鄉的痛楚回憶的敍述，到現在還縈廻在我的心頭。他曾氣憤地說：「當時我眞希望自己成爲一股巨大的洪流衝走那些豺狼，也冲走那層層汚穢的血腥」。而此詩我之所以把它擬人化，目的在想强化詩的內在給人的感動。如果我僅以客觀的描述：戰爭如何殘酷，故鄉如何被蹂躪，同胞如何被慘殺……讀者讀來也許不比以「河床」自身說出被殘踏的痛苦，身上流着血腥，有港而無船的那種淒涼蕭條……內心得到更大的更深沉的感動。這一小段文字，只是表明構成「河床」的動機，以及表現手法。我之沒有逐句解釋此詩，是怕失去詩本身給人的那一份震顫。你能想像得到，「簾捲西風，人比黃花瘦」解釋出來會成個什麼樣子？

火和海

葉笛

有兩種不能凝視的東西——太陽和死亡

A

島在炮彈中跳起來
躍入燃燒的海
在柔得叫人心疼的秋空下

硝煙呑噬着黃昏
炮彈踢破碉堡的門
而我擁一支M一式步槍
倚立在圓柱形的窀穸裡
注視着自己緊握槍柄的
　顫慄的手．
五指
跌出軌跡
患間歇性癲狂症的時間
攫住我底頸子
將我踢向
那燃燒在我腦子裡的火花

扭轉身且抗拒着
黃昏到天明
我變成一塊頑石

B

爆裂的梅花
小丑的花臉
　逗弄着死神放聲縱笑
而狂笑搗碎我底腦
噢，荒謬的眞實
痛苦是透明的外衣
我是死亡最原始的圖騰

而當死亡轟然向我逼來
我便如迸裂的砂礫
只是一粒砂礫
不是什麼的
　　　　砂礫！

C

拿撒勒的牧羊人
祢在那裡?!
在黑霧窒息太陽的時辰
炮彈的讌樂正酣的山下
我迷失在黑色森林中

沒有可倚靠的十字架
一如初生之嬰
我渾身觸着冰冷的
　顫慄
顫慄

顫慄緊閉的
嘴找不到禱告詞
顫慄爆血絲的
眼看不見祢

而染血的聖袍
飄搖　而染血的聖袍
飄搖

　在黑色的霧裡
而黑霧濛濛
噢，拿撒勒的牧羊人
祢在那裡？
祢正在「最後的晚餐」席上？
祢在尋覓頭上的荆冠？
牧羊人——
倘使人子底淚洗不掉痛楚
倘使人間比地獄還要地獄
生命是什麼？

D

在夢也患風濕病癱瘓的日子
在陰暗潮濕的地洞裡
什麼在呼喚？
什麼在蠕動？
炸倒的枯樹在萌芽？
沙塚裡的人在起身？

摒息傾聽
被酒精痲痺的心
驀然驚醒，觸及
死亡的板機
巨大的黑色鐵手
那些聲音，那些跫音
幽幽靠攏來
　靠攏
來……

E

海仰臥着
猶如床第上裸裎倦睡的女人
我是灰白色的海，那海
已疲倦，疲倦……

一些城市、街道、花叢、樹林
一些臉孔、眼睛、聲音、跫音
垂死的記憶漂流在灰白色的海
灰白色的記憶漂流在灰白色的
灰白色的海……
啊噢！垂死的記憶！

蒼蠅的故事和藤

鄭烱明

蒼蠅的故事

猙獰的鞭 「拍」
抖在地氈似的皮膚上
馬上有蒼蠅迷戀着這條警戒線
悠閒地搓着兩脚
儼然是一位 出巡的國王模樣

牛不甘心這貪圖便宜傢伙的戲弄
於是 尾部一條拂塵橫掃過來
蒼蠅迅速地避開
盤空飛翔一陣又落下
趴在牛背上 得意的神色
於炙熱的七月下午更加顯得猖獗
牛從口裏吐出哀傷的軌跡

「拍」 猙獰的鞭
抖在地氈似的皮膚上
驀地 鞭落處
湧流着濃濃的赤色的死

藤

憂鬱的藤是蛇的腰身
那強而有力的手 像無數的吸器
緊攀住性感的肉體
永不厭倦
因而
有人痛苦地輾轉着

藤在尋求寶藏
爲怕被人發現遂如一隻樹上的毛蟲匍匐
弓曲的背部 突出的胸脯
兩座山峰優美的曲線
隨五彩的噴池水柱 灑落在
兩旁光滑的手臂

徐徐的風吹過
藤屏住呼吸 堅忍的
伸出彈性的筋骨
向上攀 一直攀到——地球的那邊

〔故事以外〕用寓言方式寫出的略帶戲劇性的「蒼蠅的故事」，或許讀者能單從它的發展與結局，意識到這個乘牛之難的可惡東西，由於自大，狂妄所招致的後果，及因末了蒼蠅的死而倍覺意外諷刺的喜悅。然而，若讀者向內深一層探究，便可發現我們有時也頗似那隻蒼蠅，而產生恐懼，我們常患嚴重的過錯而不自覺，這是危險的。生存在此不安的環境裏，我們隨時有遭受鞭韃而死的可能，而持鞭的是我們的同類——人。

〔另一種藤〕經過詩人形象化的藤，特徵也彷彿攀住作者的軀體。藤在尋求寶藏嗎？藤的靜悠在第二段變成動態，「一隻樹上的毛蟲」，有毛蟲所以「弓曲的背部」，有胸脯所以有「兩座山峯優美的曲線」。藤是不甘寂寞的，它的志氣是要攀到「地球的那邊」。

絕望和期望

吳瀛濤

一、絕望

比「荒地」更荒廢
又荒唐無稽的
還要說什麼
什麼也不值得說
就祇留下了一季啞然的絕望

啞然的絕望
痛苦而掙扎
但掙扎了些什麼
什麼也沒有
一直被猛惡的蛇毒噬咬

噬咬而腐蝕了的
歲月以及生命以及遙遠的神
這像什麼
什麼也不像
或許這是遲來的世界的末日

二、期望

我尚不失期望
期望是一道陽光，陽光是一切生命的來源
我曾死過，而再活得更堅強
於期望的早晨，我是草一般茁長的生存的意志

我沒有死過，也不曾衰老
陽光賦與永恆的活力，我擁有不朽的生命
啊，生命，我熱烈地愛過光榮的生
也彷徨於生的苦悶

而陽光燒却了一切的苦悶，所有的爛污
一塊焦爛的荒地遂成爲葱翠的綠原
四月不再是殘酷的季節
我已能期望於這麼一季陽光的春天

註：1.「荒地」——T・S・艾略特的作品。
2.「四月最是殘酷的季節」——「荒地」最初一行詩句。

後記：「絕望」、「期望」二章並非同時寫的，「絕望」寫後，約經過了一個多月，偶然寫了「期望」，就相聯起來，成爲了這强烈對照的兩章。

說起來，絕望與期望雖然是兩個相反而不同的方向，其實可以當做是一對孿生兄弟。經過絕望走向期望的道路是艱難的，其詩也是以血淚寫的。不過！無論如何，代表人類心靈的詩人是會從黑暗走向陽光。這也就是作者於將要出版的詩集定名爲「陽光詩集」（收錄一九三九——一九六八，三十年間的全部詩作）的緣故。

至於此詩中「遲來的世界的末日」的絕望情況，是作者在最近一兩年來的詩中常常「掙扎」的；如「戰火」一首裡：「不，戰爭並不那樣結束，它換來了更多生存的意義」，如「精靈」一首裡：「而從死亡奪取復活，我是撲向太陽的精靈」等，均爲詩人掙扎的足跡。於是，我說：「詩人是走過黑夜，步向天明」。

——一九六七年十月三十日

力的建築

藍楓

自然說
有些長短的力
如那不規則的雜椿
上下升降　左右變更
你的心湖是一幅圖案
來自力的投影

這一頭是生理
黑的那端是白
理智的對方是太陽還是月亮？
從這條力出發通向何方？
有一個支點
沒有顏色　沒有味臭　沒有質量
在建築的中央
如蜘蛛虎視絲網
那是平衡的力樞
一CC的田園風光
在情慾的天秤上下降一厘米

風吹來
每一根絲都抖索
這一條過長
就造成那條過短
痛苦從扭曲中溢出
快樂是美好的樣式
力的建築
是多變化的繪圖
而你，是畫家的妙手

爆破的石榴

辛牧

那是一枚在刀口下誕生的石榴
在盤中，而渴於水
（沒有人了解它熾燄的內容）
下午六點鐘
那枚石榴
因吸飽光而破爆
——轟然崩潰的太陽

近作二題

異軍

生命日記

第一聲。
之後
是春。
之後
是秋。
之後
是冬。

（我們以諸種方式會見上帝）

八行

那巨掌巨掌重重的重重的
無情的無情的
得意的
印上
衆目下葡萄用血寫自述：
我本是垂死者
於是造成一宗疑案
百年後有人爭論是否豎起你的銅像

八月

陳明臺

浮現的紛擾不斷
沉迷於瓜熟落地的形象中
焚燒的軀體飢渴於被完成
猶若飛蛾撲火的焦灼
總有呼聲夢魘似地盤據
招來展翼飛翔的狂熱
寓寄不克自拔的心徬徨
掙扎於蛻化的苦楚與喜悅
只爲了是八月
夜遂苦惱於成熟的不眠

笠下影 ㉞

杜國清

在創作上，詩人必須隨時企圖寫出超越自己以往的作品。一個詩人經隔一年或數年沒有寫出一首自己滿意的作品，個人內心所感到的恐懼，甚至懷疑是無可避免的。一首詩的產生由點到面，由面到體，由混亂到秩序，是進化的過程；詩的創作由猶疑到堅定，由幻想到思想，由幼稚到成熟，也是一種進化的過程。創作具有「立碑」的意義；必須以詩人最後完成的作品為計程的起點。詩人在創作上必須不斷地否定自己，不斷地從新立定起點，向前邁進。

I 作品

樓梯

妳憑立樓梯
花園裡的茉莉在細語

妳憑立樓梯
雛菊綻開微笑獻給妳
悄悄地從妳背後走過
我躊躇　躊躇於前面的階梯
我想輕輕地告訴妳
同妳攀登　登上層樓
樓的那邊有我種植的花
樓的那邊我的回憶很瘦

我躊躇　前面是鋪玉的階梯
一雙沾泥的皮鞋為我歎息！

Pygmalion 的獨語

啊，伸出孤獨的手臂
我陷入痛苦的深淵
一切信念寓於不能自拔的戀之深處
一尊冷然無語的雕像
在我體內發出節奏性的音響

驚異於如此之完美
一心等待斗室的春天
日夜守候妳的一句話語
除却自己的啜泣
我聆聽緘默的空虛

白花伏在妳的脚下
我膜拜在妳的足前，我心顫慄
在城垣的崩塌聲裡
我聽見銀白的歲月在冷綠中凋亡
希冀的芳香飄自遠方
又在曠野的古樹下隱藏

現實的喧囂中，我祈求靜默
靜默中我只希冀心靈的躍動
以長髮披肩，以微笑掛飾
我全然驚異於如此創造的奇蹟
緊握那具有神的形象的瞬息：

以我的嘴唇雕刻妳的臉容
以我的擁抱塑造妳的身軀
以我的淚水潤澤妳的肌膚
以我的生命貫注妳的胸臆

在暈彩環繞的月光下
親撫妳純潔而冰冷的手臂

啊，那絕然存在的形象不是虛幻！
髮影輕拂在雙眸的幽藍中
迷惑的紅唇已非象牙或玉石
蘊藏晚霞的臉頰微顫着
微顫的韻律乃是血肉之軀的復活！

禮讚吧！朽木與枯葉絕望之聲已趨低微
超越陰影而誕生的光輝在時間的祝福中來臨
幽冷而晶瑩的寂寞
自妳溫煦的一吻而消失
芳香挹自妳的髮間
沁入玫瑰花已荒蕪的心園

玫瑰紅的火燭在心之祭壇上燃起
三次，火焰躍入茫茫的空間
我虔誠的呢喃，聲音隨生命之灰燼而飄揚
茄拉蒂啊，我畢生創造的茄拉蒂！

在塋墓與殿宇之間
在妳的影後或胸前，我獻出了
我的白髮和祭文
以奧林匹克衆神之名！

Ⅰ 詩的位置

由臺大外文系畢業的白先勇、王文興、陳若曦、歐陽子等人創辦的「現代文學」；一是以介紹英美現代文學爲其特色，二是以創作中國的現代小說與現代詩爲其志向。他們多多少少受了已故的夏濟安教授的啓發，加上他們的熱忱，頗想讓「現代文學」在學院裏生根。在「現代文學」的發展過程中，雖然也增加了以余光中爲首的「藍星」的陣容，又有何欣、姚一葦的協助，但當那些創辦該刊的原班人馬一個個先後出國深造的時候，後來者的鄭恆雄與杜國清，便是熱烈地支持了該刊一段青黃不接的時期底少壯詩人，他們可說是一直支撐到王文興、林耀福等的歸國。詩人杜國清固然由於「現代文學」的啓廸而醉心於詩的創作，同時也因「笠」詩誌的興起而漸趨成熟；他對詩的創作與翻譯雙管齊下，他在創作方面，由於他本身的羅曼氣質，加上現代的誘惑，使他的詩風多變，在短短的四、五年之間，歷經了羅曼的，通過了立體的以及達達的，而又復歸於古典傾向的不同的階段。目前他正於日本京都大學研究所研究詩人艾略特的作品，創作暫時擱筆，這正是省察自己底創作的一個契機，一個詩人，能瞭解自己底才能的限制，而肯痛下苦功，才是眞正成熟的表現。

Ⅱ 詩的特徵

以接觸詩的歷史而言，杜國清能於短時間就在詩壇上崛起，不可否認的，是詩人自己必須有其先天的資質，因爲學院往往只是學者的溫床，而不是詩人的露台；杜國清嘗自承他寫詩受詩人桓夫的啓示多於受教授的影響，這就是說，詩是從生活中體驗出來的，而不是全靠書本的或知識的嚮導，詩人要讀書，但要讀活生生的自然的大書。杜國清的詩，記錄了他在大學時代的夢幻組曲，也演出了他在「島與湖」上的夢幻變奏曲，一路發展過來，他是够熱情的，同時也是够矛盾的，僅在「樓梯」的躊躇，正顯示了一種羅曼的愛的情操；如在「Pygmalion的獨語」，正刻劃了一個現代的性的迷茫；杜國清並非迷戀於外在的美，然而，在他追求靈肉的一致——一種精神的共鳴時，他痛苦於世俗所謂的情愛的脆弱，因此，使他徘徊於浪人、情人與詩人之間，而終於遠適異國，以洗淨他從稚拙到成熟的過程中那種心靈過多的負荷。

Ⅲ 結語

杜國清在留學中深感於自己讀書太少說：「總覺得對英美文學的研究，僅能止於介紹，難以自成一家之言，另一方面，也覺得傳統對創作者來說不容忽視。」（註）我們該深深地瞭解，這種反省，才是我們眞正走向現代化必經的途徑，閉門造車，夜郎自大，該是過去的事了。現代詩人，一方面不妨有英勇邁進的前衛的精神，另一方面也要有自我內省的古典的再認識。

（註）指杜國清於五十六年十一月十一日寄給趙天儀的書簡中的話。

笠下影 ㉟

張秀亞

我們不必都成為終日吟哦的詩人，但却不可不諳知詩的藝術。詩的藝術，也就是生活的藝術，將現實生活的糟粕揚棄、濾過，只留下菁純，如此，你就會在醜惡中尋出了美，在苦中找到了樂，在現實岩壁上汲引出甘泉，在寂寞的深山聽到音樂，如此，乃在空虛中發現了萬有。因了這個緣故，詩人不虞貧乏，且能夠忍耐孤苦，因為他有了詩乃有了一切。

——錄自「詩・生活」

I 作品

陽光

你來了，久違的故友
當風雨之後
金色的眸子中
閃現着林葉初黃

陰翳中的我們，因長日等待你而疲倦
你一一將這些親愛的面孔覓尋，撫慰
而贈予每座宮殿及木屋
以煇明的橙色圓燈

你清晰的將世界古老的壁畫重描
給每個音符以透明之翼
白色的康乃馨也悄悄的開放了
我憑窗看到你們相視而笑

當你的光之河流正值滿潮
大地却昏然思睡
等它醒來，惋惜白日夢已偕你同逝
訴說你的記憶，徒有滿天星淚

憶什剎海

什剎海，想你那兒早來了秋天
水蓼花又開滿了邊岸
不知那淺藍的水上

又飄起幾隻落葉的小船

我曾持一卷詩一朵花來到你身旁
在柳蔭裏靜聽那汩汩的水響
詩，遺忘了；花，失落了
此刻再也找不到那流走的時光

你曾幾番入夢，同水上一片斜陽
還有長堤上賣書老人的深色衣裳
我曾一叠叠買去他的古書
却憾恨着買不去他那暮年的悲傷

什剎海，你繞流過母校的門牆
可知西風裏是無限淒涼
願你那幽咽低唱
隨今夕秋月來到我的枕旁

自己的歌

當綠色的海洋淹沒了草原
當皎白的花之霜雪壓彎了春天的樹枝
當畫眉鳥撒下了歌聲的珠顆
我却看見歡笑的精靈去遠了
在那鬱結着愁緒的紫丁香花梢
蜘蛛悄悄的織起憂鬱的小網羅

在沒有星星的天空下
夏天的夜漸漸的凝成黑色的冰
飄忽的燭影下
心上却凝聚了更深的夜色

宇宙，人生，是矛盾加諧謔的總和
充滿了光與影的遊戲，日與夜的追逐
在那琥珀色的杯子裏我眞見了葡萄藤蔓
也看到了酒神巴丘士的苦臉
一支席勒的歡樂歌頌呵
却繚繞着悲多汶第九交響曲的悲愴

Ⅰ 詩的位置

不管詩壇是如何地各以派鳴，不論詩人們是如何地互相標榜，而眞正的智者，却是從詩本身的滋養做起，因此，一面有着古詩詞的根底，一面又有着英詩的涵養（註1），而且不斷地行吟着的詩人張秀亞女士，雖然是不屬於詩壇上任何一個門戶，但我們不能否認往往是這樣的詩人更接近了詩。

或許我們也可以把她歸入「自由詩的行列」底系譜，從大陸到臺灣，在播種時期的詩壇自始至今，她一直是忠心耿耿地守候着繆斯的園地，而她也在生活中，品嚐了詩樣的情趣，有眞情，有感受，有不盡的憂鬱，也有恬靜的孤寂。歷史不是能以自我宣傳而獲首肯的，中國當代詩壇的危機，乃是詩人的情操日趨低落，我們深感像詩人張秀亞女士的難得，寫了相當長時期的詩，而僅僅推出了一部詩集（註2），這跟我們時下的一些好出集子的年輕朋友好像不太一樣吧！

（註1、2）參閱張秀亞詩集「秋池畔」何欣的代序「張秀亞的詩」，「秋池畔」即「水上琴聲」的增訂再版。

Ⅱ 詩的特徵

張秀亞的詩，初看似乎很平凡，規規矩矩的表現方式，當然缺乏那種所謂摩登的玩意兒，可是，當我們仔細咀嚼品味以後，慢慢地感到有一股暖流悄悄地潛動着，他從現實生活中觸發，在寫意的構想中，講求韻味的自然流暢，探求意象的透明晶瑩，使他的詩，在平凡中顯出一種靈性的和諧，一種智慧的感悟。保羅•梵樂希（Paul Valery）曾經比喻詩的舞步，散文如散步；我們也可說，詩是露般的晶瑩，散文是雲樣的飄逸；張秀亞女士時而漫步，時而輕舞；時而描繪天上的雲，時而攝取葉上的露。雖說他有一種憂鬱，但也有一種堅毅；詩，從抒情着手，還是不失爲一種正道，內容依其感受，形式順其自然，則不難逐漸地深入其堂奧，探求詩的精義。

Ⅲ 結 語

正當雜文作者們再以偏概全的方式，談論着所謂現代詩的時候；正當現代詩作者們再以自我陶醉的態度，宣揚着所謂超現實的時候；我們希望正視一個現實：由於無知（沒有眞正深刻的研究），會留下自己可笑的評語；由於自滿（沒有眞正反省的創作），也會留下自己可憐的窮相；試看張秀亞女士的對詩的眞摯，作品的樸實，我們相信；眞正愛詩的人，有福了！

臺灣詩壇十年史(一)

——自民國四十五年至民國五十五年

（初稿）

林亨泰

壹

一向沉寂着的臺灣詩壇，直到民國四十二年間，嚴格說來，應該是在民國四十五年以後才眞正呈現一片蓬勃的朝氣。當時，『現代詩』（紀弦主編）、『藍星週刊』（覃子豪編輯至第一六〇期，第一六一期以後由余光中編輯）、『創世紀』（張默、洛夫共編）等詩刊，從民國四十三年到民國四十四年間相繼問世，即約在同一時期，出現了兩種以上的關於詩的定期刊物，並也激起了詩人們對於理論探求的熱潮，甚至劃分派別相互筆戰，這種情形在當時的臺灣詩壇可說是空前未曾有的。

僅就發表詩作的園地言，即使在民國四十一年以前也並不缺乏。例如以『火炬』、『寶島文藝』、『半月文藝』、『野風』、『文藝創作』等為首的文學綜合雜誌，此外，還有至少五、六家大報紙的副刊，也都非常歡迎「新詩」的投稿，尤其在民國四十年秋，葛賢寧、覃子豪、紀弦、鍾鼎文、李莎等詩人們，利用藉借報紙副刊的方法開闢了定期性的園地以來，詩人們的詩作發表，就更加容易了。民國四十一年夏，紀弦編輯的一本道道地地詩刊雜誌『詩誌』（即『現代詩』的前身）創作發行，純粹只是刊載詩的雜誌，在臺灣恐怕還是破天荒第一遭吧。不過，雖然如此，那種詩人們對於詩問題的熱烈提出以及分派相爭的情況，可說是從來沒有過的。

然而問題即發生在民國四十五年的一月十五日，一向平靜無浪的臺灣詩壇，却在這一天突然騷動起來，由紀弦發起的所謂「現代派」，便在臺北市的民衆團體活動中心宣告成立了。而根據『現代派消息公報』第一號（民國四十五年二月一日發行，刊載於『現代詩』第十三期），於「九人籌備委員會」（葉泥、鄭愁予、羅行、楊允達、林泠、小英、季紅、林亨泰、紀弦）的籌備之下，遂舉行了「現代派第一屆年會」，其實，就我所知，這可以說幾乎是紀弦一人的構想，不過，當時大多數的年輕詩人都滿懷創新意欲却是眞的，這一點是被紀弦所看中了，在當年一月五日由紀弦向各位詩人所發出應邀加盟的通知『現代派的通報第一號』一百二十份（這個數目可能是臺灣當時詩人的總人口）之內，除了只有九人正式拒絕加盟現代派，十幾人未回信（可能由於通訊地址變動，沒有收到通報）外，幾乎都表示同意參加了。加盟者的姓名如下：（未完）

日本戰後詩史（四）……高橋喜久晴

一九四八到四九年之間，我患了肺病，不得不住進山峽的療養所。切除七支肋骨的手術幸好成功而恢復健康。在那兒我重逢中學的同學專讀英文學的芥川。他的病較重，三年後終予不治身死。以後在我的心裡，常留有一點「人必早死」的陰鬱觀念，是從芥川的死爲一契機而來的。他是一位天才，常和我談詩，喜歡談富永太郎。年輕的詩人們雖對富永太郎不太熟悉，但富永太郎與中原中也、立原道造等一起，常被日本文學評論家，已是神話存在的而持有很多信奉者的小秀雄所論及的詩人。其詩精神雖未普遍獲得一般的禮讚，但受到一部份詩人們很高的評價。石川啄木、宮澤賢治也有這種傾向。就是在詩人們之間未甚被歡迎，却在小說家或文學愛好者之間得到好評。小說家們說「最近詩人們的作品看不懂」，詩人們說「不是爲了小說家看懂而寫作」，當然這些原因是據於詩人們對詩語言冒險的失敗或獨專，和愛好文學者以及小說家們的不用功之故。但不管理由如何，有人說這種傾向是不好的現象，也有人視「詩以難懂爲最高的資格，前衛常是難懂而具有被迫害的命運」。這些論談的妥當與否姑且不論，在中國不知有無這種情形呢。

不過，對于富永太郎，中原中也，立原道造、宮澤賢治（宮澤與其他三人的抒情派系統不同，似乎應從其他角度考慮）等幾位詩壇外的詩人，應該有必要重新檢討的。

前述芥川借給我的富永太郎詩集是一九四九年十月由創元選書刊行的。

甲板　　高橋新吉

如果是一絲時間從過去流向未來
那是
寂寞的沙丁魚的肚腸呵
如果都是隨時間漂流而沒有停滯的
那是
悲哀的海濱的藻
這條河沒有流盡的地方嗎
在時間的周圍必有不在地圖上的海
那潮流的速度所流可有不同
說流或說不流都是一樣
可是絕不動盪的船碇泊着
把錨沉在時間裡的港口便沒有水
船員上陸去
載所有的存在於掌上　他走去
他的脚下已無任何東西
足尖細長　延續不盡　像隕星消逝

他要去何處都自由自在
不過是掌上的空間　所有的甲板都等待着

高橋新吉亦站在詩壇外寫作品的孤高詩人，一九二〇年代出版詩集「dadaist 新吉的詩」之後，即被視爲特異的詩人。在以後的他的作品似可看到深刻的佛教哲學的傾向。詩的變革，在戰後的活動多少帶有現代的問題意識，在這種一般潮流裡，高橋新吉超越了時代的潮流，僅埋頭於寫自己的作品。雖然形式較舊，發想也未見特別銳利，可是他却能得到詩人較高的評價，其原因還是在他那頑強的個性與精神支持着作品的骨格之故吧。

在佛教中追求永恒，深入佛教求道的他的作品，最近採取非常簡潔的表現，令人感到有禪味的內容。他的詩集在此年十月，由「日本未來派」出版。

「日本未來派」是於一九四七年，以「信賴日本的未來」之個性爲集團而出發的，被一般認爲具有志向東洋的風土性。出刊到現在已有二百十幾期，祇不過已不像創刊當時的精力與意氣，像僅據于惰性繼續在出刊似的。可是以每一詩人個人的業績來說，加重過日本詩歷史的詩也不少呢。

「日本現代詩人會」的前身「現代詩人會」的成立亦是此年的十二月，係由村野四郎、北川冬彥、安藤一郎、安西冬衛等，當時一流的詩人爲中心聚集的具有權威的詩人團體。此年，日本原子理論的物理學者湯川秀樹獲得諾貝爾獎，日本文壇新人登龍門的芥川獎恢復，成爲文運益加旺盛之年。戰前就在活動的詩人和戰後的新詩人，都出版了不少的詩集，其中約二十本著名的詩集留至現在仍令人難忘。

據於雜誌「零度」的山本太郎和金井直是由「詩學」研究會出身的。已均成爲年輕詩人們的中核存在。山本太郎是生命旺盛的精力家。寫出的作品很有迫力，輕視軟弱的近代主義詩人。

讚美歌　山本太郎

（前略）
即使　神呵
現在我反要
拖你啦
照極樂方式閉上眼
就從深坑裡
反響出來的佛陀之美
很美
事實　可稱之爲陷阱
在那存在的周邊
被溫和的光遮蔽着
而把基督和其神
收入同時化了的猶太的嘴
有如乾旱的古井
緘默着小小的憤怒
哦！而且我就是
至少在鉛測一公尺七十公分的地面上
蠕動的
毛茸茸的吃神蟲
（後略）

選舉日

楓堤

風在窗外喧嘩而過
遺留下什麼呢？踉蹌的步伐
是奮發還是沮喪？

星期日的下午
一直在等待中，暮色首先是
降臨到農場的曬谷場
妻和子女們打着風鼓的響聲傳過來
那景像周而復始地在腦中複印。
等待着什麼呢？茫然的空中
歸鳥穿越過黑密的森林。

讓痠痳的臂膀休息吧
在疲憊的揮手與握手中痙攣的臂膀
讓起泡的脚板休息吧
奔波顚躓於炙熱石路、黃沙泥漿、以及露水草芥的脚板
讓昏沉的大腦休息吧
躭溺於挖掘膺幣及任意許下謊言的大腦

風在窗外喧嘩而過
遺留下什麼呢？聽啊，聽啊
我的心喲，和下垂的頭，一起埋在焦灼的掌中。

再不會有一起聽歌仔戲的日子啦
自從政見發表會後
知道那一天再也不會來臨啦
那寺廟的廊柱
又重組成晃動的影像。

我爭取的竟是
卅年回憶的失落嗎？

鐮刀銹了，犁鈀也缺了口
妻和子女們在曬谷場上忙碌着
鼓着秋陽的收穫。
風在窗外喧嘩而過
經過投票所橫過收割的稻田
呼嘯而來的風
會遺留下什麼呢？
不管是穗冠，還是荆棘
結是都是一樣
等於沮喪。

等待着什麼呢？茫然的空中
歸鳥穿越過黑密的森林。

王妃廟

林宗源

不願失身的王妃吞金自殺
把青春埋在貞操的墳墓
讓那些開房間的婦女面紅
失去貞操的少女吊喪吧！

如此具有美德的王妃
住在破舊小廟
淋雨曬日的王妃啊！
是什麽促使賣笑的女人修理廟宇？

站在王妃的面前
想起今日的口紅

砲手

拾虹

繞過古銅色的歷史
遂想起那年老祖父黝黑的手臂
孔龍的眼睛，瞳中
燃燒着熊熊的戰火

圓圓的砲口昂首遠方
墳墻已塌，住進墓屋
老祖父慣於烤戰火冬眠
記否黝黑的手臂，捲曲的五指
就這麽裝進砲口的
就這麽飛出砲口的！

就這麽飛出砲口的
那顆摘落的星星
竟被那矮矮仔的八字鬍
輕輕地鈎上了
於是砲聲不絕地響起
彷彿老祖父暴怒後的訕笑

這日子

石瑛

十字架的冷風移來
陰陰深深地
這日子陌生的凄涼
召告市儈的繆斯，以我的
聖潔辭去醉虹的晚宴
你是彌勒，我是信徒
一紙梵佛宣告命運的眉愁
面臨色笑的白泉（註）
俯拾怡悅，星星無語
迷你迷你的輕衫掀起黑色的風暴
聖地憂鬱，陋巷洶湧般的繁華
長夜超凡，廻響卑微的狂歌
陰陰深深地
這日子陌生的昏茫
時間幅射夢園的陰影

註：臺中公園五彩噴泉

三十一歲

越能

三是基礎，一是出發
從地基上冒出來，跳出來，衝出來，
鏗鏗然，以浪子回頭之姿
挺身而正步走
灰色的呻吟　走開
無聲的黑棍　走開
酒色財氣　走開
頭痛的名　走開
以及諷刺，以及陷阱
以及那些擁抱迷失的靈魂
以及成爲藉口的僞經驗
走開，走開，走開，
那些計算的國度在招引我
$3+1=4$
$3-1=2$
$4=2^2$
是的，讓我啓航，我是船長
帶着我，以及我，以及那些

溪底石

陳世英

末世季前

我的笑也是一種哭
缺乏神 已邁入第三期的危險症候
整個大地宛若陷於難產的顫抖
炮口面帶紅赤 咳嗽聲一直在提高頻
率
夜是許多槍眼和一個炮坑拚湊成的
空氣昏迷於高溫和冷冷之外 醒不來
疾病如有生意眼的藥品推銷商
在各地免費寄贈樣品
而飢餓 試圖不發一槍一彈 淘汰整
個人類
而人呢
在收穫季裏 扛回的竟是自己兄弟的
血屍
面對太陽的來臨 還大胆地發出噓聲
又爭着想爲月亮整容
哦！我的笑也是一種哭 我的哭也是
一種笑

生的掙扎

折了頸的向日葵 乃以最後死去
的一隻眼 凝視太陽
深秋斷肢過的葡萄 在沈痛中
猶釀造着冬天以後永遠是春天的盼望
而躺在槍機內 受潮的子彈
却不能讓恬靜擊出血來
在時間大瀑布的激流裏 死亡是底下
的巨石
未撞擊前的刹那 我欲凝聚生
成一粒完全彈性水銀
隨着沖激 碎裂 反跳入更深更遠
截斷明天迷茫的永恒中

夜•一包時間的閒想

點燃閒情
在那思維編成的搖椅上
我抽一包時間 緩緩地
讓瞬間聯想構成圈圈夢幻底煙霧
淡淡的籠罩整個夜
夜遂被遺忘其存在實體
展出另一真正透明面
一眨眼便可逮住一個宇宙
嘆聲氣就能重寫歷史
於是我不再吝惜於 享受
分秒時間被焚燒時的痛苦
慷慨地將一整晚揮霍掉

尋愛的年齡

——寫在二十歲生日之後

砍去27的死亡
點亮尋愛年齡第二十根蠟燭
猛然便怔住於——
幅射狀街口的核心
如誤植於試管的種子
陽光是唯一傾談的慰藉
帶上史懷哲的眼鏡 觀非洲
從黑人鼻下的一對銀燭
我遂願典當金質小十架

去換取耶穌背過釘過那支大的
小路加在中國不會早夭的
若有人提起一粒麥子的故事
而愛不落在未來考古學家的手中

溪底石

是自己哄騙自己 去兌換
父親所開的一張空頭支票
才毅然躍入那 溪

普通一聲
是激起了人的讚美和
父親微笑的漣漪
却注定一生要永宿在那
孤獨的水晶球內
揮一揮手 只換來
自底下更沈默的回聲

爲再過一百世紀也解決不了
的問題尋求答案
如被蝸牛殼底下的嬰兒聽到
都會噴出奶來 發笑

蛻變蛻變又蛻變 以博取
衆水的歡心 那怕是拍賣自己

成不須貼上任何標誌
就認得出的鵝卵石 圓圓滑滑的
微笑出自於水面 點綴着同伴
強似十字軍東征的艦陣
那麼地自由瀟洒
其實早生了摸不着根冠的根
只是沒有葉

也許您剛看完，會有摸不着頭緒的感覺，其實此篇「溪底石」是醫學生的自述詩，只不過用了象徵而已。

第一段和第二段 是考進醫學院的經過和覺悟，第三段所指的問題是病跟死（當然包括痛苦與衰老） 難道有誰敢保證再過一兩千年就能解決這些問題嗎？第四段是對於理想無法達成時的苦悶和自我戲謔，以及失去自己的痛苦。第五段是指醫生看去好像很自由，其實是一種苦得不得了的重擔，「沒有葉」表示沒有顯著的特徵去說明那種苦，也是外人所不知道的原因。

這篇是用全篇象徵的手法，初次用有點棘手且不能達到盡善盡美。不過，我想詩如從這方面着手，大概另有一番世界吧！不知尊意如何？

Property

吳重慶

我流浪過好多地方
那東西總躡在我身旁
有時我心灰意懶
它便悄悄滲入我的身軀
等到希望重新燃亮我的心眼
它又遽然離去
我憎惡它，因它來去自如
且無可奈何地知悉
那是我唯一擁有的東西
直到淪陷於虛無
而它
終將擁有我

——尼斯回到家。爸媽又吵了架。
那家離開他愈來愈遠。
尼斯是沒有不動產的人。
但他存在。並不貧窮。

病人日記

吳建堂

五月三日
他媽的，庸醫！
他用時間絞我
因而流了一灘血汗
庸醫說：
乖乖的吞下這個「白藥泥」
乖乖的照照X光
乖乖的……

五月四日
X光在十二指腸找到白藥泥
白藥泥在十二指腸找到慢性潰瘍
醫生說：
乖乖的要開刀
乖乖的來開刀
他媽的，庸醫！
我不開刀你怎麼樣
你怎麼樣

五月十日
下決心不開刀
注射服藥，不見効
不見効
換個決心來開刀

五月十一日
什麼是手術前的胃洗滌？
活着命到地獄，那就是！那就是！
後來？
後來是一個混沌的世紀
又後來？
又後來是神經細胞驚醒的世紀
護士說：
忍耐！
忍耐的單位就是忍耐
他媽的，庸醫！

五月十二日
我口渴得似沙漠的嘴
腹裡容一團氣壓
溫度上昇上昇
護士說：不能喝水
醫生說：可以喝一點
只許一點
我的嘴像沙漠的嘴
他媽的，庸醫！

五月十三日
那截十二指腸是我的
我欲在那上面讀到我的名字
醫生說：不，這三分之二的胃
看啊！這裡有你的名字！
倒霉的我
倒霉的胃
從此我是螞蟥
他媽的，庸醫！

五月十六日
被傷口唾棄的病菌
掙扎於傷口的唾涎中
我懷疑庸醫的消毒
他却說我的皮膚沒有抵抗力
唉！只因為我是病人，他是醫生
只因為我是病人
餓是全身數不盡的細胞的抗議
從此我可憐的螞蟥
一日忙於六餐的攝食

五月十七日
我本無意——
將萬物之靈屈居於螞蟥
唉！生命原是一樣
手術費一千元
材料費一千元
內人還給護士紅包
我是可憐的螞蟥
我將套用一句人話說：
他媽的，庸醫!!

註：螞蟥是一種無胃的軟體動物

選稿後的一點觀感

錦連

桓夫兄：

你也知道擔任詩的選者，並非他具有曾經出過幾本詩集，或某一時期在詩壇經過重大的發言，或者驚人大量的作品散見於各報紙雜誌的所謂「相當活躍的詩人」等經歷，才有其權威；這種評選投稿的作品，祇不過是任何雜誌都應有的工作。

擔任選稿的人，雖然決心保持嚴正的態度，盡以客觀來處理，但由于個人的愛好引起的主觀性，會自然地抬頭而影響選稿的工作，這是無可避免的吧。

選完第廿二期的詩作品，我確實感到好的詩眞少。我大約用下記分類選稿的，例如：

①僅歌詠花鳥風月的主題幼稚的。

②以愛戀的主題祇發洩個人悲愴的。

③以取巧的表現稍些飛躍的。

④誇示華麗的文字用過剩的 image 且較混亂的。

等作品就把它割愛了。這種作品大都祇發洩個人的感懷，毫無與人性有所關連，似乎未跳出模倣的領域，也有些較散文更糟的。當然模倣並非全都拒絕，不過看到亂用典故的作品時，我會極端地感到生理性的嫌惡呢。因在那樣作品裡全無一點必然性的內容，祇有空虛和衒學（Pedantic）的自我欺騙。我確實認爲那樣作品不能推薦給「笠」。

其次必需提出的是，

①一首詩整體的「平衡」和「完成感」雖非常重要，但據于生活體驗眞摯的詩，其中若有一行難予捨棄，那可供合評的好資料，即予採用。

②具有某種程度的完整，能感受作者意欲的作品也採用。

③以處於這時代的人，用這時代的語言，對他所生存的世界追求自己存在意義的，有熱情眞摯的作品；據於這種觀點，我特別推薦林錫嘉的「河床」。

林錫嘉的「河床」使用比喻和擬人化相當意識性的手法；但比這種技巧更重要的是，以「時代證人」的詩人的熱情，表現了我們民族的苦悶，比任何 Slogan（口號）較能直接強烈地打動讀者的心，無陳述性的語言，畢竟，具有詩本身吸引讀者藝術品的「表現」。我們再向他要求什麼呢，他才是眞正的一位「現代詩人」啊。

弟 錦連上 十二月三日

偏者按，本期詩創作輪由錦連主選。下期即輪至白萩主選。又本期「作品合評」因時間關係未能舉行，特此敍明。

〔現代詩人論之一〕

孤岩的存在

葉笛

——白萩的「蛾之死」到「風的薔薇」

A

「人，做爲世界中之存在，最後是他自己的無與消失。」沙特（J. P. Sartre）在追求人類存在終極時，會如此地發生哲學家的喟嘆。但，現代詩人却必須在肯定現代人的孤絕與虛無之後，仍有勇氣——「心猶不死」地向存在的內層世界挖掘，以「詩的眞實」在生命的氷原地帶尋覓自己，開創存在的世界。因之，詩人不像哲學家僅以純粹思維去認識世界，而是透過直覺作用及個別體驗去認識世界及人的存在的。當保羅・梵樂希（P. Valery）說：「我沒有做哲學家的光榮。」這嘲諷的話時，他是以詩人自許，以詩人爲光榮，而針對着忽視詩人、藝術家固有的個別體驗之與思想的重要，僅止於觀念的立場，輕視實行的價值的哲學家的態度，加以非難的。

梵樂希認爲「詩」只有在作詩中才有其存在可言。其創造行爲常伴隨着不確定性和無秩序，但，通過這些矛盾，才能觸及不可限定的東西。詩人與哲學家的分野在此。而一個詩人沒有這種衝破分析論理和知性主義的外衣的自覺，寫出來的詩是不會有詩的神髓的。冷觀現代詩壇，有這種自覺的，實屬鳳毛麟角。因之，詩壇上的作品，就有不少如下的傾向之詩；

其一：膚淺的思想僞裝深刻的觀念化的詩。這，猶如思想體系不成熟的哲學家在講臺上口沫橫飛的比手劃脚。

其二：骨子裡沒有現代意識及眞實的感性，而套用現代詩把古詩的幽魂打扮起來，宛如木乃伊穿帝特龍衣裳坐在流行的汽車上。

其三：沒有個性的自我覺醒，一窩風的追逐流行調的哼哼哈哈。

我這樣說，並不是如某些希望現代詩壽終正寢的雜文家手拿匕首流放現代詩人的血。事實上，現代詩人必須不屑於阿諛自己，才能追求「純粹的自我」（le moi pur）和人的價值，才能一步一步邁上 Olympus 山的峯頂。

基於這種觀照，我嘗試要把有現代詩人自覺的嚴肅的詩人加以剖析。

B

在嚴肅的詩人們之中。白萩是一孤立的岩石。

杜思妥也夫斯基(Dostoevsky)曾說：「如果上帝不存在，則任何事情都被允許。」(If God did not exist, every thing would be Permitted.) 我以爲一個詩人在創作上當如是！因爲在詩的世界裡，沒有上帝，詩人自己便是上帝。折服於權威與典型的詩人乃至藝術家，將無眞實的自我的創造可言。而白萩是矢志要擊破已存在的美，創造新的美的，少數「任何事都被允許」的詩人之一。

從一九五八年的「蛾之死」到一九六五年的「風的薔薇」，白萩是在自我覺醒的一貫精神上，追求幻化無窮的現實世界的本象，以及內在精神的變貌的。但，不管是對外在的事物，或對內在精神也好，他的詩的特色大概可分爲如下幾點：

A：獨特的觀照和結晶的意象外爍爲新奇的形象。我們不難揣想白萩寫詩的心理歷程是複雜的心象經過相當耐心的醞釀時間的。就像無數顆不同的葡萄粒經過壓榨、沉澱、過濾，而後在長久時間的發酵後變成陳年的透明不含雜質的葡萄酒一般。里爾克(R. M. Rilke)曾說：「讓每一樁印象，以及每一情感的胚胎在它裡面、在黝暗中、在不可言傳的無意識裡完成，超越於知識能達及的範圍，並以深深的謙遜及耐心等候一種新的清明的誕生。」(見「致青年詩人書簡」第三封信)，這句話中，所謂「一種新的清明的誕生」，我認爲便是詩人在長久的醞釀過程之後，與自己所凝視的對象，由頓悟合而爲一的境界。沒有這種境界，詩是無由誕生的。而未到達這種境界寫的詩，將如早產的嬰孩易夭折，是經不起時間的考驗的。白萩的詩雖在「蛾之死」已有不少這類的詩，但，就成熟的程度及感動而言，「風的薔薇」是比前者棋高一著的。

一對黑蝴蝶
那樣地飄忽
就像互捉迷藏地，在我的面前。翩翩
我企望
這屬於生命的空白上的
二點黑色的誘惑
或夢的投影
或死亡和愛的混合
我企望，妳的棲止。
啊，撥開昔日和今日，以及明日又明日的時光的千重

的幃幕

我企望。（見「蛾之死」第四十六頁，「眸」）

詩中沒有一句眼眸的字眼，也沒有眸的說明，但，你底眼前會昇起一對深湛的黑眼眸，叫你沉迷於愛，去思索死，去沉思人的愛與死在時間與空間交織而成的「時光的千重的幃幕」，「或夢的投影」。這種獨特的結晶的心象的形象化，有意象派詩的形象衝擊人的力量，但，不因形象的彫鏤而使心象殭化，確實是令人回味無窮的，而這種詩是「耐心等候一種清明的誕生」而產生的。

望着遠方的雲的一株絲杉
望着雲的一株絲杉
一株絲杉
在
地
平
線
上
一株絲杉
在
地
平
線
上
他的影子，細小。他的影子，細小
他已忘却了他的名字。忘却了他的名字。祇
祇站着。孤獨
地站着。站着。站着
站着
向東方。
孤單的一株絲杉。
（見「蛾之死」的「流浪者」）

這首詩沒有流浪者的獨白和嘆息，但，從詩中你能深深的體會到流浪的凄苦，孤獨無依，落寞的生命，像「他的影子，細小。他已忘却了他的名字。」一般地爲人所遺忘，但，詩人却把這種遺忘移植在你心中，如同那一株絲杉站在地平線上。「流浪者」一詩在遣句、排列、秩序、意象，準此以觀「蛾之死」一首詩，在詩想及形式的建構上，堪稱詩人匠心獨運之作，但我屢次讀「蛾」詩時，總不能不爲之惋惜。詩人企圖藉詩行及字句的排列、組合以求「時間」和「空間」在視覺上呈現一種繪畫的表現效果，可是，事實上，呈顯於讀者心中的意象却是不統一的，不完整的，究其原因，我以爲最根本的差異就在繪畫是藉線條、色彩、筆觸、量感在空間表現的純屬視覺的藝術，而詩却不然，詩的工具是語言文字，它雖透過視覺爲人們所認識，但，人們必須從語言文字所表現的思想，意象給予人的感情及字裡行間磅礴着的Nuance去體驗，品嚐之後，才能接納其感動的，換言之，詩給予人的感動不像繪畫在視覺上那樣直接，所以「蛾之詩」一詩，企圖將「時間」與「空間」兩次元融化爲一，以語言文字爲表現工具，實在是無法完成的實驗。因爲其後果必然是詩思不能成爲一定完整的意象。予人以一種衝擊的力量，這也是時下一些對於詩的對象(Object)沒有成熟的觀察、透視、深入的體驗而徒以技巧及繁複的意象去寫出來的詩，何以不能感動人的一有力的反證。不過，白萩以其叛逆、異端者的精神，敢於嘗試這種詩，誠然，其魄力是值得喝采的。因爲這種前衛精神永遠是給藝術注入新生命的原動力之一。也是目前詩壇上永遠寫着「自動作品」(芥川龍之介之語；意謂創作精神停滯不前而永遠寫着同樣的作品)的詩人們最需要的強心劑。

我舉上面的詩，予以走馬看花式的解說，目的在說明白萩是個能把獨特的觀點和結晶的意象外爍爲新奇形象的詩人。至於對於詩的解說，我不能勉強任何人附合。艾略特說：「你讀它是怎樣，就是怎樣。」任何人都可以以自己的體驗去品味詩，而耐得起咀嚼的詩，其詩本身才具有那種「想像的擴大性」的。如你要把「眸」視爲上帝的眼眸(因爲上帝的眼眸像女性的眼，常令我們感到愛與死亡。)或把「流浪者」視爲單純的一流浪者或異鄉人的孤獨的寫照，將之侷限於狹窄的天地裡，或者，你飛揚奔放的想像力，將之擴大，視爲抒寫「人的存在」在地球上的命運——孤獨，隔絕，虛無等……更曠闊的時空中，亦無不可，有這種投射力的詩是會在時間的淘汰裡留下來的。同時，欣賞詩有深邃的喜悅，也在這裡。而「詩」之爲文學的精髓亦在這裡。

C

白萩的詩的特徵之二：是在強烈的自我個性的表現中潛流着纖細的(delicate)抒情韻味。

如「蛾之死」中「傘下」到「種子」，給洛利之詩的聯作(給洛利之詩共有十首)即是，而統觀「蛾之死」和「風的薔薇」兩詩集，前者詩中的抒情的韻味是較後者爲濃郁而可見的，後者却深蘊於形象的內奧中，釀成似無還有的Nuance的。這是形成「風的薔薇」集中的詩之魅力更深沉的重要因素之一。

叩門的手不再來

叩門的手不再來
會有人
而我如花之心萎縮，萎縮於你的歌聲
在華燈之外
啊，讓記憶如風
會有走過麥田沙沙，會有江濤澎湃
會有古鐘沉寂
而今衆音成曲，成一片
潺潺低訴之水，我祇是
一朶抓不住憑藉的蓮……

這種詩，叫人有一種直覺的感動，如魏爾崙的「如雨飄落在城市」的，既朦朧又無所憑藉的沉潛的哀傷，在韻味內在的迴旋飄渺中升起，沁入欣賞者深心中。這種情愫是眞實的情感胚胎於生活中體驗的昇華，豐贍，纖細的心靈震顫的漪漣。從這一角度去吟味白萩的詩，我們便可瞭解以「蛾之死」一詩集的見解，遽下判斷謂：白萩乃一技巧至上主義者的短見了。技巧是表現的方法，不是詩的原動力（關於技巧與詩的原動力，不在論旨之列，這裡，不擬觸及。），早期，白萩之所以強調（請注意強調到至上是仍有一段要跨越的距離的。）技巧是因爲刻意追求新的表現的完美的緣故。這點，從他說：「已存在的美與他創造美時的理念是一種抵觸，他勢必欲打破此種傷殘創造精神的已存而近於典型的完美所規範下的束縛，凡有眞正創作經驗與野心的人，必能與我同感，已存在的美，對於尚未誕生的美是一種絕大的壓力與考驗，如果，不能超越與打破此種束縛，則新的美將無以出現。」（見「蛾之死」後記。）我們不難審察，他把技巧做爲表現有力的武器是必然的。事實上，有創造精神的詩人是不役隸於任何固定的規格與技巧的。他時時刻刻在創造自己的風格，也無時無刻不在擺脫自己已創造的風格，而技巧乃風格的屬性之一，自然也就成爲詩人塑造新的美時必須追求的對象之一。如果，拿「蛾之死」與「風的薔薇」比較，就技巧而論，後者，毋寧是更強調準確，靜觀，強調深度和密度，而更素樸的，這是技巧更上一步的躍進和成熟。在「風的薔薇」裡，他說：「沒有體驗即沒有情緒，沒有情緒即沒有眞摯性。而情緒應表露在詩裡面，應存於韻律之間：所遣詞的詞味——一種屬於視覺上的感受：秩序的刻意的安排上，而不直接出現在詩裡面。——應該下更大的空間，來容納體驗的安排的，不應將可貴的空間浪費在情緒的告白。」由上面一段話，可以知道詩人是以詩的「眞摯性」爲詩的生命的，這自然不是一個技巧至上論者所能到達的灼見了。

「個性並不單指某些部分的屬性，個性是一個人的整個生命表現出來的形象。

個性即生命」（見「風的薔薇」序「人本的奠基」）

「個性即生命」，這正是詩人白萩在七年的沉默後，如同梵樂希所意指的——突破分析論理與理性主義的外衣的頓悟和覺醒，一種強烈的自我個性的醒悟和茁壯。所以他才能在艾略脫（T. S. Eliot）的「觸媒作用」中看出矛盾來！

D

白萩的詩的特徵之三：就是敏銳犀利的現代意識與有彈力的感性。

他是吸納傳統而又反抗傳統的束縛的，一面接受，一面排斥的詩人。他之所以如此，乃是基於作爲一嚴肅的現代詩人的自覺意識使然。

在那年年相同的面孔中。好像
我們已活過幾千年的愛情，秋天
還是一樣的秋天。那些豆芽黃的
面孔被戰爭的輪追逐的脚
我們像一條鮮活的魚在敗壞
敗壞敗壞敗壞敗壞敗壞敗壞

在世界的潭中，那遠望去的低陰的
天空像負累喘喘的孕婦的肚皮
年年相同的面孔。我們已活了幾千年
唉，那些鐵鞋在輪姦着我們希望的妻子

我們像一座被遺棄在路邊的屋子
空望着門前的路沒入遙遠的前方，（見「風的薔薇」的「秋」）

秋該是豐盈的收獲季，然而，現代的人類世界如何?!沒有秋的靜美的和平和豐足，沒有收獲充實的歡笑，人類經歷兩次大戰的刧灰後，仍在冷戰，大小熱戰的邊緣戰抖着，仍然不得不看到「那些豆芽黃的面孔被戰爭的輪追逐的脚」的破碎的生活，不得不「像一條鮮活的魚在敗壞」，「希望的妻子」被鐵鞋輪姦着。整個世界人類「像一座被遺棄在路邊的屋子，空望着門前的路沒入遙遠的前方」迷惘和悲慘。這種對現實世界的敏銳的感受與犀利的剖析，這種對人的存在價値的追究，對於「人的力量何在」（梵樂希之語）的詰問，實屬現代詩人的眞正態度與精神。

這類充滿現代精神的詩貫串在「風的薔薇」詩集中，成爲白萩的詩精神的基調。如「愛的點數」、「不能戰爭的時代」、「孤岩」、「窗」、「貓」的五首聯作及「暴裂肚臟的樹」等皆然。尤其「暴裂肚臟的樹」有一種肯定殘酷的破滅的現代的生活與控訴，且有以其右手要掙斷命運的鎖鏈反擊桎梏着生命的生活的堅實的聲音。而「愛的點數」則有現代人對「愛」，對「上帝」的重新估價和批判。這不是一些不能面對殘忍、錯亂、虛無的世界，而只把面孔朝向月亮的木乃伊詩人所能創作的。『掉書袋子的「假古典」和故作深奧狀的「假虛無」的詩人』（見笠第十六期，笠下影，白萩論之結語）怎能夠喊得出：「噢，意志噢，爲何永不堅固如化石，如死亡?」（見「風的薔薇」的「不知覺的死亡」），這種現代人尋求純粹的自我時，向命運投擲手套的宣言呢?

評論一詩是一種冒瀆。更何況是對一個仍在茁壯中的詩人。剖論它，也只不過是描畫他的輪廓而已。在七十年代詩選（張默、洛夫、瘂弦主編）中，白萩小評的標題是「史芬克司的震顫」，以它來領悟白萩永在蛻變的詩，確實是寓意深湛的。而就白萩在現代詩壇的存在言之。我說：他的存在是一「孤岩的存在」。

——一九六七・九月底

■詩話

■白萩詩集：風的薔薇

■時間：56年11月26日夜七時

■地點：臺北市華陰街15號 吳瀛濤宅

■出席：林亨泰 桓 夫 白 萩 葉 笛 吳瀛濤 趙天儀
楓 堤 林煥彰 林錫嘉 羅明河 戰天儒 陳芳明
簡耀堂 陳明臺（紀錄）

林亨泰：白萩詩集「風的薔薇」這個名字使我想到西脇順三郎一系列關於「旅人」的詩的開頭第一句也是「風的薔薇」。兩個在不同國境生活的詩人能够如此「心有靈犀一點通」眞是巧合呀！可見詩人的詩想是有其共通性的，這種心靈的共通實爲欣賞詩、了解詩的基礎。

趙天儀：對於了解詩這一問題而言，我想如何接近詩也是重要的課題。先不管詩是的否難懂，至少要了解詩應先接近詩。譬如，白萩所作的以圖示詩的實驗，不應憑空非難，我們還是須要對其作品本身探求意義而下評語。

林亨泰：我以爲他那些以圖示詩是一種有意義的試驗，作品也許不算是成功，但這種不斷的試驗是值得的。對個人，對詩壇而言，實驗是導致不斷超越的途徑，詩的精神必須常保持生氣蓬勃。譬如說「風的薔薇」一詩中「還有薔薇……」那一節，如果不是具有「蛾之死」後面那些試驗作品的經驗是無法得到的。畢竟，路還是須試着走出來。

林錫嘉：白荻的「蛾之死」和「風的薔薇」二集大體而言是有些不同的，前者較具理想主義色彩，體驗上不够深刻，後者則完全得自生活體驗。至於作品方面，我認爲「昨夜」一詩氣氛甚佳，形式雖不理想，但語言上之熟練靈巧掩蓋了這缺陷。「妻的肚皮」、「窗」等幾首我覺得沒有意思，「標本獅」最後二句可以不用英文，那令人感到「艾略特的氣味」。

趙天儀：對白萩所作的生之苦悶的表現，您感覺如何？

林錫嘉：我的感受很深刻，他對於孤獨，悽涼的表現是內在的，是沒有以「吶喊」的方式吐露，却能令人深深感動。例如孤岩一詩中有「在雙人床的一男人深陷」，這「深陷」二字眞是一語雙關。

趙天儀：最近，我朗誦白萩的「貓」和「雁」二詩，深深感到他的詩誦起來很順口。白萩始終有一套很富節奏的自己的語言。就語言的把握而言，他很能以語言應付詩，表現上極純粹，很少耍花槍，十分可親，就 image 來看，他常給人意想不到的驚奇。他的詩就如同在畫布上塗上很濃的油彩而又不令人感覺濃得化不開。

林錫嘉：這點我有同感，我曾以「路有千條，樹有千根」一詩作畫，感覺那幅由詩而產生的畫太好了，眞是愈看愈好。

葉　笛：他詩中的 image 是一種結晶品，而自結晶品之中我們猶能感受到光和影的存在。

林煥彰：白萩很會開玩笑也很會諷刺，如「猶之在衆多女人面前斷落褲帶」這種嘲謔的句子令人感到生存的尷尬，如此的句子在他詩中很容易發現。

楓　堤：白萩常能很準確而集中的表現。就「風的薔薇」全集來看，他每一首詩幾乎都有強烈的生命感。甚至在茫然和無奈的氣氛在仍然有極強的生命力。這點由「蛾之死」的熱情到「風的薔薇」的冷靜實爲一貫。

桓　夫：「風的薔薇」和「蛾之死」在表現技巧上之高明實爲一貫。他的詩開始即有飛躍性而又止於飛躍性，往往能在無形中表現出來特殊的生的事象。他的詩思是經過了長久醞釀而得的，猶如陳酒，初時只得聞其香味，稍加品味，更能知其美妙，百讀而不厭。

林亨泰：白萩的詩確有誘人的香味，這種內在的強烈感受實得自詩人孤獨的追求，詩人單刀赴會與廣大的世界實行對決，才能得到精神上的成果而放射迷人的香味。

桓　夫：譬如「窗」一詩，他透過了平凡的窗把整個大世界嵌入其中。至於「妻的肚皮」這首詩也不是沒有意思的作品，它對於生命的問題有很深入的刻劃。第二行令人想像到廣闊的生，後面的「咚咚敲門聲」一看似平凡却最爲成功。這種作品沒有深刻的體驗是很難寫出的。

林煥彰：我想，剛才錫嘉說「妻」一詩沒有意思，是欣賞上的一種誤解吧！往往，讀詩時受了題目的牽絆而忽略了詩本身的表現，這是鑑賞上一種危機。詩人和藝術家的態度都是眞摯的。讀者的誤解，往往是由於作者表現技巧的不同而產生「差距」，非作者的不誠實。譬如，我寫過一連串的關於戰爭的詩往往受人誤解說缺乏眞實體驗，事實上，間接，直接的我都會感受到戰爭的壓力。

楓　堤：「妻的肚皮」發表時的合評會上，我說是趣味性的作品，但，就整體而言就不止如此了。題目常常成爲習慣性的東西，給予讀者錯覺而吸引其注意力，忽視了內在的表現，這點說來，詩是比小說吃虧的。

葉　笛：不管詩或小說，凡對藝術有領悟力的人，應該不受題目的限制。讀者所以與作者隔閡主要是由於思想，體驗的不相配合而劃下鴻溝。題目是無關緊要的。

桓　夫：詩該重視本質，不能讓題目所拘束。當然，年齡，生活體驗的不同，感受程度上也會有不同。而這實在是詩的價值所在之一。

林錫嘉：我感覺「妻」一詩沒有什麼，也許就是由於本身體驗過，感到平凡的緣故吧！

趙天儀：我太太快臨盆了，我眞能夠體會「妻的肚皮」的「咚咚聲」！（大家笑）

林亨泰：總而言之，如「鏡」、「妻的肚皮」只是題目之失敗。白萩的詩所追求的是超越現實平常的事象，使用平常的題目是不合宜的。

白　萩：但我却有時故意使用粗陋淺俗的語言想寫出令人感到很有詩味的東西作爲題目。

林亨泰：我以爲詩人應赤裸裸的面對世界，嚴格說，題目是可以不需要的。詩是精神上的活動，開始寫詩者可以有一個題目作表現的媒介，漸漸的題目反而會成爲拘束，到詩人的精神獨立時實可以捨棄題目。

白　萩：你的意思是說詩人可以不必藉外界 image 來表現？這樣說來，就是只寫一首詩就可以了。

林亨泰：是的，我常常認爲我們所追求的是一首詩，爲了一首詩的不滿足而寫許多詩，那許多詩又總不能滿足，又總落空了，因此，我們的追求就永遠沒有滿足、停止的時候。

白　萩：寫詩時不使用題目，我可以同意。但一首詩若沒有主題，image 如何表現？只有純粹的精神活動，不藉媒介物，詩是不能完成的。

楓　堤：我常懷疑詩是否起自image，我想不如說說是起自idea。因爲一個idea常需要無數的 image來烘托。

林亨泰：我的意思是說詩不可陷於被動的地位，不能接受題目的命令，不管詩是起自 image 或 idea，必須是獨立的精神活動。題目只是作者對讀者的一種交代。

趙天儀：詩人的努力是要求到返璞歸眞的地步。老子說：「無名萬物之母，有名萬物之始。」我們所努力追求的就是那「無以名狀」具有本質的東西啊。

吳瀛濤：剛才各位談到白萩詩中含有深刻的表現，我很有同感。自「蛾之死」到「風的薔薇」他始終保持了獨特的技巧和表現。後者偏重於生活上的感受，很有現在存在主義破碎生活的投影。其詩中所含的的冲擊力，凝聚力和豐富的 image 令人折服。但，我感到不滿足的是，他詩中的冷靜感尙缺乏，冷澈度不够。我認爲今後，他必須注意此點使其詩中的境界更能擴大，而得以更加超越。

詩壇消息

△國立臺灣大學外國語文學系教授蘇維熊先生著「英詩韻律學」（Outline of English Prosody）一書，已由臺灣商務印書館印行，以作者二十多年來在臺灣大學外文系擔任「英詩選讀」一課的經驗，值得研究英美詩的愛好者注意，該書定價四十元。

△普天文庫出版曠中玉的「近代文藝思潮」，定價十元。覃子豪的「詩的表現方法」，定價十元。覃子豪的「世界名詩欣賞」，定價十五元。劉戴福的「存在主義哲學與文學」，定價十五元。

△中華民國新詩學會已於 國父誕辰當日成立大會，發表宣言，正式成爲五四以後新詩的團體中具有學術性歷史性的任務者，大會盛況，熱烈而活躍，並同時選出理監事。

△中華民國新詩學會理監事第一次聯席會議已於十一月二十六日召開，決定會址，選出常務理監事，並推出總幹事、副總幹事，以及各組組長，以利學會工作的展開，並定明年詩人節舉行第一次年會。

△林亨泰所著「攸理西斯的弓」更名爲「現代詩的基本精神」，將於近日出書。

△吳建堂於十月至十一月間參加劍擊隊往訪日本，在東京與詩人黑田三郎、高橋喜久晴等晤談。

△陳秀喜除詩作之外並寫歌詞，頗有成就。

△白浪萍著「晚鐘」已出版，是一本優美可愛的散文集。

上期未評作品讀後

嵐翔雲

☆鄭烱明：墓地的 Idea

死後是不寂寞的。親切的聲響或許只是人間的應酬；我要的，生怕那僅是一株樹苗的：Idea。

☆岩上：午息

作者在「您對難懂的詩的看法」表示「詩的難懂是詩人的悲哀。」很不巧，我接受詹氷「讀者難懂的詩，讀者要流汗爬上接受」的處罰。午息，我只看到「天花板下浪熱的電風扇」

☆林煥彰：票亭間詩輯‧二河

面對鏡子問自己：「羅克、馬依斯」？羞澀的血液流過，誰迫我開業「一個盲啞的星相家」？

☆施善繼：清明

好多詩人欲望墓誌字行間的詩意，想活着？或死去？天空映出的虹，又能給我多少靈感？

☆龔顯宗：夜總會

不是我花不起，我只是不願把我的靈魂埋葬在那個地帶。

☆戰天儒：老夫惑矣

我「也」僅為要偷偷地瞧妳一眼——戰天儒談「難懂、懈怠、僞詩」。

☆林錫嘉：想着欄外的藍空

擁有一方藍天，多麽幸福。徒步在星夜，多麽渴望。想着柵外的自由與幸福。

☆羅莊：新生

拋棄對他的成見，讓他的生命再次音響。脆弱的情期待愛的擁抱，那是新生啊！

☆藍楓：生命

給我生命的鑰匙。避免「如此錯誤」過的往事，重逢。

☆謝秀宗：情之鏈

幻想是罪惡？當我啓用情之鏈，再也不覺得是罪惡。

☆李莎：貝葉之外

好親切。貝葉之外我尋找到童年時詩的夢。好親切。

☆林宗源：近作二題

借用您的詩：「我們只用眼睛談情」，再一句：「用不着吻妳，妳的美，已深深地死在我的記憶」。一當我愛上一位少女，我會重遊舊地。

☆吳建堂：吾輩癌也

明朗，寫實。我念給我的朋友聽。我指給我的朋友欣賞。吾輩癌也。願：「只吃你的肉體，而絲毫不傷你的靈魂」，詩人這樣說，醫生這樣說；我羨慕沒有黑夜的勳章。

☆吳瀛濤：樹

這一棵樹。聯想笠下影。生根繁茂的樹，笠下影映入緘默地開拓詩園地的——詩人們。

☆詹氷：疑問號

為什麽我一口氣寫下這十五首詩作的讀後？這也就是疑問號。這不是詩評。我只是把每讀一首詩後的感想記錄下而已。

關於『詩的纖維』

越能

(1)
對於詩，我只是個半內行的，曾於五十一年由朋友轉託某詩人介紹刊出幾首，事後自己深覺羞恥，一生氣就不再投稿了。到今年十一月託朋友買得一本笠21期，才又試預向笠投出（我也附足郵資，預備給退稿的）。是以，似這種程度，而想談詩豈不太不自量力。但是看到笠21期合評會對於「詩的纖維㈠」一首詩之批評，覺得有點不以爲然。所以縱使是獻醜，也只得上場了。

(2)
綜合合評會對該詩批評之要點如下：

A各節連關性差。

——我看是很一貫的，請見(3)。

B題目很好，但詩本身不很完整。

——這我也同感，雖然我不懂「詩的纖維」之最深切的含義，但不懂可不能說不好。

C欲釣魚蝦，却撈到浮萍。

——不會差這麼多！不很完整是不錯但由魚蝦而成浮萍豈不一文不値了嗎？請見(3)。

D注重形態，欠缺精神上的表現，心有餘而力不足。

——該詩多少是有這種缺點，但沒這麼嚴重，因該作者會致力於精神上的表現是可以體會的。請見(3)。

E從「只有我……」……「……時代的人們」似乎是反逆的心情。

——我倒以爲在心理反應過程中是很順、很自然的。請見(3)。

F「死之有無限溫慈」之說法不行，「比空洞的詞彙還暗」沒有探究的餘地。

——不見得吧！詩人除非他是故弄玄虛之輩，否則他的每一句詩當都可說是他的心血，亦必有其形成的必然性，我們只能說他是用得當不當，怎能說我首肯不首肯？請見(3)。

(3)
我旅行於「詩之纖維」

這是如何的一個世界啊！四週是這樣亂糟糟的，我的神經已將麻木，我的脚步已不穩。

燈
在煩擾的中心
搖幌

我極欲躺下休息，但是那些欲吐無力，却垂散在心靈上的那些語言竟如此的困擾着我，像那疲倦的眼光，還是不得不無力的射出。

像疲倦的眼光
垂散着一些言語
欲吐無力

於是我失眠了，啊！這個可詛咒的這時代所專利的比黑夜還深還潤的千千萬萬圍壓過來的困惱，在衝擊着我，在覆蓋着我，啊！我要窒息了呀！

千面的困惱
這一代所專利的
比黑夜還深

但是魂兮歸來，我倒懷念起那早被我毀棄的空洞無味的交際語音——這隔絕人們心與心的黑夜，竟暗得那樣可怕呀！

這黑夜
隔絕人們心與心的
比空洞的詞彙還暗
而令人可悲的，在世上我竟無一知已，我只是我。
我知道，這世界
只有我一個曾是我

然而，我雖孤獨，雖困擾，雖失望，雖溺於蓮池底，但注滿了生命的十指，却毫不放鬆的在黑夜的水面撈抓，我不能絕望啊！我必須要跳出這可怕的黑夜。

溺於蓮池底的青年
伸出注滿了生命的
十指
在黑夜的水面撈抓

是的，跳出蓮池。但是談何容易啊！我終於痛苦的領悟到這活生生的死。這可怕的恐怖的死，當此刻已迫近在我的眼前，我感到空虛，倒反而悟到「無」的眞境，而不再急燥，而鎮靜下來了。

一尊者，面對着活生生的
死
苦悟

於是我很快的覺得我的身體在上昇，終於輕輕的跳出黑夜的蓮池了。我站在密佈在脚前的千千萬萬條巷子的交口，我觸覺到身邊的你竟也是我的族類，也是人，這個醒悟對我是有那麼大的改變啊！我開始覺得我不能離群而居，我必須有朋友，有愛。同時代的人們啊！請與我握手。

在千千萬萬的密佈於
脚前的巷子口
我方醒悟，你也是人
啊！我們只能去愛
同一時代的人們

在這寧靜的時刻，那曾爲我可領悟過的死亡，那大自然的父親，每當想到時，總似已來到我的身旁。

死亡
大自然的父親
來到我身旁

啊！死亡，這使人人恐怖的魔，祂有處決一切的威力。但當我們領悟到死是生之歸宿，死只是上昇天堂回到上帝的身邊，死只是解脫，而能永生於西方極樂世界，則祂非但沒有一切，反而給我們有無限的溫慈之感。

你有一切，又
沒有一切
而無限溫慈

所以，原來生命就是祂的兒子啊！

我知道
你底兒子就叫生命

(4)

當我由該詩漫步歸來，我是直覺的感到合評會的諸點意見，並非很正確。雖然我對詩論研究甚少，說不出什麼理由，但對於欣賞詩我是有自己的土法子的。不過，我也不知我的觸覺是否正常，尤其是合評的諸位詩人均爲我之先進——有幸遇上他們，我願敬他們一杯——我是誠懇的希望能獲他們的指教的，是以，小生是這廂有禮了。

欣賞「纖維的詩」

高峠

作者的歷程，心靈是很繁冗的，而在繁雜的事物中，想到大手筆很難成詩，畫虎不成而類犬的易流於散文化，且長詩很難造極顛峯，除非氣魄如天和才華過人，長詩的作者是很苦悶的。作者借用纖維，而以短章來處理，所謂抽繭撥詩，這是一種「新生活運動」的寫詩法，觸筆所及，祇感蜻蜓點水，未如餓虎撲羊，這就是短詩的特色吧。

A

搖幌的燈，在煩擾的中心——伶仃孤獨而無助；垂散着一些言語欲吐無力——瓊瑤風所及，無可奈何，灰色中的灰色。

B

這一代所專利的，比黑夜還深——內在的煩悶，極端不耐，手法極端的低落；第二段所寫如海底撈針，撈不出什麽，未見作者的聲音；第三段形成太快，蛻形過程中的自我表現，標榜味道如威士忌。

C

絕望中的掙扎，對不負責的社會，提出重生的吶喊，勇氣是可嘉的，然而，一尊者面對着活生生的死苦悟——雖云死係解脫，然對死十分恐懼，如謝雷所灌的一首歌：苦酒滿杯。

D

苦笑中的微笑——我方醒悟，你也是人——醒悟得太過勉強；我們只能去愛同一時代的人們——令人讀了迷惘，如此詩思，可圈可點。

E

死亡之來，來如微風，來得茫然；而無限溫慈——虛幻飄渺而空洞，溫慈得悲天憫人；我知道，你底兒子就叫生命——雖有畫龍點睛之心，而無畫龍點睛之筆。

借用巫永福先生的話：「作者有意表現生命的各層面，……祇是表現不足，太散漫……」全詩的連繫性應當是有，祇是無形而較勉強，A裡所呈現的祇是一個起點，B裡畫成一條線，他的不成功就像隕星之瀉，而無拋物線之弧，C裡已成稀薄的一面，且成爲轉捩之點，可惜的這一面映象迷糊，意象薄弱，D裡成其爲反逆之形，雖不言傷感，但傷感得令人窒息讀者看了要對作者提出反逆，E成爲結束之體，由於先前條件不足，營養失調，導致後天的整體有點畸形，雖欲有對世界提展畫像的居心，但勇氣却帶他急流湧退，不明不白的生命。

詩的問答

本期的問題：

A、您對本詩誌的意見或希望？

B、請抄錄您最欣賞的我國現代詩作品，並寫出欣賞觀感或分析、評介。

下期的問題：

A、您愛好的詩人（不限中外新舊）是誰？理由？

B、請續抄錄您愛欣賞的我國現代詩作品寫出欣賞觀感。

◇靜雲

對笠誌的五點希望

第一、成立讀者服務部，代銷詩刊與詩集。第二、增闢詩習作之頁，歡迎青年學生投稿。第三、略增加篇幅與內頁的紙質。第四、加強詩壇消息的報導（不限「本社消息」）。第五、笠詩叢的繼續出版。

◇高岾

願望

時代在進步，文學在進步，「笠」在騰躍的進步中以嶄新風格崛起，不是病懨懨的附庸隨流，而是予詩壇威力十足的當頭棒喝。

笠下影的詩人作品，應該發展到最能代表詩作者的作品，詩壇散步點綴得太淒涼，表面性而概略化的批評，止於散步而已，是否篇幅限制原因，最震人心弦的作品合評，被批評者當是希望以嚴肅的心理作適度剖析，不管縱橫交割，被割者總得到一次教訓與經驗，換言之，在衆多批評下能夠撥開被評者之迷惘濛霧，能而促使他眞正踏昇詩的國度，批評者與被批評者能够相益得彰，合評才是有價值的。

詩創作部份希望能多幾頁篇幅，在落選的作品中提出幾首較值得研究的，刊出而予指點，這是扶植的一個方法，雖然大匠難使其巧，但促使初學者在摸索中有燈塔之引，總比盲目的來得好罷。

◇黃進蓮

A、一丁點祝福（希望？）

對於這樣的東西，我不想再說什麼了。「詩起八代之衰」對於你是很勝利的，對於腐朽與新奇、現代與非現代、坦城與僞裝，你是很會執着的，我相信。

也許有人會罵你太過火了，太不近人情了；或許，可是不要管他，因爲，不僅是他，我們都很瞭解。

帶着笠，到青草地去點燃一把熊熊野火，朋友呀！我祝福你！

B、一些兒意見

①如果笠雙月刊改爲單月刊，那就更加大妙！一些愛詩的人，不會再有什麼冀求。

②是否可擴張一點，總感覺那些名字太熟悉了。避免一些人的誤會：自己幾個人，圍坐一個春天，賣弄風情。宜增加些新血球。

◎陳世英

對笠詩刊發展的期望

每接到笠詩刊，我總喜歡懷着怕失望的心理，把它翻至最後一頁，但每次都讓我感到微微的失望——最後一頁還是印着五十出頭的數字，並沒有增加篇幅。

我想如笠有够充實的內容，篇幅加大，價錢略微抬高點，並不算過份；不過，編者先生可能較忙些。相信笠如加價的話，一定不會跟北市公共汽車一樣，還是駕着「擠死人」的老爺車，必有更新更完善的內容出現，免得有人疑我串通漲價。

◎吳夏暉

我對「笠」的淺見

我該眞實地、純粹站在讀者的立場，用最客觀地（我肯定是）態度接受「笠」留給我的一片詩的音響。

三年半載過去，我終竟發覺「笠」貢獻給讀者的，仍無法叫人獲得眞正的滿足。過去如斯，現在亦如是，而將來亦勢必如此；因爲，我深信「笠」是永遠上進的，它絕對不會滿足於現實擁有的「成就」，讀者的要求，同樣有着一種更深層的「慾」，隨「笠」的步伐並進。

我肯定，「笠」所走的方向和路線將是最正確、最前衛的。但，「笠」的努力不够（雖然「笠」同仁們都盡了相當大的力量），對於「笠」，我乃寄予太多的期望和祝福，今，就「編輯上」的小題，寫下幾點意見，不敢自稱「貢獻」，說「供獻」總不妨？

第一、「笠」的取稿方式是正確的；力行嚴肅、公正、深刻之批評精神是對的，我再無法否認「批評」已在詩的建立過程中產生一種美好的風尙：「作品合評」，使讀者更能深入詩中去體念詩味，正如一個初次踏入情圈的少女，在嚐試愛之果，要有別人（當然是過來人）告訴她——那果是甜的，少女就會更有信心去採擷那果，在戀愛中，少女自然也會味覺一份苦澀，這就表示：她已懂得愛；同樣地，讀一首詩，有人作「旁白」，自己毫無意識地應是，這不等於讀詩，而「作品合評」本身，片斷的評語並不等於「評」，它是「旁白」，認眞的讀者絕對不肯遷就，但多少給讀者灌注一些「嚐試」的針藥，等他明白詩果的眞味如何，那，他就懂得詩。

近期桓夫譯「現代詩的探求」、柳文哲「詩壇散步」，都是很有份量的作品。

第二、說一句老實語：「笠」發展的「詩創作」，其中，有的根本不是詩，很遺憾；然所謂「作品欣賞」的短評也似乎可免，一篇像鄭烱明的「評不善打扮的趙天儀」（見笠第廿一期）倒很有必要；本期「詩的問答」——您最欣賞的我國現代詩作品一首，是「笠」批評的眞正的起飛。如果另闢「詩論壇」專欄，引出短評，刊登一些讀詩的人所發「瀉」的悶氣，那更好。

第三、最要緊的（特在此強調），「笠」欠缺一篇精闢的「社論」。以上，不算高論，亦未必是高調吧。

易懂的好詩

吳瀛濤

天門開的時候

詹冰

「有一天，在天空上，
飄浮着五色的雲彩，
吹奏着美妙的樂音，
燦爛地天門會開了。」
在我的童年，
母親這樣地對我講——。

「那時候，我們要跪拜在地上，
祈求我們最大的願望。
那麽什麽願望都會實現的。
可是只有好人才能看見它，
所以我們要做個好人哪。」
母親這樣地對我講——。

「好孩子，你的年紀這麽小，
我教你最好的願望吧——，
『財，子，壽』就是了。
天門打開的時候，
你要馬上說出這個願望吧。」
母親這樣地對我講——。

啊，有一天，天門會開了。
現在我長大可了解『財，子，壽』
可是我有更迫切的願望。
有一天，天門開了，
我要馬上說出我的願望：
「還給我永別的母親吧！」

詹冰的詩集「綠血球」是題獻給他的已故的摯友劉慶瑞君之靈的。書中悼念亡友的一首「悲美的距離」是一篇難得的挽詩，令人不禁爲之感動其與故人離別的悲哀。

關于「悲美的距離」一詩，在此不談，筆者想在這裡，欣賞他的另一首詩「天門開的時候」。

記得今年四月間的一個晚上，在國立藝術館的一個「音樂小集」的演奏會中，此詩曾被演唱，使聽衆留有深刻的印象。

論此詩，我無條件地願推舉此詩爲好詩。在這一首詩裡面，我們時常提起的「眞、善、美」都很完整地表現出來。當我們看這一首詩，我們會回到天眞的童年，也會回到慈愛的母親的懷抱。詩裡，母親講給孩子的故事是那麽地親切溫暖，使得母親講故事的每一句語也都廻繞於讀者的心奧。

母親講的故事是這樣的：「有一天，天門會開，而那時候，我們要跪拜在地上，祈求我們最大的願望，那麽什麽願望都會實現的；可是只有好人才能看見它，所以我們要做個好人哪。」這是流傳於中國的一個很古老的故事，而且是很好很有意義的故事。當母親講這故事給小孩的時候，母親是幸福的，小孩也是幸福的，這是一幅充滿着愛，充滿着夢的母子圖。母子愛是最崇高的人類愛，而天門更象徵了人類神聖的夢。

現在孩子長大了，可了解財子壽，可是孩子的他却有更迫切的願望。當有一天，天門開的時候，他要說出他的願望：「請還給我永別的母親吧！」——作者以母親講的故事的重述爲全詩的內容，而於最後一行吐露了赤子懷念永別的母親的眞情，幾乎會使讀者也與作者同樣想喊出這心奧的呼喚。

以淺易的表現能給人美好的感動，如以今日氾濫的「雜詩」比之，實有雲泥之差。除以此擧爲「易懂的好詩」（請參閱「笠」第廿一期筆者「略談難懂的詩」一文）之一例，我並願在此熱烈地呼籲詩人更該重視兒童詩、兒童畫、童話之類的「童年的世界」。關于這一點，當於日後另稿再談吧。

我欣賞的現代詩

秋

林亨泰

鷄，
縮着一脚在思索着。
而又紅透了鷄冠。
所以
秋已深了……

郭文圻

這首詩只有短短幾個字，但敏銳的觀察，洗鍊的手法，深刻地點畫了秋。「鷄縮着一脚」，可知大地是凉了。「思索着」，是詩人的觀點，並表現秋的寂靜。「紅透了鷄冠」，很能點明清新的秋色。最後一句是結論。由「鷄脚」、「鷄冠」而結論，自然地展開了深遠的秋景。落墨不多而旨趣濃厚。着色不多而景色鮮明。文字平凡而意境高超。不用花代表季節，不落俗套，而獨創新奇。勝過千言萬語的描寫，勝過一張畫。我喜歡這首詩，並且佩服詩人。

我最欣賞的現代詩

詹冰

桓夫

雨中行

一條蜘蛛絲　直下
二條蜘蛛絲　直下
三條蜘蛛絲　直下
千萬條蜘蛛絲　直下
　包圍我於
——蜘蛛絲的檻中

被摔於地上的無數的蜘蛛
都來一個翻筋斗，表示一次反抗的姿勢
而以悲哀的斑紋，印上我的衣服和臉
我已沾染苦鬪的痕跡於一身

母親啊，我焦灼思家
思慕妳溫柔的手，拭去
纏繞我煩惱的雨絲——

這一首詩，我認為桓夫作品中的傑作。同時認為我國現代詩中的逸品。桓夫再作二、三首這樣傑出的詩，我想「桓夫」的名字就永垂不朽在中國詩史上了。

第一段，以蜘蛛絲比喻雨絲是適當的。作者再以蜘蛛絲暗喻人生的「煩絲」就不平凡了。而且用

「一條蜘蛛絲　直下
二條蜘蛛絲　直下
三條蜘蛛絲　直下
千萬條蜘蛛絲直下」

這樣的重疊法描出下雨的視覺效果，再使它意味着包圍作者的「檻鐵絲」是很成功的表現又是很巧妙的伏筆。

前段以蜘蛛絲比喻雨絲，所以第二段以蜘蛛比喻雨滴。雨滴滴在泥土或水面而四射的形象與蜘蛛的形態一般，再以「摔」與「無數」表示雨滴的特性，有入木三分的筆勢。又以「翻筋斗」表示小蜘蛛的可愛的「反抗的姿勢」，可以說巧奪天工的描寫。遇到這樣正確無比的描寫，讀者就被引起美感而陶醉在作者創造的詩界中。

印在衣服和臉的雨痕，作者看做「悲哀的斑紋」「苦鬪的痕跡」。「悲哀」「苦惱」沾滿「一身」的時候，人們就想到慈愛的母親。第三段，「母親啊」的呼喚就是幼兒般自然而然流露出來的心聲。被「煩絲」纏繞的詩人的心就回到幼時而「思慕」母親，希望母親以「溫柔的手」拭去他的人生的「煩惱的雨絲」。詩人的眞情表現得淋漓盡致。假使母親不能拭去我們的煩惱，只是想到這人生裡

還有母愛的存在，無論怎樣的煩惱我們都可忍耐下去的。

欣賞一首詩，我們不但要一段一段地品嚐，還要品嚐全首詩全盤的詩味。有秩序有統一的意象才可引起讀者的強烈的感動。這一點，「雨中行」是無懈可擊的作品，與詩中的平凡的描寫，真情的呼喚相結合而使讀者無條件地五體投地。這一首詩不只是桓夫的「高度的精神結晶」，同時實現了他「意圖拯救善良的意志與美」的心願。像這樣難得的好詩，應該收錄在學校的國文課本裡，以培養後一代的詩的情操。

「很」欣賞的一首現代詩：

趙天儀

下班以後

黃進蓮

下班以後
一路的燈光暗淡　甚至熄滅
而一夜的繁星　却好像剛剛甦醒
打烊以後
那吹簫的少年　脫下整潔的小禮服
吹着一種淒美的音調
他已不再是彬彬有禮地
侍候在那大飯店的門階
照例地　窈窕的女郎被擁上
計程車去了　照例地
在她的眼睛裏　即使是在酒醉以後
那一夜的繁星
也好像剛剛甦醒
點亮了一夜的深沉，一街的寂寞

此詩我很欣賞，相信作者自己也很滿意。它以一種纏綿的姿態出現，我第一次看見時，即被它的一種溫柔中有點淒涼的詩詞所嚇住。如椰子樹的矗立，力的張度非常緊湊，形式上予人一種清新的美感；它似乎有意描出「夜的深沉」與「夜的寂寞」，尤其是寂寞，眞叫人寂寞！全詩中泛着一種深深的無奈，並婉轉道出了諷刺，它的美，並不是一種淩厲悲壯的美，在本詩中建立了一個非常有秩序的宇宙，或許是片面的，却非常眞實，我似乎看到有一點小河，靜靜的流，潺潺的流，聲音是那樣清脆、那樣悅耳、那樣合乎節奏。

（註：此詩發表於民國五十三年七月二十五日出版的「新象」五期）

苦悶的象徵

鄭炯明

野鹿　　　　桓夫

野鹿的肩膀印有不可磨滅的小痣 和其他許多肩膀一樣

眼前相思樹的花蕾遍地黃黃 黃黃的黃昏逐漸接近了

但那老頑固的夕陽想再灼灼反射一次峰巒的青春 而玉山的山脈仍是那麼華麗嚴然 這已不是暫時的橫臥 脆弱的野鹿抬頭仰望玉山 看看肩膀的小痣 小痣的創傷裂開一朵艷紅的牡丹了

血噴出來 以回憶的速度 讓野鹿領略了一切 由於結局逐漸垂下的幔幕，獵人尖箭的威脅已淡薄

很快地 血色的晚霞佈滿了遙遠的回憶 野鹿習性的諦念 品嚐着死亡瞬前的靜寂 而追想就是永遠那麼一回事 嘿 那阿眉族的祖先 曾經擁有七個太陽 你想想七個太陽怎不燒壞了黃褐色皮膚的愛情 誰都在喘息多餘的權威貽害了慾望的豐收 於是阿眉族的祖宗們曾經組隊打獵去了呢 徒險涉水打獵太陽去了呢 ——血又噴出來

艷紅而純潔的擴大了的牡丹花—— 現在 只存一個太陽 現在 許多意志 許多愛情 屬於荒野的冷漠 在冷漠的現實中 野鹿肩膀的血絲不斷地流着 不斷地痙攣着 野鹿却未曾想過咒罵的怨言 而創口逐漸喪失疼痛

曾經灼熱的光線 放射無盡煩惱的盛衰 那些盛衰的故事已經遙遠

野鹿橫臥的崗上已是一片死寂和幽暗，美麗而廣濶的林野是永遠屬於死了的 野鹿那麼想 那麼想着 那朦朧的瞳膜已映不着霸佔山野的那些猙獰的面孔了 映不着夥伴們互爭雌鹿的愛情了 哦！愛情 愛情在歡樂的疲倦之後昏昏睡去 睡……去

拍攝在殖民地時期詩人的意念，經過二十多年漫長歲月的冲釋，直至因作者父親的逝世而顯影成像，依然不失其畫面的清晰，有着令人嚮往的詩的境界與感受性，該是「野鹿」不平凡的一面。

「野鹿」乃「笠」第十一期的推薦作品，作者同時寫有一篇「我怎樣寫『野鹿』這首詩」的自剖。無疑地，「野鹿」視爲筆者上一代苦悶的象徵，雖然無直接表示出野鹿繁複的內面世界，但似乎可自詩裏不同面貌的和經驗的變形，察覺它是屬於消極反抗機械文明威脅的產物。

透過眼前荒野蠻荊的阻隔，我們急欲從現實與想像的齒鋸中，探知野鹿的眞實去向。事實上，野鹿的去向及野鹿本身並非此詩的主題，「野鹿」的主題被鉗在牠背後廣大的背景——愛與死裏，那從中放射出來的亮光不僅如蒼

穹星星的閃耀，更揭發了歷史的醜陋面具和做爲人的最後期望」。

桓夫將野鹿安排在一場臨終前的寂靜大概有不得已的苦衷，爲什麼牠不能自由自在地嬉戲奔跑呢？原來美麗而廣濶的林野永遠死了，對於生命本能的活動，這是令人心痛的嘲笑，我們自然也由此意識到七個太陽燒壞了黃褐色皮膚的愛情的悲哀。

詩鏡的開端是點和線的描述，漸漸地才進入面與時空的連繫，由於詩語的確切把握，雙重意象塑造的成功，使「野鹿」充分發揮了現代詩的精神，而成桓夫的傑作。

我們也許奇怪野鹿肩膀小痣的重要性，而痣的永不消滅便是疑問的解答，何況「小痣的創傷裂開一朶艷紅的牡丹花」。野鹿以死換取回憶的代價，是不是警告我們一切的存在沒有意義？這也不盡然，作者憧憬的只是野鹿莊嚴靜穆的臨終，不是對生存頹廢的破幻。因爲「野鹿却未想過咒罵的怨言」，此種溫柔不抗議的抗議方式，帶有濃厚的人道主義色彩，亦即對優美結局無止的企待，忍耐地走向純潔與永恒的世界，不絲毫滲入汚穢的心理因素。

另外，類似軍國主義人類的失態，我們都應感到絕對的懊悔，不論是已發生的，正發生的或未發生的人性的迫害皆必需格外戒惕。至於作者從靜裏領悟的「即將死去的野鹿却只能認清自己的存在」的說法，更因野鹿平時的馴良和清白，益發使人酸鼻而感慨。「野鹿」是自稱患有詩抵抗的慢性病的現代詩人之一個替身，一個角色。

這麼說來，筆者倒不敢再洩氣了，生與死的接觸是我的工作啊，倘若自己的臨終無法像「野鹿」，而能從他處尋覓之，那也會使自己感覺像「野鹿」一樣呀。

我偏愛羅浪的「章魚」

靜雲

我是不是「最」欣賞這首羅浪的「章魚」，我還不敢斷言。但我較偏愛她是事實。先抄錄作品於後：

章魚　●羅浪●

我是章魚，
讓我吹起口哨來吧！
寂寞時請給我一個，
把生之熱情和智慧，
都流露出去。
因爲我這好大的腦袋裡

充滿着，
尋求美好的生活之慾望。
（本省籍作家作品選集「新詩集」四七八頁）

這首詩，該不會難懂吧，至於是不是現代詩作品？我無法解釋爲非現代詩。詩論，不致於影響這首詩的靈魂才對。我是人，值得驕傲吧！吹起口哨盡情地告訴人們：「我是人。」因爲我是人，所以有寂寞，希求理想；只要和理想相遇，我會付出一切，生怕那是生命。我是人，有理性，希求美好的理想……。

不管我的補充想像是否由這一首「章魚」而來，但羅浪的「章魚」却使我憶起：我是人，希求美好的理想。

我曾決定不再寫詩，並把「墓誌」一首寄笠誌（十六期），想不到我的心一直未能寧靜下來，連續應徵「詩的問答」兩期，是否也：

「因爲我這好大的腦袋裡
充滿着
尋求美好的生活之慾望。」?!

「復活」的慾望

陳明臺

生命對我們曾是
原始
——紀德

躺在陰暗的方間不知有多少清晨和日落了。那天，我只記得那個女人硬咽以及哭喪的淚水沾濡了車輪捲揚的灰塵，似乎那是世界前的事了。自被送葬的人跟隨後，一切的感覺已不是存在。

晚秋在黎明前，在雜草叢生的塋地。
迴盪於山谷的砲聲響起，我
被驚醒　一段生命沉醉的
劇情遂被展開——

我凝視着靜躺在長方形裡
那具蒼白的軀殼的我
這莫非是等待?——有如
果實的核心等待着淺春
早被釘住的慾望遂癢起了飲的渴求
僵久了的筋骨也顫起了楚痛。似萌芽前的
痙攣，在痛苦中咀嚼着棺蓋上抖落的塵土
在黑暗裡期望着日光醞釀成熟。
——唉！我是一粒被遺棄的種籽

一直生活在垃圾堆裡，再從殯儀館的裝飾房裡
被扔到這荒野的廢種啊
可不是嗎！那天我的女人掩着哭喪的臉把我埋在這
地下……
在這漫長的季節，我的筋肉逐漸僵化，而靈魂不斷地鞭打着意志，且祈這粒被埋怨的命運將有復活的日子。在朝風的哀禱聲中，像葉落歸根那樣，我將裂土迸出。

——摘自「笠」叢書之三「島與湖」

一、分析

此詩以「生」和「死」作素材來表現。強烈的表達了作者對「生」和「死」的印象。作者嚴酷地對自己「生命的意義」做一番批判和展露。

此詩的結構是作者內在精神一層層的剝現。作者先將他對於死赤裸裸的感受呈示我們：「那天，我只記得那個女人的硬咽以及哭喪的淚水沾濡了車輪捲揚的灰塵」「似乎是世界前的事了，自被送葬的人跟隨後，一切的感覺已不是存在。」這種感覺如灰塵捲揚一般一切都不再存在了，是他心中所觸及的死。「感覺的不存在」該是包含懵懵懂懂，醉生夢死的不自覺吧！詩人暗示着另一種死。其次，作者把內心中存在的自卑和自傲的複雜心理表露無餘，有着一份「懷才不遇」的感慨，詩人一方面渴望於被發現，「等待」着；「有如果實的核心等待着淺春。」所謂等待晚秋之後的淺春實在是他心中不可抑制的悲哀。盼望着「萌芽前的痙攣」冀求生命力的飛躍得到注目。「在黑暗裡期望着日光醞釀成熟」這是詩人心中不可遏止的「復活」的慾望。另一方面，詩人有着憤世忌俗的胸懷，對於虛偽的環境和純眞心靈對立的苦悶，坦白的吐訴着。不妥協的意志挾帶着不被了解的感傷：「唉！我是一粒被遺棄的種籽，一直生活在垃圾箱裡，再從殯儀館的裝飾房裡，被扔到這荒野來的廢種啊！」而爲了向異數的世界探求，詩人是如此的認命和忍受：「我的筋肉逐漸僵化，而靈魂不斷地鞭打着意志，且祈求這粒被埋怨的命運將有復活的日子。」畢竟，詩人是清醒者，高高的擎起「復活」的慾望而努力的欲求「裂土迸出。」

二、欣賞觀感

我深深品味着黑澤明先生透過紅鬍子口中說出的一句話：「臨死的剎那是最莊嚴的時刻。」從祖父的死，二伯公的死，我領悟到臨終前生命的可貴。爲了「復活」的慾望，潛在的生命意志力是如何令人驚訝呀！由此看來，「活」的眞義該是生命意志的清醒和不斷的奮鬥吧！

「復活」一詩給我一些啓示：詩人所提出的「復活」的慾望是生命的一種必須的追求。眞正的活着必須是保持個性而讓意志不斷的接受考驗和折磨。「復活」一詩至少可以給那些醉生夢死，隨波逐流的人們一針強心劑。

我欣賞的一首我國現代詩

龔顯宗

或人的憂鬱

向明

而終不能將其臣服且歸化
這蒼老的義皇
這隆鼻的愛廸生
你說我將討好誰？
當尚書的完璧被大鉄刀凌辱
一些迷失在九曲廻欄的孤臣們
遂自腦神經
興起索還朝笏的討伐
而馬可尼的門人便宣稱
只有電子群才是我現行的戀人
他們以多次方的零塞滿我的眼
忽以按鈕們將我的兩手佔領

你說我將討好誰？
當七紫三羊敵不過派克們的靈巧
當清平樂敗於加力騷的痙攣
當一半的我正目迷於新藝體的遼濶
而另一半却醉心於
一些陳年的鷄筋
哨永明的風範
嚼天寶的餘韻

「或人的憂鬱」一詩是向明先生的大作，我不能肯定它是不是我最欣賞的現代詩，因為好詩有時是不能比較的；但我可以肯定它是我欣賞的一首現代詩，理由是它是中國，也是國際的；是文化的，也是文學的，是中西論戰的縮影，也是文學與科學的競技場。

伏羲氏在上古是個大發明家，他使先民們的生活發生了巨大的變動，愛廸生對現代人的生活亦復如是。伏羲氏是落伍了，而若干年後愛廸生亦將如此，「今勝於古，」這是不容否認的，鋼筆勝於毛筆也可資證明。但是古代的某些東西到現在仍有其價值，你為中國散文之祖的尚書不容被凌辱，「永明體」更是律詩的催生劑，唐詩的光輝愈久愈見其明亮燦爛。全盤西化呢？固守中國傳統呢？還是中學為體西學為用呢？還是取人之長補己之短？向明先生道出了現代中國智識份子的迷惑與徬徨。

文學與科學相互爭取領導地位由來已久，文學該閉關自守還是臣服於科學呢？或是利用科學以助長文學？這種問題是舉世知識份子急欲解答的。遺憾的是向明先生僅僅提出了問題而沒有告訴我們答案，也許他要讓我們自己去追求吧。

「或」詩有兩大特點，一是對比，一是典故。新與舊，中與西，古與今，相互對提，緊湊有力，正符合了美學上所謂的對稱美。另外本詩用了許多典故，但都恰到好處，眞眞點鐵成金，而不像現在一些所謂新古典主義者的濫用，並且它也告訴了一些矯枉過正的反對用典者不必因噎廢食，不是該不該用典故的問題，而是用時該如何使恰如其份。

談林煥彰的「死之書」

吳夏暉

一

當時間被分秒的齒輪咀嚼喚痛　我便有被追逐的感覺
倘從衆多的碑石中躍起　而名字不再是一種符號
我便會固執於　去認識睡眠在棺材中的奧義

二

自那棺木復活而成爲樹　日夜我便守望在墓地
看往來衆多的遊魂哭喪着的臉上　寫着病老戰爭等等
走過　我便搖頭了　如此的復活也是錯誤

三

每有車輛擦身前過　我便經歷一次死
而作爲現代人　死亡對我們該多親切　一如我們自已的名字　常有許多熟悉的聲音喚它

——摘自「牧雲初集」

我祇能把詩分類：理性和抒情。根本不必標其名，立其派，說什末「現代」或「自由」或什末「存在」，那是自立門戶，是寫詩的人一生中最大的悲劇。

林煥彰這首詩，表現了生命活着的痛苦和死的意念存在的喜悅，遂成了「死之書」的主題。

林煥彰的「死之書」該被列入「理性」的隊伍裡，它雖有情感的發抒，究竟份量不重；如果指「死」詩爲頗具「現代派」風格的作品，林煥彰一定要大聲哭號，他認爲「主義」或「派系」等於死路一條，強拉他走上死路，難怪他要叫，雖然，他在「死」詩里寫着：

「而作爲現代人死亡對我們該多親切」

該知道，林煥彰基於詩壇上各立旗幟，宣告「現代」

朝「自由」開火，把整個詩的和平氣缸打破，於是，他想抗議，可是，他的一切思想、言論、行為上的力量無法改變局勢，更無法阻止戰爭的蔓延，於是，他便想起「死」，以為死了什麼事情和問題都會輕易的解決。

「如此的復活，也是錯誤」，那麼生存自然就要失去意義，「存在」對於詩人，也是痛苦的，否則的話，詩人不會說：「如此復活也是錯誤」。

也許可以這麼說：「理性」詩多半偏於生命活着的痛苦的寫述，而忽略了對「人」的熱愛的抒描。

詩人很具體地表現了「生命活着的痛苦」，是因為「被追逐」，讀這首詩，該注意那「衆多的碑石」，從碑石中突然躍起的生命（復活了的生命），誠然，使「名字不再是一種符號」，說「名字」是一種抗議，詩人不會相信把名字寫在碑石上就等於一個生命的死，因此，詩人為了去認識」躺在棺材中的死而寫詩，「死」的定義是什麼？「死就是生命的結束，死就是死。」錯了。從詩人這首「死」，不祗是的單純意義，也是一種生命的本質，它意味着人類無望的悲劇。

詩人探討「死」字的眞誠與狂熱，是十分值得讚頌的精神。我不瞭解他享受「死的意念存在的喜悅」那種趣味如何，但，我曉得自己該明白「復活」不啻是一種錯誤，且是一種罪惡，「復活」持續了病老和戰爭，於是，又多了一次死的經歷，詩人敏感地思幕上，始終映着如是錯誤與罪惡結合的立體影象，哦！讀詩的人也該搖頭了。

從「死之書」整首詩的表現筆法說，詩人手段是高明的，而就詩中的內容說，却不太完整。林煥彰的詩，總是一些思想片斷的組合，他的習慣如此，走的又是自己的路，以他頗具深度的思想和人生觀，相信寫詩在他說來，最能表現個性。

詩作品唯有個性才能够存在，也祗有「個性」的存在方足以使其作品獨立在衆多的詩群中。

我不喜歡「死之書」，但我偏愛談它，這種矛盾的起因是：它具有很強烈的個性發出來的感動力，激起我久已沉澱心底的情愫——死的意願——很早就想提筆，我很忙，一直沒有較多空閑的時間讓我靜下心，寫下幾個字就停筆。

我較欣賞的一首詩

高　峠

季紅的慢車廂中
守望。

此外　是
迷惘
此外　是

怔忡
此外 是
作夢
此外 是
厭倦以及無聲的叫喊
(靈魂，遠遠的，在前方呼吸)
此外 是枯萎的頭顱
以及可笑的肢體
任誰都是一團糢糊

一首詩，能達到多一字不可，少一字不可的境界，確是非凡的作品，這首詩風格迥然不同一些抒情詩，寫法很嚴肅，很冷酷，但觸筆深沉，意象突出，描繪細膩，把一切形相儘遁於無形中，而隱約呼之欲出，給人以回味咀嚼品嚐的結果，發覺詩素很濃縮而強烈，一切妙處俱在無言中。

在我心裡起最深共鳴的一首詩

陳世英

詩是相對讀者與作者間之默契領悟，個人感受程度常會影響對詩的評價水準，故想在心目中佳作裏，選一首最欣賞的詩作，其主觀成分一定佔大部份。也許目前我認為上好佳作，別人並不儘然贊同，甚至於連再過幾年後的我，也不一定還認這首為最佳。

就我現在對詩領悟能力與讀過的詩作而言，我最欣賞的我國現代詩是羅門的「麥堅利堡」一詩，現在我把作品抄錄如下：

麥堅利堡

超過偉大的是人類對偉大已感到茫然

戰爭坐在此哭誰
它的笑聲 會使七萬個靈魂陷落在比睡眠還深的地帶
太陽已冷 星月已冷 太平洋的浪被炮火煮開也冷了
史密斯 威廉斯 煙花節光榮伸不出手來接你們回家
你們的名字運回故鄉 比入冬的海水還冷
在死亡的喧噪裡 你們的無救 上帝又能說什麼
血已把偉大的紀念沖洗了出來
戰事都哭了 偉大它為什麼不笑
七萬朵十字花 圍成園 排成林 繞成百合的村
在風中不動 在雨裡不動
沉默給馬尼拉海灣看 蒼白給遊客們的照相機看
史密斯 威廉斯 在死亡紊亂的鏡面上 我只想知道
那裡是你們童幼時眼睛常去玩的地方
那地方藏有春日的錄音與彩色的幻燈片
麥堅利堡 鳥都不叫了 樹葉也怕動
凡是聲音都會使這裡的靜默擊出血來
空間與空間絕緣 時間逃離鐘錶

這裡比灰暗的天地線還少說話　永恒無聲
美麗的無音房　死者的花園　活人的風景區
神來過　敬仰來過　汽車與都市也來過
而史密斯　威廉斯　你們是不來也不去了
靜止如取下擺心的錶面　看不清歲月的臉
在日光的夜裡　易滅的晚上
你們的盲睛不分季節地睡着
睡醒了一個死不透的世界
睡熟了麥堅利堡綠得格外憂鬱的草場
死神將聖品擠滿在嘶喊的大理石上
給升滿的星條旗看　給不朽看　給雲看
麥堅利堡是浪花已塑成碑林的陸上太平洋
一幅悲天泣地的大浮彫掛入死亡最黑的背景
七萬個故事焚毀於白色不安的顫慄
史密斯　威廉斯　當落日燒紅滿野芒果林於昏暮
神都將急急離去　星也落盡
你們是那裡也不去
太平洋陰森的海底是沒有門的

當我第一次讀到此詩時，我就先爲其引人入勝生動的詩語，得到感性奇異快感的滿足，它有如一根針的刺戳，把我藏在內心深處的喜悅全刺破並溢滿出來。進而我被它發人深省的警句感染偉大與不安的戰慄，使我有如置身於馬尼拉城郊的麥堅利堡，與作者並列在想象中的史密斯威廉斯的十字架前，面對人類悲慘的命運與七萬個永被死亡埋住的故事，黯然地哭起來，一種被死亡的感覺重壓着的現代悲劇，遂使我在「空間與空間絕緣　時間逃離鐘錶」下，寂寞得嘶喊不出聲來。

一個現代詩人必須面對現代存在悲劇，保持海明威所描寫的主角的「壓力下的風度」，在死前已死一千次，來挽救悲劇所帶來的命運，而不是逃避或漠視，這是我讀此詩後的感觸。

在這時代性偉大作品下，我還是保持沉默——不在分析或評介，相信讀者必能從作者自己的剖析或後記裏，得到更感滿意的答案，而不是我一些多餘的廢話。

欣賞觀感

陳秀喜

結婚以後

趙天儀

結婚以後　詩神暗然遠去
煩瑣而多煤氣的廚房
遂有了柴米油鹽的煩惱
床第間的細語遂有了婆婆媽媽難念的經

杜鵑花盛開的春季
一陣濛濛的細雨 挾帶着逼人的冷氣
我已非昔日年少的捕蝶者
花兒 圍住了一片廣場的草坪
雨滴 困住了我一顆沉澱的心靈
究竟愛如何答覆 美如何長駐
問我足旁的杜鵑花 却沉默不語
問我過往的行跡 而年華不再
倘若 倘若我有一瞬底慧眼 剎那底頓悟
我將直探心靈的深處 跟春天同住

經吳瀛濤先生之介紹我初次參觀端午詩人節的盛會 始拜讀趙天儀先生 之大作「結婚以後」這一首詩直覺地給與我有了無比的親切感 時光逝去的感慨 令人惘然 詩人以平凡的題目而寫成煩瑣的家事爲起 自第二節就牽引讀者進入美妙的詩境 滿懷的感觸均細膩地表達出來 最後兩行詩是微弱的抵抗心理 詩人的慾望飛躍的心聲竟寫得如此有韻美 又給與讀者親愛而切實的共鳴 因此我讚賞這首詩的成功

「也是三月」胡品清作品欣賞

謝秀宗

『溶化了潑墨的雲翳 溶化了霧
如一朵火紅的玫瑰
熊熊昇起
那多眠的太陽
一些植物的清芬
湧入惠風之和暢
乃有癱瘓後之康復的舒泰
花草醒來 蝴蝶醒來
龍柏和山茶間歡騰流溢
諸多的嫵媚肇始
太陽的金鏤輪織明朗的白日
艷麗的黃昏
和繁星的夜和夢
這是遼闊之春
雜花生樹 萬物交感
聽畫眉的繽紛的音符
看杜鵑紅紅的笑姿

而庭前樹的葉浪總是低昂迴轉
踏着圓舞的步子

這是三月
暖暖的三月
甜甜的三月
帶來一則童話的三月

也是三月的黃昏
我抖落了心上濃濃的憂愁
讓西天的彩霞照亮我最後一個夢
夢很柔 很藍
但來得遲遲
或將去得匆匆
只有絢爛的一瞬 沒有明天
就像那霞？』

——**「也是三月」胡品清**，摘自「中國現代詩選」。

這首詩的那種美的感染性，以及那帶着濃濃的憂愁，在寧靜、恬淡和愉悅中呈露了出來。它將作者與讀者的心靈溶化在透明與純詩，清雅、超脫、優美、雋永的境界之中。所以我說它是一首佳作。

「花草醒來，蝴蝶醒來，龍柏和山茶間歡騰流溢，諸多的嫵媚肇始……。」她用大自然的景物，透過大自然沉靜的眼睛，把春之律動的一切充分的表現了出來，詩人在這方面以微妙的靈思，如一般人所謂的先知、觀察者、報導者、改造者……。一一的把詩的本質和境界，用特殊的心智，探測衡度世界的擺在眼前的物。它不感染任何齷齪，充分的表露了愛和美，夢和幻。

「看杜鵑紅紅的笑姿，而庭前樹的葉浪總是低昂迴轉，踏着圓舞的步子……。」它有聲有形的繪出春天帶來的世界的歡樂，它如一闕畫眉鳥唱咏的音符，簧舌在微微清風飄搖的葉脈上，極盡歡愉，幽美的很，多麼細膩的情緒，令人嚮往啊，這眞是一幅精緻艷麗的現代畫，把溶入了現代詩素之中。

「也是三月的黃昏我抖落了心上濃濃的憂愁，讓西天的彩霞照亮我最後一個夢，夢很柔，很藍……。」我們可以看得出，作者的詩作裡情感的濃度，井不亞於理智，抖落了心上濃濃的憂愁，那自己生活之中的感受沉澱，我們不難可以發覺得到。

這首詩，顯然地胡品清創作詩的過程，是以現代詩意象的眞實性與生活體驗摻合出來的，用那舒暢微妙的感覺，用感遇到淡淡的哀愁，濃濃的憂鬱，運用沉思與抒情的手法打開極美麗、清新、超脫的窄門。這首詩無論在外在或內涵，都沈浸在美得令人沉醉自然美中，使作品有眞情與實境，且具有持久性與可讀性的優點，永遠在知性與感性的充融之中，雖然它是一則平凡的題材，但她已完成了內在與外在抒情的工作。在今日晦澀詩篇汎濫，把難懂捧成佳作甚至連作者自己都看不懂的詩的世界，胡品清用美麗的語言，逃出自己心靈感受，把握純眞詩素的——「也是三月」，眞是值得推介的。

◇里爾克詩選譯

形象集

李魁賢譯

受堅信禮的男童

巴黎，一九〇三年五月

受堅信禮的男童，戴着面罩
走進一片新綠的園中。
他們已經克服了童年
如今氣質大變，另是一付面容。

哦，變吧。如今不以休止起頭
等候着下一次的鐘鳴？
禮典已畢，家中喧鬧了起來，
下午沮喪地消失無踪影……

起立，就那白色衣裳
以優美的步伐走過小巷
而教堂，裡面冷如絲緞，
長長的蠟燭，好像大街，
所有光輝閃爍若寶石樣，

由聖潔的眸光來凝望。

靜極了，當聖樂初唱：
好似雲朵，他攀升拱形屋頂
而在下墜時轟響；因雨
他輕柔地降回素服的孩童群中，
其潔白服飾有如在風中擺盪，
而摺痕緩緩地變成多彩
似包藏着隱而不見的花朵——：
花朵與鳥類，星星與造形
出自一則古老遙遠的稗傳。

外面是藍綠組成的日子
以艷紅的呼喚晴朗的位置。
水池於微小的波浪中移去，
而隨風吹來一陣遙遠的錦簇，
且歌唱自市區之外的花園。

那是，似乎事物自我裝飾花邊，
燦然佇立，無限地淡曝日光；
一種感覺，在每幢家屋前，
而無數窗戶開啓，光明璀璨。

晚餐

他們，驚皇之衆，集聚圍攏他，
他有如領袖，自行作主，
且除去那些他所從屬者，
而對他們，他漠然溜過去。
蒼老的寂寞籠罩着他，
把他引導至艱困的交易；
如今他要再漫步走過油林，
而喜歡他的，將在他前面逃逸。

他已招呼他們就最後的餐桌，
而（有如鳥兒從帆索上驚嚇
逃走）他嚇得他們從麵包上縮手，
他這樣說：他們向他飛來；
他們焦急鼓翼越過圍桌的伙伴
尋找一處出口。可是他
到處都像是黃昏時刻的模樣。

起首

從無盡的渴望中，湧起
有限的行爲，如無力的噴水，
及時而震顫地下垂。
可是，還對我們保守秘密，
我們喜悅的能力——
指示，於此舞蹈的淚滴。

忘河

H D作
郭文圻譯

沒有獸皮，沒有羊毛，沒有隱庇，
　會覆蓋你，
沒有深紅的帳幕，沒有火，
沒有杉木的遮蔽會覆蓋你，
　沒有樅樹，
　沒有松木。

沒有悲慟，沒有金雀花，
　沒有水松
　沒有花木的芬芳，
沒有食米鳥的悲鳴喚醒你，
　沒有紅雀，
　沒有畫眉。

沒有蜜語，沒有愛撫，
　沒有情人的凝視，
你將長久淪在黑夜，
只有滿潮滾滾地覆蓋你，
　沒有疑問，
　沒有親吻。

譯記：HD原名 Hilda Doolitte （一八八六——一九六一）生於美國，遊歐，到倫敦和龐德組織意象派。嫁給一個英國作家，後離婚。詩受希臘詩和雕刻影響。在意象派中，最完美無瑕。
忘河：引據希臘神話，飲其水即令人忘却過去的河

◎二林對談：

▲鬬鷄

▲林錫嘉　林煥彰

▲日期：五十六年十月廿八日

▲地點：南港

旋轉門的哲學

林錫嘉

你之外，我是吸滿金色灰
塵的獸。必須在盤錯的燙
脚的柏油路上覓食。
伸手推你；繞一圈，歲月
就疲憊在你脊椎骨的旋轉
中。迎送只是人生一個短
促的接觸。拋個太陽給你
就完成了一頁歷史。

我是獸，日日盯住你裸體廻轉的展覽。
步入你，就擁有一纍纍成
熟的菓實。且緊緊地擁抱
着樹之青，蟬之聲，荷之
香，以及寧靜以及鬆軟的
泥土的芬芳。
而樹們，你的落葉歸根是
旋轉門的哲學。
而荷們，你的蓮蓬是旋轉
門的哲學。

九荒

林煥彰

一只軍鞋就如此破落在牆角
那是大戰以後的事　牆是臉譜斑　駁着我們的顏面　青苔
如血　猶爲我們的死而活着　（砲口圓圓）　整個下午我
便如此對它怔住
想爲我們的呼吸尋找鼻子　我即鎮日坐在我的耳朶里但
有誰願意告訴我　關於越南湄公河及其三角洲
墳上加墳已非違章　此乃二次大戰以後新的建築　我很想
在我的墓上開一小小的窗　但已爲昨日來自越南渡假的盟

友築起別墅。

不樂就有不樂的那種樣子　常使我坐在我的眼中憤怒

（烽火連連）一只軍鞋就如此破落在牆角

林錫嘉：我看這一次我們就拿這二首詩來，隨便談談，不一定是批評，而是着重在寫作動機、技巧以及內涵的詮釋。這樣比較親切的現身說法，或許多少能幫助讀者更深一層的了解現代詩。

林煥彰：是的，這樣可以消滅這一代人對現代詩的誤解。所以上次我們談完了「鄉土藝術」以後，我跟你提起「鬪鷄」的事，也就是這麼着想。那麼我們現在就以「鬪鷄」爲題來談談你的「旋轉門的哲學」和我的「九荒」。我們所使用的語言都很相似，但精神上則各自都在追求不同的世界。

林錫嘉：我之所以拿「旋轉門的哲學」一詩來談，不是說它是最好的作品，而是以它的表現來談談詩的形式或哲學性之類的問題比較方便罷了。以你是個讀者來看，你對它有什麽觀感？

林煥彰：詩的形式已是一個老問題，它應該是與內容成爲一體的，想已不必再去界定。至於「哲學」問題，我倒很想先聽聽你自己的意思。

林錫嘉：有人說詩人不能以哲學寫詩。可是我却認爲一首雋永有深度的詩都應該有哲理在，此哲理乃詩人之人生觀。在詩的表面上或許沒有明言，可是却暗暗地含蘊在詩的內涵裏。因此，詩人都必須要有哲學的修養，以增強詩給人內心感顫的力量。我的「旋轉門的哲學」，並不是用「哲學」兩個字就表示詩的哲學性，而是展現在詩的內涵裏。這也是我近年來在寫詩時所致力要達到的目標。

林煥彰：詩的題目之於詩，有人說它是畫龍點睛，也有人說它是大衣左邊的一排鈕釦。我覺得兩者都對。不管點睛也好，無用的鈕釦也罷，但有一點，在我的經驗上我覺得它應該要有所「暗示」或「象徵」。你的「旋轉門的哲學」這個題目，我們也可以見出你寫此詩的一點企圖。詩人寫詩的致極目的，我覺得也很像哲學家一樣，在建立自己的思想體系，如對生命、愛、死亡、戰爭等等提出不同的看法。唯一與哲學家所不同的是我們用詩表現而不落入理論或教條。所以努力在詩中注入你的「哲學」我不反對。何況我自己早就在我所寫的作品中注入一些我對「人生」上的理念的不同詮釋。

林錫嘉：現在回想此詩的寫作過程，它眞是痛苦的完成啊！那一次走過一團團被烈陽晒得泥爛的柏油路，我有被煎熬的痛苦感覺。伸手推動那斑剝的旋轉門，植物園裡儘是落花枯葉，以及向陽的蓮蓬，這一連串「旋轉」的意象深深地感動了我，詩的思想內容油然而生。因此，此詩的思想完全是在表現週而復始的旋轉世界，也詮釋落葉歸根的古老哲學的意境。致於此詩的形式有着旋轉門的形象，這完全是內容所導致的，我事先並沒有想用它的形象來寫詩。

林煥彰：現在我們來談談我的「九荒」。自從我在整理「牧雲初集」時，我便深深覺悟到，寫詩已不再是我剛開始在新竹時所寫的一點鄉愁或向人們展示說「我也會寫詩」的那種虛榮。因此，我老是覺得，我們今天寫詩，就該對這個時代負責，而我就應對此一時代肩負什麼。這一年來，因爲我被自己囚禁在「票亭間」裡，有機會更深沉的去思索一些問題。首先引起的就是自己的風格之確定，然後就是那一串串老是縈繞在我的思緒裡的，戰爭、死亡、生命、愛等等的問題。「九荒」也就是這樣的「產品」。你對它有什麼看法？

林錫嘉：看到這首詩，第一個感覺是題目的「象徵性」，我無法找到一個它象徵的屬性。然而詩本身却是成功的。這又發生在「題目」與「大衣左邊的一排鈕釦」的關係上。不過這並沒有多大要緊。我們這一代打從幼年起就過着不平靜的戰爭生活，因此第一句詩，我們很容易想像到有一位身經百戰的老將軍正盯着那隻同他經歷許多苦難的破軍鞋，想起過去沙場的慘狀，也想起現在正是烽火漫天的越戰。

林煥彰：很多人對於這首詩的題目都感到莫明，或因我們對於數字都不大了解和關心，我自己對它（數字）的涵意也沒研究過，也許這又是一門「哲學」。我們中國人對「九」都有「多」與「不吉」的看法，我也僅憑這點「直覺」將它和「荒」字連結起來，假如你對於「荒」字有所了解的話，那麼「九荒」就不再是「九荒」（無用的鈕釦）而已。

林錫嘉：此詩描寫戰爭的成功處，是在不以血、恐怖來展示戰爭猙獰的臉面。看看「想爲我們的呼吸尋找鼻子」，我們就可以看到滿山遍野屍首分家的屍體。「墳上加墳已非違章」裡我們不難體悟出有成千成萬的人犧牲在殘暴的戰爭中。這樣的表現不是比那些光喊着戰爭啊，血啊，更令人有驚悸悲痛的感覺嗎？

林煥彰：我不知道此詩是否成功，但已有很多朋友對它感到興趣。我一向認爲我們寫詩要用最常用的文字來寫，至於意境的深邃則當是我們所應努力的。葉笛說它是新電影所使用的「蒙太奇」手法，我不知道是不是就是那樣，因爲我電影看得很少，我只是想這樣做以顯示出那一只軍鞋破落的特殊鏡頭。詩的寫作，絕不是將從菜市場（生活中）買回來的東西在厨房里羅列一下就好，它應該被做成一道好菜放在桌子上讓大家動動筷子，也動動嘴，品嚐品嚐，才對。所以僅僅羅列戰爭啊！血啊！那不是詩。有些人反對寫「生活詩」或許就因爲寫這類詩的人，沒有把「生活」詩化的關係吧。

詩壇散步

柳文哲

詩集點滴

時間 一信著 中國青年詩人聯誼會 56年10月出版

一信的第二詩集「時間」已比他的第一詩集「夜快車」純了些，可惜，他在意象的表現上，好像抽象了一點，或觀念化了一點，如果能像「飲者」那一首，稍稍具體一些，也許他的詩更能凝聚，更能突出；余光中先生在讀後感中說：「把自己的世界建設得更獨立一些」。誠非虛語，且也是每一個從事創作的人應有的自覺吧！

火鳳凰的預言 黃德偉著 星座詩社 56年3月29日出版

畢業於臺大外文系的詩人黃德偉，是一位頗有潛力的創作者。這集子分成兩輯；是「獵人星」與「火鳳凰的預言」。他的詩，在抒情中帶有說理，在敍事中顯現意象，多少還有受了詩壇上某些影響的痕跡，但已有新的企求了；例如：「蛙鳴，在水之湄」這樣的題目就覺得太面熟了些，我較欣賞他的「瓦上的落星」與「火鳳凰的預言」兩首；前者有一種神秘感，後者有一種悲壯感。

新詩朗誦會 時間：五十五年六月十二日下午七時半 地點：臺北市南海路國立藝術館

「新詩朗誦會」是該次朗誦會的節目表及其作品的單行本，計有瘂弦等二十九位詩人的作品。

詩集漣漪

五弦琴 五人合選 藍星詩叢 56年雙十節出版

在詩人覃子豪先生逝世四週年的日子裡，由他當年的弟子們向明、彭捷、楚風、鄭林與蜀弓等五位詩人各選詩十首，加上代序，共計五十一首，稱為「五弦琴」，並以此詩集紀念詩人覃子豪先生，這是令人繫念的。

在「五弦琴」的「代序」中，他（她）們說是「不刺耳也不低沉」，正顯示了他（她）們堅定的存在。

一、向明的詩：向明的作品一向是謹嚴而誠摯的，「乾癟的眼」是爲悼念覃子豪先生而作的，簡鍊而有力，沒有感傷，也沒有虛無，然而，却是出自肺腑的眞心的懷念，最後兩行說：

「你看我們不仍是在寫嗎
祇是寫時比不寫更加苦痛」

這是何等地悲痛，何等地令人鼻酸呀！此外，「聲音」的呼之欲出，也是極爲乾淨俐落的表現。向明的詩，如果我們要求疵的話，那就是說，在詩的節奏上，似乎該柔軟一些，有彈性一些。

二、彭捷的詩：彭捷的作品，似乎不是以緊密見長，而是以平隱爲者，以「舉杯」的爽朗，「索橋」的堅毅，「媽媽日記」的親切和靄，「鳶」的天眞想像，使我們讀之頗耐回味，彭捷的詩，在想像力上，也就是說在詩的意象上，似乎還待開拓得更廣更密些。

三、楚風的詩：在五人之中，楚風的作品是較爲豪放較爲爽朗的一格，也因此在詩的凝聚上，稍爲鬆了些，但像「詩的白玫瑰」三首合組的小詩，却也極爲細膩，其中那一首「殞星」，極爲難得：

「脫軌的輪，折翼的鳥……
急急下降的仲夏夜殞落的夢
美的形式被否定，眞的內容被否定
天體間正横過一個悲壯的聲音」

詩的音樂性，如果是在節奏與氣勢的緊湊的關鍵上的話，這首詩該是一個好例子。

四、鄭林的詩：在五人之中，鄭林的作品，似乎稍爲弱」一點，「冰鞋的故事」頗有少女天眞而熱情的表現，描繪一種戀的心理，極爲出色。

五、蜀弓的詩：蜀弓即張效愚，他的作品，硬朗而不粗糙，在諷刺中常常流露着幽默感；「觸覺所得」簡潔而有勁，「十分鐘的空白」幽默而空靈，「小鎭戲院所得」在諷刺中又帶批評，「週年祭」在追念中也有感懷，知音眞是世所稀。

在覃子豪先生逝世四週年以後的今日，詩壇依然是一片喧囂，而「五弦琴仍然是五股弦」；他(她)依然不投時所好，依然不隨波逐流，清晰而悲壯地協奏着「五弦琴」的音符。我想我們的詩壇，眞誠而不虛誇的詩的使徒，應該多一點；而神經兮兮的詩的浪子，應該少一點，那麽，我們還可期望我們的詩壇是有一線光明的生機和希望，不知讀者諸君以爲然否？

稿約

一、本刊園地絕對公開。
二、本刊力行嚴肅、公正、深刻之批評精神。
三、本刊歡迎下列稿件：
▲富有創造性的詩作品。
▲精闢的詩論及有關詩的隨筆。
▲深刻、公正、中肯的詩或詩書評釋。
▲海外的詩、詩論、譯介及詩訊。
▲詩人研究介紹及詩書簡。
▲詩活動報導及詩書出版消息。
四、本刊每逢雙月十五日出版。截稿日期：詩創作每單月之五日，其他稿件二十日。
五、來稿請寄「豐原鎭忠孝街豐圳巷十四號」本刊編輯部收。

笠叢書

①現代詩的基本精神　林亨泰詩論

②風的薔薇　白萩詩集

③島與湖　杜國清詩集

④力的建築　林宗源詩集

⑤瞑想詩集　吳瀛濤詩集

⑥不眠的眼　桓夫詩集

⑦綠血球　詹冰詩集

⑧大安溪畔　趙天儀詩集

每冊十二元・直接函購・七折優待

⑨秋之歌　蔡淇津詩集

⑩日本現代詩選　陳千武譯詩集

⑪美學引論　趙天儀理論

⑭牧雲詩集　林煥彰詩集

⑱南港詩抄　楓堤詩集

⑳生命的註腳　靜雲詩集

㉒遺忘之歌　謝秀宗詩集

㉔窗內的建築　林泉詩集

預定出版叢書

以白畫死去……白萩著

醉影集……林宗源著

陽光詩集……吳瀛濤著

象徵集……喬林著

拾穗集……葉笛著

蝴蝶結……鄭仰貴著

笠存書

一—十二期每冊三元

十三—十九期每冊四元

郵政劃撥中字第二一九七六號陳武雄帳戶

詩已成爲文學的最後堡壘。

在今日鉛字文化的氾濫，大衆化現象的浸透裡，看詩或寫詩，不外就是一種抵抗。

因此，「笠」詩刊的對象，仍然在不可能商業化的方面，與一般通俗的刊物，顯然有其不同的性格與任務。完全不依靠商業書店販賣的途徑，僅依賴直接訂戶的不斷增加而求繼續發展。敬希愛護本誌的讀者參加長期訂戶。

中華民國內政部登記內版臺誌字第二〇九〇號
中華郵政臺字第二〇〇七號執照登記爲第一類新聞紙

笠双月詩刊 第二十二期

民國五十三年 六 月十五日創刊
民國五十六年十二月十五日出版

出版社：笠詩刊社
發行人：黃騰輝
社　址：臺北市忠孝路二段二五一巷十弄九號
資料室：彰化市華陽里南郭路一巷十號
編輯部：臺中縣豐原鎮忠孝街豐圳巷十四號
經理部：臺北縣南港鎮南港路一段三十巷廿六號

定　價：每冊新臺幣六元
日幣六十元　港幣二元
菲幣　一元　美金二角

訂閱全年六期新臺幣三十元・半年新臺幣十五元

●郵政劃撥第五五七四號林煥彰帳戶
及中字第二一九七六號陳武雄帳戶

笠 詩刊

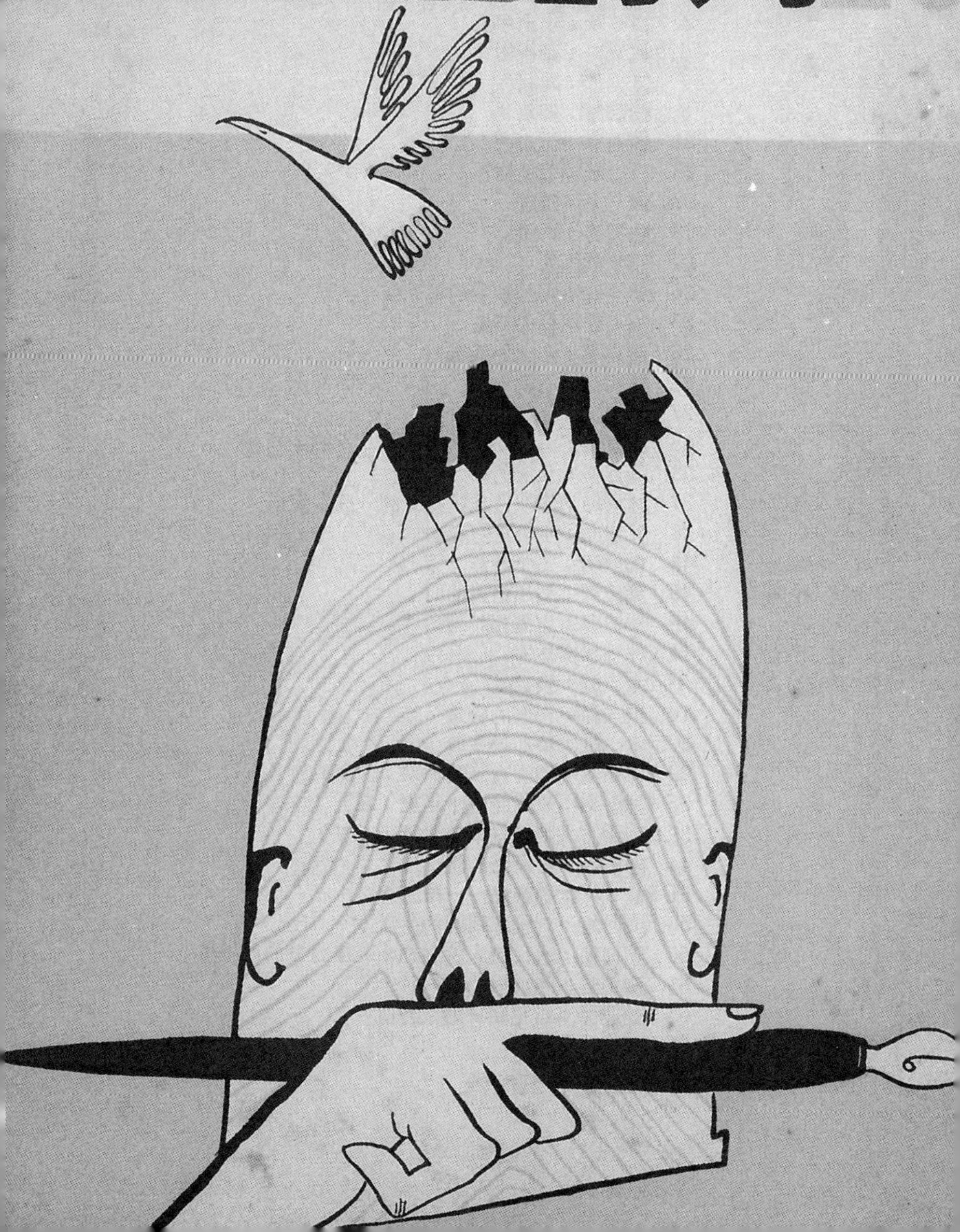

笠 23期 目 錄

談批評

本社

在我們這個詩壇，批評呈現一種無政府狀態的時候，「文壇」雜誌開闢了「每月詩評」的專欄，是件值得慶幸的事。「笠」詩誌自創刊迄今，一直也爲建立詩壇的批評而工作着。不但歡迎批評，更歡迎批評的再批評。基於這一觀點，想對二月號文壇的每月詩評「五六年十二月」一篇中（林亨泰和「笠」下的一群）提出我們的看法。

A、「他們這一群寫詩的朋友，有一套與衆不同的做法；那便是經常集會，互相檢討，而頗具民主的，批評的精神，這是好的，但是他們的人員太多，意見太雜，而詩風亦不相近。單是這一點，就不如選手較少較單純的「創世紀」來得旗幟鮮明和有其一定的傾向了。」關於這一點，如果把「笠」逐期有系統的細心的咀嚼「笠」的內容，就不會如此草率地，對「笠」遽然下個「沒有一定的傾向」這種判斷了。不錯，「笠」沒有喊出任何響亮的口號，也沒有標榜什麼主義，什麼派，什麼詩型，但却不能因此就說「笠」沒有鮮明的旗幟。「笠」下的一群是以對於現代詩的「眞摯性」，發揮自己的個性，互相砥礪爲前提集合起來的。事實上，反觀當前詩壇，雖云有旗幟，但其詩的內容却不如其所標榜的鮮明而有一定的傾向。即在「笠」下的一群中，有曾經是現代派，藍星詩社，創世紀旗下的詩人。這說明了任何派別和主義都沒有辦法永遠固定一個詩人。因爲一個眞摯的詩人是在不斷的創作中，不斷地修正自己的態度，培養創作自己的。法國的超實主義，義大利的未來派，各種派系下的詩人終歸各奔前程，其理在此。

B、批評最起碼是辨別好詩和壞詩，而予以有條理的剖析。這是任何嚴肅的批評，能讓讀者首肯的條件。對于「笠」二十二期的作品說，「「病人日記」寫得很壞，簡直不是詩。「溪底石」也很糟，作者自己說他「用了象徵」，但我實在無法欣賞，莫測其「象徵」之高深。白萩的「琴」寫得是不壞的；但最後的「又逢到一個」不知代表什麼的大圓圈，我可就不敢恭維了。」

說實在的，這種批評也不能叫人恭維。何以「寫得很壞」，何以「簡直不是詩」，何以「無法欣賞」其象徵，都一字不提，這與「這個我喜歡，那個我不喜歡」一樣的口吻，不能說是詩評。逢到一個不知甚麼的大圓圈，便說是「寫得是不壞的」詩一撒手不用腦去想，也不是欣賞詩的態度吧。而對林煥彰的詩以自己的方法去叫人如何如何地修改，也未免忽視了詩人創作精神的運作吧。我們希望有更嚴肅的批評。

春喜

桓夫

她叩頭　祈禱　抽籤
篤　篤　她的高跟鞋移動
在供壇與香爐之間……
她的虔誠　以及
她的願望　燒紅了一束一束賄賂
從金紙亭　篤　篤
回到媽祖的纏足下跪拜

豐原慈濟宮

第九十三籤癸丙中吉

春天雨水太連綿
入夏晴乾雨又愆
節氣值交三伏始
喜逢滂沛足田園

富春里 尤秋忠敬謝

（象杯） 她俯伏
拾取弓月形杯筊的時候
（象杯） 她俯伏
拾取欺騙自己的錯覺的時候
她那厖大的臀部忽然遮掩了
媽祖的金身——

【私語】臨時抱佛脚或崇拜偶像，仍需要用假鈔票賄賂，黑吃黑，借以代替表示神聖的心理作爲，滿足於欺騙自己的錯覺。這種風習，這種觀念，這種不自覺，可不是祇說封建的迷信，就可以置之不理的問題嗎。神啊，媽祖啊，祢那「纒足的文化」多麼頑固喲。——祇是，在現代的人生 Sex的意識比甚麼都強烈顯明。

寸土寸金

白萩

還是到公園
還是到公園
張三像野狗
討厭的晚上又來到
走過這條街
還是走過這條街
世界這麼小
沒有地方窩一窩

不要來囉嗦
到這世界

又不是我的本意
她媽的
快樂的父親和母親
父親和母親快樂

不要來囉嗦
到這世界
又不是我的本意
自殺說是犯法
不要這個世界
完全沒辦法

還是到公園
還是到公園
警察又來找
張三抱着一棵樹：
還是你有辦法
不用愁
不用煩
生下就有地
沒人找煩惱

黃昏樹

楓堤

斷斷萎縮了
猶覺微溫
像是剛剛被撫摸過的

望着遠去的影子
孤單的形象
被人猜疑、忌諱的
賣春婦

時間

方方

我們屏息着
恐怕作一個深呼吸，或
揮一揮手勢
秋天就從鼻尖溜走，因爲
冬天就在隔壁

猶之感冒時候的鼻涕
秋天總要流掉的
但是，我們不忍擦去

蠹魚

林宗源

走出去是不可能的事
被註定活在箱裏
從小就要過黑暗的日子的昆蟲
不知道什麼是恨，什麼是愛

打開箱子，突然衝進的光線，引誘着想竊視萬物的秘密，可是，突然襲來的過量的氧氣，使微小的肺，有一種不能呼吸的痛苦

煩悶起來，把一件件水獺皮做成的衣服咬破，旗袍咬
爛，我想對於這些沒有靈性，只會包圍着骯髒的身體
的東西，咬爛也不值得可惜，何必投入大量的樟腦丸
，我要抗議，假如我會說話，我要告訴那些姨太太：
沒有我，妳是不能夠很快地，又得到很多最新型的衣
服

被輕視被咒罵，我們難道甘願認命地，呑下這些不太
容易消化的東西嘛？我要讀書，要利用所謂「智慧」
來統治萬物，「咬」一本本的書，所有的書，反而覺
得沒有意思了，「智慧」有什麼好處，還不如「咬」
來得有趣

我們是一羣從小就要咬黑暗的昆蟲
被註定活在稀薄的氧氣中默想的動物
走出去是多麼可恥的事啊！

音樂的構造

村野四郎詩論「現代詩的探求」
詩的構造

桓夫譯

◎語言的要素之一是「音響」

本來，詩被視爲語言的藝術。音樂爲音響的藝術。繪畫爲彩色與線條的藝術。語言成爲詩藝術的唯一工具，等於音樂或繪畫的音響和彩色、線條一樣，其工具本身的機能在本質上和方法上均有不同。不過，在此無需觸及這些問題，要論詩的構造，除了其唯一工具的語言，是無其他可論的。顯然，蔑視了語言的機能，任何詩的構造都不成立。

且說，要瞭解詩正確的構造，必先認識其根源素材的語言的機能。起初，語言在社會上爲通信自己的思考或感情所用的工具，若加深一點考察，也可以說是人認識的方法。惟語言旣係通信爲目的，在日常生活上或創作文學上都一樣，一般認爲語言的作用是據于語言持有的「意義性」，才能傳達人的思考或感情。但實際上，不僅限于意義，需加「音響」的傳達機能，始可得到完整。換句話說，「意義性」和「音響」是語言機能的兩個要素，而「音響」從內面支持「意義」，成爲意義的一部份向外傳達我們的思考或感情。至於「意義」的重要性似已不必說明了。而對「音響」的重要性，T·S·艾略特也說過，「對Ayllalle（音節）或韻律的感覺是從思想或感情等的意識，浸透深奧的地方給各種單語賦與生命，沉入遙遠過去最原始的深部，帶着某種感覺恢復其根源找尋最初或最後的感覺的意思。當然那是通過意義而作用。」E·雁德也說：「音響左右意義的內容或方向」。但事實，語言不僅在其意義上背負歷史性，而在其音響上反映着極爲複雜微妙的人的歷史，拖到現今來。

因之，詩在本質上持有這兩個機能的語言的組織體。但隨着文明的進度或人意識的變化，在其機能之間會有消長的情形發生。例如，今日我們目讀文學，多少受語言意義性的傳達。假使在無意識裡亦受到音響的作用，這音響機能的領域比較過去僅依據音響的原始時代，即有較大的相違。

無論如何，影響詩構造的兩個性格，即「詩的音樂性」和「詩的意義性」，是從這種語言持有的兩個根源的機能所產生。

迄今，很多詩人均認爲「詩的音樂性」和「詩的意義性」是對立的性格。實際上這兩個性格並不能以對立來論。然而，從來的音樂性論者，均把詩的意義性與詩語本身的音響分開來論。祗在文脈上找「旋律」，那樣「音樂」本身的領域裡論詩的文學，才會對詩發生疑問。蔑視音樂與文學的境界，把糢糊產生的一種陶醉的Corona認做「詩的」文學，始有其問題。這就是在音樂的世界，論文學的錯誤。

◎韻文詩所犯的錯誤

典型的音樂性論者便是韻文論者。韻文使用一定的語數、韻律和押韻，使詩的文脈具備了音樂性，像定型的新體詩。萩原朔太郎說「詩本來就是感情的文學，因而無語言心靈的音律，即無眞的表現。韻文是令人在耳邊感到美麗音響的有節奏的文章。所以所有的詩就是韻文，必然非韻文不可」。這種說法，把語言本身的心靈的音響和所謂節奏的音響本身的心靈分不清，犯了韻文即詩的意識非常頑強的錯誤。這種錯誤很早就植根於詩人的心裡。這種韻文定型詩在西洋於十九世紀末以前被信以為是絕對的詩型。在日本也維持其權威到廿世紀初稱為新體詩。在西洋，這種權威的失墜是一八五五年惠特曼所寫的「草葉」以後。法國波特萊爾在其著作「巴里的憂鬱」序文裡說，「無韻律也可把心裡抒情的動態或夢想的波動，寫出反映意識飛躍的溫柔且剛直的詩意的文學」，表示對韻文精神的反逆是一八六〇年的時候。

在日本可以說是據於一九〇七年川路柳虹的自由詩「塵塚」開始，定型詩即告終止。

詩音樂性的否定，其論據，有英國詩論家夸洛特極以諷刺，適確的語句表明「如果詩屬于完全的音樂，詩與音樂比較，是多麽無力而單調的音樂。假使波特萊爾是單純的音樂，和華格納比較是多麽軟弱的音樂呵。說詩裡不可缺少音樂，音樂便是詩重要的要素，畢竟不是正確的吧。把詩極限於音樂的時候，詩的內容便成爲貧困的音質和音域，而絕不能傳達詩本身深刻的經驗。」

西脇順三郎也說，「事實視覺的世界遠比聽覺的世界廣濶，所謂「詩性美」來自繪畫性多於音樂性。自古以來，無論任何優異的音樂性的詩，站在音的世界裡，詩的美就會被削減一半。詩裡的音樂比較眞正的音樂，那是微不足道的」。他認爲詩眞正的魅力是在音樂性以外的地方。他們是在過去音樂性論者魏爾崙所說的「神秘性的音樂正是詩，其他都是文學」的「其他文學」裡，發現了新的時代的詩。分析與音樂結托的陶醉氣氛的一種抒情性的Corona，而把音樂與文學分開。這些二十世紀詩人的背後，確有新的知性文學精神支撐着他們。

不過，已遭受否定的詩的音樂性，無疑就是賦與過去的詩魅力的重要要素。所以應該備有新的魅力的主題代替這種舊魅力的主題。究竟，這些音樂性否定論者是已經確認了新的詩的主題（意義性——將在後述的心象論及），始敢提出他們的定論。事實，他們在理論的基層，已經堅決肯定詩魅力的中心在於意義性。可視爲意義創出的心象的美學，已顯出了明確的容貌。

於今日，詩的音樂性不但「已不必要」，如果重視意義性的程度越強烈，音樂性就不得不遭受積極被排除的命運了。因這兩個構成要素會發生相尅。以最簡單的歌詞爲例來講吧。最有音樂性的歌詞，在音樂廳被唱的時候，歌詞的詩的意義會被置於何種的立場呢。使聽衆陶醉的對象，便是少些歌詞的意義和歌的全部旋律吧。尤其歌唱外國歌詞的時候，這種關係會更顯明了。左右聽衆的魅力完全不是詩而是音樂本身，表示意義性的詩已消滅；等於詩的音樂性愈強大完整，詩的意義性就被壓迫被虐殺，不斷地被旋律的齒輪軋斃，眞會變成模糊微少的存在了。這種場合，全力傾注於詩的意義性的詩人確實可憐呢。他們的主知在空間描繪的意義會變成濛瀧的型態，以現代詩人煞費苦心的所有知性精神活動的成果，便會成泡影了。

當然這是極端的一例。不過，或有些程度的差異，但詩裡的旋律會吞食意義性是事實。若要保護意義性的純粹，就必須排除音樂性，這是應當的。何況，用音樂性千篇一律的型態來束縛意義性微妙的機能，確是最難容忍的。

所以定型的音數律或押韻律所造成的音樂性的桎梏被放逐，而代之有自由詩的誕生，就是據於上述的根本理由吧。

◎眞正的韻律是甚麼

為確認上述的論據，茲就一般所謂的韻律再加以分析考究吧。韻律應該把「韻」和「律」分開，才能明瞭其機能。韻是語言本身的音響，亦即是語言的拍子、音色、語調。律是這些音響的連續，完全由音樂性的構成意識被造成的抑揚，或是曲調，亦即是旋律。如前所述，詩是據於語言方法的藝術，而語言是據於意義與音響完成其機能。但音響是被含蓄在意義性之中，始能履行詩的機能。因此，若離開了意義性的時候，任何音響都不能成爲語言的機能或詩的手段。依據這種理由，離開語言意義性的音響的連續就是旋律的音樂性，非詩人「文學」內的事象，而是屬於「音樂」世界內的事象。

可是，在音樂的藝術世界，脫離了意義性，音也可充分成爲藝術的手段。例如，我們發出一聲完全脫離意義性的「呀——」，而賦與這一聲音有抑揚和音質和音量的變化，即可完全傳達人情緒的昂奮，達到音樂藝術的目的。用鼻音唱（humming）便是這種顯明的一例。所以在音樂來說，歌詞的意義性，只是音樂的附加條件。而沒有意義性，音樂在其本質上仍可完全成立。

如此，在文學上和音樂上的意義性和音樂性的所在，應該要有明確的認識。然而詩這個文學的一領域對這種關係，却未有明確的認識，只是含混地被認定。而在這種含混的氣氛裡，稱爲韻文的文學似乎屬音樂的混血兒一樣的存在，仍被傳續下去。

在韻文裡由音數律和押韻律造成的旋律，絕非屬於文學裡的語言本身，却是純粹由于「啊——呀」的音樂的意識性構成所產生的。

不過，固執那些音樂性的人常說，詩在發生起源的時候是被唱的。因詩本來就是被歌唱，其本質應該是屬于音樂性。這種想法根本的錯誤，就是不但對上述的本質有些誤認，且不知道在原始時代，以傳達感情或思考的方法被歌唱的那些，究竟屬於今日的詩或音樂？未有明確的區分。大致，歌浸入生活的一方法，在其狀態中的時候，可以說，今日所謂以意義的文字的詩，似不存在的。

這種未開化的想法，已於浪漫主義爲界，被遺棄在詩文明的急激進展的後方，即新時代的要求，已將詩本身領域的限界擴大，無視其附着物的音樂性，更積極排除了它，向着保護文學的詩的純粹性的傾向而進展。

今日的自由詩是依據這些廿世紀詩人的經驗所產生的純粹文學形式。自音樂性解放出來的這些無定型的新詩型的詩人們，從放棄定型當初的混亂到今日，努力在新詩的領域裡，追求新的審美上的『眞正文學性內在秩序』的創造，始確立了今日的自由詩。

然而，現今仍有幾位詩人，對古代定型的音樂性感到鄉愁，想再嘗試音樂性的詩。如曾放棄定型詩的先驅者川路柳虹所提倡的「新律格」，或佐藤一英所提倡的「聯詩」，或戰後呼稱現代詩革命的 Matinee poetice 派提倡恢復十四行定型詩等。這些詩人們都怕現代自由詩向散文的逸脫和消滅，想以外型的制約保持詩。也許他們不能相信自由詩裡所誕生的詩的新內在秩序的可能性。而這種詩的新內在秩序（構造）才支撐着詩，成爲今日現代詩未至消滅及散文化的唯一要素。

柳虹所提倡的新律格是認定韻文的存在，而在從來定型的音數律以外的音數上探求更普遍廣濶的律格。但他在其「新韻文論序說」，却表明對今日文學上韻文的可能性，持有一抹疑惑。「民謠或俗謠也有些文學價值的存在。不過其目的非純粹文學內容的文學價値，却據於適應娛樂心理有所必要的存在。因此我把它認爲文學以外的存在是正當的。至於文學上的韻律，在今日說已不存在也非過言，然而韻文在今日可以不存在嗎，完全不必存在嗎，——又韻文的存在有阻碍文學上進步的意義嗎，這一點我感到毫不顧忌地應該加以研討。」如此他仍然憂慮了因音樂性的喪失，會使詩墮入散文，而爲詩討求外殼。

Matinee poetice 的提倡定型，並不像柳虹那樣在心理上追求律格，也沒有對詩的音樂性有所疑惑，只是利用外國詩的既成型式，拿來嵌入日本語，嘗試詩的革命而已。因此，連音樂性的任何現象都未創造出來。依照外國詩型的四、四、三、三行四連的構成和脚韻，改成三、三、四、四行的構成和頭韻都無不可。只賦與一定的形式，而就其形式上有所期待的這種嘗詩，早已由佐藤一英的「聯詩」嘗試過了，係同一步驟的嘗試。

總之，現代詩已達到了不必音樂的伴奏，正如C・口路易斯所說，在現代，吟遊詩人或歌曲作者流行的文化早已消滅，像繪畫不以畫框的規格決定其藝術的價値，只以畫面上美的組織與秩序本身成立了所謂繪的藝術一樣，現代詩亦有其同樣的道理。

從拉・馮鼎開始經過貝爾特蘭、波特黎爾而若哥布所呈現的定型放棄和新的詩美的內部組織的想法，至今猶未失墜其權威。西脇順三郎也在其詩論中表明這種傾向說，「純粹藝術會拒絕韻律，不是因韻律不美而拒絕，反而是因韻律之美才拒絕。那是創作純粹藝術的構成很不適當的材料。波曾注重韻律，因爲在詩上他是屬于初等藝術家之故。我們嫌惡美學的混沌。」以這一句話做爲上述音樂構造論的結語吧。

笠下影 ㊱

林郊

在快樂時
我會狂奏一支無名的樂曲
當煩憂處
我會默讀幾頁哲學的篇章
而離我最遠的詩
乃一靈魂的隱者
常使我迷失方向……

I 作品

背影

您眞像我底母親，背微彎
手挽着一個菜籃，步履蹣跚
容我悄悄地跟着吧，我已失去了親娘！
（別回頭，那會使我失望的。）
我祇想凝視您底背影，多慈愛的線條！
這使我感動流淚的圖畫，我想擁抱
不過，您該比我母親富有，多可憐我底母親！
（請別回頭，我不是竊兒）

永遠忘不了那一個蒼茫的月夜
您——不，我底母親，她病危！
未成年的孩子瘋狂地闖進人家借債
當幾包可憐的成藥買回的時刻
她已爲死神攫去，無語斜倚牀側……
如今七年了，除非夢裡，不再見母親底影子！
她老人家貧苦一世，而我也潦倒至此！
但您，老太太——不
我們底母親，您會好起來的！
（哦、再見、再見了！）我將爲您祝福……

知的幻滅

生命又一次在眞理底面前伏案痛哭
——羽化的靈思已逕自脫蛹而去！
　爲甚麼我們得着的祇是些符號底空殼……

眞　理

那些尋找的人們愈行愈遠了……
一個天眞的孩子却在原始的荒林裡發現了它底奧秘

智　慧

驀然發現朝向裡面——
還有一扇塵封了但臨照着整個生命的靈魂窗子！
那面，爲實現長久的盼望，造物者重新開始他底工作
在人類底面前，一頁新「創世紀」正莊嚴地翻開……

寧　靜

於是，時間不再是一道假設的虛線
却像座待完成的塑像安置在米開蘭基羅底面前
「我」底雜質沉澱着……
生命如透明體映照着完美的形象

榮　耀

並非四座倏起轟然掌聲，而臺上靜默，鞠躬如也的那刻
應是無人之夜，焚驕傲偏見於熊熊的爐火
和着一顆純淨透明的心呈獻給神明之時！

時　間

是宇宙永恒底光
經過「現在」底水面
投影于生命靑空的一道虹彩
於是，人們遙遠地
欣賞它的美麗
尋求它的含義……
智者垂釣于寧靜的水面
乃見收獲如尾尾銀亮的魚
　閃耀在金色的陽光下

無眠夜

想綴連晝與晝間
竟穿不過黑夜殭硬的壁！
我，失墜在時間底深淵裡……
攀登罷，緣千仞閃亮的思索于黎明之崖
乃見夜底長深……

II 詩的位置

在播種時期的「新時週刊」，林郊便開始露面，可是，當時他是一面跟詩神角力，一面又跟病魔苦鬪的；從李

莎和楊喚等題名爲「給林郊」的詩中，我們便可窺知個中消息。十幾年來，雖然他一直是風塵僕僕地奔忙於法庭的生涯中，但依然不脫其書生的本色。早歲失母的痛苦，不論是在天涯海角，他一直是在克苦自勵中奮鬪着，而詩便成爲他在精神上的一種寄託。爲了尋求「詩神」的神奇，他行吟着：「於是，我開始再一次的流浪——一支牧笛，一襲破舊的衣裳……」（註1）。他純然是以一個眞摯的愛好者的態度，來追求詩，他在「消息」的「自序」（註2）中說：「關於寫詩，如果以發表第一篇作品算起，我很慚愧已經有了十五年的經歷。但文藝創作原不能以作者的經歷來衡量作品底價値的，時間對於粗淺的，腐舊的，只能發生淘汰作用。」這一方面是他的自知之明，另一方面却是顯示了他進步緩慢的印證。他只是默默地守候着自己生命中一點一滴的消息，好像缺乏外來的衝激。把他歸入「自由詩的系譜」；不過是證明了他的存在，是不屬於任何流派，而沒有受到格律的束縛。其實，在「現代詩」，「藍星週刊」以及「笠」等詩刊，他是微露過訊息的。

（註1）見林郊詩集「消息」的第一首「詩神」。

（註2）參閱林郊詩集「消息」中的「自序」。「消息」於民國53年希穀詩社出版，「自序」寫於53年3月31日。

Ⅱ 詩的特徵

以詩的創作而言，林郊的詩是不够摩登的；他即不熱中於追求時尚，而時尚也不能左右他。如果說詩的奧秘，是隱藏於詩人內在的精神世界，而通過語言底表現的話；那麽，林郊的精神世界，該是樸實而單純的。他早期的作品，是屬於寫實的，生活的意念較濃；而他近期的作品，是富於造境的，冥想的理念較強。如「知的幻滅」底空靈，如「眞理」底神秘，如「智慧」底領悟，「寧靜」底澄明，以及如「榮耀」底無動於衷。都是單軌的直陳，沒有繁複的意象，而只有純淨的暗示。印度詩哲泰戈爾(Tagore)的作品，是寓哲理於意象之中，故更富於一種啓示，更耐於使人咀嚼，而林郊似乎還缺少一點什麽。他有意嘗試童話意味的創作，可惜成人的理念稍強，不能像楊喚那樣富於一種童話的想像。因此，僅僅靠生活上一點靈智的觸發，沒有在詩的世界中，去磨鍊一些足以表現的技巧，是難以達到更哲理的境地的。換句話說，可以不熱中於詩以外的時髦，但要熱中於詩本身的探究，詩人林郊要完成一個藝術家的詩人的使命，先決條件便是要造就自己成爲一個藝術家。

Ⅲ 結語

詩的創作，最重要的是要靠自覺的學習；取法乎上，僅得乎中，何況我們僅取法乎中呢？鄭烱明批評趙天儀的詩中強調着「趙天儀需要再現代一點」（註1）；而林郊何嘗不同呢？不過，話說回來，詩人林郊在自學的歷程中，已經是够虔誠的了，但他可以更積極一點，在謬斯的面前是人人平等的，問題是在我們付出了多少的心血，才能使我們的作品更有生氣更有光彩呢！

（註1）見「笠」第21期鄭烱明作「評不善打扮的趙天儀」一文。

笠下影 ㊲

喬林

詩是暴露問題的那一裂痕。它給予讀者的快感即居於那驚心動魄的裂痕的坦露。

詩人應該具有愛力與抗力的雙重修養。問題發生的背景即詩人所注目中逐漸掙扎提昇的人的意義，而與之俱來的那等愛力抗力的發錯發生。

I 作品

泰耶魯組曲

1. 莎苗娜

就叫你小山花，泰耶魯的女兒，昨天我自蘭陽來，在路上
我就慌張的懷疑你是春與春的疊影，是清麗的水聲的塑像
是一片雲偶而走在路上，幽美的莎苗娜
如果你是人生。如果你是理想。如果你是死亡。啊至美的
莎苗娜，容我同你握手，容我同你言歡
在那竹青的屋宇
在那松火的夜晚

2. 狩獵

花鹿矢跑過去。泰耶魯的青年矢跑過去。黑瘦的狗矢跑過
去。泰耶魯的青年矢跑過去
我是一靜觀的松樹
花鹿慌奔過來。泰耶魯的青年慌奔過來。黑瘦的狗慌奔過
來。泰耶魯的青年慌奔過來
一棵松樹凝覗着我

與乎那日

1. 日出

當我憤怒的一拳擊穿空氣的朦朧玻璃時，一切便在乒啦的
破裂聲中靜止了下來。

一抬頭，便看見世界正仰首憐憫的祭視着我流血的
傷口。

2. 日午

A

汲我吧。擺動在古典的井口光輝的手。
或則汲她。汲他。
儘是揮瘦不了的滴滴水。

B

別再將你那脹滿憤忿的拳頭指向我且繼續伸長。
我已顫抖。
我已喘息。
我已死亡。

3. 日落

猛一記，就把我回轉頭來的狂笑擊暈了下來。
一天黑墨。一天星動。
神啊，我是世界。我要嘔吐。
(可是懷孕?)

智慧的燈

墨葉似的眼睛
你是我智慧的燈
以一種神靈之姿，招喚着我

凝視你如凝視着一個世界
我猶記起在那裡的樂園
如今在你攝人的眼睛裡發現

墨葉似的眼睛
在你的凝視裡
我如盪在夜波上的一片輕舟
沒有風。沒有浪

凝視你，如凝視着一個音樂的潭
我的呼吸溶解在墨葉上
沒有些微的感覺，我的周圍已溢滿
牛乳與蜜糖

Ⅱ 詩的位置

乍看喬林的詩，可能會以爲他是「不講求旋律，不講求和聲」的所謂「沒有秩序的投手」（註1）。然而，仔細咀嚼品味以後，就深感不以爲然。臺灣東部的詩壇，諸如「海鷗詩頁」、「蘭蕙詩葉」、「青年雜誌」等等，便是他崛起的溫床。我們這一位來自蘭陽平原的詩人，當他領悟了詩的眞諦。超越了文言與白話的爭執，穿過了繪畫的曠野，掠過了音樂的水潭，乃有了新的旋律，新的和聲，

他追求着：「只試圖成爲放開的手，讓我所擁有的感情，因閘的開放，而暢流入讀者的水槽，而彼此不分地匯流起來。」（註2）喬林這種活潑潑的詩的流泉，該不是什麼「完全背離傳統」的玩意，他有其一以貫之的追求的精神，在追求的過程中，有時由於詩壇的濃霧籠罩着，而使他不得不從迷濛中走出來，他深深地自知那是怎麼回事；他有一種清醒的自覺寓於其中，因此，當他毅然地投入「笠的行列」，他仍然擁有他自己的特色，自己的看法，自己的表現，這一點是格外令我們尊敬的，這跟時下詩壇上的一窩風是截然不同的，他雖加入笠下的一群，但依然自己獨來獨往，依然詠唱着自己原野的歌聲。

（註1）參閱大業書店出版，張默、洛夫、瘂弦主編的「七十年代詩選」中「喬林詩選」的小評。

（註2）見民國57年1月8日喬林寄趙天儀的書簡。

Ⅲ 詩的特徵

當詩尚未透過語言文字而成爲表現了的藝術品時，詩乃藉着意象的醞釀而凝聚，在喬林心眼的凝視中，他所握有的一個意象的靈，他所擁有的「一個音樂的潭」（註1），他都不在乎，他在乎扣緊精神的切入，他在乎暴露問題的痛苦，學養固然是做爲一個詩人在創作上不可或缺的預備工夫，可是，他更重視一個詩人所開拓的精神領域；他的似民謠調，而又跨過民謠的現代感；他的似鄉土味，而又越過鄉土的中國風；使他彷彿沒有秩序，而却有其精神的秩序；使他好像沒有傳統，而却更有傳統的持續。他說：「我努力於將自己的身軀成爲中國的土地。」（註2）難怪來華訪問的日本現代詩人高橋喜久晴先生認爲他是意欲表現我們民族的痛苦的詩人。如果我們的創作，沒有通過我們這一世代民族的體驗，這正是一個寫詩的關鍵；像我們今日詩壇上的那種浮華與造作的無關痛癢，即使是做西風也罷，借東風也罷，都無濟於事的。詩人唯有深深地認識，且體驗了自己民族的痛苦，他的詩，才能蘊含着民族的音響。喬林在「泰耶魯組曲」中，如眞似幻地表現了山地的性靈，是那麼道地而自然；在「與乎那日」中，他詠嘆着「一抬頭，便看見世界正仰首憐憫的察視着我流血的傷口」，不正是赤裸裸地暴露了我們的苦痛嗎？喬林雖然有過文言的透支，有過意象的迷戀，但他也有自覺地要求純粹的表現，詩人要超過知識的藩籬，要跨過哲學的疆域，追求詩本身原創的境界，也許喬林尚未完全做到，但他正朝此方向努力探索着。

（註1）見喬林的作品「智慧的燈」。

（註2）見民國57年1月8日喬林寄趙天儀的書簡。

Ⅳ 結　語

喬林的詩，有時難免詰屈聱牙，有時也有不够準確的感覺；但他彷彿是詩的走索者一樣地，竟也放大胆子走過來了，實在令人有點忐忑不安，在不講求太完整的表現中，却留下不少餘音的廻盪。在中國當代詩壇的激流中，他好像一直是划着獨木舟的（不錯，有創造抱負的詩人往往亦是划着獨木舟的），但喬林啊！別爲途中發現了幾根水草就狂喜不已，在濃蔭的深處，還別有天地在人間呢！

新即物主義

本社

新即物主義（Neue Sachlichkeit「德」）原來係美術用語，用於機能性、合目的性樣式美爲目標的建築。在文學上排除人的歷史性、社會性，缺乏洞察的表現主義的觀念和純主觀的傾向；而以即物性、客觀性極冷靜地描寫事物的本質，產生報導性要素頗強的作品。思想上立於海德格或哈爾特曼的新存在論同一基盤上，佔於一九二五年到一九三三年納粹政權爲止的德國文壇爲主流。此一派的作家多係由表現主義轉變的。如「西部戰線無戰事」的雷馬克或凱斯特那，赫爾曼、開史典，劇作家的布烈伊特，齊克邁雅，波爾夫等，都是此主義的代表作家。詩人有林克那慈「機上的追憶」和前述凱斯特那「腰上的心臟」等。這一派的詩人們都抱持着懷疑和譏誚性，排除一切幻影而寫「實用詩」。社會上的報導能被列入文學作品，便是這一派的功績。但這一主義的色彩，終因納粹主義的出現而被壓住了。在日本即有村野四郎於昭和初期，創辦「新即物性文學」，並寫過「體操詩集」的實驗性作品。

即物性的故事詩

Erich Kastner 作
陳千武 譯

互相認識後的第八年
（可說已非常瞭解）
但他們的愛　忽然消逝了
好像從別人身上紛失了手杖或帽子那樣

他們感到悲哀　互爲快活地欺騙
似若無其事地　接接吻
而互又看了一眼　毫無辦法
終于她開始哭泣了　而他
只是站在旁邊

從窗口　能向汽船送了信號
他說　再一刻不就四時了嗎
該找個地方喝咖啡的時間啦
不知誰在隣居彈鋼琴

他們到此地的小咖啡店去
去攪拌他們的咖啡杯
只是他倆坐着　一句話都不講
而且　完全不知道是　爲甚麽

十二月

謝秀宗

十二月是一種盼切的仰望
——在那群嬉戲的孩童
十二月是一種懊悔的軸心
——滾動在成年們的腦殼

或者它如一顆流星殞落
換上純樸在宇宙間
或者它擁抱許多夢
飄盪在時間的長廊

十二月是白皚皚的
十二月是熟稔的
與其距離咫尺的怔忡
與其距離遙遠的仰望

當樹枝爆出新芽
當日曆撕至最後扉頁
那陳舊腐朽的記憶
不太規則的玄想

一切皆在整裝待發中
沿歲月駐記開始又蛹化了

菩提樹下

吳晟

淩于青空之上
陷于塵網之中
如來啊，你的合什
宣洩了多少悲憫
你巍然的趺坐
展示幾許堅忍

曾合什如你、苦思如你
復虔誠向你求助
東方，一憂鬱的少年

欲以引發的長嘯
震碎咄咄倉皇的戰鼓

而蓼蓼的涿鹿
仍在此烽煙
而無垠的荒漠
仍在此荒漠著呻吟
如來啊，你能引誰踄渡？

菩提樹下再無菩提
再無非台的明鏡
你徹悟的菩提樹下
唯淒切繚繞
憂鬱一仰望向你的東方少年

膜拜仍擁擠，在你之前
燭香仍裊裊
置身於此鼎盛的朝奉
你該欣慰；如來啊
你並不平靜的眼神
遠眺甚麼？悲戚甚麼？

註：作於八卦山大佛像之前。

儘管

岩上

儘管夕陽在西方製造繁花
我們仍要拖着疲憊踏入夜
　或許須要洗滌臭汗　或許不必
山巒沉沒了　大地潮黑了
　或許須要點盞燈　或許不必

飛蛾撲光　不撲光
壁虎捕蛾　不撲蛾
誰去管　醒着的
是螢火蟲　抑或星外的世界

然而我們總得要上床
我們總得把軀體癱瘓
　孤獨的　一對的　或雜亂的
我們的睡姿

希望

陳秀喜

春的使者
載着滿袋子的春
給年青人的祝福是玫瑰色
給枯枝的祝福是他的上衣的顏色
而給我的却是灰色
為什麼不給我那美麗的玫瑰色
為什麼不給我那欣欣向榮的顏色
他說：輪到你的時候晚霞快要消逝
不，不只要我能再忍耐黑夜
太陽會帶來我喜愛的顏色
不只是屬於春天
也屬於我的明天

死

吳瀛濤

又一次經驗了死
於父親剛死的身邊

無感動
死神雖然很可怕
血族的死雖然也很可悲

無感動
虛無否定了一切
甚至連死的悲哀

空洞的眼睛流不出眼淚
空洞的時間從世界的這一邊移向蒼茫的那一邊

無感動
爲父親換了最後一件死衣
侍服於父親最後一口呼吸

無感動
只記住這是某年某月某日一個幽冷的晚上
就這樣必須確認一個人已不復存在於這地上的事實

死，以虛無也無可否認
而我們也將離別此世，將於這麼一個空漠的一天

記：此刻，我無端地想起了卡謬的小說「異鄉人」。「把母親送入養老院，不知道母親的年紀，不看母親的遺容，而在靈柩前抽煙，吃咖啡，以及落葬時不落淚，且在母親下葬的次日竟與女人私通」的那位異鄉人——。

也許我們對死可以無感動，可以不流淚。這也許是現代人虛無了的知性，對死的「背信」，對死採取的一種異端的「叛逆」。但是，「死本身」仍然無可「拒絕」，無可「否認」；虛無能否定的，也不過是「死的悲哀」而已。

如此的「死」是何等的空漠，何等的凄涼。

面對着飢餓、戰爭、疫病、車禍、失事、自殺、他殺等，這許許多多的死，這時代的病態越趨深刻銳利，詩人對死的感慨也是更多端的。難道他對這種「以虛無也無可否認」的悲劇，眞是能無感動嗎？

那間無聊的電話亭

拾　虹

牆角的那張佈告牌是我的女兒
死去的青春漂白了顫抖的夜
流動的魚腥味吻着她柔柔的双唇
擴散一連串疲倦的呵欠
髮上，一朵廉價的玫瑰花
四季常紅

夜夜
我說故事給我的女兒聽

而我只不過是血管中的一顆紅血球
跳躍在一朵火焰一朵火焰的街心
靜聽高跟鞋與高跟鞋爭吵着
誰去赴今晚的約會
回眸之際，玻璃絲襪對我裸裎
嫵媚而性感的小腿
我即撕去寂寞的耳朵趕赴西門町
去談一塊錢的愛情

秋月茶室

高　峠

破碎的屑片
被陰磁吸進來
蹀躞在紅綠燈的叉影裡，心悸怔忡
那老母鴨般沙啞的歌在唱着
　　誘感格格而入
梭蘭　梭蘭　梭蘭

而那歌聲顫抖的逼近
　　　　　　用浪笑
而那窒息逼近的浪笑
　　　　　　歌聲外的
弦　逼近　如封似閉的觸角幅度的繭
醉翁，距離在哄嘲
距離在哄嘲中眞空的遁逸
而淫水的氣氛很暈，一片渾陶陶的
　　　　　　呵氣不成夢
凝望空谷蘭逆旅到此的青春
　　　　虛無如蒼白的月亮

冬天的太陽

黃進蓮

不知
　冬雷是否震響
母親 還是
　那一襲
去年給竈塵抓了一把的
　會是一瓢葡萄美酒
　迷醉天空的淺藍
淺藍裏可呼喚
愛人的名字
在媽媽的手
會是一劑補藥
吃了 在冬天的牀
慢慢茁長
嘿 南方的莊稼呀
顫抖的双手
捧出一輪太陽
（弟弟的風箏
在和你比高呢）

逼近而走入花花的深淵，不會的掙扎
又一次風雨的暴臨，情慾的末日
　　花花的鈔票埋葬的
轉黃而輪廻的喜馬拉雅山氣喘如牛
床，在歷程中總是以沉默來太息
口紅點乳峯在雕墓誌
挺挺的寫着遺忘和未來
亞當在伊甸園外想夏娃
　使我徘徊在隙縫中
窺及那浪相用眼鏡蛇的三角曲折在吶喊：
　我衹要一個臍
　　　　一個完整而純潔的
臍。吾母呵
而悚然的震顫，抖動一個無知的荒唐
颱風並未成災，裙帶關係很茫陌
衹是凝望泛濫的成災
空谷蘭逆旅到此的命運呵
狩獵的鼻子很腥
呵氣不成夢
淫水的氣氛一片渾陶陶的暈呵

召喚

邵明仁

炎黃的子孫
因爲飲了彼岸的水
吃了熱狗和可樂
遂把慈暉放在冰櫃裏
冷藏又冷藏

在新大陸倫理的荒漠裏
一次成功的手術
冰凍心臟換出了熱衷腸
三春輝再也不夠溫暖
化不開北極封凍的心土

異域沒有甲骨文和孔子
終就隔着一汪太平洋
且缺少一股血系的源流
那——熱潮澎湃
泫人眼目的親情
中國像是蒼老的母親
喚不回 負笈雲遊子

個人和理想永遠在
現實的腳下 頂禮膜拜

浪子
若要慈母的心田
綠意油油
回來播下種子

噫 島上田園將蕪
胡不歸？

年初

陳世英

是歡賀的鞭炮聲提醒我
時間被冷落在屋角下
是的，又碰到一年一次
需要逗點的地方

匆忙打開生命的寶匣
我又小心地拿出一顆
珍貴的逗點鞘在回憶裏
讓回憶點綴更多的華麗光彩

SILENT NIGHT

徐卓英

陣陣鐘聲噹
振翅飛去了 今夜
今夜當千燈燃盡
獨一盞明暗不滅
的星光 投入
遠方

劍狀的十字架
猶張臂着：
那遲來的朝聖者
會不會跌足呢？

而風躡身過後的路面
問誰遺落一頂紙帽

一九六七年十二月
於西貢一個入夢的晚上

速鏡頭

徐卓英

(A)

紅燈
綠眼
斑馬線上
閃

(B)

這車
那輪
時速四十哩
轟

双層的死

杜潘芳格

黃色的絲帶和黑色的帶
桃紅色呢帽喲 用鮮美絲帶
結蝴蝶的我底死。

詩話錄音●元月卅日農曆正月初一

林亨泰・陳明臺・謝秀宗

筆記：陳千武

明臺　前些日子，曾與小說家陳映眞先生談過。他說，目前很少讀到令人感動的美的作品。同時他主張詩壇本身應作一番澄淸工作，要求詩人與時代、生活密切結合。我發覺他的許多看法與「笠」同仁的想法和目標都很接近。他也曾讀過「笠」詩刊。但並未有深刻的印象，這是否「笠」的工作努力不够？

亨泰　一般讀者對現代詩均留有一點懷疑。所以目前詩誌該做的重要工作是詩的解說。要有人擔任作者與讀者的橋樑，詩才能普遍被接受。而詩的寫作，以一個創作者來說是非常重要的。如果作者本身寫不出好詩的話，就是再好的理論，也等於白說了。雖然這麼說，詩的解說的工作也不容忽視，要不斷地有人做，並且必需要有很多人去做。不僅限於西洋詩或古詩，更需要對本國的、現代的詩加以解說，好讓人瞭解。這也是「笠」詩刊所應做的工作。

明臺　我也感到「笠」正在做這種工作。

亨泰　事實「笠」要做到詩的大衆化，能給一般人接受詩，目前的困難和阻碍眞不少。例如正活躍於輿論界的一些雜文家常在報刊發表攻擊現代詩的文章，很容易促使一般對現代詩發生誤解。本來一般人對現代詩的難懂已感到恐懼，加之那些報紙副刊的方塊文章作祟惑亂，便跟現代詩越離越遠。

明臺　聽說那些雜文家只看某一本詩集，就惡罵現代詩，這種作法顯然不是文學評論家的態度。但是他的影響力却很大，因爲看報的人多，不懂現代詩的人都會誤信他的話呢。

亨泰　這是對現代詩的一種謀殺。但我們知道現代詩在世界各國有其不能忽視的潛在力量。像在日本，現代詩是高中學生升大學考試的一重要科目。而日本現代詩也就是桓夫常介紹的那些詩人的作品，並不是很淺易的，也像我們的現代詩這樣難懂。

秀宗　那些雜文家好像故意找藉口在攻擊現代詩，聽說他們之中有人從前也寫過新詩，其實他是詩的落伍者。

明臺　是不是我國人尙未達到接受現代詩的程度。

亨泰　主要是一般讀者未達到接受現代詩的程度。不過任何國家都有這種現象。讀者只管要求吸收，像吃東西一樣，好吃的菜會一盤一盤把它吃掉，所以我們需要做出好菜給讀者。但我們的詩壇，做菜的人少，甚或做不出好菜的詩的落伍者，反而只會責難這盤不好吃，那盤味道差——。

秀宗　所以一般人只欣賞古詩，因古詩容易瞭解。

亨泰　古詩令人容易瞭解是古詩已有很多注釋與白話譯的解說，這種書已很普遍。

秀宗　我想古時的人寫古詩，在當時也就是現代詩，沒人解釋的吧。

明臺　是後代的人把它解釋的。

亨泰　就目前說吧，至少初中、高中、大學等的教材中都有不少古詩欣賞，經過這些解說之後一般人已對古詩有所瞭解。但，現代詩缺乏這種解說。另一方面，又有一些外文教授，對於外國詩介紹得無微不至。如此做古詩或外國詩解說的人很多。但是沒有人做解說我國現代詩的工作。也許古詩和外國詩，有很多可以參考的書籍，將人家已經解釋過了的，東拼西湊用剪刀漿糊剪貼起來，便可成一篇堂皇的論文。尤其我們這裡是重智識的社會，具有古詩以及文學的智識才可自豪其不凡。這不必用自己腦筋去思索去創作，却能得到優異的評價，當然，大家都樂意去做。但是，你知道古詩，知道外國詩，却不知道同一時代同一國內的詩，不是很可笑嗎。一般人不瞭解這些還情有可原，但，從事文學教育的大學教授或中學教師，說不懂現代詩是講不通的。一般對這種情形不瞭解，加之那些方塊文章的謀殺，越來越糟。

明臺　聞環有一次很慨嘆地告訴我說，學校的國文老師沒有一個不罵新詩。這眞是奇怪的現象。

秀宗　不過教英文的老師却對新詩較關心一點。前次我把「笠」送給一位英文老師，他感到很有趣，又把「笠」轉給他的學生，學生們爭先恐後要看那本「笠」，這可證明新詩也有其魅力啊。

亨泰　對，年輕人都喜歡詩。對詩有興趣，這是必然的。如果沒有阻碍他們接受現代詩的那些，而能更進一步有人去幫助他們瞭解現代詩，年輕人一定會擁護現代詩的。最好的例子，紀弦提倡了現代主義當時，便有很多人攻擊他。但嗣後，創世紀繼承了現代主義的精神，一些年輕人就追隨了創世紀。雖然這是只有幾個人在推進現代詩，而有這些幾個人，我國的現代詩也就不會亡的。

明臺　我拿「笠」誌上的詩給朋友看，他們雖未曾研究過詩，但大概都會瞭解。不過，他們也說還有一些詩是很難懂的，這是不是作者本身有其問題。

亨泰　當然問題很多，雙方面都有問題。不能單單責難哪一方面的錯誤。但是，今日詩之被糟踏到如此地步的原因，主要還是如上所述缺乏解說，及不斷地遭遇與論界的毁謗。要解除這些中傷詩的原因，必需要時間。像日本現在正是詩最好景氣的時期，詩的全集很暢銷，也被出版界所歡迎。我們看到外國這種情形，才對現代詩持有堅決的信心。不然或會被那些無理的攻擊打倒了。因爲現在長於寫詩也不像往昔能當狀元，反之會因此考不上大學呢。艾略特也對現代詩的難懂性說過，因大家都說現代詩難懂，所以要看現代詩的人就先懼怕起來，認爲現代詩難懂，這種先入觀念害了很多讀者不敢接近詩。這證明英國也有同樣的情形。就這一點來說，現代詩的解說工作實在困難，尤其還有經濟問題。

秀宗 所以詩刊的銷路一直不好。必要加強宣傳。

明臺 稿源問題也頗嚴重，詩作品的評選也是一個問題。

亨泰 這些也需要時間來解決。宣傳當然也有幫助。因爲寫詩的行爲不是自我陶醉，也需要與讀者共享，那麼，就需把詩送到讀者手裡去。除了熱心於詩的人，不依靠宣傳也會自己去找去追求以外，一般都要把詩送到他們的手裡。現代詩人不得不一方面從事生產，另一方面還要包裝，還要輸送，這多麼困難呵。事實詩人要生產一顆菓實，負荷已經很重。

明臺 關於詩的技巧，我國詩壇流行的差不多是據于超現實主義的表現法。而超現實派在法國發生的當時，在德國也發生了一種新即物主義。依照村野四郎的論法，現代詩是繼承超現實和新即物兩大派的混合而構成的。您對這一點的看法如何？

亨泰 新即物主義可說是表現主義的一種……。

明臺 新即物主義是表現主義之後發生，大部份由表現主義的作家轉變過來的。

亨泰 在日本村野四郎是介紹這一派有力的詩人。新即物性是需要靠 Object 的表現，我自己曾也想依靠這種即物性來表現。像我的作品「風景」，就是有這種意圖的。

明臺 「風景」確是接近於即物性的表現法。

亨泰 本來我是靠Object要讓讀者自己去想像的。早些時候有人說，那是立體的實驗。其實我是靠即物性的表現寫的。因爲那首詩不是用排的，是靠對象的事物，農作物也罷、防風林也罷，是靠那些東西的本身去表現的。人總是很獨斷的。一般都喜歡以我爲主題，我想……，我以爲……，我甚麼，我、我——然而實際上，有時候也應該讓外界的事物去主張，去講話，而我們可以儘量緘默。例如，我們走路時碰到一個石頭而吃了一驚。這個時候，石頭也像人一樣，有其物存在的意義和主張了。又像沙士比亞所寫凱撒被暗殺的戲裡，凱撒受傷了，而安東尼指着傷口說：傷口啊，假使你會講話，現在就說吧。這樣讓事物說話也是詩人的行爲。詩人有時候也該少說話，而讓事物儘量去說，這是另一種好的方法。而以意識流，用自動記述法發展的超現實主義，中國人對這一句「超現實」誤解最多。有人僅以中國文字的意義解釋「超現實」，說這是離開現實。因爲超是超越，離開的意思。這種解釋是錯誤的。事實「超現實」，乃是法語(Surréalisme)的中文譯語。Surréalisme是原來中國沒有的，而在法國新發生的主義。應該瞭解其原語而于以解釋才對。若要瞭解超現實，必須研究這個主義發生的整個背景，閱讀有關這一方面的很多書籍。但是一些雜文家他們只以「超現實」的這一句中文譯語，就提出了許多反對。他們說文學是反映現實。因此認為離開現實，更「超」現實，當然會觸發他們的怒氣了。然而他們這種解釋完全與事實相反，我曾看過一篇文章好像這麼說，「超現實主義沒落了，為甚麼會沒落呢，是因為這個主義過於現實了。」這是站在心理學、科學的立場，依據意識流拖下來追求的現實。現實本來是我們所看得到的。而這種現實是另外一種現實，就是像顯微鏡被發明了以後，過去認為不現實的細菌，現在不用顯微鏡，大家都已經會認為是現實了。西洋的文學精神與中國的文學精神不同。他們很寫實，一點細微的東西都要把它刻劃描寫出來，絕不放鬆，且能令人感動。但中國文學原來都是近於象徵的。而現在我們所說的文學是五四以後的新文學潮流，是受外國影響的。例如荷馬的幾萬行的詩很細緻，中國就沒有這種作品。過去的作品，過去的文學都注重氣韻、朦朧性。又所謂現實，認為是日常的生活，這也是一種誤解。本來外國 Reality 的是眞摯性的，包括廣泛的具有理想的型態，不僅指眼睛看得到的現實，不是短視的。所以 Reality 的意義很廣濶。譬如小說，它的根本就是虛構，小說家的任務是如何把這種虛構的故事寫得迫眞。並不是一定要與日常生活一致。反過來說，以為與日常生活不一致就是胡說八道，這是不對的。任何方法都可以試一試。超現實主義也好，新即物主義也好，對象本身並無好或壞。絕不能認為外國的就是壞。人家有新的方法，我們也可以拿來用。這很重要，祇是要用得適當。比方說，同一只刀子，拿刀來殺人，便成為殺人犯，拿刀來切菜，或做其他有益的工作，這當然就是好的。

秀宗　您看本期的作品如何，「春喜」一首是桓夫的詩，是否近於新即物性的表現了。

亨泰　這首詩由於「即物性」和「批判性」的結合，而現出令人啼笑皆非的場面。因為所抵住的Object，物，對象，就是一種迷信的標本，對它，作者認為「欺騙自己的錯覺」，這種句子的安排也會成功，也會失敗。當然這些對象都是實在的，能看見的現象，是我們環境裡的某種現象。詩裡的主角，她可能不自覺那是「欺騙自己的錯覺」的行動。作者用詩人的冷靜、覺醒的眼光，把它揭穿出來，我覺得很好。剛才說的新即物主義，畢竟是靠Object，如禱告者，金紙，象杯等，最後以臀部做為結束而能引出Sex的問題來，我覺得這樣結束有趣，很能打動人心。因此我想僅以即物，如缺乏詩人的批判之一種微妙的表現也是不够的。能不能達到這種表現，那是要看詩人的修養如何的問題。

明臺　這首作品好像描寫得很平淡，但裡面有一剎那的詩的感動，給讀者不同凡響有其眞摯性的感受。

亨泰　令人愉快的是這並非依靠翻弄文字的絕技或令人畏怕的那些最近的流行做法。但看到最後，讀者却被詩人的特技摔倒了，碰到一種衝擊（Shock）。

明臺　這種新即物性使人感動的方法和超現實就不同了。但這一首詩我有一種懷疑，就是有無必要揷進籤詩在詩的中間？

亨泰　這種懷疑是對的，我也同感。這種作法會給讀者一種抵抗。不過我們要考慮抵抗，是否於看詩的習慣性而來的。我們不能以將時常所看型態的詩才算是詩。未曾看過的型態的詩不一定就是不好，也許需經過幾年以後始能決定其成功與否。但初看到時會覺得刺眼，等到看慣了感到自然沒甚麽不對。那個時候這首詩的嘗試或許是成功的。

明臺　詩的嘗試是不是作者有意圖如此做？

亨泰　當然囉。要這樣做作者本身也會感到某種的抵抗。像我已很久沒寫過詩。因爲不願寫像從前那樣型態的詩，要寫，一定是寫新的。但對新的嘗試又感到很大的抵抗。所以寫不出詩。一般對新的東西初看都會感到一點怪。但經過一些時間之後，也許會感到很好。

秀宗　我想這裡放進一首籤詩，才有詩的完整性，求籤的氣氛較顯明。

明臺　楓堤作品「黃昏樹」，我覺得這種描寫很簡潔。

亨泰　比較那些大量使用副詞、形容詞濫觴型態的詩，寧可看這種詩覺得清爽。僅依靠副詞、形容詞的詩不一定是好的詩。

明臺　這是不是也屬於新即物主義的表現。

亨泰　黃昏樹與賣春婦的聯想，就詩的出發來說，或許作者事實看到賣春婦，而後聯想黃昏樹也說不定。但是這裡也有其批判性，像對一個賣春婦撫摸或孤單、猜疑等都是。不過這是據於題目而以發展的聯想寫成的。而題目似乎也不是重要的問題，祇要看這首詩的感動。當然不是看不起賣春婦的那種，反而有一種同情在這裡。

明台　如您所說這是從題目聯想的，但我不覺得這首詩受過題目的束縛。因爲我未看到題目以前，首先看過第一段就覺得這是敏銳感覺的詩，好像作者先看到樹有其感覺才寫的。

亨泰　當然這要問問作者才會知道。也可以這麽說。就詩來看，或作者祇看了賣春婦，要以賣春婦的題目寫，也覺得不忍心才寫成黃昏樹。那麽這就是如何取一個題目的問題啦。如果題目爲賣春婦的話，也許可看做即物性的詩，但不是新即物主義的那一種，這裡並無動作，所寫與新即物有一點不同。

明台　這首詩很短，作者把一種感觸處理得很好。我常想詩的感觸是瞬間的。寫出來都是很短，我覺得長詩難寫，難寫的原因是否由於作者的體驗不够？

亨泰　寫詩與學校的作文不同。應該有思想有感觸才能寫詩。但學校的作文不管你有無思想有無感觸都要給你一個題目去寫，這是初步的寫作方法。而這種方法的弊病，就是習慣了這種方法會被養成爲沒有題目就寫不出詩，及受題目範圍的限制，無法脫出題目的領域；所以詩是短的。要寫長詩就就必須超脫題目的牽制。能够不要題目，那麽，我們日常的生活便會成爲詩的生活，這裡必須有詩的批判性，有批判性才能寫出詩。而養成批判的眼光，就必需有豐富的體驗。像大學的各科系學問都是增加體驗的營養素。長詩是依靠批判性來寫，像桓夫這一首，雖然有「春喜」這個題目，但這個題目只據於內容提出來的，也可不用題目，改用1、2、3也講得通。因這首詩的意圖是爲了最後那幾句批判性的語言，才藉來許多事物、對象的動態而已。如果像這種型態的詩連續寫幾首，排在一起不就是長詩了嗎。

明台 我讀過楓堤先生的詩集，他的短詩給我的感受比長詩較有力量。有深刻的領悟，而長詩的感受，很多覺得是蛇足。

亨泰 以我的猜想，當然猜想是太武斷的啦。這種現象似乎是受到題目的束縛而來的。因爲題目不同，內容就會不同，詩的美也會不同。

明台 您對方方的「時間」的印象如何？

亨泰 這首詩寫得很可愛，又有新鮮感。在我們生活裡輕鬆或機智的感覺，也是很需要。像我們吃過鹹的以後喜歡吃甜的一樣，詩不能只站在哪一方堅持偏見的立場。這首「時間」又是另一種好詩。這裡所表現的鼻涕的情態，可以說是作者提出的另一種的批判，是反抗的另一種方法，令人感到輕鬆而幽默。詩各有個性，均依據自己的方法去創作。

明台 謝秀宗作品「十二月」呢。

亨泰 這完全是依據題目，靠作者的文學修養寫出來的詩。靠文學修養處理也是一種寫法。這裡如「當樹枝爆出新芽」或「不太規則的玄想」和最後的結語寫得不錯，不過這首詩寫得太整齊，有如作文式的規矩。

明台 我覺得頭兩段寫得很好。

亨泰 這種寫法容易墮入呆板。但這一首詩不感到呆板，富有年輕人的氣魄。唯這種詩寫久了，若不改變方法會寫不出詩，因爲這是靠文學修養寫得。不是靠視覺性的Object。里爾克的詩法差不多是這種，但里爾克使用Object却不少呢。如不瞭解里爾克的表現主義而譯他的詩，往往會變成呆板的詩。事實里爾克的詩是偉大的。

秀宗 哦！很快已經四點了。(散會)

臺灣詩壇十年史(二)（初稿）

——自民國四十五年至民國五十五年——

林亨泰

丁潁　丁文智　于而　小英　方思　羅行　羅門　羅馬　小几　平沙
王容　王牌　王璞　王裕槐　史伍　余玉書　李漢龍　林野　姑子律　星辰
世紀　田湜　白萩　古之紅　田毓祿　奎旻　馬朗　涂大成　張爲軍　曹繼曾
沉宇　李氷　沙牧　李莎　巫寧　項傑　楓堤　蔣篤帆　薛志行　薛柏谷
辛鬱　吳永生　吹黑明　吳慕適　阿予　蘆莎　蘇美怡
邱平　青木　林泠　季紅　亞倫
依娜　秀陶　林亨泰　金鈴子　紀弦
思秋　春暉　風遲　胡德根　流沙
秦松　夏秋　唐突　徐礦　孫家驄
唐劍霞　彩羽　張航　曹陽　梅新
麥穗　尉天驄　黃仲琮　張秀亞　張拓蕪
陳奇萍　黃荷生　陳瑞拱　陳錦標　傅越
舒蘭　蜀弓　葉泥　楊允達　蓉子
綠浪　銀喜子　劉布　黎氷　蓮松
德星　魯蛟　魯聰　蔡淇津　鄭愁予
盧弋　靜予　錦連　戰鴻　謝烱

這裡所列的名單，是分別記載於『現代派消息公報』第一號（見前）與第二號（民國四十五年四月卅日，刊載於『現代詩』第十四期）上面，而將之合併製作的，細觀這份名單，至少有如次幾點是值得注意的：

一、與紀弦屬於同世代的詩人無一加盟，例如鍾鼎文、左曙萍、覃子豪、吳瀛濤等詩人的名字，即無從得見。因此，加盟者之中，除了紀弦本人之外，可以說都是屬於比紀弦年輕一點，甚至更晚一輩的詩人。任何國家的文學運動，都是以年輕的一代作主體，我們當然也不例外。

二、大體說來，藍星詩刊社的同人們，經過一段短暫的沈默之後，不久便採取反對的立場。當時的編者覃子豪更用不着說，較覃子豪晚一輩而以後成爲藍星詩刊社的重要台柱的一些詩人，例如余光中、黃用、夏菁等人的名字亦未看見。在不久之後，便以這些詩人爲中心而以藍星詩刊社爲根據地長成了一個足以抗拒現代詩刊社的反對勢力。可是値得注目的，是藍星詩刊社的健將之一白萩，是在此時挺身加盟了這一文學運動，而余光中也就從此加緊地從事變換自己作品的氣質。

三、『創世紀』的編者張默、洛夫等人雖然並沒有加盟，但是他們贊同現代詩刊社的這一文學運動的態度是非常明朗的。當現代派成立大會之時，洛夫就代表了創世紀詩刊社，以觀禮者的身份列席大會，由此可知道，他們一開始就表示了贊同之意。不但如此，他們更以『創世紀』第十一期（民國四十八年四月發行）的改版爲契機，大大地修改了編排詩刊雜誌的主旨，由那些曾加盟「現代派」而可被視爲「現代派」的主要詩人方思、葉泥、季紅、鄭愁予、羅馬（即商禽）吹黑明、薛伯谷、彩羽、德星、梅新、辛鬱、錦連、林亨泰等人，以及藍星詩刊社的白萩（此外，還有余光中、黃用、葉珊、夏菁、周夢蝶、向明、夐虹等人，容後再論），海外香港的人士葉維廉、李英豪等人，與本來可說屬於創世紀詩刊社的詩人張默、洛夫、瘂弦、林間、葉笛、碧果、朵思等人合作，更推出了文學運動的另一嶄新的高潮。這也可說是他們繼承了現代詩刊社所發動的文學運動而作了更徹底更發揚光大的另一次文學運動。

抗拒這次文學運動的反對勢力究竟提出甚麼樣的問題？以及這次文學運動以後的消長如何？這都留待後面再行細說，現在先說現代詩刊社爲甚麼發起這項文學運動，他們提出甚麼口號，並且以之作爲指導綱要來推進這一運動。

母親縫在我身上的一些小鈕扣

林煥彰

⑦
葉子怎樣成熟
那是一件靜謐的事
生命期待些什麽
只爲了那一聲最後的召喚
我們當學習　細心的
聽取那菓實墜落的聲音
在正是季節的時候

⑧
樹怎樣給出葉
葉怎樣伸出手　索取陽光
泥土要回什麽
我豈能企求代價
倘若我是橋
你就走過
倘若我是水
你就喝吧

⑨
痛苦成爲斑剝
斑剝是歲月
我們恆在祢的臉上
讀出不可記憶的禱告
只有一條河
是不斷的流着
爲了歌唱也爲了歡樂
有時　也爲了輕輕地啜泣
在生命那條河裡

⑩
呵　母親
第一次以您的語言說話的
豈能讓他忘記
小紙船載走了兒歌以後
以後　我還是媽媽媽媽的
呼喚着您
呼喚着您

生命之變奏曲

林錫嘉

摘下那花，撕裂聲猛在心底抽痛着年齡的肉體，赤裸裸的
年齡啊！

髮飄飛，眼球病黃着。

夏日的玫瑰漂流於秋河喲，無法靠岸的掙扎使之墜入漩渦
。

把童年與眼花混凝在想挽回陽光的時辰。

就此楞然而立。

終於，那深植在肉裡的犬齒也被伐落。

生活於秋，雖曾爲失去血液的紅盈而以枯瘦的双手高舉着
意志，但終究冬也近了。

仰臥，就有鐵軌被夾於枕木與鐵輪之間的無奈。

時間養育着黃昏的太陽，該嚎聲大哭。

因此儘去回憶昨日璀璨的陽光，

儘去細嚼生與死之間的堅澀。

（欲求得慰安，而寂寞更濃，冬更深）

因此渴求一隻小鳥，

一隻小貓，

或什麼。

日本現代詩史（五）

高橋喜久晴

無論任何國土任何時代，詩人都是揹着不幸的星相而活着。在「生」本身是不條理的這個世界，要追求眞實的生活，一般性的智慧能幫助他們多少呢。不，那却是成爲他的對敵，令他必須超越而克服。所以只要以堅強的姿勢面對着那些，才會成爲他底生的支撑，成爲寫作的精力。淵上毛錢是這種不幸的詩人之一。Journalism 不重視他，連知心的友人都沒有。患了 Karies（骨疽）過着多年的病床生活之後，於一九五〇年逝世，年僅三十五。

他逝世三年前刊行的「淵上毛錢詩集」，用和紙並用木版印刷，字體拙劣的封面，却留給我深刻的印象。因爲他那強烈印象的作品使我難忘。

掛鐘

我
死去了以後
到了十二點　你也要
鳴響十二次嗎
眞辛苦喲
啊　好吧
振作起來　鳴
響吧

像這首作品，含蓄在其作品背後的「生的痛苦」，令人感動不已。

點火

沾在花粉裡
蜜蜂已死了
只留着半個頭和翅膀
輕輕
有如幹艾那麼尖銳
向花濕潤的莖上
一隻螞蟻攀上去

詩人對死的意識越來越敏感。也許看到所有的物象都有死的影子。但他又持有如是幽默的一面。

鬼燈檠

因爲　你過於信賴女人呵
他說
事實我並不信賴女人
但女人說過相信我嘜
看看周圍　果然
何其多的女人喲
不過　朋友啊
怎知她是不值得信賴的女人
他說　你對
女人太盲目了

因他的作品少，又寫的多是特殊的境界，所以一般的愛讀者較少。不過在當時，從他的作品得到感動非常深刻。這不是說我對淵上毛錢感到特別的魄力，只是因他曾經開拓了人家未知的世界，在此介紹而已。

現在仍有一群人喜歡他的詩。這一點淵上毛錢可以說是幸福的詩人吧。他的墓碑刻着他自己預備的文字「活過、臥過、寫過」「病床詩雷淵上毛錢之墓」。

給淵上毛錢的第一本詩集「誕生」寫序文的詩人，山之口貘的存在也令人難忘。他是一九〇四年生於沖繩那覇，只穿着身上一套衣服出去東京，沒有一定的住所。從書店學徒、炭店，掏糞工人、船員、外交員等等轉了很多職業，渡過貧苦的生活。但他仍不忘幽默感。他雖與毛不同，在文壇得有地位，但他終生是個愛喝酒的貧窮詩人。一九三九年出版第一詩集，一九四一年出版「山之口貘詩集」，茲舉出一、二首如次。

他他米

從來沒有東西的他他米上
出現了許多東西
好像這世上各種姿態的文字們
高聲喊嚷了詩
在白紙上出現那樣
嚷出沉痛的聲音
嚷出結婚生活
成爲丈夫的我出現
成爲太太的她出現
桐材製的衣櫥出現
有水壺
有火盆
出現了粧台
鍋子
餐具
都出現了

誰都不願嫁給窮詩人。但他常常寫了結婚、結婚。而他終于結婚了。這是把結婚的驚奇和喜悅用幽默味表現的作品。然而貧窮仍繼續着。

結婚

詩看到我
就嚷出結婚結婚
好像那個時候的我
非常想快一點結婚
好像
淋雨的時候
風吹的時候
想死的時候　在這世上發生了很多事情
我存在其中的時候
詩常很活潑
到處纒繞着我
嚷着結婚結婚
終于我結婚了
但從此詩一點兒也不響了
現在有一種與詩不同的
常在搔抓我的心
蹲在衣橱的翳影裡叫着
錢呵
錢呵地哭泣

山之口貘於一九六四年六十一歲因患胃癌而逝世。於逝世前他說過想回冲繩去。於是朋友們都來爲他送別並贈給他很多錢。但那天晚上他竟過於歡喜，把朋友所贈的錢和旅費都喝光了。終予無法回到冲繩去。這種與衆不同的詩人似乎逐漸減少了，減少了有骨頭的一匹狼，反之增加了年輕而具一半學者氣質的評論家。雖說詩的氣質不同，但不無感到寂寞。

一九五〇年，曾畢業中國廣東大學有很多中國詩友的野性派詩人草野心平，經由創元選書出版了詩集。還有高村光太郎的「典型」、小野十三郎的「大海邊」也出版了，他們的詩集均得到商業基準而未虧本。

H氏獎是日本詩壇的躍登龍門，具有最高的權威。此年設置，授獎給與殿内芳樹的「裸鳥」。H氏獎是由日本詩人團體最高位置的日本現代詩人會會員的投票而決定受獎作品。每年受獎作品的決定是全國年輕詩人們最關心的一件事。

眞正研究日本詩的風氣也逐漸高昂。出版品即以廣泛的讀者爲對象，如啓蒙性的講座或全集等陸續被發刊了。尤其日本現代詩大系全十卷的出版是最壯觀，如戰後第一次發行的詩全集。

雖未較日本現代詩人會那麽權威，但由年輩的詩人們組織的沙龍性團體，日本詩人俱樂部在此年四月成立。又北川冬彥等提倡新現實主義的「時間」集團，亦在此年五月出版創刊號。北川冬彥是在國外較有名的詩人。迄今仍於日本詩壇具有潛在力量的詩人，只是這個集團徒黨較重，稍在排斥旁人的作風，創作實績也較差一點。

詩集　二十詩鈔

鄭烱明

熨斗

我喜歡她電鍍的三圍
她每天勤於練習健美軟體操
她的双頰微微呈現紅暈
是這樣惹人憐愛
只有一次
在她生氣極點的時候
她才穿上那襲可以排開海浪的泳裝
好似一艘雪白的快艇
悻然地急駛而去
飛濺着思念的水花

我是一隻思想的鳥

我是一隻思想的鳥
翱翔於大灰布的穹空
多平靜呵　沒有阻力
一如在夢中
嬌小的嘴銜着人生的謎語
誰會想到那是一隻不同尋常的鳥呢
你看　無知的人類
正用精良的武器伏擊我
我不得不滑落
緩慢地滑落
這時　我胸前的羽毛
溫柔而憐惜地
撫觸着大地的背脊

再見

你知道再見就是離別嗎
你知道再見就是不再來嗎
自從我走入詩的國度
我便想揮着手向
住在地球的友人說再見
再見喲再見

然而我是永遠不能說再見的啊
我永遠不能說再見
因爲說再見就是不再來的意思
因爲說再見就是死去的意思

石灰窰

烈日下的石灰窰是燃燒的
在它深邃的底部　鐵銅色的皮膚
因熱而哭泣　哭泣這愛恨分不清的年代
我們的幸福已然腐朽
已然成爲焦爛一片

沒有選擇存在的權利
我們像一群飢餓的灰石在等待燃燒

我們已明白　這世界
唯有燃燒才能令我們忘記一切
忘記戰爭　忘記死亡
忘記抹不掉的歷史辛酸

於是我們默默地燃燒
默默地成爲灰燼

蝴蝶

蝴蝶消遙地採訪春息
迷人的背影招呼着雲彩
我在想
牠的翅膀載不動我的鬱悶啦
但是每一次
我記起從前——
啊　當牠絢爛的兩翼悠然一閃
我的衣裳印着蝴蝶的微笑
同時　數不盡的委曲
隨花粉貼在脚上
翩翩地
飛上天去

蚊

昨夜你翻牆而入
在窗外　以時間的槍口
瞄準我裝滿希望的腦袋

雖然只是瞄準　而
我的靈魂竟隱隱痛楚起來
好敏感呀
是否沉重的心也如此呢

現在　你飛進來了
像一隻　噴着白霧的小小的噴射機
嗡嗡地掠過
我額上平坦的跑道
啊啊　痛苦沒有名字
和你一樣
愛在黑暗中飛行……

鄭烱明的詩

陳明台

本期作品「二十詩抄」以及前些時候發表過的「暴風雨夜的故事」和「蒼蠅的故事與藤」等，鄭烱明的近作顯然有意採用「新即物主義」傾向的表現，嘗試新的詩境。

這些作品誰都會感到平易、輕淡，毫無驚人地容易接受瞭解。一看極其平凡的面貌却內含着微妙的詩美。作者以客觀冷靜的態度，把握「即物」刹那可貴的感受，輕輕地描畫了銳敏的感覺，帶有戲劇性、趣味性和諷刺味，令人感到輕鬆親切迫人的清爽。

如「熨斗」、「蚊」的飛躍性和嘲謔味道，「我是思想的鳥」、「再見」的知性的思想的閃爍，「石灰窰」的批判性洞察的深刻，「蝴蝶」的幽默性諷刺味。又像（悻然地急駛而去，飛濺着思念的水花），（一如在夢中，嬌小的嘴銜着人生的謎語），（啊，當牠絢爛的兩翼悠然一閃，我的衣裳印着蝴蝶的微笑）。這種飛躍、新鮮的感動，可以說作者已抓住了合乎於美學目的性的「新即物」傾向的表現。

我認為詩法上在這一方面的實驗和嘗試是很有意義而必須的。我們的詩壇，對於詩理論的介紹和建設一向很缺乏。過去，雖與「新即物主義」同時發展的「超現實主義」曾經大行其道，成為時麾的流行，而「新即物主義」的介紹却顯得缺乏。（前僅由錦連、桓夫介紹過村野四郎的詩而已），這種偏促一隅的不正常現象，實為詩運發展的缺憾。我們知道，就詩底求新可能性而言，若只是追隨某一流派或偏執某一詩觀，都容易走入死巷而失去創造性。

村野四郎說「在法國的超現實主義及同時在德國的新即物主義兩大流派是代表二十世紀前半的詩思考的主流。而前者的主觀性藝術上變形和後者的客觀性合目的性表現，完全顯示對蹠的關係。然而這兩個新文學，同在空間的型態性求美學，在視學性造型求方法，且不僅是單純的理論或運動，已成為近代文學的一種執念。」

可以說，構成現代文學的特徵便是上述兩大主義的混合表現的型態。鄭烱明在詩的作法上另有一種自覺而勇於嘗試實驗，這種作法是對的。我們期待他再進一步，以淺易的語言考慮其純淨的過濾，發揮心象的伸縮性，內含思想的飛躍，在詩方法上開拓未知的領域。

鮎川信夫的詩

羅浪譯

Ayukawa Nobuo簡略請閱「笠」第九期

談自作

我的詩，在陰在陽，都受到兩個大戰的影響。
大炮在轟炸時，詩會死掉的。
然而，我的詩，是在詩死滅的時代的詩。
有些部份，是爲曾經存在的，其餘是，爲了未經存在的，
作爲見證。
無論在那一種情形，現實與似非而是的議論都能成立關係
的，
結果，總會剩下若干的不燃性物質。
在廢墟與繁榮的都市文化上，
曾經嘗試證明一個精神的存在
來歷雖不太詳確，但和其他的死者一樣，酷似同一時代所
有生存的人。
假使徒然研究空幻的愛而終結，
也不需要憐憫。

死掉的男人

比喻霧 以及
從所有的階梯脚步聲中，
遺囑執行人，糢糊地出現。
——這是一切的開始
遙遠的昨天……
我們在酒店晦暗的椅子上，
無爲地撫摸自己的臉頰，以及
有過欲把信封翻裏作面似的事。
「現實是，影，或許毫無形狀？」
——沒能死掉的現在，確有這麽一種感覺。

M啊，昨天氷冷的蔚藍天空
久久地倘逗留在剃刀的刃兒上呀。
可是我，已經遺忘
你在何時何地失散的了。
短暫的黃金時代——
調換鉛字以及模倣土神的玩意兒——
「那就是我們的老處方箋啦」而嘟喃着……

常在秋天的季節，昨天與今天，
「枯葉在寂寞中飄落」
那聲音由人的黑影，而至城市，
一直向黑鉛色的馬路徒步而來的。

出葬之日，孤寂地
更沒有會葬的人，
激憤，以及悲傷，且無不平的脆弱椅子。
你的脚只插進在笨重的鞋靜靜地躺着。
「再見吧，太陽與海也不足信任」
M啊，長眠地下的M啊，
你胸膛的傷口是否倘作激痛。

繫船餐廳的早晨之歌

由于遽然下降的豪雨
你企圖遠走高飛
爲尋覓死的售票員
意欲遠離悲哀的城市
擁抱你沾濕的肩膀
這腥膻夜風的城市
俺就感到儼如港口
客艙的燈火一盞一盞
如哀憐的靈魂點燃鄉愁
巨大的黑影蹲在碼頭
俺扔掉濕透的悔恨
想出海航行
如背囊揹起你
要出海遠航
那電線微弱的尖銳聲音
恰似飛翔海上的耳鳴
在我們的黎明
該有鋼鐵的快船
把兩個人的命運漂流在藍色的海洋
可是我們
倒沒有往別的地方
從小客棧的窗口
俺向拂曉的城市吐痰

疲倦而沉重的臉
如灰色的壁垂下
把俺和你的希望與幻夢
給關閉於玻璃的花瓶
折崩的碼頭尖端
在花瓶的腐爛水中溶化
似有失眠的遲鈍
在討厭的藥味中淤塞
可是昨天的雨
不斷於我們撕開的心房
和渾身發燒的肉體
和空虛而憂鬱的角落連棉地下着

我們把我們的神
是否勒死在床上
你對俺的責任
俺對你的責任而思索着
俺懶洋洋地繫着慢性胃腸患者的領帶
你總是打扮禿鷹的小臉
載在小蛇腰上
坐在早晨的飯桌前面
從卵的裂痕裏邊
對着半熟的未來

你露出暗示愚蠢的微笑
俺把憎惡的肉義刺進
像吃光一盤油膩的
資產階級的姦通事件的樣子

窗的風景
是鑲上在畫框
啊啊　俺需要雨和馬路和夜
不在黑夜
這倦怠的城市全景
是沒法把它好好擁抱的
生於西東兩個大戰中間
戀愛與革命均告失敗
而急轉直下墮落的那個
思想家的齉齆面孔伸出窗外探視
城市已經死掉
清爽的早晨之面
像冰凉的剃刀碰着俺被頸圈擦慣的咽喉
佇立在挖溝傍邊的黑影俺看做
剜了肺臓的
永遠不作咆哮的豺狼

（摘自現代詩大系第二卷）

里爾克詩選

形象集

李魁賢譯

颱風

倘若雲朵，被狂風驅逃
追逐着：
天空，自數以百日
超過唯有的一天——：
於是我感覺到你，隊長，自遠處
（你自願把你的哥薩克軍
領導至最巨大的
主宰。）
你平板的脖子
我感覺到，馬則帕呀。
於是我也受到煙霧瀰漫的殿後部隊
躁狂急走的束縛；
一切事物都已消匿不見，
只有天空還能辨認：
過暗與過亮
我平坦地位於其下，
有如地平線橫置着；
我的眼睛睜大如池塘
而且其中逃遁，平直的
飛翔。

（註）：馬則帕（Mazeppa），拜倫詩中的英雄人物。

史肯的黃昏

公園很高。好像出自房間
我從他的薄暮中走出
到平原和黃昏。於風中

同樣的風中，雲也能感覺的風，
明亮的河流和翼狀的磨坊，
緩緩磨碾着，在地平線上。
如今我也是他手中的一件事物，
普天下最微渺。——且看：

那是天堂嗎？…
　　在極幸福的淺藍中，
純淨的雲堆不絕地蜂擁，
底下一切潔白接踵通過，
上面是那薄薄的，大片的灰白，
暖暖浮動如像鮮紅的底色，
而在這一片靜謐的光線之上
沉落的太陽。

　　奇妙的建築，
晃動着且自己抑制，
塑造着外貌，巨翼、縐摺
與在第一顆星之前的崇山峻嶺，
而突然，那邊：那般遙遠的大門
好像也許只有鳥類能辨識……

詩章

有人把一切掌握在手中，
　當做細沙漏過他的指縫。
　他選取最漂緻的王后，
把她們鏤刻入最潔白的大理石裡頭
靜靜地在火爐壁飾的旋律中躺臥；
還任國王橫置在他們王妃的側面
也用和她們同樣的石塊來雕塑。

有人把一切掌握在手中，
當做窳劣的刀劍，加以折斷。
他並非外人，因他住在血液裡，
那是我們的生命，時而澎湃，時而靜謐。
儘管我聽到很多關於他的惡言惡語，
我却不相信，他不懷好意。

序詩

時常奉獻出你的美吧
不計較也不饒舌。
你緘默。她爲你說話：我是啦。
以千倍的意志前來，
終會超越過每一個。

宣告 天使的話

你不如我們接近神；
我們離他還一大段距離哩。
可是竟然有了奇蹟
手掌對你降賜神恩。
如它們不在女性旁成熟，
如發光閃熠自邊陲：
我是白晝，我是露水，
則你是樹。

如今我已疲乏，我的道路遙遠，
寬恕我吧，我遺忘，
讓你通知，你思索者啊，
他是誰，他龐然坐立金飭中
像是太陽的光芒，
（空間令我迷失。）
看啦：我是肇始者，
則你是樹。

我伸張我的双翼
變成出奇的遼廣，
如今我龐大的衣裳
淹沒了你小小的屋宇。
畢竟你是如此孤獨

幾乎從不對我一瞥；
結果：我是林中的氣息，
則你是樹。

所有天使都如此憂慮，
讓彼此放鬆：
還沒有如此期望過，
如此的不確定和偉大。
也許，某些事立刻發生，
你在夢中領悟。
問候吧，我的心靈看見：
你已備妥且成熟。
你是又大又高的門，
且將立刻升起。
你，我歌唱的可愛的耳朵喲，
如今我感覺到：我的話語
在你之內，好像在森林中失迷。

如此我來到且完成
你千次的夢寐。
神注視我；他已目眩……
則你是樹。

笠書簡

給二林

談詩與哲學

喬林

讀了你們的二林對談，關於對哲學與詩兩者之關切的看法，我有些不盡相同的意見，本不欲談及，然還是說了爲好，也可就教於二位。

我想如果我們先就詩與哲學兩者的定義與其產生的運作過程與方式有所認識的話，當不致對此一討論有所不能順利的地方，雖然直到現在詩的定義猶未能有人給其肯定的下言，但就心理學、美學上的活動，我想我們尙能同意已有的一些合理而較科學的看法。而且對於這些定義的說明，我想在此也不用我再多言，二位探討藝術已有多年，當不會有所誤解。

我嘗說詩是暴露問題的那一裂痕。這是我逃避藝術是直覺與形象的一種巧妙的妥協的顯現，這一淺顯而未入木的看法。詩人需要有較常人高超的思想，而此思想之全極與哲學家之指標易爲相近，甚至合一，此爲不可置疑，沙特、莎士比亞、陶潛等均爲例子，然我們應重視此思想在詩人自身的發生模式，詩人思想的產生背景應爲對社會、環境、人——總結於人的愛爲出發的理想，而滲和着很多的本體主觀的直覺感情，故其模式爲非知性的，非哲學的，最顯明的例子。近世哲學發展的知識論、認識論，我想就字義即可睹見，哲學是知識的（古希臘的哲學定義即爲一肯定的證據）我嘗認爲實存主義、存在主義僅止於一種思潮不能爲一哲學體系，其與基督教思想的關係及沙特本人思想之逃亡於共產主義均爲一可重視的證據。

故吾人如何以哲學入詩，誠如一永久不可成立的而屬狂想的意念，因其別於知與情。所謂哲理詩，實爲批評者面對已有的作品一種較爲方便的分類名詞（如印象派之謂），故這一歸類不應在創作前發生，我想這對於一個創作者而言，是頗爲重要的。詩人務必具有哲學家的氣質，此爲我所一向重視與要求的，然就其功利說，其僅止於加深詩人對「人」的瞭解與看法，繼而因之產生更爲高貴的愛力與更爲澈底的抗力，因此我說，詩是暴露問題的裂痕。說明了詩人只止於顯現本質的面貌，而哲學家却在追求本質的認知，因而哲學家與詩人的任務不能混爲一談的。要求哲學入詩誠爲一種離題的要求。

一首時代性的、大衆性的（非指大衆人人能讀之意）其內涵思想的深烈，仍無可辯白，然其仍來自詩人思想之自然流露，而非一種故意的滲入，況且其思想已與對人的感情溶合爲一，非哲學之純理可同言。因此我又嘗說，問題（指前我所言的人的問題）產生背景即是詩人所注目的逐潮掙扎提昇的人的定義，如果我們審查自己的作品的思想過程，當可發現與自己的人的定義看法的過程互爲吻合。在這里我所說的人，當爲受社會環境，生活等所指使下的人，故可爲大衆性、時代性、社會性。

關於哲學入詩的問題，我想如讀李辰冬的文學新論，文學與生活兩書之一，即可悟及，故我也不宜再有所獻醜。如果二兄還有異同的意見，我很願意恭聽。就因爲前在笠上有此論見，我在上月底到高雄時，曾與沉冬就此問題約略討論過。我與沉冬交往的好處，仍彼此交相競讀書籍與思想，而後交換收穫與看法。最近我又交識了一位對此一方面有很深造詣而讀書很多的朋友，誠爲自己所慶幸。

我在元旦回了家，唯因時間急迫，不能去拜訪你們很感遺憾。過舊曆年當有較多的時間走動。匆匆忙忙的說了前面那些話，其出發點誠爲一種學術的探討，故如有什麼不禮貌的地方還請乞諒，這樣以後我也才敢向你們寫信討論問題。

祝您們好

弟　喬林　12月31日

下期要目預告

詩創作：詹冰、楓堤、白萩、葉笛、林煥彰、喬林、林錫嘉、鄭炯明、林宗源、吳建堂、陳秀喜、桓夫等人作品。

詩選譯：里爾克詩選……李魁賢譯
日本現代詩選……羅浪譯

笠下影：介紹林錫嘉

詩論評：臺灣詩壇十年史……林亨泰
日本現代詩史……高橋喜久晴
村野四郎詩論「心象的構造」……桓夫譯
大岡信作「日本戰後詩概觀」……羅浪譯
現代詩人論之三……葉笛
論中國現代派……白萩
詩壇散步……柳文哲
青春詩話……趙天儀

現代詩欣賞

這是大學生對現代詩的一些看法和瞭解的第二次座談記錄。

剖視工程師的生活

生活就是我的詩
詩就是我的生活

——楓堤——

時間：五十六年十二月十一日上午十時
地點：大地
出席：鐘友聯、龔顯宗、蔣勳、林白楚、許少玲、陳明臺（記錄）
主題：楓堤著「南港詩抄」
插曲：詩朗誦（先朗誦再討論）

其一：從工廠生活到值夜工人手記

陳明臺：這一串作品是身為工程師的作者個人生活的投影，在此集中的作品看來，它們顯現出獨特的詩貌。

龔顯宗：我很喜歡「工廠生活」一詩，一般人均認為工廠生活可厭倦，但此詩所示却親切可愛，首節（……吼聲……粘在黝黑的鋼鐵親屬的肌膚上）使人對吼聲，鋼鐵親切無距離，第三節（打出劈空掌……獻給詩人當桂冠）有些草率和俗氣。第三段「控制室」被繪畫化了，最後一段作者表達了對「工廠生活」的親切感和留意。此詩中（層架的蔭影在我身上畫棋盤）（蒸汽的白霧昇騰）（有如一朵百合綻開在我胸膛的原野上）都是很好的句子。讀了此詩我感到，在工業社會中，機器為我們所主宰，但我們也成了機器的臣僕。

林白楚：我則感到作者厭倦的文明社會的工業生活，如「值夜班的工程師」一詩第一節（夜，掙扎着，形色的眼睛徘徊在遠方的展望）即可見。

許少玲：對「工廠生活」一詩，我沒有什麼深刻的印象。

蔣　勳：我也沒有什麼特別的感受，讀起來覺得很煩。

龔顯宗：又如「黃昏素描」一詩也表現了作者對工廠生活的喜愛。

林白楚：此詩中（像畫家的調色盤似地，而又如此澄澈，如此玲瓏剔透）二句似乎太概念化。可以略去。

龔顯宗：若無此二句可能會使人感到較爲難懂。

林白楚：但無此二句會使人感受更爲直接「不隔」。我認爲此二句是多餘的說明。（背襯着渲染的地平線，使他想起了晚餐桌上，磁盤裡的水菓）不是很透明的詩句嗎？

蔣　勳：「鐵工廠所見」一詩中（我的鋼柱陷落了，整座堡壘如一片敗葉，陷入不諧和迴波的音樂城裡）是作者對工廠生活的厭倦吧！

陳明臺：「工業時代」和「鐵工廠所見」二詩較爲緊湊，我比較喜歡。「値夜工人手記」則較爲冗長，而表現的東西也很多，引起我許多感受。

蔣　勳：「値夜工人手記」一詩中最後一句（於勞累中獲取堅實的喜悅）可以作爲這一串作品的結論。

其二：從咖啡店到三十里的陰天

蔣　勳：這些作品似乎表明作者情緒上的低潮，使人感覺很統一，自始至終有一貫性。

陳明臺：我十分喜愛「咖啡店」，作者提出一種「愛情觀」如（捕魚者呀，以慣於撒網的身手撒下一池謊語，要贏回一場風暴）很有意思。

林白楚：在「南港詩抄」裡，我總覺得作者對純眞生命表現很少，對現象世界描寫較多。

龔顯宗：「咖啡店」第三段（靈城是一片荒林）是很好的感受。但我較喜愛「長巷」一詩，（暗澹的長巷是鉛色的管）意象甚佳表現人生的一種感慨很成功。（走到巷子的盡端，又是另一巷子的起點）這種感覺是何等眞切而深刻啊！這不是藉現象世界的描寫而冷靜地刻劃純眞生命的表現嗎？

林白楚：「斷魂人」一首是我讀到的較好作品。概念化句子較少。

陳明臺：大體而言，作者這些詩作，採用現代即物性的表現法，含有詩戲劇性而冷靜客觀，都饒富趣味性而又帶諷刺味。如「咖啡店」「銀座」「長巷」「斷魂人」等都以輕鬆令人親切容易接受的筆調，不失抒情味且有相當高度純淨的知性配合，於是這些作品都不俗不濫。又如「都市的網」簡短可愛很有些嘲謔趣味。

其三：霜夜No. 1 No. 2

蔣　勳：霜夜二首中，我較喜歡No1，尤其第一段（正在禁酒期，紅鼻子很是困惑）很好，使我聯想到楓葉遭受嚴霜打擊的感覺。No2則較平凡，但楓堤先生對死亡的感受也很特別，此詩對死的感受與「零時的窗口」一詩很一致。

陳明臺：我也喜歡1，這是整體的精神感受。對季節的敏感，（不如歸，不如歸）二句很有力量，全詩簡短而舒柔。

龔顯宗：我偏愛2，它的題目Frost就音義相關，這是很不錯的聯想。但，我以爲「任你出，任你進」可改爲「任你出進」。最後（我以鏗鏘的單字呼你……）很有力量。

其四：傘、墾丁熱帶公園

陳明臺：傘、墾丁熱帶公園這種作品該是作者另一種題材的創作吧，拿這些作品與「靈骨塔與其他」一集中類似題材的作品比較，可以看出，不論表現和詩質均較爲成熟。傘一詩，剛才經林白楚朗誦，我感到十分輕柔而和諧且頗具繪畫性。「墾」一詩似乎平淡，但用句滿有意思。作者啓示我們得到很多如親歷其境的感受和風景。

龔顯宗：「墾」詩我以爲有幾個特色①沒有述詞，②以此種形式寫詩很流行。但，此詩給我跳躍的感覺，有「物我合一」之境，句法活潑，可謂一幅美麗的風景。

林白楚：我想作者有意以陽光來表現整個公園的情景。作者企圖用陽光貫串整首詩。

許少玲：整首詩顯得太耀眼。

其五：掌之四重

龔顯宗：我雖讀了一遍，但還是不能完全了解作者的表現。從四段看來，作者是有所表現的，我們對此詩應該詳細讀讀。

陳明臺：第一段似有TS、艾略特「荒地」一詩的空曠的、破碎的味道，第二段似表現作者某種飢渴或苦悶的存在，第三段則爲作者對人生的一種領悟。第四段，我就不太懂了，但感到氣魄很昂奮，有一種不斷向上的意志。

林白楚：這首詩在此集中算來是相當成功的一首，感受很深入。

許少玲：第四段似乎是表現人的階層，有些人如同站在第一座山上，有些人站在第二座山，或許有些人會站在第五座山上。

蔣　勳：這首詩是否寫人的「手掌」當我們望掌紋時，就感到「命運」似乎存在小小的掌上。也許作者藉手掌表現某些感受。第四段頗有「莊子」「逍遙遙」中大鵬飛翔的感覺。如果說，山是一座比一座高，則第五座境界該是最高吧！

龔顯宗：第四段的山是不是作者擬爲人生的過程？有些人可達到第一座，有些人達到第五座。又，作者的詩中有時會加入古詩詞，例如此詩中的「鳥飛絕」「羨魚」「余樂魚樂」等。但令人感到十分高明。

其六：秋與死之憶三首

林白楚：這三首是他生命的純粹道白，沒有用太多的技巧，但他對於生與死的感受把握和表現得極佳。

陳明臺：這三首詩作筆觸自然而輕淡，卻有一股強烈的魅力，有些感受很特別，句子用得也高明。例如（我總是無由自己地，向那囂高懸的當指示用紅燈走去……）（死只是像細菌那樣的微體罷了，它在我的神經裡徜徉著，在我的血液裡泅泳著）等都是。同時，作者對季節的感受很敏感，秋的蕭條和死這是很恰妥的聯想。

龔顯宗：讀了這三首詩，我有很深的感受。三、四年前，我曾一度渴望著「死」，且不把死當作可怕、可惡的事。但，近來我總覺得人還是應該活著，有時候人往往連自殺的權利都會被剝奪了，這或許是一種責任感吧！人還是活得越久越好。

蔣　勳：作者對「死」有一種特別的看法。我感覺他把死當作快樂而不痛苦的解脫。

〔現代詩人論之二〕

論楓堤

一棵成長的枇杷樹

•葉　笛•

A

楓堤像一棵枇杷樹，在他自己的生活中是一棵枇杷樹，在詩的國土中也是一棵枇杷樹。枇杷樹是一種常綠喬木，冬初開小白花有佳香，夏月實熟，甘酸多漿。枇杷樹不是奇高大樹，不是罕見的果樹，但，它扎根在泥土中默默地生長，開花、結果，這種枇杷樹正可象徵楓堤其人。他不跟隨別人搖旗吶喊，不追逐流行，不高唱口號，只是默默、孜孜不倦地開墾着自己的園地，目不旁視地盯着自己的目標，走着自己的路，他是個耐得住寂寞，而在孤獨中要完成自我的詩人。他說：「我常默念方思先生在中譯『時間之書』序裡的一句話：『……詩是最佳的訓練，使人忍受寂寞，默默無聞……』我奉它爲座右銘，並從思量中獲得靈通的清明。」（見「南港詩抄」後記）由此可見：楓堤寫詩是爲了忍受寂寞，期能在默默無聞中完成「眞實的自我」的一種自我訓練，這一種深刻的「眞摯性」，這一種「自我覺悟」是時下詩壇罕見的，具有這種精神而自已不自許爲詩人，其實，在繆思的血統上，遠比一般自許詩人者之輩是更其純粹的詩人。

B

從「靈骨塔及其他」（民國五十二年三月初版），「枇杷樹」（民國五十三年七月初版）到「南港詩抄」（民國五十五年十月初版），假如我們仔細品味楓堤的作品，就可了解，貫穿於其作品中最叫人感動的就是詩的「眞摯性」。我們姑不論早期的詩成熟的程度如何，差不多他的每一首詩都會或多或少地令我們有所感動。爲什麽？因爲他眞摯地寫着「實在無法排遣無詩的苦悶」（南港詩抄後記）才寫出來的詩。在今天一個詩人創作，雖不能完全如廚川白村所說的由「苦悶」擠出來的「象徵」，但最少在這種情況下創作的詩人，具有創作的「眞摯性」却是無庸置疑的事實。這種態度與精神表現的詩，自然不是頭帶假髮，以糖精（Saccharin）冒充糖一般的詩可同日而語的。

「眞摯性」不是技巧，而是一種創作的立足點。它是內在的靈魂世界的閃光。『討論一切，暴露一切，赤裸裸的生活着，爲了要彌補急欲成爲一個堅強的人之不足。我想盡辦法利用人類天賦中的另一極限。即表示着貧弱一面的極限的。這種「眞摯性」』（這是高克多（Jean Coeteau）之語）充份地流露在楓堤的詩中。現在抄錄幾首臚列於後，試加分析：

(A)風采的火曜日

化石的O型標本，堆積成死亡的
眼球。沒有血液的。
企鵝的夢。
毫無意味的困惑。
——黑影移近，悲哀的化石啊！
O型的我
在火曜日震顫着
涼涼地躺着
　在明日的道旁
　在玫瑰花叢旁
心臟向上
呼吸着青空
我是囚犯
在最後的審判日
我是白堊紀的化石
O型的一枚
標本

（「白堊紀的化石」錄自詩集「靈魂塔及其他」）

(B)啊！勝利者

吸血的刀，閃耀着紅焰的光
他們嘲笑那些塑性的符號
　那些很有幽默感的屍體
而他們竟狂嘯着
悽厲的聲音劃過長長的無人地帶
他們高呼着
　萬歲！硫磺島！
　啊！硫磺島！萬歲！

（「勝利者」第三聯錄自「靈骨塔及其他」）

「白堊紀的化石」是詩人在現實生活中，對自我的嚴肅的冷視。冷酷無情的現實世界湮沒孤立的人，使人的生活、夢想、生命僵化如化石，然而詩人不能活着變成化石，此地所謂「我們白堊紀的化石，O型的一枚標本」毋寧說是詩人肯定不死的生命的反語，他不能僵死，即死在現實中被錘擊而「涼涼地躺着」却有這種「心臟向上，呼吸着青空」的堅定的對生命的肯定和對遙遠的夢的渴望。這也就是高克多所說的「赤裸裸的生活着，爲了要彌補意欲成爲一個堅定的人之不足」的真摯性的對自己的反抗，對現實世界的挑戰。

「勝利者」是孕育深刻的批判和諷刺性的七聯詩，它的筆尖戮進殘暴的世界及人類獸性的心臟。對於以槍炮推銷眞理的勝利者作一種犀利的譏諷。「那些很有幽默感的屍體」就是控訴「勝利者」蹂躪人性的鐵證！

C

楓堤早期的詩，抒情的韻味較濃，較爲外爍，這裡所說的抒情性較濃而外爍，並非意指楓堤現在的詩就比較缺之抒情性，其實，楓堤的詩常是由一種內心情意的觸發，一種靜觀的透視而來的，這種詩「抒情性」自然是構成詩的生命的主流之一。我之所以說他早期的詩抒情性比較濃烈而外爍，乃是他用以表現的語言，較婉約柔美，在構成詩的手法上「直接的比喻」較多，因之，其詩較爲明朗、直率、意象不晦澀，例如「靈骨塔及其他」以及「枇杷樹」兩詩集中所包括的詩，大致上如此，尤其「枇杷樹」裡一連串給惠的抒情性的詩，調子輕快、委婉而帶着縷縷的憂鬱。屬於「情感的語言」的流動性者較多，這種詩頗如莫奈的繪畫令人在光與影的交織中陶醉。但，同一傾向的詩，在「南港詩抄」中就比較收斂沉潛而變成不可見的顫動的網，消溶在詩中。「零時的窗口」、「焚燃的向日葵」「中秋」「以詩送妳」「題照」「誕生」「女嬰」等即是。

——給棨兒

從濃密的叢林的缺口
展出一片廣漠的世界
疏落茫茫的草原
在鼠灰的空中，凌亂揮舞
是一一逝去而又依然閃熠的星光

如果初試的啼聲是一種訊號
三十年岩層的盤踞、業已飽滿
而妳的枝葉仍必須
在風的波浪中
穿出，抉擇一個方向

爲了翱翔，仍須忍受掉落羽毛的驚惶
當白羽絲絲飄落的時刻
在初露曙光的清醒中
陳列出一面旗幟的招展

「誕生」一詩描寫一個新生命必在痛苦中才能降生的嚴肅時刻，是一種對生命的渴望和在疑懼、緊張、痛苦的等待裡的心情。但，它富於戲劇性和暗示。其所以如此，乃因爲構成此詩的表現方法多以隱喩出之。而隱喩是屬於更深的想像力的世界的。這是詩人把握一種東西和另一種類似的關係的能力，以被限制的語言要表達無限地變化着的自己的觀念之故。這種隱喩有着把一語言從普通的意義移化爲另一種意味的作用，所以詩的效果被提高。因爲隱喩是極端被凝縮的表現，而愈被壓縮，其意義的含蓄愈大。愈富暗示。這一點表示着楓堤在詩創作上對語言的要求更嚴肅而熾烈，而一個詩人的成熟及表現能力是否圓熟，和驅駛語言和淨化語言的能力是成正比的，沒有創造力的詩人所用的語言常成爲一種固定的句型，當前詩壇上，有不少詩人以惰性寫詩，也許可由這一點印證出來。

D

柏拉圖（Plato 427～347 BC）把詩人從他的「理想國」放逐出來。而現代的工業文明世界似乎也有排拒詩人，扼殺詩人的惡意。但，詩是詩人的智識和生活體驗的結晶，有生活才有詩。所以在這個充滿迷離、孤絕、一切商品化、沒有詩意的世界裡，仍然產生許多的主題、題材的現代詩。現代詩由牧歌式的世界欲求純粹的詩的創作之秘密，逐漸走向外部的社會現實之世界，正可說明變貌中的現代詩人的態度，這種詩人的態度，當然是以巨大的社會的變化爲其背景的。因之，現代詩的主題、題材、素材和表現的技術和以往大不相同。如果現代詩人仍然囿於自然的素朴主義，現代人必然由複雜的現代生活中和詩絕緣，精神生活必呈萎縮，而不論世界如何改變，詩仍然是人類精神的鹽。所以現代詩人必須爲了創造新的美，創新的技術。擴大意識範圍和行動的半徑。這是現代詩人的責任，也是一種考驗。

千萬匹馬達的吼聲
如陽光般，穿過密密麻麻的
管線、落下來
粘在黝黑的鋼鐵親屬的肌膚上
因感動而搖擺、而反響
回聲如琴絃般
絲絲飄盪

在廊道上巡廻
層架的蔭影在我身上畫棋盤
蒸汽的白霧昇騰
隨風向我拂來
却覺得一股沁涼，一般淡香
有如一朵白合

綻開在我胸膛的原野上
二百大氣壓使我永遠胖不起來
攝氏數百度的高溫
又蒸去我軀體上百分之幾的水份
我變成遊魂該多好
守候着夜
就在林立的高塔上
打出辟空掌，摘下星子
獻給詩人當桂冠

守望着，在控制室內
一長形的畫廊
每一儀錶就是一幀作品
最最抽象的陳列
三色的記錄，代表無窮的實在
多麽可愛的生命啊
文明的臣僕，也是主宰
聽着那不住的吼聲
我就心安極了，舒泰極了
在凝定中
就加入吼聲，化成一音符
加入汽霧，結成一水珠

上面是題爲「工廠生活」的詩，它是對機械的謳歌以及自己的生活融化在機械中的內心感觸。這種主題、題材、素材、在在可看出「時代意識」，楓堤這首詩是由「對象」引起「觀念」的詩，這首詩作爲題材、素材的領域隨着擴大，詩人的思考，態度以及方法會隨着怎樣地改變，我想是值得吟味的。除了這首以外，尚有「值夜班的工程師」、「黃昏的素描」、「工業時代」、「鐵工廠所見」、「值夜工人手記」等，都有着從特殊的自然物之美把視線移向人工的美好態度之傾向。這些詩確實是現代詩人在最沒有靈性的機械文明的不毛之地開拓「詩的國土」的一把斧頭。

E

『生活，對於我，是難以預見和判斷的命運的挑戰，無論如何，是血淋淋的現實。它可能是一個幽深的陷阱，一段擺盪的走索，但，也可能是一口甘冽的泉井，一粒飽滿的菓實，它擊發我的情感，使我不得依靠詩，把它剖白出來，且因而得以自我觀照。

實際上，詩，就是這麽一回事。不需要什麽宣言，也不必喊出口號。生活，就是我的詩；詩就是我的生活。』

（見「南港詩抄」自序）

詩人楓堤這些話，不是自負，而是做爲一個永遠向上的現代詩人的眞實語言。他的詩之所以愈來愈純粹，就是這種堅定的思想和自我觀照的創作精神使然，除此而外，里爾克（R. M. Rilke）的創作觀念給予他的影響也很深。這一點，我想以後有時間，再加分析。

枇杷樹通過「時間」才能開花、結實，而詩人楓堤要在創作的靈明中成爲一個眞實的詩人。

一九六八、二月八日

詩壇散步

柳文哲

燈船　葉珊著　文星叢刊　55年11月出版

一提起葉珊，我不得不說我不怎麼喜歡他的作品；但我喜歡或不喜歡是一回事，他是否有所表現却是另一回事。葉珊寫詩，也寫散文，從花蓮到臺中的東海大學，經過金門，然後，去美國留學，自愛荷華到柏克萊，他一路走過去，一面研讀中國古典與英美文學，一面又埋頭勤勉地寫作；詩集三本，散文集一册，翻譯詩一部（註１）以及其他；我們不可否認他也算是多產的了！

「燈船」是他的第三詩集，是他自金門到留美這一段在轉變過程中的作品；他的詩，我認為是有些才華的，但華而不實。葉珊自高中到大學的「水之湄」，雖然贏得了「美麗的聲音」底讚譽，但頗多裝飾。而他在大學時期的「花季」，就比「水之湄」繁複了許多，但踏實之處却不多。不過，對於一個有才華而又埋頭研讀與寫作的作者；我們一則寄以希望的期待，二則給以誠摯的批評。

「燈船」包括「歌贈哀綠依」、「佳人期」、「斷片」以及「河之右岸」四輯；作者在自序這樣地自白着：「我明白我所學的是陳舊的文學，盎格魯撒克遜的粗糙，但假使能够從這種浸淫裡捕捉一點拙樸的美，為自己的詩尋出一條新路，擺脫流行的意象和一般的腔調，又何嘗不是很有意義的呢？」顯然地，他已逐漸地有了一種自覺，這種自覺，我以為正是葉珊的轉捩點。葉珊的詩；其優點是有一種流動性的節奏，雖不很緊凑，却頗有韻味，在意象的烘托上，他似乎吸取了不少中國古典詩詞的風味。該是過份軟綿綿的調子，華麗的詞藻底修飾，以及懶洋洋其缺點的生活情趣，這未嘗不是我們詩壇上的某些娘娘腔的始作俑者；因此，如瘂弦的忠告，如李豪的警語，該是葉珊在創作上值得自我反省的地方。我認為他還有一個傾向，值得警惕，那就是掉書袋子，尤其是在他的散文，格外顯明；寫詩掉書袋子，易流於炫學、賣弄典故以及詞藻的堆砌；寫散文掉書袋子，易陷於小圈子觀念，行文不純粹。話說回來，葉珊的風格是一貫的，分輯只是題材與時間的類別而已，在「燈船」之中，我照樣看到他的表現多半是片斷的可喜，而不是一氣呵成的全篇的凝鍊。

下例的句子，可以看出作者在意象的表現的某些逸趣；例如：

「林中有條小路，一段綠鬱的獨木橋
日暖時，讓我們去，帶着石蘭和薜荔
走入霧中，走入雲中
在軟軟的陽光下，隨我來
讓我們低聲呵問
偉大的翠綠，偉大的神秘
風如何吹來？」（日暖）

「星埋湖畔
煙起林際」（楓的感覺）

「星有時而盡，清風有時而息
行走的，顯躓的，乘船的
有時而亡」（憂愁的風）

如果有人問我：「葉珊的詩，那一首你比較喜歡？」那麼，我可以這麼答覆：「我實在不容易例舉出來是那一首，但果真說他的詩一無是處，或毫無可取，却也不敢苟同。」在這裡，正隱藏着一個問題：我們該是如何去探求詩的精神呢？是否多產就能決定一個詩人的品質呢？

葉珊在「自序」中亦說：「但比較五四的民謠風和今日的艱澀，站在研究文學的人的立場，我寧取前者。」我認為葉珊的創作，缺乏更深刻的生活體驗，他有的是才華，他有的是書本上的知識，同時也走了相當的路程，然而，他缺少貧苦出身的那種克苦，缺少生命磨鍊的那種血氣；因此，為何民謠風更可取呢？我相信，葉珊非常瞭解，自不待言，然而，他能擺脫一些脂粉的氣息嗎？

射手

梁雲坡著

56年元旦出版

從梁雲坡早期的「碎葉集」到這一部「射手」，他一直默默地行吟着，可以說他沒有多大的變化，風格仍然是一貫的。他自有其語調，自有其題材，自有其生活情趣，也自有其表現方式。也許作者這種表現，正是不隨流俗所好，而以他自己的品味為依歸。

初看這一部集子，多少有些抽象化或觀念化的味道，可是，再三欣賞以後，我覺得不盡然。他較為可取的地方有二：一是意象的捕捉，二是哲理的探求。

一、意象的捕捉　也許這是作者較著工力的所在，同時也是他在繪畫上的視覺底另一種藝術的表現；他想像力的奇特，透視力的準確，略可窺見。例如：

「水向同一方向流
時間向一方向流」（猶如未曾有過）

「憑窗口夜坐
——那塵世億萬窗口之一
我感覺置身三菱鏡中
有無數相同的窗口
相同的我互相凝視——」（癸卯除夕）

「夜——吞噬一切形象
以單純的「無限」歸納宇宙
使鼎沸的塵世歸於沉寂
我凝視月色
月色凝視永恒」（壬寅中秋夕）

二、哲理的探求　就詩的表現來說，寓哲理於意象之中，較可避免抽象化或觀念化。作者在詩中所表現的寓意，頗有機智，可惜缺乏一點幽默，因此，有時哲理的說明，就會減少回味的餘香。

我較欣賞集中下例幾首；如「盲人之歌」、「癸卯除夕」、「靜靜的小河」、「射手」、「蠟人館」、「時間、空間、生命」、「壬寅中秋夕」等等。我想，作者的詩；有時過份理智，缺乏情韻；有時追求意象，缺乏圓潤；詩，過份的敍事，會流於散文化；過度的說明，也會顯得枯燥無味，也許這些是作者需要加以省察，以及加以改進的地方罷！

（註1）葉珊詩集：「水之湄」（藍星詩叢），「花季」（藍星詩叢），「燈船」（文星叢刊）；散文集：「葉珊散文集」（文星叢刊）；譯詩集：「西班牙浪人吟」，原著者是F·嘉西亞·羅爾卡著，現代文學社出版。

詩情

西脇順三郎作
錦連譯

——詩集 Ancbarvalia 後記——

詩的世界是創作的世界。用什麼方法去創作呢？我的詩的世界乃以我的方法作成的。

各個詩人有着各自的工作場。多多少少都有它的秘密。我曾被要求去說明和開放我的工作場，好讓人家知道它的秘密。因此我就來做一個簡單的說明吧。

第一，收錄在這詩集的作品中也有非詩的。可是我希望大家至少應承認我盡量使它成爲詩而所做的努力。

科學的哲學的思考方法，乃是把自然界，人間界，宇宙界的事物之存在關係，在某種法則的組織中，企圖統一和整頓。

自然界宇宙界的構成就是某種要素在一定的關係之下被結合而成的組織。

雖然這「一定的關係」是不可變動的關係，但是爲了要發現這關係的法則，科學家或哲學家是將這關係加以統一和整頓而去思考的。

無論多少，倘若這不可變動的關係一旦被破壞，自然界就會發生重大的變化。它被應用於原子彈。

詩是處理人生，以人生爲材料的。

人生在所賦予它的時代與社會中，雖然並無具有自然界那樣的先天性，但它却被構成於相當固定化了的一種關係的組織之下。

再說，人生乃是無數經驗的要素，在一定的關係之下，被結合被組織起來的經驗的世界。

人生便是這無可奈何的關係之世界。

詩的世界是用一個方法去創作的。其方法就是一種思考法，一種感受法。如何去思考才能算是詩的思考法呢？我來敍述我的想法。我的思考法並不是我的發明，而是很早以前就見於一部份的詩論之中。

即把上面所說的人生（所謂固定於一定關係之下的經驗世界）的關係之組織加以切斷，轉換位置，取去構成着關係的某些要素，或附加新的要素，從而對於這經驗的世界給予一大變化。那時人生的經驗的世界就會被破壞。像原子彈那樣，關係的組織就會被破壞。

詩的方法便是要利用這種破壞力或爆發力。這爆發力就那麽使用的時候，人生的經驗的世界便會被破壞無遺，終而造成人生的破滅。

然而，詩的方法却要應用其爆發力，即促其發生微微的，部份的，微小的爆發，從而用它的力量去轉動可愛的小水車。這水車的力量就會將經驗的世界的關係切斷和轉換。總之，在經驗的世界發動微微的變化，而其世界就會產生微微的間隙。透過這間隙，在一剎那之間，我們就得感受到無限量的神秘世界。

在人生通常的經驗關係之世界裡，由於繁茂着各色各樣的事物，我們總不能看見永遠。因此，除非砍下了一些樹枝或在籬笆鑽孔以外就不能窺看永遠的世界了。總而言之，要是不轉換或移動一些通常的人生關係，在原來的關係之狀態裡是不能窺視永遠的。

若是用傳統的表現法來對「使關係發生變化」這一件事加以說明的話，便是把遠的放置在近處，近的放置在遠處，讓結合着的分裂，而使分裂着的結合的意思了。又如果用科學方法來比喻的話，使數量，質，時間，空間，光度，角度，速度，色彩，方向，振動數，深度和高度等發生變化也能算是關係的轉移。

可是人生的經驗世界之各種關係是像自然物的世界之關係一樣，相當穩固，而且形成着無論如何也不容易轉位的關係之組織。這乃是人類的現實。然而，怎樣也不能脫離這現實也是人類的現實之一。

時下許多超現實主義的藝術，祇不過是人生被破壞之後的廢墟或昏倒了的夢的世界而已。我所要創造的詩的世界，乃在窄看之下，盡量不使人生的關係價值發生變化，而只是盡可能促其發生微微的爆發，從而得在這人生把小水車轉動而已。這水車在可愛地轉動着的世界，就我來說便是我的詩的世界。

如果要借用往昔哲人的說法，詩的世界即是老子的「玄」的世界，「有」同時是「無」的世界，「現實」而同時是「夢」。又若要借用羅漫主義哲學的說法，詩的世界或許是存在於圓心同時也是存在於圓周的狀態之世界吧。

從這樣的詩的世界所感受到的印象，人們以種種名稱來稱呼它。愛好美的人就說它是美，愛好神的人便把它叫做神。因此，詩的精神的事情，有時也被稱爲「善」或「眞」。另外有一些人（包括我在內）是在判斷詩或其他一般藝術作品的成功和失敗之時，就以其中含有某種神秘的「寂寥」之程度來衡量它的價值。換一句話說，「寂寥的」就是美，而「美的」便是「寂寥」。

呈現於用這樣的方法而獲致成功的詩的世界之美或寂寥感會象徵着永遠。或者會象徵着神秘的世界。在圓心同時也是在圓周的一個世界乃是神秘的世界。

在詩的世界多少會帶有一些人生觀。人生觀並非詩的重大要素。而且人生觀並不能立刻成爲詩。唯有能產生在圓心同時也在圓周的狀態之人生觀始能成爲詩的世界。

然而，非詩的人生觀，在寫詩以前却是必要的。那就以原始的人生觀較佳。

人的生命之目的，與其他動物或植物一樣，會呈示着生殖而繁殖的，盲目的無情之命運。人是在地上獲得生命而在地上死亡的「物」。可是人却有着一種能力去感知所謂「永遠」這一個寂寥之情緒的無限世界。

倘若不站在這傷心慘目的，寂寥的人類的現實上去寫詩，那些詩，不但是單純的思想，而且也是空虛而已。越遠離這傷心慘目的現實，其詩的現實性越趨於貧弱。

詩的世界並非語言。它可以用繪畫或彫刻來表現。韻文或散文也可以做到。詩的世界之材料乃是「物」的世界。

（譯自「現代詩論大系第一冊」）

編輯後記

▲適逢民國五七年農歷過年，大家為了清理生活的另一個階段而忙。因此這一期稿件遲遲未齊，不得不把截稿日期延長半月，至春節過後數天始着手編排。本誌的誤期出版擬於此期截止。下期起我們決定把這種不現代的羞恥拂去。敬希各位作者鼎立合作鐵定遵守截稿日期。

▲本誌創刊當時曾發表過社論，顯示我們對詩的觀感和表明我們向詩進行的目標。之後，我們懸起一絲不滅的詩精神默默實踐，拓展了笠詩的世界，而不斷地反省、研討並前進。我們忌諱標新立異，虛張聲勢的作法。「中華文化復興」不是口號，應該是實踐和表現。

▲「笠」以時間算已三年十個月，似已智慧發芽的小孩，天真又無邪。「笠」以期數算也已二十三期，正似年輕有為的青年，純潔又堅強。堅強是團結的結果，不是一盤散沙。

▲詩的問答一欄因稿擠暫停刊出。

▲本期創作稿件由白萩主選，尚有很多佳作因篇幅關係未能刊出，即杜潘芳格「駛牛車」、龔顯宗「裁軍會」、「夜行」、異軍「一九六八」、莊金國「雨天」、蕭蕭「邊陲之右」、石瑛「題外」、忍冬「颱風來了」、逸明「獨白」、越能「靜」、陳坤崙「理想的死亡」、黃山「孤下緣」、以及吳夏暉論楓堤的詩等等謹向作者表示歉意。

▲讀者來信對本誌各方面的許多意見，雖未能一一答覆，但我們會逐漸改善的。

▲詩不斷地在求新，不新就不算是進步。於是詩的年代，平常以十年算一代。十年，不長也不短。我們的詩壇，於民國四十五年至民國五十五年之間的一代，已成歷史。我們有意把它整理好裝訂成冊歸檔去。新的年代，於民國五十六年中國新詩學會的成立開始，詩壇的情況改變了。在實踐中華文化復「興」的陣容中，誰都不得不承認現代的詩，與上一年代那些頹唐懷古的，逃避現實，悠閒無自覺的，離不開音樂殖民性的韻文，旋轉於唯美形式的空虛，而自我陶醉的詩風，顯然有所不同。新詩現代精神最顯明的表現是反抗一切習慣性的墮落。譬如固執新詩的名稱，想取消現代詩恢復自由詩的墮落，或無法開拓廣泛的心象世界而仍迷戀於韻文錯綜的墮落，或視詩為名利商品的墮落，或自拉自唱無責任的批判的墮落，或因批評而反目的小人作為一盤散沙式的墮落，還有很多很多的墮落。新的詩的年代必須把所有的墮落扔掉。我們聽到紀弦先生慨嘆地說過：「現代這個詩壇，已經不像我們所想的那個樣子了。」但事實詩壇的變化是詩的常規，也可證明是一步前進，毫不必嘆息。無論任何年代都有人會跟隨前人的後陣，更發揮現代的詩精神呢。

詩已成爲文學的最後堡壘。

在今日鉛字文化的氾濫，大衆化現象的浸透裡，看詩或寫詩，不外就是一種抵抗。

因此，「笠」詩刊的對象，仍然在不可能商業化的方面，與一般通俗的刊物，顯然有其不同的性格與任務。完全不依靠商業書店販賣的途徑，僅依賴直接訂戶的不斷增加而求繼續發展。敬希愛護本誌的讀者參加長期訂戶。

中華民國內政部登記內版臺誌字第二〇九〇號
中華郵政臺字第二〇〇七號執照登記爲第一類新聞紙

笠双月詩刊　第二十三期
民國五十三年六月十五日創刊
民國五十七年二月十五日出版
出版社：笠詩刊社
發行人：黃騰輝
社址：臺北市忠孝路二段二五一巷十弄九號
資料室：彰化市華陽里南郭路一巷十號
編輯部：臺中縣豐原鎮忠孝街豐圳巷十四號
經理部：臺北縣南港鎮南港路一段三十巷廿六號
定價：每冊新臺幣六元
日幣六十元　港幣二元
菲幣一元　美金二角
訂閱全年六期新臺幣三十元・半年新臺幣十五元
●郵政劃撥第五五七四號林煥彰帳戶
及中字第二一九七六號陳武雄帳戶

笠 詩刊 24

笠 24期 目錄

選稿隨筆

林煥彰

我們這一代寫詩的人，已失去了往昔杜甫、李白他們那種孤高而純粹的詩人底生活情趣。在現在，寫詩就得被迫去做寫詩以外的工作，比如詩的解說，詩的評選，與乎詩刊雜誌等的編輯工作。而爲了要想把詩送到讀者的手裡，我們又得如林亨泰所說的：「現代詩人不得不一面從事生產，另一方面還要包裝，還要輸送……」甚至於去大街小巷張貼廣告。而這些，在在都在影響我們，使我們不能與孤獨把晤，或必須掙扎，以求提昇我們受這些世俗干擾的雜念。

已記不起是在那一個朝代，我國曾經有一位非常廉正的法官，他每碰到一個被判死刑的案子時，總是於心不忍，而不斷的追問自己「一定要判死刑嗎？」，而再三審閱案情，惟恐有了寃枉。現在輪到我選稿，也着實有着這樣的感觸。法官判案有條文可以依據，尚且如此謹愼，而我們選詩常常會受自己的好惡所左右，豈能不細心從事？又何況（如果我們稍微注意一下藝術史）誰能料到，如梵谷、塞尙和高更等會是後來成爲歷史里程碑的人物。而這未來的被認定，豈是當時之有卓識遠見的人所能够讚賞的。

從寫詩到參與詩誌的評選，我一點也不感到有什麼被提升。作爲一個編者，他也是一個讀者，實在不意味着他有某種權威或資格。除了他必須保持他原有的那種獨立無二的創作精神外，他還需更謙虛的去學習尊重和容忍，對於他人的作品。

而寫詩，如果不是因爲那種理念已成熟爲我們的情緒底全部，而急於要表現所謂「反抗的情緒」、「愛國的情操」、「遊子的懷鄉」、「童年的懷念」等等，無疑就是一種欺詐的行爲，尤其涉及名利等問題。因爲這里有着勉強，有着不眞摯在。

寫詩的人和常人一樣，一點也不顯得有所優越，因爲我們不懂的事情一樣很多。如果我們不是出於眞摯，怎能感動別人，怎能要求讀者共鳴？而所有作品在「眞摯性」的要求下，予人肉麻的感覺的，其動機必値得懷疑，如果說是因爲表現技巧的欠缺那還可以原諒。

這期的作品，我酷愛：明台的「球」，林白楚的「日子」，喬林的「死亡的挽留」，鄭烱明的「二十詩鈔」等，如果你問我，這是爲了什麼，我也只能告訴你，這是主觀的。

（編者按，本期詩稿係林煥彰主選。）

二十詩鈔（續）

黃昏

在太陽落下去的地方
我的仇人手持一柄利刃來殺害我了
我掙扎着
我呻吟着
我背着生存的包袱
倒在血泊中……

瘋子

他不是這個世界的人
而每天，却將他汚垢的臉
印在遙遠的路上
哼着不知名的小歌

我把手放在他的肩膀
想和他搭訕
忽然，自前面傳來一陣暴笑
我的耳根發熱，
來不及抽回的手
彷彿觸電一般

渾身流着五百 volt 愛的電流

搖籃曲

搖喲搖喲
慈祥的母親呢喃着
「睡吧，孩子
安靜地睡吧」

我的身體十分疲憊
但是我躺在這個
動盪、不安、悲慘的世界
教我怎麽睡得着

我放聲大哭
籃搖得越厲害
籃搖得越厲害
我越放聲大哭

搖喲搖喲
慈祥的母親呢喃着
「睡吧，孩子
安靜地睡吧」

·鄭烱明·

九月十日的記事

林煥彰

很多人圍觀着
我看到的那一輛小轎車
（怎麼啦）
黑色的
停在平交道上
（怎麼啦）
給火車咬了一口
抱頭在痛哭
（怎麼啦）
說是一個從越南來渡假的兵士駕駛的
說是僅用其左手放在方向盤上
而以另一隻手去摟着女人

（怎麽啦）
說是……
（怎麽啦）
說……
（怎麽啦）
急什麽嘛
我看看錶再說

不該說的：

這是一九六六年九月十日晚寫的舊稿，我無意尋求「理論」來自圓其說；只因23期看了陳千武介紹的「新即物主義」，覺得很有趣，我才把它找來發表。這樣有着屬於「報導」性和「戲弄」趣味的東西，不知是否就合「新即物主義」所要求的，我不知道。好在我寫這東西時，還不知道有什麽「新即物主義」。只是基於當時有着想把所看到的事情，要把它「說」出來的這麽一點衝動而已。後來我也不會再寫這樣的東西。如果你看了（這得感謝您）以後，覺得被「戲弄」了的話，那麽，請你原諒，我是誠意的，不是爲「戲弄而戲弄」。實在，寫詩有着一種不願說出來的苦衷。

球

陳明台

旋轉着賭命的骰子般
反覆地
我在拋擲
不止翻滾的飛球

被剝奪了
昔日無邪的哭與笑
就是以飛球的快速度永不回頭了呢
即使是搓手惋惜的一刹那
它也不停留地在滾動着

每一次

小男孩用力地
把手中的球投遞過來的時候
殞星擊中胸口的恐怖
立刻悲哀地佈滿週身啊

後記：小男孩投擲的球使我想起昔日玩躲避球的日子，常常懷念那些無雜思的生活，常常感到飛逝的時間無法操縱。而球的快速度正是和時間的「稍縱即逝」成正比例呀。

給我的神—MIYASA

喬林

一、死亡的挽留

請不要讓我流離
淪爲歸不得家的廢墟
在寂靜的氣氛下匍匐
顫抖的手廢然的猶在抓住
那口遙遠如星的枯井

容我是那顆眼淚
駐步在妳的臉頰
茁壯成一頁綠葉
如嬰兒夢中的微笑
常存的莫測與安祥

二、成風的臉

請不要收斂
妳垂顧的眼光
那雕花的巨柱
構成我在；
我飛檐的自然與幽境

如果妳回顧
勢將發現我的臉
已然稀薄成風
叢生着無數的呼喚
以及僵硬如鐵絲網的淚痕

青春詩話

趙天儀

I 詩選

A 慧星啊，你殞向何方　　佚名

今天上午出殯了，他們說。而仍下着雨，且有蒙古的寒流渡海而來。你的喪禮頗不寂寞，而我沒有去，英參加喪禮回來，說那個牧師好討厭，不該在你耳邊聒噪那麽久。她說你的墳好小，不過已無關緊要的了，我問清了你的小墳在那裡，我想，我該自己一個人去弔你，在一個凄凄切切的陰雨天。我要再唸一遍「慧星啊，你殞向何方」，我會唸得很動聽的，因為這是我一生的第一首輓詩。上次我唸這首詩，你聽見了沒有？那天晚上，無星也無月，唯有風聲在伴奏：

死亡是個暴君，統治着
安眠，一種茫然的安眠
不可抗拒而且難以置信
如星之西殞，殞向何方

殞向何方，啊啊，殞向何方啊
而只有猜臆，只有一些梵唄
喃喃出一種痲痺，只有牧師
牧師的黑袍傳出上帝的寵召

而你的十八歲像一顆小小的慧星

燃燒是一種燦爛，以及
一種毀滅，啊啊，一種毀滅啊
也算是結束，多麼的無可奈何

安眠吧，我祈求安眠，爲你
雖然我是每個天堂所摒棄的浪子
仍畫一個十字，在胸前
爲你，爲你祈求安眠，安眠吧
（再畫一個十字，而且在死亡的面前屈膝）

——選自五十六年「**臺大青年**」第一期

B　弔行雲　　千葉

——爲一個南越僑生之死而作

從雨裡走來，你的脖子
已因南方的槍聲而嘶啞了
窗外的紅楓不屬於你
一切除了憂鬱　黃昏
不能給你些甚麼
而你依然佇立在郵筒的這邊
雖然每一封郵簡都在流血
每一個消息都是政變　　而你依然
而當太陽星昇起

在另一個你的國度裡
炮火的吻痕仍烙滿着大地
槍聲從紅河谷響起
行遍整個堤岸　歡樂
不屬於你
負載着歷史而來　戰爭
又馱走了你
而擲盡岸邊的白貝　我不知道
你的碑向那個方向　在南方
越共仍羼着死亡
吐煙圈

——選自五十六年臺大中文學會「新潮」第十六期

II　詩話

1

青春是象徵着一種朝氣，一種活力，一種希望。人生最可貴的年代，便是所謂青春時期。它代表着我們人類從稚拙到成熟的精力的煥發，我們寫詩可能是以它為一種純眞的出發點，一種愛力的導火線。

在學府，在軍營，在社會，都有無數的詩的愛好者，他們都抱着這種青春的氣息，來追求詩的精神境界。雖然，白天鵝也是曾經跟醜小鴨為伍的，但我們即欣賞白天鵝，也不忽視醜小鴨，何況醜小鴨也可能蛻變為白天鵝呢！

「青春詩話」便是以在學府、在軍營、在社會上默默無聞的詩的耕耘者為對象，嘗試選出一些可鑑賞的作品來，他們雖非所謂的名家，但他們有着相當的潛在力，我們相信，目前他們雖還在摸索當中，但如果假以時日，而他們也努力以赴的話，終有那麽一天，他們會自稚拙而成熟，更何況在摸索的時候，他們也可能寫出可喜的作品來呢

2

A『**慧星啊，你殞向何方**』作者署名為佚名；從詩中，我們隱隱地可以意識到作者還年輕，當他悼念着一位十八歲的朋友夭亡；使他悟到「燃燒是一種燦爛，以及一種毀滅……」。把十八歲比喻為「一顆小小的慧星」並非獨創，然而他已推陳出新地賦予了一種新鮮的意味，整首詩的筆觸已頗隱健。

B『**弔行雲**』副題是「——為一個南越僑生之死而作」。作者千葉現就讀於台大中文系；這首詩似乎是他的處女作，雖非一鳴驚人，但已擲地有聲了！「弔行雲」也可作為一種象徵的意味，在戰火烽烟中，青春的生命是更為短促的！也許『慧星啊，你殞向何方』的輓歌，彷彿是太平時代的體驗；而這『弔行雲』的輓歌，却是屬於戰爭年代的感受，前者傾向於自由詩的表現，而後者略帶有現代詩的氣味。

〔**編者按**：本欄詩選，歡迎讀者、作者推薦青年朋友的詩作給筆者。〕

笠下影 ㊳

林錫嘉

現代詩的終極目的，是在表現人類高超的精神境界，而不是美。這也就是現代詩之所以要透過深刻的表現來表達詩人的心境的原因所在。

因而，詩內涵的「哲學性」乃成爲現代詩的生命。

I 作品

無終止的列車

石色的心室
音符浮雕着
且無意識的羅列
　靜止　凝結
又靜止　又凝結

爲何吶喊
堆立滿室空幻
覓不得紫葡萄
不能再蒼白了
不能再蒼白了

步出覺醒
日光在葉背破碎了
心室也破碎
聽呵，性靈追尋的跫音

給生命之三

森林被曦光射穿了，那小鹿跳入我的心坎蹦闖，於是有太
陽在心上鏗鏘
如果明天像個囚犯那樣地被牽來，又是襤褸的灰衣覆蓋，
我還是會告訴他我的生命是金色的

日子一天天沉重了，壓扁了我心的原野的小鹿；且使我銅色的軀體有風化後的乾癟。鬍鬚之矛刺死了我細嫩的青春終要把往昔吊死在冬之枯老樹上，戲才能終結。留下的只是那紙上的名字

禱之三

好濃的夜汁在空曠中流盪
跳出焦味濃烈的散兵坑
猛的與一把星光撞了
那星光在遙遠也可看到的
那時　或許在枇杷樹下
　　　或許在溪旁青青草地上
再次躍進散兵坑
墊一個脚尖就可眺望了
而那星
是望鄉的憤怒的臉
是期待的哀泣的臉
在坑裏
我渴望再與星光擁抱
對故鄉的張望的眼
遂成尖銳刺刀猛刺的力量
力量　血淚凝結的
一切都湧出自想家的一瞬
擁有生命而沒有家園啊
我的生命該歸向何方

生命的觸覺

——給女兒毛毛

也是一陣喜悅，妳使母親痛苦欲絕。且哭喊。光明的世界很冷啊！
伏在多毛的寬大的胷彎，父親以長刺的笨拙的厚唇吻妳，且看到母親微笑的眼在妳的臉上展現。

曾經是一種希望，一種以雙手也高攀不住的純潔的白色。現在擁抱妳，像抱住一團暖暖的春色，且去讀時間的歷史。

一開始，妳就被放置在延續時間的軌跡上，且風且雨。哭和笑之顏料遂染白了我鬢邊的一根髮。

妳的年輪深刻在我的頭額。母親的心被切過，竟滿溢着痛苦的喜悅，慈愛地托起乳房喂向妳。

而此是一種過程。

而此是一種美哦！

II 詩的位置

就從事詩的創作來說：有時候，一同起步的伙伴，有的成熟得較快，有的成熟得較慢，而孰優孰劣，我們也不能一下子就下價值判斷。以所謂二林的出現來看：該是在他們合作創辦「新地」文藝（註1）雙月刊的時候，才惹起我們底注目的。也許是林煥彰成熟得較快，因此，也較早引起詩壇的重視。然而，也許是林錫嘉成熟得較慢，他雖然也是一樣地在向前邁進着，依然未十分顯露其鋒芒。

從「新詩研究班」（註2）的會員到「笠」下的一員，從白描性的自由性到暗示性的現代詩，林錫嘉一直是握着詩與散文的筆觸；他寫詩，略帶散文化的傾向；而他寫散文，却帶着詩樣的抒情。由於他從鬆懈到拉緊的過程，有意嘗試較廣的視域，有意開拓較象徵性的表現，但到目前，他只是正像一顆溫紅的果實一般地，正由翠綠轉向金黃，因此，他的詩，已逐漸地起色，頗有看好的現象哩。

（註1）「新地」文藝雙月刊，是由徐弘義、林煥彰、林錫嘉、陳秋分等於民國53年9月15日創刊，惜僅出兩期，即無疾而終。該刊非民國45年間由郭楓與葉笛所創辦的「新地」，蓋同名耳。

（註2）中國文藝協會舉辦「新詩研究班」；二林均為第二屆學員。第一屆學員則為創辦「葡萄園」詩季刊的同仁們。

III 詩的特徵

林錫嘉開始寫詩，是從較平易的方法入手的，當他捕捉意象時，採取明喻（simile）也較暗喻（metaphor）爲多，就這一點來說，他的詩就顯得較爲明朗。例如，在「塑妳以斷虹的意象」中，他如是吟詠着：

「握一滴冰冷
像握一顆憂鬱的心」

從這種詩句中，我們不難瞭解，爲什麽他沒有喬林那種閃爍，也沒有林煥彰那種緊密，更沒有施善繼那種濃縮了！不過，他是邁着大步，走着一條自我形成自我塑造的艱難的道路。他不求意象的跳躍，却追求着意境的提昇，而在整潔的形式中，有着單純的律動，來展示他新穎的姿容。他認爲詩，不僅止於所謂美感經驗，他想藉着詩的演出，來扣緊一種哲理，一種價值，一種眞理的試探。雖然，就「音符浮雕着」（註1），就「森林被曦光射穿了」（註2），就「哭和笑之顏料遂染白了我鬢邊的一根髮」（註3）來講，他還是一個意象的狩獵者，但他已感悟了一種「哲學性」，將成爲現代詩的生命線。

（註1、2、3）見林錫嘉的詩；「無終止的列車」、「給生命之三」以及「生命的觸覺」三首。

結語

在我們的一生中，究竟我們能够抓住點什麽呢？（註）這是林錫嘉的疑問，也是詩人們一重要的課題。好像我們是抓住了點什麽？可是，往往很快地就從我們的指縫間溜走。因此，說不定是沒有寫詩的詩人，更能享有詩最眞純的一瞬！雖說我們眞想創造出一點一滴那種屬於自己心血的東西；也許那是詩，也許那是生命。我們盼望着林錫嘉更有衝勁一點，更有自我批判一點，或許他就可能更够抓住點什麽吧！

（註）參閱民國56年3月1日「自由青年」半月刊第卅七卷第五期雙木作「那一室翡翠音符的握有者林錫嘉」。

評介「現代詩的基本精神」

鄭炯明

為臺灣現代詩壇所矚目的，林亨泰先生著的「現代詩的基本精神」（原名：攸里西斯的弓），經過一段某種因素的阻擾後，終於順利出版了。筆者以為它將成為目前具有權威性和建設性的現代詩的鑑賞書籍。這樣說並不言過其實，事實上，放眼觀看一般所謂現代詩論的專書，只不過是將零散四處發表的片段評文集之一冊，沒有眞正建立現代詩論的體系，它們是切斷的、不連貫的，而現代詩論體系之一天沒有建立，便一天是臺灣現代詩壇的致命傷。「現代詩的基本精神」（論眞摯性）顯然與前述的評文集有所差異，因為它是朝着企圖建立現代詩論體系方向邁進的，並且獲得相當的成功。

現代詩經過幾次論戰後，雖然最近又開始蠢動，而昔日的瘡痍猶新，部份排拒現代詩的人士，仍抱持着十年前固執的錯誤論斷，做不合邏輯的推理，來批評當前詩壇的存在及價值，甚有以各種冷諷和熱嘲的方式加以詬病者。當然，在這無政府狀態的臺灣詩壇，其本身不無有值得檢討和反省的地方，但是為什們大家懂得應該如何救救我們的音樂、我們的繪畫，就不懂得如何救救我們的詩呢？這是努力從事現代詩的創作和推行者極感不平的事。

現代詩的基本精神廣泛之至，本書主要是論「眞摯性」（Sincerité）。關於眞摯性的解釋，作者引用高克多（Jean Cocteau）的「討論一切，暴露一切，赤裸裸的生活着」為其立足點，進而從「分辨詩或散文」的準則着手，做一番詳細的剖析。作者說：「五四時代所揭櫫的『要以現代人的語言表達現代人的思想情感』這是我們應該絕對遵循的原則與精神。至於那長期積蓄而來之傳統經驗的揚棄，我們不必懷太多的留戀與顧忌。而此時此刻，我們更不得不指出，五四時代以來的詩人所常犯的那種以日常生活的語言來代替的寫法，即我們坦率指出的那種僅在散文次元上繞圈子寫法的錯誤所在。」正如「笠」詩誌在創刊號的啓事上所言：「現在，我們可以清楚地意識到，五四對我們來說，已不再意味着什麽意義了。我們可以將五四看成過去，正如我們將唐、宋視為過去一樣，這是我們敢斷言的，因為我們已有了與前時代完全相異的詩的原故……」現代詩之進入歷史與否是另外一個問題，我們毋需為此爭辯，由「現代詩的基本精神」，我們可以看到「我們已有了與前時代完全相異的詩」的有力論證。

全書對眞摯性的解說，分為三部份：

A：從散文的次元到詩次元的理由——亦即由題材美的滿足到詩美的滿足。「不管詩中的題材如何，無論是美的或醜的，一旦藉文字寫成詩後，詩中題材個別的美醜均被揚棄，均能被揚棄於詩的美感之中。」此為現代詩鑑賞的重要觀念。

現代藝術文學所謂的「美」（Beauty），已不再被局限在狹小的題材或字義上，而是要突破和擴大來自傳統的美的經驗相，也就是要挖掘那蟄藏在人類心靈深處底人性的流露。這種「審美的進化過程」，正是人類「思想的進化過程」，以此造成的時代潮流任誰都無法抗拒的。作者舉紀弦的「脫襪吟」等詩爲例，我們非但不以爲那些像：「臭的襪子」、「臭的脚」、「食着糞，食着溺」的字眼會使人感到難受和嘔心，相反地我們感到「臭得痛快淋漓」，那是由於我們從詩中發現存在這個社會、人群的映像，再沒有比暴露自己和這個時代更痛快的事了。

B：「眞摯性」的歧路——從「自然的語言」到「人工的語言」。「和散文站在同一次元上寫詩是一種錯誤，因之詩人當然得設法把它『加工』。其途徑有如紀弦似地把『眞摯性』只是純粹地僅止於精神地追求方面，同時亦可如瘂弦、商禽兩位除了求其精神的眞摯外，更仰賴語言來表現的那種加工的方法。」

作者對詩語言的創造做此概要的劃分，想純係爲論述的方便，絕無牽涉到兩者價值的批評。在科學日益昌旺的現代，所謂物質的創造似乎是「人工的」比「自然的」美觀、便利，而在詩語言創造的領域裏，它們之間是無法放在天平上比較的，一首成功的現代詩，若說是詩語言創造的成功，毋寧說是精神的「眞摯性」表現得恰到好處，這時語言和精神便自然地合而爲一。爲什麽作者一再強調「另一種理由」比「巴黎」，「事件」比「長頸鹿」更加優秀的道理在於「眞摯性」，其原因在此。然而若有人以爲「眞摯性」是完全忠於物象，那又值得商榷了。

現代詩之遭受非難，語言的問題是一個重要的關鍵，不但國內如此，國外亦然，而就詩的語言的發現來說，這永遠是詩人所必須克服而又不能克服的使命，那麽詩人便像卡繆（Albert Camus）筆下的「薛西弗斯」（Sisyphus）了。「詩是語言的藝術」，現代詩人以創造新的詩語言而自豪，但它同時也是詩人的Bacteria。「瘂弦、商禽兩位就是把對語言的嘗試如此地推展到一失足即失其立足的最極限的地步」。許多現代詩的作者無法透徹瞭解此點，無疑在模倣之後，勢必墜入「詩的懸崖」。

C：大乘的寫法——第一階段，學校的作文；第二階段，醒目對象物的俘虜；第三階段，世界公民的心聲。

一首好詩「有時」固然也須要一個適當的題目來做標記，但這項需要並不是絕對的，這點作者在第四章論述得很清楚。「……對於人類的精神活動，先設定某種題目，即強求其某種範圍……至第二階段時，縱使不設題目，精神也能獨自活動的。由於長久的習慣，即使事先並沒有設定題目，結果其精神活動在不知不覺之中，還是會歸向於某種題材的。……至最後階段時，要寫詩，也已不需特別的範圍和限定特殊的題材，因爲此時的詩人不論任何對象物，也都能藉來作爲表現自己的精神活動。」

作者論洛夫的「石室之死亡」時，提到詩的「完整性」和「難懂性」的問題，可惜沒有再進一步討論。關於前者，也許是在進入「大乘的寫法」才有的現象，雖然說：「然則，只要詩具有此完整性，當我們進一步了解詩人之意象結晶的方法時，詩便不該是難懂的。」但，最後仍承認有其「難懂性」的存在，此乃因使用「隱喻」（Metaphor）手法過多的關係，而「隱喻」是現代詩的表現之一個特徵。關於現代詩的難懂，村野四郎在「現代詩的探求」有周密的分析，結論是：「問題的解決，在於有無値得難懂性的內容，絕非由于讀者的多寡而決定詩的價値。」那麼，如果再追問：什麼樣的情況才是有無値得難懂性的內容？這就非三言兩語所能道盡了。似乎我們也可以說：「凡是能幫助讀者瞭解詩的內容的，其本身也都能使讀者發生難懂。」

一種現代藝術之誕生必有其時代背景，這是不容任何人否認的。中國詩的長流，從四言開始，到五言、七言的古體，再到近體，以至於今天的現代詩，此乃歷史發展之所必然趨勢，或許以後不知什麼時候，世界的現代詩潮流會再回溯到從前的浪漫和古典的韻文體，但無論如何，生活在如此不安的二十世紀的我們，是無法再像古代的詩人那樣，將自己關在樓閣裏悠閒地吟詩了，縱使能夠，那也只能達到某種感動和成功而已，因爲作品中缺小屬於我們這個時代的眞摯性，現代主義的文學必須根植在現代人的生活上，無論是用語或被描述的對象。

在民族自尊心脆弱的今天，我們的現代詩壇的自尊心，也一樣薄弱得不堪一擊，整個詩壇好像是一個剛做過虧心事的孩子，畏懼於談論自己的家人，於是變成以談論外國詩人爲自豪，眞正國內的現代詩壇存在被否定了，價値被揚棄了，不僅如此，到處出現「無的放矢」的荒謬事，是則，「現代詩的基本精神」有其沉重的使命和責任，以便積極建立現代詩論的體系。

「……事實上，人類既然具有一個終必腐朽的肉體，以及長日煩惱的精神，那麼，因此而流露出來的弱點之所以能成爲詩的強度是無可置疑的，因爲詩人具有的弱點與苦難是牽連着民族甚至人類全體之弱點與苦難的，這不但能構成詩的強度，該也是能打動讀者的心弦的，除非是淺薄的人或僞善者，我們實在不忍心把這種對『眞摯性』作獻身的，忘我無私的努力，直叫做『虛無的傾向』或『神經質的叫喊』，對於人類缺點的探求，他近乎自虐地針對着自己，何況他又使用了『詩』這種對民族甚至人類精神負責的形式，如果我要說昔日的『英雄』、『聖人』之類也不過如此，相信不會言之過份的。……」

當我們讀這一段話時，我們的內心是多麼地沉痛啊，這不單是作者對紀弦的論述，同時，也是對現代詩人的一種鼓勵和期待。我們需要像「現代詩的基本精神」這一類的著作。

一九六八年二月・臺中

「俗」的釋義

大岡信詩論
羅浪譯

「從來詩人把自己與庸俗的市民分開而感到自豪，但是切不要爲仰視天上的星星把雙脚離開實地。所以，我對一個庸俗的市民開始考察。」

再讀黑田三郎的「詩人與權力」時，碰到這一句話。「俗的市民」的言詞，現在重新射進我的眼睛。「俗」的言詞所意味着的東西，對於所謂戰後詩的我們的詩，完成了多麼重大的任務，現在我覺得眼簾被人洗淨的這種心情。曾經讀過這個論文的時候，還不能感到這個「俗」的概念如此豐裕。那個證據是，什麼時候讀的我已記得模糊不清了，竟在毫無重要的地方，劃上好幾處字下線，從現在看起來是很詫異的事情。戰後二十年的歷史，當然使我有所改變，同時，所寫的文章，在時間透視上的情況亦有所改變的。

黑田氏的這篇論文，雖無被收錄在「現代詩論大系」第一卷，但我總認爲是他最卓越的論文之一。譬如與同在「荒地詩集」收錄的鮎川信夫之劃期性的論文「什麼是現代詩」的，令人感動的預言者式之悲調──那是對年輕的我們來說，不過是一種覺醒的，未來的，熱烈的鼓勵──有着顯著不同的，更現實主義而更常識的，然而，同時有着貫通一層危機性的批評意識，並且有關現代詩人「位置」的考察，在此展開。

鮎川氏的「什麼是現代詩」之中，任何人都得可以容易檢到無數如下令人感動的斷言。

> 幻滅所剩餘的領土是甚爲廣大的。因爲，那是在某種意義上就有着神的或是人的間隔所占有之無限的領域。我們的戰爭，常是必敗的戰爭。詩人的歷史，即是以自我對社會想作保證而不適任的人的歷史，也可以說：「詩比什麼正是詩人之罪惡的犧牲品」（C・D・路易斯「致詩的期望」）。
>
> 可是我對自己的罪惡抱有自信。我對我們罪惡所犧牲的愛，只不過是個幻影，不久就要幻滅而終止，荒地仍然不過是荒地，比相信未來的現實社會，不如珍重現在的幻影。

這是本質上的浪漫主義者的語言。那幻影與幻滅，以叫做荒地的觀念作爲媒介，而完全等值的一點亦有所表現的。或抱幻影，或作幻滅，反正在荒地的一個精神風土上是相等的。那是能在歷史的容器超脫以後才能完全露出形態，而超越價值的世界，可以看做，詩人苦悶的夢想反照所盼望描畫的預定調和的世界。

只是，鮎川氏的思想能够強勁地打動讀者，雖然我們被幻影與相等物的幻滅有所控制，也不允許從純粹詩的觀念逃掉，便此論理之故。瞳孔雖然注視着幻滅的風景，決不是不僅是夢的，詩美的，在超越的世界只以詩純粹化而不作逃避一途的決心，實際看到日本現代主義的挫折，而且一半是自然而然生活下來的年輕詩人必然的決心。不過，對幻滅已經能够預定的人，此種決心會加上非常困難的課題。鮎川氏的文章，是對超越不斷的追求，否定那個，且越過爲社會的存在之詩人的觀念確定倫理的中間，呈現着艱難的飛躍與轉動。

純粹詩的觀念，不時在詩的無償性的地點凝結，反過來我們却要覓求有償性，常常因而現代社會的荒地作爲有程度的條件在詩的有機性之統一中，發現生活的方向與生活的中心。呼吸着現代空氣而生活的人，各式各樣的問題，正要向外有所表現的時候，絕望，苦悶，且被帶上屈辱的色彩，這是多麽難過的事情。然而，詩人的精神一方面活動在新鮮的人們之間與充滿生機的地球上，另外一方面意欲覓尋人類精神內面暗中所承認不具名而共同的世界。對於我們生活的向上，最需要的東西，絕對不是由於個別指名某某的思想，或是某某的觀念上，是在能够覓尋互相連帶所能了解的源泉感情的基礎上。

能預感未來的幻滅，且能預定「必敗」的戰士，並且不是對詩的無償性，而肯定追求有償性戰爭的時候，鮎川氏的，並且是荒地的理念充滿矛盾的路程始可發跡。幻滅的人，同時也是希望的人。那就是依靠單純的理論所不能解決的自我矛盾。甚麽才能使它解決呢，莫如只有情念的飛躍，以及愛的力量。不合理故我信之。鮎川氏是以一見論理上不可能獲得詩的有償性之關鍵，在所謂愛的，自體爲幻影與幻滅所潤色超合理的情念中求取。「我們對荒地的愛，不僅是對過時的資產階級文學的愛，簡直是對所謂現代的愛之意義。儘管招致文明傳統的危機，忍受陷入荒廢瘋狂與不信的世界，總得設法尋覓解救我們的永續價值之一個詩人的態度。不過這個愛也許不能對我們約束任何東西。」

正是，不曉得「這個愛不作任何約束」之故，才能對幻滅的現代成爲最誠實的愛，在幻滅的地上，愛亦復是幻滅，因此才能成爲危機的愛。已經只有那樣的愛賦予我們——當然鮎川氏的論旨理應導致這個思想。正如鮎川氏在前面引用文中寫過，他不得不談精神共同體的愛正是這個緣故。他說「不具名而共同的世界」，復說「能够尋覓互相連帶所能了解的源泉感情的基礎」，由於這些是從現實無法覓尋，所以，不外是一種加強滿足對現實世界的感情渴望『另外一個』完整世界。這些是隱藏在現實的內部，更是與現實相等而對立，是別有的現實，可以說是鏡子內側的世界。自古以來，許多現實嫌惡者所想像描畫的烏托邦之夢，總是類似的性質，據我觀看，鮎川氏的不具名而共同的世界，畢竟也是這種性質的東西。

即是，鮎川氏一方面拒絕糾纏在純粹詩觀念之不毛的無償性，反過來又想求取其有償性的場合，決不在這個現實具體的，個別所能指名的裏頭有所求得的。鮎川氏所要的，並不是具體的或是部份的東西，就是有着自體無限制擴大，與現實等量的，可以說反現實的一世界全部。那是明顯地擴展在純粹詩的觀念界限以外的世界，能與保持均衡的正是只有這個現實世界全體。

我可能有些過份依靠自己的見解，在想闡明鮎川氏的思想。不過我對鮎川氏之詩論所具有的衝擊力，是否基於他的現實與反現實的等量性以及等價性，實在我有些捨不得這個想法。一面說，對詩要求有償性，實際鮎川氏又在想像描畫不可能達到的目標。在假想不具名而共同的精神世界自體，已在鮎川氏之「有償性」的概念上，不是具體的個別的或是部份的，是不限定的，占有全體之一個世界全部爲目標的意義。這個世界，並不是純然虛構的東西，是與現實等量，等價的，但不和現實對立的一個相反世界者。換言之，與現實相接連着的，與現實背反方向而擴展之反現實的世界。能够在此兩者毗連的境界上站隱，鮎川氏同時使用現實主義者與理想主義者的眼光，還可以談談幻滅與希望同時共存。不是部份的解決，企圖一舉占略全體的這個急進的所掌握世界的夢，在鮎川氏的詩論所具有的那些煽動的，衝擊的力量底源泉中潛在無遺。

可以這麽推想的話，在這裡提起日本戰後思想史中，另有好幾位急進的世界把握戰略家之名字，也許不無意義的事吧。譬如埴谷雄高，吉本隆明，谷川雁等等。

埴谷雄高自動律的魔，吉本隆明異數的世界，谷川雁反世界壓倒的存在——這些畢竟和鮎川信夫不具名而共同世界的夢是同質的，急進的反現實主義所產生的，可稱謂內側的世界所擴展的夢之一種相同符號。他們的視線刺入現實世界的時候，正與鏡子的投影一樣會感覺到相等強度的另一個視線刺進反現實世界。他們的動與反動相生。這些許多人的思想，有着熱烈的煽動性，同時又是絕對孤獨，由於在現實世界的論理，動與反動是各具不同原理，各具不同根據以成立，部份的無非是相輔的行動形態，各各把動與反動雙方一擧抱住的思想，常常會被擠出在現實相對的行動世界。有時是動，有時是反動以相對化，用色彩予以分別。這是，思想於現實世界存在的矛盾最基本的形態。

以上所看到鮎川信夫的思想，已經明瞭的一點是，如果沒有極稀薄空氣中那誘人的苦鬪，所不能貫通的本身，充滿着矛盾的一種思想。戰後緊迫的幻滅感——幻滅即是緊迫精神之產物——作爲營養的時候，這種思想還可以把自身的矛盾作爲推動的原動力。可是，幻滅不久將有終止的時候，這是可怕的人生的眞實。然而，幻滅的消失，在他方幻影亦隨着消失是相同意義。「俗的市民」的生活，終於會露出全貌來的。但是，經過幻影與幻滅以後顯露全貌的「俗的市民」的生活，已經不再是單純的市民生活。變成十分失望，十分蔑視自己，足够曉得世界無聊的「俗」。那又是十分批評性的「俗」。爲了安撫帶哄幻滅，詩人用如何眼光，再一次定睛凝視這戰後世界，尤其是戰後的日常生活。然後再回頭看看，對於考察當前「俗」的概念，似乎是很有意義的。

鮎川信夫「繫船餐廳的早晨之歌」，我認爲是一篇戰後詩代表性的佳作之一，詩人在這篇作品中唱着：

我們把我們的神
是否勒死在床上
你對俺的責任

（中略，請閱笠廿三期鮎川信夫的詩）

佇立在挖溝傍邊的黑影俺看做
刎了肺臟的

永遠不作咆哮的豺狼

鮎川氏後來在一篇文章裡，曾經提起這篇詩的主語「俺」，最初是「我」，以後田村隆一看過詩稿，說是改爲「俺」比較恰當，覺得確實適當終於接受他的忠告。這是非常含有印象性的一段插話。不是「我」而是「俺」更爲恰當，對這篇詩而言確實是一個事實，從「我」的融和性，爲「俺」的孤高狷介性變化而定影這篇詩的基本格調。

窗的風景
是鑲在畫框上
啊啊 俺需要雨和馬路和夜
不在黑夜
這倦怠的城市全景
是沒法把它好好擁抱的

這些詩句，從上述之論點來看頗覺興趣。鮎川氏對窗外風景的不動性而感到焦急。戰後的現實社會對這個詩人而言，是看不出它活潑的動態。人們在倒轉價值，在談論激動破壞建設的時候，詩人的眼睛只能看到不動而倦怠的城市。這個毫無辦法的落差，是由於詩人急進的反現實土義，換言之，即因夢的反作用。可是，同時詩人又不忍離開這倦怠的城市。他不能在自己所稱呼的「純粹詩的觀念」的世界，一面倒的把自我蒸餾下去。如上面所述，他的反現實主義與現實主義是同一條臍帶連結着的，如果扔掉這一方，他方也會消滅的緣故。而且，在鮎川氏「全體」把握的欲求，其他情形一概不管。自身却被那個急進主義催逼着。終於詩人被迫着呼喚黑「夜」。不在夜晚無法巧妙地擁抱這個城市的「全景」。夜啊，來吧。把一切的東西，一切的部份都封閉在黑暗，才能將全體變爲那個無名而共同世界的，夜啊，來吧。可是，那時候令人啼笑皆非地城市已經迎接着「早晨」。

清爽的早晨之風
像氷凉的剃刀碰着俺被頸圈擦慣的咽喉

詩人把佇立於渾濁不清的挖溝傍邊的黑影，看作剜了肺腑而永遠被剝奪咆哮的豺狼，正確地說，可能是詩人自已的自畫像。「無名而共同世界」的心願，詩的「有償性」的願望，於此時會焚掉詩人自已的肺腑，至於孤獨狷介的豺狼，無非是不可能達到的夢之別名而已。在鮎川氏的世界裡面，戰後滿是塵埃的城市白天的風景，倦怠與喧騷充滿失意的細部無法蹟入。「俗」的概念，也無法蹟入這個詩人生產的思考之中。

對於田村隆一，也可以加強程度以指摘同樣的情形。已經好了，不要再嘮叨一句。過剩……達到這個地點，你踢到石子。「石子之中以我的眼睛！」誰又爲我的生而絆倒。你背向着我。是的，我已足够孤獨。你悄悄地走着，爲了再邂逅，也許一生不再相逢，如牽曳水脈淺藍色的時間之中，我在自語，「回過頭看一切就完了」如牽曳水脈保持淺藍色的距離，你悄然地離開我，背着封閉我唯一的孤獨。就在那焦點上開始有着斜坡。

這是「關於斜坡的詩與詩論」的第一節，人在「回過頭看一切就完了」的自言自語中，可以看出田村隆一之詩的表達基本形式之一。回過頭看有何物？可能有生活。把詩人的「足够的孤獨」會弄出瑕疵的，那些微溜的肉體與每天的疲勞倦怠，或許義務與權利。

是灰色的　這個坡度　我需要那樣抵抗　絕無墻壁　到處只有青磁而暮　斜坡連接夜的邊際　我的抵抗　爲了我灰色的坡度

踱上斜坡　現在一心一意忍受着風　啨着抵抗　踱上斜坡　回過頭看一切就完了　我的痕跡啊　另外一個的我啊跟來吧　永遠永遠緊跟着我吧

在我半生唯一的絕望時期，我是自愛與自虐的兩極在我內奥保持着。能够塡滿那個中間的不知是什麽啊，或許什麽人啊。黑夜來臨。你再能看見斜坡乎！

這裡可以再度看見滿口親蜜地談及的黑「夜」。至黑夜的邊際，一直繼續踱上斜坡的行爲，如果有人看爲是一種討厭多餘的勞苦，可以這麽說，他未能了解田村隆一的詩。這個黑夜，這個沒有終點的斜坡，是田村氏叫來的夜與斜坡，即是「爲了我的」就等於「我的抵抗」。在那個微溜肉體所構成的社會生活，是一種「回過頭來看就完了」的夾雜物，無非是白天的世界。

托尼奥・克烈客爾……大概。鮎川信夫也好，田村隆一也好，均爲彷彿托尼奥・克烈客爾復活在戰後日本的跡象。湯馬斯・曼大概對鮎川信夫有着很大的影響，展望日本的戰後文學全體，除了荒地的一群詩人以外，沒有和曼立場一致把「藝術家」與「實社會」的對立鮮明地表現的例子。

「關於斜坡的詩與詩論」的結尾，「我是自愛與自虐的兩極在我內奥保持着。能够塡滿那個中間的不知是什麽啊，或許什麽人啊。」的質問是很富有象徵性的。能够塡滿「中間」的東西，便是整個生活的一切。可是，詩人拒絕承認這些。因爲拒絕，它竟成爲疑問形式而提出即將終止。然而，詩人恰似惶恐答覆之餘，立即呼喚黑夜來臨。

對於這一點，把黑田三郎的情形，與鮎川、田村兩氏的情形互相比較，這是頗饒趣味的問題。「死之中」這首詩已經流傳很廣，又是與鮎川、田村兩氏的作品同一時期寫作的，現在順便引用作個比較。

在死之中我們僅爲數目 是腐臭的堵塞物 死到處都有 在到處有死的地方 我們飲水 翻翻卡片 穿着髒領子的襯衣大聲嘶喊而笑 死不是怪異的顧客 倒像親密的朋友 不客氣地到我們的餐廳和寢室 在床上 有時 吃得魚刺零亂 在月夜 有梫木花之香味

戰爭結束的時候 木瓜樹上漂起小朵白雲 是戰敗的人這一點 我們互相輕蔑已極 儘管如此 是戰敗的人這一點 我們有些許互相憐愛 醉漢和騙子 農人和鎖頭商 僞君子和銀行員 貪食者和樂天主義者 互相仇視 互相照拂 而我們同一命運被遣回祖國 遣送的輪船到達時 我們 把各自的命運割裂開來 輕快地像揮着帽子惜別

那個傢伙是騙子 那個傢伙是農人 那個小子是銀行員

一年是如何過去的啊 然而 二年 一個是 出賣昔日的伙伴撈一筆錢後 喝醉了酒墜落運河 一命嗚呼 一個是以貧乏的薪水養活妻子 但因五年前的戰傷復發 快要死了 另外一個是……

那 一個的我 生活在東京 搭拉着電車的吊帶 所有的吊帶 都被陌生的男女搭拉着 我母親是原上校夫人 在故鄉 因營養失調而快要死了 爲撫慰挽留 這個死 僅以我二九二〇圓 無論如何是不够的

死 死 死

死是需要花錢的變故 在陌生的男女搭拉着吊帶當中 我也搭拉着吊帶 油然想起魚刺零亂的床 梫木花香之夜 然後更加掃興地搭拉着吊帶 誰又曉得啊

黑田三郎，在此詩中也是够孤獨的。但是，這種孤獨是和醉漢騙子，農人鎖頭商，僞君子銀行員等一起的孤獨，是爲了二九二〇圓薪水的孤獨，又是和很多陌生的男女一起在搭拉着吊帶的孤獨。不僅是群衆當中的孤獨(倘是這種孤獨，鮎川信夫和田村隆一已經曉得的)，是群衆總體的孤獨。黑田三郎的孤獨，決不像鮎川氏田村氏那顯著的絕對而且動人的性質。那是，借上述的田村氏詩詞來說，是在「中間」的，裏面滲透着社會的孤獨。那是在生活裏面，有時候可能會變質的，相對性質的東西。這些由黑田氏自己所寫「我們的伙伴」的詩來試作引用。

埋伏於門扉之外 像春風襲擊出來的人 有好幾個「假使」在腦裡吹過 假使在這小木屋傍邊有暖房裝設完善的公寓 假使在筏子傍邊有滿載着食品的輪船 假使 「假使」

………………

在愛的孤獨當中 在貧乏的自由當中 爲了更加孤獨和自由 穿着破舊的西裝步出街道 踏進擁擠下班的電車 以

別人的喜怒爲自己的喜怒　整天在玻璃窗裡面工作　不久就如小鳥兒乖乖地回家　是否這就是他們的命運　抱住空
肚子回到沒有爐火氣的屋子　爲了覓尋孤獨與自由的自我　就如小鳥兒乖乖地回去　是否這就是他們新的命運

這首詩一貫以孤獨和生活，互相爲雙方函數所緊抓着。在第一引用節，詩人描述分散得七零八落的腦筋裡有好幾個「假使」吹過，宛然小木屋代替裝設暖房的公寓給與人們就能够消滅孤獨那麼一回兒的事。可是，在次一節才能弄清這是過早的解釋。這一節的寫法倒像若無其事，但絕對不能忽略它所穩秘複雜的高明省察。詩人說「我們的伙伴」是爲着在「愛的孤獨當中　貧乏的自由當中　爲了更加孤獨和自由」而穿着破舊的西裝步出街道。即是，孤獨決不是離群性的同義語，寧可說是爲積極衝着群衆而進入的行爲動因。這個孤獨是有意識地要求「街道」和「他人」，所以和「自由」的意義同在的。「假使」生活的條件略有好轉，可是這個孤獨決不會附隨好轉而消滅其性質的意義。

在前後所指出的孤獨和生活，互相爲雙方的函數所緊抓着就是這個緣故。總之，孤獨和群衆中間的生活，對於黑田三郎是不拘泥這一方要絕對控制他方的關係。孤獨的人，踏進擁擠下班的電車，把別人的喜怒爲自己的喜怒而整天工作着，「更孤獨」又是「更自由」的。孤獨不單被生活強迫，進而把生活強迫成爲孤獨，以獲得孤獨本身的自由性。可以說，這就是穩秘在黑田三郎之詩的辯證法。以此種情形，且想日本近代詩的歷史，且看戰後詩的歷史的時候，會湧上一個令人注目的問題，就是個人和集團間新發生的關係，會射着一道頗饒趣味的光線。

譬如在象徵主義的風土成爲詩人，千辛萬苦追求打破因襲方法而夭折的富永太郎，他深切地曉得打破因襲需要「群衆」，可是，他不能達到群衆和孤獨者的自己之間，需要何種紐帶連結的方法底自覺。他說「我絕對需要群衆。賭以我徐徐而來的肉體的破壞，也必須喚起需要以上的群衆。」（「斷片」）但他繼續寫着「那個厭勝的日子在我上邊立起的音響是不吉利的。／我接連數天耽於悲哀的夢而蹣跚地走在街上。／濃密的群衆常在我的頭上蠢動着。」在這裡，只有群衆和詩人個人更明顯的更強烈的斷絕。換言之，絕無辯證法的瓜葛。

關於高村光太郎的離群性，亦可肯定有這種情形的。獨居於岩手山中之自己流謫的詩人，透過自己處罰，而用他自己的方法試作和群衆接觸，但是，按「典型」一書證明他是失敗的。

富永太郎在「斷片」另外一章，歌唱着。

「夜，我在拍賣估衣舖，茶館，是最擁擠的街衢，小酒館，是未知的鼻音狂熱的蒐集者。迴旋在不潔燈光下的這些新奇的鼻音，和交流世界諸潮流的海嘯，在我的頭驢裡彼此發出諧音合奏。——我以矜誇而沉默着。而且，如花朵受到衰弱。」

詩人畢竟在群衆之中，街衢之中，僅是個異鄉人而已。他能「以矜誇而沉默」，但沉默不能指點他「如花朵受到衰弱」以外的路程。這是對於過去的許多日本抒情詩人，可以說是一種非常親近的生活狀態。但在今天的我們本身，很多場合還是以這種情況維持着詩世界的構成。

對於這種生活方式，黑田氏用另外的方法模索，並且肯定的提示出來。於「我們的伙伴」的末尾，詩人安排一個伙伴，用手風琴伴奏歌唱「陋劣」之歌，（「陋劣之歌」是黑田三郎流的譏諷）歌詞是：

「爲詩人和哲學者投與牛肉吧
給予麵包和黃油呀
給予咖啡和番茄呀」

繼有別的伙伴唱着「迂愚」之歌：

「孤獨者形成森林
如楢和櫟沈默地集聚一起
成爲森林
孤獨者爲了保衛孤獨
而形成集團！」

從這些可以看見，孤獨的思索者欲以逮住生活者的次元一貫意志。黑田三郎獨特的苦澀幽默，可能和這些有着密切關連而產生的。因爲「詩人」以及「哲學者」和「牛肉」用普通的看法是出乎意料的配合。本來沒有通過生活，是不能產生幽默的。如「孤獨者爲了保衛孤獨，而形成集團！」的結束詩句，所含蓄的不條理性裡面，含有可笑的感覺和苦澀幽默。從這種生活基盤所引起的可笑性質，在鮎川信夫和田村隆一的詩裡是絕無的，這是有必要加予留意的事情。

如上所看到這裡爲止，然後，請再看看開頭的黑田氏論文「詩人與權力」的引用文。「從來詩人把自己與庸俗的市民分開而感到自豪，但是切不要爲仰覗天上的星星把雙脚離開實地。」

已經超過頗多預定紙幅的關係，不允許詳細論及「詩人與權力」的論旨。總而言之，這個時代是「僅用言詞誰也不好好地相信的世間，非靠語言予以相信，除此之外沒有詩的存在」，因此一切生活現象才能成爲詩人的問題。所以在前段的孤獨者與群衆的問題，人們可以看見實際活在一個詩人的生活之中。黑田氏更進一步說「然而，爲了要打開我們的眼光，似乎需要戰爭與敗北的現實。」

的確，這種系列的精神動向，廣泛地植根於日本詩界，好像在這次大戰以致戰敗後開始活動起來的。關於撰寫黑田三郎，我想要彫塑的，就是那個全體的動向，從某種意義上總認爲是有象徵性的一個詩人的思想而已。

（摘自現代詩大系第二卷）

近作二題

林宗源

小麻雀

我走着——我只知道向前漫步
早上，一群麻雀在路傍尋食，路上的土沙粉，還不會被很
多的脚踏醒的時候，我走來，那些小小的麻雀，好像遇到
警察似的，飛到路傍的樹上，躲在茂密的葉子裡，露出兩
點小小的驚惶的瞳孔
我走着，向前走去，路上的土沙粉，互相地擠來擠去，那
個時候，又碰到一群小小的麻雀，牠們客氣地讓我走過，
又落在那個地方尋食。
我邊走邊想，對於人與物與時間的關係，我好像又看到一
群同樣的麻雀，在我的面前飛起來，好像停在我的肩上、
頭上，好像有一點什麼東西，落在我的肩上、頭上，開始
神經質地糊思亂想起來
那是一條很長的路，我一直向前走着，不知道是什麼時候
，又遇到一群小小的麻雀，我該讓路或者逃避，或者……
我望着看不到終點的路，開始驚惶

牛

對牠用不着瞭解，牠一生下來，就被註定要賣力養我，一
不如意，拿起籐條鞭打牠的屁股，牠是多麼柔順啊，當牠
衰老的時候，我還要吃牠的肉
就是那樣地奇怪，當我拿起籐條，牠的肌肉會發抖，拿起
銳斧，牠就會流淚，牠對我是多麼地瞭解啊，可是有什麼
用，牠是牛啊！
有一個晚上，我夢見一條大蛇，橫在面前，阻止我想走去
的路，多麼可惡，像鞭打牛似的，拿起籐條抽下去，牠向
我衝來，看到牠血紅的嘴，突出的牙齒，想起毒素，我不
能像牛一樣，必須逃避，被追得心臟快要跳出口了，幸虧
驚醒，僥倖的是，那是一個夢，夢總不會是眞的
隔日，我拉着牛到田裏做工，看到一條很小的蛇，我想明
天再去做工吧！拿起鞭子趕牛回去
就是這樣地奇怪，牠還是跟我回去，不管牠是忠實地對我
，或者向我嘲笑，後來，事實的情況是這樣的：
我的工作因此擱下，牛被我養得很肥。

書河

林錫嘉

眼枯黃
就牢牢盯住
踽踽走過且投射尋索的渴望之眼
叩問歷史的路程

俄頃，形成一條玫瑰河
你如靜禪
濃郁書香將幽幽流入你的心屋

如此深沉的世界啊
竟錐立於喧亂之中

在此相對
與靜靜禪立的哲人把晤
遂成爲一隻縮立於冬之曠野的獨脚鷄
看詩與戰爭交相展覽

心之米粒頂着穀殼而有爆開的渴望
更想緊緊貼入歷史的相簿裡

而用愛喲，引誘歷史的眼睛
痛惜那被坑的儒人
被焚的非秦紀的書冊

向你跪下啊！我的神
祈請你源源流遍萬里黃河岸

關於書河：枯嶺街是一條書河。游於此，兩岸迫過來哲人的對語，以及歷史的臉面，這是一種飽和的滿足啊！因而，我時時於此撒下密織的精神的網。且讓現實的聲色在心中遁形，聽哲人呢喃。

清晨

龔顯宗
清晨。醒來，拿起日報，
一個新的世界便擁抱過來。

說五角大厦投資八百億導演着機械戰
自北緯三八度輪到一七度上演，
而黑人的熱血猶沸騰着林肯的遺恨。
頑童們撕毁了美麗的海棠葉。
納塞違背李西浦之意志。
愛琴海波浪滔天。
日不落國王冠上的鑽石已喪失光彩。
暮色蒼茫裏，旗摧桿折，金磅不金，屬地安在？
說聰明的商人把廣告帶上太空。
妳可曾看到一株樹繫着萬顆星星？
那個醫生將我心換妳心，
哦，親親，且讓我爲妳到蟾宮裏
取粒七彩小石嵌在訂婚的戒指上。

說那個唱黃梅調的女人把大城改造成精神病院。
象牙般的玉腿値百萬美金。
那群年青人却在街上焚燒鈔票。
妳可知公文在二十里内要旅行三年？
迷妳裙的權威高於紅燈的醉眼。
而患着文明病的炎黃子孫們
在彼岸汲水洗碟。
那個爲領保險金的男人燒死親生子。
那個冠軍在大賽中車毀人亡。
還有披頭散髮的青年啊，封了爵位。
我必得投向新世界的懷抱。

作品三則

林白楚

鴿翼的風

天生的一些灰藍，在這樣的天空
鴿翼的風，徒然使我們多加件衣裳
淑女的紅嫣，春日陽光下的
一些乳房，以及
滿山的紅櫻花，都等着瞧
鈍鈍的劍如何比擊出一個
曬滿屍體的草原

在夏天

我們擁有滿籠子的喜悅
在夏天，菓子成熟的芳香
誘使我們放棄
諸如愛情這般無奈
而且充滿無知的字眼

我們會更喜歡
每一朵在夏天才開的花
當伊的臉替泥土
帶來許多紋了彩的愉快
雖然生命存長於多風多雨的海島
但我們鼻孔觸及的歡欣
却常是帶着濃濃的酒香。

日子

生病了嗎？這些個日子
一個一個排了起來
一個、一個又跌了下去
這些個日子顯然不是自殺
或者被謀殺掉的。而是
活活受着折磨被緩緩的凌遲着
倘若，能像破鞋一般扔了
倒也省事，就怕被折磨的
病了。

這些個日子，一個比一個蒼白
一個比一個貧血一個比
一個冷然一個比
一個冷冷冷然，只不知道
是否眞的個是病了？但
那鏡子一天比一天瘦了
那是眞的。

婚期

異軍

之後你滿頰萬紫千紅
之後揚起歡呼
衆樹燦然睜開諸色眼睛。
花夫人的漢子小白臉般遍處招搖。
去國三季燕子在南方召集會議。
門門貼春之顏於己之顏。
於是多妻的並不洒脫的這個少年
從爸爸以及媽媽以及其他的一封紅包
娶你

伸張的秋

陳仁生

突然，都被抖落
連同二妞綴
的花語
和太妞鹹鹹的足痕
撕碎的血液　　拾起
不再重覆，
每一片臉
泛着黃
吸不乾
青的嬌嗔。

作品二首

王信貴

不同的征程

——祝福哥哥的婚禮——

謝神的前奏，僅能如此
旋律了您的祈、拜
　　另一段征程
與跳動的春天勾勾小指
　　就說是別了
幼稚的旗拉長了身影
新的梳妝台上
鏡前　一朵花，
苞放了夢境
就一同駕着夏天
去雪地溜滑
您知道的　該貼近
跌後的哭聲
讓它好好凝固　因爲
您還有您的名字

屬於雨的

自塵封中醒來
傘　不帶點神的意旨
方舟的四十晝夜早已遠去
只爲了隱約着純白色的歌聲
上昇　水泥地終於碎裂了酒瓶
屋宇穿上一襲
　　透明的感動
簷下乃泣一串
　　彩虹之前的懺悔
雨後　白鴿啓程
尋覓鐘聲的國度
爲啄食嫩嫩的新葉　拍翼
還不忘撒下叮嚀　叮嚀
　　銹鐵的葬禮

自海聲中歸去

郭亞夫

驀然招手、
貝們竟也猖獗起來了
且以一張陌生的臉
企圖眩惑我的
　眼瞳。
至於。啊　那遲來的脚印
已非是一種廉價
　一種健忘
　一種無聊
　的守望了……
當風小立
我的獵人遂自水底清澈昇起
以寂然之姿
逐步自海聲中歸去
晚安

春天裡的秋心

陳世英

似乎一點丁偶然的attack
就能剝裂靜止湖心的沉寂
似乎一點丁風的掠影
就能溶解沉澱已久的故事
哦！脆弱的心竟不能容忍
播在雲外　滿袋的夢
一枚枚地凋謝下去
竟不能容忍　劃着線譜的衡陽街上
到處流動着兩顆平行進行的和聲音符
一粒凝住了的單音
似在身上　敲出清脆的回響
第一次觸電般的撫觸
又在那麼厚的時間催眠下漸告甦醒
心又開始隱隱作痛　開始
打着漣漪　打着惆悵
眺望着樹葉的窗外
以千隻光的手托住圓腮的太陽
似在瞑想　嘆息　呵　又是一段
不按註脚的惘然

三重奏

喬喬

在這裏・就這樣・閃爍着

在這裏最精靈的嗅覺器官也會失靈？
在這裏會長期的嗅不出周遭的諸味

1 在這裏

往往不經意的時候
可以因爲幾個已經被手握變形了的銅板
廉價而不知情的去
檢視一列的風景　或
躺在熱鴨墊上酥一個昇華的午後

一小隊抛錨失意的春天
有時也會貪婪的踽至裸體的廣告旁駐足

好些壓在身上都會叫人窒息的精裝書
竟會泰然舒適的躺在那個
剛剛過街的那位小妞兒的纖臂間？

在這裏會長期的嗅不出周遭的諸味
在這裏最精靈的嗅覺器官也會失靈？

那些精裝書和那妞兒
那妞兒和那些精裝書
之間正挾着一個犯有貧血症的春天

2 就這樣

孤獨的位置　蹂躪着一群頻於死亡的靈魂
且去臆度那不爲人所知悉的兩端

3 閃爍着

閃爍的色彩　依然尋常地動作着
　　　　　　依然無力地接受夜底擁抱
裸體的女郎　在彩色繽紛的廣告上
保持一貫的搔姿　誘惑着夜　夜正成熟
穿過霓虹織成的迷網　失措地凝視着
於花車後指示灯的一瞥　我
攫取一絲兒漠然的微笑
踢走一脚的漠然　遂環抱一串遺落漠然
的漠然

（忘了沐浴的人　咀嚼出哀傷的譜
心弦　奏着哀傷　哀傷被奏
奏入一甬道的無依）

墓地

徐和隣

日人時代的要塞山上地帶
有我來臺公的墓地一座
光復燃燒歡呼的那年
洗去戰塵，回家看孩子的那年
必然的想起祖先，舉家祭墓去
撥開草木又找錯了地方
依靠老叔剩餘的記憶
嗚呼！日人喲！幾十年的變形
我們終於找到了倒下的墓石

家裏祖父留下的清代官服尚未褪色
曾經排斥父親不懂日語的
如今孩子又排斥我不懂國語
寶島一代一代的淚水不同
從不同的淚水下大家站起來
在沒有充份現代化的淚水下站起來
在沒有原子彈的淚水下站起來
在沒有詩與夢的淚水下站起來
站起來以後跪下再哭
哭到能取回民族自尊心的那天

養鳥問題

白萩

白文一百
黑文三十
阿火跟老妻在盤算
空間太小
糧食很貴
需要淘汰
需要淘汰
哦，老天
阿火得做上帝
白文一百
黑文三十
價值誰曉得不變？
反正是一窩生
都有活的權利

可是
空間太小
糧食很貴
阿火跟老妻盤算
他得做上帝
祗有殺死精蟲
在子宮口
不要讓他生
不要讓他活
於是阿火把蛋摔破
却看到：
未出世的自己
流血！
粉碎!!
死掉!!!

里爾克：杜英諾悲歌

第一悲歌

李魁賢譯

誰，倘若我叫喊，可以從天使的序列中
聽見我？其中一位突然把我
拉近他的心懷：在他更強烈的存在之前
我就亡逝。因爲美僅是
恐懼的起始，正好我們尙能忍受者，
而我們如此讚賞美，因爲它冷靜地蔑視着
欲把我們粉碎。每一天使都是可怕的。
因此我就抑住自己且吞嚥下
黑暗中歔欷的引誘的招喚。啊，那麽
我們能够支配誰？天使不能，人類不能
而伶俐的獸類已經注意到
我們在自己解釋的世界中
不能有自如的信賴。或許遺留給我們的是
山坡上的某一棵樹，我們日日可以重見；
遺留給我們的是昨日的街道
敗壞了的習慣上的忠誠，
這正適於我們，而就此留住，不再離去。
哦，而夜，夜，當盈滿了宇宙的風
消損着我們的臉龐——，這思慕着的，
柔順地幻滅的夜，在孤單的心懷之前艱苦地現身的夜，
不爲誰而佇留吧？夜對於情人們是更輕易吧？
啊，他們只是彼此蒙蔽着他們的命運。
你難道還不明白嗎？把空虛從你的環抱中
投向我們呼吸的空間；因此或許鳥類
感受到擴展的大氣，更熱忱地飛翔。

是的，春季都需要你。群星
企待着你去覺察它們。往昔的波浪
向面前掀來，或着正好你走過敞開的窗口，
一具梵哦鈴向你委身。所有一切都付託於你。
可是你能勝任嗎？你不是常爲了期待着戀人前來的預告
而心煩意亂？（偉大而奇異的思想
在你之間出入，且經常在夜晚停留，
而你將把此戀人收藏於何處？）
可是倘若你渴慕，就爲你的戀女們歌唱吧；
她們可讚美的感情尙未到永渝不朽的境地。
幾乎使你生妒的那位被遺棄的女郎，
你發現比那愛撫的更加倍的可人。
要經常重新開始那不能企及的讚揚；
想想：英雄能保持着生機，旣使英雄的沒落
也是一種爲了存在的遁辭：他最後的誕生。
可是疲憊了的自然，把戀女引回自身，

好像再也沒有力氣從事第二回。
你曾好好想過葛絲巴拉・施坦芭嗎？
那麼任哪一位離開情人的少女
都感覺以這位戀女爲攀升的範例：
我會和她一般模樣嗎？
最後這最古老的苦痛，對我們不該是
可收成的果實嗎？如今不是我們親切地
離開所愛的人且顫動着立起的時候了嗎？
有如箭矢立在弓弦上，集中着欲射出的躍姿
超越它自身的強力。因爲無處可以滯留。

聲音，聲音。聽啊，我的心喲，有如只是
聖人們才能聽見：因而強大的呼聲
從大地騰越；只是他們跪着，
不可能的人們，不前進，不專心：
他們就這樣聽着。你絕不能忍受得住
神的聲音，在遠處。可是聽那吹拂而來的
從靜默中產生的不間斷的音信吧。
他們從那年輕夭亡者向你颯颯而來。
你踏入無論是羅馬或拿不勒斯的教堂時
他們的命運不是平靜地向你敍說嗎？
或者一段碑文巍峩地加重在你身上，
有如新近的聖大・瑪麗亞・福爾摩沙的墓表一般。
究竟他們對我期望着些什麼？我該靜靜地
革除那不正當的外貌，偶而稍許
阻碍了他們精神的純粹活動的那不正當的外貌。
眞的那是奇妙的事：不再居住於大地，
不再履行鮮能學懂的習慣，
對於薔薇，以及其他特殊的允諾的事物
不能賦以人類未來的意義；
在無限焦灼的雙手中的自己
別無其他，而把自己的名號撇開
有如丟棄一件破碎的玩具。
眞奇妙，不再期待受人期待的事物。眞奇妙，
看一切互相關連的事物，在空間輕鬆地
鼓翼飛翔。逝者是多麼勞苦
而充滿了補償，因此人們終於稍許
覺察到永恆。——可是生者
都犯了截然劃分的錯誤。
天使（據說）常弄不清楚，到底他們是在
生人或死者之間行動。永恆之流
常拖拉着一切年代的人一同通過二者的王國
並在二者的王國裡，把那聲音淹沒。

最後，他們不再需要我們了，那些早逝者，
人靜靜地棄絕塵世而去，有如斷離了母乳
緩緩成長。可是，我們需要龐大的
神秘，於此，至惠的進步常導源自
悲傷——：我們能够排拒它而存在嗎？
這項傳說是無益的嗎？曾經在爲黎諾斯的哀悼中
勇決的最初的音樂，貫穿過荒廢的痲痺，
因此在驚愕的空間，那位類神的少年
突然永久離去，空虛就開始化入那
振動中，如今對我們魅惑、慰撫與扶助。

日本　關根弘的詩

羅浪譯

簡歷

一九二〇年生於東京淺草，東京都墨田區第二寺島小學畢業。著書有詩集「繪的宿題」「死鼠」「約束的人」。詩論集「狼來了」「現代詩作法」「青春的文學」「關根弘詩論集」評論集「領航人的眼睛」。「現代詩入門」。報導「鐵——玩具世界」「點燈吧東大」「見鬼去吧獨占資本」「新宿」等。

談自作

詩，總括一句，可能是夢與音樂的結晶，我的詩，却與音樂有一點距離。雖然與音樂有一點距離，我反覆地孜孜不倦，說着夢。以後仍是不改變的。

以詩人作爲正面招牌，却靠後門的論說報導塗口的我，是很少有作品的。最近越來越難寫了。

年輕的時候，任意地寫了很多。不，只感到好像能寫而已。因此，認爲「詩是青春的文學」而越難下筆。

說是已經失掉夢嗎，夢是越來越大的。年輕的時候，魯莽拚命，現在已經能够辨別，自己會做的，或是不會做的。漲大起來的，就是自己會做的事要做下去的夢。

沙漠之樹

（失落根變爲球滾轉
植於風中的沙漠之樹）

嘸飲海、
仿照腦之皺紋　化石的鑛滓之丘陵
重又液狀的鑛滓
且被抽出火舌而散亂着
毫無外表　游絲燃燒
不理屢作嘔吐的手推車　沒有人的
鍊鋼廠後面的地方
什麼時候都有脫落掉我的我在那裡
颱着黃色風塵的日子
鎔鑛爐變爲人面獅身像
搖擺頭部　沙漠之樹在矢跑

學者

穿着黑的襯衣
穿着黑的褲子
黑黑的臉
燒酒的一杯　二杯
祇是蛙臉與小便！
我的齒輪
不能調合你們的齒輪
所以一個人
騷騷鬧鬧
讓開吧
泥濘的
口水飛濺
OK
拉　拉　拉　拉　拉　拉
停止
你這個　畜生！
如黑夜面孔的男人
在烤肉店喋喋不休
一半是很糟的英語嘛
可是服務於
駐軍部的
喂　請學者乾一杯
學者陶然高興
通宵達旦
騷鬧
跑舞
攪得一場糊塗

可是
黑夜不會毀掉的！
黑夜的墻壁深厚！

烏賊與手帕

把烏賊和手帕
洗好
把手帕
曬乾後睡覺
早晨……
理應曬乾的手帕
却變爲烏賊
昨夜
吃掉的
是不是烏賊？
把這個情況
在集會發表
有一位詩人
如此傳說
他洗好烏賊和手帕
把手帕曬於竹竿子睡覺
從睡中醒來
手帕變爲烏賊
將烏賊烤熟
吃掉
這就是現代的形像啊
（摘自現代詩大系第二卷）

英國詩選

當燈盞破滅

P. B. 雪萊作
明台・聞璟合譯

當燈盞破滅
　光芒便在塵埃中逐漸隱去
當雲圈消散
　彩虹華麗的顏色便褪落
當琵琶弦斷
　甜蜜的旋律已不復記取
當嘴唇不再緘默
　愛的心語一下子就被遺忘

當琵琶的樂音不再傳盪
　燈盞的光芒不再明亮
靈魂沉寂了
不復有優美的旋律自心靈迴響
不復有優美的旋律
　只有悲泣的輓歌飄揚
一如狂風捲過死谷
一如水手們死亡的喪鐘
被哀怨的波濤敲響

當心靈一度契合之際
愛情首度遠離自完美的巢
而最脆弱的一個
孤獨地去承受曾經擁有過的
哦！愛人！在這兒
誰在哀悼所有事物的缺憾
爲什麽你總選擇最脆弱的
　爲你的搖藍，你的家和你的棺墳
如同暴風雨震撼了高空的飛鳥
它的忿怒將震撼你
如同冬日天空裡的陽光
明亮的理智在誘惑你
遠離了你無邪的笑聲
你如鷹般的家屋
將從每一個角落腐朽
當葉落下，冷風襲來……

美國

E.A.羅濱遜詩選

宋穎豪譯

艾文・亞林頓・羅濱遜（Edwin Arlington Robinson）于一八六九年十二月二十二日誕生在美國梅茵州，曾就讀于哈佛大學二年。其處女詩集「湍流及前夜」（The Torrent and the Night Before）出版于一八九六年。翌年，「夜孩子」（The Children of the night）亦付梓，詩名雀起，繼在紐約賃屋以賣詩爲生。俟其「柯拉哥上尉」（Captain Craig）問世後，頗受老羅斯福總統之激賞，乃于一九〇五年——一〇年間受聘于紐約海關服務，方始擺脫其困窘之生活。其間，「下江鎮店」（The Town down the River）出版。

其詩清新緊湊，爲傳統性之韻體詩。但其對人物之刻劃深入淺出，曾獨步當時詩壇。然其詩中人物多患灰色之憂鬱症，唯饒哲理，發人深省。他雖曾經先後于一九二一、一九二四、一九二七年三度榮獲美國詩壇極其崇高之普立茲詩獎，但對二十世紀之讀者而言，總是使人有一種「他生之過晚」之憾嘆。歿于一九三五年之六月。

其詩集計有「頂天立地之人」（The Man Against the Sky）（一九一六）、「三旅店」（The Three Taverns）（一九二〇）、「詩選」（Collected Poems）（一九二一）、「羅馬人、巴斯洛」（Raman Barthalow）（一九二三）、「兩度斷氣的人」（The Man Who Died Twice）（一九二四）。此外尚有亞述故事之敘事詩「墨林」（Merlin）（一九一七）、「勞塞洛」（Laucelot）及Tristan等。

一、理查・柯瑞

每當理查・柯瑞進城來，
惹得我們在路旁無不羨覷：
他衣冠楚楚，奕奕神采，
眞是一位高貴的紳士。

他一向沉默寡言，
談話時溫文慈善；
與人招呼總是春風滿面，
停下來，道聲：「早安！」

他富有，敵過君王，
獨蒙上天的寵愛：
他是我們奮鬪的榜樣，
認爲他富有四海。

于是我們勤奮，株守那福份，
天天清淡，腥膻不嚐；
那曉得在一個仲夏的晚上，
他回家對準頭上打了一槍。

二、惠特曼

聖歌休止了，唱歌的人
是個名字。而神、愛情、生命、
死亡也是個名字。
我們竟然無視于
自己的創作，抑爲我們
傳述的眞理，我們不瞭解
祇是盲然猜疑。

昨夜，人即其歌，
現在，歌即其人。
如今我們已不多聞其人：
而雋永感人的旋律猶在迴漾，
多麼純眞，多麼聖潔，
何其昂揚，何其雄壯；
聽知他的人，且曉得
明天他將爲全民歌唱，
而世世代代必將傾聽。

聖歌休止了嗎？不如說
唱過的歌永不休止，而名字
也永不腐朽。當我們
將人的名字寫在大理石或砂石上
我們刻鏤以永恒。

〔現代詩人論之三〕

探索異數世界的人——桓夫論

‧葉笛‧

A

梵高（Vincent van Gogh）追求以彩色表現在世界裡的生命的不安。而終於瘋狂自殺以終。華格納（W.R. Wagner）曾說：「如果我有養得起妻子的錢財就不再創作」（見華格納書簡集）但，這些固執的藝術家們還是把自己的生命埋在藝術的神聖殿堂中。這些不幸而不朽的人們有時會叫人沉思：「他們爲什麽必須如此？」同樣的疑問亦可對詩人們發出：「爲什麽追求永無止境的語言的魔術？」這個問題一直到現在還不能獲得叫人滿意的解答，但，每當我沉浸於詩句中時，我似乎了解一點何以詩人會像魔鬼纏身似地把自我拋進以語言創造另一世界的忘我而純粹的創作活動的地獄中。創作的痛苦，也許誠如愛略特（T. S. Eliot）所說的，確有「將血化爲墨水的那種苦處。」的吧?!但，願甘之如飴，那又爲什麽?設若能解決這一點，也許，我們就可解決詩人創作精神的原始的動力?然而，我不想在這裡從正面去追究這個問題，我的想法是想從詩來品味「語言」對於他們生存意識的意義。我以爲「生命」不但從「過去」延續到「現在」，更應該有一種力量從「未來」流回「現在」，穿透「現在」和「過去」結合才有永恆的價值。對於詩的世界亦可作如是的看法。

對詩人來說：「語言」是溝通他和世界的橋樑，也是塑造他生命的武器。唯有不斷地向語言挑戰，不斷地寫詩，詩人才能證明他的存在。從這一點看，桓夫是有豐滿的生命力的詩人。因爲從日文詩到中文詩，他走的路不是平坦的大道而是崎嶇坎坷的。這就是說：臺灣光復這一歷史的事實使桓夫在語言的能力上反而變成新生的嬰兒，並且，一個人受語言訓練最佳的時代亦早已過去，這，做爲一詩人而言，是喪失了「語言」的武器，但，桓夫却在這種殘酷的情況下匍匐過「語言的眞空地帶」，重新站起來向它挑戰。（林亨泰稱這一世代的詩人爲「跨越語言的一代」）。然而，這種猶如陷入「失語症」的世界般的詩人之痛苦是不言而喩的。詩人除了和語言格鬪之外，還得用自己的靈魂去錘擊語言而征服它。這是一種考驗。不但，需要長久的忍耐工夫，還得用精神最大的勇氣去擁抱那痛苦。經過近十年的語言的鍛煉，桓夫才在語言上獲得新生。可是，桓夫手中的語言並不是一把最犀利的匕首。但，正如不是所有的藝術一定是美的（註：見Herbert Read所著："The Meaning of Art" 第1章第四節。藝術和美的區別），有美麗詞藻的詩不一定就是眞詩，或好詩。在我看來語言文字本身無所謂美或醜，主要的是詩人如何去選擇語言安排於詩中，使該語言不但具有現在和歷史傳統上的意義，還能生一種新生的意義和力量。所謂詩是用語言的表現活動的最高形式，簡言之，就是上面說的，深化觀念及體驗的層次的語言的表現力而言的。

經過十分之一世紀的語言的煉獄，桓夫唱出這樣的歌：

時間。遴選我作一個鼓手
鼓面是我的皮張的。
鼓的聲音很響亮
超越各種樂器的音響

上面是桓夫的第一本中文詩集「密林詩抄」的「鼓手之歌」的第一節。鼓手之歌，可看作詩人用祖國的語言的新聲，也是做爲詩人邁向世界的序曲。可是，我認爲並不是「時間」遴選他，而是他不屈服於時間，他的詩的未來的生命穿透「現在」堅厚的牆壁和「過去」獲得結合。詩人擂打的鼓面是用自己的心身去張緊的，因之，激越的靈魂之歌超越任何樂器的聲音。從這裡，我們可以領悟「語言」是詩人接近眞實的自己，接近人類不可或缺的存在。一個詩人不能觸及自我的世界，怎能和世界溝通呢？「由於接近自己才能接近人類」，勞倫斯．達烈兒的話在文學和詩的世界裡並不矛盾而是眞實的。所不同的，只是詩人比任何藝術家都要以語言去接近自己和人類而已。

B

桓夫從「密林詩抄」（民國五十二年出版）到「不眠的眼」（民國五十四年出版），其創作的歷程是有一以貫之的基本精神及態度的。

「認識自我，探求人存在的意義，將現存的生命連續於未來，爲具備持久性的眞、善、美而努力，就必須發揮知性的主觀精神，不斷地以新的理念批判自己，並注重及淨化自然流露的情緒，但，不惑溺於日常普遍性的感情，而追求高度的精神結晶——我想以這種方式獲得現代詩眞正的性格。」（見「笠」詩刊第三期「笠下影」）。

我想從上面的話可以歸納出現代詩的特性：a探求並批判現代人存在的情境及意義。b轉化一切事物爲永恒的存在。c眞摯性爲現代詩必備的本質之一。我之所以畫蛇添足地從桓夫的話歸納出三點現代詩的特性，就是一般視現代詩爲洪水猛獸，或因其難懂而敬而遠之的人們；只是從現代詩的外貌去衡量它，並沒有從現代詩的本質去理解它。這種現象和近代美術的運動及其所遭受的抵抗，頗有雷同的情勢和命運。（我以爲近代美術演變的性格對於考察現代詩所產生的背景以及現代詩的生存所受的抗拒將有助於我們認識現代詩的本質和性格。）而我們之所以對這些藝術上及現代詩的運動有一種隔離之感，除了社會背景的不同之外，詩人及藝術家們還不能以明確的意識態度用強有力的創作品去魅住欣賞的大衆也是難辭其咎的。

桓夫在自由中國的詩壇上，是少數把握現代詩性格而不斷地以嚴肅的態度去創作着的詩人之一。現在，我想以其詩作予以剖析：

巒峯睡着
誰也不想重述　那些
經歷過的島嶼和激流
而熟悉的語言都生銹了
如今　該遺忘
或不該遺忘的都遺忘了
幻想的山躑躅
開在被覆蓋的熔岩上
有誰記得
雨打日暮的悲歌……

（「不眠的眼」，「遺忘之歌」第三節）

巒峯是大地上的存在之一，但，正如我們常無意識地活在既有的世界觀念裡不加審視和沉思。我們很容易遺忘不該遺忘的。「該遺忘或不該遺忘的都遺忘了」！這是詩人對歷史和存在的清醒，凝視。其實，詩人並沒有遺忘。因爲連那「幻想的山躑躅」，一種詩人發見過的美，如今「開在被覆蓋的熔岩上」都烙印在心中，而所謂「被覆蓋的熔岩上」是喩變動的世界的。詩人從變動的世界的現在回歷到過去去挖掘被埋沒的夢。而發見「幻想的山躑躅」，並且想起已經被覆蓋的昨日的世界「雨打日暮的悲歌……」。清醒是件不容易的事，也是件痛苦的事。但，不能永遠保持自己的清醒的人不配稱爲詩人。杜斯妥也夫斯基曾對麥瑞考夫斯基（Dmitri Merezhkovski）說：「我不能給你什麼忠告，不過：只有這句話——要寫作你必須學習如何受苦。」這是意味深長的話。一個從事創造嶄新世界的詩人要是沒有這種態度是不能繼續寫詩的。

桓夫在戰爭和戰爭的虎口中失落了青春。在第二次大戰中，他曾被徵往南太平洋的一孤島，在飛機、炸彈、槍炮、飢餓中，曾經面對過死亡。人在面臨死亡的危機的時辰，最能深刻地思索生命。而且，死的豫感更會使現在的幸福和陶醉陷落於不安。他有這種不死的體驗，所以做爲詩人有一種超越經驗的意欲和觀點——「人必須活下去，但，怎樣活下去呢」再沒有比哈姆雷特喊出：「To be or not to be, that is the question.」這句話更富戲劇性而能扣人心弦，令人沉思的啦，哈姆雷特之所以猶然活在現代人的心目中，就因爲他對於存在的追求的人性。桓夫的詩具有魅力也就在這兒。他在戰爭經歷的「死亡的不可代替性」，相反地使他領悟到「生命是唯一而具個性的存在」的眞諦。所以，他高歌着：

挣扎於斷臍的痛苦
我底歷史早已開始蠕動
哦，在母親的腹中

（「不眠的眼」的「在母親的腹中」）

這是一種絕對的肯定，肯定生命以及生命所蘊孕的一切痛苦。誕生到死亡是一條歷史必然的歷程。問題是如何去走完這一條充滿娑婆苦的世界之路。在這種探求精神之下，他寫了不少詩。「雨中行」、「煤礦工」、「塵寰」、「壁」、「網」、「信鴿」……等。這些詩有充滿着外在的感覺和內在感覺的交感，思想和情緒都同時存在着淨化爲詩。如果我們不否認詩爲了再現現實而需要夢，而把「現在」照在永恆的時間的焦點上拯救出來，則桓夫有太多的赤子之心的想像力。這種詩的想像力具有一種解開閉鎖的存在的力量。

C

熱愛生命的人必將對生命加以冷觀的批判基於愛之深，愛之切，於是他「禱告」（「不眠的眼」的「禱告」）

啊，庇佑祢這無依的子孫吧
我底祖先！

近代歷世的祖母，以至冒險渡臺，苦苦開拓麗島的世
祖，以至未移民以前，世居祖籍的，溯自「族譜」記
載的歷代祖先和那「族譜」上的始祖。
以至始祖以前
動亂時代的
啓蒙三千年的「子曰」而上，頭目統治的原始，人權
和神權都分不清，新舊石器史蹟以前。
脫衣舞孃頂愛摹倣的，那些神話裡的，
甚至，尚未構成人形，仍在漂盪
着的細胞
的溶液。
肉眼看不見的，
較有無名的廟宇的鬼神更正統的，
連連綿綿，終於，造成我這後代的
我底祖先！
啊庇佑祢這聰明的子孫吧！

這是對生命的始源的鄉愁的追求。對於現代的愚昧的世代，發自深心的呼籲！設若，我們這一代不至愚昧到人權和神權都分不清，我們何須請祖先的庇佑！然而，事實上，我們仍停滯於「尚未構成人形，仍在漂盪着細胞的溶液。」的，忘記生命必須用自己的右手去開拓的，沒有神的拐杖便不能自己開拓自己的生命的「迷信」的世界中，所謂「迷信」就是一種軟弱，一種迷失。這種子孫聰明嗎？不，但，這種「啊，庇佑祢這聰明的子孫吧。」是一種痛心的反語，一種深沉含淚的自我解嘲！在這種情況下，詩人反而對於祖先們一往直前地開拓自己生存的世界的精神和冒險發生讚嘆。

桓夫這種詩的創作的意念，不是基於「詩該怎樣寫」而是基於「要寫什麼詩」的創作。『對於「詩該怎樣寫」這種化粧的詩我毫無考究。比較偏於執着「要寫什麼詩」。隨應湧上的詩考。要寫什麼就寫什麼，沒有定型和拘束。……』（見「不眠的眼」後記Ⅵ）。他的這種詩精神乃在肯定詩的價值，雖然，現代比任何時代對於詩是沒有安定的假定的時代。何以故呢？兩次世界大戰帶給人類對生存的不安，社會，思想，制度的激變在使人類深深感到要把人類所創造的世界從毀滅性的邊緣拉回來，確有捉襟見肘，力不從心之感。這種人類生活中的普通的危懼意識使一切藝術文化逐漸失去固定力，（所謂固定力是藝術的價值能普通地被承認而深化人類對理想生活的力量而言的）詩做爲藝術文化的一環自不能例外。但，詩人應該有這樣的信仰：「所謂幻滅就是走向健全性的一階段，而由

於跨越它才能到達新的眞理和信心。」」（M・羅拔茲論「T・E・休謨）如其不然，詩和衣裳哲學只是五十步和百步之差而已驅使我們走向詩的，不在於詩自身的空虛的美的價值，而是非詩的，換言之：是在我們活着的現實生活中的。我們的「誠實」只存於「寫詩」這一點上，也就是說由於「寫詩」才能對現代「誠實」的。「存在」和「自由」是只有人類才能結合的一槪念，然而，也僅止於「可結合」的不安定的狀態，在這種現代的狀況下，對於詩人來說所謂「寫詩」就是喚起對於我們的精神的危機的正確的感覺，而要將絕望的根源的內部症狀，現代的愚昧和我們的精神的黑暗予以切除的。所以，詩人必須使不可見的成爲可視的，以物質的感覺逼近人們，詩才有生命，在這一點上。桓夫將負荷着觀念的重量的抽象語言提昇到具有密度的詩語，使之生根於詩的血脈中，這是他做爲現代詩人有特異表現力的地方。這種詩是一種眞實的創造，因爲它是一個調和的世界，蘊藏對人類活着的知性和感受性，給生命以某種感化的，新的東西，新的衝動和新的思考方法。卡路・尤伊斯曼（Joris Karl Huysman，一八四八——一九〇七，法國小說家，美術評論家）說：「藝術家，僧侶和醫生是人類的悲慘之證人。」這句話不獨可使人們玩味，對於閉居於象牙之塔，只管烹調着語言，加着太多的味精的一部分現代詩人更値得去咀嚼的吧。

詩訊

▲林亨泰詩論「現代詩的基本精神」出版後甚獲好評，鄭仰貴詩集「蝴蝶結」亦已出版，歡迎向本刊經理部函購。

▲臺大「海洋詩社」，師大「噴泉詩社」，輔大「水晶詩社」，北醫「北極星詩社」，文化學院「華岡詩社」，師專「心潮詩社」等均積極眞摯地展開新詩活動，呈現蓬勃濃厚的新詩氣氛。

▲「中國新詩」第十期改由艾雷主編，已出版。「葡萄園」第21 22期由古月主編，也已出版。

▲曾在本刊發表英美詩研究的蘇維熊教授，惜因肝病逝世，三月十七日在市立殯儀館公祭，謹表示哀悼。

▲本社於三月十七日在中壢市召開年會。臺大教授洪炎秋先生，前輩詩人郭水潭，作家鍾肇政、鄭清文等蒞臨指導，論現代詩的創作等問題盛況極爲熱烈。

▲錢歌川的「英詩選讀」，姚一葦的「藝術的奧秘」，均由開明書店出版。

▲三月十六日林亨泰應陽明山中國文化學院華岡詩社之邀請演講「現代詩的基本精神」。又趙天儀亦於三月二十二日應邀演講「中國現代詩的研究」。

▲省政文藝叢書鍾鼎文著「雨季」，星座詩叢翺翺著「死亡的觸角」，人人文庫張默著「現代詩的投影」等均已出版。

日本現代詩史(六)

高橋喜久晴

那個時候，我還在中部日本，面着太平洋的小鄉村一個中學當教員，過着無煩惱的快樂生活。一九五〇年前後的日本，頻頻發生過一般民衆所不知的政治上經濟上的大問題。但我對那些實無法詳細論及，感到遺憾。老實說，要接受以那時代爲背景，有如激浪湧上來的文學，我的見識還不够呢。不過現在搜集了資料，看看當時刊行的詩集或詩刊之後，不無覺得時間流失之快，而感慨萬分。

一九五一年三月，日本的東北，即北國的貧瘠地方的山中一寒村，出版過一本中學生們的作文集「山響學校」那是一本貧瘠山村的小孩的生活紀錄。他們以幼稚的心靈着重社會科學的方法，抓住現實，而表現了貧乏的小孩子們，對今後生活的方向認眞思考的情況。指導者叫做無着成恭的年輕教員。這一本作品集，不但利於其後的中學教育，更影響了記錄文學的作法。日本的出版界，時常以新鮮的角度評介出版小學生、中學生，或母親們所寫的樸素的生活紀錄，而得到相當大的效果及反響，令人不得不想到生活與文學一些關聯的問題。

萩原朔太郎是日本近代詩的大先輩。一九五一年時候的詩壇，對他們二、三十年前的大詩人作品集的研究，忽而活潑起來。又對藍波、阿拉貢、波特萊爾、里爾克、休伯爾・衛爾等外國詩人的介紹研究，亦開始活潑起來。不限于詩，一般外國文學的翻譯也甚盛行。

八木重吉是日本少數基督徒詩人之一，於一九二七年廿九歲逝世。留有清心孤獨而絕唱人性的作品。在戰後很多被介紹了，雖已出版有「全詩集」，但另一詩集「呼喚神」，於此年由愛讀者編纂出版了。

「累積的悲哀」

悲哀　寂靜地累積
森森而盈盈地
累積又累積的我的悲哀
稍稍　却強烈地　透明過來
如此　我有如痴人
無限止地　啃着悲哀
因爲　無地方可以推出
所有悲哀　遂累積在肚子裡

「蟲子」

蟲子在哭鳴着
似乎現在　不鳴叫
便沒機會　那麼哭鳴着

「喇叭花兒」

看看　喇叭花兒

想想 死
想想 浮生

「憶母親」

景色
明朗起來了
想欲帶母親
悠然去散步
母親必定會
叫着重吉啊重吉啊地講話不停呢

「悲哀」

悲寂
和我
互纏着脚跟蹌地走去。

八木重吉的作品在所謂專門詩人之間，雖未得到高的評價，但其無詩學性的由信仰所發想，而具有人性的親歷聲音，却感動了讀者的心。這些事實似乎可供爲思考詩與大衆的關係，或「詩是甚麽」的素材呢。

在前面，我曾經屢次言及「荒地」集團，而表現這個「荒地」集團最顯著主張的理論「給×的獻辭」，即於此年發表。

以「親愛的×」開始寫出的這篇理論刊載於荒地詩集」。但要摘出說明其重要的內容頗不簡單，例如：

「你若無敬虔地對語言信賴的意念和孤獨的一種特權性狀態便不成立。必須認定我們的詩，不得不站在與現實摩擦的激烈試煉之前。我們被囚在這種精神不安的習性裡，本身就是最顯明地說明了荒地暗澹的風土。可是對我們寫詩——文化或社會的問題已經在此，僅持有第二義性的意義。而拿鋼筆的一個人，並爲了所有語言的文化和反證、出發與復歸之中，凝視着回轉而生起的精神波動，且確認自己的存在。爲了提高自己的生，得到神，應該如何努力着呢。只是曝露了這種深奥隱匿的事實，才值得令人注目的一切。」

在此從荒地的絕望，需要經過何種精神的苦惱，才能在語言的倫理性被恢復自己呢，已強烈地提出了這些問題。現已四十歲前後至五十歲之間大部似同世代的詩人們，都共鳴「荒地」集團的這種主張，而受到影響。

又在此年的文壇發生過對卡謬的「異鄉人」一陣論爭。大岡昇平的「野火」，諾貝爾獎候補的三島由紀夫（當時廿六歲）的「禁色」也被發刊。此外迄今仍常被再刊的峠三吉的「原爆詩集」初版也是此年刊行的。

同時在全國即有很多的同人雜誌產生。像我參加的小詩誌「Q」也收到很多交換雜誌的信件和定期詩誌。住在地方小都市的詩人們都開始頻頻交歡。我曾一次參加濱松市的聯誼會，到了晚間十二時許，才和詩友走過廿四公里的路回家。這是愉快的追憶。在黑暗的道路，忽然被警官叫住，受了懷疑的詢問。同道的詩友便嚷着大聲叱責警官說，「我們是詩人啊，有甚麽不對。」一瞬，碰到友人大聲的氣迫無法可說的警官，竟悄悄地道了一句「對不起」而離去。那時有點奇妙而帶有幽默味的警官的聲音，迄今仍不能忘記。

▲村野四郎詩論「現代詩的探求」

詩的構造

桓夫譯

如前述，不觸及屬于語言本身的聽覺性機能，只拘泥於語數或行數而整頓詩外型的音數律定型，在今日已成為新詩的美的障碍。

（A）心象的構造

◎語言的另一個要素是「意義性」。

「技術尚在原始的時代並無純粹的金屬，同樣在原始時代並無純粹的文學。」逆用這種梵樂希的話來說，詩的音樂性亦是一種未分化了的corona，在詩文明的歷史上持着被分析處置的命運是當然的。

「詩人不作夢，他必計算」，高克多在他的『職業的秘密』裡說過。又在『俗的神秘』裡也說，「詩就是正確，是數學。但一般人却把不正確的事稱為有詩意，把詩視為幻想的東西。」這種「夢想的」「不正確的」都是如前所述據於音樂性的混沌的錯誤。而「計算的」和「考思的」當然就是論理。

且說，代替這種「作夢的」成為新詩魅力的主題，成為現代詩內部構造的主材，便是詩的思考機能的意義性，即由其創出的心象的型態性。換句話說，詩的魅力的中心是從歌唱的音樂世界，轉移於看讀思考意義而在人心裡描畫空間的心象世界。心象係如後述的主知所產，因而成為近代文學的一般傾向。由于主知性的增大，越使這種型態顯得成為詩美的要素，這是明確的現象。

這種傾向萩原朔太郎在其詩論說過「詩是心象的美學」，但早於明治二〇年代森鷗外對山田美妙的「韻文論」在「國民之友」雜誌上發表過言論說「美妙好像只知道唯耳的美術（韻格），而不知道空想的美術（詩）」，如此力說了心象美學的重要性。尤其鷗外稱空想的美術而附註「詩」的地方，可見他已識別了詩的「文學」和「音樂」之分了。也許鷗外是在日本詩上確認心象美學的第一人吧。

◎向新的心象美學展開。

在美國開始確認並強調心象美學，是於一九一三年由E‧龐德發起的意象主義運動。他在「poetry」雜誌上刊載的節目即規定表現心象，禁止使用不助於表象的語言。創造新的韻律，不從事舊的節拍等。重視了心象的機能，同時明確表明了排除有阻碍機能的音樂性機能。這種想法在一九三一年所寫的「讀書論」裡也提過。認為形成詩性世界的語言被下面三個因素予以飽和。①Melopoeia ②Phanopoeia ③Logopoeia。這裡他表示詩語的機能，㈠是語言的韻，㈡是語言作像的機能，而㈡和㈢都是詩語的意義性，均爲產生心象的語言的機能。

Phanopoeia 是普通視覺的映像，即詩的意義能使讀者描畫繪畫性，風景的情景。龐德說，把這映像用到最大限度的作品就是藍波的詩。不過龐德稱爲「語言與語言之間的知性舞踏」以爲「極難處理的美學」㈢Logopoeia，事實至今已被認爲是思考型態的心象的一部份而已。西脇順三郎也說「image」有兩種，是在周圍的物象和抽象的幾何學性、圖案性的象，後者是屬于抽象的認識方法」。這種抽象的心象就是等於龐德的㈢Logopoeia，是論理性的心象型態之謂。這與論理性的現代詩的內容構造有其重大關係的意義，故將在後述及。

總之，這種詩的美的世界，從時間上的音樂性移轉到求取空間上的心象的型態性，不僅據於意象主義的運動，而係近代藝術非常大的特徵。在法國或德國也一樣，於第一次大戰爲界限，很明確地出現。在法國是超現實主義（Surréalisme），在德國爲新即物主義（neus Sachjickeit）的思考和方法上顯示了其性格。

在法國於立體主義以後，詩的技巧即急激地採用了繪畫的手法，尤其在超現實主義上，可以說繪畫與詩在技巧方面差不多於同一軌道上邁進。而詩是從「歌唱」完全傾向於「描畫」以使用語言的繪畫美學展開了。誰都知道超現實主義是用其獨特的詩法「自動記述法」描畫無意識的夢的世界，在超現實的世界上追求新的美的世界。但這種詩法在詩構成上來說，是完全屬于心象（image）的特殊構成技巧的文學。看伯凡·葛爾監修的超現實主義雜誌第一號，他說「到二十世紀以前決定詩質的是耳朵，二十世紀以後即由眼睛取代」，也可以明瞭他們思考的地方了。他們把許多夢——無聲的繪畫在最遠的地方予以連絡，而破壞聯想的日常性、習慣性，意圖在新的空間上創造未踏的美的世界。不過仍以image爲主題，以其特殊的構成技術成爲詩法的中心。

在德國發展的新即物主義，即在他們的出發上，一層明確地表示了那些性格。因爲新即物主義的方法出自建築美學，他們的理念的母胎是關聯於海德格或哈爾特曼的存在論。其表現方法即緊密地連結於盧洛比宇斯或柯爾比衷的型態美學的知性客觀性而展開的。例如昆達·謬拉說，「已不是色彩，在空間上已看到了決定性的。常以新即物主義成爲問題時空上的建築，其意義的構成要素，顯明地對那些有一特徵支配着。」又說「美歸於合目的性，眞正合目的型態，才能使自己更深具意義的型態」，把所有美的意識集中於型態性，而在這新客觀性的文學上，完全蔑視了主情的音樂的抒情性，代以明確型態的客觀性成爲詩魅力的主題。

這種超現實主義以及新即物主義都是代表二十世紀前半的詩思考的主流。而前者的主觀性的藝術上變形（deformation）和後者的客觀性的合目的性，完全顯示對蹠的關係。但是在此該考慮的是，這兩個新文學同在空間的型態性求其美學，在視覺性造型求其方法，而這種文學不僅是單純的理論或運動，且成爲近代文學的一種執念，迄今仍很頑強地棲息在我們的文學裡這一點。

如此二十世紀的新文學，不是在音樂而是在空間追求心象造型的美學。而更成爲這種傾向的最純粹的追求形式，是在今日的抽象藝術（abstract藝術）無形容的思考或方法上越純粹地顯現。因而詩隨着時代的要求，越趨知性，即將其對象的型態越被重視心象的造型，遂成爲詩構造的重大要素。

◎image（心象）是甚麽。

在此詳細考究心象的本質吧。通常image用心象，心的映像，意象等語句表示。這些似乎容易與幻想或空想的意義被混同。但應該解說爲比fancy（隨便一想）較意味着更純粹明確的型態。拉斯金也寫過造成心象機能的想像（imagination）。據他的說明imagination是跟隨理智的法則，但fancy是沒有形成思考或創造力的劣等機能。fancy會毫無責任地擴張到詩人的意志之外的動物性感情作用，而image是在詩人的明確意識裡所造成的。再加以說明，說是一般所謂幻想是接受外界的刺激，如白日夢那樣，無限制地非現實的表象浮游的被動的行爲現象。但image是向一定的方向保持意識的連繫而創造表象世界的主動的行爲現象。這就是心象在另一方面被稱爲知性形象化的型態的緣故。T・E・休謨在他的藝術哲學裡，依照這種心象的意義說，「詩裡的image並非僅裝飾，却是直覺的語言的眞髓。」

無論如何，現代的知性是要看詩裡用語言描繪出來的繪畫（心象），而據于在其空間所構成的心象的型態的構造，滿足他們的審美，要求那些完全像欣賞繪畫一樣。祇是在繪畫的時候構成繪畫本身的素材，並沒有意義或心象而已。可是在詩裡構成一個image的單位的素材，其語言本身已有意義和心象。所以詩造型的方法，應該以既成性格的諸單位形成一個性格，因而詩的工作是非常複雜而困難。這一點梵樂希也慨嘆過這種難行是詩人的宿命。他並說「適當意義的詩是以語言的手法爲其本質」，而在語言的技術世界追求詩的究極。不過視語言爲image的表象的時候，也可以說詩就是以心象的設定爲其本質。說純粹的詩便是心象最合目的性（以審美的意義上）被構成。這種心象的構成作業實屬於一種計算，與前世紀天才的自然發生性流動的表現方法，顯示根本上的不同。因此亦可以解說高克多所說『詩的計算』的意義呢。

且說，詩人們在實際上如何把這種詩的新的內容要素的心象，用以他們情感思考的表現型態來創作一首詩，構成審美的對象呢。

（B）心象的構成 ——主要論思想的表現——

◎新鮮的心象產自廣大認識的領域。

萩原朔太郎是日本現代詩人中，對自由詩的發達最有貢獻的一位。他怕自由詩裡有定型律的拍節，却仍迷戀於韻律，（「聲調本位的詩到韻律本位的詩」）。又另一方面說「詩是心象的文學」。他的詩論很有獨創性，但常會有這種多矛盾的特徵。事實，他是在放棄音樂的自由詩裡，確認心象的型態性，追求新的美的組織的先驅者。而比他先輩的北原白秋却未曾碰到這種明確的詩的思考，一直到最後仍依靠着音樂性，朦朧地渡過他的文學境界的人。朔太郎的詩比較白秋的詩，今日仍有其活生生的現代眞實性存在，其理由亦可明瞭。

玆再對心象本身的一般性生態和造型的實際予以考察吧。以正確的判斷，語言可依其意義和音響創出某種的心象。如邁客爾・羅拔特說，不論感覺性心象或象徵性心象却是不變的。而以語言集合的詩，其一單位的行也是每行描繪某種系統的心象，如像磚瓦工把一個個磚瓦疊積起來造成一個構造物一樣，因之原則上由一個語言形成的心象應該爲各行心象的合理的一單位，而各行的心象是作品全體的合理的一單位。不然，詩這個構造物就不會有其安定性。又各個心象和其集成的心象合理的關聯，在意義上來說是一貫的論理性，但以心象型態上來說是由那些各個色彩、影子、味道、音響等的屬性裡抽出來的一種類似以及其調和。

如此依據語言的心象互相要求類似性，而逐漸增大、廣濶、形成新的心象而達到詩的終局。這種情形有時候膨脹，有時候收縮，有時候很緩慢，有如蛇的蠕動，穿通詩而過。休謨也把詩人想像的情形比喻爲蛇的運動。無論如何，心象是由于類比互相連結着構成詩。而這一般的機構，在超現實主義裡好像被否定了，但事實不是。畢竟，以聯想的斷絕爲文學的方法，就是斷絕通俗的習慣性的聯想，而連結最遠關係的心象的方法。這似乎會被誤爲違背前述心象造型的一般原則。但是，原來詩的魅力，乃係心象的新而突襲讀者，使讀者感到一種驚愕。因而心象會在讀者想不到的地方和讀者碰面，以意想不到的情況連結，才最有效果。他們計算過這種美意識的原理，在意識上拒絕心象的習慣性結合。事實，他們並不是莫視心象相互的類似相，祇是要發掘和發現埋沒在通俗的人們意識下的心象的生態，處於那些新的生態之間，追求前人未踏的類似相而已。絕非祇排列不合邏輯的無秩序的語言，却在其底流有一新的意識關聯存在着。普魯東在超現實主義第一宣言裡說，「心象是精神的純粹創造。這可不從比較產生，多少是從較遠關係的兩個現實性的接近而產生。接近的兩個現實性的關係若離遠而正確，似乎始可成立強烈的心象，才持有那麼多情緒的力量和詩的現實性。」這是表明他們的意識性方法。image 更以新的相結合而再創造新的image的相。無論任何場合，這就是詩創造的原理。那麼image的新的連結的相是甚麼呢。如何獲得呢這可以說由語言的新的機能可獲得。因語言的機能是神秘無限的。不過在通常的世界僅爲生活的便宜上，使用了其習慣性的極小部份而已。而其機能的大部份却被埋沒在我們的意識下。所以僅用普通一般語言的機能，倒底無法捕捉事象的複雜萬態，而表現其意義。

詩人必須發掘那些被埋沒的語言機能使其復甦。而用以描畫普通無法表現的事物之相，現出於空間。然而，語言就是認識的方法，而語言機能的領域就是認識的領域，這一點應該事先說明。所以把發掘的語言的新機能拿來使用，便等於重新認識在日常的世界被遺忘了的事象的意思。歸根倒底，極美新鮮的image的造型，是由于極爲廣濶認識的領域，即深刻的認識始能獲得。瘦弱的認識的領域，據於習慣性語言的機能，就僅能創造出平凡常有的心象而已。詩人的工作並非偶然的行爲，也不祇是文章的製作作業。

無論如何，image的習慣性的接近或連結方法，會從詩脫去新鮮，使詩成爲通俗的無趣味的東西。尤其被通俗的人生觀或社會觀導致而連結的時候，詩會更成爲無聊的。新的詩人對文學抵抗，可以說大都集中於這種通俗性。西脇順三郎在他的『詩的内容論』說，「若非發現直接感覺的意象性，永恆造不出厚重的東西。從觀念或道德出發的意象性會被觀念的歷史或道德左右。——那些非爲了象徵某種思想或道德而使用的，稱之爲直接的意象性。換句話說，祇爲象徵感覺而使用的意象性之謂。」當然，這是據於西脇嗜好的詩觀之論，但其精神正是表明了前述反逆通俗傾向的一面。

◎心象有兩樣性格。

心象裡有視覺性心象和論理性心象，前已說過。而視覺性心象之美與否姑且不論，在詩裡要造成視覺性心象是非常困難的事。因爲祇能描畫出一個情景，詩便可成爲欣賞的對象啦。例如：

月之夜
映於白白木槿
的影子
是小竹葉

※

月之夜
水滴下來的
是未晴的柯樹茫霧

※

月之夜
蜻蜓的薄翅
白罌粟
昇舞騰空吧

——北原白秋「月光微韻」——

昨天是　明朗的陽色
到昨天尙屬于夏季的心
種植玉米的谿邊
穿過榛樹下的小河水

——毛烈阿斯「冬、北風嘆息着」——

如上造成一個情景的風景，各個心象都在形或色調或香味上，被選擇在一個情景的調和裡配到了平面的構成，這樣就好了。

但論理性心象即與此種不同，不那麽簡單。問題是在如何把論理、思想這些抽象，造成爲被感覺的心象描出空間。尤其所謂脫出抒情詩，採取批評或諷刺，諧謔以及其他各種知性精神，以論理做其主題傾向的現代詩，這種方法更是重要。

本來，欣賞詩也有讀到詩裡思想的要素，而感到快樂，和挑出詩裡的感覺性要素，而覺得快樂的兩種方法。詩人在創作方面也是同樣，有喜歡用論理爲詩的主題，和隨着感覺性經驗作爲主題的二種方法。不過，在詩裡僅說明思考的論理是不行的。因爲詩不是論文。如艾略特說「詩是令人感到思想有如薔薇那樣芬芳出來。」不然就不能成爲審美的對象。所以詩裡的思想必須非以論理，而在應該變質成爲令人感覺的東西深入詩裡才對。被感覺的東西能成爲美的對象就是情緒。艾略特所指的是把思想還元於情緒的過程。把思想變成令人感覺的東西，進一步說，就是把論理變成心象之謂。

H・理忒對這一點，在他的「論理的型態」裡說；

詩裡的論理應該稱爲感覺的思想。我想所有的思想、若不能在心的型態上被暸解，就不成爲詩。我們沒有相當於正確的德語 Gestalt 的語句。但所必要的是，爲甚麽思想或觀念不祗成爲暗喩的心象，而更進一步喚起視覺性心象和感性的同一東西，這個問題。這就是關于思想變成夢的說明。

理忒主張若思想不變成夢便不成爲詩。但需要通過何種經過才能成爲詩，即未過問。我想對這個問題回答如此；思想這一連的論理是持有思考型態的一形式，那是還不能稱爲視覺性型態的一種型態。但詩人是在這種思考型態與某一物象之間，追求一種類似，以這種類似爲中心做爲契機描畫物象，而暗示隱匿在裡面的思考型態。論理是通過物象的心象而被感覺。這種暗示的方法，與在物象和物象之間行動的象徵或暗喻的方法相同。如此，思想被還元於類似物象的型態的視覺上心象，即形成一個被感覺的image爲詩性欣賞的對象。

象徵原型的比喩是，於這種思想的情緒性還元作用中最重要的構成。因詩人非一個寫論文工作者。被稱爲詩人這個藝術家，確以此種方法以外，沒有別的表現思想的方法之故。

尤其如前述，現代已不同於昔日，詩人的周圍外界的條件，向詩人要求非常複雜的自意識或其附隨的論理，所以被課於這些唯一的詩構成的負擔更大，越來越增加是項詩法的重要性。

依據比喩，尤其是暗喩，思想被還元於心象的狀態，好像是毛蟲的實體變身爲夢幻的蝴蝶的瞬間一樣現出在現代詩的各部門。

◎祇以思想不態寫詩，必需使其形象化。

因此，不知道這種思想的情緒性還元方法的人，似乎絕對寫不出含有各種知性精神要素的現代詩。今日常常看到很多初學者的詩，其滾轉在詩裡的抽象概念，毫無經過心象的還元論理只露出其型的理由，很不適合於消化靈魂的藝術。事實那不是藝術，却是不完全的說教文章而已。

暗喩在阿里斯多德以後，被視爲詩法上最大而不可缺的詩的要素。這種暗喩的練達和據予造成的心象，及對此種審美的意識，在任何時代都爲詩作法上的訣竅是不變的。以爲持有優異的思想便自動地會寫優異的詩，沒有比這種想法更無聊的。因爲只以思想這論理的集積，是無法現出橫臥在詩裡那無可奈何的特殊感覺，和需要精神操作的神秘領域。優異的思想也許能寫出優異的論文，但不一定會寫出優異的詩。當然，深刻的思想是對事物的精密認識和深奧洞察的成果，所以能成爲獲得廣濶領域的暗喩的前提是事實。從這一觀點反過來說，如果詩人祇能持有淺薄無聊的思想的場合，也許由其瘦弱的暗喩造成瘦弱心象的造型，祇能寫出極無聊的詩也是事實。

把思想變成視覺性心象的方法，也可以說是任由物象說出思想的方法呢。

詩與哲理
—讀書隨記—
Aphorism 的詩

吳瀛濤

頃讀「座右銘」一書（Words to Live By——曾連載於美國This Week週刊上），發現該書舉錄的座右銘，有不少是從詩裡引用的詩句，由此可見詩除了詩句表現出來的美之外，它所蘊蓄的哲理、智慧也是佔着詩的重要部份。這種富有智慧的哲理詩，尤以所謂名詩爲然。

反觀今日新詩，於偏重此世紀繁雜多岐的人間現象，某些前衛詩逐尖銳的現代化或前衛化，而竟走向棄本追末的窮途結果與詩本來的正道越趨背離，影響所及，遂導致詩的紛亂、衰頹、萎縮、墮落等世紀末的僵局狀態。

其實，詩是最能代表青春，最富有生命光輝的文學。在詩中流露出來的人間的智慧、宇宙的哲理，也都是最深具文學價值的，並不該視爲與文學互關的一些乾燥陳腐的格言同論。這一點，我想從上舉書中撰錄一些（一部份是詩句，一部份是詩人所說的話。）以便愛好詩（當然也愛好人生）的讀者，由此智慧的花朵重新去發掘心靈（詩感）的源泉，向美妙的人生邁進。

附記：爲便明瞭句意，括弧內註明了所指言的題意。

如果道德使你恐懼，便不應奉爲守則。（道德的積極性）

——Robert Louis Stevenson

我們在世一日，就當服務人群。
只要有人愛我，我便不算白活。
只要我們還有朋友，便是有用的人。

（人人爲我，我爲人人）

——同　上

在快樂的日子裏，我們也比較聰明。（情緒與智慧）

——John Masefield

不論如何艱難，每個人都能擔負起今天的責任，完成今天的工作。（且努力今朝）

——Robert Louis Stevenson

日月如懷憂，黯然失輝。（培養自信心）

——William Blake

如果你是刀俎，默默保守自己，
如果你是鐵鎚，盡力發揚自己（進可以攻，退可以守）

——John Florio

假使他應受讚揚，最好現在向他表示，如果寫在他的墓碑上，他就無法看到。（隨時獎掖他人）

——Berton Braley

從一粒細砂觀看世界，
從一朵野花想見天堂；
在你手掌中把握無限，
在一小時中把握永恆。（想像力）

——William Blake

且看你言詞傲慢，氣燄高張，
須知一言既出，駟馬難追！（傲慢的言詞）

——Carl Sandburg

我不斷想起那眞正偉大的人物，他們胸中熱情如火，終身爲人類奮鬪，他們來自太陽，稍留片刻，又返回太陽，但他們的榮名將在宇宙間與磅礴正氣同在。

（人類文化的維護者）

——Stephen Spender

我敢起誓，一切忽視個人的措施，對我們毫無裨益。

（人與機器）

——Walt Whitman

浪潮不停地沖激海岸，
就像牧師在爲人們施聖潔的洗禮。

（逝者如斯夫，不舍晝夜）

——John Keats

與我同入老境，
人生佳興未盡，
晚歲收獲如何，
只看當年耕耘！（夕陽無限好）

——Robert Browning

因爲愛我們的上帝，
祂創造萬物，也愛萬物；
所以凡是泛愛萬物的人，
他的禱告也最虔誠。（愛的哲學）

——Samuel T. Coleridge

來吧！朋友們，讓我們再開拓一片新天地！（自強不息）

——Alfred Tennyson

經驗如同礦工帽上的燈所照在地下的光圈，當我們往前一步，那光圈的邊緣也向前伸展一步，我們見識的領域也隨之擴大。（眞理的相對性）

——同　上

如果時間的衡量從什麼時候開始，那麼，這玫瑰紅色小城的歷史，便有一半那麼久遠。（有情世界）

——John William Burgon

狂風呼嘯在遠方脫勞埃沙場上，
我與伙伴們以征戰爲樂！（有情世界）

——Tennyson, "Ulysses"

這是一片荒漠的仙境，
在那浪濤洶湧的海上，
有誘人的魔窗開啓着。（有情世界）

——Keats, "Ode to a Nightingale"

何等蠻荒的地方呀！聖潔而迷人
在朦朧的月色下，
彷彿常常有婦人在這裏爲負心的情郞而慟哭。

——Coleride, "Kubla Khan"

有生之年，我們常記住，有一天我們會離開這世界。
（不虛此生）

——George Herbert

我們是怎麼樣的人，就是怎樣的人。（怡然自適）

——Alfred Tennyson

這比一切都重要，要忠實于你自己！
黑夜終是追隨白日，你也必須如此進行不渝。
這樣你便不會欺騙任何人。（心之所安）

——Shakespeare

在許多責任中間，我們最忽視的是追求快樂。
（快樂的泉源）

——Robert Louis Stevenson

願神賜給我勇氣、歡愉、和寧靜的心境。（處之坦然）

——同上

我原想寫一首古體詩，結果却變成一首十四行詩。
（塞翁失馬，安知非福）

——Austin Dobson

現在，仔細咀嚼我的話。不管怎麼樣，每一個成果，總會把目標往前推進，使我們必須更努力。
（百尺竿頭，更進一步）

——Walt Whitman

我生朋友的氣，可是一旦我把憤怒訴說出來，怒氣便止息了。（交友之道）

——William Blake

只要我們能救自己的靈魂已够了，如果想戲弄他人的靈魂結果往往很窘。（責己先於責人）

——Robert Browning

「美就是眞，眞也就是美。」這是世人所了解的也是世人必須了解的。（美與實用）

——John Keats

天空是眼睛每天的糧食。（仰望雲天）

——Ralph Waldo Emerson

野草是什麼？野草只是十種沒有發掘其功用的植物而已。
（十步芳草）

沒有熱誠，不能成大事業。（精誠所至，金石爲開）

——同上

只有不隨波逐流的人才配稱大丈夫。（特立獨行）

——同上

生命不容佇留。（把握時機）

——同上

只有在天空相當黑的時候，人才看到天上的星星。（板蕩識忠貞）

——同上

我們常常準備着要好好生活，可是從來不眞正做去！（新生活）

——同上

生命延續下去！（生生不息）

——Robert Frost

強者賽跑面帶微笑！（勇者的微笑）

——舊約詩篇

你可以從每一座山頂上找到安靜。（文明生活的調劑）

——Goethe

知道如何從天上、地下、水中，以及農作物等迷人處所去探尋趣味與品德的人，是富足而且高貴的。（多接近自然）

——Ralph Waldo Emerson

假使所有天上的星星，在一千年中才出現一次，那麼人們會怎麼想，怎麼仰慕呢！星星所展示的上帝之都市，又將在人類的記憶中保持多少年代呢！（童心未泯）

——同上

我想我能轉而與動物生活在一起，他們却很單純而自得，我站在那裡注視他們很久，不忍離開。（觀賞動物有感）

——Walt Whitman

只要你敢於怎樣閒散，便可怎樣閒散。（偷得浮生半日閒）

——Ralph Waldo Emerson

我把許多事都歸入「尚未完成之事業」這一項目中。（養精蓄銳）

——Robert Frost

我們被帶到這世界上來，最大的好處是讓我們可以觀察。（性格在沉默中培養）

——Robert Frost

人生就像各色玻璃鑲嵌成的圓頂，他把永恆所照射的白色反光染上顏色。（人是神性的現身）

——Shelley

正同以往一樣，這是一個很好的時代，只要我們懂得如何運用它。（時勢造英雄，英雄造時勢）

——Ralph Waldo Emerson

作品欣賞

視覺性的詩

陳千武

affair

詹冰作

女男　1

女男　2

女男　3

女男　4

女男　5

女男　6

女男　7

這首詩收錄在詹冰的第一本詩集「綠血球」，是屬於直接投訴於視覺性的詩。經過視覺感受詩的意義，亦是現代詩的一種方法。不過，這一首「affair」（事件）的構成形式，顯與一般的詩型不同。全首詩僅用七個數字和女、男二個字組成。令人覺得寫法奇妙，但有其奇妙的好處。簡潔而清爽，且主題奧妙，有始有終。可以說是一篇最短最簡單用字的詩劇。

詹冰的爲人，一向保持着溫和緘默的性格。但他的緘默不但絲毫無陰鬱的感覺，却含蓄着富於「機智」而明朗的氣氛。這種「機智」明朗的感性，幾乎成爲詹冰詩的重要要素。

在這一首詩裡，作者提出一則事件告訴讀者，仍以緘默的方式極簡潔地表現了男女之間的感情動態。雖然，對於男女之間的 trouble，那些煩悶、懊惱、波瀾、葛藤、或愛情的作爲，未用語言詳細敍述，或予形容，或予比喻，但利用文字本身持有的特徵，以有效的排字法，表現了其奧妙的狀態，令人感到清爽可愛。這種緘默的方式有如人正陷入戀愛的時候，誰也會經驗對情人的眼神特別敏感，在許多場面，情人們不必說話，可以僅用眼神互相傳情示意那樣，是極爲微妙有趣的方法。

這一首詩的另一個特徵，便在以科學性計算而組成的詩的構造。顯然是作者用科學的方法，分析過男女的情緒，計算過其感情變化的狀況始予構成的。

且看詩裡事件的演變吧。下面是筆者僅憑個人的感受，所得到的一種簡單的詩的內容。當然，這種感受會依據讀者的體驗各有差異，並與作者詩作當時的情形不一定相同。

1.男女相對，表示相遇而一見傾心。或夫妻互視對坐着。此時男女的感情如何，地點是否在火車站或咖啡館或在房子裡？任由讀者自己去聯想吧。

2.表示男人追求女人。但女人在逃避男人，這種逃避是否女人的眞意？嗯！不是吧。也許她很害羞，也許女人故意撒嬌，裝着不理他的樣子，也許……。

3.女人仍然不依男人，男人有點生氣了。因此回頭站過來，想不理她。雖然越想越氣，但她是那麽可愛！

4.不管如何，愛就愛倒底，繼續追求她吧。但女人仍不想回過頭來，女人竟如此耐性、堅定、固執。怎麽不鬆弛她那慣性。愛是痛苦的，眞是，眞是無可奈何！

5.男人眞的生氣了。若眞不容許這顆誠心的愛，也好，他反臉，不理她了。世界上女人多得很呢。哼！

6.哎！不對啊，男人的性格多麽躁急的喲。只是開開玩笑他就生氣了。咦！回來嘛。你該知道我是愛你的。女人反過來追求男人了。男人愛她的時候她假裝不要，男人不要她的時候，她反而怕喪失了愛。女人的毛病往往是如此。

7.還好，能把愛挽回了。面對着他，她笑了。他也笑了。男女相親相愛。

幕垂下。下面演變如何，仍任讀者自己去聯想吧。

這是一首利用我國文字特殊的形象寫出，極爲成功而有趣的詩。不是嗎。詹冰說，這是二十五年前，民國三十二年九月六日所寫的作品。好的詩，不會因時間而被淘汰的。

慈母心

陳明台

兒子

杜潘芳格作

考進了夜間部的兒子
穿着街燈的蔭影向我走來　那個行動
猶如昔日的你搶着風
兒子喲
該這樣
或是那樣
爲何反覆着愛的嘮叨與激辯
疏誤的出發不就是
必然的負數嗎
遂從兩極凝視自己產生之點而後退……

檸檬的切片，靜靜地
浮沉在你我的杯子裡顯得青酸
今又到半夜兒子才像被吸住我胸脯般回來
說「媽媽你又等着這麼晚？」

——選自笠詩刊15期

這一首詩自開始到完結一共是十四行，短短的十四行，而當我一遍又一遍的讀它時，却一次又一次的受到了感動，深深的感動。透過這些平凡的語言，我彷彿成爲那個「考進了夜間部的『兒子』」，我體會着絲絲母愛的溫馨和甜蜜，也不禁要感激的脫口喊出：「媽媽，你又等着這麼晚？」了。這種感動的効果不是由於有了豐富的智識或僅僅以美麗的詞藻羅列就可以取得了，它包含了眞實的體驗，眞摯的感受，尤其必須具備無邪，純眞的詩心。像這種淺淺而美妙易懂的詩就如同愛的甜蜜令人着迷呀！

在這一首詩中，作者已不僅是詩人了，作者更是一個慈祥的母親，也許，作者的意圖只在於把家庭生活的插曲和感受眞實的寫出來，但她却同樣的觸及了人的共通性，家庭生活中誰都會多少地遇到像此詩中所表達的狀況。以第一人稱的說明性構築此詩，作者却有意無意地把過去自已的影子重疊在「兒子」的身上了。自平凡的現實中，昇華純潔無私的母愛並表現對於生命震顫的喜悅是相當成功的。在第一節「考進了夜間部的兒子，穿着街燈……猶如昨日的你搶着風」，這句子中作者就很含蓄的表露了對於關切兒子的心懷，而且重疊了「你搶着風的影子」表現出來對於再生的繼起一代的喜悅和自豪。這些詩句令我想及惡補的小學六年級時代，每天傍晚輪流爲我送便當的父母親的影子。第二節「兒子喲，該這樣……必然，負數嗎？」這樣的感受和狀況正是最實在，最能令人感受而常常會遇到的父母，兒女間的偶發事件呀！也許由於作者很坦白而又口語的表達出來，使我們如同聽到了母親對兒子反覆着「愛的嘮叨」而引起「愛的激辯」呢！這一節詩句我尤其深深感受着，長得這麼大了，曾經我也和母親有過無數次愛的激辯，也就是由於「該這樣，或者那樣」的慈母的嘮叨而引起的。而「疏誤的出發不就是，必然的負數嗎？」這確是做爲一個慈母再三叮嚀和嘮叨的最大因素啊！使我想到了高中時代住宿學校的日子。母親常常寄來的嘮叨，只爲了防止我疏誤的出發呢！接下去「遂從兩極凝視自己產生之點而後退……」這一節是做母親，做兒子都能感受到的心情，再度包含了生命成長的喜悅。做母親的，回憶兒時的日子，做兒子的想到了現在這一時刻，也可以想到未來成爲父親的時刻。這不是很有趣而親切的詩句嗎？再下去，「檸檬的切片，靜寂地，浮沉在你我的杯子裡顯得青酸。」這是很突出的暗喻，很眞實的感受。在現實生活中，爲了家庭、兒女而奔波，那種盛着檸檬水杯子的青酸含着苦楚和喜悅，是誰都能有感受的，這句詩令我想到每一學期的註册費和父母的苦心，而後「今又到半夜兒子才像被吸住我胸脯般回來，說『媽媽，你又等着這麼晚？』」給我們一種震顫的結尾。慈母的心聲伴着「媽媽，你又等着這麼晚？」的話語，令我們感到兒女永遠是被父母當作「吸住我胸脯」的嬰兒呀！一句又一句，這麼剖析着，我不禁想起了母親，心中竟染着深深的鄉愁了。慈母心呀！慈母心！誰能報得三寸暉？

沒有造作的句子，沒有所謂現代的囈語，對這樣以平凡的語言表現的不平凡的詩美和感動的作品，深深共鳴着的我，又該如何說呢？且借用詹冰先生的話吧！「這樣難得的好詩，應該收錄在學校國文課本裡，以培養後一代詩的情操」。

現代主義的抒情詩

鄭炯明

月臺邊際　——送一九六七年　　許素汀作

我常練習揮手，常備有一條手帕，
至少還會哼一點點的蕭邦的——

兩個眼膜下，長出裝滿鹼水的玻璃紙袋，
每聞汽笛，它越來越澎漲得幾乎轉不動了。

怱忙的晚秋，沉澱在溫暖的河谷裏，
胸汁也醱酵，浮上一滴一滴藍綠的泡沫。

風的日記，天天遠征到海濱去躑躅
陰森的冬風，足以吹破了我凍結的舌尖吧。

多想讓你看我低頭蹣跚走出的背影，
我也曾酷愛過獵月空山的一張鳴葉的飄零。

隔在小走廊的西窗欄，是我的月臺——
佇立在巷口的電桿下，是我的月臺——

隨時隨處，我可以瀟洒地向你揮手，
喝完十字路騎樓下小酒攤米酒盃般。

月臺於我，雖已熟悉，而每當臨止，怕得閉眼，
蹦下機門，始終打不開傘衣的傘兵那樣劃了一條直線。

像這種富於機智和幽默的現代主義的抒情詩，在目前詩壇是難得見到的，一般我們常見到的大都是什麼七夕啦、千年啦、藍色的夢啦、迷失的雲啦……等等，徒然高掛「現代抒情」的招牌，而無眞正內容的墮性詩。因此，這首「月臺邊際」給我們耳目一新的感覺。

現代詩雖然以批判和主知為其特色，或說是抒情的喪失，然如詩大一點說，所謂抒情的存在仍不能揚棄，這是從詩的本質上討論，於是，問題的關鍵在「現代主義的抒情有否建立在知性的過濾上」，我們若冒險將詩分類時，此重點是不可忘記的。純粹「瀑布式」感情直覺上的發洩已經落伍，圍繞在詩人周遭的事件、社會，都將給予詩人決定性的影響，但是任何一位具有創作力與對「現代」意義有領悟的詩人，是絕不願像食堂的跑堂一樣，做一名美食的傳遞者的；現代詩人有更崇高更艱鉅的任務，把粗大的鐵杵磨成精細的花針。

「月臺邊際」是詩人以站在離別的月臺做引發，去描寫詩人對歲月的觸覺。由「練習揮手」起，詩人不說悲傷、流浪等字眼，而說因聽到汽笛，「兩個眼膜下，長出裝滿鹼水的玻璃紙袋」「它越來越澎漲得幾乎轉不動了」，是上乘的描寫。第二段至第五段是用秋和冬的景象做襯托的片段回憶。寫至此，詩人的聯想空間突然擴大，原來「窗欄」、「電桿」等日常所見的物象，這時都成為詩人的月臺，一個一個衆多的月臺，在短暫的人生中，到底有多少個年歲可送呢，怎不令詩人沉痛地叫出：

「蹦下機門，
、始終打不開傘衣的傘兵那樣劃了一條直線。」

如此淒慘的意象啊！

這首發表於「幼獅」第一七〇期（五七年二月出版）的「月臺邊際」，之所以洋溢有「機智的趣味」和「瀟洒的詩風」，實是現代主義抒情表現的結果。

詩壇散步

柳文哲

——詩集漣漪——

朝陽　方艮 著　中國青年詩人聯誼會　56年元月出版

當「朝陽」向我迎面而來，彷彿非常地熟稔，又好像異常地陌生。

方艮的詩，在過去，我品嚐得不多，雖有印象，却籠統而模糊，這一次的欣賞，可眞給了我較清新的風貌底認識了。他的古典氣味的抒情詩，即不是鄭愁予的邊塞情調，也不是葉珊的異國情趣，而是有着獨樹一格的風味。

全書分爲「少年行」、「觸覺之花」以及「朝陽集」三輯；前一、二輯是民國四九年以前的作品，而第三輯是近作。從作者的表現方法觀察，他對中國語文的把握是相當老練的，也因此，使他太沾戀了語文的優美底表現，有時難免使他的詩也流於某種的裝飾。

第一輯「少年行」：在抒情中探求着意象的輝耀，如「十三歲」的純眞，如「堤上小坐」的躍動。如「夜航」的飄逸，都顯示了作者的一種神采。如在「堤上小坐」的最後四行是這樣的：

「夕陽在地平線的門上落了一把紅鎖
那小小的村落。一如我們對坐的靜默
濤聲走來，將我們淹盡
啊，一片輝煌，自我們心中升起……」

也許是作者在靜觀中感悟了天地間刹那的變化，使他很落實地表現出一種默契，一種物我合一的寫照。

第二輯「觸覺之花」：這一輯的作品都稍長，因爲作者過份注重語言的架構，以致於沒有十分地凝聚，顯得稍欠緊凑，也因此「刼後」那一首沒有十分地成功，缺乏一種一氣呵成的渾然，讀來有些拖泥帶水的感覺。

第三輯「朝陽集」：每一首幾乎都分成兩節，逐漸地有了形式化的意味，意象雖然濃縮了些，而詩的彈性也失去了些。他在此的演出；猶如洛夫在「石室之死亡」的表現方式。不過；洛夫是沒有標題的，而他是有標題的；洛夫是傾向現代的，而他是傾向古典的；如果說洛夫的詩近於油畫，則他的詩該是近於水彩畫了。

此輯中，以「獻」、「答」、「觸」、「隔」等表現得較凝爽，而他以意象底突出見稱的如下例：

「路，自東方的輝耀中伸展而去」（展）

「而陽光交錯在每一音符的休止間
指引了我們的路」（肇）

「在一陣琉璃的撞擊聲中
撥開蓮瓣，以陽光的金指
一首詩便在最後一瞬完成」（美）

「啊朝陽，我不索取
天地之源，正湧冰雪的沁涼
傾入你我之間」（隔）

作者對太陽的靜觀、冥想以及禮讚，都以一種直覺，一種暗示的聯想來加以表現。

他在「後記」中如此自述着：「當你進入了我的世界，當我捧着這盤果子漸漸地走近了你，請不要用手撫摸它，用眼去看它，而是用你的心。即使是苦澀的。請你靜下來，傾聽你和我心靈與心靈之間的細語，呵，你便成爲一個神。」啊，但願我能心有靈犀一點通，能感知作者的神經通路，但願我能「成爲一個神」，那該是多麼愜意的一瞬哪！

話說回來，作者的詩，在抒情味上，固然有其不可忽視的優點，但似乎也該加深知性的質素，以預防流於感傷，我想這是值得一提的。

笠詩刋社讀者服務部書目

書名	著譯者	類別	定價	特價
風的薔薇	白萩	詩集	12元	8元
島與湖	杜國清	〃	〃	〃
力的建築	林宗源	〃	〃	〃
瞑想詩集	吳瀛濤	〃	〃	〃
不眠的眼	桓夫	〃	〃	〃
綠血球	詹冰	〃	〃	〃
大安溪畔	趙天儀	〃	〃	〃
秋之歌	蔡淇津	〃	〃	〃
牧雲詩集	林煥彰	〃	〃	〃
南港詩抄	楓堤	〃	〃	〃
生命的註脚	靜雲	〃	〃	〃
遺忘之歌	謝秀宗	〃	〃	〃
窗內的建築	林泉	〃	〃	〃
蝴蝶結	鄭仰貴	〃	〃	〃
日本現代詩選	陳千武	譯詩集	〃	〃
美學引論	趙天儀	論集	〃	〃
現代詩的基本精神	林亨泰	詩論	〃	12元
密林詩抄	桓夫	詩集	10元	7元
蛙鳴集	杜國清	〃	〃	〃
溫柔的忠告（高橋喜久晴著）	桓夫	譯詩集	4元	2元
想妳，在火車上	楊元兆	詩集	6元	2元
菓園的造訪	趙天儀	〃	8元	6元
靈骨塔及其他	楓堤	〃	10元	6元
枇杷樹	楓堤	〃	12元	8元
淡水河	徐和隣	〃	10元	7元
五弦琴	彭捷等	〃	12元	10元
旅邸奇遇	庚口	傳奇小說	4元	3元
笠詩刊第2—8期	笠詩刊社	詩誌	每册6元	每册2元
笠詩刊第9—17期	笠詩刊社	〃	每册6元	每册3元
笠詩刊第19—23期	笠詩刊社	〃	每册6元	每册4元

詩已成爲文學最後的堡壘。

在今日底鉛字文化的氾濫，大衆化現象的浸透裡，看詩或寫詩，不外就是一種抵抗。

因此，「笠」詩刊的對象，仍然在不可能商業化的方面，與一般通俗的刊物，顯然有其不同的性格與任務。完全不依靠商業書店販賣的途徑，僅依賴直接訂戶的不斷增加而求繼續發展。敬希愛護本誌的讀者參加長期訂戶。

中華民國內政部登記內版臺誌
中華郵政臺字第二〇〇七號執照

笠双月詩刊 第二十四期
民國五十三年六月十五日創刊
民國五十七年四月十五日出版

出版社：笠詩刊社
發行人：黃騰輝
社址：臺北市忠孝路二段二五一巷十弄九號
資料室：彰化市華陽里南郭路一巷十號
編輯部：臺中縣豐原鎮忠孝街豐圳巷十四號
經理部：臺北縣南港鎮南港路一段三十巷廿六號
定價：每冊新臺幣六元
日幣六十元 港幣一元
非幣一元 美金二角
訂閱全年六期新臺幣三十元・半年新臺幣十五元
●郵政劃撥第五五七四號林煥彰帳戶
及中字第二一九七六號陳武雄帳戶

笠

詩刊

25

本刊推薦

- 南北笛詩刊
- 創世紀詩刊
- 葡萄園詩刊
- 中國新詩
- 星座詩刊
- 純文學
- 幼獅文藝
- 青溪
- 新文藝
- 劇場
- 現代文學
- 文學季刊
- 臺灣文藝
- 歐洲雜誌
- 大學雜誌
- 海洋詩刊
- 華岡詩刊
- 噴泉詩刊
- 北極星詩刊
- 大學詩刊

最近新書

覃子豪全集(二)	覃子豪全集編委會	覃子豪著
金　蛹	藍星叢書	敻　虹著
中國現代詩評論集	藍星叢書	張　健著
英詩韻律學	商務印書館	蘇維熊著
七十年代詩選	大業書店	張　默　洛　夫編　瘂　弦

笠 25期 目 錄

天空

白萩

阿火讀着天空
一株稻草般的
在他的土地

「放田水啊」
天空寫着
砲花
戰鬪機

一株稻草的阿火
在風裡搖頭：
「天空不是老爹
天空已不是老爹」

二十詩鈔（續）

鄭烱明

禁　地

違建的小巷到處陳列着死去的
雞呀　鴨呀　孩子的糞呀

一陣滂沱大雨後
它們都變成我肚子的膿瘡啊
流着精液一般臭的東西

我捏着鼻子走過去
像走過一條時代的裂縫

涼爽的雨後

涼爽的雨後
蝸牛悄悄探頭出來
窺伺外面的風景　因此
瘦長的頸暴露在醜陋的現實裏

若是有一天殼破了
那麼牠將逃往何處去

蝸牛不住地戰慄
不住地用雷達樣的觸角

向陌生的林野再三搜索
而却什麼也沒發現
只聽到遠處有悠揚的鐘聲晩禱

早晨的癢

新鮮的早晨
我把頭自臉盆抬起的瞬間
忽有成串悔恨的水泡
在我的面頰爬行
苦惱而
不甘願地爬行

嘿嘿
太癢了
實在太癢了
我的臉　我的鼻子　以及
我發毛的心臟
都大笑起來
一面跳舞
一面唱
狼狽的人生之歌

歸途

爲了生存必須獲得諒解嗎
爲了死必須忍耐生嗎　爲了我
是一個人……

我坐在吉普
懷着破幻的心向城市急駛
四周像敵機來臨的前夕
無聲　但溢滿危機

因爲我已死了
現在即使說
「喂，用力一點
　把你的愛也一起吹進去吧」
也來不及了

那麽
關掉引擎吧
我喜歡這樣自由地
任其墜下懸崖

太陽

桓夫

我閉眼　那瞬間
在眼球底邊
擴張了滿紅的太陽
而太陽已不是太陽
虹並不代表七彩的光
——晴時多雲
雲飄進我的眼球底邊
構成雪型的花紋

很秩序地在旋轉
花紋的正面有黑點
啊！黑點也擴大了
忽又凝固在空間

我張開眼睛
乃是一粒被迸出了的種子
飛落於荒野
茫然　面對着太陽

詩二首

林宗源

煮魚

把全身的鱗，割下一片片，然後一刀一個，血……儘是血
的手，很習慣地掏出內臟，然後，把牠放在圓形的窩裏，
生起火來
魚在窩裏流着血，牠的肌肉還活着，牠的生命是死定了，
可是，牠的肌肉還在掙扎，看起來是沒有哀怨的，也沒有
呼救，等到流出最後一滴血，從死白的身體湧出的靈魂，
在沸騰的氣泡裏，反覆地說：
「自然！自然！」
我說：「太太！妳有什麼感想？」
「我正在想煮淡一點，可是，你總喜歡煮得很鹹。」
「請你原諒，我厭惡血腥的味道」
圓圓的桌子，看起來好像一張世界地圖，在上面有一堆堆
的魚骨
「人，不是這樣子的」她說：
有一天，我從魚塭，帶回一條吳郭魚，本來我想給牠
一刀，可是，當我聽到牠的祈求：「給我生命，既使你把
我關在金魚缸，我仍然會感謝你的仁慈。」
「叫我怎麼辦，我須要營養啊！」我說
「菜不是更有營養的價值嘛！」牠說
「可是我喜歡吃魚啊！」
「那何必吃我，你想我是一種最臭賤的魚類啊！」
叫我怎麼辦，有嘴巴的東西，總是會打動我的弱點，
好吧！吃菜就吃菜，它不說話，我總可以給它幾刀的
從田裏拔出很新鮮的菜回到家裏，看到它枯萎的樣子
，使我想起，倘若我像這些菜，任人宰割，不是更加殘酷
麽？
叫我怎麼辦，魚也不忍吃，菜也不忍吃，叫我吃土嗎
？
太太站在一邊，看到我的窮相，走過來，拿起刀子，
把魚與菜都殺了。
「人，不是這樣子的」她說。
「哈哈！太太，這一件事，你終於給我解決了，誰說
女人只會塗粉不會辦事。」

笠下影 ㊴

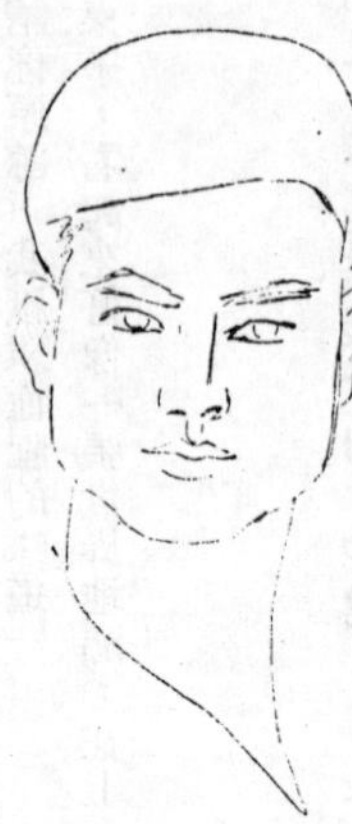

林煥彰

斑鳩與陷阱

小時候，我們住在鄉下的人，總喜愛用一條細長的繩子結成一個圈套，放上些許花生米，在收成後的花生園里去狩獵斑鳩。

現在想來，寫詩也頗爲相似。

生活無疑是一種陷阱，我們越是掙扎就越陷入苦境，而詩也就這樣被抓住。

——錄自「牧雲扎記」

I 作品

惑

常在河畔蹀踱
讓夕陽投我的剪影在河上
驀然有霧自河中昇起
惑我以那縹緲的迷濛
而風在我耳畔嘆息
訴說另一世界的典麗

滴答組曲之二

黃昏是位油畫家，固執地
常將晚霞塗成一片火災場，
說那樣才夠古典。
我眞詫異，如給我一塊藍天的畫布
和一支虹的彩筆，
我將把它繪成一幅，
有長頸鹿的點和斑馬的線。
這是現代！

生命列車

於是　我們開始旅行
從這未知到那未知
生命是一張單程的車票

而一開始
　我們便乘上那輛
　漆着痛苦奮鬪的列車

而一開始
我們就受苦
我們是現代的息息法斯
以鋼鐵代替巨石

而活着
我們需要奮鬪
像時間追逐時間
以分的齒輪
像時間奔赴永恒
以秒的針矢

於是　我們追逐
　　　我們奔赴
在永不成爲最後的旅途上

第五季

　寫詩即我還活着
給一個很久沒有消息的朋友。

一

第五季　日子　滾銅環那樣　滾着太陽　在藍天的安全玻
璃上　亮着喜悅的顏色　亮着希望

二

希望是我最要好的嚮導　引我去向未知的國度　未知的國
度　住着神秘的　那個死　對我　她就是個最親切的名字
　我常以之作自我稱呼

三

感謝死　給我以最親切的名字　我乃回敬　擧生命與她碰
杯

那漢子

慣於夢遊的　那漢子　睡了一個下午　一醒來　便把太陽
摔掉　一如摔掉一枚銅幣
如是　夜　那穿睡衣的　蕩婦　便受他歡迎了
於是　時間被他壓住　而在床上　一些不負責任的行業
遂被允許　且也成爲一種藝術

II 詩的位置

從「新詩研究班」到「新地」，再從「新地」到「笠」，二林一同起步，一同練習，在詩的跑道上，他們一同練着體操，一同躍躍欲試，雖然他們的姿勢是不同的，但是他們的互相砌磋與砥礪，也就顯現了他們苦練的成績。我們與其說詩是難以傳授的，倒不如說詩是要自我塑造的。也許程度相彷彿，興趣相接近，因而嗅味相投搭擋起來了的詩人，更能做到互相求進步的效果。猶如當年的「創世紀」（註1）張默、洛夫、瘂弦就是從左營起家的。而今二林從南港出發，路途還遠，且看他們的能耐吧！

「牧雲初集」是林煥彰的第一站，他該深知「生命是一張單程的車票」（註2），因此，不論起步的快慢與否，從馬拉松的競賽來看，林煥彰需保持一些體力，一些衝刺的後勁，當我們在生命的終點，不，在賽程終點的刹那，他得一邊呼吸，一邊繼續跑下去，他須刻刻爲自我的訓練而警惕，這樣他就再也不是一個「眞正的失學者」了（註3）。

（註1）民國43年由張默、洛夫、瘂弦創刊「創世紀」，大本營是左營。
（註2）見林煥彰的「生命列車」一詩。
（註3）參閱林煥彰詩集「牧雲初集」的「後記」。

III 詩的特徵

詩的創造，是詩人的生命的體驗，以藝術的表現方法去把握那種體驗的眞諦！因此，沒有體驗，沒有生命的律動，老是夢想一夜醒來就成爲所謂「大詩人」者，我們除了敬鬼神而遠之以外，夫復何言。林煥彰以失學過的眞誠，以缺乏本錢的熱忱，投身到創作的行列，因此，他沒有那些幻覺，他有的是學習與奮鬪的精神。可是，當他面臨着眞僞不分的詩壇，劣幣逐良幣，贋品冒充眞貨，擬似的詩人比比皆是的時候，他須以一份清醒來探求詩神的居處。瘂弦與鄭愁予（註1）在他起步的時候，有過啓廸，使他一開始就沒有走上迷途；雖然，他也有「惑」的疑問，有「滴答組曲」底現代的追求，有「生命列車」底實存的探討。然而，畢竟他還是以眞摯性爲追求的基線，偶然他也會來個時尚的步履，來個招架的姿勢，不過，他的可貴，還是在他有着自已的感受。

（註1）參閱林煥彰「牧雲初集」的「後記」。

IV 結語

一個人，失學並不可怕，失學而能自學成功的人，是更令我們尊敬的。但是，如果一個人得了洋博士，却失去了鬪志的話，就免不了「哀莫大於心死」的可悲了！我們目前的社會過份重視文憑，留學至上，殊不知去「留學」的詩人，詩，愈寫愈掉書袋子，愈寫愈失去眞味時，我們還是更尊敬眞正生活過來的詩人。我們該把留學亦列入一種自我創造的過程，使留學達到求眞知的目的。同樣地，失學而亦能自我創造的人，並不是眞正失去了學的精神呢！

美國詩展望

陳千武

現代美國詩比歐洲任何國家的詩都較豐饒，這是不容爭辯的事實。理由何在？

⑴是美國詩沒有傳統。這並非據于逆說的意義而論。例如，使用同一語言的英國詩今日的不振，不外就是由于傳統的重壓，致使詩人們萎縮和疲憊而來的。美國詩便無這種壓迫，詩人可自由奔放，依照自己的詩魂所同謳歌自己的詩。即單以詩的韻律而論，英國詩仍繼承其深長歷史的流派，依然受到流派格式的覆蓋，事實詩人們惑溺於流派之中，好不容易脫離。美國詩即無此種傳統的蜷曲，看不到因襲的派別了。另一方面，在美國有意尊重詩歷史價値的人，都極力主張惠特曼的傳統，想把他推出前面去。長時間被視為歐洲文學裡一分脈的美國詩，自惠特曼的出現而達成了獨立宣言以來，美國詩的獨自性、自立性，自然便繫住於他了。而以美國人的心情來說，我們亦可充分瞭解他們意欲拂拭對歐洲文學的劣等感。但若僅以這一觀點來看美國詩的話，往往會誤認他們所持有的多樣性格。這是關聯於惠特曼的事，所以「英國詩」和「美國詩」在語言上明確的區分，助成了美國詩的型態和慣用語的樹立、當很重要。

⑵纏住於歷史或傳統的時間性，在歐洲的詩所沒有的美國空間性（包含地域性、地方性），成為美國詩的較大特徵。例如，今日被視為紐約派詩人的佛蘭克・俄哈拉的詩，和歌唱堪薩斯風土的新人威廉・斯達佛特的詩做為比較，顯然有濃厚的都會性和地方性反映的表現。這祇不過是一例。如此美國這一廣大的國家本來的地方性、風土性，造成了詩人多樣的風格。

⑶人種的問題，在各樣人種集合體的美國，並不能有統一的民族性或性格，却產生了富於變化的詩。那是必然的趨勢。這不止於白人或黑人那些皮膚上的差別而已。有人寫法國式機智的詩，也有人寫德國式即物性表現主義的詩。總之，大體可以形容那就是「美國式」，也不知道甚麼才是「美國式」的特徵，也許可以說美國式就是具有如此不明傾向的意義吧。我們漠然所感覺的「英國式」或「法國式」和這種「美國式」的性質完全不同，說「英國式」或「法國式」的時候，在觀念上當有求心集約的看法的成立，但美國式是反向外性的，難以集約其焦點。因之，無法把美國的詩收於一個箱子裡定名這就是美國詩。

⑷定期詩誌的興隆。也許比較歐洲的任何地方促使美國詩的開花，便是那些定期詩誌的隆盛吧。雖然定期詩誌的大半仍像烟火那樣隨即消滅的，但在無意識中那些竟成為地下水的效果，形成了現代美國詩的土壤。很早便有「詩」「馬赫慈」「定期評論」「評價」「seven art」「亡命者」「hound and horn」等詩誌成為他們的根據地，使其輩出二十年代、三十年代的詩人，這種情形迄今仍然未變。

⑸如上那些都是促進美國詩發展的直接動機。不過，反抗美國文明、劃一主義的詩人們，經過於詩再確認底新的精神意義的事實，被一般由于按鈕的文化、昇降機的罐

頭生活痲痺了的美國人，反過來追求與那些文明生活無關的精神表現，在人情緒的心理方面看來是理所當然的吧。正也像麥克阿瑟旋風和韓戰產生了 beat 詩運動那樣。

現代美國詩的發展底盛況的原因大約如上所述，而於時代所屬的詩人可分爲如此。

一九一〇年代。佛洛斯特（Robert Frost）、林賽（Vachel Lindsay）、馬士塔（Edgar Lee Masters）、羅賓遜（Edwin Arlington Robinson）、桑德堡（Carl Sandburg）。

一九二〇年代。龐德（Ezra Pound）、艾略特（Thomas Stearns Eliot）、史蒂文斯（Wallace Stevens）、艾肯（Conrad Aiken）、傑佛士（Robinson Jeffers）。

一九三〇年代。柯萊恩（Hart Crane）、威廉士（William Carlos Williams）、康明斯（Edward Estlin Cumings）、麥克里希（Archibald Macleish）、摩亞（Marianne Moore）、路開查（Muriel Rukeyser）、泰特（Allen Tato）、蘭遜（John Crowe Rauson）、華爾廉（Robert Penn Warren）。

一九四〇年代。羅士克（Theodors Roethke）、艾伯哈（Richard Eberhart）、畢叟布（Elizabeth Bishop）、魯克洛斯（Kenneth Rexrath）、許瓦慈（Delmore Schwartz）、沙比洛（Karl Shapiro）、解烈爾（Randall Jarrell）、伯鵲（Kenneth Patchen）、韋爾伯（Richard Wilbur）、羅威爾（Robert Lowell）。

一九五〇年代。辛布森（Louis Sinpson）、史諾格拉斯（W. D. Snodgrass）、佛爾（Donald Hall）、金斯堡（Allen Ginsberg）、黎伯特佛（Denise Levertov）、佛林葛蒂（Lawrence Ferlinghetti）、布來（Robert Bly）、司奈達（Gary Snyder）、葛克（Kenneth Kock）等。

如上這些不僅於詩人的量，加以在質的方面，說美國詩正呈現着黃金時代也不過言。同時美國的詩論又跟創作方面一樣脫離歐洲的詩，建立了其獨創性與自立性，顯示着不遜於詩創作的聲音，表明了與原來歐洲的詩論不同的新觀點和態度。即對詩與語言，詩與文明、文化，詩與道德、宗教等，關聯於詩的諸問題開闢了與之對決可能性的大門。而這種特性，若非美國這個充滿着精力與活氣的國家，倒底是不會產生的。很多詩論、詩人論、詩研究的單行本被刊行，並時常在雜誌上刊登。得到佛特或克肯海莫等財團支助的文化振興資金，而出版了那些新聞業者都不敢出版的書籍。另一方面各處的大學出版局援助這種特種出版物的出版也不能忽視的。又成爲詩人或批評家們發表作品的舞台，如「斯娃尼」「巴蒂蒼」「克尼英」「哈特遜」「美國文學」「評論季刊」等文藝雜誌的存在意義也很大。這些文藝雜誌當然刊登詩作品之外，並發表了很多詩論和詩人論。

在美國寫詩論的人大多數是詩人。但大學教授、學者或在野的批評家也相當熱烈地論詩。這種場合，常常呈現着詩人是孤立的，而學術派的批評和在野的批評即互相爭論着的狀況。這種狀況或許其他國家也有同樣的現象，就是學術派的批評家會提出與詩人無關的單一方面的理論。反之在野的批評家是站在與詩人共同創作的立場發言。因此實際上的詩論是在野的批評家較學術派的批評家爲強。

在野批評家最優異的存在，是以藍波、梵樂希、葉慈、瑞斯、史達恩、艾略特等爲對象，而追求象徵主義的二十世紀性展開的E・威爾遜吧。他於三一年發表的「阿克解爾的城」，經過三十年後的今日仍屬于美國人所寫的最高詩論之一。可是他不知爲何，此後僅關心於散文的批評，而對于詩逐漸冷淡了，令人感到很可惜。

前面也說過，美國詩特徵之一是多樣性。概觀如此多樣性的詩較方便的方法，評論家H・羅森柏克即以英國派和法國派的座標來區分。在美國，自獨立戰爭以來乃視英國爲保守法國爲進步的表象。第一次大戰後一九二〇——三〇年代的實驗派詩人們龐德、威廉士、摩亞、史蒂文斯、康明斯等是屬于法國派。對立於他們的英國派——企圖以詩傳達一定的思想內容——即以修辭，出現於一九三〇年代的左翼或社會意識的詩，A・麥克里希的遍歷便隨着時代這樣地改變了。

另一座標的取法，是具備了男子氣慨的惠特曼流派的思想的詩，和非惠特曼流派（E・廸肯遜的感受性和波的藝術至上主義所混合）的一派。傑佛士便是正統的惠特曼後繼者。還有伯鵑、許瓦慈等。不過許瓦慈和沙比洛、解烈爾一樣，仍受過奧登的影響頗多。有一時代的批評家們說，沙比洛和解烈爾的詩是惠特曼傳統和廸肯遜的結婚。

一九二〇年代在紐約，於「Others」定期詩誌爲中心，寫象主義的前衛派正旺盛的時候，在南部的田納西，即有朗遜和泰特、華爾廉等的集團，據於「Fugitive」爲中心，以英文學和藝術至上主義混合的型態，在左翼詩衰退之後，經過一九四〇年代到五〇年代之間，成爲支配全美國詩的傾向。

反對這種傾向的 beat 詩，正如肯竺巴克在其詩集「吠」的後記說，用那些翻騰的韻律和希伯萊的預言者式底目錄，竟不能達成惠特曼的美國夢想是令人慨嘆的。又以另一種看法來說，黎伯特佛、佛林葛蒂、司奈達等是經過了魯克洛斯而連結於寫象主義或韋廉士、康明斯的作風。

從前的寫象主義比法國派藝術至上主義較具女性的作風，他們却連繫於惠特曼傳統，表現出較美國式的詩，可謂是客觀的象徵主義，確實較舊世界的詩，（詩是甚麽?）的觀念有其不同的風格。

另一方面，L・辛布森他們的技巧屬于英國文學的保守派，但內容是屬于惠特曼式的，如上可依年代的順序用圖表畫出其狀況。不過時常保持了自己步伐的艾伯哈或魯克洛斯那樣的詩人們，到了四十年代的時候，便在無意中已變成偉大的詩人了呢。（摘自世界詩論大系）

洛夫的「灰燼之外」

方方

洛夫的「灰燼之外」收在他的「外外集」裏。在後記裏，他說：「我自認我的作品在語言上決不枯澀含混，難懂只是由於意象之繁複與乎技巧之變化而已。」確實，洛夫的作品介於透明與朦朧之間，使人嚐之彌甘。在他外外集的十五首詩裏，可以說每首都令人喜愛。有許多鮮明的句子使人緊抓不放，例如：

「那人自溺於鏡中
茫然。一種被閹割的羞澀」（逸之外）

「漂泊的年代
河到那裏去找它的兩岸？」（泡沫之外）

「左邊的鞋印才下午
右邊的鞋印已黃昏了」（煙之外）

「我僅是敲過的鐘聲，實在懶得回首去探問
誰是那眼中的落塵」（鞭之外）

凡此都是洛夫在技巧上的獨到之處，他所用的句子不多也不少，讓讀者沒有斟酌的餘地。在此，我所要介紹的是「灰燼之外」，這詩給我的印象最深，而且過目之後，幾乎可以朗朗口誦。從前有某位詩人曾經高呼：「我們不要創造讓人立刻了解而又立刻被忘的作品。」但是事實上這種口號是很落伍的，我們可以說，喊這種口號的人往往劃地自限，故意要與讀者隔離而自居貴族。洛夫的作品正好與這口號相反，他的詩雖然不會說很明朗，但畢竟是不枯澀的，「灰燼之外」可以作爲代表。

詩人往往較一般人敏感，他眼睛的視力並不止於額前或者表面，他會透過一切事物，做進一步敏銳的觀察。「灰燼之外」是一首讚美火焰的詩，但是他不僅把火的形象活生生描述在我們眼前，而且也把火的那股憤怒的精神表現出來了。試看他的第一節——：

你曾是自己
潔白得不需要任何名字
死之花，在最清醒的目光中開放
我們因而跪下
向即將成灰的那個時辰

作者在第一行便說，「你曾是自己」，「你」當然是指灰燼，「自己」是指誰呢？作者沒說，在此便打了個啞謎，讀者的眼睛立刻緊追上第二行，「潔白得不需任何名字」，潔白是代表一種高貴，一種純潔，而名字是世俗的，在詩人的崇高理想裡，超俗決不容與世俗同流，作者之所以把「潔白」與「名字」來做尖銳而鮮明的對比，爲的是讓詩中的「自己」提高位置。第三行「死之花，在最清醒的目光中開放」要與第四、第五行連貫讀下去，從題目的「灰燼」等意象來看，就可了解這是與火有關，因而詩中的「自己」也許在指一張白紙、一塊白布或者一隻白蠟燭。當它即將成灰的片刻，詩人的心底是非常感動的，所以他說：「我們因而跪下。」為什麼詩人很感動呢？請看第二節——：

而我們什麼也不是，紅着臉
躲在褲帶裡如一枚贗幣

當詩中的「自己」燃燒自己的生命，詩人突然發覺本身什麼也不是，認為自己在這世界沒有留下絲毫的光芒因而感到慚愧。其實這是詩人的自謙之詞，詩人往往把握每時刻去追求眞善美，讓眞、善、美具體地在這大地表現出來，我們可以說，詩人在創造詩的時候，他已經在燃燒他的生命了。

你是火的胎兒，在自燃中成長
無論誰以一拳石榴的傲慢招惹你
便憤然舉臂，暴力逆汗水而上
你是傳說中的那半截臘燭
另一半在灰燼之外

第三節可以說是這首「灰燼之外」的精華。詩人在第四行說：「你是傳說中的半截臘燭。」至此他方把詩中的啞謎解開。「無論誰以一拳石榴的傲慢招惹你」，「傲慢」兩個字完全把一根火柴的神情暴露無遺，但是臘燭也不會屈服於一根火柴之下的，因而「便憤然舉臂，暴力逆汗水而上」，他把臘燭的那股反抗精神，很有力量地溶入字與字之間，詩人在隱喻自己是那根傳說中的半截臘燭，因為詩人往往有一種操守，便是我寫我自己的詩，任何勢力不能奈何我，即使在創作方面也會有獨立的風格，只有二流詩人才會受到別人的影響。所以那根火柴雖然傲慢，而且到處招惹，最後也免不了要接受被臘燭燬掉的命運。記得余光中有首詩「燧人氏」，也是讚美火焰的，詩中第一節便是——：

燧人氏是我們的老酋長
當他瞑目決眥，鬚髮倒指
他的舞恒向上，他的舞
恒向上

「他的舞恒向上」和「暴力逆汗水而上」比較起來前者的力量確實是薄弱了許多。「灰燼之外」最有力量還是最後兩行「你是傳說中的那半截臘燭，另一半在灰燼之外」，當臘燭燃燒之後，除了剩下一堆餘燼，其他的都逸入空氣而無所不在。詩人的生命正是如此，當他結束時，他的詩作已在每個人的心中種植起來，誠如洛夫在「醒之外」所說的，詩人「遂被提升，升高為神」，而神呢？祂無所不在。（五七、三、二十四）

欣賞兩首

吳瀛濤

1.可愛的詩

記一個小女孩

紀弦

十彩的小女孩
凝視着車窗外
那麼神往。

她不時點點頭
向那些歡迎她的
風景們的行列。

那些房子，那些樹，那些山，
那些喊不出名字來的小野花，
那些鄉下人和牛：
那些玩具和蠟筆畫。

她微笑着；
她的笑是那麼高貴，那麼優美。
她時而擺擺玉一般的、音樂一般的小手
向那些受檢閱的風景們的儀隊。
這七歲的小女孩
給春天的公路和遊覽區
帶來了殊榮。

不是嗎？她有資格接受全世界的喝采。

——「檳榔樹丙集」

「記一個小女孩」一詩，讀後會使人感到這女孩天眞可愛的印象，而這首詩給人的這種可愛的孩子的印象，隨時會映在每一個讀者的心中。這是一首取材於小孩的可愛的詩。

紀弦寫詩，多用淺白的語句，內容通順，不但讀得懂，也很少有時下難懂的詩那種晦澀。這種「可讀性」，對於讀者來說，既容易同感，又正適合於讀者的「享受」（Enjoy），且以作者來說，也可以把身邊的日常生活隨時隨地載於詩、唱於歌，當不失爲詩人之快樂。

雖然作爲一個詩人的紀弦，一如他常在詩中標明及表明的那樣，具有他的「例外」、他的個性，不過在於其濃厚的詩趣產生自他所看所感覺的日常生活這一點，他是與時下一些形而上的詩人逈異不同其詩的構成因素與產生過程。

此首「記一個小女孩」，作於紀弦五十歲。五十歲的詩人寫了此首歌詠七歲女孩的詩，詩人的童心是永遠如天眞的孩子般快樂的，從此可知紀弦寫詩的生命還很年青，正如他多產的詩作，這也是筆者深深爲紀弦先生慶幸的。

寫到這裡，筆者也記起了自己同樣於五十歲那年寫的一首詩，不勝感慨，因而抄錄於後。

五十歲的人
他和五歲的孩子玩着
微笑着的他
微笑得隱約含淚

——瞑想詩集「詩人的日記」

2. 現代詩的批判性

咀嚼　桓夫

下顎骨接觸上顎骨，就離開。把這種動作悠悠然不停地反復。反復。牙齒和牙齒之間挾着糜爛的食物。（這叫做咀嚼）。

——就是他，會很巧妙地咀嚼。不但好咀嚼，而味覺神經也很敏銳。

剛誕生不久且未沾有鼠嗅的小耗子。
或滲有鹹味的蚯蚓。
或特地把蛆蟲叢聚在爛猪肉，再把吸收了猪肉的營養的蛆蟲用油炸……。
或用斧頭敲開頭蓋骨，把活生生的猴子的腦汁……。
——喜歡吃那些怪東西的他。

下顎骨接觸上顎骨，就離開。——不停地反復着這種似乎優雅的動作的他。喜歡臭豆腐，自誇賦有銳利的味覺和敏捷的咀嚼運動的他。

坐吃了五千年歷史和遺產的精華。
坐吃了世界所有的動物，猶覺饕然的他。
在近代史上
竟吃起自己的散慢來了。

——「不眠的眼」

批評性係現代詩的因素之一。在這複雜多難的時代，詩人除了歌詠人生充滿生命的美之外，他更會廣汎深刻地感覺到活在這時代的人類的痛苦、人類所遭遇的命運的悲劇，而會以批判的方式表現於詩。當然表現於詩的批判性並不同於一般文章的批判文字，它是滲入於詩、透過詩表露出來的。

桓夫的「咀嚼」一詩，取材於日常生活中的生態，而針對這種生態所顯示的一個「畸態」予以客觀的描寫、銳利的觀察，於其末句：「在近代史上，竟吃起自己的散慢來了」，顯示作者對民族所懷抱的隱憂。（見幼獅文藝一七〇期「一個日本詩人看中國的現代詩壇」：高橋喜久晴說「我覺得這些作品有一種懷着民族的苦惱的詩人之聲」）。

作爲一個對時代負責的現代詩人，寫詩是艱難的途徑，詩人要付出苦淚的代價，負起人類的十字架。這一點，詩人對苦難的人類環境的掙扎，他所喚起的對人類生存的批判、對現代生活的自省，也都是難能可貴的。詩不再是無病呻吟的空洞的文字，也不是故弄玄虛、玩弄文字的遊戲。「咀嚼」一詩堪令讀者咀嚼出一種時代的苦汁，從它所表白的詩的內容，讀者當可窺視現代詩所建立的另一個詩的世界吧。

溫柔的忠告

陳明台

嫩葉——一個母親講給兒女的故事

陳秀喜

風雨襲來的時候
覆葉會抵擋
星閃鑠的夜晚
露會潤濕全身
摺成縐紋睡着
嫩葉知道的　只是這些——
當雨季過後
柚子花香味乘微風而來
嫩葉像初生兒一樣
恐惶慄慄底伸了腰
啊！多麽奇異的感受
怎不能縮回那安祥的夢境
又伸了背　伸了首
從那覆葉交叠的空間探望
看到了比夢中更美而俏麗的彩虹
嫩葉知道了歡樂　知道了自己長大了數倍
更知道不必摺縐紋緊身睡着
却而嫩葉不知道風雨打身的哀傷
也不知道蕭蕭落葉的悲嘆
只有覆葉才知道　夢痕是何等的可愛
只有覆葉才知道　風雨要來的憂愁

——摘自葡萄園詩刊21—22期

讀這首詩，首先我感到語言上的一股清新味兒，詩壇上一般使用的語言似乎頗有固定化的跡象，不是濃得化不開，艱澀十分，就是非常修飾和華麗，很少帶給我語言原始的、自然的清新感。此詩以女性的手法寫來，有其獨特的、細膩、柔和而與衆不同的筆觸，並沒有學時髦的運用蹩扭造作的語句，也沒有極修飾的詞藻，平凡而易讀，動人而易解，令人樂於親近。

這首詩作者也是慈母，以一個母親講給兒女的故事這個副題看來，作者寫詩是有所感觸而發的，從詩中所表現的我們可以發現作者苦口婆心，極爲婉轉的一種告誡，以一個慈祥母親的眞性情灌注於此詩中企圖對其兒女發生某些有效的安慰或啓示，該是作者寫此詩一個重要的動機吧！這種「溫柔的忠告」我也能深深的體會出來。回憶兒時，常常安怡的躺在母親臂彎中聆聽動心的故事，母親常能巧妙的如伊索寓言般把某種道理播種在幼稚的小心園裡，給我留下深深的記憶，這種「溫柔的忠告」的回想在讀此詩時，又被喚起了，且此詩也給了我忠告的效果——透過了眞摯的詩美和感動。

這首詩並不難懂，「風雨襲來的時候……嫩葉知道的只是這些」這一節充分寫出了作父母親的人所常常存在的苦衷，有些事情，孩子的想法和父母親的想法有着極大的差距和彼此難以妥協之點，這是很普遍的現象，而事實上，承擔風雨，嚐受苦楚的還是父母呀！接下去「當雨季過後……怎不能縮回那安祥的夢境」這一節對兒女成長的過程和心理描寫十分生動、細膩。嫩葉和初生兒、初生兒和嫩葉，很妥貼的聯想，「恐惶慄慄底伸了腰」這句很好，初長的男女們均富含有好奇，好動而羞澀的心裡，恐惶慄慄的伸着腰，包含渴欲跳躍的心情，確實是「多麼奇異的感受！」接着「怎不能縮回那安祥的夢境……嫩葉知道了歡樂，知道了自己長大了數倍」這些句子拿來描述一個青春期的少女較什麼都恰當，那種安祥的夢境再沒有了，青春的少女有着綺麗的夢幻，滿天的遐想，懂得去尋找歡樂，懂得去尋覓甜蜜的愛情，看見了彩虹的美妙而認為自己長大了！這些句子既含着父母心中對成長一代的喜悅又有着絲絲眞摯的關切和憂思，害怕伸了背，伸了首的女兒步入荊棘的道路迷失不能回頭。「怎不能縮回安祥的夢境」給我很深的感受，越成長越感到現實的不單純、不安祥，我常憧憬着幼時無邪思，無憂慮安祥純眞的時刻哪！接下去「更知道了不必摺縐紋緊身睡着……只有覆葉才知道風雨要來的憂愁。」作者暗示着某種給予她的打擊和心中的無可奈何的沉痛，懷了父母關懷的兒女，已不理會風雨打身的哀傷，已不顧慮蕭蕭落葉的悲嘆，作父母的清楚地看見了一切，不禁要為即將降臨的風雨的憂愁，惟恐嫩葉禁不住打擊，却有盼望着嫩葉再度發現「夢痕」的可愛的期待。「只有覆葉才知道風雨要來的憂愁」這結尾的一句話充分的表露了慈母「溫柔忠告」的苦心，也給我留下深深的印象和感動。

趙天儀常感嘆地告訴我：「可愛的詩太少了。」我想，作為一個讀者，這是應該推薦給大衆的一首可愛的詩吧！

我讀余光中的一首詩

馬兆凱

啊，春天來了

余光中

啊，春天來了
北半球的麻雀們又上學了
一大清早，太陽就送報
就把晴朗扔在你枕頭上了
春天是一種國際運動
公開走私着大批薔薇
連海關和郵政局長也奈何她不得
長城下，無人來飲馬
春一直遠走到嘉峪關去
射翻了單于
自殺了李廣
鵰寂寞地飛着，草隨隨便便地綠着
一艘翩翩的巡洋艦巡弋
在地中海，那姿態很帥
十三點五分
聲納報告艦長

（讀希臘詩解悶的艦長）
Aye, aye, Sir. 剛泳過一隊水神，不穿比基尼
這種消息誰都知道
基隆港的水手們都知道
老鐵錨知道，我家的貓也知道
蚯蚓知道，我的鞋底
比我更知道
連隔壁的老處女也常發脾氣了
而紐約港上，聯合國的外交官們
站在玻璃大廈多風的窗口，說
用美麗的法文
用更美麗的中文
用唱歌劇的義大利文說
「啊，春天來了！」
遂有幾位不負責任的代表
竟穿窗而出
穿着他們的燕尾服燕子般地飛回國去了

像許多余光中的詩，這首詩給我我第一面感動是文學的魅力。他的許多詩（如蓮的聯想）是以感性爲前題，而將知性隱藏在文字的背後，如此使人不知不覺的接受了他的思想。詩是需要講『知』的。但並不是一種強制性的傳達給讀者，講『知』的條件之一，是讀者願意聽你講，是要使讀者引起一種興趣，無疑的感性的『高程度』，是一個運用的方法。

北半球的麻雀們又上學了……

用最平常的字眼寫出平常的事物，唯有詩人的用意是不平常的。當人們都在熟睡中，依本省的習慣，送報人便將報紙悄悄的甩進你家庭院了。『太陽就送報』以報紙來勾起人們對早晨的記憶，此處所稱的報紙便是陽光。作者如此的描寫爲了避免俗套的句子，雖然在邏輯上是講不通的，但是詩是不能以邏輯的觀念來衡量的，它在蒼穹中縱橫激盪，無所不能地組織意境。

接着詩人又舖下了如此的句子『就把晴朗扔在你枕頭上了』。在這些小小事物中詩人的情趣也就發揮出來了。而一種享受便悄悄的湧了上來。

『鵰寂寞地飛着，草隨隨便便地綠着』

似乎成了無人的地域、勾劃出淒涼的色彩。春天的草竟如此落寞的存在着，詩人輕快的前節至此節突然一收轉爲哀愴。

第三節裡以『剛泳過一隊水神，不穿比基尼』表現春天較爲突出。（讀希臘詩解悶的艦長），詩人要求他的演員也是充滿詩意的。以行船航行的動作節奏。表示春天的活潑

這種消息誰都知道……

老鐵錨、貓、蚯蚓、鞋底，這些小東西很能表現一點親切感

『連隔壁的老處女也常發脾氣了』

這一句雖然是輕佻的，但給人的印象是『會心一笑』，這與此節前面那些句子中的小東西有關係，在那些安祥的事物中，勿如此一轉，是會『樂而不淫』的。

最後兩節顯得鬆軟。如果捨掉此兩節，對原詩是祗有好處。

探求自己

双木

詩的難懂，並非現代詩所獨然。舉凡一種認眞的欣賞，也如創造一樣，必須付出相當的抵抗與努力。在我國，五七言雖已經過那麼長久的年代，也已有了那麼多靠它吃飯的人在做着解說研究和傳授的工作，尚且無法普遍使受過中等以上教育的人接受，而何況現代詩的產生，至今只不過一二十年的歷史，且又沒有人適時起來整理（篩漏僞詩劣詩）與解說，致使僞詩魚目混珠和劣詩充斥詩壇，造成空前混亂，一般人所以誤解而不願接受，乃屬必然之事。但如說這樣現代詩就一無是處或會因而滅亡，鑑於詩史的演變，實不免有些過慮。因爲，眞正有創造用心的詩人，他是對歷史負責的，時時在修正他的詩觀和詩路。我們也就在這樣的認知之下，作着激變的演進，而從自由詩裡發展出現代詩來。

詩，作爲一種藝術，比之於小說、散文、戲劇等的創作，更是屬於個人的心知活動。是以，要想與作者內在生命底深處（作品所呈現的最底層的感性）取得連繫，激起共鳴的話，非有與之相類似的體驗（讀者乃藉此喚起感受作品的力量）作基礎不可。這樣說來，我們要想瞭解一首詩或其他藝術，也着實不是一件容易的事。如何要求「懂」，那將不是科學知識一般的可以求得一致。因爲「藝術」它是有着多樣性多層次的蘊含着作者的原意，你必須運用你的聯想力去捕捉字面上以外的東西。

一般人總習慣於認爲「題材美」即等於作品的美，而忽略了彼之爲詩或其他藝術的本質。更不知它所欲涵蓋的乃是作爲反映人生的一個「整體性的經驗」，而不是僅止於某一面的「眞、善、美」，如說那是「寫實」的，現代詩才是眞正在追求眞實的世界。雖然，現代詩的發展，有些過份揚棄此一「眞、善、美」的舊有詩觀，但它所挖掘的另一面；爲「創造」必須予人以如夢初醒般地明白我們對那些事物的感覺這一意義上，它是有其存在的理由的。因此，我嘗試介紹的將不是你所認爲「美」的那種詩：

關於妻的問題

林宗源

從工廠來到市面
每天妻從店口走過
很多的妻探問我的價格
很天眞的想到妻的胴體
妻的肚子、妻的耳朵、以及
妻的脚腿、妻的眉毛、以及
老板，暫時請你證婚

我喜歡那個常常問起我的女人
老板，沒有討價的妻買我
就這樣地我娶到最熟悉的世界
就這樣地一個直系的世界誕生了
沒有淚的哭喊變成沒有表現的微笑
老板，沒有女人多好

——摘自56年詩人節出版
「中國新詩」第八期

詩人企盼着「沒有討價的妻買我」、「我喜歡那個常常問起我的女人」、所以「老板，暫時請你證婚」，希望一個熟悉的、理想的、直系的世界能夠就此誕生；然而，現實世界是「沒有淚的哭喊變成沒有表現的微笑」，故詩人批判道「沒有女人多好」！

倘使所謂「懂」的意思只是止於一種字面上的這一層次，那麼，林宗源這首詩，既使國民學校的孩子也都可以不假思索的吟唱出來。至於它所蘊藏的奧妙，那恐怕就不是我們粗心大意所可弄通的。但如不把它當作一種知識來接受，那麼，當我們再三品味的時候，我想我們多少可以「感受」到詩中所挖掘的問題是什麼。是的，作爲一個並不單純的「問題」來處理的這首詩，我們如果要想能夠進一步去探究詩人所欲展現給我們底深奧的世界，我想我們可以嘗試藉助欣賞林宗源一系列所寫的，如下四首詩來瞭解它：

妻的肚子

妻的肚子
手輕輕地走過海棉體的世界
走過以光彩繪畫的皮膚
妻的肚子
肚臍最討厭　手
又有深入的激動
可是，挖肚臍的戲玩不得
妻的肚子
妻最瞭解

妻的耳朵

妻的耳朵
最髒
從東錄音
從西廣播
不想想菓實的季節
蓓蕾總是多嘴

妻的腳腿

妻的腳腿
向我
投下十萬美金的保險
於是
我必須製造各種流行的鞋
必須設計各種花樣的裙子
最要命的是
指甲會刺破鞋子
風會搗蛋

於是，妻的脚腿
在厨房，最保險

妻的眉毛

妻的眉毛
鈎刀一把
最喜歡割斷鈎引丈夫的眼
妻的眉毛
生在丈夫的眼上

——摘自林宗源詩集「力的建築」54年10月出版

如果依這些詩發表的時間來斷定，「關於妻的問題」這首詩，無疑是詩人對於「妻」這問題的一個總結。當我們把「妻的肚子」、「妻的耳朵」以及「妻的脚腿」、「妻的眉毛」等等屬於個別的問體逐一探究了以後，我想「關於妻的問題」我們已多少抓住了詩人爲何要寫這樣的一首詩底動機來。

「從工廠來到市面」這該意謂着什麽?許是一種「物品」從製造到完成;或許更殘酷的挖掘，說是「男人」自己也未嘗不可。而男人，被當作一件物品來談論「價格」的時候，是如何的揭示着多麽可悲的下場?這是否始自亞當，抑或女權抬頭以後?於是，「妻」就不再是那麽單純如字面上的意義，實乃一種還元於「妻」的這個角色所飾演底「女人」的象徵或泛論吧!於是「妻」這個問題就這樣被批判了。而當男人期望「沒有討價的妻買我」而不可得，且又厭倦於「不想菓實的季節 蓓蕾總是多嘴」的女人的時候，難怪他要說「老板，沒有女人多好」!

由於現代詩更向內在心靈深處挖掘，形成一種形而上的理念世界的展現，使詩原有的抒情性被揚棄，代之而起，以知性的批判意識爲詩人所苦心造就以後，我們要想在現代詩裡尋求更爲確切的理念，實在有求助於現代詩人底詩觀的必要。而林宗源，他曾經說過:「我的詩，產自樟腦樹的濃蔭，用筆與血漿繪畫的詩，在尋找一顆亘圓，足以容納一串怒吼、哀怨、失望……的音符。」又說「倘若拳擊是詩，我是以一個突然的意念，給予光與美，用來完成一場有趣的拳擊。爲了美妙的一拳，我是以粗壯的手，以口語爲手套，以最快，最平凡的姿勢，向人生的臉，直接地擊出，好像不平凡，又有點滑稽的一拳。」（見「笠」第20期「笠下影」㉛介紹）是的，「關於妻的問題」這樣一拳，看似滑稽實乃沉痛地擊着人生的臉，不僅批判那種「從東錄音從西廣播」的女人，也諷刺着男人中的「女人」。如果現代詩都能夠這樣給予「註脚」，那麽，由於作者與讀者之間因體驗和關心的不同，所構成的「心靈距離」，我想將會因而縮短。或許有人要問，欣賞現代詩眞要如此麻煩嗎?我的回答也如是。當然，你如要想像看電影那樣尋求娛樂，那又另當別論了。於此，記憶猶新我又想起村野四郎論「現代詩的精神」一段話來:

「至於遺忘了詩與那些娛樂性應有的差別，以躺着也該聽懂那樣草率的觀念來論詩的難懂，根本就是讀者本身有其本質上的錯誤，那顯然不成爲問題。無論是詩，其他所有的藝術也是一樣，若要瞭解就必須覺悟到對于瞭解的某種抵抗。換句話說，應該事先知道若不傾注相當程度的精神努力，便不會得到瞭解的道理。而藝術對欣賞者要求那些精神的努力，亦則才有其藝術價值的原因，因爲尋求瞭解藝術，是等於探求自己。」（見「笠」18期桓夫譯）

票亭間詩輯 一芥

林煥彰

不管紅殼子的吉祥是幾塊　我總得送你一包火柴　當然
長壽或雙喜或幸福的我是比較合得來

關於退票等等的百分之十　這是有其規定　先生　如果你
認爲帶濾嘴的新樂園還是不好抽　那就買金鼎的（這里是
不賣假菸或走私的）

買一份晚報給一塊二就像在施捨什麽的吝嗇起來　實在不
必　先生　我可絕不是你想要救濟的那種對象　可悲的這
是一種交易

一九六七・八・廿三寫

燈火管制

邵明仁

當警報聲嗡然響起　大地
遂在哭泣中暈厥過去
乘火打劫的風　竟然
摘走了她身上的鑽石項鍊
和首飾

黑漆漆裏
星子在互拍密碼　傳佈着
失竊底消息　而
青蛙却鼓噪着　想煽動
風潮　只有

雷達站的紅燈眼
在詭譎地眨着　說
說他看見　強盜們乘着
上弦月的燈船　划過了
山底龍脊　航向星海深處

另一種立姿

徐卓英

德克薩斯佬的一雙鞋印
昨夜竟然陷落在
百里居高原
——不能自拔

仰臉的行雲說
不支而倒的廿年樹
無非是另一種
立姿

湄公河三角洲上
一支待發的卡賓
等着我
扣響

並不為什麼

・三月寄自南越西貢・

終於

林閃

終於
長夜癱瘓成一池無重的死水
一對不閉的眸光頂住無法計量的黑雲
恐佈的磨響着黑黝黝的虛無
紛飛的影子飄浮在僵硬的世界
吱喳
異樣的梟叫呼喚着歇斯底里的生命
巨大的翅翼撲下了萬鈞的威力
一大片暗翳斷落
蔭覆著無法控訴的悲鳴
吵啞之後是無時間性的空寂亍
最最深處遂綿延着人類深沉的不幸
哦咿
亙古以來生命就是曖昧的語言呵
偶然對空漠的殿堂不斷地喃咕
便隨拂向山崖的眼前風乾枯

有一夜的苦悶

羅莊

照明軀體裏的汚濁的血液
在密集黑黑醉迷的人群堆
瘋狂的喧嘩瘋狂的擁舞
夾在瘋狂的深谷 我後悔

這是一代瘋狂的宵夜
誰都不願意承認患有瘋狂症
我夾在醉迷與清醒的交替處
並喃喃地說：我要向這個世界報復

隱約間一株微弱的光線
射過來 射注我的餘悸未定的心
哦哦 我珍惜我的愛 這麼弱的愛
撫摸小小的光小小的心陣陣的痛

街車飛疾像似赴死亡的約會
路燈蒼白的光吻着我那稚弱的愛人
當我觸及未冷凍的軀體
我才憶起 我已離遠那瘋狂的夜總會

五七・四・六夜

火難

黃荻

收屍車來後，圍觀的人群中
有竊竊私語的
有朗聲大論的

只有火後的煙
默默的無謂的曳着某種調子
五具焚毀的屍體，溢出枯黑的焦味

有能憐憫的嗎？旁觀者
有掉眼淚的嗎？旁觀者
有不袖手的嗎？旁觀者

記者搶拍鏡頭，陳死人
警察高吹哨子，陳死人
扛屍人猶笑臉，陳死人

晚報以一塊錢出售火難消息
若陳屍能再言語——
哦哦，生命

作品二則

拾虹

釣魚

這一次
我抛出去
一種燦爛的顏色
引誘魚肚白的
愛情

釣竿在水面上
浮動　浮動
彎彎的小鈎
尖銳地鈎住了

哦哦　我要嘔吐
彷彿　我的喉頭
一滴一滴地
淌出鮮血來

男人們

那個不知名的山上跑下來了
一隻野狼
張口舞牙　大搖大擺
在山谷裏
走來走去　走來走去

啊啊　女人
妳的名字是一座溫柔而美麗的
山
最宜在夜間爬行

鄉愁的定義

萩夫

小諸古城邊，雲白遊子悲。
——島崎藤村

春天的裸女走過村里
甘蔗園漸漸的陌生
白雲的浪子越獄歸來
木麻黃並木道慢慢的清醒

一九六八、四、廿九

O時~O時

沙白

像青酸纍纍的葡萄
久久不會熟黃的
也長不出甜甜的蜜
我們却皺眉頭去嘗食

每個旋轉而來的春天和麗日
不會光彩過某一束草或一朵花
而渾身的苦汁流動於血液裡
如垂死的血癌病人，只想着：「爲什麽不快把我帶走。」

呼！〇時，威士忌熱的〇時，合子蠕動，蠕動，……
呼！歷史的月　〇歲　畸形兒的笑聲衝出時間之殼
呼！歷史的火　七歲　他幻覺那棵孤樹的唯一友愛
呼！歷史的水　13歲　思想的黃河氾濫
呼！歷史的木　22歲　文明的洪荒和社會的野獸侵襲
　　　　　　　　　畸形兒衣冠難楚楚
呼！歷史的金　30歲　桃紅色的荒謬和嚴肅的沉醉
　　　　　　　　　如祭壇上的神祇醉於酒餚
呼！歷史的土　70歲　玩弄宇宙海洋的八卦
呼！〇時，冷夜的〇時，又一個合子，合子……

昨日的太陽是P

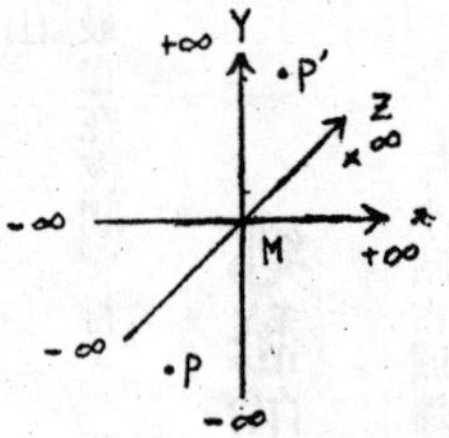

今日的太陽是M
明日的太陽是P'
　萬象羅列
萬萬羅列
座標延長
座標延長

而我們的葡萄喲
久不熟黃

夜屍體的生命（二）

林白楚

——這是從時間的墳場
揀出來的第二條垂死的生命

那年，祖母過世之後
哀傷從斷崖伸出的那顆孤松開始
春天和歡笑在山崖後面的村莊
生和死都成了卑劣的無意義的境界
那漢子是喜歡披黑衣的夜
當他把淚流盡，並且
發現他的黑衣鑲滿了祖母喜愛的星子
他就開始用赤裸去哀傷整個白晝

他曾想起過家，想起過斷崖之下
那漢子，也想起晴好的事
但，想起祖母出殯的那天
他便開始抱怨太陽
那傢伙竟沒有看見他有多悲傷
小時候，那漢子就不挺喜歡太陽
要的只是祖母黑黑的傘和唸珠
以及祖母面向西窗告訴他的
許多關於菩提樹的故事

涉及祖母的，他僅能想起這麼些
那漢子，勢必要用更多的精力去溫暖快要冰凍的腦紋
以及提醒自己這是絕壁呀！
必須用舌頭去星光吮取霜寒的露水
而他更時常不自覺地想起和葡萄牙人出走的妻子
（假如我們有個小蘿蔔頭）
（讓我們晴美的感情醃在嫩黑的髮中）
他記不得，曾多愛過伊
那漢子，只用感覺就聞到
春天和歡笑在山崖後面的村莊

憶長命橋

藍楓

立體的石頭
如一列的頑童
牽引着成一半彎
這是我不忘的小堤
蜿蜒截斷了海的波浪

螃蟹，小紅魚
柔柔的釣竿
都在成熟中製成標本
貯藏在液體的博物館

自從葡萄塑圓以後
遂有一彫像自堤端升起
無視月亮無視太陽
只仰望咫尺的遠方

歷史與地理
削去青春的一半
一種性格一種悲劇
種下來瘦削與嚴莊

渡海後任老莊洗刷此堤愈在
每一石頭鏤刻一葉故事
回憶的煙霞混和著海的鹹味

後記：長命橋在澳門南灣，伸向水中，據說以前直達大陸，我孩提時此堤已斷，我常在堤端仰望，因爲那一葦可杭的彼岸，是史地的負擔。

事件

劉學

落日是個大火球　浮懸於
已是虛線似的水平線上
青年在西海岸
沿着第四度蜿蜒之海灘
往來獨行

第幾次回程中
青年知道了
有人一直俯視着
他　於是悶哼一響
垂直地走出軌道
且收歛起自己的影子。

祖母的肖像

吳重慶

爲歷盡滄桑而發鈍
眸光因成熟而久成一種鄙夷
且以漠然的神態站着或坐着
她在等待子孫們的評語

小女孩仰臥在地上
手臂十字形地舒開
身旁金框子在夕暉下閃亮
一個纒脚的老婦向她走來

因此，一個神妙的微笑
滲入女孩的心
她彷彿聽到呼喚與慰語：
「孩子，你跌倒了。」
而後，一切歸向安眠。

——五十七年三月十八定稿

黑暗的列車

曉樓

蒼穹有一片灰淒
黑皮車廂 於
雨淋淋的軌上 我
怎知將邁向死亡
攀登而上

曾載過
同類的四肢的黑暗
我 似茫然
竚立於黑暗的邊岸
憑一聲汽笛
黑皮之外有泫然的街燈
劃過冷漠的四周
心猛然抽搐
怎知將邁向死亡
黑皮之內有昏昏的靈燈
似邁向死亡
這列車

短詩三首

龔顯宗

一、火山

偉大的巨人啊，
冷靜一如磐石的沉默。
但當毀滅的一瞬，
（那響聲似愛的呼喚）
熱情的熔岩四散奔流。

二、愛與憂鬱

走過這片草原，
便是溪邊了。
那黃金的粼粼，流水的淙淙；
然後橫渡，前行。
但是薔薇的刺，荆棘的刀……
日午。來自沙漠的旅人。

三、冬至夜

搓圓仔湯啊，搓個團圓；
喝圓子湯啊，喝個新鮮。
踽行於青石板的小路，
笑聲與燈光與花香與酒味
從陌生的牆角飄來。
獨酌於小店冷落的一角，
唉，孤獨異鄉人。

狼犬的笑聲

陳坤崙

狼犬不懂蘇格拉底的事蹟
却信仰忠誠起來啦
忠實且奉獻予　自己的主人
猶如他忠實於眞理
它見了熟人　捲曲的尾巴左右搖動
它以嗅神經　金屬性的反光的眼
以及聽覺　來懷疑任何影子
　　任何聲響……
然後大聲咆哮……。

煙的奈何

黃渝

於此，構成顫慄
一群柔絮的生命不克停留
上昇的是你的超然
下沉的是我的奈何
那一點兒的鑽出算啥
是霧，就喜悅清晨的乳白
是化羽的尼古丁，就撇開一切
獨自矚視悲劇性的寒涼

而我必然的要進入
要懸空，像煙隻的火點被吊着
隨後被彈去
較量泥土的堅實
且必然的要用挾煙的另隻手
堵塞知識後面的一扇鬼門
至少，還有一隻手是踏實的生活着

一群遊離的生命建築空茫
我必然的要進入

牧星・滴答

陳世英

當夜扭熄陽光　星開始點亮夜時　我牧守着一窗星　牧守着一窗　熟悉得可一一呼出它們乳名的小星星

今夜　可不必再學着月亮去追逐太陽　可不必徘徊域外反芻着孤獨了　爲着一顆小星星將待我去孵化　爲着我將看守着一窗星星　爲着一窗星星將看守着我

我可要失眠了　爲着今夜將有許多星星睡於我的心旁　爲着聆聽星星沉睡的囈語　今夜　我可要失眠了

星星　也許是伊的眼淚、也許是昔日裝滿小褲袋發亮的彈珠　星星　也許是蛻皮前的一聲吶喊　也許是許多也許是　星星　也許什麽都不是

而今夜　却將又有一顆星星誕生　就因我會試着去牧守一窗星星

牛與人

越能

我曰：因爲我是人
所以牠不吃了
那個人在餵牠
所以牠不喝了
那個人在灌牠
所以牠不拖車了
那個人在打牠
所以牠的鼻上以及
眼內亮晶晶的水珠
濕潤在乾乾的土粒上
而迅即靜默消失
所以那個人在嚎着
籐條揮舞着
掃開了額前的蒸氣
所以牛與人靜止了
把喘聲加在一起
湊成了熱門的交響樂
所以肚子又都餓了

離

林松風

披一衣月河濺出的潮點
聆聽茫茫霧裡
輕輕敲來底足音
唉！當朝陽伸展銳利的爪
抓來，霧給驚逸，而我們
揚鞭於相反極向

白色康乃馨

陳秀喜

過去每次母親節
她羨慕別人胸前的紅色康乃馨
幾乎以嫉妒的眼
等到夜闌向窗外喚數聲 媽——您聽不到我的呼喚

前年母親節
她的女兒自學校來信寫着
「誰也不知道我愛您多麽深
不爲了什麽 只因爲您是我的母親」
她驚喜女兒會寫這句話祝福
她負咎 自己不曾向媽——說過
她感到無比的幸福比媽——更是幸福

去年母親節
女兒的男友來談判
爲着解釋歐美式的愛情和強調歐美式的……
她失望地自廿世紀後退 後退

今年的母親節
她的女兒私奔了
曾使她驚喜的字眼浮現在眼前
她雖然心疚 不曾向媽——說過那句話
依舊羨慕別人胸前的紅色康乃馨
在母親節的電視機前流淚
誓於明年要一朵白色康乃馨

吾

巴陽

一陣吆喝
鞭抽。則驅足
鞭歇。則駐足
吾乃
魔鬼之玩偶
死？
都沒有死
死神在欺騙
因爲它忌妒
任何美好的存在
不該自扼
那是最愚蠢的
哲學

魂兮歸去

鄭烱明

A

傳統是什麽？

有一種人的觀念是：穿西裝的不是中國人。

有一種人的觀念是：中國人一定要穿西裝。

因了這個「不是」和「一定」，我們的詩迷失了方向，沒有了存在，於是，「盜竊亂賊無不作」，群雄各自割地稱王而飄飄然。

B

時代進步，詩也跟着進步，跟不上不算可恥，最可惡的，莫過於自已跟不上，還要拉別人的後腿，——死纏不放。

中國現代詩若是人，不死也得重傷。

C

當年被認爲最前衛，封面上也印着「中國現代詩權威雜誌」（英文）副題的「創世紀」，曾幾何時，像古老的大英帝國，漸漸地沒落下去，大有仆地之勢。

而「葡萄園」的葡萄架上，結滿了又酸又澀的葡萄，——雖然廉價出售。

D

四年前，在「笠」寫「魂兮歸來」的白萩，眞正現代詩人的白萩，你在逃避什麽？或在追求什麽？

從你殘酷的諷刺裏，我們個個都是「裸體的國王」。

E

懂的不說，愈是不懂的愈愛說。

現在，有人還在佩帶「水手刀」，還在穿唐朝的「裙子」，這些都是詩壇的「嬉皮」。吃LSD的。

F

余光中自美歸國後，破戒不吃「豆腐乾」了，到底還是吃膩好。

紀弦已經進入「倚老賣老」的時候了。

林亨泰是靠「高利貸」生活的。可是，近來臺灣金融穩定，利息已經大降。

G

「膀胱結石非我範圍以內的病，我決不用刀來割治，而指示其另求專家。」醫學鼻祖希氏的誓言。

雜文家寒爵來勢兇兇，引經據典，以長者的口吻，臭罵現代詩一番。

一個博學而可愛的「老頑固」。

H

殖民地時期，被征調至南洋沒有死去的桓夫，深深體驗到「面對着一種不可抗力的苦悶掙扎，我要活下去！」的決斷的桓夫，你說，我們尙在「咀嚼」嗎？我們尙在吃我們祖宗的遺產嗎？

請告訴我！大聲地告訴我！

I

有人謂，詩壇復活了，豈止復活而已，君不見一本厚厚的大大的「七十年代詩選」老早問世乎？

詩人是時代的先知先覺者，在此又得一有力證明。

錦連者，一隻「吝嗇的蜘蛛」也。

J

超現實主義信徒洛夫，一個十足的「戰爭和死亡」的叛徒，他使我們知道我們是誰，也使我們不知道我們是誰。

K

可憐的洛夫，我幾乎忘記你的脚下是一片血肉糢糊。

這個世界不是只有你一個人在寫詩而已。

這個世界不是只有你一個人在讀詩而已。

中國的詩必需回到現實去，必需向現實挖掘，愈深愈好，即使爬不起來。

那有穿褲子洗澡的？

L

成功的詩是否定流行的。

然而，觀之今日詩壇，不染流行病者，其人何在？

詩人啊，把你的「情詩大全」收回去吧，停止你那病態的「歇斯底里」吧。我們已嚐過烏煙瘴氣的滋味了。

M

被喻為孤絕的「禪」與「佛」的象徵的周夢蝶，他是住在荒莽的深山裏，企圖發現自己，而淩割肉體的人。

可是，夢蝶呵，因為你不食人間煙火的關係，不會營養不良？

N

什麼樣的呼喊才能使我們覺醒？

什麼樣的建設才能使我們健壯？

吾輩詩人知之乎？知之乎？

給我的神——MIYASA

喬林

三・哀傷的秘密

縱使霓虹燈調成的鷄尾酒
如何的將人淋成一條暢達的道路
兩旁栽滿茂盛的笑聲
也如話之急速與消失
縱使偶爾忘記
已是域外的棄屋
我的雙目只因久盼消息
而風乾為銅銹了的門環
無力於攬阻樹叢爭相傳聞
我哀傷的 秘密

四 死去的風景

只有秋的無數落葉
恆於追尋春風的背影的記憶
在不可觸及的瞬時
如露珠之墜落
僅僅為了維持一株根植哀傷的禿樹
不經意的穿過你的眼
我的肉體與靈魂
已由哀傷承製為寂靜
任由竹林以風雨搖喚不醒的
一窗風景
不滅的雙眼已是懸掛的鐵釘

王蓉子　童話城
鄭仰貴　蝴蝶結
鍾鼎文　雨季

詩壇散步

柳文哲

詩集漣漪

童話城

王蓉子著
趙國宗圖
中華兒童叢書
56年四月出版

中華兒童叢書；「是臺灣省政府教育廳和聯合國兒童基金會合作，並得到教育部和聯合國教育科學文化組織的指導（註1）為小朋友們編寫的。」這一部為兒童而寫的詩集「童話城」，例入該叢書文學類，是屬於小學六年級的讀物。

「童話城」共分三輯；

第一輯是以日常生活的見聞，包括小動物、小植物以及玩具等主要的題材，是一些素描性的小詩，雖非童謠，亦力求淺易可讀，下例的「小白兔」便是個好例子：

「小白兔的聽覺最靈敏，
小白兔有一對長長的耳朵，
像電視機上的室內天線一樣，
隨時豎起好收聽各種音響。
樹葉子的震動，
雨點的滴落，
小蟲子們的哭泣……
當小白兔聽見獅子們
還在遠方林子裏走動的時候，
牠就一溜煙逃走了——
快如一道白色的閃電。」

第二輯是以自然景物，如天文的現象，氣候的變化等為題材，是具有意象性的抒情詩，像「太陽的節日」底絢爛，像「星」的明麗，像「風的長裙子」底溫馨，頗玲瓏可愛。

第三輯是企圖發揮想像力，把故事溶化在詩的表現裏，是帶有童話意味的故事詩；包括「童話城」與「童話湖」兩首。

從整個集子看來；插圖有兒童畫的一種稚拙的美，詩有兒童文學的一種清新的試探，加以印刷頗為考究，是一本值得重視的兒童讀物。兒童詩要寫得有詩味而又順嘴，有想像而又不是成人的童話，那是不簡單的。蓉子的表現已下了不少的力氣，且已看不出她那種追求現代化的生硬與沾戀古典化的生澀了，這是可喜的；但就童話意味，就想像力的豐盈，就表現力的質樸等來看，她似乎還沒有詩人楊喚的童話詩那種瑰麗、那種奧秘。

又本書編者「給你介紹一位新朋友」的前言，寫得不錯，沒有曲解了這一位新朋友——詩，是值得一提的。

我想，楊喚的童話詩倒可以例入「中華兒童叢書」之中。

（註1）見臺灣書店給小讀者們的前言。

蝴蝶結

鄭仰貴著
笠叢書
57年四月出版

鄭仰貴的「蝴蝶結」，是一部明朗的集子。他認眞地從事詩與童話的寫作，深居在島上中部的山地裏，也許是因爲他的性格好靜，他的生活愜意，使他詠唱着爽朗而幸福的歌聲，沒有詩壇上現代化所產生的副作用，極富於山地農村的情調與景緻，雖然技巧方面保守了些，但他是健康的；他呼吸着自然清新的空氣，跟着小天使們一塊兒生活，一塊兒遊戲，一塊兒學習。

且看他較可愛而又清新的素描，例如：

「且去嗅一嗅雨後原野的氣息，
且去賞一賞雨後清淨的景象，」（雨後的原野）

「明德村，居民是淳樸的風尙，
這兒沒有迷人的酒家，以及半下流的茶房，
一切是蓬勃的景象，
人們的生活是何等舒暢！」（歡樂的明德村）

「打獵是他們喜愛的活動，獵鹿也獵獐，
他們愛把古老的傳說細講，
你別怕，
殺人頭的惡習已不古傚，
他們的外表並沒有昔往紋身的畫像。」（歡樂的明德村）

「我們還記得大夥兒常嬉戲於屋前的廣場，
我們玩着兩小無猜的跳繩和捉迷藏，
那年近古稀的祖父，總是面露慈祥的容光，
將那些神奇的故事一個個爲我們述講。」（北斗．我的童年）

這部集子，有些散文化的傾向，也有些格律化的味道，但這不打緊，當我們吃慣了油膩的東西以後，吃到素菜時，會煥然一新，胃口更佳。當我們讀慣了目前的所謂現代詩，好像現代詩人只活在茶房或咖啡室裏，過着樂不思蜀的日子！我們有的是濃蔭覆蓋的山地，有的是蒼綠籠罩的田野，爲什麼不能有一些素樸的田園詩呢？並不是描寫了工廠就成爲工業社會的詩，更不是敍述了現代都會的糜爛就成爲七十年代的詩，詩應有更嚴肅更眞摯的一面罷！

當然，鄭仰貴的詩質是薄弱的，往往只有白描，沒有更含蓄更暗示性的東西；但千萬別羨慕都會的浮華，像鄉下姑娘黧黑的臉龐塗上噁心的口紅一樣，也趕起時髦來了。「八月的旋律」底意念，「到海濱去」的嚮往，「學煙記」的幽默，「歡樂的明德村」底流暢，以及「北斗．我的童年」底純眞，都流露了他樸素的詩情。

作者在「一位小學教師的心語」中說：「爲國育才，從不作損傷元氣的惡性補習」；我們也希望詩壇上的有心人士高抬貴手：「不作損傷元氣」的惡性流行。簡言之，作者需在詩質上加深其認識與表現的本領，以便跨過白描的階段。

雨季

鍾鼎文著
省政文藝叢書
56年11月出版

在詩人鍾鼎文先生的自選全集尙未出齊以前，我們可以從「行吟者」、「白色的花束」、「山河詩抄」以及這一部「雨季」，來窺探他的風貌。當詩人覃子豪先生、紀弦先生來臺以後，在創作、理論與翻譯等都努力不懈的時候，他也沒放鬆他的創作，雖然他很少談創作理論，但他依然是循着他的創作觀邁進着。

這一部「雨季」，誠如書上扉頁所說的：『本書「雨季」係由作者來臺後的作品中，選其與本省風土人情有關者編輯爲專集；足以反映大陸來臺人士對於本省山川景物的愛好，然非「樂不思蜀」，轉而益增故國之思，彌切復國之念，正是我們這一代愛國志士們的心聲。』作者的表現，時而有寫實的傾向，時而有古典的風韻，時而有浪漫的色彩，時而亦有現代的意念。這部集子，是收集以有關本省的風物爲主，故在表現手法上，都大同小異。他走過的都市、海港、高山、溪岸，均能冷靜地觀察，並加以表現。他的詩，多半極富於歷史、地理以及時代的意識，這種詩的表現方法，是相當吃力而又不討好的，一不小心，就會陷於詩本質上的貧困。

他的詩，在此集中的特色有三：

一、以氣勢取勝：在長詩上，不論是在每行、每節或每首中，欲把握其一貫的風味，表現其一氣呵成的凝鍊，作者就得在氣勢上下功夫，因此，作者便努力在其氣勢中取勝，其氣勢雄渾而柔和。

二、以韻律見長：他的詩，採用較自然的韻律，效果就更顯著，在短詩中，韻律的微妙更能表現出來。我覺得在帶有民謠風的「蘭嶼詩抄」中便可窺知個中底細。

三、抒情兼敍事，意象含說理：他的詩，白描的基本功夫很够，但抒情兼敍事，敍事才不流於枯燥；而意象含說理，說理才不致於落空。例如在「檜柏與珊瑚」中，他便如是歌詠着：

「你的根深入大地，與岩石結合，與泉脈貫通，
但爲千萬層腐朽的落葉所埋沒，不復顯現；
你守着一句格言：長得更高，將看得更遠——
披星戴月，忍受風霜雨雪的凜冽與搖落，
讓一年年的苦難，在內心刻上一層層的年輪。」

又在「陽明山之春」中，他這樣關懷着：

「春天的陽明山，移不去我胸中的孤憤，
陽明山的春天，融不開我心底的憂情；
我遙念在陽明山之外，臺灣之外，
是茫茫的滄海，波濤連接着風雪。」

作者憂時憂國的心裡，一面回顧過去，一面瞻望將來，抱着一種希望的期待。我們這年輕的一代，對於中年的一代，也有一種希望的期待。希望正當壯年有所作爲的詩壇先進，多爲後來者着想，多爲我們的詩壇開拓一些新的局面，則新詩幸甚！現代詩幸甚！

收集在「雨季」裡的作品，可說是作者一貫底風格的表現；在形式的完整性，意象的明朗性，以及語言的圓潤性上，他都把握着。但讀他的詩，我一直有這樣的感覺：他完整得似嫌沉滯，明朗得似少含蓄，圓潤得似缺變化，不容易給我們以更多的額外的驚諤！

在民國五六年度中，詩人鍾鼎文三喜臨門；一是榮獲菲律賓國際桂冠詩人協會「榮譽中國桂冠詩人獎」；二是榮獲中山學術文化基金董事會的「中山文藝獎」；三是省政文藝叢書之十六「雨季」的出版。而我個人最重視的是詩人在得獎以外，能不斷地從事創作，把他的詩寫得更爲出色，這是我對作者最眞摯的期望。

船載着墓地航行

詹冰

船載着墓地航行──
在東海海面上
一九四四年十一月八日午夜

※

蒼白的月光滲透黑雲中
東海的黑潮在冲擊船舷
「慶運丸」的甲板上 爬着
夜光蟲般發光的海水

作Z字形航行日的本船團
正在逃避美國潛水艇的攻擊
看不見波動的黑海上
魚雷的航跡是灰白色的

驅逐艦拼命放射的爆雷聲
貨船增加速度的發動機喘聲
可是 甲板上是非常寂靜的
只綁住人的救生袋白白地排列着

※

人們屏息傾聽將臨的一個聲音
魚雷炸破船體的聲音
火藥炸碎人體的聲音
死神在哄笑接着咳嗽的聲音
地獄的鐵門輾軌的聲音
人一出生就等待的那個聲音
啊 死前必須要聽的那個聲音！

※

哎呀 被魚雷射中的船隻
在黑暗裡如罌粟花般燃燒着
不久 那朵紅花也凋萎消失了
唉 死神已經光臨那個地方
一瞬後也許來到自己的脚邊吧
死亡的冰冷深深地穿入毛孔內
人們的神經猶之破碎的魚網
被抽出血液的臉 手 脚
被絕望漸漸地浸蝕的人們
現在 已是無機化合物的塑像
現在 已是等封釘的屍體
墓地的冷冽普遍地籠罩甲板上

※

哦！我看見了活着的死！

※

微弱的聲音振動鼓膜
彷彿地底的棺中發出的聲音；
「天公啊 天公啊 ……」
臺灣衫的老太婆的嘴唇
恰如砂上的魚一般開閉着

※

又聽見男人含淚欲哭的聲音；
「好嗎 阿鳳 別管孩子
小孩子一定是沒有救的
妳 千萬不要顧及小孩子吧
否則 妳們兩個都……」
淚珠映着月光連續滴落
女人好像聽不懂丈夫的話
只知加緊抱住孩子而不動

※

「數小時 不 數分鐘 數秒鐘
想到可活的時間只剩這些時
我後悔還沒有為妳做一件事
因有了妳 我才有了純潔的歷史
因有了妳 我才有了燦爛的生命
啊 現在的我還能辦得到的

只是 不多的時間全部奉獻給妳
只是 想念妳 爲妳祈禱
因此 請妳饒恕我吧——」

※

心裡每秒鐘開始新的恐怖
然而肌膚的戰慄仍舊不停止
要死一次 便要準備多少次呢
死前的「一秒鐘 一秒鐘
唉「秒」的單位確實太長了

※

嚴肅地待死的人們啊
現在你們嚼出生命的滋味吧

即將臨死的人們啊
現在你們領悟人生的眞諦吧
那麽 解脫情感的引力
摒棄一切 告別一切
如同祖先們曾經做過一樣
如同子孫們將來要做一樣
含着新的淚液
帶着微笑跳進新的世界吧
和那無限的宇宙融合一體
而參與那永恒的時間吧！

※

老人 蒼白的墓碑
男人 蒼白的墓碑
女人 蒼白的墓碑
小孩 蒼白的墓碑

蒼白的墓地
船載着墓地航行——
船載着墓地航行——
蒼白的墓地

※

一九六七年十一月八日午夜
在我的腦海裡 莊嚴地
船載着墓地航行——

（完）

街頭巷尾

陳明台

I 吠聲

空寂的長巷
到處充斥
徬徨無主底
狂吠的狗兒

劃破夜空
悽愴底吠聲
挾帶一陣失落的悔恨撲來
震入耳膜之際
騷擾的噪音竟是示警的音波

在迴旋 在激盪

這種迷濛的燈光下
滿是陰影的地面
走過一條又一條錯綜的街道時
我不能不小心翼翼哪

II 風景

我走過紛亂的風景區
右
前 後
左

駐足的眼
於無周邊的寬銀幕
鏡頭：擁抱的情侶跳過
特寫：得意的臉 被嘲弄的我的孤影
鏡頭：笑臉的小販跳過
特寫：貪饕的臉 被窺伺的我的口袋
鏡頭：輕佻的女生跳過
特寫：裸膝的裙 被挑撥的我的寂寞
我走過紛亂的風景區
右
前 後
左
觀衆 也是演員
於無周邊的寬銀幕

Ⅲ 攤販甲

招呼我
摺縐如祖母的臉和手
關切如母親的笑容
招呼我
自刹那的溫情浮昇
永恒的感動 游移着 擴散着

不自禁地
我走進
跟隨您重叠祖母的背影
我走進
望着您複印母親的笑容

Ⅳ 攤販乙

無視於周遭冷然環視的群眼
夜夜見你
漠漠然搖幌的手
此刻 行人稀疏的街道上
猛然 促使我靠近
某種不可理解心靈的振顫
驚訝了你的臉孔
以及我的……

Ⅴ 攤販丙

——強烈滲入我的溫室
你呼出的熱氣 化成冷冷的淚滴下
夜夜
誰家的少年呀
引響亮的嗓子
在呼喚

該是您閒吹簫的年齡呀
你失落了什麼
於風雨的吹拂裡
夜夜
誰家的少年呀
引響亮的嗓子
在呼喚

Ⅵ 午夜的寧靜

殘存夜都會的眷戀
一閃一閃霓虹燈的繁華
已不復美麗
吵嚷不休的族類沉寂了
空洞的人間更空洞了
當午夜的寧靜圍困
一切都毀滅了也好
如果
此刻的寧靜延綿
延綿至於永恒
一切都消失了也好
如果
留得住這一片安祥

召南摽有梅篇

古添洪

摽有梅，其實七兮，求我庶士，迨其吉兮
摽有梅，其實三兮，求我庶士，迨其今兮
摽有梅，頃筐塈之，求我庶士，迨其謂之

在欣賞之前，先作解釋字彙的工夫，這基本工夫很重要，關係整個欣賞的可能。

摽——爾雅：蘦落也。

庶士——庶，衆也；庶士，衆士也。

迨——及也。

頃筐——頃，說文，頭不正也。頃筐，就是傾欹易覆之筐，大概如今之竹筥。

塈——毛傳：取也。

謂——說文，報也。就是以媒言說，不用聘禮之意。

其次，我們指出它的用韻。（據江舉謙詩經韻譜）

七吉押韻——同屬脂部入聲。

三今押韻——同屬侵部平韻。

塈謂押韻——同屬微部去聲。

梅士押韻——同屬之部平韻。

他的押韻情形，就是一三押韻，二四押韻。但是，各章的一三押韻，共用「梅士」二字，故此「一三」押韻是靜的，而「二四」押韻則用「七吉」「三今」「塈謂」，則是流動的，一靜一動，韻律效果甚高。而且，三四押韻是第三字，第四字却相同（兮兮，之之），故此詩之韻律，特別講究，有極高的藝術效果。古今音調不同，讀者不妨以方言根據上述調類朗誦，自可體會。

好了，現在從意境上着眼。

毛傳：摽有梅，男女及時也。這說法完全對。

此詩一開首是「摽有梅」，為什麼詩人不說「摽梅」而說「摽有梅」呢？這在音節上有很大關係，兩字則短促，三字則有一較虛的「有」字，讀起來比較舒服，而且留有時間讓我們去體會意境，這在音節上有這樣的效果，在意境上的效果則更大。摽、有、梅，三字，有先後的動作，如電影般慢慢移動，摽是零落，是一種聲音，一種很快的視覺，我們只感到「有」一樣東西掉下來，這「有」字就出現了，然後我們有意識去看，才知道是「梅」從上述的分析，可見意境與字的多寡性質有息息相關，這就是造物的神化，文字的傳奇，這更證明詩的語言和一般語言是不同的，節奏與意境就是詩的條件。

詩人看見梅落下來以後，便抬頭而看，樹上還有七成的果實，覺得已成熟將盡，於是想到女子（也許詩人是女子，但至少，在那時那刻，詩人直覺自己是女子），於是說：追求我的衆男士啊，好趁吉日啊！

下一章也是如此。

末章則梅子盡落，用竹筐在地上來撿取了，於是，其渴求之心更切了。

我們現在從詩形來看，全詩三節，意思大致相同，反覆吟詠，有民謠的韻味。而且，三章的開頭，都是固定的「摽有梅」，而接着的一句却流動變化而成三式；再接着又是固定的「求我庶士」，而接着的一句又流動變化而成三式與上相承，因此，形成一軸心兩支點而轉動變化，非常活潑美妙。而且，其變化是有次序的，是層進的，其變化就是：

其實七兮——迨其吉兮
其實三兮——迨其今兮
頃筐塈之——迨其謂之

果實不斷摽落，女子的心則愈來急切，果實由七成至三成至完全落盡，女子的急切，則由擇吉日至即日來至不待備禮（據毛傳），這就是詩的邏輯。

此詩已欣賞完畢，筆者回頭探討幾個問題：

第一：「七吉」「三今」等押韻，是「七」「三」等數目字遷就「吉」「今」等「意義字」（我姑用這名詞）呢？還是相反？筆者認爲押韻的遷就大致有二個原則：一、襯托字遷就意義字，二、易代替的字，遷就不易代替之字。這裏，數目字是襯托字而且是易代替的，如「鄘干旄篇」

「素絲紕之，良馬四之」
「素絲組之，良馬五之」
「素絲祝之，良馬六之」

用「四五六」是爲了遷就「紕組祝」來押韻。

又如「相鼠」

「相鼠有皮，人而無儀
相鼠有齒，人而無止
相鼠有體，人而無禮」

用「皮齒體」是遷就「儀止禮」等意義字的。「齒」與「止」是實在沒辦法有意義關連的，鼠的牙齒亂咬東西，怎能與「人之知恥」相喻呢？

當然，好的詩，襯托字與意義字當有密切關係，但在押韻的限制下，往往發生遷就的現象而已。

第二：其實七兮，其實三兮。毛傳云：倘在樹者七，在者三也。其意大概是十分之七，十分之三之意，今人則直用此意了。如果解作七個、三個，則又不通，解作十分之七、十分之三，則又不知古代其時已否有這種數學觀念，抑或言七言三，但求押韻並意會而已？

第三：摽，說文解作擊也。此詩之摽，實在很難確定是零落還是擊落，如果梅子是野生的，那零落的解釋較佳，如果是有意栽種的梅子園，則用工具去擊梅，則大有可能，因爲如果要把梅子去賣或用來製甜果，都不適宜等到熟透掉落，而在差不多成熟就要摘取的。所謂不知爲不知，對於這點，筆者只好存疑了。

桓夫兄：

來函已悉。到今天才回信，是因爲我必須思索以後才能回信，否則是沒有意義的。

你對文學的多年研究，當然知道對一件文學作品的研究是非常困難，尤其是像詩經一樣的總集，眞不知如何下手。請問你在過去看過的關於文藝專書的研究，那一本令你滿意？那一本能作全面的研究？大都犯了支離破碎或空疏的毛病。因此，我寄上的稿件，僅寫上「詩經欣賞」，不敢用「研究」二字，即是這個原因。

在我的稿件中，我勉強敢說，對「摽有梅」一詩我已作了儘可能的發揮。那時候我的想法，是希望從「欣賞」中揭示出各種「文藝的問題」，這樣才可以有新的發現，否則，先下題目再找論據，是必須削足就履的。

就那一篇東西言之，我大致揭示了下述各問題。

一、訓詁與文藝的關係（「摽」解作「落」和「擊」意境就完全不同）。

二、韻律在純樸的民詩中的重要性。

三、叶韻的遷就情形。

四、虛字的妙用（「有」字）。

我那時的想法，是：如果我繼續寫下去，則選擇另一詩，有研究價值的，以揭示其他問題。

這種做法，有好有壞，有難有易。好處是從欣賞著手，適合文藝的實質，而不是憑空揑做理論，壞處是顯得支離破碎，甚至不能盡量發揮某一問題。難處是很難找出如此有價值的詩，而且，揭示的問題，又不能和以前揭示過的問題重覆；易處是不必把全本詩經熟讀，並且可以隨時停筆。

來信的要求，有兩點。一是有一系列的連載。

我上述的寫法，似乎不大適合你要求的，我經過思索以後，認為也可以用較嚴肅的論文方式，列如下：

詩經國風研究

第一部　形式上的概括研究

1. 訓詁與文藝欣賞
2. 韻律在詩經的地位
3. ……………………

（看我能發現多少就寫多少）

第二部　內容上的重題研究

1. 閨情
2. 隱逸
3. 戰事
4. 字解

……………………

（看我認為分多少就多少）

前面第一部，每一專題，我則動用詩經上若干首作論據，對於第二部，當然要動用全部有關於某一專題的各詩了。

詩經有三百多首，而且是非常難唸的，我雖然全部唸完，但我只對「國風」特別感興趣，而且，寫作每一專題時，很難三百多首都同時想起，但如果不想起，則對自己的論文不忠實，因此，我只選取「國風」作研究，那比較適應我的能力，所以題目必須更名為「詩經國風研究」。我想你不致於勉人所難吧！

至於你的要求——多關於現代詩作法有所比較。

我是非常願意做，但我很慚愧的說，我沒有這種能力做。從幾個基本問題說起，什麼才是「現代詩」？現代詩的實質如何？沒有絕對的講法。而且，詩經是幾千年的樸素的民歌，很難比較的。勉強比較，不是空疏，就是武斷，對於這一問題，我只能說，我希望如此做，但必須我有眞正的主見，我才作比較。桓夫，你知道我是一個實事求是的人，不想欺世盜名，請你原諒我這一點。

如果你認為這樣不適合「笠」的需要，那不要緊，請把那篇稿寄回給我。如果你認為可以，並且願意用我此信所寫的研究方式，也請把該篇東西寄回，以便我重新寫作。我的研究方法只是一個初模，我虔誠的請你提供意見，愈實在愈好，愈具體愈好。

「我對詩經國風的研究，是從欣賞下手，從完全的領會中，以剖視文藝的實質，並就各詩作內容上的專題研究，以剖視人類心靈的各面，因此，我的理想很高，但能達到某一程度的成功，則必須寫作以後才知道。」

桓夫，這是我眞正的設想，如果我的「詩經國風研究」給刊出，請刊出此段。

最近極忙。忙於看史記。那一次在中壢開會，我隔了一個禮拜才去，眞荒謬，也很遺憾沒有看見大家。請回信，祝

詩安

藍楓　四月十一日

千武先生：

謝謝您寄來之「笠」二十四期，玩賞再三，眞令人不忍釋手，誠然，篇篇璣珠，應屬佳品。但其中弟最欣賞陳明臺君之「球」，喬喬之「三重奏」，再有該是王信貴君「不同的征程」之前二段，至于林宗源之作可列于散文之林，而林錫嘉君應是位很有前途之詩人。不過以弟之愚見，目前他對詩之提煉不力，意象甚佳惜未能緊握，而任其一閃即逝，雖然散文筆法亦爲詩法之一，如不能砍切散文尾巴常流陷「脫衣舞式」之陳述，如此，不僅不能使詩緊湊凝煉，且其詩質亦被沖淡了。我與林君素昧生平，況弟知詩不深，以上所提全係個人主觀之管見，望一笑之可也。

書中譯介詩論頗豐，尤皆屬份量之作，對目前中國詩壇而言，正是所渴望之肥料，應予強調。而當我讀到葉笛君「桓夫論」中所說「而我們之所以對這些藝術上及現代詩的運動有一種隔離之感，除了社會背景的不同之外，詩人及藝術家們還不能以明確的意識態度用強有力的創作品去魅住欣賞的大衆，也是難辭其咎的」眞是見血之論，讀之不勝唏噓！誠然，我認爲詩人應負百分之八十以上之責，因爲若干詩人在選用意象與遣詞上不肯下工夫，讀者若非詩人肚子裡之廻蟲，怎能曉得詩人之「未言之意」，尊見如何？

詩人論詩評詩應不「見外」，不過依然褒多于貶，其中那位「韓國朋友」許素汀君之「月臺邊際」確實是一首好詩，鄭烱明君評介亦佳，我總覺得所謂「視覺的詩」似乎不宜強調與鼓勵，尤其動吾兄之大筆更有不必，因爲這種「具象詩」(Concretist)無論在西洋與東洋都曾風行一時，而在臺灣亦有林亨泰君之佳作，但總免不了有「遊戲文字」或「文字遊戲」之嫌，多遭物議，邇來，在美國詩壇亦有抬頭之勢，然不足爲法者，(論文字之象形與寫意在美國詩壇尚無出于E．E．康明斯之右者)。以上皆淺陋之見，因爲我非詩人(雖然愛讀)說話自然多爲外行話，希望一笑了之。

我想我還得說兩句，我之欣賞喬喬與陳明臺二君，因爲喬喬之詩(三重奏)「比較」老到而穩健，至于陳君之「球」在其意境之美，以球喻青春甚爲恰當，不過在詩中之若干文字似有再「推敲」「斟酌」之必要，我想選稿人在處理時不妨「幫忙」一下。讀此詩，使我想起美國詩人約翰．白里曼(John Berryman ——一九六五年普立茲詩獎得主)也有一首「球」詩，眞是有「詩人之見略同」之感，我本來想以後再介紹其人其詩，既然中國有「球」，倒有意提前獻出美國之「球」，未知「笠」每期之負荷量如何？因爲我已寄上另一位美國年輕詩人韋爾伯之作品，一朝介紹兩位詩人如何？請示知。

總之，讀完笠二十四期之後，深感它是極其硬朗之刊物，應當受到大衆之愛戴。誠然，在字裡行間更可見出編者那種慘淡經營之苦心，而這種不求聞達，只在耕耘之傻子精神，又談何容易！

拉雜一堆，不着邊際，眞有點班門弄斧，却也得到一點「一吐爲快」之喜悅，那末這也就算是一攤「微不足道」之建議好了，尚請勿以弟寡陋而笑我。耑此敬祝

編安

弟 宋廣仁 謹拜

四月二十六日

又及：白萩先生之封面畫頗有詩意。

(二十世紀的美國詩選之二)

理查．韋爾伯

宋穎豪譯

理查．韋爾伯(Richard Wilbur)于一九二一年三月一日出生在紐約市。不久，舉家遷居新澤西州。他說：「我在那裡渡過了我的愉快的童年，終日攢在樹林、果園、玉米田、牛、羊、猪、狗、與馬群中或乾草車上。最近，一位朋友說我的詩富有一種自然的風味，這應當歸功于那一段孤獨而快樂的童年時光。」

他的父親是一位藝術家，母親出自于編輯世家，換言之，理查係在濃厚的藝術的環境中長大的。他畢業于阿姆哈斯特大學。大戰時，新婚不久即赴前線工作。戰後，入讀哈佛研究院，獲得碩士學位。旋即應聘在哈佛大學執教。嗣後，又轉任維斯萊安大學教授。他在三十歲以前，已經榮獲不少詩獎，又于一九五七年因「人間世」(Things of the World)榮獲普立茲詩獎。

其詩簡潔練達，嘗以現代手法表現着十七世紀的靈巧。善于處理「平凡的榮耀」，諸如：報紙，晒衣繩，皮球，公園中的雕像，小孩子挖泥巴等，藉詩人敏銳的觀察，讓想像力與感性閃爍于詩。倫敦時報批評：「其詩給人以一種刻意的明慧」。誠然，他是一位新形式主義者，介于傳統主義與試驗派之間，恰似一座橫跨兩岸的橋樑。

思維

純粹的思維似蝙蝠
在大窟洞中獨自竄撞
憑着本能的靈性
不致碰擊石牆。

無須搜索，蹣跚
而知障碍的所在，黝闇中
逡巡飛翔，鳴叫低旋，
在黑氣裡劃完美的航行。

這樣譬喻不正切眞?
思維恰似一隻蝙蝠。誠然，
除非良知于最歡愉的時分
美好的過犯會將石洞改變。

魔術師

皮球彈躍，漸次低弱。它不是
空浮的東西，祇憎厭踊彈，
一味墜落，如此，地球
沉落在我們的心中，而被遺忘了。

穿天藍衣的魔術師以五隻紅球
將我們的引力擊起。噫，在空中
紅球旋轉，滾動在他的手上
飄浮着，恍如天體
日暈在他的指尖，
循繞一軌跡運行，
幻化一系宇宙在他的耳際。

虛無化爲宇宙
容易于地球的復得，而天體的陀軸
衡隱
悠悠然，宇宙縮小
遂將紅球一隻一隻地落地，
于是換取一把掃帚，一個磁碟，一
方木桌。

哦，桌子盤轉在脚上，掃帚
平衡在他的鼻尖，而磁碟
在掃帚上旋舞！格老子，要得！我
們叫好：
男孩子歡跳，女孩子
嚇叫，鼓聲響時
把戲完畢，他打躬而退。

假如魔術師累了，假如掃帚
又立于塵埃，假如方桌又丟置
素來的黯處，雖然磁碟
也平放在桌上，
但我們熱烈鼓掌
因爲他曾一度勝過了世界的重量。

(二十世紀的美國詩選之三)

約翰·白里曼

念汝

約翰·白里曼(John Berryman)于一九一四年十月十五日出生在美國奧克拉哈馬州之馬克萊斯城。其人南人北相，先後就讀于康乃第堪及紐約大學，後執教于哈佛大學與普林斯頓大學。

「二十首詩草」(Twenty Poems)爲其處女詩集，出版于一九四〇年。兩年後，另一本「詩集」(Poems)付梓，詩名雀起。一九四八年，「掠奪」(The Dispossessed)詩集問世，使他成爲一位成熟詩人。一九五六年，又出版其長詩「向布萊德絲璀特女士致敬」(Homage to Mrs. Bradstreet)得到極高之評譽。終于一九六五年因其「七十七首夢歌」(77 Dream Songs)而榮獲普立茲詩獎。其夢歌仍在繼續撰寫中，散見各大雜誌。其詩以饒于知慧見稱，善用韻脚，惟其節拍常偶呈支零。雖然其取材多屬低調，含隱遁之想，但却清醒而沉思，依然流露着不同凡響之潛力與感性。

其得獎之「夢歌」是一本極其出色，但冷峻之詩集。運用獨語式之對白，于惺忪狀態下流瀉詩人之心聲。詩人兼批評家戴維生(Peter Davison)對該詩集批評：「白里曼是一位美國當代少數優異詩人之一，其詩在處理黑白人之事時富有深度，且流暢感人，不落俗套，韻律之排列亦不雜亂。唯對客觀性有一種難以抑制之務，誠美中不足也。」

一九六×年，又出版一本「商籟集」(Sonnets)，獲譽極高。

一、球

丟失了皮球的男孩，現在如何，
他在幹什麽？我看見那隻皮球
骨碌碌地滾下街道，又
骨碌碌地滾下了海！
可甭說：「噢，皮球多的是」：
一陣痛楚轟然釘刺那男孩
他木然而立，抖戰着，凝目于
皮球丟失的地方
以及浸在海水中的童年。我不忍打擾
他，
皮球不值一毛錢，夫復何用。如今
他感悟持有時的責任。
人們玩有皮球，
皮球常會丟失，小孩子，
誰也買不回那隻皮球。金錢算什麽。
在絕望凝視之後，他開始習悟
認識丟失的意義，又如何卓然挺立。
而知每一個人總有一天曉得
且不少的人已知，如何卓然挺立。
漸漸地，燈火流進街道，
笛聲響起，皮球不見了，
猝然，我總是惦念着海港的
暗深的底層，而我到處，
我受苦，我感慨，我心悸動于
悸動我的一切，水底
或笛聲，我不是一個小孩。

二、惜別

太陽急忙爬上了天，計程車流着，
時鐘發着一種熱
在那個早上。我們行抵滑鐵炉
悠閒地，找不到自己的軌轍。

小館子裡的黑咖啡
給我們話題。當火車
開始蠕動，我見你扭轉過頭
消失了，而我頭部的血管

爆裂！火車吼叫了，旅客們
行色怱怱，如踏了火；
而我聽見魔魅的咀咒，
快樂嘯鳴在沒有祈禱的地方。

日本詩選

那珂太郎

羅浪譯

簡歷

一九二三年生於日本福岡，一九四三年東大國文系畢業。

著書有：詩集「Etudes」、「音樂」。作品收錄於「戰後詩人全集」第一，四卷，「近代文學鑑賞講座・萩原朔太郎篇」。現任萩原朔太郎研究會常務幹事。「歷程」同人。

談自作

撰寫這種文章，好像有一種被人在暗中咒罵的感覺。寫作的動機、理由、目的，我竟是不明不白。詩究竟是什麽，實在不太詳確。因爲過去的作品和最近的作品已經改變不少，以後將有如何變化是不容估計的。

有叫做時間的存在，既然心尚在活着，可能不得已地，我還要繼續寫作。這些，是不是在生命的無動機性、無目的性、空無性裡面的完全被動的生活。不，不知什麽在後面追趕着，我要抓住語言。

作品根本沒有主題。在任何時間想寫作本身，就是主題以外沒法子說明。寫作，正是被語言拉着走，只好伴同語言到所要去的地方去，也可以這麽說，語言本身所要表現的，就是作品的主題。

風景No.1

雜草繁茂的熱氣
蛇之卵　是否死滅
燒焦的樹木遠方
生活的幻影
已經失去踪跡
只有骨骼的公寓
何處的磯岸漂蕩芳香
空洞——
時間的臟腑
清澈透明
蜘蛛的網一動不動
遁走的神的遺留物——
毀掉的發條
螺旋狀的樓梯底下
純粹不在
殘酷歪曲的鉛管
噴上耀眼的刀片

風景No.2

被黑色記憶的瘡蓋剝落
都市之皮膚傷疤
直截了當砍掉的絞架之河
冲走許多
閃耀的眼
眼
眼
稜鏡光線中
文明的臟物呈瓦礫狀而散亂着
露出的肋骨
椎骨
大腿骨

銹住的電線如神經纖維
摟繞着
解體的風琴
幾時再一次奏鳴
倒塌的寺院被剜挖的眼窩
悄悄地燃燒
罌粟之幻想

靄霧

俺急急忙忙地趕路。到處都瀰漫着靄霧。有臟物發臭的氣味，在濛濛靄霧中，一條羊腸小徑透入昏暗的內部。不知道何處去的。俺只好再急急忙忙地趕路。如溺死在音樂中的男人，俺的肉體漸漸地消失，焦躁的心游泳空中。俺只需要趕往何處。俺急急忙忙。可是俺闖進的，竟是那個陳舊的屋子。在墻壁之前，有熟識的男人微笑着。確實，以前見過面的。但那傢伙的名字無論如何也想不出來。

靄霧麼？不是。那是你心裏的空虛作祟。你彷徨廿年，每天抽卅支香烟。終究已往你的肺腑噴出二十一萬九千支單位的空虛。濛濛籠罩着的是你的過去。映漾的氣味恰是腐臭。你在廿年之間有何作爲。沒死掉，你倒忍受了戰爭。糊裏糊塗地，也談過戀愛。爲了麵包，滑落許多頭髮磨破許多鞋底。然而，有時將如血痰的語言，塗擦粗紙之上。可是，你倒沒有改變。仍然耿於空虛。有所作爲畢竟等於無所作爲的，哎呀，這不是很好的墓碑銘啊。你是閉在烟的繭裏之蛾。你的語言祇是描於繭蛹之內。你永遠不能達到「意義」與「經驗」。何故只於虛無之中才能透視一切。——焦躁什麼，心裏着急終是沒有歸宿的地方罷了。喲！還在抽烟呀的。自以爲很好，無論如何吐盡四十萬支單位的空虛之後，你本身會烟消雲散是確實的。哈哈哈。

向着嘲笑的那傢伙恬不知恥的醜臉，俺以香烟的烟圈噴擊。由秘藏的玉匣上昇的百年歲月一般，烟系繞着那傢伙的鼻尖，忽然，變成渾濁濛濛的靄霧（摘自現代詩大系第二卷）

出院

西丁

從病院裡出來的
那許多
疾病
捨棄了他們的靈魂
償還了他們自由的身體
——自在
又贏來了滿心的歡喜
痛苦
被棄於脚邊
被棄於病院的一角隅

列車的譬喻

（德）Erich Kästner作
陳千武譯

我們都是　搭在同一列車
橫穿時代　去旅行
我們看看外景　我們看厭了
我們都是　在同一列車飛走
將到達何處　誰都不知道

隔壁的男人睡着　有一個人在發牢騷
另外一個人喋喋不休
擴聲機播報站名
穿過歲月飛走的列車
好不容易　達到目的地

我們打開行李　我們包裝行李
一點兒條理也不懂
明天在何處呢？
車長從門窺探
一個人在嗤笑着

晦暝的命運

英詩選譯

W. H. 奧登作
明臺・聞璟合譯

命運晦暝　比任何海谷深邃
當那人陷落
在春天　希望之花綻放
白雪崩裂　自岩表滑下
而那人必須離家
已不再有女人的束縛
以雲般舒潤的玉手
那人必須遠行
穿越城堡　穿越森森林木
不被知悉地
那人跨過汪汪大洋
魚兒的家只是一泓死水
在冰冷的溪邊
鳥孤獨的啾叫着
一隻被騷擾的鳥　一隻不安定的鳥
昏暗的暮色裡
疲憊地垂首
夢著家園

自窗口揮着　迎接的手
以及　微醉中愛妻的深吻
而整夜　只有不知名的鳥群伴着
自門口傳來
陌生底聲音
構成另一種愛的呼喚

自敵意的籠罩中
自被攫取的驚惶中
逃脫
去保護他的家
那日日焦灼懸念的家
從霹靂中
從漸塌城堡底齷齪中
讓眞實
把虛幻的日子緊握
帶來歡愉　帶來回歸的訊息
伴着黎明　幸福來到
伴着良辰　幸福來到

去何地方　車長也不知道
車長不說甚麼　走了出去
此時　汽笛發響了高亢的聲音！
列車慢行之後　停了
幾個　死人　下了車

一個小孩下了車　母親叫喊着
死人默然
站在過去的月臺上
列車又駛進　橫穿時代　向前猛進
爲甚麼？　誰都不知道

一等車箱幾乎沒有人
肥胖的一個男人　傲然坐在
紅色天鵝絨上　而難受似喘息着
他是孤獨　非常的寂寞
其他都坐在木凳上

我們都是　搭在同一列車旅行
現在是　抱着希望
我們看看外景　我們看厭了
我們都是　搭在同一列車
而且　都坐錯了車箱

天　堂

（美）Lawrence Ferlinghetti 作

非　馬　譯

那晚只有平時一半遠
在詩歌朗誦會上　滿耳是火辣辣的辭句
當我聽到詩人作了　一個音韻鏗鏘的結尾
然後望開去以一個　迷失的眼神
『所有動物』最後他議　『在性交之後都是悲哀的』
但末排的情人們　看起來心不在焉
且很快活的樣子

里爾克：杜英諾悲歌

第二悲歌

李魁賢譯

每一天使都是可怕的。可是，唉，
我向你詠唱，幾乎致命的靈魂之鳥啊，
知道有關你的事物。托拜阿斯的日子何處去啦？
當最光輝的人物倚立在簡樸的家門傍，
稍許佯裝着去旅行，而且不再驚惶；
（小托拜阿斯好奇地向外張望，正面對着少年。）
假如大天使此刻到臨，最危險的人物，
從群星的背後只跨一步，下降且迎向而來：
我們自己的心臟的高擊球技將把我們打殺。你是誰？

早先成就的人物，你創世的寵兒，
崇山峻嶺，一切創造的
朝陽映紅的山脊，——綻放的神性的花粉、
亮光的關節、廊道、梯階、王座、
出於本質的屋宇、喜悅的盾牌、暴風雨般
熱狂的騷動，而突然，一一地
鏡子把自己流露出去的美
再吸回到自己的鏡面。

畢竟我們在感覺中蒸發四散。啊，我們
在呼吸中把自己吐出，遠逝；從燒柴的火焰到火焰
我們給予微弱的氣味。就有人會這麼說：
是的，你進入我的血液中，這房屋，這春季
都充溢着你……，有什麼用？他不能安置我們，
我們在他裡面消失且圍繞着他。而那些美女，
哦，是誰把她們引回？光輝不絕地在她們臉上
現出，然後逝去。有如露珠從早晨的草坪，
我們的事物從我們，有如熱氣從蒸盤上
騰散。哦，微笑喲，向何處？哦，仰望：
心的新穎、溫熙且遠遁的波浪喲——；
唉，我們就是如此這般。那麼，我們把自己
消溶於其間的世界空間會品味我們？天使們眞的
只爭取他們的所有，從他們所流露出來的，
或者偶爾，因爲失誤，而摻雜了些微
我們的本質？是否我們混入天使們的表情中
一如孕婦們的面部那樣的含糊？
他們在回歸於自己的漩渦中
毫不留神。（他們該多麼留神呵。）

戀人們，如果他們明白，在夜氛中

就有奇異的話題。因爲似乎萬物對我們
都保持神秘。看啊，樹在着哪；我們居住的家屋
依然矗立。只是我們從萬物傍經過時
有如一陣空氣的交替。
萬物一致地令我們靜默，或許
半是羞恥，半是不可言狀的希望。

戀人們，你們互相滿足的人們，我要問你們
關於我們的存在。你們互相握緊。你們有證據嗎？
看啊，我的雙手互相知覺着
我蒼老的臉孔埋伏在雙手間。
這樣給了我些微的感覺。
可是誰敢就此斷言存在？
而你們在對方的狂喜中壯大自己
直到他被你們壓倒
懇求着：不再了——；你們，在彼此的手下
成爲豐盈，有如豐年的葡萄；
你們，經常逝去，只因爲對方握有
全然的優勢：我要問你們關於我們的存在。我知道
你們這般幸福地互相觸及，因爲要抑住愛撫，
因爲你們溫柔者所陰蔽的場所不會消失，
因爲你們感知了純粹的永續。
所以你們期待自己幾乎從擁抱中
獲得永恆。尙且，倘若你們忍住
最初一瞥的驚愕，倚窗的憧憬
以及最初的相偕散步，一度走過花園：
情侶們，你們是否依然相愛如故？當你們互相
把對方擧起，就近唇邊——一口一口地啜飮：
哦，飮者多麼奇妙地在規避那行爲。

你們不爲阿提喀的墓碑上所刻的人物姿態
而震驚嗎？愛情和別離不是很輕鬆地
置放在肩上？有如和我們不同場合的他種材料所塑造。
想想那雙手，好像無力地觸摸着，
在軀體內部却蘊蓄着力量。
這些自制的人物由此明白了：我們來自多麼遙遠，
這些姿態都是我們的，而且如此觸摸着；
衆神更強有力壓着我們。不過那是衆神的事。

我們或能發現一純粹、保守、且狹窄的
人間世界，我們的一長條肥沃的田園
在急流與岩石之間。因爲我們的心靈仍常超越我們
一如往昔。我們不再能目送着它
進入圖象中獲得寬慰，或進入
神的軀體中，調節自己更臻巍然。

青春詩話

趙天儀

I 詩選

海鷗

黃顯陽

我不知道那幾片大落葉
從何處脫落，
一直悠然往沙灘飄墜
但保留下來的却是幾隻海鷗

我鼓起一陣歡愉
盤過泥濘沙地
望它們直追
它們儼然對我保持一段距離

海鷗——海神的守衛者，
展開它輕柔的雙翼
以一種無比悠閒與自得
帶給我遺忘和靜謐。

我愛自由更甚於你對我的欣慕
你凝視你的海洋
而我們將波浪追逐
尋求我們生命的亮光。

於是在一陣休憩之後，
成群或散落的海鷗再度升起
自那灰褐的沙洲
飛向遙遠棲息之地。

（選自民國五十六年二月臺中私立中山醫專校刊「杏園」第五期）

南方飛來一隻小麻雀

痕

南方飛來一隻小麻雀
默默地停在綠色的窗邊
太陽已經回家了
我對他凝視的小眼珠輕語
太陽已經回家了
快飛回你山坡上的家吧！

他用小嘴輕啄紗窗
天要黑了
他用小嘴輕啄紗窗
天要黑了
快飛回你山坡上的家吧！
我對他凝視的小眼珠輕語

我打開孤獨的小窗紗
他就跳進我的書桌上
這裡不是我的家，小麻雀
這裡不是我的家，小麻雀

趁今夜的星空閃亮
快飛回你山坡上的家吧！

他靜靜地蹲伏在書桌上
黃褐的小身體眞結實
我不再感到寂寞了
南方飛來一隻小麻雀
在每天的傍晚。

（選自民國五十六年十二月臺大中國文學會「新潮」第十六期）

Ⅱ 詩話

1

也許詩並不是一過目就能瞭然的，但詩之所以能令我們加以回味，加以咀嚼，必須有詩的質素存在，不然的話，沒有味道，不耐咀嚼，即使號稱爲什麽「現代」、什麽「超現實」，亦屬徒然！可是，我們該是何等地盼望着「現代詩」的轉機呀！

在目前的各大專，詩社紛紛活躍着，在各大專的刊物上，有些雖不見詩選，而其詩的前途，可能比那些亞流的名家更來得有一種潛在力，一種眞摯性。對於這些可貴的年輕詩人，只要他（她）們不走火入魔，不好名好利，不好高騖遠，而實實在在讀點東西、寫點東西的話，未來的詩壇該是誰家的天下呢!!或者我們該學習圍棋國手林海峯那種沈着、那種紮實，那種虛心求進步的精神。

2

以動物爲表現的題材，尤其是以我們熟悉的動物爲表現的題材時，常常感到不簡單；然而，詩人的眼光正是能體察入微，見人所不能見，言人所不能言，從他的眼光中，我們可以窺探出一種生命的躍動，一種新鮮的喜悅。

A『海鷗』　作者黃顯陽，是一位未來的醫生，他的詩作，多半是出現在他們的校刊中山醫專的「杏園」上，雖然表現手法毫不奇異，甚至有些格律化整整齊齊的感覺，但他的確有着一種眞實的感受，一種冷靜的觀察。

「我不知道那幾片大落葉
從何處脫落，
一直悠然往沙灘飄墜
但停留下來的却是幾隻海鷗」

看他的觀察是何等地精到，聽他的韻律是多麽地自然，也許他還不够現代化起來，但作者已流露了一種潛在的可塑性。

B『南方飛來一隻小麻雀』　作者的筆名只有單字「痕」，據悉是臺大中文系的一位女生。筆名雖是小事，但名不正，則言不順，一個高手的筆名，該取個不俗的名字才會更顯著，不然，乾脆就用本名。這首詩，作者用一種童謠般的口氣，一種童謠般的神秘，來表現一種心靈的感受，頗富象徵意味。也許黃顯陽的「海鷗」是寫實的，而這一首却是造境的；前者較落實，後者較空靈。我們不知小麻雀是意味着什麽？何等樣子？但牠却活潑潑地跳躍在我們底心上，也許她受了詩人楊喚的影響，雖尚未青出於藍，却也表現了她的天資；她底口語化的靈活，她底戲劇化的詼諧，以及她底童話般的想像，使她這首詩，看似平凡，却表現了不平凡的內容。

也許詩是那種童心猶在，性靈不泯，以及青春常駐的人們所能體驗所能享有的罷！(A)與(B)兩詩，似乎都只用了一兩行的標點符號，要嗎乾脆都不用，要嗎就乾脆都用好了。

簡介

「華岡詩社」

王浩

起先，我們認爲一所大學裏頭，沒有這麼一個純粹屬於詩的社團，似乎有點說不過去，於是我們的詩社就成立了，當然其間經過一段不算太短的歷程。

我們認爲現代詩應屬於中華文化中的一支，而一般人均誤認現代詩乃洋味十足的舶來品，所以在復興中華文化聲中，我們只想做點最根本上的工作，即促使人們對文化的認識，澄清一般人對於現代詩的誤解，以及扭轉他人敵視輕視的態度，增加青年們接觸詩與了解詩的機會，進而在大學中拓展現代詩的領域，爭取應有的地位及應受的尊崇。

本社最初的構想，早在上個學期就已經醞釀成形，這學期才開始徵求社員，並召開成立大會，到目前爲止本社擁有的社員已達百名之多，而本社採取的是長期徵求社員制度，所以我們相信社員人數將會繼續增加。

本社的活動在三月份中曾舉辦了四次專題演講，第一次與青年寫作協會文化學院分會合辦，聘請本社指導老師胡品清教授講「作品的誕生與完成」；第二次邀名詩人紀弦先生講「中國新詩簡史」；第三次於三月二十二日舉行，由臺大趙天儀先生講「中國現代詩的研究」而四月三日請任教于本校中文系的尉素秋教授（即文學季刊發行人）講「追尋文學的活水源頭」，此外于四月八日舉辦一次全校性的「詩朗誦之夜」應邀詩人有余光中、蓉子、紀弦、張健、趙天儀、羅行、羅門，及胡品清老師，均蒞校指導，並且示範朗誦，盛況可謂空前，參與朗誦的同學有三十幾人，到場參觀者幾達二百多人，又輔仁大學水晶詩社及師範大學噴泉詩社均有代表光臨參與朗誦，此次朗誦會籌備時間雖稍嫌短促，但總算是十分圓滿完成。四月十六日舉行首次座談會，題目爲「新詩的面面觀」談論到關於詩的晦澀問題，以及詩與散文、繪畫間的關係。四月三十日邀請許世旭先生講「韓國新詩的思潮」。又將於五月初請本校英文系瞿立恒教授講有關於英美方面詩的研究與欣賞，今後我們將分別聘請詩人學者輪流的介紹世界各國的詩。

我們每週均至少舉行一次演講或座談會，每兩星期印發通訊一份，內容除演講座談紀錄及報導社務外，另闢有社員作品發表一欄，長期徵求社員習作稿，以期收到互相觀摩切磋之效，每期有一篇關於詩方面的短論、短評或欣賞，分別由本社社員輪流執筆。而本社在社務方面的主要負責人有龔顯宗、陳明台、楊拯華、洪勝雄、林白楚、馬兆凱、張步仁、王浩等。在我們積極的籌備下，「華岡詩刊」終於在五月卅日創刊出版。我們覺得像演講座談之類的活動，對於有志於詩或者對詩有興趣者，當然有很大的功益，但是比較上說來，還是拿出作品與成果來較爲實際與確切，而今後本社將更加積極展開活動。

今後本社活動着重於(1)詩基本理論介紹。(2)詩作品的分析與欣賞。(3)各國詩史介紹及詩欣賞。(4)詩壇現況及各詩社概況之介紹。(5)與各詩社間保持密切的連繫。

我們非常感謝各詩社與詩人們的支持，由於他們大力的幫忙與鼎助，才使得本社首程的行途不致於走得太蹣跚，除了感謝之外，我們所能表示的依然是感謝。

簡介

噴泉詩社

黃癸楠

有一天，秦嶽和李弦興沖沖地來找我，一碰面便說：「癸楠，我們要成立一個詩社。」好極了！我沒有第二句話。師大保守嗎？師大沒有新詩嗎？不！師大也是年青人的世界，每個青年都有熱血，都有力量，更可貴的，還有一份不摻雜現實砂礫的詩之情懷。憑着它，我們分頭去招兵買馬，處理各項應做的事。

就那麼，我們的「噴泉詩社」成立了！雖然幾經波折，然而噴泉的活力是不絕的。

我們公推秦嶽爲社長，因爲他有不怕磨折的幹勁和不屈不撓的自信心，你看他屹立着身子這麼宣說：「我們不耽心那些投射過來的蔑視的眼光，更不畏懼那些洶湧過來的冷冷的譏嘲，因爲，有些人一聽到新詩就搖頭幌腦，嗤之以鼻，其所持的最大理由就是難懂，費解。其實難懂決不是不可以懂，費解也決不是不可解。問題是看你是不是願意去接近、去瞭解、去欣賞，我們認爲任何一種文學或藝術的興起都有其興起的因素和存在的價值，正如每一個人的存在都是一種莊嚴的存在，我們不能只看見自己而輕視別人，更不能只肯定自己而否定別人。」

是的，我們肯定自己也重視別人，我們不標榜主義，不依附流派，我們只要走自己應該走的路。或許，一陣狂風，一場急雨，就會捲平我們的足跡，淹沒我們的前路；但我們仍然要憑着這股噴泉般的衝勁，繼續向前趕路，因爲我們存在，只要我們存在，便要追求。詩的領域是超乎時空的，我們只企圖把人和現實拉得和繆思更接近些而已。

接着，我們籌備噴泉詩刊的出版，它由藍影、大荒、秦嶽、陳慧樺四位同學負責編輯；今年的元旦，噴泉詩刊第一號終於呈現在詩友的眼前。據我們所知，各方面的反應尚不差。校外的許多詩人，對噴泉都寄予很大的希望，在校內許多人對於新詩的看法與態度有了顯著的改變，我們的信心算是初步建立起來。

十二月中，一個淒清的夜晚，冷風冷雨在師大樂群堂外交織成一「冬之夜」，而堂內燈火輝煌，詩如泉噴，可愛的夜曲悠揚着，光下「談詩之夜」進行着。——這是噴泉社成立後的第一次活動。

堂內每一張面孔都閃爍着動人的光與熱。余光中、蓉子、林綠，走進同學們的小圈子裏，在這小小的圈子中詩之性靈於是乎更親切、更感人。

經過一陣子醞釀，噴泉社又推出一項大規模的新詩朗誦比賽，這次比賽非常成功，不但學校全力支持，詩人也大力幫忙（當天擔任評判的詩人有余光中、羅門、蓉子、紀弦、洛夫、綠蒂均準時到會。）參加比賽的同學多達五十餘名，那個場面是壯觀的。

會場很富詩意，聽頌者滿堂，然而在詩之俯仰下沒有一絲異響，只有繆思動人心弦的囈語呢喃着，詩散透着三月的芬芳……

紀弦輕輕輕輕地喚妳的名字。

涉江採芙蓉的余光中啊！行吟澤畔。

……………………

覃子豪的歌唱着……

你是從那裏飄來的？

而誰？誰在懷念！

啊！啊！
今夜，樂群堂上的人兒爲你泣下
啊！泣下。

（偷偷地告訴你，一位感情豐富的女孩在她的淚光下唱你的歌呵！）

第三天是青年節，幼獅電台安排出一個節目將朗誦實況傳送到千萬人的耳中去。

這次比賽成功的不是當天的盛況，而是它的影響，有些人從來不屑去看新詩，現在他偶而也看看，有些人原本看不懂新詩，現在他說他讀出一點東西了！而且在校內刊物的稿箱裏，我發現了新詩稿普遍的增加了！朋友！當然你知道這意味着什麽。儘管詩之菓實尚遙遠，但我們終究看到它的芽了！一條新的生命是可愛而富朝氣的，我們都期待並祝福這條新生命的茁壯。

噴泉詩社還有一項未完成的計劃，那是現代詩與現代畫的配合展出，短時間內我們不敢冒然從事，因爲那不是一件容易事，但是我們想試着去做，希望不久這項活動能順利地展開。其次；噴泉詩刊第二號已於詩人節出版，在詩人大會中送達詩友的眼前。

生活詩輯

拾荒老者

林錫嘉

箭矢的慾望揣測着地時痙攣的快悅
深埋五十年的步履於灰色的
且有着堅澀的塵埃下
本不爲推車輾過柔嫩的青春而痛苦

曾有一段過程
爲羅馬肉體的消瘦而喟嘆
花們筋骨的伸長聲都太噪雜了
世界原像推車上
一團團褪了顏色的花紙
結不出果子
且在汚濁中典當最後的光彩
滿載魚目的嘲弄

只在變形那被人捨棄的
每每把破爛去晒滿陽光
塞給沒病但乾瘦的意志

當搖盪滿車盛開的武訓的笑顏
像帝王般行過市街
擁有躍動的生命
擁有愛哦
痛苦的光輝反射在臉上
吸入康乃馨的郁香
要即何處，就將它觸及
因而，就把破爛去晒滿陽光

日本詩展望

吳瀛濤

前言

筆者前寫「日本現代詩史」（請看「笠」第四期），於其第一章敍述七十多年前日本新詩的產生及其至第二次大戰終戰爲止的發展，於其第二章略述戰後詩壇的狀況，惟對日本現代詩的形成及發展的經過擬作更進一步的探討，本文則針對近五十年來的日本詩史上幾個主要問題予以說明，尤其對戰後詩的各般情況將作較詳盡的敍述。

㈠

A

先將戰前大約二十五年的詩史，再作一個研討。

日本的新詩，一般將之分爲：新體詩（啓蒙時期）、近代詩（口語詩或稱自由詩時期）、現代詩（今日所謂的現代詩時期）的三階級；而現代詩的逐漸形成，乃始自本章要敍述的戰前大約二十五年的此一期間。

在此期間，作爲現代詩形成的原動力，若從文學思潮的變遷觀之，我們可以發現兩個主流。其一爲：從藝術革命的立場從事改革過去的詩的概念，而要把詩表現或詩構造從桎梏中連根基衝破的，所謂 Avant-garde（前衛藝術）的運動。另一則爲：與之相異，採取社會主義的立場，具有階級性的無產階級文學的抬頭。

不過此兩種文學精神，始初是漠然混合，由之促進了時代的詩變革的機運而已，並非有一邊爲形式革命的原動力，他方爲根基於思想革命的文學運動那種明顯的差異，而是共同站於否定原來的詩的概念之時代因素。因此，近代詩與現代詩的差異，則呈現了鮮明的詩表現或音樂性的否定及一種強烈的叛逆傾向。

例如：平戶廉吉於一九二一年（大正十年）發表的「日本未來派運動第一回宣言」、一九二三年高橋新吉的「達達主義者新吉的詩」、松本淳三的「二足獸所唱的」、新島榮治的「濕地的火」等詩集的出版，均爲一連串詩變革的成果。一九二三年又有，新島榮治的「隣人」、篠崎初太郎的譯詩集「立體派的詩」、村山知義的「現代的藝術與未來的藝術」等書陸續出版，由此新興藝術的醞釀，形成現代詩的地盤已急速擴大。

當時自第一次歐洲大戰以來，西歐的年青藝術家，都被激烈的藝術表現所驅迫。那是由於大戰引起的不安定的社會心理導致的生存意識，要將其重壓與焦躁熱烈表現的藝術運動。那種極度混亂，要把傳統與秩序悉數否定的藝術精神，對日本的年青詩人也給了相當的衝動，遂成爲了藝術革命的原動力。

代表這一個時期的雜誌「赤與黑」，擁有萩原恭次郎、壺井繁治、岡本潤、小野十三郎等詩人，他們在「赤與黑」運動第一回宣言中，曾高呼「否定！否定！再否定！」的強烈口號，可見其對傳統與秩序的叛逆的一斑。其雜誌最厚也不過二十頁，有時候僅僅出四頁，但其所發生的影響是相當激烈的。

另外有從大連市發行的詩誌「亞」，擁有北川冬彥、三好達治、安西冬衛、瀧口武士等詩人，後來，春山行夫、尾形龜之助也參加，續刊到一九二七年（昭和二年），對現代詩的推展留下不少的功績。

該誌的詩人們推進了所謂「短詩運動」，並展開了新散文詩運動，對詩的型態或詩的表現帶來一種變革。原來的詩是逐行連下去的，但短詩是僅用一行二行，一瞬表現全般，給人銳利鮮明的印象。其散文詩也用極度精煉、密度濃厚的語言，同樣內藏着尖銳的詩精神。如此，這本雜誌的詩人們遂行了形式革命，達成了他們前衛的任務。

B

一九二八年（昭和三年）季刊「詩與詩論」創刊，續刊到一九三一年（昭和六年）。該誌爲當時日本的前衛藝術及 Modernism（現代主義）的文學運動的中心，成爲了詩的新精神運動的主體。

其實，前衛藝術既然係一個概念，所謂前衛詩，則有幾種其表現方法及詩思考都不同的系統。同時，每個詩人的詩的個性之差異，對之也有關聯。因此，日本的前衛詩也並非由於「詩與詩論」的創刊始成立的，當然也不是在一條平坦的路程上走了單純的步調，它是以藝術思潮的變遷爲背景，多次經歷過內部演變的。

近代詩時代的前衛作品有，山村暮鳥的詩集「聖三稜玻璃」。一九一五年（大正四年）出版的這本詩集，以當時來說是採用相當新奇的表現形式，曾嘗試了單語的羅列、聯想的飛躍等獨特的表現。繼後則爲平戶廉吉的未來派、高橋新吉、萩原恭次郎的達達主義及「亞」的詩人們的形式革命。同時到了大正中期，從海外，未來派、達達主義、表現派、立體派、構成派等的新興藝術被移植過來，對繪畫或詩都有顯著的刺激。

「詩與詩論」是在這樣的歷史下刊行的，「亞」的詩人以外尚有：上田敏雄、近藤東、瀧口修造、竹中郁、北園克衛等也積極開始作品活動，後來坂本越郎、村野四郎、渡邊修三等人及不屬於前衛的詩人也發表了作品。

對此文學運動的推進，把它從理論方面展開的是春山行夫。他以其詩論，對詩的思向、詩的方法開拓了新的斷面，給詩這種純粹的形式予以一種論理的指標。北川冬彥、上田敏雄等則在作品方面較活動，尤其是北川冬彥不但做了詩的形式革命，且由強烈的意欲漸漸加深其對社會現實的關心，陸續發表了收錄於詩集「戰爭」的一聯富有迫力的作品。超現實主義者的上田敏雄則在逃避現實的地點構築其華麗的觀念，不過這種極端的觀念的作業，在文學作品上到底如何能具其現實的生命，乃爲一項疑問。近藤東是 Fiction（虛構）的詩人，對其言語付以明確的物質性與機動性。另外，安西冬衛則用 Romanesque（羅曼的風味）的精神拓展其故事性的世界，而在散文的領域展示柔軟的詩精神的成果。此外尚有，對詩的抒情具有新機能的竹中郁，帶着古典情趣的三好達治等，可見「詩與詩論」的內部幾乎包括多種傾向。

這本雜誌的創刊當時，曾刊載安德・布魯登的「達達宣言」或「超現實主義宣言」，並介紹了海外的新的詩及詩運動。不過據於這本雜誌的詩人各詩的多樣的異質性，如僅以 Formalism（形式主義）的理論或 Esprit（詩精神）的獨創性是難以支持的，一面雖謂詩方法的新的可能性，惟在於現代詩，它並不足稱爲無限的可能性。因爲詩的方法並不能代替詩人的理念或思想，爲此，「詩與詩論」在現代詩史上的任務也遂告結束。

這種內部的龜裂，先是北川冬彥、三好達治等人的脫退，這兩位另與淀野隆三、神原泉、飯島正等刊了季刊「詩・現實」，而主張對現實應有新的認識。當時的北川冬彥可以說是站在藝術左派的立場，不久加入日本普羅作家同盟，也可以說是從藝術革命走向革命藝術，步踏其階段，提高自己位置的唯一的詩人。為其主張所實踐的「詩・現實」，當時的普羅詩人都積極的寄稿，除森山啓、萩原恭次郎以外，高村光太郎也發表了激烈的批判精神的作品。此外尚有，梶井基次郎、丸山薰、伊藤整、辻野久憲、菱山修三等人的投稿。

另外，前衛派及主和派的系統則有，北園克衛的「VOU」（一九三五年。昭和十年）、近藤東、阪本越郎、村野四郎、安西冬衛等的「詩法」（一九三四年。昭和九年）等。「詩法」除超現實主義的西脇順三郎以外，安藤一郎、春山行夫也參加執筆。此後創刊的「新領土」（一九三七年。昭和十二年），以村野四郎、春山行夫、近藤東等為中心，尚有永田勘太郎、大島博光及其他新人參加。「VOU」「新領土」一直發行到戰中。

C

與指向純粹詩的「詩與詩論」站在對抗位置的普羅文學運動早自幾年前已抬頭。在詩的領域，雜誌「赤與黑」的詩人們漸移向 Anarchism （無政府主義）的立場，廣汎意義上的無產派詩人接踵登場，而隨着日本普羅文藝聯盟（一九二五年）、日本普羅藝術聯盟（一九二六年）、勞農藝術家聯盟（一九二七年）、前衛藝術家聯盟（一九二八年）的相繼成立，使無產階級的文學運動急速地發展，而於一九二八年普羅藝術聯盟與前衛藝術家聯盟合同，新組織了「全日本無產者藝術聯盟」（NAP）。自此NAP的成立，普羅文學更躍進，同年刊行其機關誌「戰旗」。在此雜誌，不僅當時的普羅詩人發表尖銳的作品，從工廠農村也有踴躍的投稿，它不但是詩壇內的詩運動，而竟成為包括了勞働者農民的更廣汎的文學運動。

「戰旗」的詩人中，中野重治的很多優秀的作品，不但是普羅文學的傑出的成果，其透徹的抒情精神與尖利的批判精神的完整統一也是他無與類比。出了詩集「潮流」「森山啓詩集」等很多作品的森山啓，是早期就以普羅詩人活躍的。此外，在該誌上發表的主要詩人有，上野壯夫、仁木二郎、長谷川進、松田解子、宮木喜久雄、窪川鶴次郎、西澤隆二、田木繁等，其年刊「普羅詩集」曾續刊數年。

當時左翼的同人詩誌有十多種，到了一九三〇年成立了普羅詩人會，次年創刊雜誌「普羅詩」，遠地輝武、石井秀、橋本正一、佐藤嶽夫、新井徹、大江滿雄、郡山弘史、村田龍夫等係其主要詩人。

普羅詩人會的會員達九十名之多，常在各地舉行詩展。一九三〇年另有雜誌「NAP」的創刊，投稿到「NAP」來的工廠農村的作品雖然未成熟，却富於生活感情、階級感情的鮮明的表現，而約束了普羅文學發展的廣汎的可能性。可以說一九二八年到一九三二年前後幾年間是普羅文學的最盛期，除前記以外，槇村浩、今村桓夫、田中英士、後藤郁子、北山雅子等新人輩出，詩書也有大江滿雄的「血花開時」「中野重治詩集」「NAP七人詩集」及反戰詩集「防衛」「戰列」，詩論集有森山啓的「談普羅詩」中野重治編的「普羅詩的諸問題」等的出版。

這種普羅文學的興隆，却自一九三一年滿洲事變的發生受了極大壓力，日本普羅作家同盟遂於一九三四年解散。解散後的作家、詩人雖重新擁有「詩精神」「文學評論」等雜誌，但逐漸走下坡，幾種雜誌也終告廢刊。此間僅有小熊秀雄用饒舌的口調襯託出諷刺的精神，出了「小林秀雄詩集」，以此爲界，普羅詩遂被驅逐於地下。

D

次說，曾擁有幾十名會員，在大正時代的詩壇佔有實力的詩話會於一九二六年解散後，一九二七年則另有「詩人協會」的設立。該團體網羅所有流派的詩人，會員達兩百多名，惟僅刊行一九二八年版「詩人年鑑」，即告解散。

據該「詩人年鑑」卷末所載的全國詩誌一覽，一九二七年（昭和二年）發行的雜誌達一百八十種之多，內有：北原白秋的「近代風景」、井上康文的「詩集」、田中清一的「詩神」、西條八十的「愛誦」、百田京治的「椎木」、佐藤惣之助的「詩之家」、前田鉄之助的「詩洋」、宮崎丈二的「河」、福田正夫的「主觀」、正富汪洋的「新進詩人」、川路柳虹的「炬火」、白鳥省吾的「地上樂園」、多田不二的「帆船」等具有傳統或規模者，但也有多數小雜誌。不過從這樣多種的雜誌，足見當時詩壇的活況之一斑。這些雜誌，如果從新時代的意欲來看：可以舉出：渡邊渡的「太平洋詩人」，三好十郎、井繁治、上野壯夫等的「Action（行動）」，萩原恭次郎、小野十三郎等的「原始」，壺井繁治、岡本潤等的「文藝解放」，草野心平、宮澤賢治、平塚武的「銅鑼」、中野重治、窪川鶴次郎等的「驢馬」，較爲出色。

這樣看起來，大正末期活動於「赤與黑」的詩人較爲顯著，惟他們經過達達主義的狂熱時期，大部份都走向無政府主義，而以熾烈的叛逆精神發表了具有個性的作品。此類的作品有萩原恭次郎的「斷片」、岡本潤的「從晚到早上」、小野十三郎的「開一半的窗門」等詩集，另有秋山清、小野十三郎於一九三〇年創刊的無政府主義詩誌「彈道」。而這些無政府主義文學是到了馬克主義的詩人佔了普羅文學的主流以後才走下坡，但在那個時候，其個別的詩作却有不少優異的作品，如有菊岡久利的詩集「貧時交」、草野心平的詩集「第百階級」等，前者橫溢庶民的生活感情，後者的取材於蛙的詩都極能表示個性。另外，「銅羅」的詩人坂本遼運用方言，出「蒲公英」詩集，唱出了農村的生活；在這雜誌上，高村光太郎也常刊其作品，以其獨自的人道精神批判了時代的現實；出版了詩集「春與修羅」的宮澤賢治則以其 Moralist （道學者）的誠實和科學者的態度，凝視東北農村的暗澹的現實，唱出他對人生充滿熱意的思念。又「驢馬」的詩人均爲參加普羅文學者，窪川鶴次郎在文學理論方面寫了不少文章，西澤隆二乃於戰後出了詩集「編笠」，是一本寫了牢獄生活的極具特徵的作品。

上舉代表新時代具有特色的昭和初年間的重要作品之外，從大正年代有名的詩人也發表了相當多的作品。吉田一穗、金子光晴等發行雜誌「羅甸區」，吉田一穗的作品多纖細優美，帶着古典作風，居於高踏的位置。此外，「詩與詩論」的投稿人吉田一穗、佐藤一英、菱山修三、逸見猶吉、岡崎清一郎等於一九三二年刊「新詩論」，赤松月船、井上康文、大木惇夫等於一九三三年刊「日本詩」，另堀口大學、萩原朔太郎也各出了個人雜誌。

於不安與懷疑的不安定心理的當時文學界，採納德國浪漫的精神，「Kogito」雜誌雖然不是詩的專門雜誌，但同人中有：以詩集「給吾人的書」唱出高度的抒情的伊東靜雄、出了詩集「西康省」的田中克己等，保田與重郎則以其「日本的橋」「戴冠詩人的御一人者」等詩論集探討了傳統詩的美。

另一本雜誌「四季」更擁有很多有才能的詩人。從「亞」的時代表露了獨自的抒情性而聞名的三好達治，從這時漸深入傳統詩的鄉愁，其作品成為現代抒情詩的典型，展示了古典的完美。雖然他的這種藝術完成含有多方問題，不過現代詩的抒情的完美，於他才告了一段落的事實是不能否定。田中冬二的「蒼白的夜道」及其他的詩集描述了山間寂寞的生活，令人懷抱鄉愁。津村信夫也有像他的地方。用脆軟的言語寫出青春的抒情的立原道造，則留了很多作品與故事而夭逝。另一位中原中也，也出了「山羊之歌」「在世的日子的歌」，以童話風的光度唱出獨特的悲哀。其他如，令人感覺人道主義的詩情的神保光太郎的詩，對人生富有意欲，丸山薰則出了「鷗、帆、煤油燈」等多本詩集，也為現代抒情詩的一優異的型態。如此，「四季」形成了於現代詩的詩情的立場，擁有共感的廣方讀者。

「歷程」除前文所擧衆多同人以外，尾形龜之助、逸見猶吉、山之口貘、中原中也、高橋新吉、岡崎清一郎、藤原定、菊岡久利等人常寄稿。出詩集「思辨之苑」的山之口貘，從庶民的視角寫過諷刺作品。逸見猶吉是以冷嚴的表情寫出。

概觀昭和詩史前半的二十政，大約如上，而河出書房版「現代詩集」三卷、山雅房版「現代詩人集」六卷，大約都收錄上列詩人的作品。另外由各派別集團刊出者，則有「歷程詩集」「新領土詩集」「Kogito 詩集」「四季詩集」等，由此也可以展望當時詩壇的狀況。

E

在此章的最後要提到隨着滿洲事變及繼後的二次大戰爆發以後的文學情況的決定性的變化。它不但對普羅文學加以壓力使之消滅，更也抑壓了整個對人間性的愛甚至精神的自由。這種情勢，一邊使所有詩雜誌不能刊行，同時也使大部份的詩人多多少少走進戰爭支持的方向，因此作為詩的批判精神的基底的，詩的個性已全般崩潰。這戰爭時期即給昭和詩史帶來黑暗的時代。

回顧這年代，我們當不難指出當時現代詩人的悲嘆與其反省這一種情況。由近代詩至現代詩，詩人雖會那樣熾烈地追求了近代的自我的問題，但苛酷的戰爭終於給他們帶來詩的個性的潰滅，而對政治的暴力，他們連沉默的抵抗也無能為力。

詩訊

△華岡詩社與作協四月八日舉辦詩朗誦會，胡品清、紀弦、張健、趙天儀、羅門、羅行等參加，有龔顯宗、陳明臺、林鋒雄、聞環等發表作品，極爲成功。

△臺中文協爲慶祝詩人節於五月廿六日舉行座談會，中部詩人二十餘名參加，由該會理事主席李升如主持，論「詩與大衆」盛況熱烈。

△爲慶祝中華民國五十七年詩人節，由中華民國新詩學會，中國文藝協會，中國青年寫作協會，臺灣省婦女寫作協會等舉辦，且由教育部文化局，國軍新文藝輔導會等機關支援與指導，在國軍英雄館金馬廳舉行慶祝大會，新詩朗誦會，新詩展覽等活動；大會同時亦頒發新詩獎給予去年到今年間優秀的青年詩人，得獎者爲林錫嘉、李弦、林鋒雄與陳慧樺。

△國立臺灣大學海洋詩社，爲慶祝「海洋」創刊十一週年紀念，第六卷第六期業已出版。又該社會邀請紀弦講「現代詩的正名與其他」，余光中講「現代詩與我」，張健講「傳統、現代與詩人」。

△中國文化學院華岡詩社，創刊「華岡詩刊」，創刊號業已出版。師範大學噴泉詩社的「噴泉詩刊」第二期業已出版。

△曹葆華選譯「現代詩論」，列入人人文庫，已由商務印書館出版。本間久雄著「近代歐洲文藝思潮」，已由普天出版社出版。

△開山書店印行；「但丁神曲畫像」：「天堂」由何瑞雄譯，業已出版。何瑞雄散文集「泉」，亦已出版。

△藍春叢書徵求預約：夐虹著「金蛹」（詩集）定價十四元預約十元。張健著「中國現代詩論評」（詩論）定價十六元預約十一元。預約六月底截止，七月出書。郵政劃撥一四六四五號范我存收。

△笠詩社重大消息：本社擬於明年起設立「笠詩獎」，詳細辦法正研訂中，請注意下期本刊消息。

編輯後記

詩屬于年輕人，刊年輕人的新銳作品本來就是本刊的主旨。本期的作品係由青年詩人鄭烱明主選。幾位年輕詩人的作品均有獨特的表現，而具共通的傾向。即從過去祇注重空虛的形式美而改變，進入追求精神活動的現實眞摯美。形成新氣象的這些前途有爲的青年詩人，如鄭烱明、方方、陳明台、馬兆凱、邵明仁、林閃、拾虹、林白楚、藍楓、龔顯宗、聞環、陳世英等的成長，正孕育着新時代的詩，以探求新思考的 Mechanism 開始多彩的活動，將代替前人負起詩壇的重擔。——想到我們的詩壇應該實踐的工作不知凡幾，但遲遲不進，眞令人慨嘆焦急。單就隣國日本的例來說，他們早已出版有世界名詩集大成，世界現代詩論大系，或在學校課程教授「現代詩」等等，詩已普遍受一般社會重視。反看我們連詩人本身都弄不清自己，仍固執在阻碍詩運在美文韻律階段彷徨。這實在只有期待年輕詩人們打破阻碍，建立新的世界而飛躍。

林亨泰「臺灣詩壇十年史」、高橋喜久晴「日本現代詩史」，葉笛「現代詩人論」均因作者本身工作關係，暫停刊載，敬祈讀者原諒。宋穎豪先生對美國詩精心研究，已答應爲本刊有系統地譯介二十世紀美國詩，與其他海外詩的譯介均可給我們很多的營養素。

本刊歡迎「詩作品欣賞」等類稿件。希望提出實作來分析論評。並歡迎「詩社簡介」介紹詩社社員實踐的有力實作加以論述。

笠詩社讀者服務部書目

書名	著譯者	類別	定價	特價
風的薔薇	白萩	詩集	12元	8元
島與湖	杜國清	〃	〃	〃
力的建築	林宗源	〃	〃	〃
瞑想詩集	吳瀛濤	〃	〃	〃
不眠的眼	桓夫	〃	〃	〃
綠血球	詹冰	〃	〃	〃
大安溪畔	趙天儀	〃	〃	〃
秋之歌	蔡淇津	〃	〃	〃
牧雲詩集	林煥彰	〃	〃	〃
南港詩抄	楓堤	〃	〃	〃
生命的註脚	靜雲	〃	〃	〃
遺忘之歌	謝秀宗	〃	〃	〃
窗內的建築	林泉	〃	〃	〃
蝴蝶結	鄭仰貴	〃	〃	〃
日本現代詩選	陳千武	譯詩集	〃	〃
美學引論	趙天儀	論著	〃	〃
現代詩的基本精神	林亨泰	詩論	〃	12元
密林詩抄	桓夫	詩集	10元	7元
蛙鳴集	杜國清	〃	〃	〃
溫柔的忠告（高橋喜久晴著）	桓夫	譯詩集	4元	2元
想妳，在火車上	楊元兆	詩集	6元	2元
菓園的造訪	趙天儀	〃	8元	6元
靈骨塔及其他	楓堤	〃	10元	4元
枇杷樹	楓堤	〃	12元	8元
淡水河	徐和隣	〃	10元	7元
五弦琴	彭捷等	〃	12元	10元
旅邸奇遇	庚口	傳奇小說	4元	3元
笠詩刊第2—8期	笠詩刊社	詩誌	每冊6元	每冊2元
笠詩刊第9—17期	笠詩刊社	〃	每冊6元	每冊3元
笠詩刊第19—23期	笠詩刊社	〃	每冊6元	每冊4元

◎樂意代售，歡迎函購。

◎滙款請利用郵政劃撥中字第21976號陳武雄帳戶

笠詩社出版新書

現代詩的基本精神
——論眞摯性

林亨泰著

只要詩人是眞摯的，他一定會以全世界人類爲整體而把握它，毫不吝惜地把自己的命運賭在時代和全人類的命運裏面的。

蝴蝶結

鄭仰貴著

一本詩集的出版，正如一個生命的誕生。但願讀者和我一樣的喜歡它熱愛它。

笠双月詩刊 第二十五期
民國五十三年六月十五日創刊
民國五十七年六月十五日出版

出版社：笠詩刊社
發行人：黃騰輝
社址：臺北市忠孝路二段二五一巷十弄九號
資料室：彰化市華陽里南郭路一巷十號
編輯部：臺北市林森北路85巷19號四樓
經理部：臺北縣南港鎮南港路一段三十巷廿六號

定價：每冊新臺幣六元
日幣六十元 港幣一元
非幣一元 美金二角

訂閱全年六期新臺幣三十元・半年新臺幣十五元
●郵政劃撥第五五七四號林煥彰帳戶
及中字第二一九七六號陳武雄帳戶

中華民國內政部登記內版臺誌字第二〇九〇號
中華郵政臺字第二〇〇七號執照登記爲第一類新聞紙